# GREY

# GREY

E L JAMES

CINQUENTA TONS DE CINZA
PELOS OLHOS DE CHRISTIAN

TRADUÇÃO DE
ADALGISA CAMPOS DA SILVA,
JULIA SOBRAL CAMPOS E
MARIA CARMELITA DIAS

intrínseca

TÍTULO ORIGINAL
Grey

PREPARAÇÃO
Juliana Pitanga
Tamara Sender

REVISÃO
Carolina Rodrigues

DESIGN DE CAPA
Sqicedragon and Megan Wilson

FOTO
© ra2studio

DIAGRAMAÇÃO
editoriarte

CIP-BRASIL. CATALOGAÇÃO-NA-FONTE
SINDICATO NACIONAL DOS EDITORES DE LIVROS, RJ

J81c

James, E L
Grey / E L James ; tradução Adalgisa Campos da Silva, Maria Carmelita Dias, Julia Sobral. – 1. ed. – Rio de Janeiro : Intrínseca, 2015.

528p. : 23 cm
Tradução de: Grey
ISBN 978-85-8057-773-0

1. Ficção inglesa. I. Silva, Adalgisa Campos da. II. Dias, Maria Carmelita. III. Sobral, Julia. IV. Título.

15-24181.
CDD: 823
CDU: 821.111-3

[2015]



Editora Intrínseca Ltda.
Rua Marquês de São Vicente, 99, 3º andar
22451-041 Gávea
Rio de Janeiro – RJ
Tel./Fax: (21) 3206-7400
www.intrinseca.com.br

Este livro é dedicado àqueles leitores que pediram…
e pediram… e pediram… e pediram por isso.
Obrigada a todos vocês pelo que fizeram por mim.
Vocês deixam minha vida melhor todos os dias.

# Agradecimentos

A Anne Messitte pela orientação, pelo bom humor e pela confiança em mim. Pela generosidade com seu tempo e por não medir esforços para desenredar meu estilo, minha eterna gratidão.

A Tony Chirico e Russell Perreault, por sempre cuidarem de mim, e à fabulosa equipe de produção editorial e de design, que acompanhou este livro até a linha de chegada: Amy Brosey, Lydia Buechler, Katherine Hourigan, Andy Hughes, Claudia Martinez e Megan Wilson.

A Niall Leonard, por seu amor, apoio e orientação, e por ser o único homem que realmente consegue me fazer rir.

A Valerie Hoskins, minha agente, sem a qual eu ainda estaria trabalhando na televisão. Obrigada por tudo.

A Kathleen Blandino, Ruth Clampett e Belinda Willis: obrigada pela pré-leitura.

Às Lost Girls, pela preciosa amizade e pela terapia.

Às Bunker Babes, pela inteligência, sabedoria, amizade e apoio.

Às senhoras do FP, pela ajuda com meus americanismos.

A Peter Branston, por sua ajuda com a Terapia Breve Focada na Solução.

A Brian Brunetti, por sua orientação em pilotar um helicóptero.

À professora Dawn Carusi, por me ajudar a navegar pelo sistema de ensino superior dos Estados Unidos.

Ao professor Chris Collins, por me ensinar sobre ciência do solo.

À Dra. Raina Sluder, por seus esclarecimentos sobre saúde comportamental.

E por último, mas de forma alguma menos importante, a meus filhos. Meu amor por vocês é maior do que as palavras jamais poderão exprimir. Vocês trazem alegria à minha vida e a todos que os cercam. São jovens lindos, divertidos, inteligentes, sensíveis, e eu não poderia ter mais orgulho de vocês.

# SEGUNDA-FEIRA, 9 DE MAIO DE 2011

Tenho três carros. Eles andam depressa pelo chão. Muito depressa. Um é vermelho. Um é verde. Um é amarelo. Gosto do verde. É o melhor. Mamãe também gosta deles. Gosto quando mamãe brinca com os carrinhos comigo. Ela gosta mais do vermelho. Hoje, ela está sentada no sofá olhando para a parede. O carro verde entra voando no tapete. O vermelho acompanha. Depois o amarelo. Batida! Mas mamãe não vê. Faço isso de novo. Batida! Mas mamãe não vê. Miro no carro verde aos pés dela. Mas o carro verde vai para debaixo do sofá. Não consigo alcançá-lo. Minha mão é grande demais para o espaço. Mamãe não vê. Quero meu carro verde. Mas mamãe fica no sofá olhando para a parede. *Mamãe. Meu carro.* Ela não me ouve. *Mamãe.* Puxo sua mão, ela deita e fecha os olhos. *Agora não, seu verme. Agora não,* diz ela. Meu carro verde continua embaixo do sofá. Vai ficar sempre embaixo do sofá. Consigo vê-lo. Mas não dá para alcançá-lo. Meu carro verde está sujo. Coberto de pelo cinza e poeira. Quero ele de volta. Mas não consigo alcançá-lo. Nunca consigo alcançá-lo. Meu carro verde está perdido. E nunca vou poder brincar com ele de novo.

Abro os olhos e meu sonho se desvanece na luz do início da manhã. *Sobre que diabo foi isso?* Tento agarrar os fragmentos à medida que eles se afastam, mas não consigo pegar nenhum.

Deixando o pensamento de lado, como faço quase toda manhã, saio da cama e encontro no closet alguns moletons recém-lavados. Lá fora, um céu pesado promete chuva, e hoje não estou a fim de me molhar na corrida. Sigo para minha academia no andar de cima, ligo a tevê no noticiário matinal de negócios e subo na esteira.

Meus pensamentos se desviam para o dia. Não tenho nada além de reuniões, embora vá encontrar meu personal trainer mais tarde no escritório para uma sessão de exercícios. Bastille é sempre um desafio bem-vindo.

*Será que devo ligar para Elena?*

*É. Talvez.* A gente podia jantar esta semana.

Paro na esteira, ofegante, e sigo até o chuveiro para começar mais um dia monótono.

— AMANHÃ — RESMUNGO, DISPENSANDO Claude Bastille, que está parado na entrada do meu escritório.

— Golfe esta semana, Grey?

Bastille sorri com suave arrogância, sabendo que sua vitória no campo de golfe é garantida.

Fecho a cara para ele quando vira as costas e sai. É como se suas palavras de despedida esfregassem sal nas minhas feridas, porque, apesar das minhas heroicas tentativas durante nossos exercícios hoje, meu personal trainer me deu uma surra. Bastille é o único homem que pode me vencer, e agora ele quer me superar mais uma vez, no campo de golfe. Detesto golfe, mas tantos negócios são feitos nos campos, que tenho que suportar as aulas dele lá também... E, embora eu odeie admitir isso, jogar contra Bastille melhora, sim, o meu jogo.

Enquanto olho pela janela para a silhueta de Seattle, o tédio familiar se infiltra na minha consciência sem ser chamado. Meu estado de espírito reflete o tempo: monótono e cinza. Meus dias vão se misturando indistintamente, e agora, no confinamento do meu escritório, estou indócil. Eu não devia me sentir assim, não após vários rounds com Bastille. Mas me sinto.

Franzo o cenho. A verdade é que a única coisa que vem prendendo meu interesse recentemente é minha decisão de enviar dois navios cargueiros para o Sudão. Isso me lembra que Ros deve me responder com números e logística. *Por que ela está demorando com isso?* Verifico minha agenda e estico o braço para pegar o telefone.

*Droga.* Tenho que aguentar uma entrevista com a persistente Srta. Kavanagh para o jornal dos alunos da WSU. *Por que cargas d'água aceitei fazer isso?* Abomino entrevistas e perguntas idiotas de gente invejosa mal-informada que tem a intenção de sondar minha vida particular. *E ela é uma estudante.* O telefone toca.

— Sim — digo a Andrea rispidamente, como se ela tivesse culpa. Pelo menos posso fazer essa entrevista ser breve.

— A Srta. Anastasia Steele está aqui para falar com o senhor, Sr. Grey.

— Steele? Eu estava esperando Katherine Kavanagh.

— É a Srta. Anastasia Steele quem está aqui.

Odeio o inesperado.

— Mande-a entrar.

*Ora, ora... A Srta. Kavanagh não está disponível.* Conheço o pai dela, Eamon, dono da Kavanagh Media. Já fizemos negócios juntos, e ele parece ser um empresário inteligente e um ser humano racional. Essa entrevista é um favor que estou fazendo a ele, o qual pretendo cobrar quando me for conveniente. E tenho que admitir que eu estava ligeiramente curioso sobre a filha dele, interessado em ver se ela puxou ao pai.

Um alvoroço à porta me faz levantar quando um turbilhão de cabelo castanho, braços e pernas pálidos e botas marrons mergulha de cabeça no meu escritório. Contendo minha irritação natural com tamanha falta de jeito, corro até a garota que caiu de quatro no chão. Segurando seus ombros estreitos, ajudo-a a ficar de pé.

Olhos límpidos, constrangidos, encontram os meus e me deixam paralisado. São da cor mais extraordinária, azul-claros, e puros. Por um momento horrível, acho que ela pode me enxergar por dentro e fico... exposto. Esse pensamento é enervante, então eu o descarto imediatamente.

Ela tem um rostinho doce que está corando, assumindo um tom rosa-claro inocente. Por um instante me pergunto se a pele dela é toda assim — imaculada — e como ficaria rosa e quente depois de um golpe de vara.

*Droga.*

Detenho meus pensamentos erráticos, alarmado com a direção que estão tomando. *Que diabo você está pensando, Grey?* Essa garota é jovem demais. Ela olha boquiaberta para mim, e resisto a revirar os olhos. É, é, baby, é só um rosto e é só superficial. Preciso dispersar o olhar de admiração daqueles olhos, mas vamos nos divertir um pouco no processo!

— Srta. Kavanagh. Sou Christian Grey. A senhorita está bem? Gostaria de se sentar?

Aquele rubor de novo. Mais uma vez no comando, eu a analiso. Ela é bem atraente, magra, pálida, com uma cabeleira escura mal contida por um elástico de cabelo.

Morena.

É, ela é atraente. Estendo a mão enquanto gagueja o começo de um pedido de desculpas mortificado e coloca a mão na minha. Sua pele é fria e macia, mas seu aperto de mão, surpreendentemente firme.

— A Srta. Kavanagh está indisposta, e me mandou no lugar dela. Espero que não se importe, Sr. Grey. — Sua voz é calma, com uma musicalidade hesitante, e ela pisca erraticamente, os longos cílios se agitando.

Incapaz de esconder meu tom divertido quando me lembro de sua entrada nada elegante no meu escritório, pergunto quem ela é.

— Anastasia Steele. Estudo Literatura Inglesa com Kate, hum, Katherine... hum... a Srta. Kavanagh na WSU em Vancouver.

*Tímida e estudiosa, hã?* É o que parece: malvestida, o corpo esguio escondido por um suéter sem forma, uma saia evasê marrom e botas básicas. *Será que tem alguma noção de estilo?* Olha nervosamente em torno do meu escritório, para todo canto menos para mim, reparo com ironia, achando graça.

Como essa jovem pode ser jornalista? Não tem um pingo de firmeza. É atrapalhada, mansa... submissa. Desconcertado com meus pensamentos inadequados, balanço a cabeça negativamente e me pergunto se primeiras impressões são confiáveis. Resmungando alguma trivialidade, peço para ela se sentar, depois noto seu olhar entendido avaliando os quadros da minha sala. Antes de conseguir me deter, já estou explicando.

— Um artista local. Trouton.

— São lindos. Tornam extraordinário um objeto comum — diz ela de forma sonhadora, absorta na sofisticada destreza da obra de Trouton.

Seu perfil é delicado — nariz arrebitado, lábios macios, carnudos — e, com suas palavras, ela captou meus sentimentos com exatidão. *Tornam extraordinário um objeto comum.* É uma observação sagaz. A Srta. Steele é inteligente.

Concordo e observo, fascinado, aquele rubor se insinuar lentamente em sua pele mais uma vez. Quando me sento diante dela, tento controlar meus pensamentos. Ela tira de sua bolsa grande uns papéis amassados e um gravador digital. É toda atrapalhada, deixando o maldito objeto cair duas vezes na minha mesa de centro Bauhaus. É óbvio que nunca fez isso, mas por alguma razão que não consigo entender, acho divertido. Em circunstâncias normais, seu jeito estabanado me irritaria, mas no momento estou escondendo meu sorriso com o indicador e resisto ao desejo de configurar o gravador para ela.

Enquanto ela se atrapalha e vai ficando cada vez mais nervosa, penso que eu poderia aprimorar suas habilidades motoras com a ajuda de um chicote de montaria. Bem usado, é algo que pode controlar até a mais assustadiça das pessoas. O pensamento errático faz com que eu me remexa na cadeira. Ela me olha e morde o lábio inferior carnudo.

*Merda! Como não notei quão convidativa é essa boca?*

— Desculpe. Não estou acostumada com isso.

*Dá para ver, baby, mas agora não estou nem aí porque não consigo tirar os olhos da sua boca.*

— Não tenha pressa, Srta. Steele. — Preciso de mais um instante para organizar meus pensamentos.

*Grey... pare com isso, já.*

— O senhor se incomoda se eu gravar a entrevista? — pergunta ela, a expressão sincera e expectante.

Fico com vontade de rir.

— Depois de todo esse esforço para configurar o gravador, é agora que me pergunta?

Ela pisca, os olhos arregalados e perdidos por um instante, e sou tomado por uma pontada de culpa com a qual não estou familiarizado.

*Deixe de ser tão chato, Grey.*

— Não, não me importo. — Não quero ser responsável por aquele olhar.

— Kate, quer dizer, a Srta. Kavanagh, explicou-lhe para o que era a entrevista?

— Sim. Para sair na edição de formatura do jornal da faculdade, já que eu vou entregar os diplomas na cerimônia de graduação deste ano.

Por que cargas-d'água concordei com *isso*, não sei. Sam, da assessoria de imprensa, me disse que o departamento de ciências ambientais da WSU precisa de publicidade para atrair financiamentos adicionais e chegar à altura da doação que fiz para eles. Sam faz qualquer coisa por exposição na mídia.

A Srta. Steele pisca mais uma vez, como se isso fosse novidade para ela, e parece desaprovar. Será que não fez nenhuma pesquisa para a entrevista? Devia saber disso. A ideia me desanima. É desagradável, e não é o que eu esperava de alguém que está abusando do meu tempo.

— Ótimo. Tenho algumas perguntas, Sr. Grey. — Ela põe uma mecha de cabelo atrás da orelha, distraindo-me da minha irritação.

— Achei que poderia ter — digo secamente.

Vamos fazê-la se contorcer. Obsequiosamente, é o que ela faz, depois se apruma e endireita os ombros. Ela pretende trabalhar. Inclinando-se à frente, aperta o botão do gravador enquanto olha para suas anotações amassadas.

— O senhor é muito jovem para ter construído um império deste porte. A que deve seu sucesso?

Com certeza ela é capaz de fazer melhor que isso. Que pergunta boba. Nem um pingo de originalidade. É decepcionante. Dou minha resposta de praxe de ter gente excepcional trabalhando para mim. Gente em quem confio, na medida em que confio em alguém, e pago bem, blá-blá-blá... Mas, Srta. Steele, o fato simplesmente é que sou brilhante no que faço. Para mim não há mistério algum. Comprar empresas falindo, mal-administradas, e reerguê-las, mantendo algumas, ou, se estiverem realmente falidas, tirar seus ativos e vendê-las para quem fizer a melhor oferta. É uma simples questão de saber a diferença entre uma coisa e outra, e invariavelmente isso se resume às pessoas encarregadas. Para ter sucesso nos negócios é preciso bons profissionais, e sei julgar as pessoas, melhor que a maioria.

— Quem sabe o senhor simplesmente tenha sorte — diz ela com calma.

*Sorte?* Um estremecimento de irritação me percorre. *Sorte?* Como ela se atreve? Parece uma menina modesta e tranquila, mas esse comentário... Ninguém jamais insinuou que eu tivesse sorte. Trabalhar duro, trazer gente comigo, manter essas pessoas sob estreita vigilância e criticá-las se for preciso e, se não estiverem à altura da tarefa, me desfazer delas. *É o que eu faço, e faço bem. Não tem nada a ver com sorte! Ora, vá para o inferno com isso.* Ostentando minha erudição, cito as palavras de Harvey Firestone, meu industrial favorito:

— "O crescimento e o desenvolvimento das pessoas é a maior ambição da liderança."

— O senhor fala como um maníaco por controle — diz ela, absolutamente séria.

*Que droga!* Talvez ela *consiga* enxergar o que há dentro de mim.

*"Controle" é meu nome do meio, querida.*

Fuzilo-a com os olhos, na esperança de intimidá-la.

— Ah, eu controlo tudo, Srta. Steele. — E gostaria de controlá-la também, bem aqui, agora mesmo.

Aquele rubor atraente se insinua no seu rosto, e ela torna a morder o lábio. Fico divagando, tentando desviar a atenção daquela boca.

— Além do mais, é possível conquistar um imenso poder quando nos convencemos, em nossos devaneios mais secretos, de que nascemos para controlar.

— Acha que possui um imenso poder? — pergunta ela com uma voz doce, tranquilizadora, mas ergue as delicadas sobrancelhas com um olhar que transmite censura. Será que ela está deliberadamente tentando me provocar? Minha irritação aumenta.

— Emprego mais de quarenta mil pessoas, Srta. Steele. Isso me dá certo senso de responsabilidade, ou poder, se quiser chamar assim. Se eu resolvesse não me interessar mais por telecomunicações e vendesse minha empresa, em um mês, mais ou menos, vinte mil pessoas teriam dificuldade para pagar suas hipotecas.

Ela fica boquiaberta com minha resposta. Assim está melhor. *Toma essa, baby.* Sinto meu equilíbrio voltando.

— O senhor não tem um conselho ao qual precise responder?

— A empresa é minha. Não tenho que responder a ninguém. — Ela devia saber disso.

— E tem algum interesse fora o trabalho? — continua ela apressadamente, avaliando bem minha reação. Sabe que estou puto, e por alguma razão inexplicável isso me agrada.

— Tenho interesses variados, Srta. Steele. Muito variados.

Imagens dela em diversas posições no meu quarto de jogos passam pela minha cabeça: algemada na cruz, pernas e braços amarrados nas colunas da cama, estendida no banco de açoitamento. E, veja só, aquele rubor de novo. É como um mecanismo de defesa.

— Mas se trabalha tanto, o que faz para relaxar?

— Relaxar?

Essas palavras saindo de sua boca soam estranhas, mas divertidas. Além do mais, quando é que consigo tempo para relaxar? Ela não tem ideia do que eu faço. Mas olha para mim de novo com aqueles grandes olhos inocentes, e, para minha surpresa, me pego considerando a pergunta dela. *O que eu faço para relaxar?* Velejar, voar, trepar... testar os limites de morenas atraentes como ela e controlá-las... A ideia me faz remexer na cadeira, mas respondo tranquilamente, omitindo meus hobbies favoritos.

— O senhor investe no setor manufatureiro. Por quê, especificamente?

— Gosto de construir coisas. Gosto de saber como funcionam: o que faz com que funcionem, como construí-las e desconstruí-las. E tenho adoração por navios. O que mais posso dizer? — Eles transportam comida pelo planeta.

— Parece que é o seu coração falando e não a lógica e os fatos.

*Coração? Eu? Ah, não, baby.*

Meu coração foi atacado e ficou irreconhecível há muito tempo.

— É possível. Embora muitas pessoas digam que eu não tenho coração.

— Por que diriam isso?

— Porque me conhecem bem.

Dou um sorriso irônico. Na verdade, ninguém me conhece, exceto, talvez, Elena. Eu me pergunto o que ela acharia da pequena Srta. Steele aqui. A garota é um emaranhado de contradições. Tímida, desajeitada, visivelmente inteligente e excitante para cacete.

*Sim, está bem, confesso. Acho-a atraente.*

Ela recita de cor a pergunta seguinte.

— Seus amigos diriam que é fácil conhecê-lo?

— Sou uma pessoa muito fechada, Srta. Steele. Esforço-me muito para proteger minha privacidade. Não dou muitas entrevistas... — Fazendo o que faço, levando a vida que escolhi, preciso da minha privacidade.

— Por que aceitou dar esta?

— Porque sou benemérito da universidade e, em termos práticos, não consegui me livrar da Srta. Kavanagh. Ela não parou de importunar meu pessoal de relações públicas, e eu admiro esse tipo de tenacidade. — Mas estou contente que você tenha aparecido, e não ela.

— O senhor também investe em tecnologias agrícolas. Por que se interessa por essa área?

— Não podemos comer dinheiro, Srta. Steele, e há muita gente neste planeta que não tem o que comer. — Olho para ela, inexpressivo.

— Essa justificativa soa muito filantrópica. É algo que o torna passional? Alimentar os pobres do mundo?

Ela me observa com um olhar intrigado, como se eu fosse um enigma, mas de jeito nenhum quero que ela enxergue minha alma escura. Essa não é uma área aberta a discussão. *Passe para outra, Grey.*

— É um negócio inteligente — murmuro, fingindo tédio, e me imagino fodendo aquela boca para me distrair de todos os pensamentos de fome. Aquela boca precisa mesmo de treino, e imagino-a ajoelhada na minha frente. Essa ideia, sim, é atraente.

— O senhor tem uma filosofia? Caso tenha, qual é?

— Não tenho uma filosofia propriamente dita. Talvez alguns princípios orientadores. Como diz Firestone: "O homem que adquire a habilidade de tomar posse completa da própria mente pode tomar posse de qualquer coisa a que tenha direito." Sou muito singular, ambicioso. Gosto de controlar, a mim e a quem me cerca.

— Então gosta de possuir coisas?

*Sim, baby. Você, para começar.* Franzo o cenho, espantado com a ideia.

— Quero merecer possuí-las, mas sim, em resumo, eu gosto.

— O senhor parece ser um consumidor voraz. — A voz dela tem um tom de desaprovação, o que me deixa puto de novo.

— Eu sou.

Ela soa como uma criança rica que teve tudo o que sempre quis, mas quando olho melhor para suas roupas — ela está vestindo peças de alguma loja barata como Old Navy ou H&M — sei que não é o caso. Ela não cresceu numa casa opulenta.

*Eu realmente poderia cuidar de você.*

*De onde diabo veio essa ideia?*

Embora, ao pensar nisso, eu precise, sim, de uma nova sub. Já faz, o que... dois meses desde Susannah? Cá estou eu, com água na boca por causa dessa mulher. Tento dar um sorriso agradável. Não há nada de errado com o consumo, afinal, isso faz funcionar o que resta da economia americana.

— O senhor foi adotado. Até que ponto acha que isso moldou sua maneira de ser?

O que isso tem a ver com o preço do petróleo? Que pergunta ridícula. Se tivesse ficado com a prostituta drogada, provavelmente eu estaria morto. Enrolo-a com uma não resposta, tentando manter a voz serena, mas ela me pressiona, exigindo saber que idade eu tinha quando fui adotado.

*Cale a boca dela, Grey!*

Meu tom de voz fica frio.

— Isso é assunto de domínio público, Srta. Steele.

Ela devia saber disso também. Parece contrita ao colocar atrás da orelha uma mecha de cabelo que escapuliu. Ótimo.

— O senhor teve que sacrificar a vida familiar por causa do trabalho.

— Isso não é uma pergunta — murmuro.

Ela se espanta, visivelmente constrangida, mas faz a gentileza de se desculpar e repetir a frase, agora sim num tom de pergunta:

— O senhor teve que sacrificar a vida familiar por causa do trabalho?

O que eu quero com uma família?

— Eu tenho família. Tenho um irmão, uma irmã e pais amorosos. Não tenho interesse em expandir minha família além desse ponto.

— O senhor é gay, Sr. Grey?

*Como é que é?*

Não consigo acreditar que ela tenha dito isso em voz alta! Ironicamente, a pergunta que nem meus próprios familiares fariam. Como ela se atreve? Tenho um desejo súbito de arrastá-la da cadeira, curvá-la sobre o meu joelho, espancá-la e depois comê-la na minha mesa com as mãos amarradas atrás das costas. Isso responderia à sua pergunta ridícula. Respiro fundo e me acalmo. Para meu deleite vingativo, ela parece mortificada com a própria pergunta.

— Não, Anastasia, não sou.

Ergo as sobrancelhas, mas mantenho a expressão impassível. *Anastasia*. É um nome lindo. Gosto como minha língua enrola em torno dele.

— Peço desculpas. Está... hum... escrito aqui.

Ela está fazendo de novo aquilo de colocar o cabelo atrás da orelha. Obviamente é um cacoete.

— Essas perguntas não são suas? — questiono, e ela empalidece.

Droga, ela realmente é atraente, de um jeito discreto.

— Hum... não. Kate... A Srta. Kavanagh. Ela compilou as perguntas.

— Vocês são colegas no jornal dos alunos?

— Não. Eu divido o apartamento com ela.

Não surpreende que ela esteja toda confusa. Coço o queixo, me questionando se devo dificultar ou não as coisas para ela.

— Você se ofereceu para fazer esta entrevista? — pergunto, e sou recompensado com seu olhar submisso: ela fica nervosa com a minha reação. Gosto do efeito que provoco nela.

— Fui convocada. Ela está passando mal. — Sua voz é delicada.

— Isso explica muita coisa.

Ouve-se uma batida à porta, e Andrea entra.

— Sr. Grey, desculpe interromper, mas a próxima reunião é em dois minutos.

— Ainda não terminamos aqui, Andrea. Por favor, cancele a próxima reunião.

Andrea me olha boquiaberta, parecendo confusa. Encaro-a fixamente. *Fora! Já!* Estou ocupado aqui com a pequena Srta. Steele.

— Está bem, Sr. Grey — diz ela, recompondo-se depressa, e, girando nos calcanhares, sai da sala.

Volto minha atenção para a criatura intrigante, frustrante, em meu sofá.

— Onde estávamos, Srta. Steele?

— Por favor, não quero incomodá-lo.

*Ah, não, baby. É a minha vez agora.* Quero saber se há algum segredo por trás desse rostinho lindo.

— Quero saber sobre você. Acho que é muito justo.

Quando me recosto e pressiono os dedos nos lábios, os olhos dela se voltam rapidamente para minha boca e ela engole em seco. *Ah, sim, o efeito de praxe.* E é gratificante saber que ela não está completamente alheia aos meus encantos.

— Não há muito que saber — diz ela, o rubor voltando.

Eu a estou intimidando.

— Quais são seus planos para depois que se formar?

— Não fiz planos, Sr. Grey. Só preciso passar nas provas finais.

— Temos um excelente programa de estágios aqui.

O que deu em mim para dizer isso? É contra as regras, Grey. Nunca trepe com funcionárias... Mas você não está trepando com essa garota.

Ela parece surpresa, e seus dentes tornam a cravar-se naquele lábio. Por que isso é tão excitante?

— Ah. Vou me lembrar disso — responde ela. — Apesar de não ter certeza se me encaixaria aqui.

— Por que diz isso? — pergunto. *O que há de errado com a minha empresa?*

— É óbvio, não é?

— Não para mim.

Fico confuso com a resposta. Ela está nervosa de novo quando estica o braço para o gravador.

*Merda, ela está indo embora.* Mentalmente, verifico minha agenda para aquela tarde. Não há nada que não possa esperar.

— Gostaria que eu a levasse para conhecer a empresa?

— Tenho certeza de que o senhor é ocupado demais, Sr. Grey, e tenho uma longa viagem pela frente.

— Vai voltar dirigindo para Vancouver? — Olho pela janela. É uma viagem infernal, e está chovendo. Ela não devia estar dirigindo com um tempo desses, mas não posso proibi-la. Esse pensamento me irrita. — Bem, seria melhor dirigir com cuidado. — Minha voz sai mais severa do que eu pretendia.

Ela se atrapalha com o gravador. Quer sair do meu escritório, mas, para minha surpresa, não quero que ela vá embora.

— Conseguiu tudo de que precisava? — pergunto num claro esforço de prolongar a permanência dela.

— Sim, senhor — diz ela tranquilamente. Sua resposta me deixa perplexo, o jeito como aquelas palavras soam, vindo daquela boca inteligente. Por um instante, imagino aquela boca pronta para me obedecer. — Obrigada pela entrevista, Sr. Grey.

— O prazer foi meu — digo sinceramente, porque já fazia tempo que alguém não me fascinava tanto. Essa ideia é desestabilizadora.

Ela se levanta e estendo a mão, ansioso para tocá-la.

— Até a próxima, Srta. Steele. — Minha voz sai baixa quando ela coloca a mão na minha.

Sim, quero açoitar e foder essa garota no meu quarto de jogos. Tê-la amarrada e me desejando… precisando de mim, confiando em mim. Engulo em seco.

*Isso não vai acontecer, Grey.*

— Sr. Grey.

Ela faz um gesto com a cabeça e retira a mão depressa, depressa demais.

Não posso deixá-la ir embora assim. É óbvio que está desesperada para sair. É irritante, mas tenho uma inspiração ao abrir a porta da minha sala.

— Só estou garantindo que passe pela porta — brinco.

Seus lábios formam uma linha tensa.

— É muita consideração sua, Sr. Grey — diz ela rispidamente.

A Srta. Steele dá o troco! Atrás dela, sorrio quando ela sai e acompanho-a. Tanto Andrea quanto Olivia erguem os olhos em estado de choque. *Sim, sim, só estou acompanhando essa moça até a porta.*

— Você veio de casaco? — pergunto.

— De jaqueta.

Lanço um olhar significativo a Olivia, e ela imediatamente se levanta em um pulo para pegar uma jaqueta azul-marinho, entregando-a a mim com aquela expressão afetada de praxe que ela tem. Nossa. Olivia é irritante, suspirando por mim o tempo todo.

*Hum.* A jaqueta é surrada e barata. A Srta. Anastasia Steele deveria se vestir melhor. Seguro-a para ela e, quando a coloco sobre seus ombros esguios, toco a pele na base do seu pescoço. Ela fica paralisada com o contato e empalidece.

*Sim!* Eu a afeto. Saber disso é imensamente prazeroso. Ando até o elevador e aperto o botão enquanto ela fica em pé irrequieta ao meu lado.

*Ah, eu poderia acabar com esse seu desassossego, baby.*

As portas se abrem e ela entra apressada, depois se vira para ficar de frente para mim. Ela é mais que atraente. Eu chegaria até a dizer que é linda.

— Anastasia — digo, como forma de despedida.

— Christian — responde ela, com uma voz doce.

As portas do elevador se fecham, meu nome fica pairando no ar entre nós, soando estranho e desconhecido, mas sensual para cacete.

Preciso saber mais sobre essa garota.

— Andrea — grito ao voltar para minha sala. — Coloque Welch na linha para mim, agora.

Quando me sento à mesa e aguardo a ligação, observo os quadros na parede da minha sala, e me lembro das palavras da Srta. Steele. *"Tornam extraordinário um objeto comum."* Ela poderia muito facilmente estar me descrevendo.

Meu telefone toca.

— Estou com o Sr. Welch na linha para o senhor.

— Pode passar a ligação.

— Sim, senhor.

— Welch, preciso de um levantamento de antecedentes.

# SÁBADO, 14 DE MAIO DE 2011

Anastasia Rose Steele

| | |
|---|---|
| **Data de nascimento:** | 10 de setembro de 1989, Montesano, WA |
| **Endereço:** | Rua Green, 1114 SW, apartamento 7,<br>Haven Heights, Vancouver, WA, 98888 |
| **Nº celular:** | 360 959 4352 |
| **Nº identidade:** | 987-65-4320 |
| **Dados bancários:** | Banco Wells Fargo, Vancouver, WA<br>Cc: 309361<br>Saldo: US$ 683,16 |
| **Ocupação:** | Estudante de graduação<br>WSU — Vancouver<br>Literatura Inglesa — Especialização em Inglês |
| **Avaliação de desempenho:** | Excelente |
| **Educação anterior:** | Colégio Montesano — Ensino médio |
| **Pontos no exame SAT:** | 2150 |
| **Trabalho:** | Loja de Material de Construção Clayton's,<br>Estrada Vancouver, Portland, OR<br>(meio período) |
| **Pai:** | Franklin A. Lambert |
| **Nascimento:** | 1º de setembro de 1969<br>falecido em 11 de setembro de 1989 |
| **Mãe:** | Carla May Wilks Adams |
| **Nascimento:** | 18 de julho de 1970<br>casou-se com Frank Lambert — 1º de março de 1989,<br>enviuvou em 11 de setembro de 1989 |

| | |
|---|---|
| | casou-se com Raymond Steele — 6 de junho de 1990, divorciou-se em 12 de julho de 2006 casou-se com Stephen M. Morton — 16 de agosto de 2006, divorciou-se em 31 de janeiro de 2007 casou-se com Robbin (Bob) Adams — 6 de abril de 2009 |
| **Filiações políticas:** | Não encontradas |
| **Filiações religiosas:** | Não encontradas |
| **Orientação sexual:** | Desconhecida |
| **Relacionamentos:** | Nenhuma indicação no presente |

Olho para o resumo pela centésima vez desde que o recebi, dois dias atrás, procurando compreender a enigmática Srta. Anastasia Rose Steele. Não consigo tirar essa maldita mulher da cabeça, e isso está começando a me irritar. Na última semana, principalmente durante as reuniões mais maçantes, me peguei pensando na entrevista. Seus dedos atrapalhados no gravador, a maneira como ela colocava o cabelo atrás da orelha, a mania de morder o lábio. *Ah, sim.* A mordida no lábio me persegue o tempo todo.

E agora aqui estou eu, estacionado em frente à Clayton's, uma loja familiar de material de construção no subúrbio de Portland, onde ela trabalha.

*Você é um idiota, Grey. Por que está aqui?*

Eu sabia que ia dar nisso. A semana inteira... Sabia que precisava vê-la de novo. Soube desde que ela disse meu nome no elevador. Tentei resistir. Esperei por cinco dias, cinco dias entediantes, para ver se conseguia esquecê-la.

*E eu não costumo esperar. Odeio esperar...*

Nunca corri atrás de uma mulher. As mulheres que tive entendiam exatamente o que eu queria delas. Meu medo é que a Srta. Steele seja muito jovem e não esteja interessada no que eu tenho a oferecer. Será? Será que ela daria uma boa submissa? Balanço a cabeça. Então aqui estou eu, um idiota, sentado em um estacionamento suburbano numa região deprimente de Portland.

O levantamento de seus antecedentes não mostrou nada de notável, exceto pelo último fato, que tem estado em primeiro plano na minha mente. Essa é a razão pela qual estou aqui. *Por que não tem namorado, Srta. Steele?* Orientação sexual desconhecida — talvez ela seja homossexual. Bufo, achando improvável. Eu me recordo da pergunta que ela fez durante a entrevista, seu grande constrangimento, a maneira como sua pele ficou rosada de rubor... Venho sofrendo com esses pensamentos lascivos desde que a conheci.

*É por isso que você está aqui.*

Estou me coçando para vê-la de novo — aqueles olhos azuis vêm me assombrando, mesmo nos meus sonhos. Não a mencionei ao Flynn, e fico feliz por isso, porque estou me comportando como um perseguidor. *Talvez eu devesse contar a ele.* Não. Não quero que ele fique me perturbando com aquela babaquice de terapia focada na solução. Preciso apenas de uma distração, e no momento a única distração que eu quero trabalha como balconista de uma loja de material de construção.

*Você veio até aqui. Vamos ver se a pequena Srta. Steele é tão atraente como você se lembra.*

*Hora do show, Grey.*

Um sino produz um som eletrônico monótono quando entro na loja. É bem maior do que parece por fora, e, embora seja quase hora do almoço, o lugar está vazio para um sábado. Há corredores e mais corredores das bugigangas que se espera de um lugar assim. Eu tinha esquecido as possibilidades que uma loja de material de construção pode apresentar para alguém como eu. Praticamente só compro on-line as coisas de que preciso, mas, enquanto estou aqui, talvez adquira alguns itens: velcro, argola de chaveiro — *Sim.* Vou encontrar a deliciosa Srta. Steele e me divertir.

Demoro três segundos para avistá-la. Ela está debruçada sobre o balcão, olhando atentamente para a tela de um computador e comendo seu almoço — um bagel. Distraidamente, ela limpa uma migalha de pão no canto dos lábios e a enfia na boca, sugando os dedos. Meu pau reage com um espasmo.

*Quantos anos eu tenho, quatorze?* A reação do meu corpo é irritante. Talvez isso passe se eu a acorrentar, se eu comer e açoitar essa garota... e não necessariamente nessa ordem. É. É disso que eu preciso.

Ela está completamente absorvida na sua tarefa, o que me dá a oportunidade de observá-la. Pensamentos obscenos à parte, ela é atraente, muito atraente. Eu me lembrava bem.

Ela ergue o olhar e congela. É tão desconcertante quanto da primeira vez que a vi. Ela me encara com um olhar diferente, chocada, eu acho, e não sei se essa é uma reação boa ou ruim.

Srta. Steele. Que surpresa agradável.

— Sr. Grey — diz ela, ofegante e nervosa.

Ah... é uma reação boa.

— Eu estava pela área. Preciso me abastecer de algumas coisas. É um prazer tornar a vê-la.

*Um prazer mesmo.* Ela está com uma camiseta justa e calça jeans, e não com aquela merda disforme que vestia no início da semana. Suas pernas compridas, sua cintura fina e seus seios perfeitos se destacam. Os lábios ainda estão entreabertos numa expressão de surpresa, e tenho de resistir ao desejo de erguer seu queixo e fechar sua boca. *Vim de Seattle só para vê-la, e, pela maneira como ela me olha, valeu a pena.*

— Ana, meu nome é Ana. Em que posso servi-lo, Sr. Grey?

Ela respira profundamente, ajeita os ombros da maneira como fez na entrevista e me dá um sorriso falso que com certeza é reservado aos clientes.

*E começa o jogo, Srta. Steele.*

— Estou precisando de alguns artigos. Para começar gostaria de umas braçadeiras de plástico.

Meu pedido a pega de surpresa. Ela parece aturdida.

*Ah. Isso vai ser divertido. Você ficaria impressionada com o que eu posso fazer com apenas umas braçadeiras, baby.*

— Temos de vários tamanhos. Posso lhe mostrar? — diz ela, recuperando a voz.

— Por favor. Vá na frente.

Ela sai de trás do balcão e gesticula em direção a um dos corredores. Está usando All Star. Distraidamente, imagino como ela ficaria de saltos altíssimos. Louboutins... nada além de Louboutins.

— Estão na seção de artigos de eletricidade, corredor oito. — Sua voz vacila e ela fica vermelha... de novo.

*Ela se sente afetada por mim.* A esperança cresce no meu peito. *Ela não é gay, então.* Dou um sorriso malicioso.

— Vá na frente.

Estendo a mão para deixá-la guiar o caminho. Com ela à frente, tenho espaço e tempo para admirar sua bunda fantástica. Seu rabo de cavalo comprido e grosso dita o ritmo do balanço de seu quadril. Ela realmente é um pacote completo: doce, educada e linda, com todos os atributos físicos que eu valorizo em uma submissa. Mas a pergunta que não quer calar é: Será que ela poderia ser uma submissa? Não deve saber nada sobre meu estilo de vida, mas quero muito apresentá-lo a ela. *Você está se precipitando, Grey.*

— Está em Portland a trabalho? — pergunta ela, interrompendo meus pensamentos.

Sua voz é aguda, tentando fingir desinteresse. Tenho vontade de rir. As mulheres raramente me fazem rir.

— Eu estava visitando a divisão agrícola da WSU. Fica em Vancouver — minto.

*Na verdade, estou aqui para ver você, Srta. Steele.*

Ela faz uma cara de desapontada, e eu me sinto um merda.

— No momento, estou financiando umas pesquisas em rotação de culturas e ciência do solo. — Isso, pelo menos, é verdade.

— Tudo parte do seu plano de alimentar o mundo? — Ela ergue uma das sobrancelhas, divertindo-se.

— Mais ou menos — murmuro.

*Ela está rindo de mim?* Ah, eu adoraria colocar um fim nisso, se for verdade. Mas como começar? Talvez com um jantar, em vez da entrevista costumeira... Isso sim seria uma novidade: levar uma pretendente para jantar.

Chegamos às braçadeiras, que estão organizadas de acordo com tamanhos e cores. Distraidamente, meus dedos percorrem os pacotes. *Eu poderia apenas convidá-la para jantar.* Como em um encontro? Será que ela aceitaria? Quando a olho, ela está examinando os próprios dedos. Não consegue olhar para mim... *isso é promissor.* Escolho as braçadeiras maiores. Afinal, são mais flexíveis — podem acomodar tornozelos e pulsos de uma vez só.

— Estas vão servir.

— Mais alguma coisa? — pergunta rapidamente. Ou está sendo superatenciosa ou quer que eu vá logo embora, não sei dizer.

— Eu gostaria de fita adesiva.

— Está fazendo uma reforma?

— Não, não estou reformando. – Ah, se ao menos você soubesse...

— Por aqui — diz ela. — As fitas adesivas ficam no corredor de decoração.

*Vamos, Grey. Você não tem muito tempo. Engate uma conversa.*

— Trabalha aqui há muito tempo?

É claro que já sei a resposta. Ao contrário de outras pessoas, eu pesquiso. Por alguma razão, ela fica constrangida. Caramba, como é tímida. *Não tenho a menor chance.* Ela se vira rapidamente e segue pelo corredor em direção à seção com uma placa que diz decoração. Eu a sigo, ansioso feito um cachorrinho.

— Quatro anos — balbucia ela quando alcançamos a fita adesiva. Ela se abaixa e pega dois rolos, cada um de uma espessura diferente.

— Vou levar essa.

A mais larga é muito mais eficaz como mordaça. Ao me entregar a fita, as pontas dos nossos dedos se tocam rapidamente, reverberando na minha virilha. *Droga!*

Ela empalidece.

— Mais alguma coisa? — Sua voz é suave e rouca.

Estou produzindo o mesmo efeito nela que ela produz em mim. *Talvez...*

— Um pedaço de corda, eu acho.

— Por aqui.

Ela anda pelo corredor, dando-me outra oportunidade de apreciar sua bela bunda.

— De que tipo procura? Temos cordas de fios naturais e sintéticos... barbantes... cabos...

*Merda — pare.* Dou um gemido por dentro, tentando afastar a imagem dela suspensa no teto do quarto de jogos.

— Vou levar quatro metros e meio de corda de fios naturais, por favor.

É mais áspera e arranha mais se você tenta se soltar... sempre uso essa.

Um tremor percorre seus dedos, mas ela mede os quatro metros e meio como uma profissional. Puxando uma faca do bolso direito, corta a corda em um único gesto rápido, depois a enrola com cuidado e a prende com um nó. *Impressionante.*

— Você foi escoteira?

— Atividades organizadas em grupo não são minha praia, Sr. Grey.

— Qual é a sua praia, Anastasia? — Suas pupilas se dilatam quando eu a encaro.

*Sim!*

— Livros — responde.

— Que tipo de livros?

— Ah, você sabe. O normal. Os clássicos. Literatura inglesa, principalmente.

*Literatura inglesa? As irmãs Brontë e Austen, aposto. Todo aquele romantismo.* Isso não é bom.

— Precisa de mais alguma coisa?

— Não sei. O que mais você recomendaria? — Quero ver a reação dela.

— Para um praticante de bricolagem? — pergunta ela, surpresa.

Quero me acabar de rir. *Ah, baby, bricolagem não é o que eu curto.* Aquiesço, abafando minha vontade de gargalhar. Seus olhos se direcionam para o meu corpo e eu fico tenso. Ela está me examinando!

— Macacões — deixa escapar.

É a coisa mais inesperada que eu já ouvi da sua boca desde a pergunta "O senhor é gay?".

— Você não ia querer estragar sua roupa. — Ela aponta para a minha calça jeans.

Não consigo resistir:

— Eu sempre poderia tirá-las.

— Hum.

Ela fica vermelha como um pimentão e olha para o chão.

— Vou levar uns macacões. Deus me livre de estragar qualquer roupa — respondo, tentando livrá-la do seu constrangimento.

Sem uma palavra, ela se vira e sai andando pelo corredor; eu a sigo.

— Precisa de mais alguma coisa? — pergunta, parecendo sem fôlego ao me entregar um macacão azul. Ela está mortificada, os olhos baixos, o rosto corado. Caramba, ela mexe comigo.

— Como está o artigo? — pergunto, na esperança de vê-la relaxar um pouco.

Ela ergue o olhar e abre um breve sorriso aliviado.

*Finalmente.*

— Não o estou redigindo, Katherine é que está. A Srta. Kavanagh. A moça com quem divido a casa, ela é a redatora. Está muito feliz com ele. É a editora do jornal, e ficou arrasada por não ter podido fazer a entrevista pessoalmente.

Essa foi a maior frase que ela disse desde que nos conhecemos, e está falando sobre outra pessoa, não sobre ela mesma. *Interessante.*

Antes que eu possa fazer um comentário, ela acrescenta:

— A única preocupação dela é que não tem nenhuma fotografia sua.

A obstinada Srta. Kavanagh quer uma foto. Um retrato para publicidade? Posso fazer isso. Vai me possibilitar passar mais tempo com a agradável Srta. Steele.

— Que tipo de fotografia ela quer?

Ela me olha por um momento, depois balança a cabeça perplexa, sem saber o que responder.

— Bem, estou por aí. Amanhã, talvez...

Posso ficar em Portland. Trabalhar de um hotel. Um quarto no Heathman, talvez. Vou precisar que o Taylor traga meu laptop e algumas roupas. Ou Elliot — a não ser que ele esteja galinhando por aí, que é o que ele costuma fazer no fim de semana.

— Estaria disposto a posar para uma sessão de fotos? — Ela não consegue esconder a surpresa.

Faço um ligeiro sinal positivo com a cabeça. *Sim, quero passar mais tempo com você...*

*Fique firme, Grey.*

— Kate vai ficar encantada, se a gente conseguir encontrar um fotógrafo. — Ela sorri e seu rosto se ilumina. Ela é de tirar o fôlego.

— Fale comigo amanhã. — Pego a carteira no bolso da calça. — Meu cartão. O número do meu celular está aí. Você vai precisar ligar antes das dez da manhã.

E, se ela não ligar, vou voltar para Seattle e esquecer essa aventura estúpida.

Este pensamento me deprime.

— Tudo bem. — Ela continua sorrindo.

— *Ana*!

Nós dois nos viramos quando um jovem com roupas caras aparece. Ele não tira os olhos de Anastasia Steele. *Quem é esse panaca?*

— Hum… com licença um instante, Sr. Grey.

Ela vai até ele e o filho da puta a engole em um abraço de urso. Meu sangue congela. É uma reação primitiva.

*Tire suas malditas patas de cima dela.*

Cerro os punhos e só fico um pouco mais calmo ao ver que ela não faz nenhum movimento para retribuir o abraço.

Eles conversam em cochichos. *Talvez a pesquisa do Welch esteja errada.* Talvez esse cara seja seu namorado. Ele tem a idade certa e não consegue tirar os olhos dela. Ele a segura por um momento a certa distância, examinando-a, e depois fica parado, com o braço no ombro dela. O gesto parece casual, mas sei que ele está querendo fazer valer seus direitos e me dizendo para me afastar. Ela parece constrangida, mudando de um pé para o outro.

*Merda. É melhor eu ir embora.* Então ela diz alguma coisa e faz um gesto para alcançá-lo, tocando seu braço e não sua mão. Está claro que eles não têm intimidade.

*Ótimo.*

— Ah, Paul, este é Christian Grey. Sr. Grey, este é Paul Clayton. O irmão dele é o proprietário da loja. — Ela me olha de uma maneira estranha que não entendo, e continua: — Conheço Paul desde que comecei a trabalhar aqui, embora a gente não se veja muito. Ele voltou de Princeton, onde estuda administração de empresas. — Ela está balbuciando, dando uma longa explicação para me dizer que não estão juntos, acho.

O irmão do chefe, não um namorado. Estou aliviado, mas a extensão do alívio que sinto é inesperada e me faz franzir o cenho. *Esta mulher realmente mexeu comigo.*

— Sr. Clayton. — Meu tom é deliberadamente ríspido.

— Sr. Grey. — Ele aperta minha mão sem firmeza. *Babaca.* — Espera aí, não é *o* Christian Grey? Da Grey Enterprises Holdings?

*Sim, sou eu, idiota.*

Em um instante, observo-o se metamorfosear de dono do pedaço para obsequioso.

— Nossa! Há alguma coisa em que eu possa lhe ser útil?

— Anastasia já me atendeu, Sr. Clayton. Foi muito atenciosa. — *Dê o fora.*

— Legal — diz ele efusivamente, respeitoso e com os olhos bem abertos. — Depois a gente se fala, Ana.

— Claro, Paul — concorda ela, e ele vai embora, em direção aos fundos da loja. Eu o observo desaparecer. — Mais alguma coisa, Sr. Grey?

— Só isso — murmuro.

Merda. Meu tempo está acabando e ainda não sei se vou vê-la de novo. Quero saber se existe alguma chance de ela considerar o que eu tenho em mente. Como posso perguntar? Estou pronto para uma nova submissa que não conhece nada do assunto? Ela vai precisar de muito treinamento. Fechando os olhos, imagino as possibilidades interessantes que isso oferece... Chegar lá vai ser metade da diversão. Ela vai se interessar? Ou estou julgando-a errado?

Ela volta para detrás do balcão do caixa e registra minhas compras, sempre olhando para baixo.

*Olhe para mim, droga!* Quero ver seus lindos olhos azuis de novo e tentar descobrir o que está pensando.

Finalmente, ela levanta a cabeça.

— São quarenta e três dólares, por favor.

*Só isso?*

— Quer uma sacola? — pergunta ela, enquanto eu entrego meu cartão de crédito.

— Por favor, Anastasia.

Seu nome — um nome lindo para uma garota linda — dança em minha língua.

Ela empacota as compras rápida e eficientemente. É isso. Eu tenho que ir.

— Você me telefona se quiser que eu pose para as fotos?

Ela confirma com a cabeça e me devolve meu cartão de crédito.

— Ótimo. Até amanhã, talvez. — *Não posso apenas ir embora. Tenho que mostrar que estou interessado.* — Ah... e Anastasia, ainda bem que a Srta. Kavanagh não pôde fazer a entrevista.

Ela parece surpresa e lisonjeada.

Isso é bom.

Jogo a sacola no ombro e saio da loja.

Sim, apesar de saber que isso é uma insensatez, eu a quero. Agora tenho que esperar... esperar, porra... de novo.

Com uma força de vontade que deixaria Elena orgulhosa, mantenho os olhos à frente quando tiro o celular do bolso e entro no carro alugado. Estou deliberadamente não olhando para ela. Não olho. Não olho. Meus olhos se movem depressa para o retrovisor, onde dá para ver a porta da loja, mas tudo que noto é a fachada antiquada. Ela não está na vitrine, olhando para mim.

*É decepcionante.*

Teclo um na discagem rápida e Taylor atende antes de o telefone ter a chance de começar a chamar.

— Sr. Grey — diz ele.

— Faça uma reserva no Heathman. Vou passar este fim de semana em Portland, e você pode trazer o SUV, meu computador, a papelada que está embaixo dele e uma ou duas mudas de roupa.

— Sim, senhor. E o Charlie Tango?

— Mande Joe mudá-lo para o PDX.

— Mandarei, senhor. Estarei com o senhor daqui a umas três horas e meia.

Desligo e dou partida no carro. Então tenho algumas horas em Portland enquanto espero para saber se essa garota está interessada em mim. O que fazer? Dá tempo para uma caminhada, acho. Talvez caminhando eu consiga tirar de mim esse desejo estranho.

JÁ PASSARAM CINCO HORAS e nada de telefonema da deliciosa Srta. Steele. Que diabo ela está pensando? Observo a rua da janela da minha suíte no Heathman. Detesto esperar. Sempre detestei. O tempo, agora nublado, ficou firme para minha excursão pelo Forest Park, mas a caminhada não ajudou em nada para curar minha agitação. Estou irritado com ela por não ligar, mas sobretudo estou furioso comigo mesmo. Sou burro por estar aqui. Tem sido uma perda de tempo correr atrás dessa mulher. Quando é que já corri atrás de mulher?

*Grey, contenha-se.*

Suspirando, verifico meu telefone mais uma vez na esperança de não ter ouvido a ligação dela, mas não há nada. Pelo menos Taylor chegou e estou com toda a porra do meu material. Tenho o relatório de Barney sobre os testes de grafeno do departamento dele para ler e posso trabalhar em paz.

*Paz?* Não tenho paz desde que a Srta. Steele caiu na minha sala.

QUANDO ERGO OS OLHOS, noto que o pôr do sol envolveu minha suíte em sombras cinza. A perspectiva de mais uma noite sozinho é deprimente. Enquanto contemplo o que vou fazer, meu celular vibra na madeira polida da mesa, e um número desconhecido, mas vagamente familiar, com código de área de Washington acende na tela. De repente, meu coração está acelerado como se eu tivesse corrido dezesseis quilômetros.

É ela?

Atendo.

— Hum... Sr. Grey? É Anastasia Steele.

Surge um sorriso idiota no meu rosto. *Ora, ora.* Uma Srta. Steele ofegante, nervosa, de voz baixa. Minha noite está melhorando.

— Srta. Steele. Que bom falar com você.

Ouço a respiração dela sair do ritmo e o som vai direto para a minha virilha.

Ótimo. Eu a estou afetando. Assim como ela está me afetando.

— Hum... nós gostaríamos de combinar a sessão de fotos para o artigo. Amanhã, se possível. Onde seria conveniente para o senhor?

*No meu quarto. Só eu, você e as braçadeiras.*

— Estou no Heathman, em Portland. Pode ser amanhã às nove e meia da manhã?

— Tudo bem, nos vemos lá — diz ela com um entusiasmo excessivo, incapaz de disfarçar o alívio e o encanto.

— Estou ansioso para isso, Srta. Steele.

Desligo antes que ela sinta minha empolgação e quão satisfeito estou. Recostando-me na cadeira, olho para o horizonte escurecendo e passo as mãos pelo cabelo.

Como diabo vou fechar esse negócio?

# DOMINGO, 15 DE MAIO DE 2011

Com Moby berrando em meus ouvidos, corro pela Southwest Salmon Street em direção ao rio Willamette. São seis e meia da manhã e estou tentando organizar meus pensamentos. Na noite passada sonhei com ela. Olhos azuis, voz ofegante... suas frases terminando com "senhor" enquanto ela ficava ajoelhada na minha frente. Desde que a conheci, meus sonhos sofreram uma agradável mudança do pesadelo ocasional. Eu me pergunto o que Flynn acharia disso. A ideia é desconcertante, então a ignoro e me concentro em forçar ao máximo meu corpo pela margem do Willamette. Enquanto os meus pés esmurram o chão, o sol rompe as nuvens e me dá esperança.

Duas horas mais tarde, quando já estou voltando para o hotel, passo por uma cafeteria. Talvez eu devesse levá-la para tomar um café.

*Tipo um encontro?*

Bem. Não. Um encontro, não. Rio desse pensamento ridículo. Só um bate-papo, uma espécie de entrevista. Então posso descobrir um pouco mais sobre essa mulher enigmática e saber se ela está interessada, ou se estou correndo atrás de uma furada. Estou sozinho no elevador quando me alongo. Terminando de me alongar na suíte, me sinto centrado e calmo pela primeira vez desde que cheguei a Portland. O café da manhã foi entregue e estou faminto. Essa não é uma sensação que eu tolere — nunca. De moletom, me sento e decido comer antes de ir para o banho.

Ouço uma batida enérgica na porta. Abro e Taylor está parado na soleira.

— Bom dia, Sr. Grey.

— Bom dia. Estão prontos para mim?

— Sim, senhor. Estão no quarto 601.

— Já vou descer.

Fecho a porta e enfio a camisa dentro da calça cinza. Meu cabelo está molhado do banho, mas não estou nem aí para isso. Dou uma olhada no babaca no espelho e vou atrás de Taylor até o elevador.

O quarto 601 está apinhado de gente, luzes e câmeras, mas vejo-a imediatamente. Ela está em pé num canto. Seu cabelo está solto: uma exuberante cabeleira brilhante caindo abaixo dos seios. Está usando uma calça jeans justa, tênis All Star e uma jaqueta de manga curta azul-marinho e camiseta branca por baixo. Será que a calça jeans e o All Star são seu visual característico? Embora não muito adequados, eles favorecem, sim, suas pernas torneadas. Seus olhos, irresistíveis como sempre, se arregalam quando me aproximo.

— Srta. Steele, tornamos a nos encontrar.

Ela aperta minha mão estendida e, por um momento, quero espremer a dela e levá-la aos lábios.

*Não seja ridículo, Grey.*

Ela fica com aquele tom cor-de-rosa delicioso e acena na direção da amiga, que está perto demais, aguardando minha atenção.

— Sr. Grey, essa é Katherine Kavanagh — diz ela.

Com relutância, solto-a e me viro para a persistente Srta. Kavanagh. Ela é alta, deslumbrante e bem-vestida, como o pai, mas tem os olhos da mãe. Preciso lhe agradecer por ter me apresentado à deliciosa Srta. Steele. Esse pensamento me faz sentir um pouquinho mais benevolente para com ela.

— A tenaz Srta. Kavanagh. Como vai? Creio que deve estar se sentindo melhor. Anastasia disse que esteve indisposta na semana passada.

— Estou bem, obrigada, Sr. Grey.

Ela tem um aperto de mão firme, seguro, e duvido que já tenha enfrentado um dia de privação em sua vida privilegiada. Eu me pergunto por que essas mulheres são amigas. Não têm nada em comum.

— Obrigada por arranjar tempo para fazer as fotos — diz Katherine.

— É um prazer — respondo, e olho para Anastasia, que me recompensa com aquele rubor revelador.

Sou só eu que a faço corar? Essa ideia me agrada.

— Este é José Rodriguez, nosso fotógrafo — diz Anastasia, e seu rosto se ilumina quando ela me apresenta a ele.

*Merda. Será que esse é o namorado dela?*

Rodriguez se infla com o sorriso doce de Ana.

*Será que eles estão trepando?*

— Sr. Grey.

Rodriguez me lança um olhar sombrio quando nos cumprimentamos. É um aviso. Ele está me dizendo para recuar. Gosta dela. Gosta muito dela.

*Bem, o jogo começou, garoto.*

— Sr. Rodriguez. Onde o senhor quer que eu fique? — Meu tom é um desafio, e ele nota isso, mas Katherine intervém e acena me indicando uma cadeira.

Ah. Ela gosta de estar no comando. Esse pensamento me diverte enquanto me sento. Outro jovem que parece estar trabalhando com Rodriguez acende as luzes, e fico cego momentaneamente.

*Droga!*

Quando o brilho intenso desaparece, procuro a linda Srta. Steele. Ela está em pé no fundo da sala, observando os acontecimentos. Será que é sempre tímida assim? Talvez por isso a Srta. Kavanagh e ela sejam amigas. Anastasia se contenta em ficar na retaguarda e deixar Katherine na linha de frente.

*Hum... uma submissa nata.*

O fotógrafo parece bastante profissional e absorto no trabalho para o qual foi designado. Olho a Srta. Steele enquanto ela nos observa. Nossos olhos se encontram. Os dela são sinceros e inocentes, e, por um momento, reconsidero meu plano. Mas então ela morde o lábio e fico sem ar.

*Recue, Anastasia.* Desejo com todas as forças que ela pare de me encarar, e, como se pudesse me ouvir, é a primeira a desviar o olhar.

*Boa menina.*

Katherine me pede para ficar de pé enquanto Rodriguez continua tirando fotos. Em seguida, terminamos, e é a minha chance.

— Obrigada mais uma vez, Sr. Grey.

Katherine se adianta e aperta minha mão, acompanhada pelo fotógrafo, que me olha com uma expressão de reprovação maldisfarçada. Seu antagonismo me faz sorrir.

*Ah, cara... você não tem ideia.*

— Estou ansioso para ler o artigo, Srta. Kavanagh — digo, fazendo-lhe um breve mas educado cumprimento de cabeça. É com Ana que quero falar. — Você me acompanha, Srta. Steele? — pergunto, quando a alcanço ao lado da porta.

— Claro — responde ela, surpresa.

*Aproveite a oportunidade, Grey.*

Murmuro alguma banalidade aos que ainda estão no quarto e conduzo-a para fora, querendo afastá-la um pouco de Rodriguez. No corredor, ela fica parada brincando com o cabelo, depois remexendo os dedos. Taylor vem atrás de mim.

— Ligo para você, Taylor — digo.

Quando ele está quase longe o suficiente para não ouvir, convido Ana para tomar um café comigo, prendendo a respiração enquanto aguardo a resposta dela.

Seus longos cílios se agitam sobre os olhos.

— Tenho que levar todo mundo para casa — diz ela, consternada.

— Taylor — grito para ele, assustando-a.

Devo deixá-la nervosa, e não sei se isso é bom ou ruim. E ela não consegue sossegar as mãos. Pensar em todas as maneiras pelas quais eu poderia fazê-la parar é algo que me distrai.

— Eles moram na universidade?

Ela faz que sim com a cabeça e peço que Taylor leve os amigos dela em casa.

— Pronto. Agora você pode vir tomar um café comigo?

— Hum, Sr. Grey, hã, isso realmente... — Ela para.

*Merda. Isso é um "não". Vou perder essa parada.* Ela olha diretamente para mim, os olhos brilhantes.

— Olhe, Taylor não precisa levá-los em casa. Eu troco de carro com a Kate, se me der um minutinho.

Meu alívio é tangível, e sorrio.

*Tenho um encontro!*

Abrindo a porta, deixo-a voltar ao quarto enquanto Taylor disfarça seu olhar intrigado.

— Você pode pegar meu paletó, Taylor?

— Com certeza, senhor.

Ele gira nos calcanhares, os lábios se franzindo enquanto segue pelo corredor. Com olhos semicerrados observo-o entrar no elevador e, enquanto isso, encosto na parede esperando a Srta. Steele.

Que diabo vou dizer a ela?

*"O que acharia de ser minha submissa?"*

*Não. Calma, Grey. Uma etapa de cada vez.*

Taylor volta em alguns minutos, segurando meu paletó.

— Isso é tudo, senhor?

— Sim. Obrigado.

Ele me entrega o paletó e me deixa plantado feito um idiota no corredor.

Quanto tempo Anastasia vai demorar? Confiro meu relógio. Ela deve estar negociando a troca de carro com Katherine. Ou está conversando com Rodriguez, explicando que só vai tomar um café comigo para me acalmar e me deixar bonzinho para o artigo. Meus pensamentos ficam sombrios. Talvez ela esteja lhe dando um beijo de despedida.

*Droga.*

Ela aparece logo depois, e fico satisfeito. Não parece que acabou de ser beijada.

— Tudo bem — diz ela, decidida. — Vamos tomar café.

Mas suas bochechas enrubescendo minam seu esforço de parecer segura.

— Vá na frente, Srta. Steele.

Disfarço meu encanto quando ela sai andando na minha frente. Ao alcançá-la, fico curioso para entender sua relação com Katherine, especificamente a compatibilidade das duas. Pergunto há quanto tempo se conhecem.

— Desde o primeiro ano. Ela é uma boa amiga. — Sua voz é cheia de afeto.

Ana é visivelmente dedicada. Foi até Seattle me entrevistar quando Katherine estava doente, e me dou conta de que espero que a Srta. Kavanagh a trate com a mesma lealdade e o mesmo respeito.

Aperto o botão do elevador e as portas se abrem quase de imediato. Um casal num abraço apaixonado se separa automaticamente, constrangido por ter sido flagrado. Fingindo não ter reparado, entramos no elevador, mas noto o sorriso travesso de Anastasia.

Enquanto seguimos para o primeiro andar, o clima está carregado de desejo a ser realizado. E não sei se está emanando do casal atrás de nós ou de mim.

*Sim. Eu a quero. Será que ela vai querer o que tenho a oferecer?*

Fico aliviado quando as portas tornam a se abrir e pego a mão dela, que está fria, mas não pegajosa como era de se esperar. Talvez eu não a afete tanto quanto gostaria. A ideia é desanimadora.

Atrás de nós, ouvimos risadinhas constrangidas do casal.

— O que será que os elevadores têm? — murmuro.

Preciso admitir que há alguma coisa saudável e ingênua nas risadinhas deles que é absolutamente encantadora. A Srta. Steele parece inocente assim, igual aos dois, e conforme saímos para a rua volto a questionar meus motivos.

Ela é muito jovem. Muito inexperiente, mas, droga, gosto do toque da mão dela na minha.

No café, mando-a procurar uma mesa e pergunto o que quer beber. Ela gagueja do início ao fim do pedido: chá preto, com água quente e saquinho à parte. Isso é novidade para mim.

— Nada de café?

— Não gosto de café.

— Tudo bem, chá com o saquinho à parte. Doce?

— Não, obrigada.

— Alguma coisa para comer?

— Não, obrigada.

Ela balança a cabeça negativamente e joga o cabelo por cima do ombro, realçando os reflexos avermelhados.

Tenho que esperar na fila enquanto as duas mulheres corpulentas atrás do balcão trocam gentilezas idiotas com *todos* os clientes. Isso é frustrante e está me impedindo de chegar ao meu objetivo: Anastasia.

— Olá, bonitão, o que vai querer? — pergunta a mulher mais velha com um brilho nos olhos. *É só um rosto bonitinho, querida.*

— Vou querer café com espuma de leite. Chá preto. Saquinho à parte. E um muffin de blueberry.

Anastasia pode mudar de ideia e comer.

— Está visitando Portland?

— Sim.

— No fim de semana?

— Sim.

— O tempo melhorou mesmo hoje.

— Sim.

— Espero que curta um pouco de sol.

*Por favor, pare de falar comigo e se apresse, porra.*

— Sim — sibilo entre os dentes e olho para Ana, que desvia o olhar depressa.

*Ela está me observando. Será que está me avaliando?*

Uma bolha de esperança cresce no meu peito.

— Pronto. — A mulher pisca e coloca as bebidas na minha bandeja. — Pague no caixa, querido, e tenha um bom dia.

Consigo dar uma resposta cordial:

— Obrigado.

Na mesa, Anastasia está olhando para os próprios dedos, refletindo sobre sabe-se lá o quê.

*Sobre mim?*

— Um centavo pelos seus pensamentos? — pergunto.

Ela dá um pulo e enrubesce quando coloco seu chá e meu café na mesa. Está calada e mortificada. Por quê? Será que não quer realmente estar aqui?

— Em que está pensando? — insisto, e ela brinca com o saquinho de chá.

— Este é o meu chá preferido — diz ela, e reviso minha anotação mental de que é do chá Twinings English Breakfast que ela gosta.

Observo-a molhar o saquinho de chá no bule. É um espetáculo elaborado e bagunçado. Ela puxa quase imediatamente o saquinho e, depois de usado, coloca-o no pires. Minha boca está se retorcendo com a graça que estou achando. Quando ela me diz que gosta de chá fraco, por um momento acho que está descrevendo o que gosta num homem.

*Contenha-se, Grey.* Ela está falando de chá.

Basta desse preâmbulo. Está na hora de uma *due diligence* nesse negócio.

— Ele é seu namorado?

Ela franze o cenho, formando um pequeno *v* em cima do nariz.

— Quem?

*É uma boa resposta.*

— O fotógrafo. José Rodriguez.

Ela ri. De mim.

*De mim!*

E não sei se está rindo de alívio ou se acha que sou engraçado. É irritante. Não consigo avaliá-la. Será que gosta de mim ou não? Ela me diz que ele é só um amigo.

*Ah, querida, ele quer ser mais do que um amigo.*

— Por que achou que ele fosse meu namorado?

— Pelo jeito como você sorriu para ele e ele sorriu para você. — *Você não faz ideia, né?* O garoto está caidinho.

— Ele é mais como uma pessoa da família — diz ela.

Tudo bem, então o desejo é unilateral, e fico me perguntando se ela tem noção de quão linda é. Ela olha para o muffin de blueberry enquanto tiro o papel, e, por um instante, imagino-a ajoelhada ao meu lado enquanto lhe dou um pedacinho de cada vez. É um pensamento divertido e excitante.

— Quer um pedaço? — pergunto.

Ela faz que não com a cabeça.

— Não, obrigada. — Sua voz é hesitante e ela olha de novo para as próprias mãos. Por que está tão nervosa? Talvez seja por minha causa.

— E o rapaz que conheci ontem na loja? Ele não é seu namorado?

— Não. Paul é apenas um amigo. Eu lhe disse ontem. — Ela volta a franzir o cenho como se estivesse confusa e cruza os braços num gesto defensivo. Não gosta que perguntem sobre esses rapazes. Lembro-me de como pareceu sem jeito quando o garoto na loja passou o braço em volta dela, reivindicando seu direito. — Por quê? — acrescenta.

— Você parece nervosa perto dos homens.

Os olhos dela se arregalam. São realmente lindos, da cor do mar em Cabo, o mais azul dos mares azuis. Eu deveria levá-la um dia lá.

*O quê? De onde veio isso?*

— Você me intimida — confessa ela, e baixa os olhos, brincando mais uma vez com os próprios dedos. Por um lado, é muito submissa, mas por outro, é... desafiadora.

— Você deve mesmo me achar intimidante.

Sim. Ela deve. Não há muitas pessoas com coragem suficiente para me dizer que eu as intimido. Ela é sincera, e digo isso, mas, como desvia o olhar, não sei o que está pensando. É frustrante. Será que gosta de mim? Ou está tolerando esse encontro para manter a entrevista de Kavanagh sob controle? Qual das duas opções?

— Você é um mistério, Srta. Steele.

— Não tenho nada de misteriosa.

— Acho você muito contida. — Como qualquer boa submissa. — A não ser quando enrubesce, claro, o que acontece com frequência. Eu só gostaria de saber por qual motivo estaria enrubescendo.

*Pronto.* Isso a incitará a dar uma resposta. Enfiando um pedacinho de muffin na boca, aguardo sua réplica.

— Você sempre faz esse tipo de observação pessoal?

*Isso não é tão pessoal, é?*

— Não tinha me dado conta de que era tão pessoal. Eu a ofendi?

— Não.

— Ótimo.

— Mas você é muito arrogante.

— Estou acostumado a fazer o que quero, Anastasia. A respeito de tudo.

— Não duvido — murmura ela, e depois quer saber por que não pedi para que me chamasse pelo meu primeiro nome.

*O quê?*

E me lembro dela no elevador ao sair da minha sala, de como meu nome soou ao sair daquela boca inteligente. Será que ela enxergou dentro de mim? Está me antagonizando deliberadamente? Digo que ninguém me chama de Christian, a não ser meus familiares...

*Nem mesmo sei se esse é meu nome verdadeiro.*

*Não vá por aí, Grey.*

Mudo de assunto. Quero saber sobre ela.

— Você é filha única?

Ela pisca várias vezes antes de responder que sim, é.

— Fale de seus pais.

Ela revira os olhos e tenho que conter o impulso de repreendê-la.

— Minha mãe mora na Geórgia com o novo marido, Bob. Meu padrasto mora em Montesano.

Claro que sei tudo isso a partir dos antecedentes que Welch levantou, mas é importante ouvir dela. Seus lábios se suavizam em um sorriso carinhoso ao mencionar o padrasto.

— E seu pai? — pergunto.

— Meu pai morreu quando eu era bebê.

Por um momento, sou catapultado para meus pesadelos, olhando para um corpo prostrado num chão sujo.

— Sinto muito — murmuro.

— Não me lembro dele — diz ela, me puxando de volta para o presente.

Sua expressão é calma e despreocupada, e sei que Raymond Steele foi um bom pai para essa garota. A relação dela com a mãe, por outro lado... ainda não ficou muito clara.

— E sua mãe se casou novamente?

A risada dela é amarga.

— Pode-se dizer que sim.

Mas ela não dá detalhes. É uma das poucas mulheres que conheço capazes de ficar sentadas sem dizer nada. O que é ótimo, mas não o que quero no momento.

— Você não está me contando muita coisa, não é?

— Nem você — defende-se ela.

*Ah, Srta. Steele. O jogo começou.*

E é com grande prazer e um sorrisinho irônico que ressalto que ela já me entrevistou.

— Eu me lembro de algumas perguntas bem íntimas.

*Sim. Você me perguntou se eu era gay.*

Minha declaração produz o efeito desejado e ela fica constrangida. Começa a balbuciar sobre ela mesma, e alguns detalhes atingem o alvo. Sua mãe é uma romântica incurável. Acho que uma pessoa no quarto casamento está abraçando a esperança em detrimento da experiência. Será que ela é igual à mãe? Não sou capaz de me forçar a perguntar isso. Se disser que é... aí não tenho esperança alguma. E não quero que essa entrevista termine. Estou me divertindo muito.

Pergunto sobre seu padrasto, e ela confirma meu palpite. É óbvio que o ama. Seu rosto se ilumina quando fala dele: seu trabalho (ele é marceneiro), seus hobbies (ele gosta de futebol europeu e de pescar). Ela preferiu ir morar com ele quando a mãe se casou pela terceira vez.

*Interessante.*

Ela endireita os ombros.

— E os *seus* pais? — pergunta ela, numa tentativa de desviar a conversa de sua família.

Não gosto de falar sobre a minha, então não entro em detalhes.

— Meu pai é advogado, minha mãe é pediatra. Eles moram em Seattle.

— O que os seus irmãos fazem?

Ela quer falar sobre isso? Dou a resposta curta de que Elliot trabalha com construção e Mia está fazendo um curso de culinária em Paris.

Ela escuta, absorta.

— Ouvi dizer que Paris é linda — diz, com uma expressão sonhadora.

— É linda. Conhece?

— Eu nunca saí dos Estados Unidos.

A cadência em sua voz diminui, com um tom de pesar. Eu poderia levá-la até lá.

— Gostaria de conhecer?

*Primeiro Cabo, agora Paris. Controle-se, Grey.*

— Paris? Claro. Mas eu gostaria de conhecer mesmo a Inglaterra.

Seu rosto se ilumina de empolgação. A Srta. Steele quer viajar. Mas por que Inglaterra?, pergunto.

— É a terra de Shakespeare, de Austen, das irmãs Brontë, de Thomas Hardy. Eu gostaria de ver os lugares que inspiraram essas pessoas a escrever tantos livros maravilhosos.

É óbvio que seu primeiro amor é esse.

*Livros.*

Ela disse a mesma coisa na Clayton's ontem. O que significa que estou competindo com Darcy, Rochester e Angel Clare: heróis românticos impossíveis. Aqui está a prova de que eu precisava. Ela é uma romântica incurável, como a mãe. Isso não vai dar certo. Para piorar as coisas, ela dá uma olhada no relógio. Já chega para ela.

*Coloquei tudo a perder.*

— Preciso ir. Tenho que estudar — diz ela.

Ofereço-me para acompanhá-la até o carro da amiga, o que significa que tenho a caminhada de volta ao hotel para vender meu peixe.

*Mas será que eu deveria?*

— Obrigada pelo chá, Sr. Grey — diz ela.

— De nada, Anastasia. Foi um prazer. — Quando falo isso, percebo que os últimos vinte minutos foram... agradáveis. Esboçando meu sorriso mais deslumbrante, que com certeza é capaz de desarmar, ofereço-lhe a mão. — Venha — digo.

Ela aceita minha mão, e enquanto caminhamos de volta até o Heathman, não consigo disfarçar quão agradável é o toque da sua mão na minha.

*Talvez isso possa dar certo.*

— Você sempre usa jeans? — pergunto.

— Quase sempre — responde, e são dois pontos contra ela: romântica incurável e só usar calça jeans... Gosto de mulheres de saia. Gosto delas acessíveis.

— Você tem namorada? — pergunta ela do nada, e esse é o terceiro ponto. Estou fora dessa parada incipiente. Ela quer romance, e isso não posso oferecer.

— Não, Anastasia. Eu não quero saber de namorada.

Franzindo o cenho, ela se vira bruscamente e tropeça na rua.

— Que merda, Ana! — grito, puxando-a para mim a fim de impedir que ela caia na frente de um ciclista idiota que está subindo apressado a rua na contramão.

De repente, ela está nos meus braços, agarrando meus bíceps, olhando para mim. Seus olhos estão assustados, e pela primeira vez vejo um círculo de tom mais escuro de azul ao redor de suas íris. Seus olhos são lindos, ainda mais lindos assim de perto. Suas pupilas se dilatam e sei que eu poderia me jogar naquele olhar e nunca mais voltar. Ela respira fundo.

— Você está bem? — Minha voz sai estranha e distante, e me dou conta de que ela está me tocando, mas não me importo.

Meus dedos acariciam seu rosto. Sua pele é macia e lisa, e quando passo o polegar por seu lábio inferior, fico sem ar. Seu corpo está colado ao meu, e sentir seus seios e seu calor através da camisa é excitante. Ela tem um cheiro fresco, limpo, que lembra o pomar de macieiras do meu avô. Fechando os olhos, inspiro, memorizando o perfume dela. Quando os abro, ela ainda está olhando para mim, me suplicando, me implorando, o olhar fixo na minha boca.

*Merda.* Ela quer que eu a beije.

E quero beijá-la. Só uma vez. Seus lábios estão entreabertos, prontos, aguardando. Sua boca parece acolhedora sob meu polegar.

*Não. Não. Não. Não faça isso, Grey.*

*Ela não é garota para você.*

Quer flores e bombons, e você não oferece essas merdas.

Fecho os olhos para tentar esquecê-la e resistir à tentação. Quando volto a abri-los, minha decisão está tomada.

— Anastasia — sussurro —, você deve ficar longe de mim. Eu não sou homem para você.

O pequeno *v* se forma entre suas sobrancelhas, e acho que ela parou de respirar.

— Respire, Anastasia, respire. — Tenho que soltá-la antes que eu faça alguma burrice, mas estou surpreso com minha relutância. Quero segurá-la mais um pouco. — Vou levantá-la e soltá-la.

Dou um passo para trás e ela me larga. No entanto, estranhamente, não sinto nenhum alívio. Deslizo as mãos até seus ombros para garantir que ela consiga se levantar. Sua expressão se entristece com a humilhação. Ela está mortificada com minha rejeição.

*Droga. Não tive intenção de magoá-la.*

— Entendi — diz ela, o desapontamento ressoando em seu tom entrecortado. Ela está formal, distante, mas não se mexe para se soltar de mim. — Obrigada.

— Pelo quê?

— Por me salvar.

E quero dizer a ela que a estou salvando de mim... que esse é um gesto nobre, mas não é isso que ela quer ouvir.

— Aquele idiota estava na contramão. Ainda bem que eu estava aqui. Nem quero pensar no que poderia ter acontecido com você.

Dessa vez, eu é que balbucio e ainda não consigo soltá-la. Ofereço para me sentar com ela no hotel, sabendo que essa é uma tática para prolongar meu tempo com ela. Só então a solto de fato.

Ela balança a cabeça, as costas totalmente rígidas, e envolve o próprio corpo com os braços num gesto de resguardo. Logo depois, atravessa a rua depressa e tenho que correr para acompanhar seu ritmo.

Quando chegamos ao hotel, ela se vira para me encarar mais uma vez, calma.

— Obrigada pelo chá e por posar para as fotos.

Ela me olha sem paixão e o pesar arde em meu estômago.

— Anastasia... eu... — Não consigo pensar no que dizer, a não ser que sinto muito.

— O quê, Christian? — pergunta ela bruscamente.

*Opa.* Ela está brava comigo, despejando todo o desprezo que pode em cada sílaba do meu nome. Isso é novidade. Ela está indo embora. E não quero que ela vá.

— Boa sorte nas provas.

Seus olhos brilham com mágoa e indignação.

— Obrigada — murmura ela, com um tom de desdém. — Até logo, Sr. Grey.

Ela dá meia-volta e anda a passos largos pela rua, indo em direção à garagem subterrânea. Observo-a se afastar, torcendo para que olhe mais uma vez para mim, mas ela não faz isso. Entra no prédio, deixando atrás de si um rastro de pesar, a lembrança de seus belos olhos azuis, e o perfume de um pomar de macieiras no outono.

## QUINTA-FEIRA, 19 DE MAIO DE 2011

*Não!* Meu grito rebate nas paredes do quarto e me acorda do pesadelo. Estou coberto de suor, com o fedor de cerveja quente, cigarro e pobreza nas narinas e um pavor persistente de violência cometida por gente bêbada. Ao me sentar, apoio a cabeça nas mãos enquanto tento acalmar meus batimentos cardíacos acelerados e minha respiração errática. Tem sido assim nas quatro últimas noites. Conferindo o relógio, vejo que são três da manhã.

Tenho duas reuniões importantes amanhã... hoje... e preciso de uma mente organizada e de um pouco de sono. *Droga, o que eu não daria por uma boa noite de sono.* E tenho a porra de uma partida de golfe com Bastille. Eu devia cancelar o golfe. A ideia de jogar e perder me deixa com um humor ainda pior.

Saindo com dificuldade da cama, perambulo pelo corredor e entro na cozinha. Ali, encho um copo com água e me vejo, vestindo só a calça do pijama, refletido na parede de vidro do outro lado do cômodo. Viro a cara enojado.

Você a rejeitou.

Ela queria você.

E você a rejeitou.

*Foi para o bem dela.*

Já faz dias que isso me perturba. Seu lindo rosto surge na minha mente sem avisar, zombando de mim. Se meu analista tivesse voltado das férias na Inglaterra, eu poderia ligar para ele. Sua psicologia barata me impediria de me sentir péssimo desse jeito.

*Grey, ela era só uma garota bonita.*

Talvez eu precise de uma distração: quem sabe uma nova sub. Faz muito tempo desde Susannah. Penso em ligar para Elena de manhã. Ela sempre encontra candidatas adequadas para mim. Mas a verdade é que não quero ninguém novo.

Quero Ana.

Seu desapontamento, sua indignação magoada e seu desprezo permanecem comigo. Ela foi embora sem olhar para trás. Talvez eu a tenha enchido de esperança ao convidá-la para um café, só para desapontá-la.

Talvez eu devesse encontrar um jeito de pedir desculpas, depois posso esquecer esse episódio todo e tirar a garota da cabeça.

Deixando o copo na pia para minha governanta lavar, volto me arrastando para a cama.

O DESPERTADOR TOCA ÀS cinco e quarenta e cinco quando estou olhando para o teto. Não dormi e me sinto exausto.

*Porra! Isso é ridículo.*

O programa no rádio é uma distração agradável até a segunda notícia. É sobre a venda de um manuscrito raro: um romance inacabado de Jane Austen chamado *Os Watsons* que está sendo leiloado em Londres.

*"Livros", dissera ela.*

*Caramba*. Até a notícia no rádio me lembra da pequena Srta. Traça.

Ela é uma romântica incurável que ama os clássicos ingleses. Mas, por outro lado, eu também, só que por motivos diferentes. Não tenho nenhuma primeira edição da Jane Austen, nem nenhum livro das irmãs Brontë, aliás... mas tenho dois Thomas Hardy.

*Claro!* É isso! É isso que posso fazer.

Instantes depois, estou na biblioteca com *Judas, o Obscuro* e a caixa com a coletânea dos três volumes de *Tess of the d'Urbervilles* dispostos na minha frente em cima da mesa de bilhar. São livros deprimentes, com temas trágicos. Hardy tinha uma alma sombria, distorcida.

*Como eu.*

Livro-me do pensamento e examino os exemplares. Embora *Judas* esteja em melhor estado, não há o que discutir. Em *Judas* não há redenção, por isso vou mandar *Tess* para ela, com uma citação adequada. Sei que esse não é o mais romântico dos livros, considerando os males que atingem a heroína, mas ela experimenta brevemente o amor romântico no idílio bucólico que é o campo inglês. E Tess se vinga, sim, do homem que lhe fez mal.

Mas esse não é o ponto. Ana mencionou Hardy como um favorito e tenho certeza de que ela nunca viu, muito menos possuiu, uma primeira edição.

*"O senhor parece ser um consumidor voraz."* A resposta crítica de Anastasia na entrevista ressurge para me assombrar. Sim, gosto de possuir coisas, coisas que vão ficando mais valiosas, como primeiras edições.

Sentindo-me mais calmo e mais sereno, e um pouquinho mais satisfeito comigo mesmo, vou novamente até o meu closet e visto o traje de corrida.

No banco de trás do carro, folheio o primeiro volume da primeira edição de *Tess*, procurando uma citação, e ao mesmo tempo me perguntando quando será a última prova de Ana. Li o livro anos atrás e tenho uma vaga lembrança da trama. A ficção era meu refúgio quando eu era adolescente. Minha mãe sempre ficava impressionada por eu ler. Elliot nem tanto. Eu ansiava pela fuga que a literatura proporcionava. Ele não precisava disso.

— Sr. Grey — interrompe Taylor. — Chegamos, senhor. — Ele salta do carro e abre minha porta. — Estarei de volta às duas horas para levá-lo à sua partida de golfe.

Balanço a cabeça afirmativamente e então sigo para a Grey House, os livros embaixo do braço. A jovem recepcionista me cumprimenta com um sedutor aceno de mão.

*Todo dia... Como uma melodia cafona tocando sem parar.*

Fingindo não vê-la, sigo para o elevador que me levará direto ao meu andar.

— Bom dia, Sr. Grey — diz Barry, o segurança, quando aperta o botão para chamar o elevador.

— Como vai seu filho, Barry?

— Melhor, senhor.

— Que bom.

Entro no elevador, que sobe ligeiro ao vigésimo andar. Andrea já está pronta para me cumprimentar.

— Bom dia, Sr. Grey. Ros quer falar com o senhor para discutir o projeto de Darfur. Barney gostaria de uns minutinhos...

Estendo a mão para silenciá-la.

— Esqueça esses por enquanto. Ponha Welch na linha e descubra se Flynn já voltou de férias. Depois que eu tiver falado com Welch, podemos retomar a agenda do dia.

— Sim, senhor.

— E preciso de um espresso duplo. Mande Olivia fazer para mim.

Mas, olhando em volta, vejo que Olivia não está. É um alívio. A garota vive suspirando por mim e isso é irritante, porra.

— Gostaria de leite, senhor? — pergunta Andrea.

*Boa menina.* Dou um sorriso para ela.

— Hoje, não.

Gosto, sim, de fazê-las ficar adivinhando como gosto do meu café.

— Ótimo, Sr. Grey.

Ela parece satisfeita consigo mesma, e realmente deveria estar. É a melhor assistente pessoal que já tive.

Três minutos depois, ela está com Welch na linha.

— Welch?

— Sr. Grey.

— Os antecedentes que você levantou para mim na semana passada. Anastasia Steele. Estudante da WSU.

— Sim, senhor. Eu me lembro.

— Gostaria que você descobrisse quando será a última prova dela, e me informe com urgência.

— Ótimo, senhor. Mais alguma coisa?

— Não, isso é tudo.

Desligo e observo os livros na minha mesa. Preciso encontrar uma citação.

ROS, MEU BRAÇO DIREITO e diretora de operações, está em pleno discurso.

— Estamos obtendo permissão das autoridades sudanesas para entrar com os carregamentos em Porto Sudão. Mas nossos contatos em terra estão hesitantes quanto à viagem pela estrada até Darfur. Eles estão fazendo uma avaliação dos riscos para averiguar a viabilidade disso.

A logística deve ser difícil. Sua costumeira boa disposição está ausente.

— Sempre podemos soltar a carga de paraquedas.

— Christian, a despesa desse tipo de entrega…

— Eu sei. Vamos ver o que nossos amigos da ONG respondem.

— Tudo bem — diz ela, suspirando. — Também estou esperando o sinal verde do Departamento de Estado.

Reviro os olhos. Que porra de burocracia.

— Se tivermos que molhar algumas mãos, ou fazer o senador Blandino intervir, me avise.

— Então o próximo tópico é onde instalar a nova fábrica. Você sabe que os benefícios fiscais em Detroit são enormes. Mandei um resumo.

— Eu sei. Mas, meu Deus, tem que ser Detroit?

— Não sei o que você tem contra esse lugar. Satisfaz nossos critérios.

— Tudo bem. Mande Bill dar uma olhada em potenciais zonas industriais degradadas. E vamos fazer mais uma busca para ver se outra prefeitura ofereceria termos mais favoráveis.

— Bill já enviou Ruth lá para se reunir com os responsáveis pela reconstrução de áreas degradadas de Detroit, que poderiam ser mais complacentes, mas pedirei para Bill dar uma olhada final.

Meu telefone toca.

— Sim — rosno para Andrea. Ela sabe que odeio ser interrompido durante uma reunião.

— Estou com Welch para o senhor.

Meu relógio marca onze e meia da manhã. Essa foi rápida.

— Pode passar a ligação.

Faço sinal para Ros ficar.

— Sr. Grey?

— Welch. Quais são as novidades?

— A última prova da Srta. Steele é amanhã, 20 de maio.

*Droga*. Não tenho muito tempo.

— Ótimo. É tudo o que preciso saber. — Desligo. — Ros, aguente aí só um instante.

Pego o telefone. Andrea atende imediatamente.

— Andrea, preciso em menos de uma hora de um cartão branco para escrever uma mensagem — digo, desligando em seguida. — Muito bem, Ros, onde estávamos?

Ao meio-dia e meia, Olivia entra arrastando os pés na minha sala com o almoço. Ela é uma garota alta e esguia de rostinho bonito. Infelizmente, seu rosto vive equivocadamente direcionado para mim cheio de desejo. Ela está trazendo uma bandeja com o que espero ser algo comestível. Depois de uma manhã movimentada, estou faminto. Ela treme ao colocar a bandeja na minha mesa.

Salada de atum. Tudo bem. Pela primeira vez, ela não estragou tudo.

Também deixa na mesa três cartões brancos diferentes, um de cada tamanho, com os envelopes correspondentes.

— Ótimo — balbucio.

*Agora vá embora*. Ela sai apressada.

Como um pedaço de atum para aliviar a fome, depois estico o braço para pegar a caneta. Já selecionei uma citação. Um aviso. Fiz a escolha certa ao me afastar dela. Nem todos os homens são heróis românticos. Tirarei a palavra “homens”. Ela vai entender.

> *Por que não me disse que havia perigo? Por que não me avisou? As senhoras sabem do que se proteger, porque leem romances que as ensinam sobre esses truques...*

Enfio o cartão no envelope e nele escrevo o endereço de Ana, que memorizei desde o levantamento de antecedentes feito por Welch. Ligo para Andrea.

— Sim, Sr. Grey.

— Pode vir aqui, por favor?

— Sim, senhor. — Ela aparece à minha porta um instante depois. — Sr. Grey?

— Pegue esses livros, embrulhe-os e mande-os para Anastasia Steele, a moça que me entrevistou na semana passada. Aqui está o endereço dela.

— Agora mesmo, Sr. Grey.

— Eles têm que chegar o mais tardar amanhã.

— Sim, senhor. Só isso?

— Não. Preciso que encontre substitutos.

— Para esses livros?

— Sim. Primeiras edições. Deixe Olivia cuidar disso.

— Que livros são?

— *Tess of the d'Urbervilles.*

— Sim, senhor.

Ela me dá um raro sorriso e sai da minha sala.

*Por que está sorrindo?*

Ela nunca sorri. Deixando isso para lá, me pergunto se esta será a última vez que vejo esses livros, e tenho que admitir que, no fundo, espero que não.

## SEXTA-FEIRA, 20 DE MAIO DE 2011

Dormi bem pela primeira vez em cinco dias. Talvez eu esteja pressentindo o desfecho que espero, agora que mandei aqueles livros para Anastasia. Enquanto faço a barba, o babaca no espelho me encara com olhos frios, cinzentos.

*Mentiroso.*

*Merda.*

*Tudo bem. Tudo bem.* Espero que ela ligue. Tem meu número.

A Sra. Jones ergue os olhos quando entro na cozinha.

— Bom dia, Sr. Grey.

— Bom dia, Gail.

— O que gostaria para o café da manhã?

— Um omelete. Obrigado.

Sento-me à bancada da cozinha enquanto ela prepara minha comida e folheio o *Wall Street Journal* e o *New York Times*, depois leio atentamente o *Seattle Times*. Enquanto estou absorto nos jornais, meu telefone toca.

É Elliot. Que diabo meu irmão mais velho quer?

— Elliot?

— Cara. Tenho que sair de Seattle esse fim de semana. Tem uma garota que vive atrás dos meus documentos e preciso me afastar.

— Seus documentos?

— É. Se você tivesse, saberia.

Ignoro a gozação dele e então tenho uma ideia maquiavélica.

— Que tal dar um passeio por Portland? Poderíamos ir hoje à tarde. Ficar lá. Voltar no domingo.

— Acho legal. Naquela aeronave, ou quer ir de carro?

— É um helicóptero, Elliot, e eu levo a gente no meu carro. Passe no escritório na hora do almoço para irmos.

— Obrigado, irmão. Fico devendo essa.

Elliot desliga.

Ele sempre teve problemas em se controlar. Assim como as mulheres com quem se envolve: quem quer que seja a infeliz, é só mais uma na longa fila de seus casos sem compromisso.

— Sr. Grey. O que gostaria de comer este fim de semana?

— Prepare só uma coisa leve e deixe na geladeira. Talvez eu volte no sábado.

Ou talvez não.

*Ela nem lançou uma segunda olhadela para você, Grey.*

Por ter passado grande parte da minha vida profissional administrando as expectativas dos outros, eu deveria ser melhor em administrar as minhas.

ELLIOT PASSA A MAIOR parte da viagem para Portland dormindo. O pobre filho da puta deve estar exausto. Trabalhar e trepar: essa é sua razão de ser. Ele está esparramado no banco do carona, roncando.

Vai ser uma companhia e tanto.

Vamos chegar a Portland depois das três da tarde, então ligo para Andrea no viva voz.

— Sr. Grey — atende ela no segundo toque.

— Pode mandar entregar duas mountain bikes no Heathman?

— Que horas, senhor?

— Às três.

— As bicicletas são para o senhor e o seu irmão?

— Sim.

— Seu irmão tem cerca de um metro e noventa e cinco?

— Sim.

— Vou tratar disso já.

— Ótimo.

Desligo, depois ligo para Taylor.

— Sr. Grey — atende ele no primeiro toque.

— A que horas você estará aqui?

— Vou chegar por volta das nove da noite.

— Pode trazer o R8?

— Com prazer, senhor.

Taylor também é fanático por carros.

— Ótimo.

Encerro a ligação e aumento o volume da música. Vamos ver se Elliot consegue dormir com The Verve tocando.

Enquanto seguimos pela I-5 em velocidade de cruzeiro, minha empolgação aumenta.

Será que os livros já foram entregues? Fico tentado a ligar de novo para Andrea, mas sei que a deixei com uma tonelada de trabalho. Além do mais, não quero dar ao meu pessoal pretexto para fofoca. Normalmente, não faço esse tipo de coisa.

*Por que mandou os livros, para início de conversa?*

*Porque quero vê-la outra vez.*

Passamos pela saída para Vancouver e me pergunto se ela já terminou a prova.

— Ei, cara, onde estamos? — pergunta Elliot.

— Veja só, ele acordou — murmuro. — Estamos quase chegando. Vamos andar, fazer mountain bike.

— Vamos?

— Sim.

— Legal. Lembra quando papai levava a gente?

— Lembro.

Balanço a cabeça negativamente com a recordação. Meu pai é um polímata, um verdadeiro homem do Renascimento: acadêmico, esportista, à vontade na cidade, mais à vontade ainda na vida ao ar livre. Ele adotou três crianças... e sou o que não estava à altura das expectativas dele.

Mas, antes de eu chegar à adolescência, nós tínhamos um vínculo. Ele era meu herói. Adorava nos levar para acampar e fazer todas as atividades ao ar livre de que gosto hoje em dia: velejar, andar de caiaque, pedalar, fizemos tudo isso.

A puberdade estragou todas essas coisas para mim.

— Imaginei que, se chegássemos no meio da tarde, teríamos tempo para um passeio.

— Boa ideia.

— Então, de quem você está fugindo?

— Cara, sou do tipo ame-as e deixe-as. Você sabe disso. Nada de compromissos. Sei lá, as mulheres descobrem que você é dono do próprio negócio e começam a ter ideias malucas. — Ele me lança um olhar enviesado. — Fez bem em guardar seu pau para você.

— Acho que essa conversa não é sobre o meu pau, e sim sobre o seu, e quem esteve recentemente nessa zona problemática.

Elliot dá uma risadinha.

— Já perdi a conta. Enfim, chega de falar de mim. Como vai o estimulante mundo do comércio e das altas finanças?

— Quer mesmo saber?

Lanço um olhar para meu irmão.

— Não — resmunga ele e rio de sua apatia e falta de eloquência.

— Como vão os negócios? — pergunto.

— Está querendo saber do seu investimento?

— Sempre.

É o meu trabalho.

— Bem, semana passada começamos a obra no projeto Spokani Eden, e está dentro do prazo, mas por outro lado só faz uma semana.

Ele dá de ombros. Por trás da sua fachada descontraída, meu irmão é um defensor ferrenho do meio ambiente. Sua paixão por um estilo de vida sustentável contribui para algumas acaloradas conversas nos jantares de domingo em família, e seu último projeto é um loteamento ecologicamente correto de moradias de baixo custo ao norte de Seattle.

— Espero conseguir instalar aquele novo sistema de reaproveitamento de água do qual lhe falei. Isso vai fazer com que todas as moradias reduzam o consumo de água e as contas em vinte e cinco por cento.

— Impressionante.

— Espero que sim.

Em silêncio, entramos no centro de Portland e, justo quando estamos chegando à garagem subterrânea no Heathman — o último lugar onde a vi —, Elliot murmura:

— Você sabe que vamos perder o jogo do Mariners hoje à noite, não sabe?

— Talvez você possa passar uma noite na frente da tevê. Dar um descanso ao seu pau e ver beisebol.

— Parece um bom plano.

ACOMPANHAR O RITMO DE Elliot é um desafio. Ele desce a trilha com a mesma atitude irreverente e temerária que tem na maioria das situações. Elliot não sabe o que é medo, por isso o admiro. Mas com esse ritmo não tenho chance de apreciar nosso entorno. Tenho vaga consciência da vegetação exuberante passando por mim, mas meus olhos estão fixos na trilha, tentando evitar os buracos.

No fim do passeio, nós dois ficamos imundos e exaustos.

— Já faz um bom tempo que não me divirto tanto estando vestido — comenta Elliot quando entregamos as bicicletas ao funcionário do Heathman.

— Pois é — balbucio, e depois me lembro do momento em que abracei Anastasia ao salvá-la do ciclista. O calor dela, os seios colados em mim, o perfume invadindo meus sentidos. Eu estava vestido, então... — Pois é — repito.

Conferimos nossos celulares no elevador enquanto subimos para o último andar.

Tenho e-mails, algumas mensagens de texto de Elena me perguntando o que vou fazer no fim de semana, mas nada de chamadas não atendidas de Anastasia. São quase sete horas, e ela já deve ter recebido os livros a esta altura. Essa ideia me deprime. Vim até Portland de novo atrás de uma furada.

— Cara, aquela mulher me ligou cinco vezes e me mandou quatro mensagens. Será que ela sabe como parece desesperada? — reclama Elliot.

— Talvez esteja grávida.

Elliot fica pálido e dou risada.

— Não tem graça, espertalhão — resmunga ele. — Além do mais, não a conheço há muito tempo. Nem a vejo com tanta frequência assim.

Após uma chuveirada rápida, vou à suíte de Elliot e nos sentamos para assistir ao restante do jogo do Mariners contra o San Diego Padres. Pedimos filé, salada, batata frita e umas cervejas, e me recosto para curtir a partida na companhia agradável de Elliot. Já me resignei com o fato de que Anastasia não vai ligar. O Mariners está ganhando e tudo indica que vai vencer essa de lavada.

Infelizmente, não é o que acontece, embora o Mariners vença de quatro a um. *Vai, Mariners!* Elliot e eu brindamos com nossas garrafas de cerveja.

Enquanto está na lenga-lenga da análise pós-jogo, meu telefone toca e o número da Srta. Steele surge na tela.

*É ela.*

— Anastasia?

Não escondo minha surpresa nem meu prazer. O ambiente no fundo é barulhento e parece que ela está numa festa ou num bar. Elliot olha para mim, então me levanto do sofá e saio do alcance dos ouvidos dele.

— Por que me enviou os livros?

Ela está enrolando as palavras, e uma onda de apreensão reverbera na minha coluna.

— Anastasia, você está bem? Está falando de um jeito estranho.

— A estranha não sou eu, é você. — Seu tom é acusatório.

— Anastasia, você andou bebendo?

*Droga.* Com quem ela está? O fotógrafo? Cadê a amiga dela, Kate?

— O que você tem com isso?

Ela parece arisca e belicosa, e tenho certeza de que está bêbada, mas também preciso saber se está bem.

— Estou... curioso. Onde você está?

— Num bar.

— Que bar?

*Diga.* A ansiedade brota no meu estômago. Ela é uma mulher jovem, bêbada, em algum lugar em Portland. Não está segura.

— Um bar em Portland.

— Como você vai para casa?

Aperto a ponte do meu nariz na vã esperança de que isso me distraia do meu nervosismo.

— Vou dar um jeito.

*Que droga!* Será que ela vai dirigindo? Pergunto de novo em que bar está, mas ela ignora minha pergunta.

— Por que me enviou os livros, Christian?

— Anastasia, onde você está? Diga agora.

Como ela vai para casa?

— Você é muito... dominador.

Ela dá uma risadinha. Em qualquer outra situação eu acharia isso encantador. Mas, no momento, quero lhe mostrar quão dominador posso ser. Ela está me deixando louco.

— Ana, por favor, onde você está, porra?

Ela dá outro risinho. *Merda, ela está rindo de mim!*

*De novo!*

— Estou em Portland... bem longe de Seattle.

— Onde em Portland?

— Boa noite, Christian.

Ela desliga.

— Ana!

Ela desligou na minha cara! Olho para o telefone sem conseguir acreditar. Ninguém nunca desligou na minha cara. *Mas que merda!*

— Qual é o problema? — grita Elliot do sofá.

— Acabei de receber a ligação de uma garota bêbada.

Olho para ele, que fica boquiaberto de surpresa.

— Você?

— É.

Aperto o botão de ligar de volta, tentando conter o nervosismo e a ansiedade.

— Oi — diz ela, toda ofegante e tímida. Dessa vez, está num ambiente mais silencioso.

— Estou indo buscar você. — Minha voz é glacial enquanto luto com minha raiva e encerro a ligação. — Tenho que buscar essa garota e levá-la para casa. Quer vir?

Elliot está me olhando como se eu tivesse três cabeças.

— Você? Com uma mulher? Isso eu tenho que ver.

Ele pega os tênis e começa a calçá-los.

— Só tenho que dar um telefonema.

Entro no quarto dele enquanto decido se devo ligar para Barney ou Welch. Barney é o engenheiro mais sênior na divisão de telecomunicações da minha empresa. É um gênio da tecnologia. Mas o que quero não é exatamente legal.

*Melhor deixar isso longe da empresa.*

Ligo para Welch pela discagem rápida, e em segundos sua voz rouca atende.

— Sr. Grey?

— Eu queria muito saber onde Anastasia Steele está neste instante.

— Está bem. — Ele faz uma pausa. — Deixe comigo, Sr. Grey.

Sei que isso é contra a lei, mas ela poderia estar se metendo em encrenca.

— Obrigado.

— Dou um retorno em alguns minutos.

Quando volto para a sala, Elliot está esfregando as mãos com alegria e tem um sorrisinho idiota no rosto.

*Ah, porra.*

— Eu não perderia isso por nada — diz ele, exultante.

— Só vou pegar a chave do carro. Encontro você na garagem em cinco minutos — resmungo, ignorando a expressão petulante dele.

O BAR ESTÁ ABARROTADO, cheio de estudantes querendo se divertir. Há uma merda indie tocando e a pista de dança está lotada de corpos ofegantes.

Ela me faz sentir velho.

*Ela está aqui em algum lugar.*

Elliot entrou atrás de mim pela porta da frente.

— Está vendo ela? — grita ele acima do barulho.

Examinando o local, avisto Katherine Kavanagh. Ela está com um grupo de amigos, todos homens, sentada a uma mesa. Não há sinal de Ana, mas a mesa está cheia de copos de shot e canecas de cerveja.

Bem, vamos ver se a Srta. Kavanagh é tão leal à amiga quanto Ana é a ela.

Ela me olha surpresa quando chegamos à sua mesa.

— Katherine — digo, à guisa de cumprimento, e ela me interrompe antes que eu possa perguntar sobre o paradeiro de Ana.

— Christian, que surpresa ver você aqui — grita ela acima do barulho.

Os três sujeitos na mesa olham para Elliot e para mim com cautela e hostilidade.

— Eu estava por perto.

— E quem é esse?

Ela sorri de forma alegre demais para Elliot, me interrompendo outra vez. Que mulher exasperante.

— Esse é meu irmão Elliot. Elliot, Katherine Kavanagh. Cadê a Ana?

Ela abre um sorriso largo para Elliot, e fico surpreso ao ver o sorriso que ele dá em resposta.

— Acho que ela foi lá fora tomar um pouco de ar — responde Kavanagh, sem olhar para mim. Só tem olhos para o Sr. Ame-as e Deixe-as. Bem, problema dela.

— Lá fora? Onde? — grito.

— Ah. Por ali.

Ela aponta para as portas duplas do outro lado do bar.

Empurro para abrir caminho em meio à multidão e ando até a porta, deixando os três homens contrariados olhando de cara feia enquanto Kavanagh e Elliot não param de sorrir.

Passando pelas portas duplas, há uma fila para o banheiro feminino e, mais adiante, uma porta que dá para fora. Fica no fundo do bar. Ironicamente, dá para o estacionamento onde Elliot e eu acabamos de deixar o carro.

Lá fora, há um espaço adjacente ao estacionamento: um local ladeado por canteiros de flores elevados, onde algumas pessoas estão fumando, bebendo, batendo papo. Se agarrando. Vejo-a.

*Droga!* Acho que ela está com o fotógrafo, mas é difícil ter certeza na luz fraca. Está nos braços dele, mas parece tentar se desvencilhar. Ele murmura algo para ela, que não escuto, e a beija no queixo.

— José, não — diz ela.

Então tudo fica claro. Ela está tentando empurrá-lo para longe.

*Ela não quer.*

Por um momento, sinto vontade de quebrar a cara dele. Com os punhos cerrados, caminho decidido até os dois.

— Acho que a senhorita disse não. — Minha voz soa fria e sinistra no relativo silêncio, enquanto me esforço para conter a raiva.

Ele solta Ana, que me olha de relance com uma expressão aturdida, embriagada.

— Grey — diz ele, a voz seca, e não estraçalhar sua cara de decepção consome cada grama do meu autocontrole.

Ana arqueja, depois se abaixa e vomita no chão.

*Merda!*

— Uh. *Dios mío,* Ana!

José dá um pulo para sair da frente, enojado.

Idiota de merda.

Ignorando-o, agarro o cabelo de Ana para que não caia no rosto enquanto ela continua botando para fora tudo o que comeu. Fico um pouco irritado ao notar que ela não parece ter comido nada, na verdade. Com o braço em volta de seus ombros, levo-a até um dos canteiros, longe dos curiosos.

— Se for vomitar de novo, vomite aqui. Eu seguro você.

Está mais escuro nesse lugar. Ela pode vomitar em paz. E faz isso repetidamente, com as mãos apoiadas na parede de tijolos do canteiro. É lamentável. Quando seu estômago fica vazio, ela continua tendo espasmos, arquejos longos e secos.

*Cara, ela está mal.*

Finalmente, seu corpo relaxa e acho que ela terminou. Soltando-a, entrego um lenço que, por algum milagre, está no bolso interno da minha jaqueta.

*Obrigado, Sra. Jones.*

Limpando a boca, ela se vira e se encosta nos tijolos para descansar, evitando contato visual porque está envergonhada e sem jeito. E, no entanto, estou muito contente em vê-la. O ódio que sinto pelo fotógrafo até sumiu. Fico feliz por estar em pé no estacionamento de um bar de estudantes em Portland com a Srta. Anastasia Steele.

Ela apoia a cabeça nas mãos, encolhe o corpo, depois olha para mim, ainda mortificada. Virando-se para a porta, olha com raiva por cima do meu ombro. Presumo que seja para o "amigo" dela.

— Eu, hã... vejo você lá dentro — diz José, mas não me viro a fim de olhar para ele, e, para o meu prazer, ela também o ignora, voltando os olhos para os meus.

— Desculpe — diz ela, por fim, enquanto seus dedos torcem o linho macio do lenço.

*Ok, vamos nos divertir um pouco.*

— Por que está pedindo desculpas, Anastasia?

— Pelo telefonema, principalmente. Por vomitar. Ah, a lista não tem fim — murmura ela.

— Todos já passamos por isso. Talvez não de forma tão dramática quanto você. — Por que é tão divertido provocar essa garota? — É sobre conhecer os próprios limites, Anastasia. Na verdade, sou favorável a ultrapassar os limites, mas isso de fato é intolerável. Você costuma ter esse tipo de comportamento?

Talvez ela tenha problemas com bebida. A ideia é preocupante, e considero se eu deveria ligar para minha mãe e pegar indicação de alguma clínica de desintoxicação.

Ana franze o cenho por um instante, como se estivesse brava, aquele pequeno *v* se forma entre suas sobrancelhas, e contenho o desejo de beijá-lo. Mas, quando ela fala, parece contrita.

— Não — responde ela. — Eu nunca tinha tomado um porre antes, e não tenho a mínima vontade de fazer isso de novo.

Ela ergue os olhos para mim, o olhar vazio, e oscila um pouco. Ela poderia desmaiar, então, sem pensar, seguro-a nos braços.

Ela é surpreendentemente leve. Leve demais. Isso me irrita. Não admira que esteja bêbada.

— Vamos, vou levar você para casa.

— Preciso avisar a Kate — diz ela, enquanto apoia a cabeça no meu ombro.

— Meu irmão pode avisar a ela.

— O quê?

— Meu irmão, Elliot, está falando com a Srta. Kavanagh.

— Hã?

— Ele estava comigo quando você ligou.

— Em Seattle?

— Não, estou hospedado no Heathman.

*E ter vindo atrás de uma furada valeu a pena.*

— Como me encontrou?

— Rastreei o seu telefone celular, Anastasia.

Sigo para o carro. Quero levá-la em casa.

— Você veio com jaqueta ou bolsa?

— Hã... sim. Vim com as duas coisas. Christian, por favor, preciso avisar a Kate. Ela vai ficar preocupada.

Paro e mordo a língua. Kavanagh não estava preocupada com o fato de ela estar aqui com o fotógrafo excessivamente amoroso. *Rodriguez*. Esse é o nome dele. Que tipo de *amiga* ela é? As luzes do bar iluminam o rosto ansioso dela.

Por mais que isso me doa, coloco-a no chão e concordo em levá-la para dentro. De mãos dadas, entramos de novo no bar, parando na mesa de Kate. Um dos jovens continua sentado ali, parecendo irritado e abandonado.

— Cadê a Kate? — grita Ana acima da barulheira.

— Dançando — responde o sujeito, os olhos escuros fitando a pista de dança.

Ana pega a jaqueta e a bolsa, e, esticando-se para falar no meu ouvido, agarra inesperadamente meu braço.

Fico paralisado.

*Merda.*

Meus batimentos cardíacos começam a ficar frenéticos enquanto a escuridão emerge, abrindo e fechando as garras em volta do meu pescoço.

— Ela está na pista de dança — grita Ana, as palavras fazendo cócegas na minha orelha, distraindo-me do meu medo.

De repente a escuridão desaparece e minha taquicardia cessa.

*O quê?*

Reviro os olhos para disfarçar minha confusão e levo-a para o bar, peço um copo grande de água e entrego para ela.

— Beba.

Olhando para mim por cima do copo, ela dá um gole hesitante.

— Beba tudo — ordeno.

Tomara que essa medida de contenção de danos seja suficiente para evitar uma ressaca desgraçada amanhã.

O que poderia ter acontecido com ela se eu não interviesse? Fico deprimido.

E penso no que acabou de acontecer comigo.

*O toque dela. Minha reação.*

Fico ainda mais deprimido.

Ana oscila um pouco enquanto bebe a água, e a estabilizo colocando uma das mãos no seu ombro. Gosto do contato dela, de tocar nela. Ela é um bálsamo para meu espírito tumultuado.

*Hum... que poético, Grey.*

Ela termina de beber, e, pegando de volta seu copo, coloco-o no bar.

Tudo bem. Ela quer falar com sua pseudoamiga. Observo a pista de dança lotada, aflito com a ideia de todos aqueles corpos me espremendo enquanto abrimos caminho à força.

Tomando coragem, seguro a mão dela e a conduzo em direção à pista. Ela hesita, mas, se quer falar com a amiga, só tem um jeito. Vai ter que dançar comigo. Quando Elliot se diverte dançando, não há quem o detenha. Sua noite tranquila sem sair de casa já era.

Com um puxão, ela está nos meus braços.

Com isso consigo lidar. Quando sei que ela vai me tocar, tudo bem. Aguento, principalmente porque estou de jaqueta. Vamos avançando em zigue-zague em meio à multidão até onde Elliot e Kate estão dando um show.

Quando surgimos ao lado dele, Elliot, sem parar de dançar, se inclina para mim no meio do passo e nos avalia com um olhar incrédulo.

— Estou levando Ana para casa. Avise a Kate — grito no ouvido dele.

Ele assente com a cabeça e puxa Kavanagh para seus braços.

*Certo.* Quero levar a Srta. Traça Bêbada para casa, mas, por alguma razão, ela parece relutante em ir. Está olhando preocupada para Kavanagh. Quando já estamos fora da pista de dança, ela volta a olhar para Kate, depois para mim, oscilando e meio aturdida.

— Merda!

Por algum milagre, eu a seguro quando desmaia no meio do bar. Eu me sinto tentado a carregá-la no ombro, mas chamaríamos muita atenção, então a pego no colo mais uma vez, aninhando-a no meu peito, e a levo até o carro.

— Nossa — murmuro ao pegar a chave no bolso da calça jeans, ainda com ela nos braços.

Por incrível que pareça, consigo colocá-la no banco do carona e prendê-la com o cinto de segurança.

— Ana. — Balanço seu corpo, porque ela está preocupantemente quieta. — Ana!

Ela resmunga algo sem sentido e sei que ainda está consciente. Sei que deveria levá-la em casa, mas é uma longa viagem até Vancouver, e não tenho certeza se ela vai passar mal de novo. Não fico feliz de imaginar meu Audi fedendo a vômito. O cheiro emanando das roupas dela já é bem notável.

Sigo para o Heathman, dizendo a mim mesmo que estou fazendo isso por ela.

*Sim, diga isso a si mesmo, Grey.*

Ela dorme em meus braços enquanto subimos no elevador desde a garagem. Preciso tirar sua calça e seus sapatos. O cheiro azedo do vômito impregna o ambiente. Eu realmente gostaria de lhe dar um banho, mas seria ultrapassar os limites do decoro.

*E isso não é?*

Na minha suíte, jogo sua bolsa no sofá, depois a carrego para o quarto e a coloco na cama. Ela resmunga outra vez, mas não acorda.

Rapidamente, tiro seus sapatos e suas meias e os enfio no saco plástico para roupa suja fornecido pelo hotel. Depois abaixo o zíper da sua calça jeans e a retiro, conferindo os bolsos antes de enfiar a calça no saco. Ela cai para trás na cama, esparramada como uma estrela do mar, suas pernas e seus braços pálidos. Por um momento imagino aquelas pernas enroscadas na minha cintura enquanto seus pulsos estão amarrados à minha cruz de Santo André. Há uma marca de contusão já sumindo em seu joelho, e me pergunto se é do tombo que ela levou na minha sala.

*Ela está marcada desde então... como eu.*

Coloco-a sentada e ela abre os olhos.

— Oi, Ana — sussurro, tirando sua jaqueta lentamente sem sua ajuda.

— Grey. Lábios — murmura ela.

— Sim, querida.

Acomodo-a com cuidado na cama. Ela fecha os olhos de novo e rola para o lado, mas desta vez se encolhe em posição fetal, parecendo pequena e vulnerável. Cubro-a com as cobertas e beijo seu cabelo. Agora que as roupas imundas se foram, um vestígio do perfume dela reapareceu. Maçãs, outono, fresco, delicioso... Ana. Seus lábios estão entreabertos, os cílios se agitam acima de suas bochechas pálidas, e sua pele parece impecável. Apenas mais um toque é tudo que me permito quando afago seu rosto com as costas do indicador.

— Durma bem — murmuro.

Depois vou até a sala para completar a lista de roupa suja. Quando está pronta, deixo o saco problemático do lado de fora da suíte para que o conteúdo seja recolhido e lavado.

Antes de verificar meus e-mails, envio uma mensagem de texto para Welch, pedindo-lhe que descubra se José Rodriguez tem antecedentes criminais. Estou curioso. Quero saber se ele se aproveita de jovens embriagadas. Então passo para a questão das roupas para a Srta. Steele: envio um e-mail rápido para Taylor.

---

**De:** Christian Grey
**Assunto:** Srta. Anastasia Steele
**Data:** 20 de maio de 2011 23:46
**Para:** J B Taylor

Bom dia,
Queira fazer o favor de encontrar os seguintes artigos para a Srta. Steele e mandar entregá-los no meu quarto de praxe antes das 10h.

Jeans: Azul. Tamanho 38
Blusa: Azul. Bonita. Tamanho 38
All Star: Preto. Tamanho 36
Meias: Tamanho 36
Lingerie: Calcinha — Tamanho P. Sutiã — Aproximadamente 38

Obrigado.

Christian Grey
CEO, Grey Enterprises Holdings, Inc.

Assim que essa mensagem some da minha caixa de saída, envio um torpedo para Elliot.

Ana está comigo.
Se você ainda estiver com Kate, diga a ela.

Ele responde.

Direi.
Espero que você se dê bem.
Está precisando muuuuito. ;)

A resposta dele me faz bufar.
*Estou, sim, Elliot. Estou, sim.*
Abro meu e-mail de trabalho e começo a ler.

# SÁBADO, 21 DE MAIO DE 2011

Quase duas horas mais tarde, vou para a cama. Já passa de uma e quarenta e cinco da madrugada. Ela está dormindo profundamente e não se moveu da posição em que a deixei. Tiro minhas roupas, visto a calça do pijama e uma camiseta, e fico na cama ao lado dela. Ana está apagada, então é pouco provável que se mova e encoste em mim. Hesito por um instante à medida que a escuridão se expande em meu interior, mas não vem à tona e sei que isso acontece porque estou observando o movimento hipnótico de subida e descida do seu peito, e minha respiração está sincronizada com a dela. Inspire. Expire. Inspire. Expire. Inspire. Expire. Durante alguns segundos, minutos, horas, não sei dizer, fico observando-a. E, enquanto ela dorme, analiso cada lindo centímetro do seu belo rosto. Os cílios escuros tremulando, os lábios ligeiramente abertos, de modo que consigo ver seus dentes brancos e retos. Ela balbucia algo ininteligível, sua língua aparece bruscamente e lambe os lábios. É excitante, muito excitante. Finalmente adormeço, caindo num sono profundo e sem sonhos.

Está tudo quieto quando abro os olhos, e fico momentaneamente desorientado. Ah, sim. Estou no Heathman. O relógio na cabeceira marca sete e quarenta e três da manhã.

Quando foi a última vez que acordei tão tarde?

*Ana.*

Viro a cabeça devagar, e ela continua dormindo, de frente para mim. Seu lindo rosto suavemente em repouso.

Nunca dormi com uma mulher. Já trepei com várias, mas acordar ao lado de uma jovem atraente é uma experiência nova e estimulante. Meu pau concorda.

*Isso não vai dar certo.*

Relutante, saio da cama e visto minha roupa de corrida. Preciso gastar esse... excesso de energia. Enquanto me troco, não consigo me lembrar da última vez que dormi tão bem.

Na sala de estar, ligo o laptop, verifico meu e-mail e respondo a duas mensagens, uma de Ros e outra de Andrea. Levo um tempo um pouco maior do que de costume, pois estou distraído por saber que Ana está dormindo no quarto ao lado. Fico imaginando como ela vai se sentir quando acordar.

Ressaca. *Ah.*

No frigobar encontro uma garrafa de suco de laranja e despejo o conteúdo em um copo. Ela ainda está dormindo quando entro, seu cabelo espalhado pelo travesseiro em uma bagunça cor de mogno, e as cobertas escorregaram para baixo da cintura. Sua camiseta subiu, expondo a barriga e o umbigo. Essa visão atiça meu corpo mais uma vez.

*Porra, Grey, pare de ficar aí comendo a garota com os olhos.*

Tenho que sair daqui antes de fazer alguma coisa da qual vou me arrepender. Deixo o copo na mesinha de cabeceira, vou até o banheiro, onde pego dois comprimidos de Advil na minha nécessaire, e coloco ao lado do copo de suco de laranja.

Depois de dar uma longa e última olhada em Anastasia Steele — a primeira mulher com quem dormi — saio para minha corrida.

QUANDO VOLTO, ENCONTRO NA sala a sacola de uma loja que não reconheço. Vou verificar e vejo que são as roupas para Ana. Pelo visto, Taylor fez um bom trabalho, e tudo isso antes das nove da manhã.

*Esse homem é impressionante.*

A bolsa de Ana continua em cima do sofá, onde a deixei na noite passada, e a porta do quarto está fechada. Dessa forma, suponho que ela não tenha ido embora ou que continue dormindo.

É um alívio. Olho com atenção o cardápio do serviço de quarto e decido pedir comida. Ela vai estar com fome quando acordar, mas não tenho ideia do que gosta de comer. Assim, em um raro momento de indulgência, peço alguns itens do cardápio de café da manhã e sou informado de que vai levar meia hora.

Hora de acordar a deliciosa Srta. Steele, afinal, ela já dormiu o suficiente.

Com minha toalha de ginástica e a sacola de compras em mãos, bato na porta e entro. Para meu deleite, ela está sentada na cama. Os comprimidos desapareceram, assim como o suco.

*Boa garota.*

Ela fica pálida quando entro no quarto.

*Aja naturalmente, Grey. Você não quer ser acusado de sequestro.*

Ela fecha os olhos, e presumo que seja porque está envergonhada.

— Bom dia, Anastasia. Como está se sentindo?

— Melhor do que mereço — balbucia ela, enquanto coloco a sacola na cadeira.

Quando ela se vira, seus olhos estão fixos em mim e impressionam por serem tão grandes e azuis. Apesar do cabelo completamente despenteado, ela tem uma aparência deslumbrante.

— Como vim parar aqui? — pergunta Ana, parecendo com medo da resposta.

*Tranquilize a garota, Grey.*

Eu me sento na beirada da cama e vou direto aos fatos.

— Depois que você desmaiou, eu não quis arriscar o estofamento de couro do meu carro levando-a até sua casa. Então a trouxe para cá.

— Você me colocou na cama?

— Sim.

— Eu vomitei de novo?

— Não.

Graças a Deus.

— Você me despiu?

— Sim.

*Quem mais poderia ter despido você?*

Ela fica ruborizada, e finalmente surge alguma cor nas suas bochechas. Seus dentes perfeitos mordem o lábio inferior. Reprimo um gemido.

— A gente não...? — sussurra ela, os olhos fixos nas próprias mãos.

*Minha nossa, que tipo de animal ela pensa que sou?*

— Anastasia, você estava num estado comatoso. Necrofilia não é minha praia. — Meu tom de voz é seco. — Gosto de mulheres conscientes e receptivas.

Ela relaxa de alívio, o que me faz pensar se isso aconteceu com ela antes, se já desmaiou, acordou na cama de um desconhecido e descobriu que ele a comeu sem o consentimento dela. Talvez seja o *modus operandi* do fotógrafo. Esse pensamento é perturbador. Mas me lembro da confissão que ela fez na noite passada, a de que nunca tinha ficado bêbada. Ainda bem que ela não faz disso um hábito.

— Sinto muito — diz, a voz cheia de vergonha.

*Droga.* Talvez eu deva pegar leve com ela.

— Foi uma noite muito divertida. Não vou esquecê-la tão cedo. — Espero que isso soe conciliatório, mas ela franze o cenho.

— Você não tinha que rastrear meu paradeiro com seja lá qual for a engenhoca à la James Bond que esteja desenvolvendo para quem pagar mais.

*Uau!* Agora ela está brava. Por quê?

— Em primeiro lugar, a tecnologia para rastrear telefones celulares está disponível na internet.

*Bem, na deep web...*

— Em segundo, minha empresa não investe nem fabrica qualquer tipo de aparelho de vigilância.

Tenho pavio curto, mas estou de bom humor.

— E, em terceiro, se eu não tivesse ido buscá-la, você provavelmente agora estaria acordando na cama do fotógrafo, e, pelo que me lembro, não estava muito entusiasmada em vê-lo lhe fazer a corte.

Ela pisca algumas vezes e depois começa a rir.

*Ela está rindo de mim outra vez.*

— De que crônica medieval você escapou? Parece um cavaleiro cortês.

Ela é fascinante. Está me desafiando... de novo, e sua irreverência é animadora, realmente animadora. Contudo, não tenho a ilusão de que sou um cavaleiro com uma armadura brilhante. Cara, ela teve a impressão totalmente errada. E apesar de não ser uma atitude que me dê vantagens, me sinto obrigado a avisar que não existe nada de cortês ou cavalheiresco em mim.

— Acho que não, Anastasia. Cavaleiro das trevas, talvez. — Se ela soubesse... e por que estamos falando de mim? Mudo de assunto. — Você comeu ontem à noite?

Ela nega com a cabeça.

*Eu sabia!*

— Você precisa comer. Foi por isso que passou tão mal. Francamente, é a regra número um antes de beber.

— Vai continuar me repreendendo?

— É isso o que estou fazendo?

— Acho que sim.

— Você tem sorte por eu só estar repreendendo você.

— Como assim?

— Bem, se fosse minha, você ficaria uma semana sem conseguir sentar depois do que aprontou ontem. Você não comeu, tomou um porre, se arriscou. — O medo que sinto dentro de mim me surpreende. Foi um comportamento tão irresponsável, tão arriscado. — Odeio pensar no que poderia ter acontecido com você.

Ela franze o cenho.

— Eu ficaria bem. Estava com Kate.

Nossa, realmente ela ajudou muito!

— E o fotógrafo? — replico.

— José só passou dos limites — diz ela, descartando minha preocupação e balançando o cabelo despenteado sobre o ombro.

— Bem, da próxima vez que ele passar dos limites, talvez alguém deva ensiná-lo a ter bons modos.

— Você gosta mesmo de disciplina — dispara ela.

— Ah, Anastasia, você não tem ideia.

Vem à minha mente uma imagem dela algemada no meu banco, um gengibre descascado enfiado no cu para ela não poder tensionar a bunda, seguida pelo uso criterioso de um cinto ou de uma correia. *Certo*... Isso a ensinaria a não ser tão irresponsável. Esse pensamento é extremamente atraente.

Ela está me encarando, atordoada, com os olhos arregalados, o que me deixa pouco à vontade. *Será que ela consegue ler minha mente? Ou ela está apenas admirando um rosto bonito?*

— Vou tomar uma chuveirada. A menos que você queira ir primeiro — digo, mas ela continua pasma.

Mesmo boquiaberta ela é muito bonita. É difícil resistir, e permito-me tocá-la, traçando com o polegar o contorno da sua bochecha. Ela fica sem ar quando afago seu macio lábio inferior.

— Respire, Anastasia — murmuro, antes de me levantar e avisar a ela que o café da manhã chegará em quinze minutos.

Ela não diz nada, sua boca espirituosa fica em silêncio, pelo menos desta vez.

No banheiro, respiro profundamente, tiro a roupa e entro no chuveiro. Eu me sinto tentado a me masturbar, mas sou contido pelo medo familiar, que vem de uma época anterior da minha vida, de ser descoberto e revelado.

Elena não ficaria satisfeita.

*Velhos hábitos.*

À medida que a água cai na minha cabeça, reflito sobre minha última interação com a desafiadora Srta. Steele. Ela ainda está aqui, na minha cama. Então, não deve me achar completamente repulsivo. Reparei em como ela ficou sem ar, e que seu olhar me seguiu pelo quarto.

*Sim.* Existe esperança.

Mas será que ela daria uma boa submissa?

É óbvio que não conhece nada sobre esse estilo de vida. Nem é capaz de dizer "foder" ou "sexo" ou seja lá o que for que os universitários pedantes estão usando atualmente como eufemismo para trepar. Ela é inocente. Provavelmente já saiu e ficou com alguns rapazes parecidos com o fotógrafo.

Pensar nela ficando com qualquer um me irrita.

Eu poderia simplesmente perguntar se ela está interessada.

Não. Eu teria que mostrar a que ela estaria sujeita se concordasse em se relacionar comigo.

Vamos ver como nós dois nos saímos durante o café da manhã.

Fico embaixo do chuveiro quente para enxaguar o sabonete e preparo meu espírito para o segundo round com Anastasia Steele. Desligo a torneira e, saindo do banho, pego uma toalha. Dou uma conferida rápida no espelho esfumaçado pelo vapor e decido não me barbear hoje. O café da manhã deve chegar a qualquer momento, e estou com fome. Escovo os dentes depressa.

Quando abro a porta do banheiro, ela já saiu da cama e está procurando sua calça jeans.

Ela ergue o olhar, como o arquétipo do filhote de cervo assustado, com as pernas compridas e os olhos grandes em evidência.

— Se estiver procurando sua calça, mandei lavar. — Ela tem mesmo pernas fantásticas. Não deveria escondê-las com calça comprida. Ela semicerra os olhos, e acho que vai reclamar comigo, então explico o motivo. — Estava toda suja de vômito.

— Ah — diz Anastasia.

*Sim. "Ah." Agora, o que tem a dizer sobre isso, Srta. Steele?*

— Mandei Taylor comprar outra calça e um par de sapatos. Estão na sacola em cima da cadeira.

Faço um sinal com a cabeça em direção à sacola.

Ela ergue as sobrancelhas de surpresa, acho.

— Hã... Vou tomar um banho — murmura ela, e, como se tivesse refletido posteriormente, acrescenta: — Obrigada.

Pegando a sacola, ela se esquiva de mim, corre para dentro do banheiro e tranca a porta.

*Humm...* Ela mal podia esperar para entrar no banheiro.

*Longe de mim.*

Talvez eu esteja sendo otimista demais.

Desanimado, me seco depressa e me visto. Na sala, confiro meu e-mail, mas não há nada urgente. Sou interrompido por uma batida na porta. Duas jovens chegam com o serviço de quarto.

— Onde gostaria que colocasse o café da manhã, senhor?

— Pode preparar na mesa de jantar.

Ao voltar para o quarto, reparo em seus olhares furtivos, mas as ignoro e reprimo a culpa que sinto por causa da quantidade de comida que pedi. Nunca vamos comer isso tudo.

— O café da manhã chegou — grito, dando uma batidinha na porta do banheiro.

— T-tudo bem. — A voz de Ana sai um pouco abafada.

De volta à sala, nosso café está arrumado na mesa. Uma das mulheres, com olhos muito, muito negros, me entrega a conta para assinar, e puxo da carteira duas notas de vinte para elas.

— Obrigado, senhoras.

— Chame o serviço de quarto quando quiser que a gente retire a mesa, senhor — diz a Srta. Olhos Negros, com um ar coquete, como se estivesse oferecendo mais.

Meu sorriso frio a avisa para se afastar.

Sentado à mesa com o jornal, me sirvo de café e começo a comer uma omelete. Ouço o toque do meu telefone. É uma mensagem de texto do Elliot.

Kate quer saber se Ana ainda está viva.

Rio, de certa maneira enternecido com o fato de a suposta amiga de Ana estar pensando nela. É óbvio que, apesar de todos os protestos de ontem, Elliot não deu um descanso para o pau dele. Respondo a mensagem.

Sã e salva ;)

Ana aparece alguns minutos depois, com o cabelo molhado e a linda blusa azul combinando com seus olhos. Taylor fez um bom trabalho. Ela está incrível. Observando minuciosamente o quarto, ela localiza sua bolsa.

— Merda, Kate — diz, num impulso.

— Ela sabe que você está aqui e ainda viva. Mandei uma mensagem para Elliot.

Andando até a mesa, ela dá um sorriso forçado.

— Sente-se — ordeno, apontando para o lugar que foi arrumado para ela.

Ana franze o cenho diante da quantidade de comida na mesa, o que só aumenta minha culpa.

— Eu não sabia do que você gostava, então pedi uma seleção do cardápio de café da manhã — balbucio me desculpando.

— É muita generosidade sua — diz ela.

— É, sim.

Meu sentimento de culpa aumenta. Porém, como ela opta por panquecas, ovos mexidos e bacon com *maple syrup*, e come tudo, eu me perdoo. É bom vê-la comer.

— Chá? — ofereço.

— Sim, por favor — responde Anastasia, entre uma mordida e outra.

É óbvio que está faminta. Passo para ela o pequeno bule de água quente. Ela me dá um sorriso doce ao notar o saquinho de chá Twinings English Breakfast.

Tenho que segurar o fôlego diante da expressão dela. E isso me deixa desconfortável.

E me dá esperança.

— Seu cabelo está muito molhado — comento.

— Não encontrei o secador — diz ela, encabulada.

*Ela vai ficar doente.*

— Obrigada pelas roupas — acrescenta.

— Foi um prazer, Anastasia. Essa cor fica bem em você.

Ela baixa os olhos e fita os próprios dedos.

— Sabe, você realmente devia aprender a receber elogios.

Talvez ela não receba muitos... Mas por quê? É deslumbrante, e não de uma forma exagerada.

— Eu devia lhe pagar por essas roupas.

*O quê?*

Eu a encaro, e ela prossegue depressa:

— Você já me deu os livros, os quais, claro, não posso aceitar. Mas essas roupas... por favor, deixe-me pagar por elas.

*Minha querida.*

— Anastasia, acredite, eu posso arcar com essa despesa.

— A questão não é essa. Por que você deveria comprar roupas para mim?

— Porque eu posso.

*Sou um homem muito rico, Ana.*

— Só porque pode não significa que deva. — A voz dela é suave, mas de repente começo a me perguntar se ela viu através de mim e descobriu meus desejos mais sombrios. — Por que me mandou aqueles livros, Christian?

*Porque eu queria ver você de novo, e aqui está você...*

— Bem, quando quase foi atropelada pelo ciclista, enquanto eu a segurava e você ficava me olhando, toda "beije-me, beije-me, Christian". — Paro de repente, recordando aquele momento, o corpo dela encostando no meu. *Merda.* Rapidamente afasto a lembrança. — Achei que eu lhe devia um pedido de desculpas e um aviso. Anastasia, eu não sou o tipo de homem sentimental... Não curto romance. Meus gostos são muito singulares. Você devia ficar longe de mim. No entanto, por algum motivo, não consigo ficar longe de você. Mas acho que você já notou isso.

— Então não fique — sussurra ela.

*O quê?*

— Você não sabe o que está dizendo.

— Dê-me uma luz, então.

As palavras dela atingem direto o meu pau.

*Porra.*

— Você não é celibatário, certo? — pergunta ela.

— Não, Anastasia, não sou celibatário.

E se você deixar, posso amarrar e provar você agora mesmo.

Os olhos dela se arregalam e suas bochechas ficam coradas.

*Ah, Ana.*

Tenho que mostrar a ela. É a única maneira de saber.

— Quais são seus planos para os próximos dias? — pergunto.

— Hoje eu trabalho a partir do meio-dia. Que horas são? — exclama ela em pânico.

— São dez e pouco. Você tem muito tempo. E amanhã?

— Kate e eu vamos começar a empacotar as coisas. Vamos nos mudar para Seattle no próximo fim de semana, e trabalho na Clayton's a semana toda.

— Você já tem onde morar em Seattle?

— Já.

— Onde?

— Não me lembro do endereço. É no Pike Market District.

— Não é longe da minha casa. — Ótimo! — Então, com o que você vai trabalhar em Seattle?

— Já me candidatei para alguns estágios. Estou aguardando o resultado.

— Você se candidatou para minha empresa, como sugeri?

— Hã... não.

— E o que há de errado com minha companhia?

— Sua companhia, ou sua *companhia*? — Ela ergue uma das sobrancelhas.

— Você está sendo insolente comigo, Srta. Steele?

Não consigo esconder como estou achando isso divertido.

*Ah, seria uma delícia treiná-la... mulher desafiadora, enlouquecedora.*

Ela examina o prato, mordendo o lábio.

— Eu gostaria de morder esse lábio — sussurro, porque é a mais pura verdade.

Ela vira o rosto para mim e se remexe na cadeira. Inclina o queixo na minha direção, os olhos bastante confiantes.

— Por que não morde? — provoca Ana baixinho.

*Ah. Não me tente, garota. Não posso. Ainda não.*

— Porque não vou tocar em você, Anastasia. Não até ter seu consentimento por escrito para fazer isso.

— O que quer dizer com isso? — pergunta ela.

— Exatamente o que estou dizendo. Preciso lhe mostrar algo, Anastasia. — E assim você vai saber onde está se metendo. — A que horas você sai do trabalho hoje?

— Lá pelas oito.

— Bem, podíamos ir a Seattle hoje à noite ou no sábado que vem para jantar na minha casa, e eu apresento você aos fatos, então. A decisão é sua.

— Por que não me mostra agora?

— Porque estou usufruindo do meu café e da sua companhia. Quando entender do que se trata, talvez não queira tornar a me ver.

Ela franze o cenho enquanto processa o que acabei de dizer.

— Hoje à noite — diz.

*Uau. Não levou muito tempo.*

— Como Eva, você não quer perder tempo para comer o fruto da árvore do conhecimento — implico com ela.

— Está me tratando com insolência, Sr. Grey? — pergunta ela.

Semicerro os olhos ao encará-la.

*Tudo bem, baby, foi você quem pediu.*

Pego meu celular e aperto a tecla de discagem rápida para o número de Taylor. Ele atende quase imediatamente.

— Sr. Grey.

— Taylor. Vou precisar do Charlie Tango.

Ela me observa com cautela enquanto tomo as providências para trazer meu EC135 para Portland.

Vou mostrar a ela o que tenho em mente... e o resto ela é quem vai decidir. Talvez queira voltar para casa quando souber. Vou ter que deixar Stephan, meu piloto, de sobreaviso caso eu tenha que trazê-la de volta para Portland, se ela decidir que não quer mais nada comigo. Espero que não seja o caso.

E fica evidente para mim que estou entusiasmado em poder levá-la para Seattle no Charlie Tango.

*Será uma primeira vez.*

— Piloto substituto a partir das dez e meia da noite — confirmo com Taylor e desligo.

— As pessoas sempre fazem o que você manda? — pergunta ela, e seu tom de desaprovação fica evidente.

Ela está me repreendendo agora? Sua provocação é irritante.

— Normalmente, se quiserem manter o emprego.

*Não questione a forma como trato meus funcionários.*

— E se elas não trabalham para você? — insiste ela.

— Ah, eu sei ser muito persuasivo, Anastasia. Devia terminar seu café da manhã. Depois deixo você em casa. Passo na Clayton's às oito da noite. Vamos voar para Seattle.

— Voar?

— É, eu tenho um helicóptero.

Sua boca se abre formando um pequeno *o*. É um momento de satisfação.

— Vamos de helicóptero para Seattle? — murmura ela.

— Sim.

— Por quê?

— Porque eu posso. — Dou um sorriso forçado. Às vezes é bom para cacete ser eu mesmo. — Termine seu café da manhã.

Ela parece atordoada.

— Coma! — Minha voz é mais imperiosa. — Anastasia, tenho problemas com desperdício de comida... coma.

— Não consigo comer tudo isso.

Ela observa toda a comida na mesa e me sinto culpado mais uma vez. É, tem comida demais aqui.

— Coma o que está no seu prato. Se tivesse comido direito ontem, hoje não estaria aqui, e eu não estaria abrindo o jogo tão cedo.

*Que inferno. Isso pode ter sido um grande erro.*

Ela me olha de soslaio enquanto pega a comida do prato com o garfo, e sua boca se retorce.

— Qual é a graça?

Ela balança a cabeça e enfia o último pedaço de panqueca na boca, e tento não rir. Como sempre, ela me surpreende. Ana é esquisita, surpreendente e irresistível. Ela me faz ter vontade de rir, e, o que é pior, de mim mesmo.

— Boa garota — murmuro. — Levo você para casa depois que secar o cabelo. Não quero que fique doente.

*Você vai precisar de toda sua energia hoje à noite para o que tenho a lhe mostrar.*

De repente, ela se levanta da mesa e preciso me conter para não dizer que não tem permissão para isso.

*Ela não é sua submissa... ainda, Grey.*

Ao voltar para o quarto, ela para perto do sofá.

— Onde você dormiu ontem à noite? — pergunta.

— Na minha cama. — *Com você.*

— Ah.

— Sim, foi uma grande novidade para mim também.

— Não fazer... sexo.

Ela fala a palavra que começa com *s*... e o rubor surge em suas bochechas.

— Não.

Como posso dizer para ela, sem soar esquisito?

*Fale logo, Grey.*

— Dormir com alguém.

Como quem não quer nada, volto minha atenção para a seção de esportes e a avaliação do jogo de ontem à noite. Depois a observo desaparecer no quarto.

*Não, isso não soou nada esquisito.*

Bom, tenho outro encontro com a Srta. Steele. Não, não é um encontro. Ela precisa saber mais a meu respeito. Solto o ar demoradamente e bebo o resto do meu suco de laranja. O dia promete ser muito interessante. Fico satisfeito quando ouço o barulho do secador de cabelo e surpreso ao me dar conta de que ela está fazendo o que mandei.

Enquanto espero por ela, ligo para o manobrista trazer meu carro da garagem, e verifico mais uma vez o endereço dela no Google Maps. Em seguida, mando uma mensagem de texto pedindo para Andrea me enviar um termo de confidencialidade por e-mail. Se Ana quer que eu esclareça tudo, vai ter que ficar de boca fechada. Meu celular toca. É Ros.

Enquanto estou ao telefone, Ana sai do quarto e pega sua bolsa. Ros está falando sobre Darfur, mas minha atenção está voltada para a Srta. Steele. Ela remexe dentro da bolsa e fica feliz ao encontrar um elástico de cabelo.

O cabelo dela é lindo. Exuberante. Comprido. Grosso. Distraído, fico pensando como seria trançá-lo. Ela o prende para trás e veste o casaco. Em seguida, se senta no sofá, esperando eu encerrar a ligação.

— Tudo bem, vamos fazer. Mantenha-me a par da evolução.

Termino minha conversa com Ros. Ela está fazendo milagres e parece que nosso suprimento de alimentos para Darfur está acontecendo.

— Pronta para partir? — pergunto a Ana.

Ela faz que sim com a cabeça. Pego meu paletó e as chaves do carro e a sigo para fora do quarto. Ela me observa com seus longos cílios enquanto andamos até o elevador, e seus lábios se curvam formando um sorriso tímido. Meus lábios logo se retorcem em resposta.

*Que diabo ela está fazendo comigo?*

O elevador chega, e dou passagem para ela entrar primeiro. Aperto o botão do primeiro andar e a porta se fecha. Na área limitada do elevador, tomo plena consciência da presença dela. Um vestígio de sua suave fragrância invade meus sentidos... A respiração dela se altera, ficando um pouco ofegante, e ela me lança um olhar iluminado e sedutor.

*Merda.*

Ela morde o lábio.

Está fazendo isso de propósito. E por um milésimo de segundo me perco em seu olhar sensual, hipnotizante. Ela não desvia os olhos.

Fico de pau duro.

Instantaneamente.

*Eu a quero.*

Aqui.

Agora.

No elevador.

— Ah, foda-se a papelada.

As palavras surgem do nada e por instinto eu a agarro e a empurro na parede. Junto suas mãos, seguro-as acima de sua cabeça para que ela não consiga me tocar, e, assim que está segura, com uma das mãos torço e puxo seu cabelo enquanto meus lábios procuram e encontram os dela.

Ela geme na minha boca, o chamado de uma sereia, e finalmente posso prová-la: hortelã, chá e um pomar de frutas doces. Seu gosto é exatamente tão bom quanto sua aparência. Isso me faz lembrar de um tempo de plenitude. *Meu Deus.* Estou ávido por ela. Agarro seu queixo, intensificando o beijo, e sua língua hesitante toca a minha... explorando. Avaliando. Sentindo. Beijando-me de volta.

*Ah, meu Deus do céu.*

— Você. É. Muito. Gostosa — murmuro com os lábios colados aos dela, completamente extasiado, embriagado com seu cheiro e gosto.

O elevador para e a porta começa a abrir.

*Porra, recomponha-se, Grey.*

Eu me forço a me afastar dela e me mantenho fora do seu alcance.

Ela está ofegante.

Assim como eu.

*Quando foi a última vez que perdi o controle?*

Três executivos de ternos entram e nos lançam olhares cúmplices.

Fixo o olhar em um cartaz acima dos botões do elevador da propaganda de um fim de semana romântico no Heathman. Dou uma olhada em Ana e suspiro.

Ela dá um sorriso.

E meus lábios se contorcem mais uma vez.

*Que merda ela fez comigo?*

O elevador para no primeiro andar e os três homens saem, me deixando a sós com a Srta. Steele.

— Você escovou os dentes — comento, achando aquilo divertido e esquisito.

— Usei sua escova — diz ela, os olhos brilhando.

Claro que usou... E, por algum motivo, essa ideia me agrada até demais. Contenho um sorriso.

— Ah, Anastasia Steele, o que eu vou fazer com você? — Seguro a mão dela quando a porta do elevador abre no térreo e murmuro entre os dentes: — O que será que os elevadores têm?

Ela me lança um olhar cúmplice enquanto caminhamos pelo mármore lustroso do saguão.

O carro está à minha espera em uma das vagas em frente ao hotel. O manobrista anda de um lado para outro, impaciente. Dou uma gorjeta generosa e abro a porta do carona para Ana, que está quieta e introspectiva.

Mas ela não fugiu.

Mesmo que eu tenha me jogado em cima dela no elevador.

Eu devia falar alguma coisa sobre o que aconteceu lá dentro... Mas o quê?

*Desculpe?*

*Como foi para você?*

*O que diabo você está fazendo comigo?*

Dou a partida no carro e decido que, quanto menos eu falar, melhor. O som reconfortante do "Dueto das Flores", de Delibes, preenche o ambiente e começo a relaxar.

— O que estamos ouvindo? — indaga Ana, quando viro na Southwest Jefferson Street.

Respondo e depois quero saber se ela gosta.

— Christian, é maravilhoso.

Ouvir meu nome nos lábios dela me dá uma estranha satisfação. Ela já falou meia dúzia de vezes, mas sempre é diferente. Hoje, é com admiração... pela música. É ótimo que ela goste dessa peça, pois é uma das minhas favoritas. Estou radiante. É óbvio que ela me desculpou pelo acesso emocional que tive no elevador.

— Posso ouvir de novo?

— Claro.

Dou um tapinha no painel para repetir a música.

— Você gosta de música clássica? — pergunta ela, enquanto atravessamos a Fremont Bridge.

Então começamos uma conversa animada sobre meu gosto musical. Enquanto estamos conversando, atendo uma chamada no viva voz.

— Grey — respondo.

— Sr. Grey, aqui é Welch. Tenho a informação que o senhor solicitou.

Ah, sim, detalhes sobre o fotógrafo.

— Ótimo. Envie por e-mail. Alguma coisa a acrescentar?

— Não, senhor.

Aperto o botão e a música volta a tocar. Ficamos escutando, perdidos no som áspero do Kings of Leon. Mas não dura muito, pois nosso prazer de ouvir música é interrompido mais uma vez pelo telefone.

*Que droga é essa?*

— Grey — falo de forma brusca.

— O termo de confidencialidade já foi enviado por e-mail para o senhor, Sr. Grey.

— Ótimo. É só isso, Andrea.

— Bom dia, senhor.

Olho de soslaio para Ana, para conferir se entendeu a conversa, mas ela está apreciando a paisagem de Portland. Desconfio de que esteja sendo educada. É difícil manter os olhos fixos na rua. Não quero tirar os olhos dela. Apesar de seu ar desajeitado, ela tem um lindo colo, que eu adoraria beijar, do lóbulo da orelha até o ombro.

*Que inferno.* Eu me ajeito no banco. Espero que ela concorde em assinar o termo de confidencialidade e aceite o que tenho a oferecer.

Quando entramos na I-5, recebo outro telefonema.

É de Elliot.

— Oi, Christian, você transou?

*Ah... pega leve, cara, pega leve.*

— Oi, Elliot, estou no viva voz, e não estou sozinho no carro.

— Quem está com você?

— Anastasia Steele.

— Oi, Ana!

— Oi, Elliot — responde ela, animada.

— Ouvi falar muito de você — diz ele.

*Merda. O que será que ele ouviu?*

— Não acredite em uma palavra do que Kate diz — responde Anastasia bem-humorada.

Elliot ri.

— Estou indo deixar Anastasia em casa agora. Quer que eu pegue você? — interrompo.

*Não há dúvida alguma de que Elliot vai querer ir embora correndo.*

— Claro.

— Vejo você daqui a pouco.

Desligo.

— Por que você insiste em me chamar de Anastasia? — pergunta ela.

— Porque é seu nome.

— Prefiro Ana.

— Prefere agora?

"Ana" é corriqueiro e comum demais para ela. E muito íntimo. Essas três letras têm o poder de ferir...

E, naquele momento, percebo que a rejeição dela, quando vier, será difícil de aceitar. Isso já aconteceu, mas nunca me senti tão... motivado. Nem conheço essa garota direito, mas quero conhecer tudo sobre ela. Talvez porque eu não tinha corrido atrás de uma mulher antes.

*Grey, controle-se e siga as regras, senão vai dar merda.*

— Anastasia — digo, ignorando seu olhar de desaprovação. — O que aconteceu no elevador não vai voltar a acontecer. Bem, não a menos que seja premeditado.

Meu comentário a deixa em silêncio enquanto estaciono diante do seu prédio. Antes que ela possa me responder, saio do carro, dou a volta e abro a porta para ela.

Quando ela sobe na calçada, me lança um olhar furtivo.

— Gostei do que aconteceu no elevador.

*Gostou?* A confissão dela me deixa desconcertado. Estou agradavelmente surpreso mais uma vez com a pequena Srta. Steele. Quando ela sobe os degraus da porta da frente, tenho que me apressar para acompanhar seu ritmo.

Quando entramos, Elliot e Kate olham para nós. Estão sentados à mesa de jantar de uma sala escassamente mobiliada, parecendo um casal de estudantes. Há algumas caixas de mudança ao lado de uma estante de livros. Elliot parece relaxado e sem pressa de ir embora, o que me surpreende.

Kavanagh levanta-se em um salto e me lança um olhar breve e crítico enquanto abraça Ana.

O que ela acha que eu ia fazer com a garota?

*Sei o que eu gostaria de fazer com ela...*

Quando Kavanagh afasta Ana à distância de um braço, me sinto reconfortado. Talvez ela realmente se importe com a amiga.

— Bom dia, Christian — diz Kavanagh, em um tom frio e superior.

— Srta. Kavanagh.

Na verdade, eu queria mesmo fazer um comentário sarcástico sobre como ela finalmente demonstrou algum interesse na amiga, mas me contenho.

— Christian, o nome dela é Kate — diz Elliot levemente irritado.

— Kate — balbucio, para parecer educado.

Elliot abraça Ana, segurando-a por um tempo longo demais.

— Oi, Ana — diz ele, todo sorridente, porra.

— Oi, Elliot. — Ela sorri, radiante.

Tudo bem, isso aqui está ficando insuportável.

— Elliot, é melhor a gente ir.

*E tire as mãos dela.*

— Claro — responde Elliot, soltando Ana. Mas, em seguida, agarra Kavanagh e faz um espetáculo despropositado ao beijá-la.

*Ah, puta que pariu.*

Ana fica constrangida ao observá-los. Não a culpo. Mas, quando se vira para mim, me encara com ar especulativo e olhos semicerrados.

O que será que ela está pensando?

— Até mais, baby — murmura Elliot, babando por Kavanagh.

*Cara, mostre alguma dignidade, pelo amor de Deus.*

Ana me lança um olhar de censura, e, por um instante, não sei se é por causa da exibição lasciva de Elliot e Kate ou...

*Caralho!* É isso o que ela quer. Ser cortejada e bajulada.

*Não curto romance, meu bem.*

Uma mecha do cabelo dela se soltou e, sem pensar, eu a coloco atrás da sua orelha. Ela inclina a cabeça na direção dos meus dedos, o gesto de ternura me surpreendendo. Meu polegar se move até seu suave lábio inferior, que eu adoraria beijar novamente. Mas não posso. Não até ter o consentimento dela.

— Até mais, baby — sussurro, e o rosto dela se suaviza com um sorriso. — Pego você às oito.

Relutante, dou meia-volta e abro a porta. Elliot vem atrás de mim.

— Cara, preciso dormir um pouco — diz ele, assim que entramos no carro. — Aquela mulher é insaciável.

— Francamente... — Minha voz está repleta de sarcasmo.

A última coisa que quero é um relato detalhado do encontro amoroso do meu irmão.

— E você, espertalhão? Ela tirou sua virgindade?

Olho para ele pelo canto do olho, querendo dizer "vai se foder".

Elliot ri.

— Cara, você é um filho da puta perturbado.

Ele puxa o boné dos Sounders no rosto e se acomoda no banco para tirar um cochilo.

Aumento o volume da música.

*Durma com isso, Lelliot!*

Sim. Tenho inveja do meu irmão: sua facilidade com as mulheres, sua capacidade de dormir... e o fato de ele não ser filho de uma puta.

Nos antecedentes criminais de José Luis Rodriguez há uma apreensão por posse de maconha. Em seu registro policial não consta nada sobre assédio sexual. Talvez a noite passada tivesse sido a primeira vez caso eu não houvesse interferido. E o babaca fuma baseado? Espero que não fume perto de Ana. E espero que ela não fume nada, ponto.

Após abrir o e-mail de Andrea, mando o termo de confidencialidade para a impressora no escritório da minha casa, no Escala. Ana vai ter que assinar antes que eu mostre meu quarto de jogos. E em um momento de fraqueza, ou arrogância, ou talvez de otimismo sem precedentes — não sei qual dos três — preencho meu contrato padrão para dominador e submissa com o nome e o endereço dela e também mando para a impressora.

Alguém bate na porta.

— E aí, espertalhão. Vamos sair para dar uma caminhada — diz Elliot.

*Ah*... a criança acordou da soneca.

Os odores de pinho, da terra recém-úmida, e do final da primavera são bálsamos para meus sentidos. O cheiro me faz lembrar daqueles dias impetuosos da minha infância, correndo no meio de um bosque com Elliot e minha irmã Mia, sob o olhar atento de nossos pais adotivos. O silêncio, o espaço, a liberdade... o estalido dos galhos secos de pinheiro sob nossos pés.

Aqui, nesse amplo espaço ao ar livre, consegui esquecer.

Aqui foi um refúgio para meus pesadelos.

Elliot fica tagarelando e só precisa de um grunhido ocasional como resposta para continuar falando. À medida que seguimos ao longo da praia cheia de pedrinhas de Willamette, minha mente se concentra em Anastasia. Pela primeira vez em muito tempo, sinto uma leve ansiedade. Estou entusiasmado.

*Será que ela vai aceitar minha proposta?*

Imagino ela dormindo ao meu lado, macia e pequena... e meu pau tem um espasmo de ansiedade. Eu poderia tê-la acordado e trepado com ela ali mesmo. Teria sido uma tremenda novidade.

Vou foder Ana na hora certa.

Vou foder Ana amarrada e com aquela boca esperta amordaçada.

A Clayton's está tranquila. O último cliente saiu há cinco minutos. E estou esperando — novamente —, tamborilando os dedos nas coxas. Paciência não é o meu forte. Nem a longa caminhada com Elliot hoje minimizou minha inquietação. Ele está jantando com Kate esta noite no Heathman. Não faz seu estilo ter dois encontros consecutivos.

Subitamente as luzes fluorescentes no interior da loja tremulam e se apagam, a porta se abre, e Ana sai na agradável noite de Portland. Meu coração dispara. É agora: o início de um novo relacionamento ou o início do fim. Ela acena para se despedir de um jovem que saiu atrás dela. Não é o homem que conheci da última vez em que estive ali, é alguém novo. Ele a observa andar até o carro, os olhos fixos na bunda de Ana. Taylor me distrai ao se mexer para sair do carro, mas o interrompo. Essa é minha função. Quando estou do lado de fora segurando a porta aberta para ela, o cara vai trancar a loja e para de comer a Srta. Steele com os olhos.

Os lábios dela se curvam em um sorriso tímido enquanto ela se aproxima, o cabelo preso em um estiloso rabo de cavalo balançando na brisa noturna.

— Boa noite, Srta. Steele.

— Sr. Grey — diz.

Ela está vestindo uma calça jeans preta... *Jeans outra vez.* Ela cumprimenta Taylor ao sentar-se no banco de trás do carro.

Uma vez do lado dela, seguro sua mão, enquanto Taylor sai com o carro para a rua vazia e segue rumo ao heliporto de Portland.

— Como foi o trabalho? — pergunto, apreciando o toque da sua mão na minha.

— Muito demorado — responde ela, com uma voz grave.

— É, eu também tive um dia longo.

*Foi um inferno esperar as últimas horas passarem!*

— O que você fez? — pergunta ela.

— Fui dar uma caminhada com Elliot.

A mão dela é quente e macia. Ana baixa o olhar para nossos dedos unidos e acaricio repetidamente suas articulações com meu polegar. Ela prende a respiração e seus olhos encontram os meus. Neles, noto seu anseio e desejo... e sua ansiedade. Espero mesmo que ela aceite minha proposta.

Felizmente, a viagem até o heliporto é curta. Ao sairmos do carro, seguro a mão dela de novo. Ela parece um pouco perplexa.

*Ah.* Está imaginando onde o helicóptero pode estar.

— Pronta? — pergunto.

Ela assente, e eu a levo para dentro do edifício em direção ao elevador. Ela me lança um breve olhar de cumplicidade.

*Está se lembrando do beijo de hoje de manhã, mas, então... também estou.*

— São só três andares — murmuro.

Enquanto estamos parados ali dentro, faço uma anotação mental para foder Ana no elevador algum dia. Se ela aceitar minha proposta, é claro.

No telhado, Charlie Tango, recém-chegado de Boeing Field, está preparado e pronto para voar, embora não haja sinal de Stephan, que o trouxe até aqui. Mas Joe, que administra o heliporto em Portland, está no seu pequeno escritório. Ele me cumprimenta ao me ver. É mais velho do que meu avô, e o que ele não sabe sobre voar não vale a pena saber, pois pilotou Sikorskys na Coreia para a evacuação dos feridos e, cara, ele tem histórias de arrepiar.

— Aqui está seu plano de voo, Sr. Grey — diz Joe, a voz grave traindo sua idade. — Todas as verificações externas foram feitas. A aeronave está a postos. O senhor está autorizado a decolar.

— Obrigado, Joe.

Uma rápida olhada em Ana me diz que ela está animada... e também estou. Essa é uma primeira vez.

— Vamos.

Com a mão dela na minha mais uma vez, conduzo Ana no heliporto até o Charlie Tango. O mais seguro Eurocopter dessa classe e uma delícia de voar. Ele é meu orgulho e minha alegria. Seguro a porta para Ana, que entra depressa. Subo logo atrás dela.

— Por aqui — ordeno, apontando para o banco do passageiro na frente. — Sente-se. Não toque em nada.

Fico impressionado quando ela faz o que eu mando.

Depois de estar acomodada em seu assento, ela examina o conjunto de instrumentos com uma mistura de admiração e entusiasmo. Agachando-me ao lado dela, prendo seu cinto de segurança, tentando não imaginá-la nua enquanto faço isso. Levo um pouco mais de tempo do que o necessário porque essa pode ser minha última chance de ficar tão perto dela, minha última chance de sentir sua fragrância doce e sugestiva. Quando ela ficar sabendo das minhas preferências, pode fugir... por outro lado, talvez adote meu estilo de vida. As possibilidades que isso evoca em minha mente são quase avassaladoras. Ela me observa atentamente, está tão perto... tão adorável. Aperto a última tira. Ela não vai a lugar algum. Não por pelo menos uma hora.

Reprimindo minha excitação, sussurro:

— Você está segura, sem escapatória. — Ela inspira profundamente. — Respire, Anastasia — acrescento, e acaricio sua bochecha. Segurando seu queixo, me inclino e lhe dou um beijo rápido. — Gosto dessa correia — murmuro.

Quero dizer a ela que tenho outras, de couro, nas quais adoraria vê-la amarrada e suspensa no teto. Mas me comporto, me sento e afivelo meu cinto.

— Ponha os fones de ouvido. — Aponto para os fones diante dela. — Só estou fazendo todas as verificações pré-decolagem.

Todos os instrumentos parecem bons. Coloco o manete em 1500 rpm, o receptor-transmissor na posição de stand-by, e o sinal de posição ligado. Tudo está ajeitado e pronto para partir.

— Você sabe o que está fazendo? — pergunta ela, admirada.

Informo que tenho brevê de piloto há quatro anos. O sorriso dela é contagiante.

— Você está segura comigo — tranquilizo-a, e acrescento: — Bem, enquanto estivermos voando.

Pisco para ela, que dá um sorriso que me deixa fascinado.

— Está pronta? — pergunto.

Mal consigo acreditar em como fico entusiasmado por tê-la ao meu lado.

Ela assente.

Falo com a torre — estão despertos — e aumento o manete para 2000 rpm. Quando me dão permissão para decolar, faço as verificações finais. A temperatura do óleo está em cento e quatro. Ótimo. Aumento a pressão para quatorze, o motor para 2500 rpm e puxo o manete. E, como o elegante pássaro que é, Charlie Tango levanta voo.

A respiração de Anastasia fica ofegante à medida que o chão desaparece embaixo de nós, mas continua quieta, extasiada com as luzes de Portland, cada vez mais fracas. Logo estamos cercados pela escuridão. A única luz emana dos instrumentos à nossa frente. O rosto de Ana é iluminado pelo brilho vermelho e verde enquanto ela observa a noite lá fora.

— Estranho, não?

Mas eu não acho. Para mim, é um conforto. Nada pode me prejudicar aqui. *Estou seguro e escondido no escuro.*

— Como sabe que estamos indo na direção certa? — pergunta Ana.

— Aqui.

Aponto para o painel. Não quero entediá-la citando as regras de voo por instrumento, mas o fato é que são *todos* os equipamentos diante de mim que nos guiam para nosso destino: o indicador de altitude, o altímetro, o indicador de velocidade vertical e, obviamente, o GPS. Explico a ela sobre o Charlie Tango, e como está equipado para voar à noite.

Ana me encara, impressionada.

— Tem um heliporto no alto do prédio onde moro. É para onde estamos indo.

Volto a olhar para o painel, verificando todos os dados. É isso que eu adoro: o controle, a segurança e o bem-estar dependendo do meu domínio da tecnologia à minha frente.

— Quando voamos à noite, o voo é cego. Temos que confiar nos instrumentos — digo a ela.

— Quanto tempo vai levar o voo? — pergunta, um pouco ofegante.

— Menos de uma hora. Estamos a favor do vento.

Olho outra vez para ela.

— Você está bem, Anastasia?

— Estou — responde, a voz estranhamente brusca.

Será que ela está nervosa? Ou talvez esteja arrependia de sua decisão de vir comigo. Esse pensamento é perturbador. Ela não me deu uma oportunidade. Minha atenção é desviada por um instante pelo controle de tráfego aéreo. Depois, quando saímos de um trecho com nuvens, vejo Seattle a distância, um ponto brilhante no escuro.

— Olhe ali.

Faço Ana prestar atenção nas luzes brilhantes.

— Você sempre impressiona as mulheres desse jeito? Venha voar no meu helicóptero?

— Nunca trouxe nenhuma garota aqui em cima, Anastasia. É outra primeira vez para mim. Está impressionada?

— Estou apavorada, Christian — murmura ela.

— Apavorada?

Dou um sorriso espontâneo. E me lembro de Grace, minha mãe, fazendo cafuné em mim enquanto eu lia trechos de *O único e eterno rei* em voz alta.

*"Christian, isso foi* ótimo. *Estou impressionada, querido."*

Eu tinha sete anos e havia começado a falar havia pouco tempo.

— Você é tão... competente! — exclama Ana.

— Ora, obrigado, Srta. Steele.

Meu rosto se aquece de prazer com seu elogio inesperado. Espero que ela não perceba.

— Está na cara que você gosta disso — diz ela logo depois.

— Do quê?

— Voar.

— Isso exige controle e concentração... — Duas qualidades que prezo muito. — Como eu poderia não gostar? Mas o que eu prefiro é planar.

— Planar?

— É, voar em planador. Planadores e helicópteros, piloto as duas coisas.

Será que eu devia levá-la para planar?

*Está colocando a carroça na frente dos bois, Grey.*

*Desde quando você leva alguém para planar?*

Desde quando trago alguém no Charlie Tango?

O controle de tráfego aéreo me recoloca no trajeto de voo, interrompendo meus pensamentos perigosos, à medida que nos aproximamos de Seattle. Estamos próximos. E estou mais perto de saber se isso é ou não um sonho impossível. Ana está olhando fixamente pela janela, extasiada.

Não consigo desviar meus olhos dela.

*Por favor, diga sim.*

— É bonito, não é? — pergunto, querendo que ela se vire e eu possa olhar seu rosto. E ela faz isso, dando um imenso sorriso capaz de contrair qualquer pau. — Vamos chegar em poucos minutos — acrescento.

De repente, a atmosfera na cabine muda e tenho uma consciência mais apurada de sua presença. Respirando profundamente, inspiro seu aroma e sinto a ansiedade. De Ana. Minha.

Quando descemos, conduzo o Charlie Tango pela região do centro da cidade até o Escala, minha casa, e meus batimentos cardíacos se aceleram. Ana está se remexendo. Também está nervosa. Espero que não fuja.

Assim que o heliporto entra em meu campo de visão, respiro fundo mais uma vez. *Chegou a hora.*

Aterrissamos com suavidade e desligo tudo, observando as pás do rotor desacelerarem até pararem por completo. Só consigo escutar o zumbido do barulho abafado em nossos fones de ouvido enquanto permanecemos sentados em silêncio. Retiro meus fones, depois os de Ana.

— Chegamos — digo baixinho.

Com o brilho das luzes de aterrissagem, vejo que o rosto dela está pálido no brilho e seus olhos, iluminados.

*Meu Deus, como ela é bonita.*

Solto meu cinto de segurança e me estico para desprender o dela.

Ela me observa atentamente. Confiante. Jovem. Amável. Seu cheiro delicioso quase acaba comigo.

Será que posso fazer isso com ela?

Ela é adulta.

Pode tomar as próprias decisões.

E quero que ela olhe para mim do mesmo jeito depois de saber como sou... de saber do que sou capaz.

— Você não precisa fazer nada que não queira. Sabe disso, não é?

Ela precisa entender. Quero-a como submissa, só que antes de mais nada quero ter seu consentimento.

— Eu nunca faria nada que não quisesse, Christian — diz.

Parece sincera e quero acreditar nela. Com essas palavras tranquilizadoras reverberando na minha cabeça, saio do banco e abro a porta, e pouco depois salto no heliporto. Seguro a mão dela ao descer da aeronave. O vento chicoteia o cabelo em volta do rosto de Ana, e ela parece ansiosa. Não sei se é porque está aqui comigo, sozinha, ou se é por estarmos trinta andares acima do solo. Sei que provoca vertigem ficar aqui em cima.

— Vem.

Envolvendo-a com o braço para protegê-la do vento, eu a levo até o elevador.

Ficamos em silêncio enquanto percorremos o curto trajeto até a cobertura. Ela está usando uma camisa verde-clara por baixo da jaqueta preta. Combina com ela. Faço uma anotação mental de incluir tons de azul e verde nas roupas que vou lhe dar se ela concordar com meus termos. Ela devia se vestir melhor. Seus olhos encontram os meus nos espelhos do elevador no instante em que as portas se abrem para meu apartamento.

Ela me segue pelo hall, atravessamos o corredor e chegamos à sala.

— Posso pegar sua jaqueta? — pergunto.

Ana balança a cabeça e fecha as lapelas para enfatizar que quer ficar com a jaqueta.

*Tudo bem.*

— Quer beber alguma coisa?

Tento uma estratégia diferente e preciso de um drinque para acalmar meus nervos.

*Por que estou tão nervoso?*

Porque eu a desejo…

— Vou beber uma taça de vinho branco. Você me acompanha?

— Sim, por favor — responde ela.

Na cozinha, tiro o paletó e abro a adega. Um sauvignon blanc seria ótimo para quebrar o gelo. Pegando um Pouilly-Fumé razoável, observo Ana olhar a vista pelas portas da varanda. Quando ela se vira e caminha de volta para a cozinha, pergunto se concorda com o vinho que escolhi.

— Não entendo nada de vinho, Christian. Tenho certeza de que é ótimo.

Ela parece contida.

*Merda*. Isso não está dando certo. Será que ela está impressionada? Será que é isso?

Sirvo duas taças e ando até onde ela está, no meio da sala, parecendo muito com um cordeiro prestes a ser sacrificado. A mulher irresistível sumiu. Ela parece perdida.

Como eu…

— Aqui.

Entrego a taça para ela, que logo toma um gole e fecha os olhos, obviamente apreciando o vinho. Quando abaixa a taça, seus lábios estão úmidos.

*Boa escolha, Grey.*

— Você está muito calada, nem está corando. Na verdade, acho que nunca vi você tão branca, Anastasia. Está com fome?

Ela balança a cabeça e toma outro gole. Talvez também esteja precisando de coragem líquida.

— É uma casa muito grande essa aqui — diz com um tom de voz tímido.

— Grande?

— Grande.

— É grande.

Não há como discutir, tem quase mil metros quadrados.

— Você toca?

Ela está olhando o piano.

— Toco.

— Bem?

— Sim.

— Claro que toca. Existe alguma coisa que você não saiba fazer bem?

— Sim… algumas coisas.

Cozinhar.

Contar piada.

Manter uma conversa espontânea e descontraída com uma mulher por quem me sinto atraído.

*Ser tocado...*

— Quer sentar?

Aponto para o sofá. Um rápido movimento afirmativo com a cabeça me diz que ela quer. Pego sua mão e conduzo-a até o sofá, e ela se senta, me lançando um olhar travesso.

— Qual é a graça? — pergunto, ao me sentar ao lado dela.

— Por que me deu especificamente *Tess of the d'Urbervilles?*

*Ah. Aonde será que isso vai dar?*

— Bem, você disse que gostava de Thomas Hardy.

— Só por isso?

Não quero contar que ela ganhou a *minha* primeira edição, e que era uma opção melhor do que *Judas, o Obscuro.*

— Pareceu adequado. Eu poderia manter você num ideal elevadíssimo como Angel Clare ou degradá-la completamente como Alec d'Urberville. — Minha resposta expressa bem a verdade e tem certa ironia. O que estou prestes a propor, suspeito que vá muito além de suas expectativas.

— Se só houvesse duas opções, eu ficaria com a degradação — murmura ela.

*Droga. Não era isso o que você queria, Grey?*

— Anastasia, pare de morder o lábio, por favor. Isso distrai muito. Você não sabe o que está dizendo.

— Por isso estou aqui — diz ela, os dentes deixando pequenas marcas em seu lábio inferior úmido de vinho.

E aqui está ela: mais uma vez encantadora, me surpreendendo a todo momento. Meu pau concorda.

Estamos entrando no assunto do acordo, mas, antes de explorarmos os detalhes, preciso que ela assine o termo de confidencialidade. Peço licença e vou até o escritório. O contrato e o termo de confidencialidade estão prontos na impressora. Deixo o contrato em cima da mesa — nem sei se vou chegar a usá-lo —, grampeio o termo e volto para Ana.

— Este é um termo de confidencialidade. — Eu o coloco na mesa de centro à frente do sofá. Ana parece confusa e surpresa. — Minha advogada insiste nisso — continuo. — Se você escolher a segunda opção, a degradação, vai precisar assinar isto.

— E se eu não quiser assinar nada?

— Aí são os ideais elevados de Angel Clare, bem, na maior parte do livro, pelo menos.

E então não serei capaz de tocar você. Vou mandá-la de volta para casa com Stephan e me empenhar ao máximo para esquecer você. Minha ansiedade aumenta. Esse acordo poderia foder tudo.

— O que esse acordo significa?

— Significa que você não pode revelar nada sobre nós. Para ninguém.

Ela examina meu rosto, e não sei se está confusa ou ofendida.

Isso pode ir para qualquer uma dessas direções.

— Tudo bem. Eu assino — diz ela.

*Puxa, foi fácil.* Entrego minha Mont Blanc na mão dela, e Ana encosta a caneta na linha de assinatura.

— Você nem vai ler? — pergunto, subitamente chateado.

— Não.

— Anastasia, você deve sempre ler qualquer coisa que assinar.

*Como pode ser tão boba?* Será que os pais dela não ensinaram nada?

— Christian, o que você não conseguiu entender é que de qualquer forma eu não contaria a ninguém. Nem a Kate. Portanto, é irrelevante assinar ou não. Se isso é tão importante para você, ou para sua advogada... para quem você obviamente conta, tudo bem. Eu assino.

Ela tem uma resposta pronta para tudo. É animador.

— *Touché*, Srta. Steele — observo secamente.

Com um olhar rápido e desaprovador, ela assina.

E antes que eu possa começar minha jogada, pergunta:

— Isso quer dizer que você vai fazer amor comigo hoje à noite, Christian?

*O quê?*

*Eu?*

*Fazer amor?*

*Ah, Grey, vamos fazê-la abandonar essas ideias imediatamente.*

— Não, Anastasia, não quer dizer isso. Em primeiro lugar, eu não faço amor. Eu fodo... com força.

Ana engole em seco. Isso a fez pensar.

— Em segundo lugar, ainda tem muita papelada para assinar. E em terceiro, você ainda não sabe onde está se metendo. Ainda pode cair fora. Venha, quero mostrar meu quarto de jogos.

Ela fica confusa, o pequeno *v* se formando entre suas sobrancelhas.

— Quer jogar Xbox?

Rio alto.

*Ah, baby.*

— Não, Anastasia. Nada de Xbox, nada de Playstation. Venha.

Fico de pé e lhe ofereço a mão, que ela aceita de boa vontade. Eu a conduzo pelo corredor e para o andar de cima, onde paro diante da porta que dá para meu quarto de jogos. Meu coração está martelando no peito.

*Chegou a hora. É pagar para ver. Será que já fiquei tão nervoso assim?* Percebo que meus desejos dependem do momento em que eu girar esta chave. Destranco a porta e naquele instante preciso tranquilizá-la.

— Você pode ir embora quando quiser. O helicóptero está à espera para levá-la na hora que quiser ir. Ou pode passar a noite aqui e voltar para casa amanhã de manhã. Para mim, o que você decidir está bom.

— Abra o raio da porta, Christian — pede ela, com uma expressão de teimosia e os braços cruzados.

Chegamos a uma encruzilhada. Não quero que ela saia correndo. Mas nunca me senti tão exposto. Nem mesmo nas mãos de Elena... e sei que é porque ela não sabe nada sobre este estilo de vida.

Abro a porta e a sigo para dento do quarto de jogos.

Meu porto seguro.

O único lugar onde posso ser o que realmente sou.

Ana está parada no meio do quarto, observando toda a parafernália que faz parte da minha vida de modo tão significativo: os chicotes, as varas, a cama, o banco... Ela continua em silêncio, absorvendo o ambiente, e tudo o que ouço são as batidas ensurdecedoras do meu coração conforme o sangue corre pelos meus tímpanos.

Agora você sabe.

*Esse sou eu.*

Ela se vira e me encara intensamente enquanto espero que diga alguma coisa, mas ela prolonga minha agonia e entra mais no quarto, me obrigando a segui-la.

Os dedos dela percorrem um açoite de camurça, um dos meus preferidos. Revelo o nome desse objeto, mas ela não reage. Aproxima-se da cama, as mãos explorando, os dedos deslizando por uma das colunas entalhadas.

— Diga alguma coisa — peço. O silêncio é insuportável. Preciso saber se ela vai sair correndo.

— Você faz isso com as pessoas ou elas fazem isso com você?

*Finalmente!*

— As pessoas? — Sinto vontade de bufar. — Faço isso com mulheres que querem que eu faça.

Ana pretende manter um diálogo. A esperança não morreu.

Ela franze a testa.

— Se você tem voluntárias dispostas, por que estou aqui?

— Porque eu quero muito, muito fazer isso com você.

Visualizá-la amarrada em várias posições pelo quarto todo arrebatam minha imaginação. Na cruz, na cama, no banco...

— Ah — diz Ana, e anda devagar até o banco.

Meus olhos se dirigem para seus dedos curiosos acariciando o couro. Seu toque é interessado, lento, sensual... Será que ela se dá conta disso?

— Você é sádico? — pergunta ela, me surpreendendo.

*Merda.* Ela enxerga dentro de mim.

— Sou dominador — respondo depressa, esperando manter a conversa fluindo.

— O que isso quer dizer? — questiona ela, chocada, acho.

— Quer dizer que quero que você se entregue espontaneamente a mim, em tudo.

— Por que eu faria isso?

— Para me satisfazer — sussurro. É isso o que preciso de você. — Em termos muito simples, quero que você queira me agradar.

— Como?

Ela respira fundo.

— Eu tenho regras e quero que você as obedeça. Elas são para o seu bem e para o meu prazer. Se seguir essas regras como eu desejo, eu a recompenso. Se não seguir, eu a castigo, e você aprende.

*E mal posso esperar para treinar você. Em todos os aspectos.*

Ela encara as varas atrás do banco.

— E como tudo isso se encaixa?

Ela faz um gesto indicando o quarto inteiro.

— Isso tudo faz parte do pacote de incentivo. Recompensa e castigo.

— Então você se excita exercendo sua vontade sobre mim.

*Na mosca, Srta. Steele.*

— Tudo gira em torno de conquistar sua confiança e seu respeito, para você deixar que eu exerça minha vontade sobre você. — *Preciso da sua permissão, baby.* — Vou ter um prazer considerável, até mesmo júbilo, com sua submissão. Quanto mais se submeter, maior minha alegria. É uma equação muito simples.

— Tudo bem, e o que eu ganho com isso?

— Eu.

Dou de ombros. É isso, baby. *Só eu. Por inteiro. E você também vai ter prazer...*

Ela vai abrindo os olhos aos poucos ao me encarar, sem dizer uma palavra. É irritante.

— Não tem nada a perder, Anastasia. Vamos voltar lá para baixo, onde consigo me concentrar melhor. Ver você neste quarto me distrai muito.

Estendo a mão para ela e, pela primeira vez, olha da minha mão para o meu rosto, indecisa.

*Merda.*

Eu a assustei.

— Não vou machucar você, Anastasia.

Hesitante, ela me dá a mão. Fico extasiado. Não saiu correndo.

Aliviado, decido mostrar a ela o quarto da submissa.

— Se você vai querer fazer isso, preciso lhe mostrar uma coisa. — Eu a levo até o fim do corredor. — Este será seu quarto. Você pode decorá-lo como quiser, ter o que quiser aqui dentro.

— Meu quarto? Espera que eu me mude para cá? — A voz dela sai estridente, revelando sua descrença.

*Tudo bem.* Talvez eu devesse ter deixado este detalhe para mais tarde.

— Não o tempo todo — tranquilizo ela. — Só, vamos dizer, de sexta à noite a domingo. Temos que conversar sobre isso tudo, combinar. Se você quiser fazer isso.

— Eu vou dormir aqui?

— Sim.

— Não com você.

— Não. Eu já expliquei. Não durmo com ninguém, a não ser com você quando está completamente bêbada.

— Onde você dorme?

— Meu quarto é lá embaixo. Venha, você deve estar com fome.

— Por mais estranho que pareça, perdi o apetite — declara ela, com sua já conhecida expressão de teimosia.

— Você precisa comer, Anastasia.

Seus hábitos alimentares serão uma das primeiras questões que vou ter que trabalhar, se ela concordar em ser minha... isso e sua inquietação.

*Pare de se precipitar, Grey!*

— Estou perfeitamente ciente de estar levando você para o mau caminho, Anastasia, por isso quero que pense com cuidado.

Ela me segue até o andar de baixo, e voltamos para a sala.

— Você deve ter algumas perguntas. Você já assinou a declaração de confidencialidade. Agora pode me perguntar o que quiser que eu respondo.

Para tudo isso funcionar, ela vai ter que se comunicar. Na cozinha, abro a geladeira e encontro um grande prato de queijo e algumas uvas. Gail não esperava que eu tivesse companhia, e isso não é suficiente... Fico pensando se eu deveria pedir comida. Ou talvez levá-la para jantar fora.

Como um encontro.

*Outro encontro.*

Não quero aumentar suas expectativas dessa maneira.

Não vou a encontros.

*Só se for com ela...*

Esse pensamento é irritante. Há uma baguete fresca na cesta de pães. Pão e queijo devem servir. Além do mais, ela diz que não está com fome.

— Sente-se.

Aponto para um dos bancos, e Ana se senta, me olhando inexpressiva.

— Você falou em papelada — começa ela.

— Sim.

— Que tipo de papelada?

— Bem, além da declaração de confidencialidade, um contrato dizendo o que faremos e o que não faremos. Preciso conhecer seus limites, e você precisa conhecer os meus. Isso é consensual, Anastasia.

— E se eu não quiser fazer isso?

*Merda.*

— Tudo bem — minto.

— Mas aí não teremos nenhum tipo de relação?

— Não.

— Por quê?

— Esse é o único tipo de relação no qual estou interessado.

— Por quê?

— É assim que eu sou.

— Como você ficou desse jeito?

— Por que uma pessoa é do jeito que é? Essa é uma resposta um pouco difícil. Por que uns gostam de queijo e outros odeiam? Você gosta de queijo? A Sra. Jones, minha governanta, deixou isso para o jantar.

Coloco o prato na frente dela.

— Quais regras tenho que seguir?

— Tenho todas por escrito. Vamos examiná-las depois que você tiver comido.

— Eu realmente não estou com fome — sussurra ela.

— Você vai comer. — Ana me lança um olhar desafiador. — Quer mais uma taça de vinho? — pergunto, como oferta de paz.

— Sim, por favor.

Sirvo o vinho na taça dela e me sento ao seu lado.

— Pode se servir de comida, Anastasia.

Ela pega algumas uvas.

*Só isso? É só isso que você vai comer?*

— Faz tempo que você é assim? — pergunta.

— Sim.

— É fácil encontrar mulheres que queiram fazer isso?

*Ah, se você soubesse.*

— Você ficaria espantada. — Meu tom de voz é seco.

— Então, por que eu? Eu realmente não entendo.

Ela está totalmente confusa.

*Baby, você é linda. Por que eu não ia querer fazer isso com você?*

— Anastasia, eu já lhe disse. Há alguma coisa em você. Não consigo deixá-la. Sou como a mariposa atraída pela chama. Quero você desesperadamente, sobretudo agora, que está mordendo o lábio de novo.

— Acho que você inverteu as coisas — diz ela com suavidade, numa confissão perturbadora.

— Coma! — ordeno, para mudar de assunto.

— Não. Ainda não assinei nada, então acho que vou me agarrar à minha liberdade mais um pouquinho, se você não se opuser.

*Ah...* essa sua boca esperta.

— Como quiser, Srta. Steele. — Disfarço minha risada sarcástica.

— Quantas mulheres? — pergunta, enfiando uma uva na boca.

— Quinze. — Tenho que desviar o olhar.

— Por longos períodos de tempo?

— Algumas delas, sim.

— Já machucou alguém?

— Sim.

— Muito?

— Não.

Dawn ficou bem, apesar de um pouco abalada com a experiência. E, para ser sincero, também fiquei.

— Vai me machucar?

— Como assim?

— Fisicamente, você vai me machucar?

*Só o que você suportar.*

— Vou castigá-la quando for preciso, e vai ser doloroso.

*Por exemplo, quando você ficar bêbada e se colocar em risco.*

— Já apanhou? — pergunta ela.

— Sim.

Muitas, muitas vezes. Elena era perversamente hábil com uma vara. É o único toque que eu conseguia suportar.

Ela arregala os olhos, coloca as uvas que não comeu no prato e toma outro gole de vinho. Sua falta de apetite é irritante e afeta o meu. Talvez eu deva simplesmente acabar logo com minha agonia e mostrar as regras.

— Vamos discutir isso no meu escritório. Quero lhe mostrar uma coisa.

Ela me segue e se senta na cadeira de couro em frente à mesa, enquanto me inclino, com os braços cruzados.

É isso que ela quer saber. É uma bênção que esteja curiosa, que ainda não tenha caído fora. Pego uma das páginas do contrato na minha mesa e entrego a ela.

— Estas são as regras. Todas elas estão sujeitas a modificações. Elas fazem parte deste contrato, do qual você também pode ter uma cópia. Leia-as agora e vamos discuti-las.

Os olhos delas examinam atentamente a página.

— Limites rígidos? — pergunta.

— Sim. O que você não fará, o que eu não farei. Precisamos especificar em nosso contrato.

— Não estou certa quanto a aceitar dinheiro para roupas. Parece errado.

— Quero gastar dinheiro com você. Deixe-me presenteá-la com algumas roupas. Posso precisar que me acompanhe em eventos.

*Grey, o que você está falando?* Isso seria uma primeira vez.

— E quero você bem-vestida. Tenho certeza de que o seu salário, quando você conseguir de fato um emprego, não cobrirá o tipo de roupa que eu gostaria que você usasse.

— Não preciso usar essas roupas quando não estiver com você?

— Não.

— Ok. Não quero malhar quatro vezes por semana.

— Anastasia, preciso de você ágil, forte e resistente. Confie em mim, você precisa malhar.

— Mas com certeza não quatro vezes por semana. Que tal três?

— Quero que sejam quatro.

— Achei que isso fosse uma negociação.

Mais uma vez, ela fica irresistível, me desafiando para um duelo com minhas próprias armas.

— Ok, Srta. Steele, outro ponto para você. Que tal uma hora três dias por semana e meia hora um dia?

— Três dias, três horas. Tenho a impressão que você vai garantir que eu me exercite quando eu estiver aqui.

*Ah, espero que sim.*

— É verdade. Ok. Fechado. Tem certeza que não quer estagiar na minha empresa? Você negocia bem.

— Não acho que seja uma boa ideia.

É óbvio que ela tem razão. E essa é minha regra número um: nunca foder com minhas funcionárias.

— Agora, os limites. Estes são os meus.

Entrego a lista para ela.

Chegou a hora da verdade. Conheço meus limites de cor e mentalmente vou ticando os itens enquanto a observo dar uma olhada na lista. Seu rosto fica cada vez mais pálido quando vai se aproximando do final.

*Merda, espero que não seja apavorante demais para ela.*

Eu a quero. Quero a submissão dela... demais. Ela engole em seco, erguendo o olhar nervosamente para mim. *Como vou conseguir convencê-la a tentar?* Eu deveria tranquilizá-la, mostrar que sou capaz de ser afetuoso.

— Tem mais alguma coisa que você gostaria de acrescentar?

No fundo, tenho esperança de que ela não acrescente nada. Quero carta branca. Ela me encara, ainda sem saber o que dizer. É irritante. Não estou acostumado a esperar por resposta.

— Tem alguma coisa que você se negue a fazer? — insisto.

— Não sei.

Não era a resposta que eu esperava.

— Como assim, não sabe?

Ela se remexe na cadeira, parecendo desconfortável, os dentes brincando com o lábio inferior. *De novo.*

— Eu nunca fiz nada parecido com isso.

*Droga, é claro que não.*

*Paciência, Grey. Puta merda. Você jogou um monte de informação em cima dela.* Continuo com minha abordagem gentil. O que é uma novidade.

— Bem, mas quando fez sexo, houve alguma coisa que não gostou de fazer?

Então me lembro de ontem, da mão boba do fotógrafo apalpando ela.

Ela cora, o que desperta meu interesse. O que será que ela fez que não gostou? Será que é uma aventureira na cama? Ela parece tão... inocente. E normalmente não acho isso atraente.

— Pode me dizer, Anastasia. Precisamos ser sinceros um com o outro, ou isso não vai dar certo.

Realmente tenho que incentivá-la a se soltar, pois ela nem quer falar de sexo. Está se contorcendo novamente, olhando fixo para as próprias mãos.

*Vamos lá, Ana.*

— Conte para mim — ordeno. *Meu Deus do Céu, como ela é frustrante.*

— Bem... Eu nunca fiz sexo antes, então não sei — sussurra ela.

A Terra para de girar.

Porra, não acredito.

*Como?*

*Por quê?*

*Puta que pariu!*

— Nunca? — pergunto, incrédulo.

Ela balança a cabeça, os olhos arregalados.

— Você é virgem?

Não estou acreditando nisso.

Ela assente, envergonhada. Fecho os olhos. Não consigo olhar para ela.

*Como é que fui entender tudo errado, porra?*

A raiva me dilacera por dentro. *O que posso fazer com uma virgem?* Eu a encaro enquanto a fúria invade meu corpo.

— Por que não me contou, porra? — rosno.

Começo a andar de um lado para outro no escritório. *O que quero com uma virgem?* Ela dá de ombros, como se pedisse desculpas, sem conseguir falar.

— Não entendo por que você não me contou. — A irritação fica evidente na minha voz.

— Nunca surgiu o assunto — explica. — Não costumo revelar minha condição sexual a cada pessoa que conheço. Quer dizer, a gente mal se conhece.

Como sempre, ela tem razão. Não consigo acreditar que a levei para conhecer meu quarto de jogos… Ainda bem que ela assinou o termo de confidencialidade.

— Bem, você agora já sabe bastante a meu respeito — falo rispidamente. — Eu sabia que você era inexperiente, mas *virgem*? Que inferno, Ana, eu acabei de mostrar a você…

Não somente o quarto de jogo, como minhas regras, meus limites rígidos. Ela não conhece nada disso. Como pude fazer isso?

— Deus me perdoe — balbucio baixinho. Estou desorientado.

Um pensamento alarmante me ocorre: nosso beijo no elevador, onde eu poderia ter fodido Ana, naquele lugar e naquela hora. Será que foi o primeiro beijo dela?

— Alguém já beijou você, além de mim?

Por favor, diga que sim.

— Claro que sim.

Ela parece ofendida. Certo, já foi beijada, mas não muitas vezes. E, por algum motivo, esse pensamento é… agradável.

— E nenhum cara legal fez você perder a cabeça? Eu simplesmente não entendo. Você tem vinte e um anos, quase vinte e dois. É linda.

Por que nenhum cara levou esta garota para a cama?

*Merda*, talvez ela seja religiosa. Não, Welch teria descoberto isso. Ela mantém o olhar baixo, fixo nas próprias mãos, e acho que está sorrindo. Ela acha isso engraçado? Estou puto comigo mesmo.

— E você está discutindo seriamente o que eu quero fazer, apesar de não ter experiência. — Fico sem palavras. Como isso pôde acontecer? — Como evitou o sexo? Conte para mim, por favor.

Porque não consigo entender. Ela está na faculdade e, pelo que me lembro dessa época, todos os garotos trepavam feito coelhos.

*Todos. Menos eu.*

É um pensamento sombrio, mas o tiro da cabeça no momento.

Ana dá de ombros disfarçadamente.

— Ninguém nunca... você sabe... — Sua voz vai diminuindo.

Ninguém nunca o quê? Percebeu como você é atraente? Ninguém atendeu às suas expectativas, mas eu, sim?

*Eu?*

Ela realmente não sabe nada. Como poderia ser uma submissa se não faz ideia do que seja sexo? Isso não vai dar certo... e toda a minha preparação não serviu para nada. Não posso assinar este contrato.

— Por que está tão irritado comigo? — sussurra ela.

É claro que ela pensaria isso. *Conserte as coisas, Grey.*

— Não estou irritado com você. Estou irritado comigo. Eu supus...

*Por que diabo eu ficaria irritado com você?* Que confusão. Passo as mãos no cabelo tentando controlar meu nervosismo.

— Quer ir embora? — pergunto, preocupado.

— Não, a menos que você queira que eu vá — responde ela suavemente, a voz com traços de arrependimento.

— Claro que não. Gosto de ter você aqui.

A declaração me surpreende assim que a digo. Realmente *gosto* de tê-la aqui. De estar com ela. Ana é tão... diferente. Quero fodê-la, espancá-la e apreciar o rosado de sua pele de alabastro sob minhas mãos. Agora isso está fora de questão, não é? Talvez não a parte de foder... isso talvez eu pudesse fazer. Esse pensamento é uma revelação. Eu podia levá-la para a cama. Desvirginá-la. Seria uma experiência nova para nós dois. Será que ela ia querer? Mais cedo me perguntou se eu ia fazer amor com ela. Eu poderia tentar sem amarrá-la.

*Mas talvez ela me toque.*

*Porra.* Confiro meu relógio para saber que horas são. Está tarde. Quando olho de volta para ela, a visão de Ana brincando com o lábio inferior me excita.

Eu ainda a quero, apesar de sua inocência. Será que eu poderia levá-la para a cama? Será que ela iria querer, sabendo o que sabe sobre mim agora? *Droga*, não faço ideia. Será que simplesmente pergunto a ela? Mas Ana está me deixando excitado, mordendo o lábio desse jeito. Chamo atenção para isso, e ela se desculpa.

— Não se desculpe. É só que assim também fico com vontade de morder, só que com força.

A respiração dela fica ofegante.

Ah. Talvez ela esteja interessada. *Sim. Vamos fazer isso.* Tomei minha decisão.

— Venha — chamo, estendendo a mão.

— O quê?

— Vamos resolver esse problema agora mesmo.

— Como assim? Que problema?

— O seu, Ana. Vou fazer amor com você, agora.

— Ah.

— Quer dizer, se você quiser. Não quero me meter em encrenca.

— Pensei que você não fizesse amor. Pensei que você fodesse, e com força — diz ela, a voz rouca e sedutora para caralho, os olhos arregalados, as pupilas dilatadas. Está cheia de desejo. Ela também quer.

E uma emoção inteiramente inesperada surge em mim.

— Posso abrir uma exceção, ou talvez combinar as duas coisas, vamos ver. Eu quero muito fazer amor com você. Por favor, venha para a cama comigo. Quero que nosso acordo dê certo, mas você realmente precisa ter alguma ideia de onde está se metendo. Podemos começar seu treinamento esta noite, com o básico. Isso não quer dizer que fiquei todo sentimental. Trata-se de um meio para um fim, mas um fim que eu quero, e espero que você também. — As palavras saem da minha boca numa torrente.

*Grey! Acalme-se.*

Suas bochechas ficam ruborizadas.

*Vamos, Ana, sim ou não. Estou morrendo aqui.*

— Mas ainda não fiz tudo que você exige nas suas regras — diz ela com timidez.

Será que está com medo? Espero que não. Não quero que sinta medo.

— Esqueça as regras. Esqueça esses detalhes todos por hoje. Eu quero você. Quis desde que você se estatelou no chão da minha sala, e sei que você me quer. Você não estaria aí sentada calmamente discutindo punições e limites se não quisesse. Por favor, Ana, passe a noite comigo.

Ofereço a mão de novo, dessa vez ela aceita e a puxo para os meus braços, segurando-a firme contra o meu corpo. Ela arqueja de surpresa e a sinto encostada em mim. A escuridão traz tranquilidade, talvez subjugada por minha libido. Eu a quero. Ela é tão atraente. Esta garota me deixa confuso, sob todos os aspectos. Revelei meu segredo sombrio, e, no entanto, ela ainda está aqui, não fugiu correndo.

Meus dedos agarram o cabelo dela, puxando seu rosto para o meu, e fito aqueles olhos cativantes.

— Você é uma garota corajosa — digo, com a respiração ofegante. — Estou impressionado. — Eu me inclino e a beijo delicadamente. Depois, com os dentes, brinco com seu lábio inferior. — Quero morder esse lábio.

Puxo mais forte e ela geme. Meu pau reage ficando duro.

— Por favor, Ana, deixe eu fazer amor com você — sussurro, ainda encostado na sua boca.

— Sim — responde ela.

E meu corpo se incendeia, como se estivesse soltando fogos de artifício.

*Contenha-se, Grey.* Não fizemos nenhum acordo ainda, não definimos os limites, ela não é minha para o meu bel-prazer. Mas, apesar disso, estou excitado. Atiçado. É uma sensação desconhecida, mas estimulante, o desejo por esta mulher fluindo dentro de mim. Eu me sinto como se estivesse no ponto mais alto de uma montanha-russa gigantesca.

*Sexo baunilha?*

*Será que consigo fazer isso?*

Sem dizer mais uma palavra sequer, eu a conduzo para fora do escritório, passamos pela sala e descemos o corredor até meu quarto. Ela me segue, apertando a minha mão com força.

*Merda.* Contracepção. Tenho certeza de que ela não toma pílula… Felizmente, tenho camisinhas de reserva. Pelo menos não preciso me preocupar com todos os caras com quem ela dormiu. Perto da cama, eu a solto, vou até a cômoda e tiro relógio, sapatos e meias.

— Presumo que você não tome pílula. — Ela nega com a cabeça. — Achei que não tomasse.

Tiro da gaveta um pacote de camisinha, deixando que ela perceba que estou pronto. Ela me analisa, os olhos incrivelmente grandes em seu lindo rosto, e hesito por um instante. Supõe-se que essa vai ser uma grande experiência para ela, não é? Eu me lembro da minha primeira vez com Elena, de como foi constrangedor… mas uma tremenda sensação de alívio. Bem no fundo sei que eu deveria mandá-la voltar para casa. Mas a verdade nua e crua é que não quero que ela vá, eu a desejo. Além do mais, consigo ver o desejo refletido na expressão dela, em seus olhos escurecendo.

— Quer que eu feche as cortinas? — pergunto.

— Tanto faz — responde ela. — Achei que você não deixasse ninguém dormir na sua cama.

— Quem disse que a gente vai dormir?

— Ah.

Os lábios de Ana formam um pequeno e perfeito *o*. Meu pau fica ainda mais duro. Sim, eu gostaria de foder essa boca, esse *o*. Eu me aproximo como se ela fosse minha presa. *Ah, baby, quero me enterrar em você.* A respiração dela está acelerada. As bochechas estão coradas... Ela mantém certa cautela, mas está excitada. Está à minha mercê, e saber disso me faz sentir poderoso. Nem imagina o que vou fazer com ela.

— Vamos tirar essa jaqueta, vamos? — Estendo as mãos e delicadamente retiro a jaqueta dos seus ombros, dobro e a coloco sobre a cadeira. — Tem alguma ideia de quanto a desejo, Ana Steele?

Quando ela inspira, seus lábios se abrem. Toco seu rosto. Sob meus dedos, que deslizam até seu queixo, sua pele é tão suave quanto uma pétala. Ela está em transe, perdida, sob meu encanto. Já é minha. É uma sensação inebriante.

— Tem alguma ideia do que vou fazer com você? — murmuro, segurando seu queixo com o polegar e o indicador.

Eu me inclino para beijá-la com firmeza, moldando os lábios dela nos meus. Retribuindo meu beijo, ela é suave, doce e desejosa, e sinto uma necessidade avassaladora de vê-la por inteiro. Rapidamente dou conta dos botões de suas roupas, tirando devagar sua blusa e jogando-a no chão. Eu me afasto para observá-la. Ela está usando o sutiã de renda azul-claro que Taylor comprou.

Ela é deslumbrante.

— Ah, Ana. Você tem uma pele lindíssima, alva e impecável. Quero beijar cada centímetro dela.

Não há sequer uma marca em seu corpo. Esse pensamento é inquietante. Quero vê-la marcada... cor-de-rosa... com pequeninos e finos vergões de um chicote, talvez.

Ela assume um delicioso tom rosado de vergonha, sem dúvida. Se eu não fizer mais nada, vou ensiná-la a não ficar tímida com o próprio corpo. Estendo a mão e puxo o elástico, soltando seu cabelo, que cai com todo seu tom castanho e sua exuberância ao redor do rosto, chegando até os seios.

— Gosto de morenas.

Ela é incrível, excepcional, uma joia.

Segurando sua cabeça, passo os dedos por seu cabelo e a puxo para mim, beijando-a. Ela geme junto a mim e abre os lábios, me permitindo acesso à sua boca quente e molhada. Seu doce ruído de apreciação ecoa dentro de mim, atingindo meu pau. Sua língua encontra a minha, investigando hesitante a minha boca e, por algum motivo, sua inexperiência desajeitada é... sensual.

Ela é gostosa. Vinho, uvas e inocência: uma mistura potente e inebriante de sabores. Envolvo-a com força, aliviado por ela só agarrar a parte de cima dos meus braços. Com uma das mãos no cabelo dela, segurando-a no lugar, deslizo a outra mão por suas costas, chegando até a bunda, e a puxo para mim, na direção da minha ereção. Ela geme novamente. Continuo beijando-a, incentivando sua língua inexperiente a explorar minha boca, enquanto exploro a dela. Meu corpo se retesa quando ela passa as mãos pelos meus braços... e por um instante fico aflito imaginando qual parte do meu corpo ela tocará em seguida. Ela acaricia meu rosto, depois meu cabelo. É um pouco inquietante. Mas, quando ela enrosca os dedos no meu cabelo, puxando delicadamente...

*Porra, que sensação boa.*

Solto um gemido de prazer, mas não posso deixá-la continuar. Antes que consiga me tocar de novo, eu a empurro para a cama e fico de joelhos. Quero vê-la sem essa calça jeans, quero tirar sua roupa, deixá-la mais excitada e... manter suas mãos longe de mim. Agarrando seu quadril, percorro com a língua a linha entre o cós da calça e o seu umbigo. Ela se contrai e inspira profundamente. Porra, ela tem um cheiro e um gosto bom, como um pomar na primavera, e quero me saciar com ele. Ela cerra os punhos em meu cabelo mais uma vez. Isso não me incomoda, na verdade, até gosto. Mordisco seu quadril e ela agarra meu cabelo com mais força. Seus olhos estão fechados, sua boca, entreaberta, e ela está ofegante. Quando estico a mão e abro o botão da sua calça, ela abre os olhos e observamos um ao outro. Devagar, baixo o zíper e coloco as mãos na sua bunda. Enfiando as mãos pelo cós, tocando as suaves ondulações do seu traseiro, puxo a calça para baixo.

Não consigo me controlar. Quero chocá-la... testar seus limites neste instante mesmo. Sem tirar os olhos dela, deliberadamente passo a língua nos lábios, depois me inclino e deslizo o nariz até o meio da sua calcinha, inalando seu odor de excitação. Fechando os olhos, me delicio com ela.

*Meu Deus, ela é muito atraente.*

— Você é muito cheirosa. — Minha voz está rouca de desejo e minha calça jeans está ficando extremamente desconfortável. Preciso tirá-la.

Delicadamente, empurro Anastasia na cama e, segurando seu pé direito, tiro depressa seu tênis e sua meia. Para provocá-la, percorro com o polegar a sola do seu pé, e ela se contorce de satisfação na cama, a boca aberta, me encarando, fascinada. Eu me abaixo para traçar, com a língua, uma linha ao longo da sola do seu pé, e meus dentes arranham o rastro deixado por meu polegar. Ela volta a se deitar na cama, os olhos fechados, gemendo. Ela é tão receptiva, tão deliciosa.

— Ah, Ana, o que faço com você? — sussurro.

Imagens dela se contorcendo embaixo de mim no quarto de jogos invadem minha mente: algemada na cama de quatro colunas, inclinada sobre a mesa, suspensa na cruz. Eu poderia provocá-la e torturá-la até ela implorar para soltá-la... Essas imagens deixam minha calça ainda mais apertada.

*Merda.*

Rapidamente removo o outro tênis e a meia e tiro sua calça jeans. Ela está quase nua em minha cama, o cabelo emoldurando seu rosto à perfeição, as pernas compridas e lívidas esticadas, me convidando. Tenho que fazer algumas concessões por causa de sua inexperiência. Mas ela está ofegante. Cheia de desejo. Os olhos fixos em mim.

Nunca fodi ninguém na minha cama. *Mais uma primeira vez, com a Srta. Steele.*

— Você é muito bonita, Anastasia Steele. Mal posso esperar para estar dentro de você. — Minha voz é gentil. Quero provocá-la mais um pouco, descobrir o que ela já sabe. — Mostre para mim como você se dá prazer — peço, encarando-a intensamente. Ela franze a testa. — Não seja tímida, Ana, mostre para mim.

Uma parte de mim quer espancá-la até que ela perca a timidez.

Ela balança a cabeça.

— Não sei o que você quer dizer.

*Será que ela está brincando comigo?*

— Como você se faz gozar? Quero ver.

Ela permanece calada. Obviamente a choquei de novo.

— Eu não faço — balbucia, afinal, em um fio de voz.

Olho incrédulo para ela. Até eu costumava me masturbar, antes de Elena cravar as garras em mim.

Ela provavelmente nunca teve um orgasmo, embora eu ache difícil de acreditar nisso. *Uau.* Sou responsável por sua primeira trepada e também por seu primeiro orgasmo. Tenho que caprichar.

— Bem, vamos ver o que podemos fazer a esse respeito.

*Vou fazer você gozar loucamente, baby.*

*Puta merda.* É provável que ela também nunca tenha visto um homem nu. Sem desviar meus olhos dos dela, desabotoo o botão de cima da minha calça e a largo no chão, apesar de não arriscar tirar a camisa, porque ela pode querer me tocar.

*Mas se ela fizesse isso... não seria tão ruim assim... seria? Ser tocado?*

Afasto o pensamento antes que a escuridão venha à tona, e, agarrando os tornozelos dela, abro suas pernas. Seus olhos se arregalam e suas mãos agarram os lençóis.

*Isso. Mantenha as mãos aí, baby.*

Subo lentamente na cama, entre as pernas dela. Anastasia se contorce embaixo de mim.

— Fique quieta — ordeno, e me abaixo para beijar a pele delicada da parte interna de sua coxa.

Deixo um rastro de beijos por suas coxas, passando por cima da calcinha, no meio da barriga, beliscando e chupando o caminho. Ela se remexe embaixo de mim.

— Vamos ter que trabalhar para manter você imóvel, baby.

Se você deixar.

Vou ensiná-la a simplesmente absorver o prazer e não se mexer, intensificando cada toque, cada beijo, cada chupão. Só esse pensamento já é suficiente para que eu tenha vontade de me enterrar nela, mas antes quero descobrir até que ponto ela é sensível. Por enquanto, não se opôs a nada. Está me dando carta branca para tocar seu corpo. Não está hesitante de maneira alguma. Ela quer isso... quer de verdade. Enfio a língua no seu umbigo e continuo subindo com calma, saboreando-a no caminho. Mudo de posição, me deito ao seu lado, com uma perna entre as dela. Minhas mãos apalpam seu corpo, seu quadril, sua cintura, indo até o seio. Delicadamente, envolvo-o com a palma da mão, tentando avaliar sua reação. Ela não retesa o corpo. Não me interrompe... ela confia em mim. Será que posso aumentar sua confiança a ponto de me deixar ter domínio integral sobre seu corpo... sobre ela? Essa ideia é arrebatadora.

— Cabe na minha mão perfeitamente, Anastasia.

Enfiando o dedo no bojo do seu sutiã, eu o puxo para baixo, liberando seu seio. O mamilo é pequeno, rosado, e já está intumescido. Abaixo o bojo para que o tecido e a armação fiquem por baixo do seio, forçando-o para cima. Repito o processo com o outro seio e observo, fascinado, seus mamilos incharem sob meu olhar fixo. *Uau*... nem a toquei ainda.

— Muito bom — sussurro, exprimindo minha admiração maravilhada, e sopro gentilmente no seio mais próximo, ficando satisfeito ao vê-lo se endurecer e se estender.

Anastasia fecha os olhos e arqueia as costas.

*Fique quieta, baby, só absorva o prazer e será muito mais intenso.*

Soprando o mamilo, descrevo círculos suaves no outro, com o polegar e o indicador. Ela agarra ainda mais os lençóis quando me abaixo e chupo... forte. Seu corpo se curva de novo e ela solta um grito.

— Vamos ver se podemos fazer você gozar assim — murmuro, e não paro. Ela começa a gemer.

*Ah, isso, baby... sinta.* Seus mamilos se estendem ainda mais e ela começa a remexer os quadris, de um lado para outro. *Fique imóvel, baby. Vou ensinar você a ficar imóvel.*

— Oh... por favor — suplica ela.

Suas pernas se retesam. Está funcionado. Ela está quase lá. Continuo meu ataque lascivo. Concentrando-me em cada mamilo, observando sua reação, sentindo seu prazer. Tudo isso está me levando ao delírio. Meu Deus, quero esta mulher.

— Deixe-se levar, baby — murmuro, e puxo o bico do mamilo com o dente.

Ela grita assim que chega ao clímax.

*Isso!* Eu me mexo imediatamente para beijá-la, capturando seus gritos com a boca. Ela está ofegante e sem fôlego, perdida em seu prazer... *Minha*. Sou o responsável pelo primeiro orgasmo de Ana e fico ridiculamente satisfeito com essa ideia.

— Você é muito sensível. Vai ter que aprender a controlar isso, e agora vai ser muito mais divertido ensinar.

Mal posso esperar... mas agora, eu a desejo. Toda ela. Eu a beijo de novo e deixo minha mão percorrer seu corpo, até sua vulva. Eu a envolvo, sentindo seu calor. Enfiando o dedo indicador por dentro da renda da calcinha, faço círculos lentos ao redor do seu sexo... *porra, ela está encharcada*.

— Você está deliciosamente molhada. Nossa, eu quero você.

Enfio o dedo dentro dela, e Ana grita. Está excitada, tensa e molhada, e eu a quero. Enfio novamente, abafando seus gritos com minha boca. Pressiono a palma em seu clitóris... empurrando... rodeando. Ela grita e se contorce embaixo de mim. *Porra*, eu a quero... agora. Ela está pronta. Eu me sento, arranco a calcinha dela, depois a minha cueca, e pego uma camisinha. Eu me ajoelho entre suas pernas, afastando-as ainda mais. Anastasia me olha com... o quê? Receio? Provavelmente nunca tinha visto um pênis ereto.

— Não se preocupe. Você também dilata — balbucio.

Esticando-me por cima dela, coloco uma mão de cada lado da sua cabeça, concentrando o peso nos cotovelos. Nossa, eu a quero... mas ainda verifico se está a fim.

— Quer mesmo fazer isso? — pergunto.

*Pelo amor de Deus, por favor, não diga não.*

— Por favor — implora ela.

— Levante as pernas. — Dou as instruções.

Dessa forma vai ser mais fácil. Será que já fiquei tão excitado assim? Mal consigo me conter. Não estou entendendo... deve ser por causa dela.

*Por quê?*

*Grey, mantenha o foco!*

Eu me posiciono para tomá-la ao meu prazer. Seus olhos estão arregalados, me implorando. Ela realmente quer fazer isso... tanto quanto eu. Será que devo ser gentil e prolongar a agonia, ou ir direto ao ponto?

Vou direto ao ponto. Preciso possuí-la.

— Agora vou começar a foder com você, Srta. Steele. Com força.

Penetro nela de uma vez.

*P. O. R. R. A.*

Ela é apertada para caralho. Grita alto.

*Merda!* Machuquei ela. Quero me mexer, me perder dentro dela, e uso todo meu controle para me conter.

— Você é tão apertada. Está tudo bem? — pergunto, num sussurro rouco, ansioso, e ela confirma, os olhos mais arregalados ainda.

Ela é como o paraíso na terra, de tão apertada em torno de mim. E mesmo que as mãos dela estejam tocando meus antebraços, eu não ligo. A escuridão está inativa, talvez porque eu a quero há tanto tempo. Nunca senti tanto desejo, tanta... *avidez*. É um sentimento novo, novo e reluzente. Quero tanta coisa dela: confiança, obediência, submissão. Quero que ela seja minha, mas justamente neste momento... sou dela.

— Vou me mexer agora, baby. — Minha voz sai tensa enquanto recuo lentamente.

É uma sensação tão extraordinária, tão fantástica: o corpo dela aninhando meu pau. Penetro nela outra vez e a possuo, sabendo que ninguém nunca tinha feito isso. Ela geme. Eu paro.

— Mais?

— Sim — diz ela, recuperando o fôlego depois de um instante.

Desta vez, meto com mais força.

— De novo? — pergunto, com suor exalando do meu corpo.

— Sim.

Sua confiança em mim é subitamente avassaladora, e começo a me mexer, de verdade. Quero que ela goze. Não vou parar até ela gozar. Quero possuir esta mulher, de corpo e alma. Quero que ela se contraia sob mim.

*Porra*. Ela começa a se adaptar aos meus movimentos, ao meu ritmo. *Está vendo como combinamos tão bem, Ana?* Seguro sua cabeça, mantendo-a no lugar enquanto reivindico seu corpo e a beijo com força, exigindo sua boca. Ela se retesa embaixo de mim... *Isso, porra*. Ela está perto de gozar.

— Goze para mim, Ana — peço, e ela grita ao ser consumida pelo prazer, jogando a cabeça para trás, a boca aberta, os olhos fechados... e só a visão do seu êxtase é suficiente.

Explodo dentro dela, perdendo todos os sentidos e o juízo, enquanto grito seu nome e gozo violentamente.

Quando abro os olhos, estou ofegante, tentando recuperar o fôlego. Nossas testas estão coladas e ela olha fixo para mim.

*Merda*. Estou perdido.

Dou um rápido beijo estalado na testa dela, me afasto e me deito ao seu lado. Ela pisca quando saio de dentro dela, mas, apesar disso, parece bem.

— Machuquei você? — pergunto, e coloco seu cabelo atrás da orelha, porque não quero parar de tocá-la.

Ana sorri com incredulidade.

— *Você* está me perguntando se me machucou?

E por um instante fico sem entender por que ela está rindo.

Ah. Meu quarto de jogos.

— Eu não deixei de reparar na ironia — balbucio. Até nesse momento ela me deixa confuso. — Falando sério, você está bem?

Ela se estica ao meu lado, testando o próprio corpo e me provocando com uma expressão divertida, porém satisfeita.

— Não me respondeu — rosno.

Preciso saber se ela gostou. Todas as evidências apontam para um "sim", mas tenho que ouvir da sua boca. Enquanto estou esperando sua resposta, tiro a camisinha. Nossa, detesto essas coisas. Eu a descarto discretamente no chão.

Ela volta a olhar para mim.

— Eu gostaria de fazer isso de novo — diz ela, dando um risinho tímido.

*O quê?*

*De novo?*

*Já?*

— Gostaria agora, Srta. Steele? — Beijo o canto da sua boca. — Você é uma senhorita exigente, não? Vire-se de costas.

*Desse modo sei que não vai me tocar.*

Ela dá um sorrisinho meigo e se vira de bruços. Meu pau se mexe, aprovando. Desabotoo seu sutiã e vou passando a mão por suas costas, alcançando sua bunda atrevida.

— Você tem mesmo uma pele linda — digo, tirando o cabelo do rosto dela e afastando suas pernas. Delicadamente dou beijos suaves no seu ombro.

— Por que você está de camisa? — pergunta Ana.

Ela é tão questionadora, porra. Enquanto ela está de bruços, sei que não pode tocar em mim, então me inclino para trás e puxo a camisa pela cabeça, deixando-a cair no chão. Totalmente nu, me deito em cima dela. Sua pele é quente, e funde-se com a minha.

*Humm... eu poderia me acostumar a isso.*

— Então você quer que eu te coma de novo? — sussurro no ouvido dela, beijando-a.

Ela se contorce deliciosamente embaixo de mim.

*Ah, não vai dar para ser assim. Fique parada, baby.*

Passo a mão pelo corpo dela até a parte de trás do seu joelho, e depois de volta até a coxa, afastando bem suas pernas de modo que ela fique esparramada embaixo de mim. Sua respiração se altera, e espero que seja pela expectativa. Ela fica imóvel.

*Finalmente!*

Ponho a palma da mão na sua bunda quando solto meu peso em cima dela.

— Vou te comer por trás, Anastasia.

Com a outra mão, agarro o cabelo dela na nuca e puxo com delicadeza, mantendo-a no lugar. Ela não é capaz de se mover. Suas mãos estão impotentes, e afastadas nos lençóis, impedidas de causar qualquer dano.

— Você é minha — sussurro. — Só minha. Não se esqueça disso.

Tiro minha mão livre da sua bunda e a levo até o clitóris, começando a descrever círculos lentos.

Seus músculos flexionam por baixo de mim assim que ela tenta se mexer, mas meu peso a mantém no lugar. Passo os dentes pelo contorno do seu queixo. Sua fragrância doce se sobrepõe ao odor do nosso coito.

— Você tem um cheiro divino — sussurro, esfregando o nariz atrás de sua orelha.

Ela começa a mexer o quadril na direção contrária à da minha mão.

— Fique quieta — aviso.

*Ou eu posso parar...*

Lentamente enfio o polegar dentro ela e fico girando-o sem parar, tomando cuidado especial para tocar a parede frontal de sua vagina.

Ela geme e fica tensa embaixo de mim, tentando se movimentar.

— Gostou disso? — provoco, e meus dentes percorrem sua orelha.

Meus dedos não param de atormentar seu clitóris, mas começo a enfiar e tirar meu polegar. Ela se retesa, mas não consegue se mexer.

Geme alto, apertando bem os olhos.

— Você ficou muito molhada, bem depressa. É bastante sensível. Ah, Anastasia, eu gosto disso. Gosto muito disso.

*Certo. Vamos ver até onde você vai.*

Retiro o polegar da vagina dela.

— Abra a boca — ordeno e, assim que ela faz isso, enfio o polegar entre seus lábios. — Sinta o seu gosto. Chupa.

Ela chupa meu polegar... com força.

*Porra.*

E por um momento imagino que é meu pau que está na sua boca.

— Quero foder a sua boca, Anastasia, e vou fazer isso daqui a pouco.

Estou arfando. Ela crava os dentes em mim, me mordendo forte.

*Uau! Porra.*

Agarro seu cabelo, e ela afrouxa a boca.

— Menina sacana, gostosa.

Uma série de castigos passa depressa pela minha cabeça, movimentos tão ousados que, se fosse minha submissa, eu poderia infligir a ela. Meu pau se expande a ponto de explodir com esse pensamento. Eu a solto e me sento sobre os joelhos.

— Fique quietinha, sem se mexer.

Pego outra camisinha na mesa de cabeceira, rasgo a embalagem e desenrolo o látex pela minha ereção.

Olhando para ela, noto que está imóvel, a não ser pelo movimento de subir e descer de suas costas, por estar ofegante de ansiedade.

Ela é maravilhosa.

Curvando-me sobre ela novamente, agarro seu cabelo e a seguro de modo que não consiga mexer a cabeça.

— Vamos muito devagar dessa vez, Anastasia.

Ela engole em seco, e, com delicadeza, a penetro até não ter como entrar mais.

*Porra.* Ela é gostosa.

Quando saio, descrevo círculos com o quadril e lentamente escorrego de volta para dentro dela. Ela geme e suas pernas se tencionam embaixo de mim enquanto tenta se mexer.

*Ah, não, baby.*

*Quero que você fique imóvel.*

*Quero que você sinta isso.*

*Aproveite todo o prazer.*

— Você é muito gostosa — digo para ela, repetindo o movimento, fazendo círculos com o quadril cada vez que a penetro. Lentamente. Dentro. Fora. Dentro. Fora. Suas partes internas começam a tremular.

— Ah, não, ainda não.

*De jeito nenhum vou deixar você gozar.*

*Não até eu apreciar isso ao máximo*

— Oh, por favor — grita ela.

— Quero machucar você, baby. — Saio e meto novamente. — Cada vez que você se mexer amanhã, quero que se lembre que estive aí. Só eu. Você é minha.

— Por favor, Christian — implora.

— O que você quer, Anastasia? Diga. — Continuo com a lenta tortura. — Diga.

— Você, por favor. — Ela está desesperada.

Ela me quer.

*Boa menina.*

Acelero o ritmo e sua vagina começa a estremecer, reagindo imediatamente. Entre cada estocada, pronuncio uma palavra por vez.

— Você. É. Muito. Gostosa. Eu. Quero. Você. Muito. Você. É. Minha.

Suas pernas tremem com a tensão de se manterem imóveis. Ela está no limite.

— Goza para mim, baby — rosno.

E, sob comando, ela estremece ao meu redor, à medida que seu orgasmo a rasga por dentro e ela grita meu nome no colchão.

Meu nome nos seus lábios é minha perdição, então gozo e desabo em cima dela.

— Porra. Ana — murmuro, exausto, mas extasiado.

Saio de dentro dela logo depois e rolo para ficar de costas. Anastasia se aninha ao meu lado e, enquanto tiro a camisinha, ela fecha os olhos e adormece.

## DOMINGO, 22 DE MAIO DE 2011

Acordo assustado e com uma sensação penetrante de culpa, como se tivesse cometido um pecado terrível.

*Será que é por ter trepado com Anastasia Steele?* A *virgem?*

Ela está dormindo profundamente, aconchegada ao meu lado. Checo o relógio: já passou das três da manhã. Ana dorme o sono profundo de uma inocente. Bem, nem tão inocente agora. Meu corpo se atiça ao observá-la.

Eu poderia acordá-la.

Trepar com ela novamente.

Com certeza há algumas vantagens de tê-la na minha cama.

*Grey. Pare com essa maluquice.*

Trepar com ela foi só um meio para alcançar um fim e uma distração agradável.

Sim. Muito agradável.

*Mais para incrível.*

Foi só sexo, porra.

Fecho os olhos no que provavelmente será uma tentativa inútil de dormir. Mas o quarto está repleto de Ana: seu cheiro, o som de sua respiração suave e a lembrança da minha primeira trepada baunilha. Visões de sua cabeça inclinada para trás, dos seus gemidos tomada pela paixão, formando uma versão quase irreconhecível do meu nome e de seu entusiasmo desenfreado pelo ato sexual me dominam.

A Srta. Steele é uma criatura carnal.

Vai ser uma alegria treiná-la.

Meu pau estremece em sinal de concordância.

*Merda.*

Não consigo dormir, embora essa noite não sejam os pesadelos que estão me mantendo acordado, e sim a pequena Srta. Steele. Saio da cama, recolho as camisinhas usadas no chão, dou um nó nelas e as jogo no lixo. Pego uma calça de pijama na cômoda e a visto. Lançando um olhar demorado para a mulher sedutora na minha cama, vou para a cozinha. Estou com sede.

Após tomar um copo d'água, faço o de sempre quando não consigo dormir: checo meus e-mails no escritório. Taylor voltou e está perguntando se pode encerrar o expediente do Charlie Tango. Stephan deve estar dormindo lá em cima. Respondo "sim" ao e-mail, embora isso seja evidente a essa hora da noite.

De volta à sala, sento-me ao piano. Esse é meu refúgio, a que posso me entregar por horas. Sei tocar bem desde os nove anos, mas só ao adquirir meu próprio piano, em minha própria casa, é que isso se tornou uma paixão. Quando quero esquecer tudo, é isso que faço. E nesse exato instante não quero pensar sobre ter feito uma proposta indecente a uma virgem, ter trepado com ela ou revelado meu estilo de vida a alguém sem qualquer experiência. Com as mãos sobre as teclas, começo a tocar e me perco na solidão de Bach.

Um movimento me distrai da música, e, quando ergo os olhos, Ana está de pé ao lado do piano. Envolta em um edredom, com o cabelo bagunçado e ondulado caindo nas costas, os olhos luminosos, ela está deslumbrante.

— Desculpe — diz ela. — Não queria atrapalhar.

Por que está se desculpando?

— Com certeza, eu que devia estar dizendo isso para você. — Toco as últimas notas e me levanto. — Você devia estar na cama — repreendo-a.

— Essa foi uma peça linda. Bach?

— Transcrição de Bach, mas originalmente um concerto para oboé de Alessandro Marcello.

— É deslumbrante, mas bastante triste, uma melodia muito melancólica.

*Melancólica?* Não seria a primeira vez que alguém usa essa palavra para me descrever.

*— Posso falar abertamente, senhor?*

*Leila está ajoelhada ao meu lado enquanto trabalho.*

*— Pode.*

*— O senhor está muito melancólico hoje.*

*— Estou?*

*— Sim, senhor. Há algo que gostaria que eu fizesse...?*

Balanço a cabeça para afastar essa lembrança. Ana deveria estar na cama. Repito isso para ela.

— Acordei e você não estava no quarto.

— Tenho dificuldade de dormir e não estou acostumado a dormir com alguém.

Já disse isso a ela... e por que estou me justificando? Passo os braços em torno de seus ombros nus, apreciando o contato com sua pele, e a levo de volta até o quarto.

— Há quanto tempo você pratica? Toca lindamente.

— Desde os seis anos — digo com rispidez.

— Ah.

Acho que entendeu: não quero conversar sobre a minha infância.

— Como está se sentindo? — pergunto ao acender a luz da cabeceira.

— Estou bem.

Há manchas de sangue nos lençóis. Sangue dela. Indícios de sua virgindade agora ausente. Seus olhos se dirigem das manchas para mim e ela vira o rosto, envergonhada.

— Bem, isso vai dar à Sra. Jones o que pensar.

Ela parece mortificada.

*É só o seu corpo, querida.* Seguro seu queixo e inclino sua cabeça para trás de modo a poder ver sua expressão. Estou prestes a fazer um pequeno sermão sobre como não deve ter vergonha do próprio corpo, quando ela estica o braço e toca meu torso.

*Porra.*

Saio de seu alcance enquanto a escuridão vem à tona.

*Não. Não toque em mim.*

— Deite na cama — ordeno, um tanto mais ríspido do que eu pretendia, mas espero que ela não note meu medo.

Seus olhos se arregalam, confusos e talvez magoados.

*Droga.*

— Vou deitar com você — acrescento, como uma oferta de paz, então pego uma camiseta na cômoda e visto-a depressa, para me proteger.

Ela ainda está de pé, me encarando.

— Para a cama — ordeno com mais veemência.

Rapidamente, ela vai para a cama e se deita, então vou atrás dela, envolvendo-a em meus braços. Enterro o rosto em seu cabelo e sinto seu doce aroma: outono e macieiras. De costas para mim, ela não pode me tocar, e, ali deitado, decido ficar de conchinha com ela até que adormeça. Depois vou me levantar e trabalhar um pouco.

— Durma, doce Anastasia.

Beijo seu cabelo e fecho os olhos.

Seu aroma preenche minhas narinas, me fazendo lembrar de uma época feliz e me deixando repleto... satisfeito, até...

*Mamãe está feliz hoje. Está cantando.*
*Cantando sobre o amor.*
*E cozinhando. E cantando.*
*Minha barriga ronca. Ela está preparando bacon e waffles.*
*O cheiro é bom. Minha barriga gosta de bacon e waffles.*
*O cheiro é tão bom.*

Ao abrir os olhos, percebo que a luz entra com abundância pelas janelas e há um aroma de dar água na boca vindo da cozinha. Bacon. Fico confuso por um instante. Será que Gail voltou da casa da irmã?

Então me lembro.

*Ana.*

Olho para o relógio e descubro que já está tarde. Pulo da cama e meu olfato me guia até a cozinha.

Lá está Ana. Ela está vestindo minha camisa, com maria-chiquinha no cabelo, dançando ao som de alguma música. Mas não consigo escutar, pois está usando fones de ouvido. Sem ser visto, ocupo um lugar na bancada da cozinha e assisto ao espetáculo. Ela está batendo ovos, preparando o café da manhã, as marias-chiquinhas balançando enquanto ela troca o peso de um pé para outro. Percebo que não está de calcinha.

*Boa garota.*

Ela deve ser uma das mulheres mais descoordenadas que já vi. É engraçado, charmoso e estranhamente excitante ao mesmo tempo. Penso em todas as maneiras em que posso ajudá-la a melhorar sua coordenação. Quando ela se vira e me vê, fica paralisada.

— Bom dia, Srta. Steele. Você está cheia de energia hoje.

Ela parece ainda mais jovem de maria-chiquinha.

— E-eu dormi bem — gagueja.

— Não consigo imaginar por quê — brinco, admitindo para mim mesmo que também dormi bem. Já passou das nove da manhã. Quando foi a última vez que acordei depois das seis e meia?

*Ontem.*

Depois de ter dormido com ela.

— Está com fome? — pergunta.

— Muita.

Só não sei se é em relação a comida ou a ela.

— Panqueca, ovos e bacon? — indaga.

— Está ótimo.

— Não sei onde você guarda seus descansos de prato — diz ela, parecendo perdida, e acho que está envergonhada porque a flagrei dançando.

Sentindo pena dela, me ofereço para pôr a mesa do café da manhã e acrescento:

— Quer que eu ponha uma música para você continuar a sua... hã... dança?

Suas bochechas coram e ela olha para o chão.

*Droga*. Eu a magoei.

— Por favor, não pare por minha causa. É muito divertido.

Fazendo biquinho, ela vira as costas para mim e continua batendo os ovos com vontade. Pergunto-me se ela tem alguma ideia de como isso é desrespeitoso para alguém como eu... Mas é claro que não tem, e por alguma razão inexplicável isso me faz sorrir. Aproximo-me dela e puxo delicadamente sua maria-chiquinha.

— Adoro esse penteado. Ele não vai proteger você.

*Não de mim. Não agora que já possuí você.*

— Como você gosta dos ovos? — Seu tom de voz é inesperadamente altivo. Quero gargalhar, mas me contenho.

— Bem batidos e mexidos — respondo, tentando soar impassível, mas falhando.

Ela tenta esconder seu divertimento também e continua sua tarefa.

Seu sorriso é fascinante.

Coloco depressa os descansos de prato sobre a bancada, me perguntando quando foi a última vez que fiz isso para outra pessoa.

*Nunca.*

Normalmente, durante o fim de semana minha submissa cuidava de todas as tarefas domésticas.

*Hoje não, Grey, porque ela não é sua submissa... ainda.*

Sirvo suco de laranja para nós dois e ligo a cafeteira. Ela não bebe café, só chá.

— Quer chá?

— Sim, por favor. Se tiver.

Encontro no armário os saquinhos de chá Twinings que eu pedira para Gail comprar.

Ora, ora, quem diria que eu teria a oportunidade de usá-los algum dia?

Ela franze o cenho quando os vê.

— Fui um problema relativamente fácil de resolver, não?

— Você? Não sei bem se já resolvemos alguma coisa, Srta. Steele — respondo com um olhar severo.

*E não fale sobre si mesma desse jeito.*

Acrescento sua autodepreciação à lista de comportamentos que deverão ser modificados.

Ela evita meu olhar, ocupada servindo o café da manhã. Dois pratos são colocados sobre os descansos, e então ela pega o *maple syrup* na geladeira.

Ela olha para mim e estou esperando que se sente.

— Srta. Steele.

Indico onde ela deve ficar.

— Sr. Grey — responde, com uma formalidade forçada, e faz uma careta ao se sentar.

— Quão dolorida você está?

Sou surpreendido por um sentimento incômodo de culpa. Quero trepar com ela outra vez, de preferência após o café da manhã, mas se ela estiver dolorida demais isso estará fora de cogitação. Dessa vez, quem sabe, eu poderia usar sua boca.

Seu rosto cora ainda mais.

— Bem, para ser honesta, não tenho com que comparar isso — diz ela asperamente. — Está se desculpando?

Seu tom sarcástico me pega de surpresa. Se ela fosse minha, isso a faria merecer algumas palmadas, no mínimo, talvez sobre a bancada da cozinha.

— Não. Eu me perguntava se devíamos continuar com seu treinamento básico.

— Ah — diz ela, chocada.

*Sim, Ana, podemos transar durante o dia também. E eu gostaria de encher essa sua boca atrevida.*

Como um pouco do café da manhã e fecho os olhos, me deliciando. Está muito gostoso. Quando engulo, ela ainda está me encarando.

— Coma, Anastasia — ordeno. — Isso está delicioso, por sinal.

Ela sabe cozinhar, e bem.

Ana dá uma garfada, então empurra a comida no prato. Peço para ela parar de morder o lábio.

— Isso me distrai muito, e por acaso sei que você não está usando nada por baixo da minha camisa.

Ela brinca com o saquinho de chá e o bule, ignorando minha irritação.

— Que tipo de treinamento básico você tem em mente? — pergunta.

Ela é tão curiosa... vamos ver até onde está disposta a ir.

— Bem, já que você está dolorida, pensei que poderíamos nos ater a habilidades orais.

Ela tosse dentro da xícara de chá.

*Droga.* Não quero fazê-la engasgar. Dou tapinhas delicados em suas costas e ofereço um copo de suco de laranja.

— Isto é, se você quiser ficar.

É melhor não abusar da sorte.

— Eu gostaria de ficar por hoje. Se não tiver problema. Tenho que trabalhar amanhã.

— A que horas você tem que estar no trabalho amanhã?

— Às nove.

— Eu deixo você no trabalho amanhã às nove.

*Como assim? Eu quero que ela fique?*

É uma surpresa para mim.

*Sim, quero que fique.*

— Tenho que ir para casa hoje à noite. Preciso de roupas limpas.

— Podemos lhe arranjar umas aqui.

Ela mexe no cabelo e mordisca o lábio nervosamente... outra vez.

— O que foi? — pergunto.

— Preciso estar em casa hoje à noite.

Nossa, como ela é teimosa. Não quero que vá, mas nesse estágio, sem acordo, não posso insistir que ela fique.

— Tudo bem, hoje à noite. Agora, acabe de comer.

Ela analisa sua comida.

— Coma, Anastasia. Você não comeu ontem à noite.

— Eu realmente não estou com fome — diz ela.

Bem, isso é frustrante.

— Eu realmente gostaria que você terminasse o que tem no prato. — Minha voz sai baixa.

— Qual seu problema com a comida? — pergunta, irritada.

*Ah, baby, você não quer saber.*

— Eu já disse. Não gosto de desperdício de comida. Coma.

Olho fixamente para ela. *Não me pressione em relação a isso, Ana.* Ela me lança um olhar teimoso e começa a comer.

Relaxo ao observá-la colocar uma garfada de ovos na boca. Ela é bem desafiadora, à sua própria maneira. É única. Nunca lidei com uma coisa dessas. *Sim.* É isso. Ela é uma novidade. Esse é o fascínio... não é?

Quando termina de comer, retiro seu prato.

— Você cozinhou, eu tiro a mesa.

— É muito democrático — diz ela, erguendo uma sobrancelha.

— É. Não é meu estilo. Depois que eu fizer isso, vamos tomar um banho de banheira.

Então poderei testar sua habilidade oral. Inspiro rapidamente para controlar a excitação que vem de imediato com essa ideia.

*Droga.*

Seu celular toca e ela vai em direção à outra extremidade do cômodo, imersa na conversa. Paro junto à pia e a observo. De pé, encostada na parede de vidro, a luz matinal ilumina o contorno do seu corpo com minha camisa branca. Minha boca fica seca. Ela é magra, com pernas compridas, seios e bunda perfeitos.

Ainda no telefone, ela se vira para mim e finjo que estou prestando atenção em outra coisa. Por alguma razão não quero que ela me flagre olhando-a com cobiça.

*Quem é no telefone?*

Ouço o nome de Kavanagh e fico tenso. *O que ela está dizendo?* Nossos olhares se cruzam.

*O que você está falando, Ana?*

Ela vira o rosto e um instante depois desliga, então anda até mim, os quadris rebolando num ritmo suave e sedutor sob minha camisa. *Será que conto para ela o que consigo ver?*

— O termo de confidencialidade, será que ele cobre tudo? — pergunta ela, me fazendo parar subitamente enquanto eu fechava o armário da despensa.

— Por quê?

*Aonde ela está indo com isso? O que disse a Kavanagh?*

Ela inspira profundamente.

— Bem, tenho umas perguntas, sabe, sobre sexo. E gostaria de fazê-las a Kate.

— Você pode perguntar para mim.

— Christian, com todo o respeito... — Ela para.

*Está com vergonha?*

— É só sobre a mecânica da coisa. Não vou mencionar o Quarto Vermelho da Dor — diz ela rapidamente.

— Quarto Vermelho da Dor?

*Que droga.*

— O quarto tem mais a ver com prazer, Anastasia. Pode acreditar. Além do mais, sua amiga está trepando com meu irmão. Eu realmente acharia melhor que você não perguntasse nada a ela.

Não quero que Elliot saiba nada sobre minha vida sexual. Ele nunca me deixaria em paz.

— Sua família sabe da sua... hum, predileção?

— Não. Não é da conta deles.

Ela está louca para perguntar alguma coisa.

— O que você quer saber? — pergunto, de pé diante dela, observando seu rosto.

*O que é, Ana?*

— Nada de específico no momento — murmura ela.

— Bem, podemos começar com: como foi a noite de ontem para você?

Minha respiração fica superficial enquanto espero sua resposta. Todo nosso combinado pode depender da sua reação.

— Foi boa — responde ela, me dando um sorriso leve e sexy.

*É o que quero ouvir.*

— Para mim também. Eu nunca tinha feito sexo baunilha. Tem suas vantagens. Mas vai ver que é por ser com você.

Sua surpresa e satisfação com as minhas palavras ficam evidentes. Acaricio seu lábio inferior carnudo com meu polegar. Estou ansiando por tocar nela... de novo.

— Venha, vamos tomar um banho de banheira.

Eu a beijo e a levo até meu banheiro.

— Fique aqui — ordeno, girando a torneira e, em seguida, acrescentando óleo aromático à água fumegante.

Ela fica me observando enquanto a banheira enche depressa. Normalmente, eu esperaria que qualquer mulher prestes a tomar banho comigo mantivesse o olhar no chão, com modéstia.

Mas Ana, não.

Ela não baixa o olhar, e seus olhos brilham com expectativa e curiosidade. Mas ela mantém os braços em volta do corpo, tímida.

É excitante.

E pensar que ela nunca tomou banho com um homem.

Posso reivindicar mais uma primeira vez.

Quando a banheira fica cheia, tiro a camiseta e estendo a mão.

— Srta. Steele.

Ela aceita meu convite e entra na banheira.

— Vire-se, olhe para mim — instruo. — Sei que este lábio é delicioso, e já pude comprovar, mas poderia parar de mordê-lo? Quando você morde, me dá vontade de foder, e você está dolorida, ok?

Ela inspira forte, soltando o lábio.

— Muito bem. Conseguiu entender?

Ainda de pé, ela faz que sim com a cabeça de maneira enfática.

— Ótimo.

Ela continua usando minha camisa, então pego o iPod do bolso da frente, colocando-o em cima da pia.

— Água e iPod não é uma combinação inteligente.

Seguro a barra da camisa e tiro-a de seu corpo. Imediatamente, ela baixa a cabeça quando dou um passo atrás para admirá-la.

— Ei. — Minha voz é gentil e a encoraja a olhar para mim. — Anastasia, você é uma mulher muito bonita. Não abaixe a cabeça como se estivesse envergonhada. Você não tem do que se envergonhar, e é uma verdadeira alegria estar aqui olhando para você.

Segurando o queixo dela, ergo sua cabeça.

*Não se esconda de mim, baby.*

— Pode se sentar agora.

Ela se senta com uma pressa indecente e faz uma careta quando seu corpo dolorido entra em contato com a água.

*Muito bem...*

Ela fecha os olhos ao se recostar, e quando os abre, parece mais relaxada.

— Por que não se junta a mim? — pergunta com um sorriso tímido.

— Acho que vou fazer isso. Chegue para a frente.

Tirando a roupa, entro na banheira atrás dela, puxo-a em direção ao meu peito e passo as pernas em torno das dela, posicionando os pés por cima de seus tornozelos. Então abro suas pernas.

Ela se remexe em meu corpo, mas ignoro o movimento e enfio o nariz em seu cabelo.

— Você é muito cheirosa, Anastasia — sussurro.

Ela para de se mexer e pego o sabonete líquido na prateleira ao nosso lado. Colocando um pouco na palma da mão, faço espuma com e começo a massagear seu pescoço e seus ombros. Ela geme quando sua cabeça tomba para o lado sob meu toque delicado.

— Está gostando? — pergunto.

— Hum — geme ela de satisfação.

Lavo seus braços e axilas, então alcanço meu primeiro objetivo: os seios dela.

*Meu Deus, a sensação de tocar nela.*

Ela tem seios perfeitos. Eu os massageio e provoco. Ela geme e flexiona o quadril, sua respiração acelerando. Está excitada. Meu corpo responde à altura, crescendo debaixo dela.

Minhas mãos deslizam sobre seu torso e sua barriga em direção a meu segundo objetivo. Antes de alcançar os pelos pubianos, paro e pego uma esponja. Coloco sabonete nela e começo o lento processo de lavar suas pernas. Delicado, lento, porém seguro, esfregando, lavando, limpando, estimulando. Sua respiração fica ofegante e seu quadril se move em sincronia com a minha mão. Com a cabeça apoiada em meu ombro, os olhos fechados, a boca aberta em um gemido silencioso à medida que se rende a meus dedos incansáveis.

— Assim, mesmo, baby. — Passo os dentes pelo lóbulo de sua orelha. — Faça assim para mim.

— Ah... por favor — choraminga ela, tentando esticar as pernas, mas estão presas debaixo das minhas.

*Chega.*

Agora que ficou toda ensaboada, estou pronto para prosseguir.

— Acho que agora você já está suficientemente limpa — anuncio, e afasto as mãos do corpo dela.

— Por que você parou? — protesta ela, os olhos se abrindo, revelando frustração e decepção.

— Porque tenho outros planos para você, Anastasia.

Ela está ofegante, e, se não me engano, fazendo biquinho.

*Ótimo.*

— Vire-se para mim. Eu também preciso ser esfregado.

Ela faz isso. Seu rosto está corado, os olhos, brilhantes, e as pupilas, dilatadas.

Erguendo o quadril, seguro meu pau.

— Quero que você conheça, que fique íntima da minha parte preferida e mais prezada do meu corpo. Sou muito ligado a ela.

Ela fica boquiaberta e olha para o meu pênis, depois para o meu rosto... e novamente para baixo. Não consigo conter um sorriso perverso. Seu rosto é uma imagem de puro ultraje virginal.

Mas, enquanto ela me encara, sua expressão muda. Primeiro pensativa, depois avaliadora, e, quando seu olhar encontra o meu, o desafio nele se torna claro.

*Ah, manda ver, Srta. Steele.*

Ela dá um sorriso de prazer ao esticar o braço para pegar o sabonete líquido. Com calma, coloca um pouco sobre a palma e, sem desviar os olhos dos meus, esfrega as mãos. Seus lábios se abrem e ela morde o inferior, passando depois a língua pelas pequenas marcas deixadas pelos dentes.

*Ana Steele, sua sedutora!*

Meu pau responde em sinal de apreciação, enrijecendo ainda mais. Esticando o braço, ela me agarra, fechando a mão em torno de mim. Minha respiração é um sibilo que passa através dos dentes cerrados. Fecho os olhos, saboreando o momento.

*Não me importo em ser tocado aí.*

Não, não me importo nem um pouco... Colocando a mão sobre a dela, mostro como deve fazer.

— Assim.

Minha voz sai rouca enquanto a guio. Ela me aperta com mais força e sua mão se move para baixo e para cima debaixo da minha.

*Isso.*

— Isso mesmo.

Solto sua mão e deixo que ela continue. Fecho os olhos e me entrego ao ritmo que ela estabeleceu.

*Ah, nossa.*

O que será que torna sua inexperiência tão excitante? Será que é o fato de eu estar desfrutando de todas as suas primeiras vezes?

De repente, ela me enfia na boca, chupando com força, sua língua me torturando.

*Porra.*

— Hum... Ana.

Ela chupa com mais força. Seus olhos estão iluminados, repletos de astúcia feminina. Essa é sua vingança, seu troco. Ela está deslumbrante.

— Nossa — rosno, e fecho os olhos para não gozar imediatamente.

Ela prossegue sua doce tortura, e à medida que sua confiança aumenta, flexiono o quadril, enfiando-me mais fundo em sua boca.

*Até onde posso ir, baby?*

É estimulante observá-la, muito mesmo. Seguro seu cabelo e começo a guiar sua boca enquanto ela se sustenta com as mãos nas minhas coxas.

— Ai... que gostoso.

Ela cobre os dentes com os lábios e me puxa para dentro da sua boca mais uma vez.

— Ah! — gemo, e me pergunto até onde posso ir. Sua boca me atormenta, seus dentes protegidos apertando com força. E quero mais. — Nossa. Até onde você aguenta?

Seu olhar encontra o meu e ela franze o cenho. Então, com uma expressão determinada, escorrega a boca em mim até que alcanço sua garganta.

*Porra.*

— Anastasia, vou gozar na sua boca — aviso, sem fôlego. — Se não quiser que eu goze, pare agora.

Meto repetidamente nela e vejo meu pau desaparecer e reaparecer dentro da sua boca. É mais do que erótico. Estou tão perto...

De repente, ela descobre os dentes, me apertando com delicadeza, e me desfaço, ejaculando no fundo de sua garganta, gemendo de prazer.

*Porra.*

Minha respiração está ofegante. Ela me desarmou completamente... mais uma vez!

Quando abro os olhos, dá para perceber que ela está toda orgulhosa.

Com razão. Foi um boquete e tanto.

— Você não engasga? — Mostro minha admiração ao recuperar o fôlego. — Meu Deus, Ana... isso foi gostoso, muito gostoso. Embora inesperado. Sabe, você está sempre me surpreendendo.

Elogios para um trabalho bem-feito.

Mas foi tão gostoso que chego a considerar se ela já tem alguma experiência, no fim das contas.

— Já fez isso antes? — pergunto, sem certeza de que quero saber.

— Não — responde ela com um orgulho evidente.

— Ótimo. — Espero que meu alívio não fique óbvio demais. — Mais uma primeira vez, Srta. Steele. Bem, você ganhou a nota máxima em habilidades orais. Venha, vamos para a cama, estou lhe devendo um orgasmo.

Saio da banheira um pouco zonzo e enrolo a toalha em volta da cintura. Pegando outra, a estendo e ajudo Anastasia a sair da banheira, embrulhando-a e deixando-a presa. Seguro-a junto a mim, beijando-a, beijando-a de verdade. Explorando sua boca com a língua.

Sinto o gosto da minha ejaculação na sua boca. Segurando sua cabeça, intensifico o beijo.

Quero ela.

Toda ela.

Seu corpo e sua alma.

Quero que seja minha.

Fitando seus olhos confusos, imploro:

— Aceite.

— O quê? — sussurra ela.

— Nosso acordo. Ser minha. Por favor, Ana.

É o mais perto que chego de implorar em muito tempo. Beijo-a novamente, botando meu fervor no beijo. Quando seguro sua mão, ela parece atordoada.

*Deixe-a ainda mais atordoada, Grey.*

Em meu quarto, solto sua mão.

— Você confia em mim? — pergunto.

Ela faz que sim.

— Boa garota.

*Linda. Boa. Garota.*

Entro no closet para escolher uma gravata. Quando estou novamente diante de Anastasia, pego sua toalha e a deixo cair no chão.

— Junte as mãos na frente do corpo.

Ela lambe os lábios no que me parece um momento de incerteza, mas em seguida estica os braços. Amarro depressa seus pulsos com a gravata. Testo o nó. *Sim.* Está firme.

*Está na hora de mais treinamento, Srta. Steele.*

Seus lábios se abrem quando ela inspira... Está excitada.

Puxo delicadamente sua maria-chiquinha.

— Você parece uma garotinha com esse penteado. — Mas isso não vai me deter. Deixo minha toalha cair no chão. — Ah, Anastasia, o que devo fazer com você?

Agarro seus antebraços e a empurro delicadamente para trás, na direção da cama, segurando-a para que não caia. Quando ela se deita, me estiro ao seu lado, seguro seus punhos e os ergo acima de sua cabeça.

— Fique com as mãos nessa posição, sem abaixar, entendeu?

Ela engole em seco.

— Responda.

— Não vou mexer as mãos — diz, com a voz rouca.

— Boa garota.

Não consigo conter um sorriso. Está deitada ao meu lado, os pulsos atados, indefesa. *Minha.*

Não exatamente fazendo tudo o que quero... ainda... mas chegando lá.

Debruçando-me, beijo-a de leve deixando-a saber que vou beijar seu corpo todo. Ela suspira quando meus lábios se movem do lóbulo de sua orelha para a cavidade abaixo de seu pescoço. Sou recompensado com um gemido de prazer. Ela abaixa os braços abruptamente, colocando-os ao redor do meu pescoço.

*Não. Não. Não. Assim não vai dar, Srta. Steele.*

Olhando fixo para ela, reposiciono seus braços com firmeza acima de sua cabeça.

— Não mexa as mãos, senão vamos ter que começar tudo de novo.

— Quero tocar em você — sussurra ela.

— Eu sei. — *Mas não pode.* — Mantenha as mãos acima da cabeça.

Seus lábios estão entreabertos e seu peito arfa com cada inspiração veloz. Está excitada.

*Ótimo.*

Segurando seu queixo, vou beijando-a e descendo pelo seu corpo. Minhas mãos percorrem seus seios, meus lábios as seguem de perto. Com a mão em sua barriga, mantendo-a imóvel, homenageio cada um de seus mamilos, chupando e mordendo delicadamente, me deliciando com seu enrijecimento.

Ela geme e seu quadril começa a se mover.

— Fique quieta — aviso com a boca em sua pele.

Beijo sua barriga inteira, e minha língua explora o gosto e a profundidade de seu umbigo.

— Ah — geme ela, se remexendo.

Vou ter que ensiná-la a ficar parada...

Meus dentes roçam sua pele.

— Hum. Você é muito gostosa, Srta. Steele.

Mordo delicadamente a área entre seu umbigo e seus pelos pubianos, então me sento entre suas pernas. Segurando seus tornozelos, abro bem suas pernas. Assim, nua, vulnerável, ela é uma visão gloriosa. Pego seu pé esquerdo, dobro seu joelho e levo seus dedos até meus lábios, observando seu rosto. Beijo todos os dedos do seu pé, em seguida mordo a parte macia de cada um.

Seus olhos estão arregalados, e sua boca, aberta, oscilando de um *o* minúsculo para um *o* maiúsculo. Quando mordo a parte fofa do seu dedo mindinho com um pouco mais de força, sua pélvis se move e ela geme. Passo a língua pelo peito do seu pé até o tornozelo. Ela semicerra os olhos, virando a cabeça de um lado para outro, enquanto continuo a atormentá-la.

— Ah, por favor — implora ela quando chupo e mordo seu dedinho.

— Que delícia, Srta. Steele — provoco.

Quando alcanço seu joelho, não paro, continuo, em vez disso, lambendo, chupando e mordendo a parte interna de sua coxa, abrindo bem suas pernas.

Ela estremece, chocada, com a expectativa da minha língua no ápice de suas coxas.

*Ah, não... ainda não, Srta. Steele.*

Volto minha atenção para sua perna esquerda, beijando e mordiscando a área entre o joelho e o interior da coxa.

Ela tenciona o corpo quando finalmente me deito entre suas pernas. Mas mantém os braços erguidos.

*Boa garota.*

Arrasto meu nariz delicadamente, para cima e para baixo, em sua vulva.

Ela se contorce debaixo de mim.

Paro. Ana precisa aprender a ficar parada.

Ela levanta a cabeça e olha para mim.

— Sabe quanto seu cheiro é embriagador, Srta. Steele?

Encarando-a fixamente, enfio o nariz em seus pelos pubianos e inspiro profundamente. Sua cabeça tomba para trás na cama e ela geme.

Sopro seus pelos de leve, de cima para baixo.

— Gosto disso — balbucio. Faz tempo que não vejo de tão perto pelos pubianos. Puxo-os de leve. — Talvez possamos mantê-los.

Embora não seja bom na hora de brincar com cera...

— Ah... por favor — implora ela.

— Hum, gosto quando você implora, Anastasia.

Ela geme.

— Olho por olho não costuma ser meu estilo, Srta. Steele — sussurro contra sua pele. — Mas você me deu prazer hoje e deve ser recompensada.

Abaixo suas coxas com as mãos, abrindo-a para receber minha língua, e começo a fazer movimentos circulares em torno do seu clitóris.

Ela grita, erguendo o corpo da cama.

Mas eu não paro. Minha língua é implacável. Suas pernas se enrijecem, os pés apoiados nas pontas dos dedos.

Ah, ela está perto, e lentamente deslizo meu dedo do meio para dentro dela.

Está molhada.

Molhada e esperando.

— Oh, baby. Adoro ver você tão molhada para mim.

Começo a mover meu dedo no sentido horário, alargando-a. Minha língua continua atormentando seu clitóris, cada vez mais. Seu corpo se enrijece sob mim e ela finalmente geme quando o orgasmo a atinge.

*Isso!*

Fico de joelhos e pego uma camisinha. Depois que a coloco, escorrego lentamente para dentro dela.

Porra, que sensação boa.

— Está bom? — pergunto.

— Sim. Ótimo. — Sua voz sai rouca.

*Ah...* Começo a me mover, me deleitando com a sensação dela em torno de mim, debaixo de mim. De novo e de novo, cada vez mais rápido, me perdendo dentro dessa mulher. Quero que ela goze outra vez.

Quero-a saciada.

Quero-a feliz.

Por fim, ela tenciona o corpo mais uma vez e geme.

— Goza para mim, baby — balbucio através dos dentes cerrados, e ela explode à minha volta. — Trepada de agradecimento — grito, relaxando ao sentir um alívio delicioso.

Em seguida, desabo em cima dela, sentindo a glória de sua maciez. Ana move as mãos para botá-las ao redor do meu pescoço, mas como estão atadas, não consegue me tocar.

Inspiro profundamente, colocando o peso nos meus braços e olho para ela, maravilhado.

— Está vendo como somos bons juntos? Se você se entregar a mim, vai ser muito melhor. Confie em mim, Anastasia, posso levá-la a lugares que você nem sabe que existem.

Nossas testas se encostam e eu fecho os olhos.

*Por favor, aceite.*

Ouvimos vozes lá fora.

*Que porra é essa?*

Taylor e Grace.

— Merda! É minha mãe.

Ana estremece quando saio de dentro dela.

Pulando da cama, jogo a camisinha no lixo.

*O que diabo minha mãe está fazendo aqui?*

Taylor a distraiu, ainda bem. Bom, ela está prestes a ter uma surpresa.

Ana continua deitada na cama.

— Vamos, precisamos nos vestir, isto é, se você quiser conhecer minha mãe.

Sorrio para Ana enquanto visto a calça jeans. Ela está com uma aparência adorável.

— Christian, não consigo me mexer — protesta ela, mas também está sorrindo.

Ao me inclinar, desfaço o nó da gravata e beijo sua testa.

*Minha mãe vai ficar feliz da vida.*

— Outra primeira vez — murmuro, sem conseguir tirar o sorriso do rosto.

— Não tenho nenhuma roupa limpa aqui.

Visto uma camiseta branca e quando me viro ela está sentada na cama, abraçando os joelhos.

— Talvez eu deva ficar.

— Ah, não deve, não — aviso. — Você pode usar alguma roupa minha.

Gosto quando ela veste minhas roupas.

Ela fica boquiaberta.

— Anastasia, você podia vestir um saco e continuaria linda. Por favor, não se preocupe. Eu gostaria que conhecesse minha mãe. Vista-se. Vou lá acalmá-la. Espero você na sala em cinco minutos, do contrário, venho pessoalmente arrastá-la daqui, do jeito que estiver vestida. As camisetas estão nesta gaveta. As camisas de tecido estão no armário. Sirva-se.

Seus olhos se arregalam.

*Sim. Estou falando sério, baby.*

Advertindo-a com um olhar penetrante, abro a porta e saio para encontrar minha mãe.

Grace está de pé no corredor em frente à porta do hall, e Taylor conversa com ela. Seu rosto se ilumina quando me vê.

— Querido, eu não tinha ideia de que você estaria acompanhado! — exclama ela, parecendo um pouco envergonhada.

— Oi, mãe. — Beijo a bochecha que ela oferece. — Eu assumo daqui — aviso a Taylor.

— Sim, Sr. Grey.

Ele assente, parecendo exasperado, e volta para seu escritório.

— Obrigado, Taylor — grita minha mãe atrás dele, então volta toda a sua atenção para mim. — Assume daqui? — pergunta, me repreendendo. — Eu estava fazendo compras no centro e achei que podia passar aqui para tomar um café. — Ela faz uma pausa. — Se soubesse que você tinha companhia... — Dá de ombros de maneira desajeitada e infantil.

Já passou aqui muitas vezes para tomar café e *havia* uma mulher... só que ela nunca soube.

— Ela vai se juntar a nós em um instante — admito, tranquilizando-a. — Quer se sentar? — Faço um gesto na direção do sofá.

— Ela?

— Sim, mãe. Ela.

Meu tom de voz sai ríspido porque estou me segurando para não rir. Ao menos uma vez, ela fica em silêncio ao andar pela sala.

— Estou vendo que você tomou café da manhã — comenta ela, reparando nas frigideiras sujas.

— Quer café?

— Não. Obrigada, querido. — Ela se senta. — Vou conhecer sua... amiga e depois vou embora. Não quero interromper. Achei que você estaria trabalhando arduamente no escritório. Você trabalha demais, querido. Pensei que poderia distraí-lo um pouco. — Parece quase arrependida quando me junto a ela no sofá.

— Não se preocupe. — Acho graça da sua reação. — Por que não foi à igreja esta manhã?

— Carrick tinha que trabalhar, então preferimos ir à missa da tarde. Seria esperar demais pedir que você venha com a gente, não é?

Ergo uma sobrancelha com desprezo cético.

— Mãe, você sabe que não sirvo para isso.

*Deus e eu demos as costas um para o outro há muito tempo.*

Ela suspira, mas então Ana aparece vestindo as próprias roupas, tímida, de pé na soleira da porta. A tensão entre mãe e filho é evitada, e me levanto aliviado.

— Aí está ela.

Grace vira o rosto e fica de pé.

— Mãe, esta é Anastasia Steele. Anastasia, esta é Grace Trevelyan-Grey.

Elas dão um aperto de mão.

— Que prazer em conhecê-la — diz Grace com entusiasmo demais para o meu gosto.

— Dra. Trevelyan-Grey — cumprimenta Ana, com educação.

— Pode me chamar de Grace — responde ela, ao mesmo tempo afável e informal.

*Como assim? Já?*

Grace continua:

— Normalmente me chamam de Dra. Trevelyan, e a Sra. Grey é minha sogra.

Ela dá uma piscadela para Ana e volta a se sentar. Faço um gesto para Anastasia e dou tapinhas na almofada ao meu lado. Ela vem se sentar.

— Então, como vocês se conheceram? — pergunta Grace.

— Anastasia me entrevistou para o jornal da WSU porque vou entregar os diplomas esta semana.

— Então você se forma esta semana?

Grace abre um sorriso radiante para ela.

— Sim.

O celular de Ana começa a tocar e ela pede licença para atender.

— E eu vou fazer o discurso da formatura — conto para Grace, mas minha atenção está voltada para Ana.

*Quem é?*

— Olha, José, agora não é uma boa hora — ouço-a dizer.

*Aquele fotógrafo, porra. O que ele quer?*

— Deixei um recado para Elliot, mas depois descobri que ele estava em Portland. Não o vejo desde semana passada — diz Grace.

Ana desliga o telefone.

Grace continua falando enquanto Ana se aproxima de nós outra vez.

— ...e Elliot ligou para dizer que você estava aqui. Não vejo você há duas semanas, querido.

— Ele ligou agora? — indago.

*O que o fotógrafo quer?*

— Achei que podíamos almoçar juntos, mas vejo que você tem outros planos, e não quero atrapalhar seu dia.

Grace fica de pé, e para variar fico grato por ela ser intuitiva e conseguir entender as situações. Ela oferece a bochecha para mim outra vez. Despeço-me com um beijo.

— Tenho que levar Anastasia de volta para Portland.

— Claro, querido.

Grace dirige seu sorriso alegre, e, se não me engano, agradecido, para Ana. É irritante.

— Anastasia, foi um grande prazer. — Grace sorri radiante, e aperta a mão de Ana. — Espero que a gente torne a se encontrar.

— Sra. Grey? — Taylor aparece na entrada da sala.

— Obrigada, Taylor — responde Grace, e ele a acompanha para fora do cômodo, passando pelas portas duplas até o hall de entrada.

*Bem, isso foi interessante.*

Minha mãe sempre achou que eu fosse gay. Mas, como respeitava minha privacidade, nunca me perguntou.

Bom, agora ela sabe.

Ana está mordiscando o lábio inferior, irradiando nervosismo... com razão.

— Então o fotógrafo ligou? — Meu tom de voz é áspero.

— Ligou.

— O que ele queria?

— Só se desculpar. Por sexta-feira.

— Entendi.

Talvez ele quisesse mais uma chance com ela. Esse pensamento me desagrada.

Taylor pigarreia.

— Sr. Grey, há um problema com o carregamento de Darfur.

*Merda.* É isso que acontece quando não verifico meus e-mails de manhã. Fiquei muito ocupado com Ana.

— Charlie Tango voltou ao Boeing Field? — pergunto a Taylor.

— Sim, senhor.

Taylor cumprimenta Ana com um aceno de cabeça.

— Srta. Steele.

Ela abre um grande sorriso, e ele sai.

— Ele mora aqui? Taylor? — pergunta Ana.

— Mora.

Vou em direção à cozinha, pego meu celular e checo rapidamente meus e-mails. Há uma mensagem sinalizada de Ros e algumas mensagens de texto. Ligo para ela no mesmo instante.

— Ros, qual é o problema?

— Christian, oi. O relatório que chegou de Darfur não é bom. Não podem garantir a segurança dos carregamentos nem da equipe, e o Departamento de Estado não está disposto a sancionar a assistência sem apoio da ONG.

*Puta merda.*

— Não aceito colocar nenhum tripulante em risco.

Ros sabe disso.

— Podemos tentar usar mercenários — sugere.

— Não, cancele...

— Mas e o custo? — protesta ela.

— Vamos jogar pelo ar em vez disso.

— Sabia que você ia dizer isso, Christian. Tenho um plano sendo elaborado. Vai custar caro. Por enquanto, os contêineres podem ir da Filadélfia para Roterdã e teremos que resolver a partir de lá. É isso.

— Ótimo.

Desligo. Ter mais apoio do Departamento de Estado ajudaria. Resolvo telefonar para Blandino a fim de discutir o assunto.

Minha atenção se volta para a Srta. Steele, de pé na minha sala, me observando com cautela. Preciso retomar nossos assuntos.

*Sim. O contrato. Este é o próximo passo na nossa negociação.*

Em meu escritório, junto os papéis em cima da mesa e os coloco dentro de um envelope pardo.

Ana não se moveu do lugar em que a deixei na sala. Talvez esteja pensando no fotógrafo... meu bom humor diminui.

— Este é o contrato. — Estendo o envelope. — Leia-o, e vamos conversar sobre ele na semana que vem. Sugiro que faça algumas pesquisas, para saber no que está se envolvendo. — Ela olha do envelope pardo para mim, o rosto pálido. — Isto é, se você concordar, e espero que concorde — acrescento.

— Pesquisas?

— Você vai ficar espantada com o que se pode encontrar na internet.

Ela franze o cenho.

— O que foi? — pergunto.

— Eu não tenho computador. Normalmente uso os computadores da faculdade. Vou ver se posso usar o laptop da Kate.

*Não tem computador?* Como uma estudante pode não ter computador? Será que é tão dura assim? Entrego-lhe o envelope.

— Tenho certeza que posso... hã, emprestar um para você. Pegue suas coisas. Vamos de carro para Portland, e almoçamos no caminho. Preciso me vestir.

— Só vou dar um telefonema — diz ela, a voz baixa e hesitante.

— Para o fotógrafo? — pergunto, irritado.

Ela parece culpada.

*Que porra é essa?*

— Eu não gosto de compartilhar, Srta. Steele. Lembre-se disso.

Saio apressado do cômodo antes que diga mais alguma coisa.

Será que ela está a fim dele?

Só estava me usando para praticar?

*Porra.*

Talvez seja o dinheiro. Essa é uma ideia deprimente... embora ela não me pareça interesseira. Foi bastante veemente sobre não querer que eu comprasse roupas para ela. Tiro a calça jeans e visto uma cueca boxer. Minha gravata Brioni está no chão. Abaixo-me para pegá-la.

Ela gostou de ser amarrada... *Há esperança, Grey. Esperança.*

Enfio essa gravata e mais duas em uma bolsa a tiracolo, com meias, cuecas e camisinhas.

*O que estou fazendo?*

No fundo sei que vou ficar hospedado no Heathman a semana toda... para estar perto dela. Separo alguns ternos e algumas camisas que Taylor pode levar para lá no fim da semana. Vou precisar de um para a cerimônia de formatura.

Visto uma calça jeans limpa, pego um casaco de couro, e meu telefone toca. É uma mensagem de Elliot.

Estou voltando hoje no seu carro.
Espero que isso não estrague seus planos.

Respondo:

Não. Estou voltando para Portland agora.
Avise a Taylor quando chegar.

Chamo Taylor pelo sistema interno de telefonia.

— Sr. Grey?

— Elliot vai trazer o carro de volta esta tarde. Leve-o para Portland amanhã. Vou ficar hospedado no Heathman até a cerimônia de formatura. Separei algumas roupas que queria que você levasse também.

— Sim, senhor.

— E ligue para a Audi. Talvez eu precise do A3 mais cedo do que pensava.

— Está pronto, Sr. Grey.

— Ah. Ótimo. Obrigado.

Então já resolvi a questão do carro, agora falta a do computador. Ligo para Barney, presumindo que deve estar no escritório, imaginando que tenha um laptop de última geração por ali.

— Sr. Grey? — atende ele.

— O que está fazendo no escritório, Barney? É domingo.

— Estou trabalhando no design do tablet. A questão da célula solar está me incomodando.

— Você precisa de uma vida fora do trabalho.

Barney tem a bondade de dar uma risada.

— O que posso fazer pelo senhor, Sr. Grey?

— Você tem algum laptop novo?

— Tenho dois bem aqui, da Apple.

— Ótimo. Vou precisar de um.

— Pode deixar.

— Pode configurá-lo com uma conta de e-mail para Anastasia Steele? Ela vai ser a proprietária.

— Como se escreve "Steal"?

— S.T.E.E.L.E.

— Beleza.

— Ótimo. Andrea vai entrar em contato hoje para marcar a entrega.

— Está bem, senhor.

— Obrigado, Barney... e vá para casa.

— Sim, senhor.

Envio uma mensagem de texto para Andrea instruindo-a a mandar o laptop para o endereço residencial de Ana, depois volto até a sala. Ana está sentada no sofá, remexendo os dedos. Ela me olha com desconfiança e se levanta.

— Pronta? — pergunto.

Ela faz que sim com a cabeça.

Taylor aparece, saindo de seu escritório.

— Amanhã, então — digo a ele.

— Sim, senhor. Que carro vai usar?

— O R8.

— Boa viagem, Sr. Grey. Srta. Steele — fala Taylor ao abrir a porta do hall para nós dois.

Ana está inquieta ao meu lado enquanto aguardamos o elevador, os dentes cravados em seu lábio inferior carnudo.

Isso me faz lembrar dos dentes dela no meu pau.

— O que foi, Anastasia? — pergunto, estendendo a mão e segurando seu queixo. — Pare de morder o lábio, ou vou transar com você aqui no elevador, e nem quero saber se vai aparecer alguém — rosno.

Ela fica chocada, acho... embora eu não entenda por qual motivo, após tudo o que fizemos. Meu humor melhora.

— Christian, estou com um problema — diz ela.

— O que é?

Dentro do elevador, aperto o botão da garagem.

— Bem... — começa ela, insegura. Então endireita os ombros. — Preciso falar com Kate. Tenho muitas perguntas sobre sexo, e você está muito envolvido. Se quiser que eu faça essas coisas, como vou saber...? — Ela para, como se estimasse as próprias palavras. — Eu simplesmente não tenho nenhuma referência.

Isso outra vez, não. Já conversamos sobre esse assunto. Não quero que ela fale com ninguém. Assinou um termo de confidencialidade. Mas está perguntando de novo. Então deve ser importante para ela.

— Fale com ela, se precisar. Só não deixe que ela mencione nada para Elliot.

— Ela não faria isso, e eu não contaria nada que ela me contasse de Elliot, se ela contasse alguma coisa — insiste.

Lembro que não estou interessado na vida sexual de Elliot, mas aceito que ela conte o que fizemos até o momento. Sua amiga cortaria meus testículos se soubesse quais são minhas verdadeiras intenções.

— Ok — diz Ana, dando um sorriso alegre.

— Quanto antes eu tiver sua submissão, melhor, e podemos parar com isso.

— Parar com o quê?

— Com você me desafiando.

Beijo-a rapidamente, e seus lábios nos meus logo me fazem sentir melhor.

— Bonito carro — diz ela ao nos aproximarmos do R8 na garagem subterrânea.

— Eu sei.

Dou um breve riso malicioso e sou recompensado com outro sorriso... até que Ana revira os olhos. Abro a porta para ela, me perguntando se devo comentar sobre seu revirar de olhos.

— Então, que tipo de carro é esse? — pergunta quando me sento atrás do volante.

— É um Audi R8 Spyder. Está um dia lindo, podemos baixar a capota. Tem um boné aí dentro. Na verdade, deve ter dois.

Ligo o motor, abro a capota, e The Boss preenche o carro com sua voz.

— Não dá para não gostar do Bruce.

Sorrio para Ana e tiro o R8 do seu lugar seguro na garagem.

Costurando o tráfego na I-5, seguimos para Portland. Ana está quieta, ouvindo a música e olhando pela janela. É difícil ver sua expressão atrás dos grandes óculos escuros e do meu boné dos Mariners. O vento sibila ao nosso redor enquanto passamos depressa em frente ao Boeing Field.

Até então, o fim de semana foi surpreendente. Mas o que eu esperava? Achei que iríamos jantar, discutir o contrato, e então o quê...? Talvez fosse inevitável trepar com ela.

Olho na sua direção.

*Sim*... E quero trepar com ela de novo.

Quem dera saber o que está pensando. Ela não revela muito, mas descobri algumas coisas sobre Ana. Apesar de sua inexperiência, está disposta a aprender. Quem diria que debaixo daquele exterior tímido tinha uma alma de mulher fatal? Uma imagem de seus lábios em torno do meu pau me vem à mente e contenho um gemido.

*É*... ela está mais do que disposta.

Esse pensamento me excita.

Espero conseguir vê-la antes do próximo fim de semana.

Mesmo agora estou louco para tocar nela outra vez. Esticando o braço, coloco a mão em seu joelho.

— Está com fome?

— Não muita — responde, dócil.

Isso está ficando cansativo.

— Você precisa comer, Anastasia. Conheço um restaurante ótimo perto de Olympia. Vamos parar lá.

O CUISINE SAUVAGE É pequeno e está abarrotado de casais e famílias que apreciam o *brunch* de domingo. De mãos dadas com Ana, seguimos a recepcionista até nossa mesa. A última vez que vim aqui foi com Elena. Pergunto-me o que ela acharia de Anastasia.

— Faz tempo que não venho aqui. A gente não escolhe... Eles preparam o que colheram ou capturaram — digo fazendo uma careta, fingindo que estou horrorizado.

Ana ri.

*Por que me sinto tão bem quando a faço rir?*

— Duas taças de Pinot Grigio — peço à garçonete, que está flertando comigo sob sua franja loura. É incômodo.

Ana faz uma careta.

— O que foi? — indago, me perguntando se a garçonete também a está incomodando.

— Eu queria uma Coca Zero.

*Por que não falou?* Franzo o cenho.

— O Pinot Grigio daqui é um vinho honesto. Vai harmonizar bem com a refeição, seja ela qual for.

— Seja ela qual for? — pergunta, os olhos arregalados de preocupação.

— Sim.

E abro meu maior sorriso para compensar o fato de não ter deixado que ela pedisse a própria bebida. Só não estou acostumado a perguntar...

— Minha mãe gostou de você — acrescento, esperando que isso a agrade e me lembrando de como Grace reagiu a Ana.

— É mesmo? — diz ela, parecendo lisonjeada.

— Ah, sim. Ela sempre achou que eu fosse gay.

— Por que ela achou que você fosse gay?

— Porque nunca me viu com uma garota.

— Ah... nem com uma das quinze?

— Você se lembra. Não, nenhuma das quinze.

— Ah.

*É... só você, baby.* O pensamento me perturba.

— Você sabe, Anastasia, este foi um fim de semana de primeiras vezes para mim também.

— Foi?

— Eu nunca dormi com ninguém, nunca fiz sexo na minha cama, nunca levei uma garota no Charlie Tango, nunca apresentei uma mulher à minha mãe. O que você está fazendo comigo?

*É. O que diabo você está fazendo comigo? Esse não sou eu.*

A garçonete traz nosso vinho gelado, e Ana toma um gole imediatamente, seus olhos brilhantes fixos em mim.

— Gostei muito deste fim de semana — diz, com um prazer tímido presente na voz.

Também gostei e percebo que faz tempo que não aproveito um fim de semana... desde que Susannah e eu seguimos caminhos diferentes. Digo isso a ela.

— O que é sexo baunilha? — questiona Ana.

Rio com a pergunta inesperada e a mudança completa de assunto.

— É sexo convencional, Anastasia. Nada de brinquedos nem acessórios. — Dou de ombros. — Bem... na verdade você não sabe a diferença, mas é o que significa.

— Ah — diz ela, parecendo um pouco decepcionada.

*E agora?*

A garçonete nos distrai ao colocar duas tigelas de sopa verde à nossa frente.

— Sopa de urtiga — anuncia, e marcha de volta para a cozinha.

Nós nos encaramos, depois olhamos para a sopa. Assim que provamos, já percebemos que está deliciosa. Ana ri da minha expressão exagerada de alívio.

— Esse som é muito agradável — murmuro.

— Por que você nunca tinha feito sexo baunilha? Sempre fez... hum, do jeito que faz?

Ela está mais curiosa do que nunca.

— Mais ou menos.

Então me pergunto se devo continuar abordando esse assunto. Mais do que tudo, quero que ela seja sincera comigo, quero que confie em mim. Nunca sou tão franco assim, mas acho que posso confiar nela, então escolho as palavras com cuidado.

— Uma das amigas da minha mãe me seduziu quando eu tinha quinze anos.

— Ah.

A colher de Ana para a meio caminho entre a tigela e a boca.

— Ela tinha gostos muito especiais. Fui submisso a ela durante seis anos.

— Ah — murmura.

— Por isso sei exatamente o que isso envolve, Anastasia. — *Mais do que você imagina.* — Na verdade, não tive uma introdução normal ao sexo.

Eu não podia ser tocado. Ainda não posso.

Espero sua reação, mas ela continua tomando a sopa, refletindo sobre a informação.

— Então você não namorou ninguém na faculdade? — pergunta ao terminar sua última colherada.

— Não.

A garçonete nos interrompe para recolher nossas tigelas vazias. Ana espera ela se afastar.

— Por quê?

— Quer mesmo saber?

— Quero.

— Eu não quis. Ela era tudo o que eu queria, tudo de que eu precisava. E, além do mais, ela teria me dado uma surra.

Ana pisca algumas vezes, assimilando a novidade.

— Então, se ela era amiga da sua mãe, que idade tinha?

— Idade suficiente para saber das coisas.

— Você ainda a vê?

Ela parece chocada.

— Sim.

— Ainda... hã...?

Seu rosto fica ruborizado, a boca curvada para baixo.

— Não — digo rapidamente. Não quero que ela interprete errado minha relação com Elena. — Ela é uma grande amiga — tranquilizo-a.

— Ah. Sua mãe sabe?

— Claro que não.

*Ela me mataria... e mataria Elena também.*

A garçonete volta com o prato principal: carne de cervo. Ana toma um grande gole de vinho.

— Mas não deve ter sido sempre assim.

Ela está ignorando a comida.

— Bem, foi, embora eu não a visse o tempo todo, era... difícil. Afinal, eu ainda estava no colégio e, depois, na faculdade. Coma, Anastasia.

— Não estou com muita fome, Christian — diz ela.

Semicerro os olhos.

— Coma. — Mantenho a voz baixa, tentando controlar minha irritação.

— Só preciso de um minutinho — pede ela, num tom tão baixo quanto o meu.

*Qual é o problema dela? Elena?*

— Tudo bem — concedo, me perguntando se contei demais, e dou uma garfada na carne.

Finalmente, ela pega os talheres e começa a comer.

*Ótimo.*

— É assim que nossa, hum... relação vai ser? — pergunta. — Você me dando ordens?

Ela examina o prato de comida à sua frente.

— É.

— Entendo.

Ela joga o rabo de cavalo em cima do ombro.

— E você vai querer que eu faça isso.

— É um grande passo — diz ela.

— É.

Fecho os olhos. Quero fazer isso com ela, agora mais do que nunca. O que posso dizer para convencê-la a dar uma chance ao nosso acordo?

— Anastasia, você tem que seguir sua intuição. Faça a pesquisa, leia o contrato. Terei muito prazer em discuti-lo com você. Estarei em Portland até sexta-feira, se quiser falar comigo sobre isso antes. Ligue para mim. Quem sabe a gente pode jantar na quarta-feira? Eu quero muito fazer isso dar certo. Na verdade, nunca quis tanto uma coisa quanto quero isso.

*Uau. Grande discurso, Grey. Você acabou de chamá-la para sair?*

— O que aconteceu com as quinze? — pergunta ela.

— Várias coisas, mas tudo se resume a incompatibilidade.

— E acha que eu poderia ser compatível com você?

— Acho.

*Espero que sim...*

— Então não está saindo com mais nenhuma delas?

— Não, Anastasia, não estou. Sou monogâmico nas minhas relações.

— Entendi.

— Faça a pesquisa, Anastasia.

Ela pousa o garfo e a faca, indicando que terminou sua refeição.

— Acabou? Só vai comer isso?

Ela faz que sim com a cabeça, colocando as mãos no colo, e sua boca assume aquele seu ar obstinado... e sei que vai ser uma briga para conseguir fazer com que ela limpe o prato. Não é à toa que é tão magra. Vou ter que trabalhar seus problemas alimentares, se aceitar ser minha. Enquanto continuo comendo, ela fixa o olhar em mim e suas bochechas vão corando lentamente.

*Ah, o que é isso?*

— Eu daria tudo para saber no que você está pensando agora. — Ela está obviamente pensando em sexo. — Posso adivinhar — provoco.

— Ainda bem que você não pode ler minha mente.

— Sua mente, não, Anastasia, mas seu corpo... *este* eu passei a conhecer muito bem desde ontem.

Abro um sorriso malicioso e peço a conta.

Quando saímos, sua mão está firme na minha. Ela fica em silêncio — parece imersa em pensamentos — e continua assim durante todo o trajeto até Vancouver. Dei-lhe muita coisa em que pensar.

Mas ela também me deu muito em que pensar.

*Será que ela vai querer fazer isso comigo?*

*Caramba, espero que sim.*

Ainda está de dia quando chegamos à casa dela, mas o sol está se pondo no horizonte e sua luz rosada e perolada brilha no Monte Santa Helena. Ana e Kate moram em um local pitoresco com uma vista maravilhosa.

— Quer entrar? — pergunta Ana, depois que desligo o motor.

— Não. Tenho que trabalhar.

Sei que se eu aceitar seu convite, estarei cruzando uma barreira que não estou pronto para cruzar. Não sou feito para namorar... e não quero lhe dar falsas esperanças sobre o tipo de relacionamento que ela terá comigo.

Sua expressão murcha e, desanimada, ela desvia o olhar.

Não quer que eu vá.

É enternecedor. Esticando o braço, seguro sua mão e beijo os nós de seus dedos, esperando abrandar minha rejeição.

— Obrigado por este fim de semana, Anastasia. Foi... ótimo. — Ela direciona os olhos brilhantes para mim. — Quarta-feira? — pergunto. — Pego você no trabalho ou onde preferir.

— Quarta-feira — confirma ela, e a esperança em sua voz é desconcertante.

*Merda. Não é um encontro.*

Beijo sua mão outra vez e desço do carro para abrir a porta para ela. Preciso sair daqui antes que eu faça algo de que vou me arrepender.

Quando ela sai do carro, seu rosto se ilumina, contradizendo sua expressão de um instante atrás. Ela anda até a porta de entrada, mas antes de chegar aos degraus, vira-se de repente.

— Ah... a propósito, estou usando sua cueca — diz ela, triunfante, e puxa o elástico para cima para que eu possa ver as palavras "Polo" e "Ralph" saindo da calça jeans.

Ela roubou minha cueca!

Estou chocado. E naquele instante o que mais quero é vê-la usando minha cueca boxer... e nada mais.

Ela joga o cabelo para trás e vai rebolando até o apartamento, me deixando de pé no meio-fio, olhando fixamente feito um bobo.

Balançando a cabeça, entro de volta no carro e, ao ligar o motor, não consigo me impedir de abrir um grande sorriso idiota.

Espero que ela aceite.

Termino meu trabalho e tomo um gole do excelente Sancerre que foi entregue no serviço de quarto pela mulher de olhos muito, muito escuros. Vasculhar meus e-mails e responder quando necessário foi uma distração bem-vinda aos pensamentos sobre Anastasia. E agora estou agradavelmente cansado. Será que é por causa das cinco horas de trabalho? Ou de toda a atividade sexual da véspera e desta manhã? Lembranças da deliciosa Srta. Steele invadem minha mente: no Charlie Tango, na minha cama, na minha banheira, dançando na minha cozinha. E pensar que tudo começou aqui, na sexta-feira... e ela está considerando minha proposta.

*Será que leu o contrato? Está fazendo o dever de casa?*

Verifico meu celular mais uma vez em busca de uma mensagem ou chamada não atendida, mas é claro que não há nada.

*Será que vai aceitar?*

Espero que sim...

Andrea me enviou o novo endereço de e-mail de Ana e me garantiu que o laptop será entregue amanhã de manhã. Com isso em mente, escrevo um e-mail.

---

**De:** Christian Grey
**Assunto:** Seu novo computador
**Data:** 22 de maio de 2011 23:15
**Para:** Anastasia Steele

Prezada Srta. Steele,
Creio que tenha dormido bem. Espero que faça bom uso deste laptop, como discutimos.

Aguardo ansioso o jantar de quarta-feira.

Responderei com prazer a quaisquer perguntas antes disso, por e-mail, se a senhorita assim o desejar.

Christian Grey
CEO, Grey Enterprises Holdings, Inc.

O e-mail não volta, o que significa que a conta foi ativada. Pergunto-me como Ana vai reagir pela manhã quando ler aquilo. Espero que goste do laptop. Acho que vou descobrir no dia seguinte. Pegando meu livro, me acomodo no sofá. É da autoria de dois economistas renomados que examinam a razão pela qual os pobres pensam e agem da forma como fazem. A imagem de uma jovem escovando seu cabelo comprido e escuro me vêm à mente. O cabelo brilha sob a luz que entra pela janela rachada e amarelada, e o ar está repleto de partículas dançantes de poeira. Ela canta baixinho, como uma criança.

Estremeço.

*Não pense nisso, Grey.*

Abro o livro e começo a ler.

## SEGUNDA-FEIRA, 23 DE MAIO DE 2011

Já passa de uma da manhã quando vou para a cama. Olho fixamente para o teto e me sinto cansado, relaxado, mas também ansioso, animado para o que a semana irá trazer. Espero ter um novo projeto: Srta. Anastasia Steele.

MEUS PÉS PISAM FORTE na calçada da Main Street enquanto corro em direção ao rio. São seis e trinta e cinco da manhã e os raios de sol brilham através dos arranha-céus. As árvores da calçada estão recém-esverdeadas com as folhas da primavera. O ar é puro, o tráfego, calmo. Dormi bem. "O Fortuna", do *Carmina Burana* de Orff, toca no volume máximo nos meus ouvidos. Hoje as ruas estão cobertas de possibilidade.

*Será que ela vai responder ao meu e-mail?*

É muito cedo, cedo demais para que já tenha respondido, mas não me sinto tão leve há semanas e passo correndo pela estátua do alce em direção ao rio Willamette.

ÀS SETE E QUARENTA e cinco estou diante do meu laptop, de banho tomado e café da manhã pedido. Mando um e-mail para Andrea a fim de informá-la de que trabalharei de Portland esta semana e pedir que ela remarque as reuniões de forma que possam ser feitas por telefone ou videoconferência. Envio um e-mail para Gail e aviso que só voltarei para casa quinta-feira à noite, na melhor das hipóteses. Então dou uma olhada na minha caixa de entrada e encontro, entre outras coisas, uma proposta de empreendimento conjunto com um estaleiro em Taiwan. Encaminho o e-mail para Ros com a intenção de acrescentá-lo na lista de itens que precisamos discutir.

Então volto a atenção para meu outro assunto pendente: Elena. Ela me mandou algumas mensagens de texto durante o fim de semana e eu não respondi.

---

**De:** Christian Grey
**Assunto:** O Fim de Semana
**Data:** 23 de maio de 2011 08:15
**Para:** Elena Lincoln

Bom dia, Elena.
Desculpe não ter respondido antes. Estive ocupado durante o fim de semana inteiro e ficarei em Portland esta semana toda. Também não sei o que vou fazer no próximo final de semana, mas, se estiver livre, aviso.
Os últimos resultados para o setor de estética parecem promissores.
Boa jogada, Madame...

Abraços,
C

Christian Grey
CEO, Grey Enterprises Holdings, Inc.

Clico em enviar, me perguntando novamente o que Elena acharia de Ana... e vice-versa. Meu laptop faz um barulho quando recebo um novo e-mail.

É de Ana.

---

**De:** Anastasia Steele
**Assunto:** Seu novo computador (emprestado)
**Data:** 23 de maio de 2011 08:20
**Para:** Christian Grey

Dormi muito bem, obrigada — por algum motivo estranho —, *Senhor*. Entendo que o computador é um empréstimo, portanto, não pertence a mim.

Ana

"Senhor" com S maiúsculo. A garota andou lendo e, possivelmente, pesquisando. E ainda está falando comigo. Dou um sorriso estúpido com o e-mail. É uma boa notícia. Embora ela também esteja me dizendo que não quer o computador.

*Bem, isso é frustrante.*

Balanço a cabeça, me sentindo bem-humorado.

---

**De:** Christian Grey
**Assunto:** Seu novo computador (emprestado)
**Data:** 23 de maio de 2011 08:22
**Para:** Anastasia Steele

O computador é um empréstimo. Por tempo indeterminado, Srta. Steele.
Noto pelo seu tom que leu a documentação que lhe dei.

Já tem alguma pergunta?

Christian Grey
CEO, Grey Enterprises Holdings, Inc.

Clico em enviar. Quanto tempo será que vai levar até ela responder? Volto a ler meus e-mails para me distrair enquanto espero por sua resposta. Há um resumo executivo enviado por Fred, o chefe da minha divisão de telecomunicações, sobre o desenvolvimento do nosso tablet movido a energia solar, um dos meus projetos favoritos. É ambicioso, mas poucos empreendimentos importam mais para mim do que esse, e estou animado. Levar tecnologia de primeiro mundo a preços acessíveis para o terceiro mundo é algo que estou determinado a fazer.

Meu computador faz um barulho.

Outro e-mail da Srta. Steele.

---

**De:** Anastasia Steele
**Assunto:** Mentes investigativas
**Data:** 23 de maio de 2011 08:25
**Para:** Christian Grey

Tenho muitas perguntas, mas não próprias para e-mail, e tem gente que trabalha para sobreviver.

Não preciso e nem quero um computador por tempo indeterminado.

Até mais, bom dia, *Senhor*.

Ana

O tom do seu e-mail me faz sorrir, mas pelo visto ela está indo trabalhar, então é possível que este seja o último por enquanto. Sua relutância em aceitar o maldito computador é irritante. Mas suponho que isso demonstre que ela não é gananciosa. Não é interesseira, o que é raro entre as mulheres que já conheci... Leila, porém, também era assim.

— *Senhor, não mereço esse vestido lindo.*
— *Merece, sim. Tome. E não quero ouvir nem mais uma palavra sobre isso. Entendeu?*
— *Sim, Mestre.*
— *Ótimo. E esse estilo vai combinar com você.*

*Ah, Leila.* Foi uma boa submissa, mas acabou se afeiçoando demais e eu era o homem errado. Felizmente, isso não durou muito. Está casada agora e feliz. Volto minha atenção para o e-mail de Ana e o releio.

*"Tem gente que trabalha para sobreviver."*

Essa mocinha atrevida está insinuando que eu não trabalho.

*Até parece!*

Dou uma olhada no relatório de síntese um tanto raso que Fred fez e eu abri na minha área de trabalho, e decido esclarecer as coisas para Ana.

---

**De:** Christian Grey
**Assunto:** Seu novo computador (repito, emprestado)
**Data:** 23 de maio de 2011 08:26
**Para:** Anastasia Steele

Até mais, baby.
P.S.: Eu também trabalho para sobreviver.

Christian Grey
CEO, Grey Enterprises Holdings, Inc.

É impossível me concentrar no trabalho enquanto espero o barulhinho revelador anunciar a chegada de um novo e-mail de Ana. Quando isso acontece, ergo os olhos imediatamente, mas é de Elena. Fico surpreso com minha decepção.

**De:** Elena Lincoln
**Assunto:** O Fim de Semana
**Data:** 23 de maio de 2011 08:33
**Para:** Christian Grey

Christian, você trabalha demais. O que está fazendo em Portland? Trabalhando?
Bjs

ELENA LINCOLN
ESCLAVA
*Para a Beleza Que Há Em Você™*

Será que conto para ela? Se o fizer, ela vai me ligar imediatamente com perguntas, e ainda não estou pronto para divulgar minhas experiências do fim de semana. Digito rápido um e-mail dizendo que estou a trabalho e volto à minha leitura.

Andrea me liga às nove e analisamos meu cronograma. Como estou em Portland, peço para ela marcar uma reunião com o presidente e o vice-presidente de desenvolvimento econômico da WSU a fim de discutirmos o projeto de ciência do solo que organizamos e a necessidade de financiamento adicional para o próximo ano fiscal. Ela cancela todos os meus compromissos sociais da semana e depois me transfere para a primeira videoconferência do dia.

Às três horas estou debruçado sobre o plano esquemático do projeto de tablet que Barney me enviou, mas sou incomodado por alguém batendo na porta. A interrupção é irritante, contudo, por um segundo espero que seja a Srta. Steele. É Taylor.

— Olá. — Espero que minha voz não revele minha decepção.

— Estou com suas roupas, Sr. Grey — diz ele, educadamente.

— Entre. Pode pendurar no armário? Estou aguardando minha próxima conferência.

— Claro, senhor.

Ele entra apressado no quarto, carregando duas capas para terno e uma bolsa de lona. Quando ele volta, ainda estou aguardando a ligação.

— Taylor, acho que não vou precisar de você nos próximos dois dias. Por que não aproveita para visitar sua filha?

— É muito gentil da sua parte, senhor, mas a mãe dela e eu... — Ele não termina a frase, envergonhado.

— Ah. Está assim, é? — pergunto.

Ele assente.

— Está, senhor. Vou precisar negociar com ela.

— Tudo bem. Quarta-feira seria melhor?

— Vou perguntar. Obrigado, senhor.

— Posso fazer alguma coisa para ajudar?

— Já faz o suficiente, senhor.

Ele não quer falar sobre esse assunto.

— Ok. Acho que vou precisar de uma impressora. Você consegue me arranjar uma?

— Sim, senhor.

Ele aquiesce. Quando sai e fecha a porta delicadamente, franzo a testa. Espero que sua ex-mulher não lhe esteja causando problemas. Pago a escola da filha dele como mais um incentivo para que continue trabalhando para mim. É um bom homem e não quero perdê-lo. O telefone toca para minha conferência com Ros e o senador Blandino.

MEU ÚLTIMO TELEFONEMA SE encerra às cinco e vinte. Alongando meu corpo na cadeira, penso em quão produtivo fui hoje. É incrível como consigo produzir mais quando não estou no escritório. Só restam mais dois relatórios para ler e poderei encerrar o dia. Ao olhar pela janela para o céu do entardecer, minha mente se dispersa para certa submissa em potencial.

Imagino como deve ter sido seu dia na Clayton's, fixando preço em braçadeiras e medindo cordas. Espero poder usá-las em Ana algum dia. Esse pensamento evoca imagens dela amarrada em meu quarto de jogos. Fico obcecado com isso por um momento... então rapidamente envio um e-mail para ela. Toda essa espera, esse trabalho e essa troca de e-mails me deixaram inquieto. Sei como gostaria de gastar essa energia acumulada, mas tenho que me contentar com uma corrida.

---

**De:** Christian Grey
**Assunto:** Trabalhar para ganhar a vida
**Data:** 23 de maio de 2011 17:24
**Para:** Anastasia Steele

Cara Srta. Steele,
Espero que seu dia de trabalho tenha sido ótimo.

Christian Grey
CEO, Grey Enterprises Holdings, Inc.

Visto meu traje de corrida. Taylor trouxe mais dois pares de moletom para mim. Aposto que isso é coisa de Gail. Verifico meu e-mail a caminho da porta. Ela respondeu.

---

**De:** Anastasia Steele
**Assunto:** Trabalhar para ganhar a vida
**Data:** 23 de maio de 2011 17:48
**Para:** Christian Grey

*Senhor...* Meu dia de trabalho foi ótimo.
Grata,

Ana

Mas ela não fez o dever de casa. Envio mais um e-mail.

---

**De:** Christian Grey
**Assunto:** Faça o trabalho!
**Data:** 23 de maio de 2011 17:50
**Para:** Anastasia Steele

Srta. Steele,
Encantado em saber que seu dia de trabalho foi ótimo.

Em vez de enviar e-mails, deveria estar pesquisando.

Christian Grey
CEO, Grey Enterprises Holdings, Inc.

Em vez de sair, espero sua resposta. Ela não me faz esperar muito.

---

**De:** Anastasia Steele
**Assunto:** Estorvo
**Data:** 23 de maio de 2011 17:53
**Para:** Christian Grey

Sr. Grey, pare de *me* enviar mensagens, e poderei começar meu trabalho. Gostaria de tirar outro A.

Ana

Acho graça. É. Aquele A foi coisa de outro mundo. Fechando os olhos, visualizo e consigo sentir sua boca em volta do meu pau mais uma vez.

*Porra.*

Controlando meu corpo errante, clico para enviar minha resposta e espero.

---

**De:** Christian Grey
**Assunto:** Impaciente
**Data:** 23 de maio de 2011 17:55
**Para:** Anastasia Steele

Srta. Steele,
Pare de *me* enviar e-mails — e faça seu trabalho.

Eu gostaria de lhe dar outro A.

O primeiro foi muito merecido. ;)

Christian Grey
CEO, Grey Enterprises Holdings, Inc.

Sua resposta não chega imediatamente e, sentindo-me um pouco desanimado, me viro e decido ir correr. Mas, quando abro a porta, o barulhinho da minha caixa de entrada me atrai de volta.

---

**De:** Anastasia Steele
**Assunto:** Pesquisa na internet
**Data:** 23 de maio de 2011 17:59
**Para:** Christian Grey

Sr. Grey,
O que sugeriria que eu colocasse num mecanismo de busca?

Ana

*Merda!* Por que não pensei nisso? Eu poderia ter lhe dado alguns livros. Vários sites me vêm à mente, mas não quero assustá-la.

Talvez ela devesse começar com o mais baunilha...

---

**De:** Christian Grey
**Assunto:** Pesquisa na internet
**Data:** 23 de maio de 2011 18:02
**Para:** Anastasia Steele

Srta. Steele,
Sempre comece pela Wikipédia.

Nada de outros e-mails até ter alguma pergunta.

Estamos entendidos?

Christian Grey
CEO, Grey Enterprises Holdings, Inc.

Levanto-me da escrivaninha, achando que ela não vai responder, mas Ana me surpreende como sempre e responde. Não consigo resistir.

---

**De:** Anastasia Steele
**Assunto:** Mandão!
**Data:** 23 de maio de 2011 18:04
**Para:** Christian Grey

Sim... *Senhor.*
O senhor é muito mandão.

Ana

*Pode acreditar, baby.*

---

**De:** Christian Grey
**Assunto:** No controle
**Data:** 23 de maio de 2011 18:06
**Para:** Anastasia Steele

Anastasia, você nem imagina.

Bem, talvez já tenha uma vaga ideia.

Faça o trabalho.

Christian Grey

CEO, Grey Enterprises Holdings, Inc.

*Tenha algum autocontrole, Grey.* Antes que ela possa me distrair novamente, saio pela porta. Com Foo Fighters aos berros nos ouvidos, corro em direção ao rio. Já vi o Willamette ao amanhecer e agora quero vê-lo ao anoitecer. É um belo fim de tarde: casais passeiam pela margem do rio, outros estão sentados na grama, e alguns turistas andam de bicicleta pelo local. Desvio deles, a música tocando bem alta nos meus ouvidos.

A Srta. Steele tem perguntas. Ainda está na jogada, aquilo não foi um "não". Nossa troca de e-mails me deu esperança. Enquanto corro debaixo da ponte Hawthorne, reflito sobre como ela parece à vontade com a palavra escrita, mais do que ao falar. Talvez essa seja sua forma de expressão preferida. Bem, ela estuda literatura inglesa. Espero que ao chegar ao hotel haja outro e-mail, quem sabe com perguntas ou talvez com mais uma de suas brincadeiras atrevidas.

*É.* Anseio por isso.

Enquanto disparo pela Main Street me atrevo a esperar que ela aceite minha proposta. O pensamento é animador, revigorante até, e acelero, correndo depressa de volta para o Heathman.

São oito e quinze quando me sento outra vez à mesa de jantar. Comi o salmão selvagem de Oregon, cortesia da Srta. Olhos Muito Escuros novamente, e ainda tenho meia taça de Sancerre para terminar de beber. Meu laptop está aberto e carregado, caso chegue algum e-mail importante. Pego o relatório que imprimi, sobre os terrenos industriais abandonados em Detroit.

— Teria que ser em Detroit — resmungo em voz alta, começando a ler.

Alguns minutos depois, ouço um barulhinho.

É um e-mail com o assunto "Chocada". O título me faz endireitar a postura na cadeira.

---

**De:** Anastasia Steele

**Assunto:** Chocada

**Data:** 23 de maio de 2011 20:33

**Para:** Christian Grey

Tudo bem, já vi o suficiente.

Foi legal conhecê-lo.

Ana

*Merda!*

Releio o e-mail.

*Porra.*

É um "não". Olho fixamente para a tela, sem acreditar.

*Então é isso?*

*Sem discussão?*

Nada.

Só "Foi legal conhecê-lo"?

*Que. Porra. É. Essa?*

Eu me recosto na cadeira, estarrecido.

*Legal?*

*Legal.*

LEGAL.

Ela achou mais que legal quando estava com a cabeça inclinada para trás ao gozar.

*Não seja tão afobado, Grey.*

Talvez seja uma brincadeira.

*Uma brincadeira e tanto!*

Puxo o laptop na minha direção para escrever uma resposta.

---

**De:** Christian Grey

**Assunto:** LEGAL?

**Data:** 23 de maio de 2011

**Para:** Anastasia Steele

Mas, ao encarar a tela, com os dedos pairando sobre as teclas, não consigo pensar no que dizer.

Como ela pôde me dispensar com tanta facilidade?

Sua primeira trepada.

*Controle-se, Grey. Quais são suas opções?* Talvez eu devesse lhe fazer uma visita, só para garantir que é mesmo um "não". Ou eu poderia persuadi-la. Não sei mesmo como responder a esse e-mail. Talvez ela tenha entrado em sites particularmente pesados. Por que não lhe dei alguns livros? Não estou acreditando nisso. Ela precisa olhar nos meus olhos e dizer não.

*Isso.* Coço o queixo enquanto formulo um plano, e instantes depois estou no closet, pegando uma gravata.

*Aquela* gravata.

O acordo ainda não foi por água abaixo. Tiro algumas camisinhas da bolsa a tiracolo e as enfio no bolso de trás da calça, então pego meu paletó e uma garrafa de vinho no frigobar. Droga, é um Chardonnay, mas vai ter que ser isso mesmo. Ao encontrar a chave do quarto, fecho a porta e sigo até o elevador para pegar meu carro com o manobrista.

QUANDO ESTACIONO MEU R8 diante do apartamento que ela divide com Kavanagh, me pergunto se estou agindo com sensatez. Nunca visitei a casa de nenhuma das minhas submissas, elas sempre vinham até mim. Estou ultrapassando todos os limites que estabeleci para mim mesmo. Fico receoso ao abrir a porta do carro e sair. Vir até aqui é imprudente e muito pretensioso da minha parte. Mas já estive aqui duas vezes, embora só por alguns minutos. Se ela aceitar, vou ter que administrar suas expectativas. Isso não vai se repetir.

*Está se precipitando, Grey.*

*Você veio aqui porque acha que recebeu um "não".*

Kavanagh abre quando bato na porta. Fica surpresa em me ver.

— Oi, Christian. Ana não avisou que você vinha. — Dá um passo para o lado e me deixa entrar. — Ela está no quarto. Vou chamá-la.

— Não. Quero fazer uma surpresa.

Lanço meu olhar mais sincero e enternecedor, e, em resposta, ela pisca algumas vezes. *Uau, essa foi fácil. Quem diria?* Muito gratificante.

— Onde é o quarto dela?

— Por ali, primeira porta.

Ela aponta para uma porta na extremidade da sala vazia.

— Obrigado.

Após deixar meu paletó e o vinho gelado em cima de um dos caixotes, abro a porta e me deparo com um pequeno corredor que dá para dois cômodos. Presumo que um deles seja o banheiro, então bato na outra porta. Depois de um instante, abro e vejo Ana, sentada à uma pequena escrivaninha, lendo o que parece ser o contrato. Ela está com fones de ouvido e fica tamborilando indolentemente os dedos a um ritmo que não dá para ouvir. Fico de pé ali por um instante, observando-a. Seu rosto está franzido de concentração. Ela fez maria-chiquinha no cabelo e está vestindo calça de moletom. Talvez tenha ido correr esta noite... ou quem sabe também está sofrendo com energia acumulada. A ideia me agrada. O quarto dela é pequeno, arrumado e feminino: todo branco, creme e azul-claro, e está banhado no brilho suave da luz de sua cabeceira. Está também um pouco vazio, mas avisto um caixote fechado com as palavras *Quarto da Ana* rabiscadas em cima. Pelo menos ela tem uma cama de casal com uma armação branca de ferro forjado. *Oba.* Isso traz possibilidades.

Ana tem um sobressalto de repente, assustada com minha presença.

*Sim. Estou aqui por causa do seu e-mail.*

Ela tira os fones de ouvido e o som metálico da música preenche o silêncio entre nós.

— Boa noite, Anastasia.

Ela me encara, perplexa, com os olhos arregalados.

— Achei que seu e-mail merecia ser respondido pessoalmente.

Tento manter a voz neutra. Sua boca se abre e se fecha, mas ela permanece em silêncio.

A Srta. Steele está sem palavras. Gosto disso.

— Posso me sentar?

Ela faz que sim com a cabeça, continuando a me encarar, incrédula, enquanto me sento na cama.

— Eu me perguntava como seria seu quarto — comento, tentando quebrar o gelo, embora conversa fiada não seja minha especialidade.

Ela examina o quarto como se o visse pela primeira vez.

— É muito calmo e sossegado — acrescento, embora eu esteja me sentindo tudo menos calmo e sossegado.

Quero saber por que ela rejeitou minha proposta sem qualquer discussão.

— Como...? — murmura ela, sem terminar a frase, sua incredulidade ainda audível no tom de voz.

— Continuo no Heathman.

Ela sabe disso.

— Quer beber alguma coisa? — pergunta.

— Não, obrigado, Anastasia.

Ótimo. Ela recuperou os bons modos. Mas quero lidar logo com o assunto em pauta: seu e-mail preocupante.

— Então, foi *legal* me conhecer? — Coloco ênfase na palavra que mais me ofende nessa frase.

*Legal? Sério?*

Ela examina as próprias mãos no colo, os dedos batucando nervosamente as coxas.

— Achei que você fosse responder por e-mail — diz, o tom de voz tão discreto quanto seu quarto.

— Você está mordendo o lábio intencionalmente? — indago, dizendo de forma mais rígida do que eu esperava.

— Não percebi que estava mordendo — sussurra ela, pálida.

Nós nos entreolhamos.

O ar parece crepitar entre nós.

*Porra.*

*Você não está sentindo isso, Ana?* Essa tensão. Essa atração. Minha respiração se acelera ao notar suas pupilas se dilatarem. Lenta e deliberadamente, estendo a mão para segurar seu cabelo e puxo o elástico com delicadeza, soltando uma de suas marias-chiquinhas. Ela me observa, hipnotizada, sem tirar os olhos de mim. Solto sua segunda maria-chiquinha.

— Então você resolveu fazer um pouco de exercício.

Meus dedos roçam o contorno de sua orelha. Com muito cuidado, puxo e aperto a parte macia do seu lóbulo. Não está usando brinco, mas tem furo nas orelhas. Imagino como ficaria um diamante brilhando ali. Pergunto a ela por que foi se exercitar, mantendo a voz baixa. Sua respiração se acelera.

— Eu precisava de tempo para pensar — diz.

— Pensar em quê, Anastasia?

— Em você.

— E resolveu que foi legal me conhecer? Está querendo dizer no sentido bíblico?

Suas bochechas ficam coradas.

— Não pensei que você conhecesse a Bíblia.

— Eu frequentava a escola dominical, Anastasia. Isso me ensinou muito.

*Catecismo. Culpa. E que Deus me abandonou há muito tempo.*

— Não me lembro de ter lido sobre grampos de mamilo na Bíblia. Talvez suas aulas usassem uma tradução moderna — rebate ela, com olhos brilhantes e provocadores.

*Ah, essa boca atrevida.*

— Bem, achei que devia vir até aqui para lembrá-la de como foi *legal* me conhecer.

O desafio está presente na minha voz, e agora entre nós dois. Ela fica boquiaberta em sinal de surpresa, mas deslizo o dedo em direção ao seu queixo e fecho sua boca.

— O que diz disso, Srta. Steele? — sussurro, enquanto nos entreolhamos.

De repente, ela se joga em cima de mim.

*Merda.*

De alguma forma consigo segurar seus braços antes que possa me tocar e giro o corpo fazendo com que ela caia na cama, embaixo de mim. Depois ergo seus braços acima de sua cabeça. Virando seu rosto para o meu, eu a beijo com força, minha língua explorando-a e reivindicando-a. Seu corpo se ergue em resposta enquanto ela me beija com igual fervor.

*Ah, Ana. O que você faz comigo?*

Enquanto se contorce, querendo mais, paro e olho para ela. Está na hora do plano B.

— Você confia em mim? — pergunto quando suas pálpebras tremulam até abrir.

Ela assente, com entusiasmo. Tiro a gravata do bolso de trás da minha calça para que ela possa vê-la, então monto em cima de Ana e, segurando seus pulsos estendidos, a amarro a uma das hastes de ferro da cabeceira.

Ela se contorce sob meu corpo, testando as amarras, mas a gravata permanece firme. Ela não vai escapar.

— Assim é melhor.

Sorrio aliviado porque agora a tenho onde quero. Chegou a hora de tirar sua roupa.

Pegando seu pé direito, começo a desamarrar o tênis.

— Não — resmunga ela envergonhada, tentado puxar o pé, e sei que é porque correu e não quer que eu tire seus sapatos. Será que acha que tenho nojo de suor?

*Querida!*

— Se você se debater, amarro seus pés também. Se fizer algum barulho, Anastasia, eu a amordaço. Fique quieta. Katherine agora deve estar lá fora ouvindo.

Ela para. Sei que meus instintos estão certos. Ana está preocupada com seus pés. Quando será que vai entender que nenhuma dessas coisas me incomoda?

Tiro rapidamente seus tênis, suas meias e sua calça. Então mudo sua posição para que fique estendida na cama sobre os lençóis, e não sobre aquela colcha delicada e feita à mão. Vamos bagunçar tudo.

*Pare de morder esse lábio, porra.*

Passo o dedo por sua boca em um aviso carnal. Ela aperta os lábios formando um beijo e me instigando um sorriso. Ela é linda e sensual.

Agora que está onde quero, tiro meus sapatos e minhas meias, abro o primeiro botão da minha calça e retiro a camisa. Ela não desvia os olhos de mim.

— Acho que você já viu muito.

Quero mantê-la curiosa, sem que saiba o que virá em seguida. Vai ser uma festa carnal. Nunca vendei seus olhos, então isso vai fazer parte do seu treinamento. *Isto é, se ela aceitar...*

Montando nela mais uma vez, seguro a barra da sua camiseta e a puxo para cima. Mas, em vez de tirá-la, deixo-a enrolada sobre seus olhos: uma venda eficaz. Está deslumbrante, estirada e atada ali.

— Hum, isso está ficando cada vez melhor. Vou pegar alguma coisa para beber — sussurro, dando-lhe um beijo.

Ela arqueja quando saio da cama. Ao sair, deixo a porta ligeiramente entreaberta e vou até a sala pegar a garrafa de vinho.

Sentada no sofá, lendo, Kavanagh ergue os olhos e as sobrancelhas demonstrando surpresa. *Não me diga que nunca viu um homem sem camisa, Kavanagh, porque não vou acreditar.*

— Kate, onde posso encontrar copos, gelo e um saca-rolhas? — pergunto, ignorando sua expressão escandalizada.

— Hum, na cozinha. Eu pego para você. Cadê a Ana?

*Ah, alguma preocupação com a amiga. Ótimo.*

— Está um pouco presa no momento, mas quer uma bebida.

Pego a garrafa de Chardonnay.

— Ah, entendi — diz Kavanagh, e eu a sigo até a cozinha, onde ela aponta para alguns copos na bancada.

Todo os copos estão do lado fora, suponho que para serem embalados para a mudança. Ela me passa um saca-rolhas, pega uma forma de gelo na geladeira e tira os cubos.

— Ainda temos que encaixotar as coisas aqui. Sabe, Elliot está nos ajudando na mudança. — Há certa crítica em seu tom de voz.

— Ah, é? — Soo indiferente enquanto abro o vinho. — Pode colocar o gelo nas taças. — Aponto com o queixo para duas taças. — É um Chardonnay. Vai ficar mais saboroso com gelo.

— Achei que você gostava mais de vinho tinto — diz ela, quando sirvo a bebida. — Vai ajudar Ana com a mudança? — Ela pisca me desafiando.

*Encerre o assunto, Grey.*

— Não. Não posso. — Minha voz é seca, porque ela está me irritando, tentando me fazer sentir culpado.

Seus lábios se estreitam e me viro de costas para sair da cozinha, mas não sem notar seu olhar de repreensão.

*Vá se foder, Kavanagh.*

Não vou ajudar de jeito nenhum. Ana e eu não temos esse tipo de relação. Além do mais, não tenho tempo.

Volto para o quarto de Ana e fecho a porta ao entrar, deixando Kavanagh e seu desdém de lado. Sou imediatamente tranquilizado pela visão da encantadora Ana Steele, que aguarda sem fôlego na cama. Boto a garrafa na mesa de cabeceira, pego a embalagem de alumínio no bolso da calça e a coloco ao lado do vinho. Em seguida, deixo a calça e a cueca caírem no chão, libertando minha ereção.

Tomo um gole do vinho que, surpreendentemente, não é ruim, e olho para Ana. Ela não disse uma palavra. Seu rosto está virado para mim, os lábios abertos em expectativa. Pego a taça e monto nela mais uma vez.

— Está com sede, Anastasia?

— Estou — sussurra ela.

Tomando um gole, eu me abaixo e a beijo, vertendo o vinho dentro de sua boca. Ela o engole, e ouço um gemido de apreciação no fundo de sua garganta.

— Mais? — pergunto. Ela faz que sim, sorrindo, e eu acato. — Não vamos exagerar, você sabe que sua capacidade para bebida é limitada, Anastasia — provoco, e sua boca forma um imenso sorriso.

Debruçando-me, deixo que ela tome mais um gole da minha boca. Ana se contorce sob mim.

— Isso é *legal*? — pergunto ao me deitar ao seu lado.

Ela fica imóvel, toda séria agora, mas seus lábios se abrem quando inspira com força.

Encho a boca de vinho, dessa vez com dois cubos de gelo. Quando a beijo, empurro uma pequena lasca de gelo entre seus lábios, depois deixo um rastro de beijos gelados por sua pele de cheiro doce, entre o pescoço e o umbigo. Coloco mais uma lasca de gelo ali, e um pouco de vinho.

Ela inspira com força.

— Agora, você tem que ficar quieta. Se você se mexer vai molhar a cama toda de vinho. — Minha voz sai baixa e eu a beijo novamente logo acima do umbigo. Seu quadril se move. — Ah, não. Se derramar o vinho, vou castigá-la, Srta. Steele.

Ela geme em resposta e força a gravata.

*Tudo que é bom leva tempo, Ana...*

Liberto cada seio de uma vez do sutiã de forma que fiquem sustentados pelo arame. Seus seios estão expostos e vulneráveis, do jeito que gosto. Estimulo cada um com os lábios, lentamente.

— Até que ponto isso é *legal*? — sussurro, soprando de leve um mamilo.

Sua boca afrouxa com um gemido silencioso. Pegando outro cubo de gelo com a boca, uso-o para percorrer sem pressa do seu esterno até o mamilo, descrevendo círculos ali algumas vezes. Ela geme debaixo de mim. Transferindo o gelo para os dedos, continuo torturando cada mamilo com meus lábios frios e o restante do cubo de gelo derretendo na minha mão.

Gemendo e arfando embaixo de mim, ela tenciona o corpo, mas consegue ficar parada.

— Se derramar o vinho, não deixo você gozar — aviso.

— Ah... por favor... Christian... Senhor... Por favor — implora ela.

*Ah, ouvir essas palavras da sua boca.*

*Há esperança.*

*Isso não é um "não".*

Passo os dedos pelo seu corpo em direção à calcinha, provocando sua pele macia. De repente, ela flexiona a pélvis, derramando o vinho e o gelo já derretido do seu umbigo. Eu me movo rapidamente para sorvê-lo, beijando e sugando seu corpo.

— Anastasia, você se mexeu. O que vou fazer com você?

Deslizo meus dedos para dentro de sua calcinha e roço seu clitóris.

— Ah — geme ela.

— Ah, Ana — sussurro com reverência.

Ela está molhada. Muito molhada.

*Está vendo? Está vendo como isso é* legal?

Enfio o indicador e o dedo médio dentro dela, fazendo-a estremecer.

— Já está pronta para mim tão cedo — murmuro, mexendo os dedos, para dentro e para fora, provocando um longo e doce gemido.

Sua pélvis começa a se erguer para ir de encontro aos meus dedos.

*Ah, ela quer isso.*

— Você é uma garota voraz.

Meu tom de voz continua baixo e Ana segue o ritmo que estabeleço ao descrever círculos em seu clitóris com o polegar, provocando-a e atormentando-a.

Ela geme alto, o corpo cedendo sob mim. Quero ver sua expressão, e, esticando o outro braço, tiro a camiseta da cabeça dela. Ana abre os olhos, piscando na luz suave.

— Quero tocar em você — diz, a voz rouca e cheia de desejo.

— Eu sei — murmuro em seus lábios, e a beijo, mantendo o ritmo estável com os dedos lá embaixo.

Ela tem gosto de vinho, de desejo e de Ana. Ela me beija com uma voracidade que eu desconhecia. Seguro o topo de sua cabeça, mantendo-a parada, e continuo a beijá-la e a meter os dedos nela. Quando suas pernas enrijecem, diminuo o ritmo da minha mão.

*Ah, não, baby. Você não vai gozar ainda.*

Faço isso mais três vezes enquanto beijo sua boca doce e morna. Na quinta vez, imobilizo meus dedos dentro dela e falo baixinho em seu ouvido:

— Esse é seu castigo, tão perto e, no entanto, tão longe. É *legal*?

— Por favor — choraminga ela.

*Nossa, como gosto de ouvi-la implorar.*

— Como vou te foder, Anastasia?

Meus dedos retomam o movimento e suas pernas começam a tremer. Apaziguo minha mão outra vez.

— Por favor — sussurra ela novamente, as palavras tão baixas que mal consigo ouvir.

— O que você quer, Anastasia?

— Você... agora — pede ela.

— Fodo você assim... assim... ou assim? As possibilidades são infinitas — murmuro.

Tirando a mão, pego a camisinha na mesa de cabeceira e me ajoelho entre suas pernas. Mantendo os olhos fixos nos dela, tiro sua calcinha e a jogo no chão. Seus olhos estão sombrios, repletos de promessa e desejo. Eles se arregalam quando lentamente coloco a camisinha.

— Até que ponto isso é *legal*? — pergunto, envolvendo minha ereção com a mão.

— Eu falei de brincadeira — resmunga ela.

*Brincadeira?*

*Graças a Deus.*

Nem tudo está perdido.

— De brincadeira? — indago, enquanto deslizo o punho para cima e para baixo em torno do meu pau.

— Sim. Por favor, Christian — suplica ela.

— Está rindo agora?

— Não. — Sua voz é quase inaudível, mas o balanço de sua cabeça me diz tudo o que preciso saber.

Vê-la me desejando... Eu poderia gozar na minha mão só de olhar para ela. Segurando-a, viro-a de costas e coloco sua bela bunda para cima. É tentador demais. Dou um tapa em sua nádega, com força, então mergulho dentro dela.

*Ah, puta merda.* Ela está tão pronta...

Ela se retesa em torno de mim e geme ao gozar.

*Porra. Foi rápido demais.*

Segurando seu quadril no lugar, meto nela, com força, durante seu orgasmo. Rangendo os dentes, eu a penetro repetidas vezes, enquanto ela começa a chegar lá outra vez.

*Vamos lá, Ana. De novo*, incentivo-a em silêncio, sem parar de penetrá-la.

Ela grita e geme embaixo de mim, e um brilho de suor brota em suas costas.

Suas pernas começam a tremer.

Ela está perto.

— Goza para mim, Anastasia, de novo — rosno e, por algum milagre, seu orgasmo cresce em espiral pelo seu corpo e alcança o meu.

*Porra, minha nossa.* Gozo sem dizer nada, me derramando dentro dela.

*Pai do céu.* Desabo em cima dela. Isso foi exaustivo.

— Até que ponto isso foi *legal*? — pergunto em seu ouvido, puxando ar para dentro dos pulmões.

Enquanto está deitada na cama, ofegante, saio de dentro dela e tiro a camisinha deplorável. Levanto e me visto rapidamente. Quando acabo, estico o braço e desato a gravata, libertando-a. Virando-se, ela mexe as mãos e os dedos e ajusta o sutiã. Depois que a cubro com o edredom, deito-me ao seu lado, apoiando meu peso no cotovelo.

— Isso foi muito legal — diz ela com um sorriso malicioso.

— Lá vem de novo essa palavra.

— Você não gosta dela?

— Não, ela absolutamente não me atrai.

— Ah... não sei... parece que ela tem um efeito muito positivo em você.

— Agora sou um efeito positivo? Poderia ferir um pouco mais meu ego, Srta. Steele?

— Acho que não há nada de errado com seu ego.

Ela franze o cenho por um instante.

— Acha?

O Dr. Flynn teria muito a dizer sobre isso.

— Por que você não gosta de ser tocado? — pergunta, a voz delicada e suave.

— Porque não. — Dou um beijo em sua testa para distraí-la desse tipo de questionamento. — Então aquele e-mail era o que você chama de brincadeira.

Ela me lança um olhar tímido e dá de ombros, como se pedisse desculpas.

— Entendi. Então você continua considerando minha proposta?

— Sua proposta indecente... continuo, sim.

*Porra, ainda bem.*

Nosso acordo continua na jogada. Meu alívio é palpável, quase consigo sentir seu gosto.

— Mas tenho umas questões — acrescenta Ana.

— Eu ficaria desapontado se não tivesse.

— Eu ia mandá-las por e-mail, mas você meio que me interrompeu.

— *Coitus interruptus.*

— Viu? Eu sabia que você tinha algum senso de humor.

Seus olhos brilham de alegria.

— Só algumas coisas têm graça, Anastasia. Pensei que você estivesse dizendo não, sem discussão.

— Ainda não sei. Ainda não decidi. Você vai botar uma coleira em mim?

A pergunta dela me surpreende.

— Você andou pesquisando. Não sei, Anastasia. Ainda não botei uma coleira em ninguém.

— Alguém já colocou uma coleira em você? — pergunta.

— Já.

— Foi a Mrs. Robinson?

— Mrs. Robinson? — Caio na gargalhada. Anne Bancroft em *A Primeira Noite de um Homem*. — Vou contar a ela que você disse isso. Ela vai adorar.

— Você ainda fala com ela? — Sua voz sai aguda, com choque e indignação.

— Falo.

Por que isso é tão importante?

— Entendi. — Sua voz está ríspida.

Ela está brava? Por quê? Não entendo.

— Então você tem uma pessoa com quem discute seu estilo de vida alternativo, mas eu não posso ter uma. — Seu tom de voz é petulante, e mais uma vez ela chama atenção para o meu modo de agir.

— Acho que nunca pensei nisso assim. Mrs. Robinson fazia parte desse estilo de vida. Eu lhe disse que agora ela é uma boa amiga. Se quiser, posso apresentar você a uma das minhas antigas submissas. Você poderia conversar com ela.

— É isso que *você* chama de brincadeira? — pergunta Ana.

— Não, Anastasia.

Sua veemência me surpreende e balanço a cabeça para reforçar minha negação. É perfeitamente normal que uma submissa cheque com as ex se o Dominador sabe o que está fazendo.

— Não, vou fazer isso sozinha, muito obrigada — insiste ela, estendendo a mão para pegar o edredom e a colcha, puxando-os até o queixo.

*O que foi? Ela está chateada?*

— Anastasia, eu... eu não tive intenção de ofendê-la.

— Não estou ofendida. Estou horrorizada.

— Horrorizada?

— Não quero falar com uma das suas ex-namoradas... escravas... submissas... seja lá como você as chame.

*Ah.*

— Anastasia Steele, você está com ciúmes? — Soo perplexo... porque é como estou.

Seu rosto fica da cor de um tomate, e sei que encontrei a raiz do problema. Como diabo ela pode estar com ciúmes?

*Querida, eu tive uma vida antes de conhecer você.*

Uma vida muito ativa.

— Você vai ficar aqui? — pergunta ela, irritada.

*O quê? É claro que não.*

— Tenho um café da manhã de negócios amanhã no Heathman. Além do mais, já lhe disse, não durmo com namoradas, escravas, submissas nem com ninguém. Sexta-feira e sábado foram exceções. Isso não vai se repetir.

Ela comprime os lábios, fazendo sua expressão de teimosia.

— Bem, agora estou cansada — diz.

*Porra.*

— Você está me expulsando?

*Não é assim que a coisa deve acontecer.*

— Estou.

*Que droga.*

Desarmado mais uma vez pela Srta. Steele.

— Bem, essa é mais uma novidade — resmungo.

*Expulso. Não consigo acreditar.*

— Então, não há nada que queira discutir agora? Sobre o contrato? — pergunto, como desculpa para prolongar minha estada.

— Não — responde ela.

Sua petulância é irritante, e se ela fosse realmente minha, isso não seria tolerado.

— Nossa, eu gostaria de dar uma boa surra em você. Você se sentiria muito melhor, e eu também — digo a ela.

— Você não pode dizer esse tipo de coisa... Eu ainda não assinei nada.

Seus olhos brilham de provocação.

*Ah, baby, posso dizer, sim. Só não posso fazer. Não até você deixar.*

— Um homem pode sonhar, Anastasia. Quarta-feira?

Ainda quero isso. Apesar de não saber por quê. Ela é tão difícil... Dou-lhe um beijo rápido.

— Quarta-feira — concorda ela, e fico aliviado mais uma vez. — Acompanho você até a porta — acrescenta ela, com um tom de voz mais calmo. — Se você me der um minuto. — Ela me empurra para fora da cama e veste a camiseta. — Pode pegar minha calça de moletom, por favor? — ordena ela, apontando.

*Uau.* A Srta. Steele pode ser bastante mandona.

— Sim, madame — respondo de brincadeira, sabendo que ela não vai entender a referência.

Mas Ana estreita os olhos. Sabe que estou zombando dela, mas não diz nada enquanto veste a calça.

Um pouco chocado com a perspectiva de estar sendo expulso, sigo-a pela sala até a porta.

*Quando foi a última vez que isso aconteceu?*

*Nunca.*

Ela abre a porta, mas olha fixamente para as próprias mãos.

*O que está havendo aqui?*

— Você está bem? — pergunto, e acaricio seu lábio inferior com o polegar.

Talvez ela não queira que eu vá, ou quem sabe queira que eu saia logo.

— Estou — diz, com um tom de voz calmo e dócil.

Não sei se acredito.

— Quarta-feira — lembro a ela.

Vou vê-la na quarta-feira. Abaixando a cabeça, dou um beijo nela, que fecha os olhos. Mas não quero ir. Não com sua incerteza em mente. Seguro sua cabeça e intensifico o beijo, que ela retribui, entregando sua boca a mim.

*Ah, baby, não desista de mim. Dê uma chance.*

Ana agarra meus braços, retribuindo meu beijo, e não quero parar. Ela é inebriante e a escuridão está em silêncio, sendo acalmada pela garota diante de mim. Com relutância, me afasto e apoio minha testa na dela.

Ela está sem fôlego, assim como eu.

— Anastasia, o que você está fazendo comigo?

— Eu poderia fazer a mesma pergunta — sussurra ela.

Sei que preciso ir embora. Ela me faz perder o controle, e não sei por quê. Beijo sua testa e ando até o R8. Ela fica de pé, me observando da porta. Não entrou em casa. Sorrio, satisfeito com o fato de ela estar me observando entrar no carro.

Quando volto a olhar, ela desapareceu.

*Merda. O que aconteceu? Nem um tchauzinho?*

Ligo o carro e começo a dirigir de volta para Portland, refletindo sobre o que aconteceu entre nós.

Ela me enviou um e-mail.

Fui até ela.

Nós fodemos.

Ela me expulsou antes que eu estivesse pronto para ir embora.

Pela primeira vez, bem, talvez não a primeira, me sinto um pouco usado, sexualmente. É uma sensação incômoda que me faz lembrar da época que passei com Elena.

*Cacete!* A Srta. Steele está no controle das coisas e nem sabe disso. E, tolo que sou, estou deixando.

Tenho que virar o jogo. Essa abordagem camarada está mexendo com minha cabeça.

Mas eu a quero. Preciso que ela assine.

Será só a perseguição? Será isso que me excita? Ou é ela?

*Porra,* não sei. Espero descobrir mais na quarta-feira. E, sendo otimista, foi um jeito bem *legal* de passar a noite. Sorrio para mim mesmo no retrovisor e entro na garagem do hotel.

Quando volto para o quarto, sento-me diante do laptop.

*Foque no que você quer, em onde quer estar.* Não é com isso que Flynn sempre me perturba, aquela porcaria baseada em resolução?

---

**De:** Christian Grey
**Assunto:** Hoje à noite
**Data:** 23 de maio de 2011 23:16
**Para:** Anastasia Steele

Srta. Steele,
Estou ansioso para receber suas anotações sobre o contrato.

Até lá, durma bem, baby.

Christian Grey
CEO, Grey Enterprises Holdings, Inc.

E quero acrescentar: *Obrigado por mais uma noite divertida...* mas isso me parece um pouco demais. Afasto o laptop porque Ana provavelmente deve estar dormindo, então pego o relatório de Detroit e continuo a ler.

## TERÇA-FEIRA, 24 DE MAIO DE 2011

Pensar em levar a fábrica de eletrônicos para Detroit é deprimente. Detesto Detroit, essa cidade só me traz recordações ruins. Lembranças que me esforço ao máximo para esquecer. Elas vêm à tona, principalmente à noite, para me fazerem lembrar o que sou e de onde vim.

Mas Michigan está oferecendo excelentes incentivos fiscais. É difícil ignorar o que estão propondo nesse relatório. Eu o jogo em cima da mesa de jantar e tomo um gole do meu Sancerre.

*Merda.* Esquentou. Já está tarde. Eu devia dormir. Quando me levanto e me espreguiço, meu computador faz barulho. Um e-mail. Pode ser de Ros, então dou uma olhada rápida.

É de Ana. Por que ela ainda está acordada?

---

**De:** Anastasia Steele
**Assunto:** Questões
**Data:** 24 de maio de 2011 00:02
**Para:** Christian Grey

Prezado Sr. Grey,
Eis a minha lista de questões. Estou ansiosa para discuti-las melhor no jantar de quarta-feira.

Os números se referem às cláusulas:

*Ela está fazendo referência às cláusulas?* A Srta. Steele fez uma leitura minuciosa. Abro uma cópia do contrato na tela para usar como base.

**CONTRATO**

Assinado hoje, _____ de 2011 ("O Início da Vigência")

**ENTRE**

SR. CHRISTIAN GREY, residente em 301 Escala, Seattle, WA 98889 ("O Dominador")

SRTA. ANASTASIA STEELE, residente em 1114 SW Rua Green, Apartamento 7, Haven Heights, Vancouver, WA 98888

("A Submissa")

**AS PARTES CONCORDAM COM OS TERMOS ABAIXO**

1 Os termos a seguir são parte de um contrato vinculante entre o Dominador e a Submissa.

**TERMOS FUNDAMENTAIS**

2 O propósito fundamental do presente contrato é permitir à Submissa explorar de maneira segura sua sensualidade e seus limites, respeitando e considerando devidamente suas necessidades, suas restrições e seu bem-estar.

3 O Dominador e a Submissa concordam e confirmam que tudo que ocorra sob os termos do presente contrato será consensual, confidencial e sujeito aos limites acordados e aos procedimentos de segurança estabelecidos no presente contrato. Limites e procedimentos de segurança adicionais poderão ser acordados por escrito.

4 O Dominador e a Submissa garantem não sofrer de doenças de natureza sexual, séria, infecciosa ou que constitua uma ameaça à vida, incluindo, mas não apenas, aids, herpes e hepatite. Se, na vigência do presente contrato (tal como definido acima), ou em qualquer extensão da vigência do presente contrato, qualquer das partes for diagnosticada com ou tiver ciência de quaisquer dessas doenças, a parte em questão se encarregará de informar a outra parte imediatamente e antes de qualquer contato físico entre as partes.

5 A adesão às garantias, acordos e compromissos acima (e quaisquer limites e procedimentos de segurança acordados sob a cláusula 3) são fundamentais para a validade do presente contrato. Qualquer quebra o tornará imediatamente nulo e as partes concordam em assumir total responsabilidade uma perante a outra pela consequência de qualquer quebra.

6 Tudo no presente contrato deve ser lido e interpretado à luz do propósito fundamental e dos termos fundamentais estabelecidos nas cláusulas 2-5.

**OBRIGAÇÕES**

7 O Dominador se responsabilizará pelo bem-estar, pelo treinamento, pela orientação e pela disciplina adequados da Submissa. Ele decidirá a natureza dos referidos treinamento, orientação e disciplina e o tempo e o lugar de sua administração, sujeitos aos termos, limitações e procedimentos acordados no presente contrato ou previamente acordados, em consonância com a cláusula 3.

8 Se, em qualquer momento, o Dominador deixar de cumprir os termos, os limites e os procedimentos de segurança estabelecidos no presente contrato ou acordados em forma de aditamento sob a cláusula 3, a Submissa tem o direito de encerrar o presente contrato no ato e deixar de servir ao Dominador sem aviso prévio.

9 De acordo com esta condição e com as cláusulas 2-5, a Submissa deve servir e obedecer ao Dominador em tudo. De acordo com os termos, limitações e procedimentos de segurança estabelecidos no presente contrato ou acordados em forma de aditamento sob a cláusula 3, ela oferecerá sem questionar ou hesitar o prazer que ele solicitar e aceitará sem questionar o treinamento, a orientação e a disciplina do Dominador na forma que for.

**VIGÊNCIA E TÉRMINO**

10 O Dominador e a Submissa celebram o presente contrato no Início da Data de Vigência plenamente cientes de sua natureza e se comprometem a cumprir plenamente suas condições.

11 O presente contrato vigorará por um período de três meses a partir do Início do Contrato ("a Vigência"). Finda a Vigência, as partes discutirão se o contrato e os acordos que celebraram sob o presente contrato são satisfatórios e se as necessidades de cada parte foram atendidas. Cada parte pode propor a extensão do presente contrato sujeita a ajustes de seus termos ou acordos que fizeram na vigência do mesmo. Não havendo acordo para tal extensão, o presente contrato terminará e ambas as partes serão liberadas para retomar suas vidas em separado.

**DISPONIBILIDADE**

12 A Submissa estará disponível para o Dominador das noites de sexta-feira até as tardes de domingo todas as semanas durante a Vigência em horas a serem especificadas pelo Dominador ("as Horas Designadas"). Mais Horas Designadas podem ser mutuamente acordadas *ad hoc*.

13 O Dominador se reserva o direito de destituir a Submissa de suas funções a qualquer momento e por qualquer razão. A Submissa pode solicitar sua liberação a qualquer momento, devendo tal solicitação ser concedida a critério do Dominador, sendo resguardados apenas os direitos da Submissa mencionados nas cláusulas 1-5 e 8, acima.

**LOCAL**

14 A Submissa se colocará à disposição durante as Horas Designadas e as horas adicionais acordadas em locais a serem determinados pelo Dominador. O Dominador assegurará que todos os custos de viagens incorridos pela Submissa para este propósito sejam cobertos pelo Dominador.

**CLÁUSULAS DO SERVIÇO**

15 As seguintes cláusulas do serviço foram discutidas e acordadas e receberão a adesão de ambas as partes durante a Vigência. Ambas as partes aceitam que possam surgir assuntos não cobertos pelos termos do presente contrato ou pelas cláusulas de serviço, ou que certos assuntos possam ser renegociados. Em tais circunstâncias, outras cláusulas podem ser propostas a título de emenda. Quaisquer cláusulas ou emendas adicionais devem ser acordadas, documentadas e assinadas por ambas as partes e serão sujeitas aos termos fundamentais estabelecidos sob as cláusulas 2-5, acima.

**DOMINADOR**

15.1 O Dominador tornará prioritárias a saúde e a segurança da Submissa em todos os momentos. O Dominador, em tempo algum, solicitará, exigirá, permitirá ou ordenará que a Submissa participe de atividades detalhadas no Apêndice 2 ou de qualquer ato que uma ou outra parte julgue inseguro. O Dominador não realizará nem permitirá que se realize qualquer ato que possa causar dano sério ou risco à vida da Submissa. As subcláusulas restantes da cláusula 15 deverão ser lidas e sujeitas à presente disposição e às questões fundamentais acordadas nas cláusulas 2-5, acima.

15.2 O Dominador aceita a Submissa como propriedade sua, para controlar, dominar e disciplinar durante a Vigência. O Dominador pode usar o corpo da Submissa a qualquer momento durante as Horas Designadas, ou em quaisquer horas adicionais acordadas, do modo que julgar apropriado, sexualmente ou de outra maneira qualquer.

15.3 O Dominador proporcionará à Submissa todos os treinamentos e orientações necessários de modo a permitir que ela sirva adequadamente ao Dominador.

15.4 O Dominador manterá um ambiente estável e seguro em que a Submissa possa cumprir suas obrigações no serviço do Dominador.

15.5 O Dominador pode disciplinar a Submissa conforme o necessário para assegurar que ela valorize plenamente seu papel de subserviência ao Dominador e para desencorajar condutas inaceitáveis. O Dominador pode açoitar, espancar, chicotear ou castigar fisicamente a Submissa como julgar apropriado, para fins de disciplina, para seu prazer pessoal, ou por qualquer outra razão, a qual não é obrigado a explicar.

15.6 No treinamento e na aplicação da disciplina, o Dominador assegurará que não sejam deixadas marcas permanentes no corpo da Submissa nem sejam provocados ferimentos que possam exigir cuidados médicos.

15.7 No treinamento e na aplicação da disciplina, o Dominador assegurará que a disciplina e os instrumentos usados para os fins disciplinares sejam seguros, e não usados de modo a causar danos sérios, e de modo algum excedam os limites definidos e detalhados no presente contrato.

15.8 Em caso de doença ou ferimento, o Dominador tratará da Submissa, cuidando de sua saúde e segurança, encorajando-a e, quando necessário, buscando cuidados médicos.

15.9 O Dominador manterá sua boa saúde e buscará cuidados médicos quando necessário para manter um ambiente livre de riscos.

15.10 O Dominador não emprestará sua Submissa a outro Dominador.

15.11 O Dominador poderá prender, algemar ou amarrar a Submissa a qualquer momento durante as Horas Designadas ou em quaisquer horas adicionais acordadas por qualquer razão e por períodos de tempo prolongados, tendo a devida consideração com a saúde e a segurança da Submissa.

15.12 O Dominador assegurará que todos os equipamentos usados para os fins de treinamento e disciplina serão mantidos sempre em perfeito estado de limpeza, higiene e segurança.

**SUBMISSA**

15.13 A Submissa aceita o Dominador como seu amo, com o entendimento de que é agora propriedade do Dominador, para ser usada como bem aprouver ao Dominador durante a Vigência em geral, mas especificamente durante as Horas Designadas e quaisquer horas adicionais acordadas.

15.14 A Submissa obedecerá às regras ("as Regras") estabelecidas no Apêndice 1 do presente contrato.

15.15 A Submissa servirá ao Dominador de qualquer maneira que o Dominador julgar adequada e se esforçará para agradar ao Dominador em todos os momentos, da melhor forma possível.

15.16 A Submissa tomará todas as medidas necessárias para conservar-se em boa saúde e solicitará ou buscará ajuda médica sempre que necessário, mantendo o Dominador informado de quaisquer problemas de saúde que venham a surgir.

15.17 A Submissa assegurará adquirir contraceptivos orais e assegurará fazer uso dos mesmos conforme o prescrito para evitar a gravidez.

15.18 A Submissa aceitará sem questionar todo e qualquer ato disciplinar que o Dominador julgue necessário e se lembrará sempre de sua condição e de suas obrigações em relação ao Dominador.

15.19 A Submissa não se tocará ou se dará prazer sexualmente sem a permissão do Dominador.

15.20 A Submissa deverá se submeter a qualquer atividade sexual exigida pelo Dominador, sem hesitar ou questionar.

15.21 A Submissa aceitará ser chicoteada, açoitada, espancada, bengalada ou surrada ou receber quaisquer outros castigos que o Dominador decidir aplicar, sem hesitação, questionamento ou reclamação.

15.22 A Submissa não olhará diretamente nos olhos do Dominador salvo quando especificamente instruída a fazê-lo. A Submissa manterá os olhos baixos e conservará uma atitude respeitosa na presença do Dominador.

15.23 A Submissa sempre se conduzirá de maneira respeitosa para com o Dominador e só se dirigirá a ele como Senhor, Sr. Grey, ou outra forma de tratamento que o Dominador indicar.

15.24 A Submissa não tocará o Dominador sem a permissão deste para fazê-lo.

**ATIVIDADES**

16 A Submissa não participará de atividades ou quaisquer atos sexuais que uma parte ou outra julgue inseguros ou de quaisquer atividades detalhadas no Apêndice 2.

17 O Dominador e a Submissa já discutiram as atividades estabelecidas no Apêndice 3 e registraram por escrito no Apêndice 3 seu acordo em relação às mesmas.

**PALAVRAS DE SEGURANÇA**

18 O Dominador e a Submissa reconhecem que o Dominador pode fazer exigências à Submissa que não podem ser satisfeitas sem que ocorram danos físicos, mentais, emocionais, espirituais ou outros na hora em que as exigências forem feitas à Submissa. Em tais circunstâncias, a Submissa pode usar uma palavra de segurança ("a[s] Palavra[s]"). Duas palavras serão invocadas dependendo da gravidade das exigências.

19 A Palavra "Amarela" será usada para chamar a atenção do Dominador para o fato de que a Submissa chegou perto de seu limite suportável.

20 A Palavra "Vermelha" será usada para chamar a atenção do Dominador para o fato de que a Submissa não pode tolerar mais qualquer exigência. Quando esta palavra for dita, a ação do Dominador cessará completamente, com efeito imediato.

**CONCLUSÃO**

21 Nós, abaixo assinados, lemos e entendemos plenamente as disposições do presente contrato. E por estarmos assim justos e contratados, assinamos o presente instrumento.

__________________________

**O Dominador: Christian Grey**

**Data**

__________________________

**A Submissa: Anastasia Steele**

**Data**

________________________________________________

## APÊNDICE 1

## REGRAS

Obediência:

A Submissa obedecerá a quaisquer instruções dadas pelo Dominador imediatamente, sem hesitação ou reserva, e com presteza. A Submissa concordará com qualquer atividade sexual que o Dominador julgar adequada e prazerosa, salvo aquelas atividades que estão resumidas em limites rígidos (Apêndice 2). Ela fará isso avidamente e sem hesitação.

Sono:

A Submissa assegurará alcançar o mínimo de sete horas de sono por noite quando não estiver com o Dominador.

Alimentação:

A Submissa consumirá regularmente os alimentos previamente listados (Apêndice 4) para conservar a saúde. A Submissa não comerá nada entre as refeições, com a exceção de frutas.

Roupas:

Durante a Vigência deste contrato, a Submissa só usará roupas aprovadas pelo Dominador. O Dominador fornecerá à Submissa um orçamento para o vestuário, que a Submissa deverá usar. O Dominador acompanhará *ad hoc* a Submissa nas compras de vestuário. Se o Dominador solicitar, a Submissa usará durante a Vigência deste contrato quaisquer adornos solicitados pelo Dominador, na presença do Dominador e em qualquer outro momento que o Dominador julgar adequado.

Exercícios:

O Dominador fornecerá à Submissa um personal trainer para sessões de uma hora de exercícios, quatro vezes por semana, em horário a ser combinado de comum acordo entre o personal trainer e a Submissa. O personal trainer reportará ao Dominador o progresso da Submissa.

Higiene Pessoal/Beleza:

A Submissa se manterá sempre limpa e depilada. A Submissa visitará um salão de beleza à escolha do Dominador com frequência a ser decidida pelo Dominador e se submeterá aos tratamentos estéticos que o Dominador julgar adequados.

*Segurança Pessoal*:

A Submissa não se excederá na bebida, não fumará, não fará uso de drogas recreativas nem se colocará desnecessariamente em qualquer situação de risco.

*Qualidades Pessoais*:

A Submissa não se envolverá em quaisquer relações sexuais com qualquer outra pessoa senão o Dominador. A Submissa se apresentará sempre de forma respeitosa e recatada. Ela deve reconhecer que seu comportamento se reflete diretamente no Dominador. Ela será responsabilizada por qualquer transgressão, delito ou má conduta incorrido quando não estiver na presença do Dominador.

**O não cumprimento de quaisquer das regras acima resultará em punição imediata, cuja natureza será determinada pelo Dominador.**

---

APÊNDICE 2

Limites Rígidos

Nenhum ato envolverá brincadeiras com fogo.

Nenhum ato envolverá urinar, defecar ou os produtos destas ações.

Nenhum ato envolverá agulhas, facas, perfurações ou sangue.

Nenhum ato envolverá instrumentos médicos ginecológicos.

Nenhum ato envolverá crianças ou animais.

Nenhum ato poderá deixar quaisquer marcas permanentes na pele.

Nenhum ato envolverá controle respiratório.

Não haverá nenhuma atividade que requeira contato direto do corpo com corrente elétrica (seja alternada ou direta), fogo ou chamas.

---

APÊNDICE 3

Limites Brandos

A serem discutidos e acordados entre ambas as partes:

A Submissa concorda com:

- Masturbação
- Cunilíngua
- Felação
- Deglutição de Sêmen
- Sexo vaginal
- Introdução de mão na vagina
- Sexo anal
- Introdução de mão no ânus

A Submissa aceita o uso de:

- Vibradores
- Plugues anais
- Consolos
- Outros brinquedos vaginais

A Submissa aceita:

- Bondage com corda
- Bondage com braceletes de couro
- Bondage com algemas, grilhões
- Bondage com fita adesiva
- Bondage com outros materiais

A Submissa aceita ser contida:

- Com as mãos amarradas à frente
- Com os tornozelos amarrados
- Com os cotovelos amarrados
- Com as mãos atrás das costas
- Com os joelhos amarrados
- Com os pulsos amarrados aos tornozelos
- Atada a peças fixas, mobília etc.
- Atada a uma barra espaçadora
- Por suspensão

A Submissa aceita ser vendada?

A Submissa aceita ser amordaçada?

Até que ponto a Submissa está disposta a sentir dor?

Sendo 1 no caso de gostar intensamente e 5 no caso de detestar intensamente:

1 – 2 – 3 – 4 – 5

A Submissa consente em aceitar as seguintes formas de dor/ punição/ disciplina:

- Surras
- Palmadas
- Chicotadas
- Surras de vara
- Mordidas
- Grampos de mamilos
- Grampos genitais
- Gelo
- Cera quente
- Outros tipos/métodos de dor

Agora, as observações de Ana.

2: Não tenho certeza de que isso é exclusivamente para o MEU bem — i.e., para explorar a MINHA sensualidade e os MEUS limites. Garanto que eu não precisaria de um contrato de dez páginas para fazer isso. Com certeza isso é para o SEU bem.

*Ponto para você, Srta. Steele!*

4: Como sabe, o senhor é meu único parceiro sexual. Eu não uso drogas, e não fiz nenhuma transfusão de sangue. É provável que eu seja segura. E o senhor?

*De novo ela tem razão! E me dou conta de que essa é a primeira vez que não tive que considerar o histórico sexual de uma parceira. Bem, essa é uma das vantagens de trepar com uma virgem.*

8: Posso terminar a qualquer momento se achar que o senhor não está atendendo aos limites acordados. OK, gosto dessa.

*Espero que não chegue a esse ponto, mas não seria a primeira vez se acontecesse.*

9: Obedecer-lhe em tudo? Aceitar sua disciplina sem hesitação? Precisamos conversar sobre isso.

11: Um mês de período de experiência. Não três.

*Um mês apenas? Não é tempo suficiente. Até aonde conseguimos chegar em um mês?*

12: Não posso assumir o compromisso de todo fim de semana. Tenho minha vida, ou terei. Quem sabe três fins de semana por mês?

*E ela vai ter a oportunidade de socializar com outros homens? Vai perceber o que está perdendo. Não tenho certeza quanto a este ponto.*

15.2: Usar meu corpo da maneira que julgar apropriada sexualmente ou de outra maneira qualquer. Por favor, defina "outra maneira qualquer".

15.5: Toda a cláusula de disciplina. Não sei se quero ser chicoteada, açoitada ou receber castigos corporais. Garanto que isso iria contra as cláusulas 2-5. E também "por qualquer outro motivo". Isso é maldade — e o senhor disse que não era sádico.

*Merda! Continue lendo, Grey.*

15.10: Como se me emprestar para outra pessoa fosse uma opção. Mas ainda bem que isso está por escrito.

15.14. As Regras. Falarei mais sobre isso depois.

15.19: Tocar-me sem permissão. Qual é o problema? O senhor sabe que não faço isso, afinal.

15.21: Disciplina — queira ver cláusula 15.5 acima.

15.22: Não posso olhá-lo nos olhos? Por quê?

15.24: Por que não posso tocá-lo?

Regras:

Sono — Concordo com seis horas.

Alimentação — Não vou comer alimentos de uma lista específica. É a lista de alimentos ou eu — não tem negociação.

*Bem, isso vai ser um problema!*

Roupas — Contanto que eu só tenha que usar suas roupas quando estiver com você... tudo bem.

Exercícios — Concordamos com três horas, o contrato ainda menciona quatro.

Limites Brandos:

Podemos examinar todos eles? Nada de introduzir mão ou objetos de qualquer tipo. O que é suspensão? Grampos genitais — você deve estar brincando.

Queira por favor me informar dos planos para quarta-feira. Trabalho até as cinco da tarde nesse dia.

Boa noite.

Ana

A resposta dela é um alívio. A Srta. Steele refletiu bastante sobre o assunto, mais do que qualquer outra com quem negociei esse contrato. Ela está mesmo engajada. Parece estar levando-o a sério e teremos muita coisa para discutir quarta-feira. A incerteza que senti quando saí do apartamento dela hoje à noite diminuiu. Ainda há esperança para nosso relacionamento, mas primeiro… ela precisa dormir.

---

**De:** Christian Grey
**Assunto:** Questões
**Data:** 24 de maio de 2011 00:07
**Para:** Anastasia Steele

Srta. Steele,
É uma longa lista. Por que ainda está acordada?

Christian Grey
CEO, Grey Enterprises Holdings, Inc.

Alguns minutos depois, sua resposta está na minha caixa de entrada.

---

**De:** Anastasia Steele
**Assunto:** Virando a noite
**Data:** 24 de maio de 2011 00:10
**Para:** Christian Grey

Senhor,

Se está lembrado, eu estava analisando esta lista quando fui distraída e levada para a cama por um maníaco por controle que apareceu de surpresa.

Boa noite.

Ana

O e-mail dela me faz rir, mas me irrita na mesma medida. Ela é muito mais atrevida quando escreve e tem um ótimo senso de humor, mas precisa dormir.

---

**De:** Christian Grey
**Assunto:** Pare de virar a noite
**Data:** 24 de maio de 2011 00:12
**Para:** Anastasia Steele

VÁ SE DEITAR, ANASTASIA.

Christian Grey
CEO & Maníaco por Controle, Grey Enterprises Holdings, Inc.

Alguns minutos se passam e, por fim, me convenço de que ela foi se deitar, persuadida pelas letras maiúsculas. Então vou para o quarto e levo meu laptop para o caso de ela ainda responder.

Já na cama, pego meu livro e leio um pouco. Depois de meia hora, desisto. Não consigo me concentrar. Minha mente fica o tempo todo voltando para Ana, como ela estava essa noite e seu e-mail.

Preciso relembrar a ela o que espero do nosso relacionamento.

Não quero que fique com a impressão errada. Desviei-me consideravelmente do meu objetivo.

"*Vai ajudar a Ana com a mudança?*" As palavras de Kavanagh me fazem notar que expectativas irrealistas se estabeleceram.

Será que eu deveria ajudá-las com a mudança?

*Não. Pare com isso agora, Grey.*

Abro o laptop e releio seu e-mail sobre as "Questões". Tenho que administrar as expectativas dela e tentar encontrar as palavras certas para expressar o que sinto.

Finalmente, estou inspirado.

**De:** Christian Grey

**Assunto:** Seus Problemas

**Data:** 24 de maio de 2011 01:27

**Para:** Anastasia Steele

Cara Srta. Steele,

Após ter analisado mais detidamente os problemas que propôs, permita-me chamar a atenção para a definição de submisso.

Submisso [sub-mis-so] — *adjetivo*

1. propenso ou pronto a se submeter; que obedece humildemente sem resistir: *servos submissos*.

2. que denota ou envolve submissão: *uma resposta submissa*.

Origem: 1580-90 submiss + -ivo

*Sinônimos*: *1.* afável, dócil, domável, maleável.

*2.* passivo, resignado, paciente, dócil, manso, controlado.

*Antônimos*: *1.* rebelde, desobediente.

Por favor, tenha isso em mente para o nosso encontro de quarta-feira.

Christian Grey

CEO, Grey Enterprises Holdings, Inc.

Pronto. Espero que ela ache divertido, mas deixa muito claro o meu ponto. Com esse pensamento, desligo o abajur da cabeceira, adormeço e sonho.

O nome dele é Lelliot. É maior do que eu. Ele ri. E sorri. E grita. E fala o tempo todo. Fala o tempo todo com a mamãe e o papai. Ele é meu irmão. *Por que você não fala?* Lelliot repete e repete e repete. *Você é burro?* Lelliot repete e repete e repete. Pulo para cima dele e bato na sua cara muito e muito e muito. Ele chora. Chora à beça. Eu não choro. Nunca choro. Mamãe está brava comigo. Tenho que ficar sentado no degrau da escada. Tenho que ficar sentado por muito tempo. Mas Lelliot nunca mais me pergunta por que eu não falo. Se ergo a mão fechada, ele sai correndo. Lelliot tem medo de mim. Sabe que sou um monstro.

QUANDO VOLTO DA MINHA corrida na manhã seguinte, checo meu e-mail antes de tomar banho. Nada de resposta da Srta. Steele, mas ainda são sete e meia. Talvez seja um pouco cedo.

*Grey, saia dessa. Contenha-se.*

Enquanto faço a barba, encaro o babaca de olhos cinzentos que me olha de volta no espelho. *Chega disso. Esqueça ela por hoje.*

Tenho trabalho a fazer e uma reunião durante o café da manhã.

— FREDDIE ESTAVA DIZENDO que pode ser que Barney consiga um protótipo do tablet daqui a uns dois dias — informa Ros durante nossa videoconferência.

— Estudei o projeto ontem. Estava promissor, mas acho que ainda não chegamos ao ideal. Se isso der certo, não há como prever para onde a tecnologia nos levaria e como isso afetaria os países em desenvolvimento.

— Não esqueça o mercado interno — acrescenta ela.

— Até parece.

— Christian, quanto tempo você ainda vai ficar em Portland? — A voz de Ros sai exaltada. — O que está acontecendo aí?

Olhando pela webcam, ela fixa os olhos na tela, procurando alguma pista na minha expressão.

— Uma fusão. — Tento disfarçar o sorriso.

— Marco sabe disso?

Bufo. Marco Inglis é o chefe da divisão de fusões e aquisições.

— Não. Não é esse tipo de fusão.

— Ah. — Ros fica em silêncio imediatamente e, pela sua expressão, também está surpresa.

*Sim. É particular.*

— Bem, espero que você tenha sucesso — diz ela, dando um sorriso malicioso.

— Eu também — concordo, respondendo com outro sorriso malicioso. — Agora podemos falar sobre Woods?

No último ano, adquirimos três empresas de tecnologia. Duas estão bombando, superando todas as metas, mas uma está enfrentando dificuldades, apesar do otimismo inicial de Marco. Lucas Woods é quem a gerencia e, no fim das contas, se revelou um panaca: ele era só fachada, não tinha nenhum conteúdo. O dinheiro subiu à sua cabeça e ele ficou sem foco e acabou perdendo a posição de topo que sua empresa já ocupou no mercado de fibra óptica. Minha intuição diz para esvaziar os ativos da empresa, demitir Woods e fundir sua divisão de tecnologia com a GEH.

Mas Ros acha que Lucas precisa de mais tempo — e que nós precisamos de tempo se formos liquidar e mudar a marca. Se fizermos isso, vamos despender grandes somas ao dispensar funcionários.

— Acho que Woods já teve tempo suficiente para virar o jogo. Ele simplesmente não aceita a realidade — argumento, enfático. — Precisamos nos livrar dele, e eu gostaria que Marco estimasse os custos de liquidar.

— Marco quer se juntar a nós nesta parte da ligação. Vou incluí-lo na conversa.

AO MEIO-DIA E MEIA, Taylor me leva até a WSU, em Vancouver, para almoçar com o reitor, o chefe do departamento de ciências ambientais e o vice-reitor de desenvolvimento econômico. Ao nos aproximarmos da entrada, não sou capaz de me conter e observo todos os alunos, para ver se consigo espiar a Srta. Steele. Mas, infelizmente, não a vejo. É provável que esteja enfurnada na biblioteca lendo um clássico. Imaginá-la aninhada em algum canto com um livro é tranquilizador. Não houve resposta ao meu último e-mail, mas, de todo modo, ela deve estar trabalhando agora. Talvez eu encontre alguma resposta depois do almoço.

Quando paramos ao lado do prédio da administração, meu telefone toca. É Grace. Ela nunca me liga durante a semana.

— Mãe?

— Oi, querido. Como vai?

— Tudo bem. Daqui a pouco vou entrar em reunião.

— Sua assistente disse que você estava em Portland. — Sua voz transborda esperança.

*Droga*. Ela acha que estou com Ana.

— Estou, sim, a negócios.

— Como está Anastasia?

Não *falei?*

— Bem, até onde sei, Grace. O que você quer?

*Ah, meu Deus*. Minha mãe é outra pessoa de quem tenho que gerenciar as expectativas.

— Mia vai voltar para casa uma semana mais cedo, no sábado. Tenho plantão nesse dia e seu pai está fora, apresentando um painel sobre filantropia e auxílio em um congresso de direito — diz Grace.

— Quer que eu vá buscá-la?

— Você pode?

— Claro. Diga para ela me mandar os detalhes do voo.

— Obrigada, querido. Mande lembranças para Anastasia.

— Tenho que ir. Tchau, mãe.

Desligo antes que ela faça mais alguma pergunta indiscreta. Taylor abre a porta do carro.

— Devo sair daqui lá pelas três.

— Sim, Sr. Grey.

— Você vai conseguir ver sua filha amanhã, Taylor?

— Sim, senhor. — A expressão dele é calorosa e cheia de orgulho paterno.

— Ótimo.

— Estarei aqui às três horas — confirma ele.

Sigo para o prédio da administração da universidade... Vai ser um longo almoço.

CONSEGUI MANTER ANASTASIA STEELE longe de qualquer pensamento consciente que tive durante todo o dia. Ou quase. Às vezes, durante o almoço, eu ficava nos imaginando no quarto de jogos... Como é que ela o chamou? *O Quarto Vermelho da Dor*. Balanço a cabeça, sorrindo, e verifico meu e-mail. Aquela mulher tem jeito com as palavras, mas até o momento não há nenhuma palavra para mim hoje.

Troco o terno pelo traje de ginástica e me arrumo para ir à academia do hotel. Quando estou prestes a sair do quarto, ouço um barulho no computador. É ela.

---

**De:** Anastasia Steele
**Assunto:** Meus Problemas... E os Seus Problemas?
**Data:** 24 de maio de 2011 18:29
**Para:** Christian Grey

Senhor,

Por favor, veja a data de origem: 1580-90. Eu gostaria de lembrar-lhe, respeitosamente, que estamos em 2011. Evoluímos muito desde então.

Permita-me apresentar uma definição para a *sua* consideração para nosso próximo encontro:

Compromisso [kom-pro-mis-so] — *substantivo masculino*

1. acerto de diferenças por concessões mútuas; convenção ou comprometimento entre duas ou mais partes litigantes de se sujeitarem a um julgamento ou decisão arbitral. 2. obrigação assumida por uma ou diversas partes. 3. dívida a ser paga em dia combinado.

Comprometido [kom-pro-me-ti-do] — *adjetivo*

1. obrigado por compromisso. 2. dado como penhor de garantia, empenhado. 3. que se envolveu, enredado. 4. que foi prejudicado, danificado.

Ana

Que surpresa, um e-mail provocador da Srta. Steele, mas nosso encontro continua de pé. *Que alívio.*

---

**De:** Christian Grey
**Assunto:** E os meus problemas?
**Data:** 24 de maio de 2011 18:32
**Para:** Anastasia Steele

Tem razão, como sempre, Srta. Steele. Passarei para pegá-la em sua casa amanhã às 19 horas.

Christian Grey
CEO, Grey Enterprises Holdings, Inc.

Meu telefone vibra. É Elliot.

— E aí, espertalhão. Kate me pediu para perturbar você sobre a mudança.

— Que mudança?

— Kate e Ana, ajudar na mudança, seu imbecil.

Suspiro de forma exagerada de propósito. Ele realmente é um babaca.

— Não posso ajudar. Vou buscar Mia no aeroporto.

— O quê? Mamãe não pode fazer isso? Ou papai?

— Não. Mamãe me ligou hoje de manhã.

— Bom, então acho que não tem jeito. Você nunca me contou como foi com a Ana. Vocês dois fo…

— Tchau, Elliot.

Desligo o telefone. Não é da conta dele, e tem um e-mail esperando por mim.

---

**De:** Anastasia Steele
**Assunto:** 2011 — As mulheres sabem dirigir
**Data:** 24 de maio de 2011 18:40
**Para:** Christian Grey

Senhor,
Tenho carro. Sei dirigir.

Eu preferiria encontrá-lo em algum lugar.

Onde o encontro?

Em seu hotel às 19 horas?

Ana

Que irritante. Respondo ao e-mail imediatamente.

---

**De:** Christian Grey
**Assunto:** Jovens teimosas
**Data:** 24 de maio de 2011 18:43
**Para:** Anastasia Steele

Cara Srta. Steele,
Refiro-me ao meu e-mail datado de 24 de maio, enviado à 1h27, e à definição ali incluída.

Algum dia acha que será capaz de obedecer?

Christian Grey
CEO, Grey Enterprises Holdings, Inc.

A resposta dela demora a chegar, o que não melhora em nada meu humor.

---

**De:** Anastasia Steele
**Assunto:** Homens intratáveis
**Data:** 24 de maio de 2011 18:49
**Para:** Christian Grey

Sr. Grey,
Eu gostaria de ir no meu carro.

Por favor.

Ana

*Intratável? Eu? Porra.* Se nosso encontro seguir conforme o planejado, seu comportamento adverso vai ser coisa do passado. Com isso em mente, concordo.

---

**De:** Christian Grey
**Assunto:** Homens exasperados
**Data:** 24 de maio de 2011 18:52
**Para:** Anastasia Steele

Tudo bem.
No meu hotel às 19 horas.

Encontro-a no Marble Bar.

Christian Grey
CEO, Grey Enterprises Holdings, Inc.

---

**De:** Anastasia Steele
**Assunto:** Homens não tão intratáveis
**Data:** 24 de maio de 2011 18:55
**Para:** Christian Grey

Obrigada.

Bj
Ana

E sou premiado com um beijo. Ignorando como isso me faz sentir, respondo ao agradecimento. Meu humor melhora quando vou para a academia do hotel.

Ela me mandou um beijo…

## QUARTA-FEIRA, 25 DE MAIO DE 2011

Peço uma taça de Sancerre e fico de pé junto ao bar. Passei o dia inteiro esperando por este momento e olho o tempo todo para o relógio. Sinto como se estivesse num primeiro encontro, e de certa forma é verdade. Nunca levei uma candidata para jantar. Hoje já participei de reuniões intermináveis, comprei um negócio e demiti três pessoas. Mas nada do que fiz, inclusive correr — duas vezes — e um breve circuito na academia, dispersou a ansiedade com a qual venho lutando o dia todo. Este poder está nas mãos de Anastasia Steele. Quero que seja minha submissa.

Espero que ela não se atrase. Dou uma espiada em direção à entrada do bar... e minha boca fica seca. Ana está na porta, mas levo um segundo para perceber que é ela. Está fabulosa: o cabelo cai de um lado em ondas macias até a altura dos seios, e do outro lado está preso para trás, de forma que é mais fácil apreciar o lindo colo e a delicada curva do seu pescoço esguio. Ela está usando salto alto e um vestido roxo justo que acentua sua figura bela e atraente.

*Uau.*

Dou um passo à frente para recebê-la.

— Você está maravilhosa — murmuro, e dou um beijo na sua bochecha. Fechando os olhos, sinto seu perfume: ela tem um aroma dos céus. — De vestido, Srta. Steele. Aprovo.

Diamantes nas orelhas completariam o conjunto. Tenho que comprar brincos para ela.

Pegando-a pela mão, eu a conduzo para uma mesa isolada.

— O que vai querer beber?

Sou premiado com um sorriso cúmplice enquanto ela se acomoda na cadeira.

— Vou beber o mesmo que você, por favor.

*Ah, ela está aprendendo.*

— Outra taça de Sancerre — peço ao garçom e me sento à mesa, de frente para ela. — Eles têm uma adega excelente aqui — acrescento, e em seguida paro um pouco para admirá-la.

Ela está maquiada. Mas não muito. E me lembro da primeira vez que a vi, levando um tombo no meu escritório, e de como achei que Ana tinha uma aparência comum. Ela pode ser tudo, menos comum. Com um pouco de maquiagem e as roupas certas, vira uma deusa.

Ela se remexe na cadeira e seus cílios tremem ligeiramente.

— Está nervosa? — pergunto.

— Estou.

*Então é isso, Grey.*

Eu me inclino em sua direção, e com um sussurro franco, confesso que também estou. Ela me olha como se subitamente eu tivesse três cabeças.

*É, também sou humano, baby... claro.*

O garçom traz o vinho para Ana e coloca na mesa dois pratinhos de azeitonas e de frutas secas com nozes.

Ana endireita os ombros, uma indicação de que quer ir direto ao assunto, como fez ao me entrevistar pela primeira vez.

— Então, como vamos fazer isso? Analisar meus argumentos um por um? — pergunta ela.

— Impaciente como sempre, Srta. Steele.

— Bem, eu poderia lhe perguntar o que achou do tempo hoje — retruca ela.

*Ah, essa boca atrevida.*

*Deixe ela sofrer um pouco, Grey.*

Mantendo meus olhos fixos nos dela, jogo uma azeitona na boca e lambo o indicador. Os olhos dela se arregalam e se escurecem.

— Achei que o tempo esteve particularmente normal hoje — digo, tentando manter um ar de indiferença.

— Está debochando de mim, Sr. Grey?

— Estou, Srta. Steele.

Ela franze os lábios para reprimir um sorriso.

— Sabe que este contrato é legalmente inválido?

— Estou plenamente ciente desse fato, Srta. Steele.

— Ia comunicá-lo a mim em algum momento?

*O quê? Não achei que precisasse... e você descobriu sozinha.*

— Acha que eu a coagiria a fazer algo contra sua vontade e depois fingiria ter poder legal sobre você?

— Bem... sim.

*Uau.*

— Não me tem em muito alta conta, não é?

— O senhor não respondeu a minha pergunta.

— Anastasia, não importa se é legal ou não. O contrato representa um acordo que eu gostaria de fazer com você: o que eu espero de você e o que você pode esperar de mim. Se não lhe agrada, então não assine. Se assinar e depois achar que não lhe agrada, há cláusulas de salvaguarda suficientes para que possa cair fora. Mesmo se o contrato fosse legalmente vinculante, acha que eu iria arrastá-la para os tribunais se decidisse cancelá-lo?

*Quem ela pensa que eu sou?*

Ana me avalia com seus impenetráveis olhos azuis.

O que preciso fazê-la entender é que, no caso do contrato, não se trata de leis, e sim de confiança.

*Quero que você confie em mim, Ana.*

Enquanto ela toma um gole do vinho, me apresso em continuar, me esforçando para explicar melhor.

— Relações como esta se baseiam em honestidade e confiança. Se não confiar em mim, confiar para saber como afeto você, até onde posso ir, até onde posso levá-la, se não puder ser honesta comigo, aí realmente não podemos fazer isso.

Ela esfrega o queixo enquanto reflete sobre o que acabei de dizer.

— Então, é bem simples, Anastasia. Você confia em mim ou não?

*E se ela me tem em tão baixa conta, nem deveríamos começar.*

Meu estômago se revira com a tensão.

— Teve discussões semelhantes com, hã... as quinze?

— Não.

*Por que ela insiste nisso?*

— Por quê? — pergunta ela.

— Porque elas eram todas submissas estabelecidas. Sabiam o que queriam de uma relação comigo e o que eu esperava de modo geral. Com elas, era só uma questão de ajustar os limites brandos, esses detalhes.

— Você frequenta alguma loja? A Butique dos Submissos, ou algo assim?

Ela arqueia uma sobrancelha e caio na gargalhada. E, de forma tão mágica quanto tirar um coelho da cartola, a tensão em meu corpo desaparece.

— Não exatamente. — Meu tom é sarcástico.

— Então, como?

Ela está mais curiosa do que nunca, mas não quero falar sobre Elena novamente. Da última vez que a mencionei, Ana ficou fria comigo.

— É isso que você quer discutir? Ou vamos direto ao x da questão? Seus problemas, como você diz. — Ela franze o cenho. — Está com fome? — pergunto.

Ela olha para as azeitonas de modo suspeito.

— Não.

— Já comeu hoje?

Ela hesita.

*Merda.*

— Não — responde. Tento não deixar sua confissão me irritar.

— Você tem que comer, Anastasia. Podemos comer aqui ou na minha suíte. O que prefere?

*Ela nunca vai aceitar.*

— Acho que devemos ficar em terreno público e neutro.

*Conforme o previsto. Sensato, Srta. Steele.*

— Acha que isso me deteria? — Minha voz fica rouca.

Ela engole em seco.

— Espero que sim.

*Acabe com o sofrimento da garota, Grey.*

— Venha, reservei uma sala de jantar privada. Nada de público.

Eu me levanto da mesa e estendo a mão para ela.

*Será que vai aceitar?*

Ela olha do meu rosto para a minha mão.

— Traga seu vinho — ordeno.

Ana pega a taça e me dá a mão.

Enquanto saímos do bar, noto olhares de admiração de outros clientes, e, no caso de um rapaz sarado e atraente, uma apreciação ostensiva da minha acompanhante. Não é algo com que eu tenha deparado antes… e não acho que gostei da experiência.

Ao subirmos até o mezanino, um rapaz de libré enviado pelo maître nos conduz para a sala que reservei. Ele só tem olhos para a Srta. Steele, e eu o fuzilo com um olhar paralisante que o faz bater em retirada e sair da opulenta sala de jantar. Um garçom mais velho ajuda Ana a se sentar e estende o guardanapo no colo dela.

— Eu já fiz os pedidos. Espero que não se importe.

— Não, está ótimo — diz ela, concordando com um gesto gracioso.

— É bom saber que você pode se resignar — zombo dela. — Agora, onde estávamos?

— No x da questão — responde Ana, concentrada na tarefa que temos à frente.

Então ela toma um grande gole de vinho e suas bochechas ficam ruborizadas. Ana deve estar reunindo coragem. Terei que controlar o quanto está bebendo, porque ela vai voltar dirigindo.

*Ela poderia passar a noite aqui... e então aí eu poderia despi-la desse vestido provocante.*

Recuperando meu foco, volto ao assunto: os problemas de Ana. Do bolso interno do paletó, pego o e-mail dela que imprimi. Ana endireita os ombros novamente e me olha com ansiedade. Tenho que disfarçar como acho aquilo divertido.

— Cláusula 2. Aceita. Isso beneficia a nós dois. Redigirei de novo.

Ela toma outro gole.

— Minha saúde sexual. Bem, todas as minhas parceiras anteriores fizeram exames de sangue, e eu faço exames regulares a cada seis meses para todos os riscos de saúde que você menciona. Todos os meus testes recentes estão bons. Nunca usei drogas. Na verdade, sou veementemente contra drogas. Tenho uma política rígida de não tolerância com relação a drogas para todos os meus empregados, e insisto em testes aleatórios.

Na verdade, uma das pessoas que demiti hoje não passou no teste das drogas.

Ela está em choque, mas persisto.

— Nunca fiz nenhuma transfusão de sangue. Isso responde à sua pergunta?

Ela assente.

— Sua questão seguinte, eu já mencionei. Você pode ir embora a qualquer momento, Anastasia. Não vou impedi-la. Mas, se for, acabou. Só para você saber.

*Nenhuma. Segunda. Chance. Jamais.*

— Tudo bem — responde ela, embora não demonstre certeza.

Ficamos em silêncio quando o garçom traz as entradas. Por um instante, me pergunto se deveria ter marcado este encontro no meu escritório, mas depois deixo o pensamento de lado, achando-o ridículo. Só idiotas misturam negócios com prazer. Mantive meu trabalho e minha vida particular separados. Essa é uma das minhas regras de ouro, e a única exceção é meu relacionamento com Elena... Mas, por outro lado, ela me ajudou a iniciar meus negócios.

— Espero que goste de ostra — comento com Ana, quando o garçom sai.

— Nunca comi.

— É mesmo? Bem. Basta deixar escorregar e engolir. Acho que consegue fazer isso. — Olho explicitamente para sua boca, me lembrando de como ela sabe engolir bem. Como eu esperava, ela cora e espremo suco de limão na ostra, colocando-a na boca em seguida. — Hum, que delícia. Tem gosto de mar. — Abro um sorriso enquanto Ana me observa, fascinada. — Coma — encorajo-a, sabendo que ela não é o tipo de pessoa que foge de um desafio.

— Então, eu não preciso mastigar?

— Não, Anastasia, não precisa.

Tento não pensar nos dentes dela brincando com a parte favorita do meu corpo.

Ela pressiona o lábio inferior com os dentes, deixando pequenas marcas local.

*Droga.* Essa visão agita meu corpo e me remexo na cadeira. Ela pega uma ostra, espreme o limão, inclina a cabeça para trás e abre bem a boca. Quando faz a ostra escorregar para dentro, meu corpo se retesa.

— E aí? — pergunto, soando ligeiramente rouco.

— Vou comer outra — diz ela com certo sarcasmo.

— Muito bem.

Ana me pergunta se escolhi ostras de propósito, ciente de suas famosas propriedades afrodisíacas. Eu a surpreendo quando digo que eram simplesmente o primeiro item do menu.

— Não preciso de afrodisíaco perto de você.

*É, eu poderia foder você agora mesmo.*

*Comporte-se, Grey. Volte para a negociação.*

— Então, onde estávamos? — Leio de novo o e-mail dela e me concentro em seus incríveis problemas. Cláusula 9. — Obedecer a mim em tudo. Sim, quero que você faça isso. — É importante para mim. Tenho que saber se ela está segura e se vai fazer *qualquer coisa* por mim. — Preciso que faça isso. Pense nisso como um teatrinho, Anastasia.

— Mas tenho medo de que você me machuque.

— Machuque como?

— Fisicamente.

— Acha mesmo que eu faria isso? Passar de qualquer limite que você não possa suportar?

— Você disse que já machucou uma pessoa antes.

— É, machuquei. Foi há muito tempo.

— Como a machucou?

— Eu a suspendi no teto do quarto de jogos. Na verdade, essa é uma das suas questões. Suspensão. É para isso que servem os mosquetões no quarto. Brincadeiras com corda. Uma das cordas estava muito apertada.

Estupefata, ela ergue uma das mãos em súplica para que eu pare.

Informação demais.

— Não preciso saber de mais nada. Então você não vai me suspender? — pergunta ela.

— Não se você realmente não quiser. Você pode tornar isso um limite rígido.

— Tudo bem. — Ela suspira, aliviada.

*Continuando, Grey.*

— Obedecer, então. Acha que consegue fazer isso?

Ela me encara com aqueles olhos capazes de ver através de mim, até minha alma escura, e não consigo imaginar o que vai dizer.

*Merda. Isso poderia ser o fim de tudo.*

— Eu poderia tentar — responde, em um fio de voz.

É minha vez de suspirar. *Ainda estou no jogo.*

— Ótimo. Agora a vigência. — Cláusula 11. — Um mês em vez de três não é nada, especialmente se você quiser um fim de semana longe de mim por mês. — Não vamos chegar a lugar algum com esse prazo. Ela precisa de treinamento e não consigo ficar longe dela por muito tempo. Deixo isso claro. Talvez a gente possa chegar a um acordo, conforme ela sugeriu. — Que tal você ter um dia de um fim de semana por mês, mas eu ganhar uma noite no meio dessa semana?

Eu a observo considerar essa possibilidade.

— Tudo bem — diz, afinal, com uma expressão séria.

Ótimo.

— E, por favor, vamos experimentar por três meses. Se não gostar, pode ir embora quando quiser.

— Três meses? — diz.

Ela está concordando? Vou interpretar como "sim".

*Certo. Vamos ver agora.*

— A questão da posse, isso é só terminologia e remonta ao princípio da obediência. É para colocá-la no estado de espírito certo, para entender meu ponto de vista. E quero que saiba que tão logo você entre pela porta da minha casa como minha submissa, faço o que quiser com você. Você tem que aceitar isso, e de bom grado. Por isso precisa confiar em mim. Eu vou foder você, a qualquer momento, do jeito que eu quiser, onde eu quiser. Vou discipliná-la, porque você vai fazer besteira. Vou treiná-la para me satisfazer.

"Mas sei que você nunca fez isso. Vamos começar devagar, e eu vou ajudá-la. Vamos desenvolver vários cenários. Quero que você confie em mim, mas sei que tenho que conquistar sua confiança e vou conquistá-la. A frase 'ou de outra maneira qualquer' também é para ajudá-la a entrar no espírito; significa que vale tudo.

*Que discurso, Grey.*

Ela se recosta na cadeira... impressionada, acho.

— Ainda está acompanhando? — pergunto com delicadeza.

O garçom aparece e faço um sinal com a cabeça, dando-lhe permissão para limpar a mesa.

— Quer mais vinho? — pergunto.

— Tenho que dirigir.

*Ótima resposta.*

— Então, água?

Ela assente.

— Com ou sem gás?

— Com gás, por favor.

O garçom se retira com nossos pratos.

— Você está muito calada — murmuro. Ela mal disse uma palavra.

— Você está muito falante — dispara ela na hora.

*Ponto para você, Srta. Steele.*

Seguindo, então, com o próximo item em sua lista de problemas: cláusula 15. Inspiro profundamente.

— Disciplina. Há uma linha muito tênue entre prazer e dor, Anastasia. São dois lados da mesma moeda, e não há um sem o outro. Posso lhe mostrar quão prazerosa pode ser a dor. Você não acredita em mim agora, mas é isso que eu quero dizer com confiança. Vai haver dor, mas nada que você não possa suportar. — Nunca é demais reforçar. — Mais uma vez, tudo é confiança. Você confia em mim, Ana?

— Confio — responde, sem piscar.

A reação dela me deixa atônito: é completamente inesperada.

De novo.

Será que já conquistei sua confiança?

— Muito bem. O resto são só detalhes.

Fico muito satisfeito.

— Detalhes importantes.

Ela tem razão. *Concentre-se, Grey.*

— Tudo bem. Vamos analisá-los.

O garçom reaparece com nossos pratos principais.

— Espero que goste de peixe — digo, enquanto ele coloca os pratos à nossa frente. O bacalhau negro parece delicioso. Ana come um pedaço.

Finalmente ela está comendo!

— As regras — continuo. — Vamos falar sobre elas. Comida pode inviabilizar o acordo?

— Pode.

— Posso modificar e dizer que você vai comer pelo menos três refeições por dia?

— Não.

Contendo um suspiro de irritação, persisto.

— Preciso saber que você não está com fome.

Ela franze a testa.

— Você vai ter que confiar em mim.

— *Touché,* Srta. Steele — murmuro, quase que para mim mesmo. São batalhas que não vou vencer. — Concedo a alimentação e o sono.

Ela me dá um breve sorriso de alívio.

— Por que não posso olhar para você? — pergunta.

— Isso é uma coisa entre dominador e submissa. Você vai se acostumar.

Ela volta a franzir a testa, mas dessa vez parece aflita.

— Por que não posso tocar em você? — indaga.

— Porque não.

*Faça ela calar a boca, Grey.*

— É por causa da Mrs. Robinson?

*O quê?*

— Por que acha isso? Você acha que ela me traumatizou?

Ana confirma com a cabeça.

— Não, Anastasia. Ela não é o motivo. Além do mais, Mrs. Robinson não aceitaria nenhuma dessas porcarias da minha parte.

— Então não tem nada a ver com ela? — pergunta, parecendo confusa.

— Não.

*Não suporto que toquem em mim. E, baby, você realmente não quer saber por quê.*

— E também não quero que você se toque — acrescento.

— Por curiosidade... por quê?

— Porque eu quero o seu prazer todo para mim.

*Na realidade, quero agora.* Eu seria capaz de foder Ana aqui mesmo para ver se ela consegue ficar quieta. Quieta de verdade, por saber que está ao alcance dos ouvidos dos funcionários e hóspedes do hotel. Afinal de contas, foi por isso que reservei esta sala.

Ela abre a boca, como se fosse dizer alguma coisa, mas a fecha novamente e pega mais um pouco da comida do seu prato quase intacto.

— Já lhe dei muita coisa para pensar, não foi? — digo, dobrando o e-mail impresso e enfiando-o no bolso.

— Sim.

— Quer falar dos limites brandos agora?

— Não durante o jantar.

— Fica enjoada?

— Por aí.

— Você não comeu muito.

— Estou satisfeita.

*Isso está ficando repetitivo demais.*

— Três ostras, quatro garfadas de bacalhau e um talo de aspargo, nada de batata, nada de frutas secas, nada de azeitonas, e não comeu o dia inteiro. Você disse que eu podia confiar em você.

Os olhos dela se arregalam.

*Sim. Prestei atenção em tudo o que você comeu, Ana.*

— Christian, por favor, não é todo dia que preciso lidar com conversas como esta.

— Preciso de você em forma e saudável, Anastasia. — Meu tom é inflexível.

— Eu sei.

— E agora mesmo, quero tirar seu vestido.

— Acho que não é uma boa ideia — murmura ela. — Ainda não comemos a sobremesa.

— Você quer sobremesa? — Mesmo não tendo comido o prato todo?

— Quero.

— Você podia ser a sobremesa.

— Não sei se sou doce o bastante.

— Anastasia, você é uma delícia de tão doce. Eu sei.

— Christian, você usa o sexo como uma arma. Isso realmente não é justo.

Ela olha para baixo, para o próprio colo, e sua voz é baixa e ligeiramente melancólica. Ergue o olhar outra vez, fixando em mim aqueles olhos azuis irritantes... e provocantes.

— Tem razão. Uso — admito. — Na vida, a gente usa o que pode, Anastasia. Isso não muda o quanto desejo você. Aqui. Agora. — *E nós poderíamos trepar aqui, agora mesmo.* Sei que está interessada, Ana. Consigo ouvir sua respiração alterada. — Eu gostaria de experimentar uma coisa.

Realmente quero descobrir até que ponto ela consegue ficar quieta e se é capaz de fazer isso com medo de ser descoberta.

A testa dela se enruga novamente. Está confusa.

— Se você fosse minha submissa, não teria que pensar sobre isso. Seria fácil. Todas essas decisões, todo o cansativo processo de raciocínio por trás disso. O "Será que é a coisa certa a fazer?"; "Será que isso devia acontecer aqui?"; "Pode acontecer agora?". Você não precisaria se preocupar com nenhum desses detalhes. Era o que eu faria como seu Dominador. E agora mesmo, eu sei que você me quer, Anastasia.

Ana puxa o cabelo para cima do ombro, e sua testa fica ainda mais franzida à medida que ela lambe os lábios.

*Ah, sim. Ela me quer.*

— Sei porque seu corpo está entregando você. Está cruzando as pernas, com o rosto vermelho e a respiração alterada.

— Como sabe das minhas pernas? — indaga ela, a voz num tom agudo, chocada, acho.

— Senti a toalha mexer, e é um palpite com base em anos de experiência. Estou certo, não estou?

Ela fica em silêncio por alguns minutos e desvia o olhar.

— Ainda não terminei o bacalhau — diz, evasiva, mas ainda corando.

— Prefere bacalhau frio a mim?

Os olhos dela encontram os meus, e estão arregalados, as pupilas, escuras e dilatadas.

— Pensei que não gostasse que eu deixasse comida no prato.

— Neste momento, Srta. Steele, estou me lixando para sua comida.

— Christian. Você simplesmente não joga limpo.

— Eu sei. Nunca joguei.

Nós nos encaramos em uma batalha de vontades, ambos conscientes da tensão sexual aumentando entre nós de cada lado da mesa.

*Por favor, será que você pode simplesmente fazer o que eu mando?* Imploro a ela com o olhar. Mas os olhos dela brilham com uma desobediência sensual e um sorriso se forma em seus lábios. Ainda sustentando meu olhar, ela pega um aspargo e deliberadamente morde o lábio.

*O que está fazendo?*

Muito devagar, coloca a ponta do aspargo na boca e chupa.

*Porra.*

Ela está brincando comigo... Uma tática perigosa que vai acabar me fazendo trepar com ela em cima desta mesa.

*Ah, mande ver, Srta. Steele.*

Assisto a tudo, hipnotizado, ficando de pau duro no mesmo instante.

— Anastasia. O que está fazendo? — pergunto nervoso, querendo lhe dar um aviso.

— Comendo meu aspargo — responde com um sorriso recatado.

— Acho que está brincando comigo, Srta. Steele.

— Só estou terminando de comer, Sr. Grey.

Os lábios dela se curvam ainda mais, vagarosos, carnais, e o calor entre nós dois aumenta vários graus. Ana realmente não faz ideia de como é sensual... Estou prestes a atacar, quando o garçom bate na porta e entra.

*Merda.*

Deixo ele retirar os pratos, depois volto minha atenção para a Srta. Steele. Porém, ela franze a testa outra vez, tamborilando sem parar os dedos.

*Que inferno.*

— Quer uma sobremesa? — pergunto.

— Não, obrigada. Acho que devo ir embora — responde ela, ainda olhando para as próprias mãos.

— Ir embora?

*Ela vai embora agora?*

O garçom sai rapidamente da sala com nossos pratos.

— Sim — confirma Ana, com uma voz firme e decidida. Ela se levanta para ir. E automaticamente fico de pé também. — Nós dois temos a cerimônia de formatura amanhã.

*Isso não está saindo nem um pouco como o planejado.*

— Não quero que você vá — afirmo, porque é a mais pura verdade.

— Por favor... eu tenho que ir — insiste ela.

— Por quê?

— Porque você me deu muita coisa para pensar... e eu preciso de um pouco de distância.

Seus olhos estão me suplicando para deixá-la ir embora.

Mas progredimos bastante em nossa negociação. Cedemos de parte a parte. Podemos fazer isso funcionar. *Tenho que fazer isso funcionar.*

— Eu poderia fazer você ficar — digo a ela, sabendo que eu conseguiria seduzi-la neste exato momento, nesta sala.

— Sim, poderia facilmente, mas eu não quero que você faça.

Está tudo indo ladeira abaixo... abri demais o jogo. Não era assim que eu achava que a noite ia terminar. Passo as mãos pelo cabelo, frustrado.

— Sabe, quando você caiu na minha sala para me entrevistar, só dizia "sim, senhor", "não, senhor". Achei que fosse uma submissa nata. Mas, francamente, Anastasia, não sei ao certo se você tem algo de submisso nesse seu corpo delicioso.

Dou alguns passos, cobrindo a distância que nos separa, e fito diretamente seus olhos brilhando de determinação.

— Talvez você tenha razão — concorda ela.

*Não. Não. Não quero ter razão.*

— Quero ter a chance de explorar essa possibilidade. — Acaricio seu rosto e seu lábio inferior com o polegar. — Não conheço nenhuma outra maneira, Anastasia. Eu sou assim.

— Eu sei.

Baixando a cabeça de modo que meus lábios pairem sobre os dela, espero que ela leve a boca até a minha e feche os olhos. Quero lhe dar um beijo breve, casto, mas, assim que nossos lábios se tocam, ela se inclina na minha direção, as mãos subitamente se emaranhando no meu cabelo, a boca se abrindo para a minha, a língua insistente. Pressiono a mão na base de suas costas, apertando-a contra mim, e intensifico o beijo, correspondendo ao seu fervor.

*Nossa, quero esta mulher.*

— Não posso convencê-la a ficar? — sussurro encostado no canto de sua boca, enquanto meu corpo reage se retesando de desejo.

— Não.

— Passe a noite comigo.

— Sem tocar em você? Não.

*Merda*. A escuridão surge dentro de mim, mas a ignoro.

— Garota impossível — murmuro e me afasto, examinando seu rosto e sua expressão tensa e pensativa. — Por que acho que você está me dizendo adeus?

— Porque estou indo embora agora.

— Não foi isso que eu quis dizer, e você sabe.

— Christian, tenho que pensar. Não sei se quero o tipo de relação que você quer.

Fecho os olhos e apoio minha testa na dela.

*O que você esperava, Grey? Ela não está acostumada com isso.*

Respiro fundo, beijo sua testa e enterro o nariz em seu cabelo, inalando seu perfume doce e outonal, retendo-o na memória.

É isso. Acabou.

Dando um passo para trás, eu a solto.

— Como quiser, Srta. Steele. Acompanho-a até o saguão.

Estendo a mão para ela, no que poderia ser a última vez, e fico surpreso com o sofrimento que esse pensamento me causa. Ela coloca a mão na minha, e em silêncio seguimos para a recepção.

— Você está com o ticket do estacionamento? — pergunto quando chegamos ao saguão. Pareço calmo e controlado, mas por dentro estou em frangalhos.

Ela tira o ticket da bolsa e entrega ao porteiro.

— Obrigada pelo jantar — diz.

— Foi agradável como sempre, Srta. Steele.

Esse não pode ser o fim. Tenho que mostrar a ela, revelar o que isso tudo significa, o que podemos fazer juntos. Mostrar o que podemos fazer no quarto de jogos. Só assim ela vai saber. Essa talvez seja a única maneira de salvar esse acordo. Eu me viro depressa para ela.

— Você vai se mudar este fim de semana para Seattle. Se tomar a decisão certa, posso vê-la no domingo? — pergunto.

— Vamos ver. Quem sabe — responde ela.

*Isso não é um "não".*

Reparo que os pelos dos seus braços estão arrepiados.

— Agora está mais frio, você não tem um casaco? — pergunto.

— Não.

Esta mulher precisa que alguém tome conta dela. Tiro meu paletó.

— Tome. Não quero você se resfriando.

Eu o coloco em cima dos ombros dela, que se enrola nele, fecha os olhos e inspira profundamente.

*Será que ela é atraída pelo meu cheiro como sou pelo dela?*

Talvez nem tudo esteja perdido.

O manobrista chega com um fusca velho.

*Que porra é essa?*

— É isso que você dirige? — Deve ser mais velho do que o meu avô Theodore. *Meu Deus!* O manobrista entrega as chaves e lhe dou uma gorjeta generosa. Ele merece um adicional de segurança. — Isso está em condições de andar por aí?

Lanço um olhar furioso para Ana. Como ela pode ficar em segurança nesse calhambeque enferrujado?

— Está.

— Será que chega a Seattle?

— Chega, sim.

— Em segurança?

— Sim. — Ela tenta me tranquilizar. — Tudo bem, é velho. Mas é meu, e está em condições de andar por aí. Meu padrasto comprou para mim.

Quando sugiro que podíamos melhorar isso, ela percebe o que estou oferecendo e sua expressão se altera no mesmo instante.

Está brava.

— Você *não* vai comprar um carro para mim — diz, enfaticamente.

— Vamos ver — balbucio, tentando manter a calma.

Abro a porta do motorista, e, quando ela entra, fico pensando se devo chamar Taylor para levá-la em casa. *Droga*. Lembro que ele está de folga esta noite.

Depois que fecho a porta, ela abaixa o vidro... de forma exageradamente lenta.

*Pelo amor de Deus!*

— Dirija com cuidado — rosno.

— Até logo, Christian — diz ela, a voz titubeando, como se estivesse segurando o choro.

*Merda*. Meu humor muda totalmente de irritação e preocupação pelo bem-estar dela para um sentimento de impotência à medida que seu carro segue roncando pela rua.

*Não sei se vou voltar a vê-la*.

Fico parado na calçada feito um idiota até as luzes traseiras do carro desaparecerem na noite.

*Porra. Por que deu tudo tão errado?*

Vou andando determinado para o hotel, sigo até o bar e peço uma garrafa de Sancerre. Eu a levo comigo para o quarto. Meu laptop ainda está aberto na mesa, e, antes de abrir o vinho, eu me sento e começo a digitar um e-mail.

---

**De:** Christian Grey
**Assunto:** Hoje à noite
**Data:** 25 de maio de 2011 22:01
**Para:** Anastasia Steele

Não entendo por que você fugiu hoje à noite. Espero sinceramente ter respondido a todas as suas perguntas a contento. Sei que lhe dei muita coisa para pensar, e torço muito para que considere seriamente minha proposta. Quero muito fazer essa relação dar certo. Vamos devagar.
Confie em mim.

Christian Grey
CEO, Grey Enterprises Holdings, Inc.

Dou uma olhada no relógio. Ela vai levar pelo menos vinte minutos para chegar em casa, provavelmente mais tempo ainda indo naquela lata velha. Mando um e-mail para Taylor.

---

**De:** Christian Grey
**Assunto:** Audi A3
**Data:** 25 de maio de 2011 22:04
**Para:** J B Taylor

Preciso daquele Audi entregue aqui amanhã.
Obrigado.

Christian Grey
CEO, Grey Enterprises Holdings, Inc.

Abrindo o Sancerre, me sirvo de uma taça e, pegando meu livro, me sento e leio, me esforçando muito para me concentrar. Meus olhos se desviam o tempo todo para a tela do laptop. Quando ela vai responder?

À medida que os minutos passam, minha ansiedade aumenta. Por que ela não respondeu ao e-mail?

Às onze horas, mando uma mensagem de texto no celular.

*Está em casa em segurança?*

Mas não recebo resposta. Talvez ela tenha ido direto para a cama. Antes da meia-noite, mando outro e-mail.

---

**De:** Christian Grey
**Assunto:** Hoje à noite
**Data:** 25 de maio de 2011 23:58
**Para:** Anastasia Steele

Torço para que chegue em casa nesse seu carro.
Avise-me que está bem.

Christian Grey
CEO, Grey Enterprises Holdings, Inc.

Irei vê-la amanhã na cerimônia de formatura e então vou descobrir se ela está me dando um fora. Após esse pensamento deprimente, tiro a roupa, vou para a cama e fico olhando fixo para o teto.

*Você realmente fodeu com esse acordo, Grey.*

## QUINTA-FEIRA, 26 DE MAIO DE 2011

Mamãe saiu. Às vezes ela sai.
E fico só eu. Eu, meus carros e meu cobertor. Quando chega em casa, ela dorme no sofá. O sofá é marrom e grudento. Ela está cansada. Às vezes, cubro ela com meu cobertor.
Ou então ela chega em casa com alguma coisa para comer. Gosto desses dias. Comemos pão com manteiga. E, outras vezes, comemos macarrão com queijo. É o meu preferido.
Hoje mamãe saiu. Estou brincando com meus carros. Eles andam depressa no chão. Minha mãe saiu. Ela vai voltar. Vai, sim. Quando mamãe vai voltar para casa?
Está escuro agora, e minha mãe saiu. Posso alcançar a luz quando fico de pé no banco.
Acende. Apaga. Acende. Apaga. Acende. Apaga.
Claro. Escuro. Claro. Escuro. Claro.
Estou com fome. Como o queijo. Tem queijo na geladeira.
Queijo com uma crosta azul.
Quando mamãe vem para casa?
Às vezes, ela volta para casa com ele. Odeio ele. Eu me escondo quando ele aparece. Meu lugar preferido é no armário da mamãe. Tem o cheiro dela. Tem o cheiro da mamãe quando ela está feliz.
Quando mamãe vem para casa?
Minha cama está fria. E estou com fome. Tenho meu cobertor e meus carros, mas não minha mãe. Quando mamãe vem para casa?

Acordo com um sobressalto.
*Porra. Porra. Porra.*

Odeio meus sonhos. São repletos de recordações angustiantes, lembretes distorcidos de uma época que quero esquecer. Meu coração bate acelerado e estou encharcado de suor. Mas a pior consequência desses pesadelos é ter que lidar com a ansiedade avassaladora quando acordo.

Ultimamente meus pesadelos ficaram mais frequentes e mais vívidos. Nem imagino por quê. Maldito Flynn... ele só voltará semana que vem. Passo as mãos pelo cabelo e olho que horas são. Cinco e trinta e oito da manhã e a luz do amanhecer entra pelas cortinas. Está quase na hora de me levantar.

*Vá correr, Grey.*

ANA AINDA NÃO ME enviou qualquer mensagem ou e-mail. À medida que meus pés vão batendo na calçada, minha ansiedade aumenta.

*Esqueça isso, Grey.*

*Simplesmente esqueça, porra!*

Sei que vou vê-la na cerimônia de formatura.

Mas não consigo deixar para lá.

Antes do banho, mando outra mensagem de texto.

Me liga.

Só preciso saber se ela está em segurança.

DEPOIS DO CAFÉ DA manhã, continuo sem notícias de Ana. Para tirá-la da cabeça, dedico cerca de duas horas ao meu discurso. Mais tarde essa manhã, na cerimônia de formatura, homenagearei o extraordinário trabalho do departamento de ciências ambientais e o progresso feito em parceria com a GEH na área de tecnologia agrícola para países em desenvolvimento.

*Tudo parte do seu plano de alimentar o mundo?* As palavras inteligentes de Ana ecoam na minha cabeça, atingindo em cheio o pesadelo que tive na noite passada.

Não dou importância a elas enquanto reescrevo o discurso. Sam, meu gerente de marketing, mandou um rascunho pretensioso demais para mim. Levo uma hora para transformar suas babaquices midiáticas em algo mais humano.

Nove e meia e ainda nenhuma notícia de Ana. Seu silêncio é preocupante... e francamente grosseiro. Ligo para ela, mas cai direto numa mensagem genérica de caixa postal.

Desligo.

*Mostre um pouco de dignidade, Grey.*

Ouço um barulho vindo da minha caixa de entrada, e meu coração dispara, mas é de Mia. Apesar do mau humor, sorrio. Estou com saudade dessa garota.

---

**De:** Mia G. Chef Extraordinaire
**Assunto:** Voos
**Data:** 26 de maio de 2011 18:32 HMG-1
**Para:** Christian Grey

Oi, Christian,

Mal posso esperar para dar o fora daqui.
Me resgate. Por favor.
O número do meu voo no sábado é AF3622. Chega às 12h22 e papai está me fazendo voar de classe econômica! *beicinho!
Voltarei com muitas malas. Amo. Amo. Amo a moda de Paris.
Mamãe diz que você arranjou uma namorada.
É verdade?
Como ela é?
PRECISO SABER!!!!!
Vejo você no sábado. Senti muito a sua falta.
À bientôt mon frère.
Bjsss

M

*Que droga!* Minha mãe falou demais. Ana não é minha namorada! E sábado vou ter que me defender da tagarela da minha irmã, do otimismo que lhe é peculiar e de suas perguntas indiscretas. Às vezes, ela é exaustiva. Anotando mentalmente o número e a hora do voo, mando um breve e-mail a Mia para avisar que estarei lá.

Às quinze para as dez me arrumo para a cerimônia. Terno cinza, camisa branca e, claro, *aquela* gravata. Esse será meu recado sutil a Ana de que não desisti, e um lembrete dos nossos bons momentos.

Sim, momentos muito bons… imagens dela amarrada e me desejando vêm à minha mente. *Droga. Por que ela não ligou?* Aperto o botão de rediscar.

*Merda.*

Ainda nenhuma resposta, porra!

Às dez horas em ponto, batem à porta. É Taylor.

— Bom dia — digo assim que ele entra.

— Sr. Grey.

— Como foi ontem?

— Bom, senhor.

A postura de Taylor muda, e sua expressão se enternece. Ele deve estar pensando na filha.

— E Sophie?

— Ela é uma boneca, senhor. E está indo muito bem na escola.

— Que maravilha.

— O A3 estará em Portland esta tarde.

— Excelente. Vamos.

E embora eu esteja relutante em admitir, estou ansioso para ver a Srta. Steele.

A SECRETÁRIA DO REITOR me conduz até uma pequena sala adjacente ao auditório da WSU. Ela enrubesce, quase tanto quanto uma garota que conheço intimamente. Ali, na sala de descanso, professores, funcionários administrativos e alguns alunos estão tomando um café pré-formatura. Entre eles, para minha surpresa, está Katherine Kavanagh.

— Oi, Christian — diz ela, andando cheia de pompa na minha direção com a confiança das pessoas abastadas. Está de beca e parece bastante alegre. Sem dúvida já esteve com Ana.

— Oi, Katherine. Como vai?

— Você parece espantado por me ver aqui — diz ela ignorando meu cumprimento e parecendo um pouco ofendida. — Sou a oradora da turma. Elliot não lhe contou?

— Não, não contou. — *Nós não somos grudados um no outro, pelo amor de Deus.* — Parabéns — acrescento por educação.

— Obrigada. — Seu tom de voz sai entrecortado.

— Ana está aí?

— Vai chegar daqui a pouco. Está vindo com o pai.

— Você esteve com ela hoje de manhã?

— Estive. Por quê?

— Eu queria saber se ela conseguiu chegar em casa naquela lata velha que ela chama de carro.

— Wanda. Ela chama de Wanda. E, sim, ela chegou.

Kavanagh olha para mim com uma expressão intrigada.

— Que bom.

Nesse momento, o reitor se junta a nós e, após dar um sorriso educado para Kavanagh, me apresenta aos outros professores.

Fico aliviado por Ana estar inteira, mas irritado por ela não ter respondido a nenhuma das minhas mensagens.

Não é um bom sinal.

Mas não tenho muito tempo para refletir sobre essa situação desencorajadora, pois um dos membros do corpo docente anuncia que está na hora de começar e nos leva até o corredor.

Num momento de fraqueza, tento ligar para Ana mais uma vez. Cai direto na caixa postal, e sou interrompido por Kavanagh.

— Estou ansiosa pelo seu discurso — diz enquanto andamos pelo corredor.

Quando chegamos ao auditório, noto que é maior do que eu esperava, e está lotado. O público, em uníssono, se levanta e aplaude no instante em que seguimos em fila para o palco. Os aplausos se intensificam, depois diminuem lentamente e dão lugar a um burburinho enquanto todos ocupam seus lugares.

Assim que o reitor inicia seu discurso de boas-vindas, fico observando atentamente o local. As primeiras filas estão ocupadas por alunos, vestindo becas idênticas nas cores vermelho e preto da WSU. Cadê ela? Metodicamente, inspeciono cada fila.

*Aí está você.*

Encontro-a espremida na segunda fila. Está viva. Sinto-me um bobo por ter despendido tanta ansiedade e energia para saber do seu paradeiro ontem à noite e hoje de manhã. Seus brilhantes olhos azuis estão arregalados quando encontram os meus, e ela se remexe na cadeira, um rubor lento colorindo suas bochechas.

*Sim. Encontrei você. E você não respondeu às minhas mensagens.*

Ela está me evitando e estou puto com isso. Muito puto. Ao fechar os olhos, me imagino pingando cera quente em seus seios e ela se retorcendo embaixo de mim. Isso provoca um efeito radical no meu corpo.

*Merda.*

*Controle-se, Grey.*

Tirando-a da cabeça, disciplino meus pensamentos lascivos e me concentro nos discursos.

Kavanagh passa uma mensagem estimulante sobre abraçar oportunidades — *sim, carpe diem, Kate* — e é acolhida com entusiasmo quando termina. Fica óbvio que ela é inteligente, popular e confiante. Diferente da garota tímida e reservada que é a linda Srta. Steele. Realmente me espanta que as duas sejam amigas.

Ouço meu nome ser anunciado. O reitor já me apresentou. Fico de pé e me aproximo do púlpito. *Hora do show, Grey.*

— Agradeço imensamente a grande honra com que as autoridades da WSU me contemplaram hoje e que muito me comoveu. Isso me dá a rara oportunidade de falar do trabalho impressionante do departamento de ciência ambiental desta universidade. Nosso objetivo é desenvolver métodos agrícolas viáveis e ecologicamente sustentáveis para países do terceiro mundo. Nossa meta é ajudar a erradicar a fome e a pobreza do mundo. Algumas partes do planeta sofrem de uma disfunção agrícola, cuja consequência é a destruição da sociedade e da ecologia. Eu sei o que é passar fome. Esta é uma jornada muito pessoal para mim.

"Como parceiros, a WSU e a GEH conquistaram enormes progressos em pesquisas sobre fertilidade do solo e tecnologias cultiváveis. Somos pioneiros na implantação de sistemas orgânicos em países em desenvolvimento, e o rendimento das lavouras em nossas áreas de teste aumentou em trinta por cento por hectare. A WSU foi fundamental nesse feito fantástico. E a GEH se orgulha daqueles estudantes que se unem a nós por meio de nossos programas de estágio para trabalhar em nossas áreas de teste na África. O trabalho que eles fazem lá beneficia as comunidades locais e os próprios estudantes. Juntos podemos combater a fome e a miséria que assolam essas regiões.

"Mas nessa era de evolução tecnológica, enquanto o primeiro mundo avança rapidamente, aprofundando o abismo entre os ricos e os pobres, é vital lembrar que não podemos desperdiçar os recursos finitos do mundo. Esses recursos são para toda a humanidade, e precisamos aproveitá-los, encontrar formas de renová-los e desenvolver novas soluções para alimentar nosso planeta superpovoado.

"Como eu já disse, o trabalho que a GEH e a WSU estão realizando juntas trará soluções, e é nossa tarefa fazer a mensagem chegar lá. É através do departamento de telecomunicações da GEH que pretendemos fornecer informação e educação para o mundo em desenvolvimento. Tenho orgulho de dizer que estamos fazendo progressos impressionantes em tecnologia solar, vida útil de bateria e distribuição de rede sem fio que levarão internet aos cantos mais remotos do mundo. E nosso objetivo é torná-la grátis aos usuários no ponto de entrega. O acesso à educação e informação, que aqui consideramos normal, é o componente crucial para acabar com a pobreza nessas regiões em desenvolvimento.

"Nós temos sorte. Todos aqui somos privilegiados. Uns mais que outros, e me incluo nesta categoria. Temos obrigação moral de oferecer aos menos afortunados uma vida decente que seja saudável, segura, com boa oferta de alimentos e maior acesso aos recursos dos quais todos aqui usufruímos.

"Encerrarei com uma citação com a qual sempre me identifiquei. E estou parafraseando um provérbio indígena americano: 'Só quando a última folha cair, a última árvore for cortada e o último peixe for pescado, perceberemos que dinheiro não se come.'

Quando me sento recebendo aplausos entusiasmados, resisto a olhar para Ana e observo a bandeira da WSU pendurada no fundo do auditório. Se ela quer me ignorar, ótimo. Também posso fazer isso.

O vice-reitor se levanta e começa a entregar os diplomas. E assim se inicia a angustiante espera até chegarmos a letra S, quando poderei vê-la novamente.

Depois de uma eternidade, ouço seu nome ser chamado:

— Anastasia Steele.

Uma salva de palmas, e ela vem andando pensativa e preocupada na minha direção.

*Merda.*

*O que ela está pensando?*

*Fique firme, Grey.*

— Parabéns, Srta. Steele — digo ao entregar o diploma a Ana. Damos um aperto de mão, mas não solto a dela. — Seu laptop está com algum problema?

Ela parece perplexa.

— Não.

— Então *está* ignorando meus e-mails? — pergunto e a solto em seguida.

— Só vi o de fusões e aquisições.

*Que diabo isso quer dizer?*

Sua testa fica mais franzida, mas tenho que deixá-la ir, pois há uma fila se formando atrás dela.

— Mais tarde.

Deixo claro que nossa conversa não terminou, e logo depois ela segue em frente.

Eu me sinto no purgatório quando chegamos ao fim da fila. Recebi olhares provocadores e sedutores, garotas bobas dando risadinhas ao apertar minha mão, e me entregaram cinco bilhetes com números de telefone ao me cumprimentarem. Estou aliviado quando saio do palco com o corpo docente ao som de uma música deprimente e de aplausos.

No corredor, agarro o braço de Kavanagh.

— Preciso falar com Ana. Você pode encontrá-la? Agora.

Kavanagh fica desconcertada, mas antes que ela possa dizer qualquer coisa, acrescento, no tom mais educado que consigo:

— Por favor.

Sua boca se contrai em desaprovação, mas ela fica comigo esperando os professores passarem em fila e depois volta para o auditório. O reitor para e me parabeniza pelo meu discurso.

— Foi uma honra ter sido convidado — respondo apertando sua mão mais uma vez.

Pelo canto do olho, vejo Kate no corredor ao lado de Ana. Peço licença e ando em direção a ela com passadas largas.

— Obrigado — digo a Kate, que lança um olhar de preocupação para a amiga. Ignorando-a, seguro o cotovelo de Ana e a conduzo até a primeira porta que encontro. É um vestiário masculino e, pelo cheiro de limpeza, sei que está vazio. Tranco a porta e viro-me para encarar a Srta. Steele. — Por que não me mandou um e-mail? Ou me respondeu por mensagem de texto? — pergunto.

Ela pisca algumas vezes, a consternação estampada no rosto.

— Não olhei o computador hoje, nem o celular. — Ela parece sinceramente perplexa com meu rompante. — Seu discurso foi maravilhoso — acrescenta.

— Obrigado — resmungo, frustrado. Como ela pode não ter olhado o celular nem o e-mail?

— Explica seus problemas com comida — observa ela, em um tom suave, e se não me engano, compadecido, também.

— Anastasia, não quero falar disso agora.

*Não preciso que sinta pena de mim.*

Fecho os olhos. Esse tempo todo, achei que ela não quisesse falar comigo.

— Ando preocupado com você.

— Preocupado? Por quê?

— Porque você foi para casa naquele perigo que chama de carro.

*E achei que eu tivesse estragado minhas chances no nosso acordo.*

Ana se enfurece.

— O quê? Não há perigo algum. É ótimo. José sempre leva na oficina para mim.

— José, o fotógrafo?

Isso está ficando cada vez melhor, porra.

— Sim, o fusca era da mãe dele.

— Ah, e provavelmente da mãe dela e da mãe da mãe dela. Não é seguro — quase grito.

— Já dirijo esse carro há mais de três anos. Sinto muito que você esteja preocupado. Por que não me ligou?

Liguei para seu celular. Será que ela não usa o maldito celular? Ou está se referindo ao telefone fixo? Exasperado, passo a mão pelo cabelo e respiro fundo. Essa conversa não está abordando a porra da questão principal.

— Anastasia, preciso de uma resposta sua. Essa expectativa está me deixando maluco.

Ela faz uma expressão de desapontamento.

*Merda.*

— Christian, eu… olha, eu deixei meu padrasto sozinho.

— Amanhã. Quero uma resposta amanhã.

— Ok. Amanhã eu respondo, então — diz ela com um olhar aflito.

*Bem, isso ainda não é um "não".* E, mais uma vez, me surpreendo com meu alívio.

*O que essa mulher tem, afinal?* Ela me encara com seus olhos azuis sinceros, o semblante marcado pela preocupação, e resisto ao desejo de tocá-la.

— Vai ficar para o coquetel? — pergunto.

— Não sei o que o Ray quer fazer. — Ela parece em dúvida.

— Seu padrasto? Eu gostaria de conhecê-lo.

Sua dúvida aumenta.

— Não sei bem se é uma boa ideia — diz ela sombriamente, quando destranco a porta.

*O quê? Por quê?* É porque agora ela sabe que fui uma criança pobre? Ou porque sabe como eu gosto de foder? Ou será que é porque me acha esquisito?

— Você tem vergonha de mim?

— Não! — exclama, revirando os olhos, desiludida. — Apresentar você ao meu pai dizendo o quê? — Ela ergue as mãos, irritada. — "Esse é o homem que me deflorou e quer que a gente comece uma relação BDSM?" Você não está usando tênis de corrida.

*Tênis de corrida?*

O pai dela vai sair correndo atrás de mim? E, de repente, ela inseriu um pouco de humor entre nós. Meus lábios se retorcem em resposta e ela abre um sorriso, o rosto se iluminando como um amanhecer de verão.

— Só para você saber, posso correr bastante rápido — respondo, brincando. — Diga-lhe simplesmente que sou seu amigo, Anastasia.

Abro a porta e saio atrás dela, mas paro ao me aproximar do reitor e de seus colegas. Todos se viram juntos para olhar a Srta. Steele, mas ela segue para o auditório. Eles se voltam para mim.

*A Srta. Steele e eu não somos da sua conta, pessoal.*

Faço um breve e educado aceno com a cabeça para o reitor, que me convida para conhecer outros colegas seus e comer uns canapés.

— Claro — respondo.

Levo trinta minutos para escapar da reunião do corpo docente, e quando estou saindo da recepção lotada, Kavanagh vem me acompanhando logo atrás. Seguimos para o gramado onde os formandos e suas famílias estão desfrutando de um coquetel pós-formatura sob uma grande tenda.

— E aí, você convidou Ana para jantar domingo? — pergunta ela.

*Domingo? Será que Ana mencionou que vamos nos ver domingo?*

— Na casa dos seus pais — explica Kavanagh.

*Meus pais?*

Localizo Ana.

*Que porra é essa?*

Um sujeito alto e louro que parece ter saído de uma praia da Califórnia não tira as mãos de cima dela.

*Quem é esse? É por isso que ela não queria que eu viesse tomar um drinque?*

Ana ergue os olhos, nota minha expressão e fica pálida quando sua amiga para ao lado daquele cara.

— Olá, Ray — diz Kavanagh, e dá um beijo no homem de meia-idade vestindo um terno malcortado em pé ao lado de Ana.

Esse deve ser Raymond Steele.

— Já conheceu o namorado da Ana? — pergunta Kavanagh. — Christian Grey.

*Namorado!*

— Sr. Steele, é um prazer conhecê-lo.

— Sr. Grey — cumprimenta ele, discretamente surpreso.

Trocamos um aperto de mão. O dele é firme, e tem os dedos e a palma ásperos. Esse homem trabalha com as mãos. Então lembro que ele é marceneiro. Seus olhos castanho-escuros não deixam nada transparecer.

— E esse é meu irmão, Ethan Kavanagh — diz Kate, apresentando o rato de praia que está com o braço em volta de Ana.

*Ah.* A prole Kavanagh reunida.

Murmuro o nome dele quando damos um aperto de mão, notando que as dele são macias, diferentemente das de Ray Steele.

*Agora pare de bolinar minha garota, seu merda.*

— Ana, meu bem — sussurro, estendendo a mão, e como a boa mulher que é, ela se aproxima para receber meu abraço.

Já tirou a beca e está usando um vestido cinza-claro frente única, deixando os ombros e as costas impecáveis expostos.

*Dois vestidos em dois dias. Ela está me mimando.*

— Ethan, mamãe e papai queriam falar com você.

Kavanagh arrasta o irmão dali, deixando-me com Ana e o pai dela.

— Há quanto tempo vocês dois se conhecem? — pergunta o Sr. Steele.

Ao colocar a mão no ombro de Ana, passo delicadamente o polegar por suas costas nuas e ela estremece. Digo a ele que nos conhecemos há cerca de duas semanas.

— Nos conhecemos quando Anastasia me entrevistou para o jornal da faculdade.

— Não sabia que você trabalhava no jornal da faculdade, Ana — diz o Sr. Steele.

— Kate estava doente — explica ela.

Ray Steele olha para a filha e franze o cenho.

— O senhor fez um ótimo discurso, Sr. Grey — diz.

— Obrigado. Pelo que soube, o senhor é um bom pescador.

— Sou mesmo. Annie lhe contou isso?

— Contou.

— Você pesca? — Há um brilho de curiosidade em seus olhos castanhos.

— Não tanto quanto gostaria. Meu pai costumava levar meu irmão e eu quando éramos crianças. Ele só queria saber de trutas. Acho que peguei a mania dele.

Ana fica escutando o papo por um tempo, depois pede licença e atravessa a multidão para ir ao encontro do clã Kavanagh.

*Caramba*, ela está sensacional com esse vestido.

— Ah? Onde você pesca? — A pergunta de Ray Steele me puxa de volta para a conversa. Sei que é um teste.

— Por todo o Noroeste do Pacífico.

— Você foi criado em Washington?

— Sim, senhor. Meu pai iniciou a gente no rio Wynoochee.

Ray Steele esboça um sorriso.

— Conheço bem.

— Mas o preferido dele era o Skagit. Do lado americano. Ele nos arrancava da cama de madrugada e íamos para lá de carro. Ele pescou vários peixes refinados naquele rio.

— É um bom rio. Peguei uns peixes gigantes no Skagit. No lado canadense.

— É um dos melhores trechos para trutas selvagens. Pescá-las é muito mais empolgante do que pegar as criadas em cativeiro — digo, com os olhos fixos em Ana.

— Concordo totalmente.

— Meu irmão pescou uns dois monstros selvagens. Ainda estou esperando um grandão.

— Quem sabe um dia, hein?

— Tomara.

Ana está envolvida numa discussão acalorada com Kavanagh. *Sobre o que aquelas duas estão falando?*

— O senhor ainda sai muito para pescar? — Volto meu foco para o Sr. Steele.

— Claro. O amigo da Annie, José, o pai dele e eu damos uma fugida sempre que podemos.

*Aquele fotógrafo, porra! De novo?*

— Ele é o cara que cuida do fusca?

— É, ele mesmo.

— É um belo carro, o fusca. Sou fã de carros feitos na Alemanha.

— É? Annie adora aquele carro velho, mas acho que está tão velho que já não presta mais.

— Engraçado o senhor mencionar isso. Eu estava pensando em emprestar a ela um dos carros da minha empresa. Acha que ela vai topar?

— Talvez. Mas tem que ver isso com a Annie.

— Ótimo. Imagino que Ana não se interesse por pesca.

— Não. Essa garota puxou à mãe. Ela não suportava ver os peixes sofrerem. Nem as minhocas, aliás. É uma pessoa delicada.

Ele me lança um olhar penetrante. *Ah*. Um aviso de Raymond Steele. Transformo isso em piada.

— Não admira que ela não tenha gostado do bacalhau que comemos outro dia.

Steele ri.

— Ela não se incomoda em comê-los.

Ana encerrou sua conversa com os Kavanagh e está vindo em nossa direção.

— Oi — diz, sorrindo para nós dois.

— Ana, onde é o toalete? — pergunta Steele.

Ela indica que é virando à esquerda ao sair da tenda.

— Já volto. Divirtam-se, crianças — diz ele.

Ela o observa se afastar, depois me olha, nervosa. Mas antes que ela ou eu possamos dizer alguma coisa, somos interrompidos por uma fotógrafa. Ela tira uma foto rápida de nós dois juntos e sai apressada.

— Então você conquistou meu pai também? — comenta Ana, com um tom de voz doce e provocador.

— Também?

*Conquistei você, Srta. Steele?*

Passo meus dedos pelo rubor que surge em seu rosto.

— Ah, eu queria saber o que você está pensando, Anastasia.

Quando meus dedos tocam seu queixo, inclino sua cabeça para trás a fim de poder analisar sua expressão. Ela fica imóvel e me encara, suas pupilas escurecendo.

— Neste instante — murmura ela —, estou pensando: "bonita gravata".

Eu estava esperando alguma declaração. Sua resposta me faz rir.

— Recentemente passou a ser minha favorita.

Ela sorri.

— Você está linda, Anastasia. Esse vestido frente única lhe cai bem, e consigo acariciar suas costas, sentir sua pele macia.

Ela separa os lábios e sua respiração fica entrecortada. Sinto a força da atração entre nós.

— Você sabe que vai ser bom, não sabe? — Minha voz sai num sussurro, traindo meu desejo.

Ela fecha os olhos, engole em seco e respira fundo. Quando os abre outra vez, irradia ansiedade.

— Mas eu quero mais — diz.

— Mais?

*Merda. O que é isso?*

Ela assente.

— Mais — repito, baixinho. Seu lábio está maleável sob meu polegar. — Você quer flores e bombons.

*Merda.* Isso nunca vai funcionar com ela. Como poderia? Romantismo não é comigo. Minhas esperanças e meus sonhos começam a desmoronar entre nós.

Os olhos dela estão arregalados, inocentes e suplicantes.

*Droga.* Ela é muito sedutora.

— Anastasia. Isso não é algo que eu conheça.

— Nem eu.

Claro. Ela nunca teve um relacionamento.

— Você não conhece muita coisa.

— Você conhece tudo o que é errado.

— Errado? Não. Experimente — peço.

*Por favor. Experimente isso do meu jeito.*

Seu olhar é intenso quando ela examina o meu rosto, procurando por pistas. E por um momento me perco nesses olhos azuis que veem tudo.

— Tudo bem — murmura ela.

— O quê?

Cada pelo do meu corpo se arrepia em alerta.

— Tudo bem, vou experimentar.

— Está concordando?

Não acredito.

— Em relação aos limites brandos, sim. Vou experimentar.

*Minha. Nossa.* Puxo-a para mim e a abraço, depois encosto o rosto em seu cabelo e inspiro seu perfume sedutor. Nem ligo para o fato de estarmos num lugar cheio de gente. É só ela e eu.

— Nossa, Ana, você é muito surpreendente. Você me deixa sem ar.

Um instante depois, percebo que Raymond Steele voltou e está olhando o relógio para disfarçar seu constrangimento. Com relutância, solto-a. Eu me sinto o homem mais feliz do mundo.

*O acordo está fechado, Grey!*

— Annie, vamos pegar alguma coisa para comer?

— Tudo bem — responde ela, dando um sorrisinho para mim.

— Gostaria de se juntar a nós, Christian?

Fico um pouco tentado, mas o olhar ansioso que Ana lança para mim diz: *Por favor, não.* Ela quer um tempo a sós com o pai. Entendo.

— Obrigado, Sr. Steele, mas tenho outros planos. Foi muito bom conhecê-lo.

*Tente controlar seu sorriso bobo, Grey.*

— Igualmente — responde Steele com sinceridade, acho. — Tome conta da minha menina.

— Ah, pode deixar comigo — respondo, apertando sua mão.

*Cuidarei de um jeito que o senhor nem imagina, Sr. Steele.*

Seguro a mão de Ana e beijo os nós dos seus dedos.

— Até mais tarde, Srta. Steele — murmuro.

*Você fez de mim um homem muito, muito feliz.*

Steele me dirige um breve cumprimento com a cabeça, dá o braço à filha e retira-se com ela. Fico parado aturdido, mas transbordando esperança.

Ela concordou.

— Christian Grey?

Minha alegria é interrompida por Eamon Kavanagh, pai de Katherine.

— Eamon, como vai?

Trocamos um aperto de mão.

TAYLOR ME BUSCA ÀS três e meia.

— Boa tarde, senhor — diz ele, abrindo a porta do meu carro.

No caminho, ele me informa que o Audi A3 foi deixado no Heathman. Agora só preciso entregá-lo a Ana. Sem dúvida isso desencadeará uma discussão, e, no fundo, sei que será mais do que só uma discussão. Por outro lado, ela concordou em ser minha submissa, então talvez aceite meu presente sem qualquer frescura.

*Quem você está enganando, Grey?*

Sonhar é permitido. Espero que a gente possa se encontrar essa noite. Eu daria o carro para ela como presente de formatura.

Ligo para Andrea e digo para marcar na minha agenda de amanhã uma conferência no café da manhã com Eamon Kavanagh e seus sócios em Nova York. Kavanagh está interessado em aprimorar sua rede de fibras ópticas. Peço que Andrea deixe Ros e Fred a postos para essa reunião também. Ela me passa alguns recados — nada importante — e me lembra de que preciso comparecer a um evento beneficente amanhã à noite em Seattle.

Hoje será minha última noite em Portland. É quase a última noite de Ana aqui também... Penso em ligar para ela, mas não serviria de muita coisa, pois ela não está com o celular. E está aproveitando a companhia do pai.

Olhando pela janela do carro enquanto seguimos para o Heathman, observo o povo de Portland tocando sua vida. Num semáforo, há um jovem casal discutindo na calçada ao lado de uma sacola de compras esparramada no chão. Outro casal, ainda mais jovem, passa de mãos dadas pelo primeiro casal, olhos nos olhos, dando risinhos. A garota se espreguiça e sussurra alguma coisa no ouvido do seu namorado tatuado. Ele ri, se abaixa e lhe dá um beijo, depois abre a porta de uma cafeteria e chega para o lado para deixá-la entrar.

Ana quer "mais". Suspiro pesadamente e passo os dedos pelo cabelo. Elas querem sempre mais. Todas elas. O que posso fazer a esse respeito? O casal passeando de mãos dadas indo para a cafeteria... Ana e eu já fizemos isso. Já comemos juntos em dois restaurantes e foi... divertido. Talvez eu pudesse tentar. Afinal, ela está me dando muito. Afrouxo a gravata.

*Eu poderia fazer mais?*

De volta ao meu quarto, tiro o terno, visto o moletom e desço para fazer um circuito rápido na academia. Participar de um compromisso social por obrigação exigiu muito da minha paciência e preciso malhar para gastar o excesso de energia.

E preciso pensar sobre *mais*.

Quando já estou de banho tomado, vestido e novamente diante do laptop, Ros liga por videoconferência para ver como estão as coisas e conversamos por quarenta minutos. Abordamos todos os itens da agenda dela, incluindo a proposta de Taiwan e Darfur. O custo de soltar a carga de paraquedas é estarrecedor, porém, é mais seguro para todos os envolvidos. Dou sinal verde para isso. Agora temos que aguardar que o carregamento chegue a Roterdã.

— Já fui informada sobre a Kavanagh Media. Acho que Barney deveria estar presente na reunião também — opina Ros.

— Se você acha... Avise a Andrea.

— Avisarei. Como foi a formatura? — pergunta ela.

— Boa. Inesperada.

*Ana concordou em ser minha.*

— Inesperadamente boa?

— Sim.

Da tela, Ros me olha, intrigada, só que não digo mais nada.

— Andrea me disse que você estará em Seattle amanhã.

— Sim. Tenho um evento à noite.

— Bem, espero que sua "fusão" tenha sido bem-sucedida.

— Posso afirmar que foi positivo nesse ponto, Ros.

Ela dá uma risadinha.

— Que bom. Tenho outra reunião, então se não tivermos mais nada para resolver, vou dizer até logo por ora.

— Até logo.

Saio da videoconferência e abro o e-mail, concentrando minha atenção na noite de hoje.

---

**De:** Christian Grey
**Assunto:** Limites brandos
**Data:** 26 de maio de 2011 17:22
**Para:** Anastasia Steele

O que posso dizer que já não tenha dito?
Feliz de discutir isso em detalhes quando você quiser.

Você estava linda hoje.

Christian Grey
CEO, Grey Enterprises Holdings, Inc.

E pensar que hoje de manhã eu tinha certeza de que estava tudo acabado entre nós.

*Caramba, Grey. Você precisa se controlar.* Flynn adoraria saber disso.

Claro, parte do motivo foi ela não estar com o celular. Talvez precise de uma forma de comunicação mais confiável.

---

**De:** Christian Grey
**Assunto:** BlackBerry
**Data:** 26 de maio de 2011 17:36
**Para:** J B Taylor
**Cc:** Andrea Ashton

Taylor,
Arranje, por favor, um BlackBerry novo para Anastasia Steele com o e-mail dela instalado. Andrea pode conseguir os detalhes da conta com Barney e passá-los para você.
Por favor, entregue-o amanhã na residência dela ou na Clayton's.

Christian Grey
CEO, Grey Enterprises Holdings, Inc.

Envio o e-mail, pego a última edição da *Forbes* e começo a ler.

Às seis e meia, ainda não há resposta de Ana, então presumo que ela continue dando atenção para o discreto e modesto Ray Steele. Apesar de não serem parentes, os dois são incrivelmente parecidos.

Peço risoto de frutos do mar pelo serviço de quarto e, enquanto aguardo, leio mais um pouco do meu livro.

GRACE LIGA ENQUANTO ESTOU lendo.

— Christian, querido.

— Oi, mãe.

— Mia entrou em contato?

— Sim. Tenho os detalhes do voo dela. Vou buscá-la no aeroporto.

— Ótimo. Bem, espero que você fique para jantar no sábado.

— Claro.

— E depois, no domingo, Elliot trará Kate, uma amiga dele, para jantar. Gostaria de vir? Você podia trazer Anastasia.

Era sobre isso que Kavanagh estava falando hoje.

Ganho tempo.

— Vou ver se ela está livre.

— Mas me avise. Vai ser ótimo ter toda a família reunida de novo.

Reviro os olhos.

— Se você está dizendo, mãe.

— Estou, querido. Vejo você no sábado.

Ela desliga.

*Levar Ana para conhecer meus pais? Como vou me livrar dessa?*

Enquanto reflito sobre esta situação complicada, recebo um e-mail.

---

**De:** Anastasia Steele
**Assunto:** Limites brandos
**Data:** 26 de maio de 2011 19:23
**Para:** Christian Grey

Posso ir até aí hoje à noite para discutirmos, se quiser.

Ana

*Não, não, meu bem. Não naquele carro.* E meus planos se encaixam.

---

**De:** Christian Grey
**Assunto:** Limites brandos
**Data:** 26 de maio de 2011 19:27
**Para:** Anastasia Steele

Vou até aí. Falei sério quando disse que não estava satisfeito em ver você dirigindo aquele carro.
Estarei com você em breve.

Christian Grey
CEO, Grey Enterprises Holdings, Inc.

Imprimo mais uma cópia dos "Limites Brandos" do contrato e do seu e-mail "Questões", porque deixei a folha no bolso do paletó que ainda está com ela. Depois ligo para o quarto de Taylor.

— Vou entregar o carro a Anastasia. Você pode me buscar na casa dela, digamos, às nove e meia?

— Com certeza, senhor.

Antes de sair, enfio duas camisinhas no bolso da calça.

*Talvez eu me dê bem.*

É DIVERTIDO DIRIGIR O A3, embora tenha menos torque do que estou acostumado. Paro diante de uma loja de bebidas alcoólicas na periferia de Portland para comprar um champanhe comemorativo. Renuncio ao Cristal e ao Dom Pérignon por uma Bollinger, sobretudo porque é da safra 1999 e está gelada, mas também porque é rosé... simbólico, penso com um sorrisinho, ao entregar meu cartão AmEx ao caixa.

Ana ainda está usando aquele estonteante vestido cinza quando abre a porta. Fico ansioso para despi-la mais tarde.

— Oi — diz ela, os olhos grandes e luminosos no rosto pálido.

— Oi.

— Entre.

Ela parece tímida e sem jeito. *Por quê? O que aconteceu?*

— Se me dá licença. — Ergo a garrafa de champanhe. — Pensei em comemorar sua formatura. Uma boa Bollinger é de doer.

— Escolha de palavras interessante. — Sua voz é mordaz.

— Ah, gosto da sua presença de espírito, Anastasia.

Agora, sim... minha garota.

— Aqui só tem xícaras de chá. Já embalamos todos os copos.

— Xícaras de chá? Para mim, está bom.

Observo-a ir até a cozinha. Ela está nervosa e arredia. Talvez porque tenha tido um dia cheio, ou porque tenha concordado com meus termos, ou por ter ficado sozinha aqui. Sei que Kavanagh está com a família essa noite. O pai dela me disse. Espero que o champanhe ajude Ana a relaxar... e a falar.

A sala está vazia, exceto pelas caixas da mudança, o sofá e a mesa. Há um embrulho marrom em cima da mesa com um bilhete escrito à mão.

"Aceito as condições, Angel. Porque você sabe melhor que ninguém qual deveria ser meu castigo; apenas — apenas — não o torne maior do que posso suportar!"

— Quer os pires também? — grita ela.

— Basta as xícaras, Anastasia — respondo, distraído.

Ela embrulhou os livros, as primeiras edições que lhe mandei. Está me devolvendo. Não quer esses exemplares. É por isso que está nervosa.

Como será que vai reagir ao carro?

Ergo os olhos e a noto parada ali, me observando. Ela coloca cuidadosamente as xícaras na mesa.

— Isso é para você. — Sua voz sai baixa e tensa.

— Hum, imaginei — murmuro. — Citação muito apropriada. — Acompanho com o dedo a caligrafia dela. Sua letra é pequena e caprichada, e me pergunto o que um grafologista acharia disso. — Achei que eu fosse d'Urberville, não Angel. Você decidiu pela degradação. — Claro que é a citação perfeita. Dou um sorriso irônico. — É bem coisa sua encontrar uma frase que ecoe com tanta propriedade.

— É também um pedido — sussurra ela.

— Um pedido? Para eu pegar leve com você?

Ela assente.

Para mim, esses livros foram um investimento, mas pensei que para ela fossem significar alguma coisa.

— Comprei esses livros para você. — É uma mentira branca, e eu já os repus. — Pego mais leve se você os aceitar. — Mantenho a voz calma e tranquila, disfarçando meu desapontamento.

— Christian, não posso aceitá-los. É um exagero.

Lá vamos nós, outro duelo de vontades.

*Plus ça change, plus c'est la même chose.*

— Está vendo, é disso que eu falava, você me desafiando. Quero que os livros sejam seus, e fim de papo. É muito simples. Você não precisa pensar sobre isso. Como submissa, se limitaria a ficar agradecida por eles. Você aceita o que eu compro porque me dá prazer que aceite.

— Eu não era submissa quando você os comprou para mim — retruca ela baixinho.

Como sempre, ela tem uma resposta para tudo.

— Não... mas você concordou, Anastasia.

Será que ela está descumprindo nosso acordo? Meu Deus, com essa garota me sinto em uma montanha-russa.

— Então os livros são meus para eu fazer o que quiser?

— Sim.

*Achei que você adorasse Hardy.*

— Nesse caso, eu gostaria de doá-los para uma obra de caridade, uma de Darfur, já que esse lugar parece tocar seu coração. Eles podem ser leiloados.

— Se é o que você quer fazer.

Não vou detê-la.

*Por mim, você pode até queimá-los...*

Seu rosto pálido enrubesce.

— Vou pensar no assunto — murmura ela.

— Não pense, Anastasia. Não sobre isso.

Fique com eles, por favor. São para você, por causa da sua paixão por livros. Você me disse isso mais de uma vez. Aproveite-os.

Coloco o champanhe na mesa, depois paro na sua frente e ergo seu queixo, fitando os olhos dela.

— Vou comprar muitas coisas para você, Anastasia. Vá se acostumando. Eu posso pagar por elas. Sou um homem muito rico. — Beijo-a brevemente. — Por favor — acrescento, soltando-a.

— Isso faz com que eu me sinta vulgar — diz Ana.

— Não devia. Você está pensando demais, Anastasia. Não se julgue moralmente com base no que os outros podem pensar. Não desperdice sua energia. Isso é só porque você tem reservas quanto ao nosso acordo. É perfeitamente natural. Você não sabe onde está se metendo. — A ansiedade está estampada em seu lindo rosto. — Ei, pare com isso. Você não tem nada de vulgar, Anastasia. Não admito que pense isso. Eu simplesmente lhe comprei uns livros antigos que achei que podiam significar alguma coisa para você, só isso.

Ela pisca algumas vezes e olha para o embrulho, visivelmente em dúvida.

*Fique com eles, Ana. São para você.*

— Tome um champanhe — murmuro, e ela me recompensa com um sorriso. — Assim é melhor.

Abro o champanhe e encho as delicadas xícaras que ela colocou na minha frente.

— É rosa.

Ela está surpresa, e não tenho coragem de lhe dizer por que escolhi o rosé.

— Bollinger La Grande Année Rosé 1999, uma safra excelente.

— Em xícaras. — Ela ri. É contagiante.

— Em xícaras. Parabéns pela formatura, Anastasia.

Brindamos, e eu bebo. Está bom, como eu sabia que estaria.

— Obrigada. — Ela leva a xícara aos lábios e toma um gole. — Vamos analisar os limites brandos.

— Impaciente como sempre. — Dando-lhe a mão, levo-a para o sofá, um dos únicos móveis remanescentes na sala, e nos sentamos rodeados pelas caixas. — Seu padrasto é um homem muito calado.

— Você conseguiu fazer com que ele comesse na sua mão.

Rio.

— Só porque sei pescar.

— Como soube que ele gostava de pescar?

— Você me disse. Quando saímos para tomar café.

— Ah… disse? — Ela bebe outro gole e fecha os olhos, saboreando. Tornando a abri-los, pergunta: — Provou o vinho na recepção?

— Provei. Estava horrível. — Faço uma careta.

— Pensei em você quando bebi. Como você ficou tão entendido em vinho?

— Eu não sou entendido, Anastasia. Só sei do que gosto. — E gosto de você. — Mais um pouco? — Indico com a cabeça a garrafa na mesa.

— Por favor.

Pego o champanhe e encho de novo a xícara dela. Ana me olha desconfiada. Sabe que estou lhe oferecendo bebida alcoólica insistentemente.

— Esta casa está bem vazia. Está pronta para a mudança? — pergunto, para distraí-la.

— Mais ou menos.

— Vai trabalhar amanhã?

— Vou. É meu último dia na Clayton's.

— Eu ajudaria na mudança, mas prometi buscar minha irmã amanhã no aeroporto. Mia chega de Paris sábado de manhã bem cedo. Vou voltar para Seattle amanhã, mas ouvi dizer que Elliot vai dar uma mãozinha a vocês.

— Sim, Kate está muito animada com isso.

Acho incrível Elliot ainda estar interessado na amiga de Ana. Isso não é típico dele.

— Sim, Kate e Elliot, quem diria? — O caso deles só complica mais as coisas. A voz da minha mãe ecoa em minha cabeça: *Você podia trazer Anastasia.*

— Então, o que vai fazer com relação a trabalho em Seattle? — pergunto.

— Tenho duas entrevistas para estágios.

— Quando ia me contar isso?

— Hã... Estou contando agora — diz.

— Onde? — pergunto, disfarçando meu desapontamento.

— Em editoras.

— É isso que você quer fazer? Trabalhar em uma editora?

Ela faz que sim com a cabeça, mas ainda não está comunicativa.

— E então? — provoco.

— E então o quê?

— Não seja boba, Anastasia, quais editoras?

Repasso mentalmente todas as que conheço em Seattle. Há quatro... acho.

— São pequenas — comenta ela de um jeito evasivo.

— Por que não quer que eu saiba?

— Influência indevida — confessa ela.

*O que isso quer dizer?* Franzo o cenho.

— Ah, agora *você* está sendo bobo — diz ela, os olhos brilhando de alegria.

— Bobo? — Rio. — Eu? Meu Deus, você é provocadora. Beba seu champanhe, vamos falar sobre esses limites.

Ela pisca, com a respiração instável, depois esvazia a xícara. Está realmente nervosa com a situação. Ofereço mais uma dose de coragem.

— Por favor — responde ela.

Com a garrafa nas mãos, paro.

— Você comeu alguma coisa?

— Sim. Comi três pratos no almoço com Ray — diz ela, exasperada, e revira os olhos.

*Ah, Ana. Finalmente posso fazer alguma coisa em relação a esse hábito desrespeitoso.*

Inclinando-me, seguro seu queixo e fuzilo-a com os olhos.

— Da próxima vez que você revirar os olhos para mim, eu lhe darei umas palmadas.

— Ah.

Ela parece um pouco chocada, mas também intrigada.

— Ah. É assim que começa, Anastasia. — Com um sorriso feroz, encho a xícara dela, que toma um belo gole. — Agora eu tenho sua atenção, não é? — Ela faz que sim com a cabeça. — Responda.

— Sim... você tem minha atenção — diz ela com um sorriso contrito.

— Ótimo. — Pego seu e-mail impresso e o Apêndice 3 do meu contrato. — Então, atos sexuais. Já fizemos quase todos.

Ela chega mais perto de mim, e lemos a lista.

APÊNDICE 3

Limites brandos

A serem discutidos e acordados entre ambas as partes:

A Submissa concorda com:

- Masturbação
- Cunilíngua
- Felação
- Deglutição de sêmen
- Sexo vaginal
- Introdução de mão na vagina
- Sexo anal
- Introdução de mão no ânus

— Nada de introduzir mão, você disse. Mais alguma objeção? — pergunto.

Ela engole em seco.

— Relação anal não é exatamente uma coisa que eu curta.

— Vou concordar no caso da mão, mas eu realmente gostaria de comer seu cu, Anastasia.

Ela inspira forte, olhando para mim.

— Mas vamos esperar. Além do mais, isso não é algo em que a gente possa entrar de cara. — Não consigo evitar um sorriso. — Seu cu vai precisar de treino.

— Treino? — murmura.

— Ah, sim. Vai precisar ser cuidadosamente preparado. A relação anal pode ser muito prazerosa, pode confiar em mim. Mas, se tentarmos e você não gostar, não precisamos fazer de novo. — Delicio-me com sua expressão chocada.

— Você já fez isso? — pergunta Ana.

— Já.

— Com um homem?

— Não. Eu nunca fiz sexo com homens. Não é a minha.

— Mrs. Robinson?

— Sim. — E sua enorme cinta peniana.

Ana franze a testa e prossigo depressa, antes que ela possa me fazer mais alguma pergunta sobre isso.

— E... deglutição de sêmen. Bom, nisso você tira nota máxima. — Espero por um sorriso dela, mas está me examinando atentamente, como se me enxergasse sob um novo prisma. Acho que ela ainda está chocada com Mrs. Robinson e a relação anal. *Ah, baby,* Elena tinha minha submissão. Podia fazer o que quisesse comigo. E eu gostava. — Então. Tudo bem com engolir sêmen? — pergunto, tentando trazê-la de volta ao presente. Ela concorda e termina o champanhe.

— Mais? — pergunto.

*Calma, Grey, você só quer que a garota fique alegre, não bêbada.*

— Mais — sussurra ela.

Encho sua xícara e volto à lista.

— Brinquedos sexuais?

A Submissa aceita o uso de:

- Vibradores
- Consolos
- Plugues anais
- Outros brinquedos vaginais

— Plugues anais? Isso faz o que está escrito na embalagem? — Ela faz uma careta.

— Sim. E estou me referindo à relação anal da qual falei anteriormente. Treino.

— Ah… o que mais?

— Contas, ovos… esse tipo de coisa.

— Ovos? — Ela tapa a boca com a mão, chocada.

— Não ovos de verdade. — Rio.

— Ainda bem que você acha graça em mim. — A mágoa em sua voz é preocupante.

— Peço desculpas. Srta. Steele, me perdoe.

*Porra, Grey. Pegue leve com ela.*

— Algum problema com brinquedos?

— Não — diz ela secamente.

*Merda.* Ela está chateada.

— Anastasia, sinto muito. Pode acreditar. Eu não tinha intenção de rir. Nunca tive essa conversa tão detalhadamente. Você simplesmente é muito inexperiente, só isso.

Ela faz biquinho e toma outro gole do champanhe.

— Certo… bondage — digo, e voltamos à lista.

A Submissa aceita:

- Bondage com corda
- Bondage com braceletes de couro
- Bondage com fita adesiva
- Bondage com outros materiais
- Bondage com algemas e grilhões

— E aí? — pergunto, com delicadeza, dessa vez.

— Tudo bem — diz ela baixinho e continua lendo.

A Submissa aceita ser contida:

- Com as mãos amarradas à frente
- Com os tornozelos amarrados
- Com os cotovelos amarrados
- Com as mãos atrás das costas
- Com os joelhos amarrados
- Com os pulsos amarrados aos tornozelos
- Atada a peças fixas, mobília etc.
- Atada a uma barra espaçadora
- Por suspensão

A Submissa aceita ser vendada?

A Submissa aceita ser amordaçada?

— Já falamos de suspensão. E tudo bem se você quiser estabelecer que isso seja um limite rígido. Toma muito tempo, e só terei você por curtos períodos, afinal. Mais alguma coisa?

— Não vá rir de mim, mas o que é uma barra espaçadora?

— Prometo não rir. Já pedi desculpas duas vezes. — *Pelo amor de Deus.* — Não me faça fazer isso de novo. — Minha voz sai mais brusca do que eu pretendia, e ela se afasta de mim.

*Merda.*

*Ignore a reação dela, Grey. Continue.*

— Uma barra espaçadora é uma barra com algemas para os tornozelos ou pulsos. É divertido.

— Tudo bem... Mas amordaçar-me. Eu ficaria preocupada achando que não conseguiria respirar.

— *Eu* ficaria preocupado se você não conseguisse respirar. Não pretendo sufocar você. — Brincar com respiração não é a minha.

— E como vou usar os códigos estando amordaçada? — indaga ela.

— Em primeiro lugar, espero que você nunca precise usá-los. Mas, se estiver amordaçada, usamos gestos.

— Estou aflita com a mordaça.

— Tudo bem. Vou anotar.

Ela me analisa por um instante como se tivesse resolvido o enigma da esfinge.

— Você gosta de amarrar suas submissas para elas não poderem tocar em você? — pergunta.

— Esse é um dos motivos.

— Foi por isso que amarrou minhas mãos?

— Foi.

— Você não gosta de falar disso — observa Ana.

— Não, não gosto.

*Não vou falar sobre isso com você, Ana. Desista.*

— Quer mais um pouco de champanhe? — pergunto. — A bebida está deixando você corajosa, e preciso saber como se sente em relação à dor. — Encho de novo sua xícara, ela dá um gole, os olhos arregalados, ansiosa. — Então, como você se comporta normalmente quando sente dor?

Ela permanece calada.

Suprimo um suspiro.

— Você está mordendo o lábio. — Felizmente, ela para, mas fica pensativa e olha para as próprias mãos. — Você recebia castigos físicos quando criança?

— Não.

— Então não tem nenhum parâmetro de referência?

— Não.

— Isso não é tão ruim quanto você pensa. Sua imaginação é sua pior inimiga nesse caso.

*Confie em mim quanto a isso, Ana. Por favor.*

— Você tem que fazer isso?

— Tenho.

— Por quê?

*Você não quer mesmo saber.*

— Faz parte, Anastasia. É o que eu faço. Posso ver que você está nervosa. Vamos analisar os métodos.

Lemos a lista.

- Surras
- Chicotadas
- Mordidas
- Grampos genitais
- Cera quente
- Palmadas
- Surras de vara
- Grampos de mamilos
- Gelo
- Outros tipos/métodos de dor

— Bem, você recusou os grampos genitais. Tudo bem. O que machuca mais é a surra de vara.

Ana fica pálida.

— Podemos nos preparar para isso — acrescento depressa.

— Ou não fazer — retruca ela.

— Isso faz parte do acordo, baby, mas podemos nos preparar para tudo isso. Anastasia, não vou forçá-la.

— Esse negócio de castigo é o que mais me preocupa.

— Bom, ainda bem que você me disse. Vamos deixar a surra de vara fora da lista por ora. E conforme você for ficando mais à vontade, aumentamos a intensidade. Vamos devagar.

Ela parece indecisa, então me aproximo e lhe dou um beijo.

— Pronto, não foi muito ruim, foi?

Ela dá de ombros, ainda em dúvida.

— Olha, quero falar sobre mais uma coisa, depois vou levá-la para a cama.

— Cama? — exclama Ana e o rubor colore suas bochechas.

— Vamos lá, Anastasia, depois dessa conversa toda, quero foder você até a semana que vem. Isso deve ter algum efeito em você, também.

Ela se remexe ao meu lado e inspira, rouca, pressionando uma coxa na outra.

— Viu? Além do mais, tem algo que quero experimentar.

— Algo doloroso?

— Não. Pare de ver dor em tudo. É principalmente prazer. Eu já machuquei você?

— Não.

— Pois então. Olha, há pouco você estava falando sobre querer mais. — Faço uma pausa.

*Porra. Eu me sinto num precipício.*

*Tudo bem, Grey, você tem certeza disso?*

*Tenho que tentar. Não quero perdê-la antes de começarmos.*

*Pule.*

Seguro a mão dela.

— Fora do período em que você for minha submissa, quem sabe a gente pode experimentar. Não sei se vai dar certo. Não sei se consigo separar as coisas. Talvez não funcione. Mas estou disposto a tentar. Quem sabe uma noite por semana. Não sei.

Ela fica boquiaberta.

— Tenho uma condição.

— Qual? — pergunta Ana, com a respiração entrecortada.

— Que você aceite meu presente de formatura.

— Ah — diz ela, arregalando os olhos, indecisa.

— Vamos.

Coloco-a de pé, tiro meu casaco de couro e uso-o para cobrir seus ombros. Respiro fundo, abro a porta da frente e mostro o Audi A3 estacionado na rua.

— É para você. Parabéns.

Envolvo-a com os braços e beijo seu cabelo.

Quando a solto, ela olha perplexa para o carro.

*Tudo bem... ela poderia reagir de qualquer forma.*

Pegando sua mão, desço os degraus na sua frente e ela me acompanha como se estivesse em transe.

— Anastasia, aquele seu fusca é velho e, francamente, perigoso. Eu nunca me perdoaria se acontecesse alguma coisa com você quando é muito fácil fazer o que é certo...

Ela olha boquiaberta para o carro, sem conseguir falar nada.

*Merda.*

— Mencionei o presente para seu padrasto. Ele deu todo o apoio.

*Talvez eu esteja exagerando um pouco.*

Ela continua boquiaberta com o susto, quando se vira para me fuzilar com os olhos.

— Você mencionou isso para o Ray? Como *pôde*? — Ela está aborrecida. Muito aborrecida.

— É um presente, Anastasia. Você não pode simplesmente agradecer?

— Mas você sabe que é demais.

— Não, para mim, não é, não para minha paz de espírito.

*Vamos, Ana. Você quer mais. O preço é esse.*

Seus ombros murcham e ela se vira para mim, resignada, acho. Não é exatamente a reação que eu estava esperando. O rubor do champanhe desapareceu, e seu rosto está pálido outra vez.

— Fico feliz em aceitar este empréstimo, como o do laptop.

Balanço a cabeça. Por que ela é tão difícil? Nunca recebi essa reação a um carro de nenhuma das minhas submissas. Normalmente elas ficam encantadas.

— Tudo bem. Um empréstimo. Por tempo indeterminado — concordo com os dentes cerrados.

— Não, não por tempo indeterminado, mas por enquanto. Obrigada — diz ela baixinho, se esticando para me dar um beijo no rosto. — Obrigada pelo carro, senhor.

Aquela palavra. Da sua boca tão doce... Agarro-a e aperto seu corpo no meu, seu cabelo enrolando nos meus dedos.

— Você é uma mulher desafiadora, Ana Steele. — Beijo-a vigorosamente, abrindo seus lábios com a língua, e um instante depois, ela está respondendo, com ardor igual ao meu, a língua acariciando a minha. Meu corpo reage. E eu a quero. Aqui. Agora. Do lado de fora. — Estou usando todo meu autocontrole para não trepar com você no capô desse carro agora, só para você saber que é minha, e que, se eu quiser comprar a porra de um carro para você, eu compro. Agora vamos lá para dentro, quero deixá-la nua — resmungo.

Em seguida, a beijo mais uma vez, exigente e possessivo. Dando-lhe a mão, volto para o apartamento, batendo a porta atrás de nós e seguindo direto para o quarto dela. Ali, eu a solto e acendo a luz da cabeceira.

— Por favor, não fique zangado comigo — sussurra ela. Suas palavras diminuem minha raiva. — Peço desculpas pelo carro e pelos livros... — Ela para e passa a língua nos lábios. — Você me assusta quando está irritado.

*Merda.* Ninguém nunca me disse isso. Fecho os olhos. A última coisa que quero é amedrontá-la.

*Acalme-se, Grey.*

*Ela está aqui. Está em segurança. Está disposta. Não coloque tudo a perder só porque ela não entende como deve se comportar.*

Abro os olhos e deparo com Ana me observando, não com medo, e sim com expectativa.

— Vire de costas. Quero tirar esse vestido.

Ela obedece imediatamente.

*Boa garota.*

Tiro o casaco dos ombros dela e o jogo no chão, depois levanto seu cabelo do pescoço. O toque da sua pele macia sob o meu indicador me acalma. Como ela está sendo obediente, relaxo. Com a ponta do dedo, acompanho a linha da sua coluna até o início do zíper que une o chiffon cinza.

— Gosto desse vestido. Gosto de ver sua pele imaculada.

Enganchando o dedo nas costas do vestido, puxo-a para mais perto e ela enrubesce colada em mim. Encosto o rosto em seu cabelo e sinto seu perfume.

— Você tem um cheiro muito bom, Anastasia. Muito doce.

Como o outono.

Sua fragrância é reconfortante, me fazendo lembrar de uma época de abundância e felicidade. Ainda inspirando seu perfume delicioso, deslizo de leve meu nariz sobre ela, começando pela orelha, seguindo pelo pescoço até o ombro, beijando-a conforme vou descendo. Devagarinho, puxo o zíper do vestido e a beijo, lambendo e chupando sua pele até o outro ombro.

Ela estremece sob o meu toque.

*Ah, baby.*

— Você. Vai. Ter. Que. Aprender. A. Ficar. Parada — murmuro entre um beijo e outro, e solto sua frente única. O vestido cai aos seus pés.

— Sem sutiã, Srta. Steele. Gosto disso.

Esticando o braço, envolvo seus seios com as mãos e sinto seus mamilos endurecerem.

— Levante os braços e ponha-os em volta da minha cabeça — ordeno, meus lábios roçando em seu pescoço.

Ela obedece e seus seios empinam nas minhas mãos. Enrosca os dedos no meu cabelo, do jeito que eu gosto, e puxa.

*Ah... É tão gostoso.*

A cabeça dela pende para o lado e tiro proveito disso, beijando-a onde sua pulsação lateja embaixo da pele.

— Hum... — murmuro enquanto vou apreciando, puxando e brincando com seus mamilos.

Ela geme, arqueando as costas, empurrando mais ainda aqueles seios perfeitos para as minhas mãos.

— Faço você gozar assim?

O corpo dela arqueia mais um pouco.

— Você gosta disso, não é, Srta. Steele?

— Humm...

— Diga — insisto, prosseguindo com meu ataque sensual aos seus mamilos.

— Sim — sussurra ela.

— Sim o quê?

— Sim... senhor.

— Muito bem.

Belisco e torço com delicadeza, e seu corpo se curva convulsivamente na minha direção enquanto ela geme, as mãos puxando meu cabelo com mais força.

— Acho que você ainda não está pronta para gozar. — Paro de mexer as mãos, limitando-me a segurar seus seios, enquanto puxo o lóbulo da sua orelha com os dentes. — Além do mais, você me desagradou. Talvez eu não permita que você goze.

Aperto com firmeza seus seios e meus dedos devolvem minha atenção para seus mamilos, torcendo-os e puxando-os. Ela geme e roça a bunda na minha ereção. Desço as mãos até o seu quadril, seguro-a para que não se mexa e observo sua calcinha.

Algodão. Branco. Fácil.

Engancho os dedos no cós e estico ao máximo, depois enfio os polegares na costura atrás. A calcinha rasga na minha mão e a jogo aos pés de Ana.

Ela arqueja.

Contorno sua bunda com os dedos e enfio um deles em sua vagina.

Ela está molhada. Muito molhada.

— Ah, sim. Minha doce menina está pronta.

Giro seu corpo e enfio o dedo na minha boca.

*Hum. Salgadinha.*

— Você é gostosa, Srta. Steele.

Seus lábios se entreabrem e seus olhos escurecem de desejo. Acho que ela está um pouco chocada.

— Tire minha roupa. — Mantenho os olhos fixos nos dela. Ela inclina a cabeça, processando minha ordem, mas hesita. — Você consegue fazer isso — encorajo-a.

Ela levanta as mãos. De repente, acho que vai tocar em mim, mas não estou pronto. *Merda.*

Instintivamente, agarro suas mãos.

— Ah, não. A camisa não

Eu a quero por cima. Ainda não fizemos desse jeito, e ela pode perder o equilíbrio, por isso precisarei da camisa como proteção.

— Talvez você tenha que tocar em mim para o que já planejei.

Solto uma de suas mãos, mas coloco a outra em minha ereção, que está lutando para encontrar espaço dentro da minha calça jeans.

— Este é o efeito que você causa em mim, Srta. Steele.

Ela inspira, olhando para a própria mão. Então aperta os dedos em volta do meu pau e olha para mim com apreço.

Sorrio.

— Quero estar dentro de você. Tire minha calça. Você está no comando.

Ela fica boquiaberta.

— O que você vai fazer comigo? — Minha voz sai rouca.

Seu rosto se transforma, iluminando-se de alegria, e antes que eu consiga reagir, ela me empurra. Rio ao cair na cama, principalmente da bravata dela, mas também porque me tocou e não entrei em pânico. Ela tira meus sapatos, depois as meias, mas é desajeitada, lembrando-me da entrevista e de suas tentativas de configurar o gravador.

Observo-a com deleite. Excitado. Fico me perguntando o que ela vai fazer em seguida. Vai dar trabalho tirar minha calça enquanto estou deitado. Retirando os sapatos, ela sobe na cama, monta nas minhas coxas e enfia o dedo por baixo do cós da minha calça.

Fecho os olhos e ergo o quadril, curtindo essa Ana sem vergonha.

— Você vai ter que aprender a ficar parado — repreende ela, puxando meus pelos pubianos.

Ah! *Tão atrevida, madame.*

— Sim, Srta. Steele — murmuro entre os dentes. — No meu bolso, camisinha.

Seus olhos brilham com visível prazer e seus dedos remexem meus bolsos, chegando mais fundo, roçando minha ereção.

*Ah...*

Ana tira os dois invólucros de papel laminado e os joga na cama ao meu lado. Seus dedos canhestros alcançam o botão do meu cós e, após duas tentativas, ela o desabotoa.

Sua ingenuidade é cativante. É óbvio que nunca fez isso. Mais uma primeira vez... o que é excitante para cacete.

— Tão ávida, Srta. Steele — provoco.

Ela força meu zíper, puxa meu cós e me olha frustrada.

Eu me esforço para conter o riso.

*É, baby, como você vai me despir dessa calça agora?*

Arrastando-se pelas minhas pernas, ela puxa minha calça, concentradíssima, com uma expressão adorável. E decido ajudá-la.

— Não consigo ficar parado se você morder esse lábio — digo enquanto arqueio o quadril, erguendo-o da cama.

Ficando de joelhos, ela puxa minha calça e minha cueca e eu chuto as duas peças para o chão. Ela se senta na minha frente, observando meu pau e passando a língua nos lábios.

*Uau.*

Ela está sexy, o cabelo castanho caindo em ondas suaves em volta dos seios.

— Agora, o que vai fazer? — sussurro.

Ela olha para o meu rosto, estica o braço e me agarra com firmeza, apertando com força, o polegar roçando a ponta.

*Nossa.*

Ela se abaixa.

E estou em sua boca.

*Porra.*

Ela chupa com força. E meu corpo se contrai embaixo dela.

— Nossa, Ana, calma — sibilo entre os dentes.

Mas ela não demonstra piedade ao me chupar sem parar. *Porra.* Seu entusiasmo é irresistível. Sua língua sobe e desce, entro e saio de sua boca e vou para o fundo de sua garganta, seus lábios em volta de mim. É uma visão erótica avassaladora. Eu poderia gozar só de olhar para ela.

— Para, Ana, para. Não quero gozar.

Ela se senta, a boca úmida e os olhos, dois poços escuros, direcionados para mim.

— Sua inocência e seu entusiasmo são irresistíveis. — *Mas agora quero foder para poder vê-la.* — Você por cima… é isso que a gente precisa fazer. Põe isso aqui.

Coloco uma camisinha na mão dela. Ana a examina, espantada, depois abre o invólucro com os dentes.

Está ansiosa.

Tira a camisinha e olha para mim em busca de instruções.

— Segure a ponta e depois desenrole. Você não quer deixar ar nenhum na ponta desse troço.

Ela concorda com a cabeça e faz exatamente isso, absorta na tarefa, muito concentrada, a língua despontando entre os lábios.

— Nossa, você está me matando, Anastasia — digo, com os dentes cerrados.

Quando termina, ela recua e admira seu trabalho, ou a mim, não sei direito, mas não me interessa.

— Agora. Quero ser enterrado em você. — Eu me sento de repente para ficarmos frente a frente, surpreendendo-a. — Assim — sussurro.

Passando o braço em volta dela, levanto-a. Com a outra mão, posiciono meu pau e a coloco devagarinho em mim.

Fico sem fôlego quando ela fecha os olhos e geme ruidosamente de prazer.

— Está certo, baby, me sinta inteiro.

*Ela. É. Tão. Gostosa.*

Seguro-a, deixando que se acostume ao meu toque. Desse jeito. Dentro dela.

— Assim, vai fundo. — Minha voz sai rouca enquanto mexo a pélvis, penetrando-a mais fundo.

Sua cabeça se inclina e ela geme.

— De novo — sussurra ela.

E abre os olhos que estão ardendo de desejo. Lascivos. Querendo. Adoro o fato de ela adorar isso. Obedeço e Ana geme de novo, jogando a cabeça para trás, o cabelo caindo bagunçado sobre seus ombros. Devagar, reclino-me na cama para assistir ao espetáculo.

— Mexa, Anastasia, mexa o quanto quiser. Segure minhas mãos.

Eu as estendo e ela as agarra, firmando-se em cima de mim. Lentamente, ela sobe e depois desce de volta em mim.

Minha respiração sai entrecortada enquanto me contenho. Ela sobe de novo e dessa vez ergo o quadril para encontrá-la assim que ela desce.

*Ah, sim.*

Fechando os olhos, saboreio cada delicioso centímetro dela. Juntos, encontramos nosso ritmo com ela montada em mim. Repetidamente. Ana está fantástica: os seios e o cabelo balançando, a boca relaxada enquanto ela absorve cada pontada de prazer.

Seus olhos encontram os meus, cheios de necessidade carnal e fascínio. Nossa, ela é linda.

Ana grita quando seu corpo assume o comando. Ela está quase lá, então aperto mais suas mãos, e ela explode em volta de mim. Agarro seu quadril, segurando-a enquanto ela grita incoerentemente durante o orgasmo. Então seguro seu quadril com mais firmeza e me entrego ao silêncio, explodindo dentro dela.

Ela desaba no meu peito e fico deitado, ofegante, embaixo dela.

*Nossa, ela é boa em trepar.*

Ficamos deitados juntos por um tempo e o peso dela me conforta. Ana se agita e esfrega o nariz em mim por cima da camisa, depois espalma a mão no meu peito.

A escuridão desliza com rapidez e intensidade por meu peito, minha garganta, ameaçando me sufocar e me engasgar.

*Não. Não me toque.*

Agarro sua mão e beijo os nós dos seus dedos, rolando para cima dela, sem deixar que me toque mais.

— Não — peço, e beijo seus lábios enquanto sufoco o medo.

— Por que você não gosta de ser tocado?

— Porque sou cinquenta vezes fodido, de cinquenta maneiras, cinquenta tons diferentes, Anastasia.

Após vários anos de terapia, essa é a única coisa que sei que é verdade.

Seus olhos se arregalam, inquisitivos. Ela está sedenta por mais informações. Mas não precisa saber dessa merda.

— Tive um começo de vida muito duro. Não quero sobrecarregar você com os detalhes. Só não faça. — Esfrego meu nariz com delicadeza no de Ana e, saindo de dentro dela, me sento, tiro a camisinha e a jogo ao lado da cama. — Acho que já percorremos todos os pontos básicos. Que tal?

Por um momento, ela parece distraída, então, inclina a cabeça para o lado e sorri.

— Se você acha que acreditei que você me cedeu o controle, bem, então você não levou em conta minhas boas notas. Mas obrigada pela ilusão.

— Srta. Steele, você não é só um rosto bonito. Você já teve seis orgasmos e todos eles pertencem a mim.

Por que esse simples fato me deixa feliz?

Ela desvia os olhos para o teto e uma fugaz expressão de culpa surge em seu rosto.

*O que é isso?*

— Você tem alguma coisa para me contar? — pergunto.

Ela hesita.

— Eu tive um sonho hoje de manhã.

— É?

— Gozei dormindo.

Ela tapa os olhos com o braço, escondendo-se de mim, envergonhada. Fico chocado com a confissão dela, mas excitado e encantado também.

*Como ela é sensual...*

Ana olha por cima do braço. Será que esperava que eu ficasse bravo?

— Dormindo? — esclareço.

— Quando gozei, acordei — murmura ela.

— Tenho certeza que acordou. — Fico fascinado. — Estava sonhando com o quê?

— Com você — responde baixinho.

*Comigo!*

— O que eu estava fazendo?

Ela volta a se esconder com o braço.

— Anastasia, o que eu estava fazendo? Não vou perguntar de novo.

Por que ela está tão envergonhada? O fato de ter sonhado comigo é... cativante.

— Você estava com um chicote de montaria — murmura.

Mexo o braço dela para poder ver seu rosto.

— É mesmo?

— É.

O rosto dela está vermelho. A pesquisa deve estar afetando-a, num bom sentido. Sorrio para ela.

— Ainda há esperança para você. Tenho vários chicotes de montaria.

— De couro marrom trançado? — Há um tom de otimismo discreto em sua voz.

Rio.

— Não, mas garanto que poderia arranjar um.

Dou-lhe um beijo rápido e fico de pé para me vestir. Ana faz o mesmo, colocando uma calça de moletom e uma blusa de alcinha. Pegando a camisinha no chão, faço um nó depressa. Agora que concordou em ser minha, ela precisa de anticoncepcional. Toda vestida, Ana se senta com as pernas cruzadas na cama enquanto pego minha calça.

— Quando você vai ficar menstruada? — pergunto. — Odeio usar essas coisas.

Mostro a camisinha com o nó e visto a calça. Ela fica perplexa.

— Quando? — insisto.

— Semana que vem — responde ela, com as bochechas coradas.

— Você precisa arranjar um anticoncepcional.

Eu me sento na cama para calçar as meias e os sapatos. Ela não diz nada.

— Você tem uma consulta médica marcada? — pergunto. Ela nega com a cabeça. — Posso marcar para você na sua casa. Domingo de manhã, antes de você ir me ver. Ou pode ser na minha. O que prefere?

Tenho certeza de que o Dr. Baxter atenderá em casa se eu pedir, apesar de fazer algum tempo que não o vejo.

— Na sua casa.

— Tudo bem. Eu aviso o horário.

— Você está indo embora?

Ela parece surpresa com isso.

— Estou.

— Como você vai voltar? — pergunta ela.

— Taylor vem me pegar.

— Posso levá-lo de carro. Tenho um carro lindo.

As coisas estão melhorando. Ela aceitou o carro como devia, mas, depois de tomar todo aquele champanhe, não deve dirigir.

— Mas acho que você bebeu demais.

— Você me deixou bêbada de propósito?

— Deixei.

— Por quê?

— Porque você pensa demais, e é reticente como seu padrasto. Com uma gota de vinho você já desanda a falar, e preciso que se comunique honestamente comigo. Do contrário, você se fecha e não tenho ideia do que está pensando. *In vino veritas*, Anastasia.

— E você acha que é sempre honesto comigo?

— Eu me esforço para ser. Isso só vai funcionar se formos honestos um com o outro.

— Eu gostaria que você ficasse e usasse isto.

Ela pega a outra camisinha e a mostra para mim.

*Administre as expectativas dela, Grey.*

— Já saí vezes demais da linha aqui hoje. Tenho que ir. Vejo você no domingo. — Levanto-me. — Vou mandar preparar o contrato revisto, e aí a gente pode realmente começar a brincadeira.

— Brincadeira? — grunhiu ela.

— Eu gostaria de fazer uma cena com você. Mas não quero que seja antes de você assinar, e eu saber que está preparada.

— Ah, então posso prolongar isso se não assinar?

*Merda.* Eu não tinha pensado nessa possibilidade.

Ela ergue o queixo me desafiando.

*Ah... Ficando por cima de novo.* Ela sempre encontra um jeito.

— Bem, acho que sim, mas talvez eu não aguente a pressão e estoure.

— Estoure? Como? — pergunta ela, os olhos intensos e curiosos.

— A coisa pode ficar muito feia — brinco, estreitando os olhos.

— Feia como? — O sorriso dela é do tamanho do meu.

— Ah, você sabe, explosões, perseguição de carro, sequestro, cárcere privado.

— Você me sequestraria?

— Ah, sim.

— E me prenderia contra minha vontade?

*Mas que ideia interessante.*

— Ah, sim. E estamos falando de TTP 24/7.

— Não estou entendendo — diz ela, perplexa e um pouco ofegante.

— Total Troca de Poder, dia e noite. — Minha cabeça gira quando penso nas possibilidades. Ela está curiosa. — Portanto, você não tem escolha — acrescento num tom brincalhão.

— É claro. — Seu tom de voz é sarcástico e ela revira os olhos para cima, talvez procurando uma inspiração divina para entender meu senso de humor.

*Ah, que alegria.*

— Ah, Anastasia Steele, será que você acabou de revirar os olhos para mim?

— Não!

— Acho que revirou. O que eu disse que faria com você se tornasse a revirar os olhos para mim? — Minhas palavras pairam entre nós e me sento de volta na cama. — Vem cá.

Ela me encara por um instante, ficando pálida.

— Ainda não assinei — diz baixinho.

— Eu disse o que faria. Sou um homem de palavra. Vou lhe dar uma surra, e então vou foder você bem depressa e com bastante força. Parece que vamos precisar daquela camisinha, afinal.

Será que ela vai assinar? Ou não? Já chega. Prova o que ela é capaz de fazer ou não. Observo-a, impassível, aguardando sua decisão. Se disser não, significa que concorda em ser minha submissa só da boca para fora.

E então tudo estará terminado.

*Faça a escolha certa, Ana.*

Sua expressão é séria, seus olhos estão arregalados, e acho que ela está considerando os prós e os contras da sua decisão.

— Estou esperando — murmuro. — Não sou um homem paciente.

Respirando fundo, ela estica as pernas, se arrasta até mim e disfarço meu alívio.

— Muito bem. Agora, levante-se.

Ela obedece, e lhe ofereço minha mão. Ana põe a camisinha na palma, agarro a mão dela e puxo-a bruscamente até o meu joelho esquerdo, deixando a cabeça, os ombros e o peito dela apoiados na cama. Passo a perna direita por cima das dela, imobilizando-a. Queria fazer isso desde que ela me perguntou se eu era gay.

— Coloque as mãos na cabeça — ordeno, e ela obedece imediatamente. — Por que estou fazendo isso, Anastasia?

— Porque revirei os olhos para você — diz ela com um suspiro rouco.

— Acha que essa é uma atitude educada?

— Não.

— Vai fazer de novo?

— Não.

— Vou lhe dar uma surra toda vez que fizer isso, entendeu?

Vou apreciar este momento. Outra primeira vez.

Com muito cuidado — deliciando-me com a façanha — abaixo sua calça. Seu belo traseiro está despido e pronto para mim. Quando coloco a mão na sua bunda, ela contrai todos os músculos do corpo... em expectativa. Sua pele é macia ao toque, e passo as mãos pelas nádegas, acariciando cada uma. Ela tem uma bunda linda, linda. E vou deixá-la cor-de-rosa... como o champanhe.

Ergo a mão e dou uma palmada, com força, bem acima da junção das coxas.

Ela arqueja e tenta se levantar, mas eu a contenho com a outra mão na parte de cima de suas costas, e suavizo a região em que acabei de bater com uma carícia lenta e delicada.

Ela fica imóvel.

Arfando.

Na expectativa.

*Sim. Vou fazer isso de novo.*

Bato uma, duas, três vezes.

Ela contrai o rosto de dor, os olhos bem fechados. Não me pede para parar, embora esteja se contorcendo embaixo de mim.

— Fique quieta, senão não vou parar de bater — aviso.

Esfrego sua pele macia e recomeço, alternando: lado esquerdo, lado direito, meio.

Ela grita. Mas não mexe os braços nem me pede para parar.

— Só estou me aquecendo. — Minha voz sai rouca.

Dou outra palmada, e passo o dedo pela marca cor-de-rosa que minha mão deixou em sua pele. Sua bunda está ficando bastante colorida. Está gloriosa.

Dou mais uma palmada.

E ela grita de novo.

— Ninguém vai ouvir você, baby, só eu.

Eu a espanco repetidamente — seguindo o mesmo padrão: lado esquerdo, lado direito, meio — e ela grita toda vez. Ao completar dezoito, paro. Estou ofegante, minha palma dói e meu pau está duro.

— Chega — digo com a voz áspera, tentando recuperar o fôlego. — Muito bem, Anastasia. Agora vou foder você.

Afago seu traseiro cor-de-rosa delicadamente com movimentos circulares, até chegar lá embaixo. Ela está molhada.

E meu corpo se retesa ainda mais.

Enfio dois dedos em sua vagina.

— Está sentindo? Está vendo quanto seu corpo gosta disso, Anastasia? Você está toda molhada só para mim.

Deslizo os dedos para dentro e para fora e ela geme, seu corpo se enroscando com cada estímulo e sua respiração se acelerando.

Retiro os dedos.

Eu a quero. Agora.

— Da próxima vez farei você contar. Onde está aquela camisinha?

Pego o preservativo ao lado de sua cabeça, delicadamente a tiro do meu colo e a coloco na cama, de bruços. Desabotoando a braguilha, não me dou o trabalho de tirar minha calça jeans, e abro o invólucro rapidinho, colocando a camisinha com agilidade e eficiência. Levanto seu quadril, até ela ficar de joelhos, com aquela bunda rosada em toda a sua glória empinada, enquanto estou em pé atrás dela.

— Vou comer você agora. Pode gozar — resmungo, acariciando seu traseiro e segurando meu pau. Metendo de uma vez só, estou dentro dela.

Ela geme enquanto me mexo. Para dentro. Para fora. Para dentro. Para fora. Penetro-a com força, observando meu pau desaparecer embaixo daquele traseiro cor-de-rosa.

Com a boca bem aberta, ela grunhe e geme com cada estocada, seus gritos ficando cada vez mais altos.

*Vai, Ana, vai.*

Ela contrai o corpo e grita muito ao gozar.

— Ah, Ana!

Acompanho-a no êxtase enquanto gozo dentro dela e perco a noção de tudo.

Desabo ao seu lado, puxo-a para cima de mim, envolvo-a nos meus braços e murmuro em seu cabelo:

— Ah, baby. Bem-vinda ao meu mundo.

O peso dela me ancora, e ela não tenta tocar meu peito. Seus olhos estão fechados e sua respiração vai voltando ao normal. Afago seu cabelo. É macio, de uma cor de mogno intensa, brilhando à luz da sua cabeceira. Ela tem cheiro de Ana, maçã e sexo. É embriagador.

— Muito bem, baby.

Ela não está chorando. Fez o que lhe pedi. Enfrentou cada desafio que impus. Ana é realmente notável. Puxo a alça fina da sua camiseta barata.

— É com isso que você dorme?

— É. — Ela parece sonolenta.

— Você devia estar vestida de seda e cetim, menina linda. Vou levá-la para fazer compras.

— Gosto do meu moletom — retruca ela.

Claro que gosta. Beijo seu cabelo.

— Vamos ver.

Fecho os olhos e relaxo em nosso momento de tranquilidade, uma satisfação estranha me aquecendo, me preenchendo por dentro.

Isso parece certo. *Certo demais.*

— Tenho que ir — murmuro, beijando sua testa. — Você está bem?

— Estou bem — diz ela, parecendo um pouco contida.

Devagarinho, rolo de debaixo dela e me levanto.

— Onde é o banheiro? — pergunto, retirando a camisinha usada e fechando o zíper da minha calça jeans.

— No fim do corredor à esquerda.

No banheiro, jogo as camisinhas no lixo e encontro um vidro de óleo de bebê na prateleira.

É disso que preciso.

Ela está vestida quando volto, evitando meu olhar. *Por que tão tímida de repente?*

— Encontrei um óleo de bebê. Deixe eu passar um pouco em você.

— Não. Vou ficar bem — diz ela, olhando para os próprios dedos, ainda evitando fazer contato visual.

— Anastasia — chamo em tom de aviso.

*Por favor, limite-se a obedecer.*

Sento-me atrás dela e abaixo sua calça. Esfrego com ternura seu traseiro machucado com o óleo que derramei na mão.

Ela põe as mãos no quadril numa postura obstinada, mas fica quieta.

— Gosto das minhas mãos em você — confesso em voz alta para mim mesmo. — Pronto. — Levanto a calça dela. — Já vou indo.

— Acompanho você até a porta — diz ela baixinho, dando um passo para o lado.

Dou a mão para ela e a solto com relutância quando chegamos à porta da frente. Uma parte de mim não quer ir embora.

— Não tem que ligar para o Taylor? — pergunta ela, os olhos fixos no zíper do meu casaco de couro.

— Taylor está aqui desde as nove. Olhe para mim.

Grandes olhos azuis me encaram através de longos cílios escuros.

— Você não chorou. — Minha voz sai baixa.

*E me deixou bater em você. Você é incrível.*

Agarro-a e dou um beijo nela, colocando minha gratidão no beijo e segurando-a junto de mim.

— Domingo — murmuro, febril, em seus lábios.

Solto-a bruscamente antes de me sentir tentado a perguntar se posso ficar, e sigo até onde Taylor está esperando no SUV. Uma vez dentro do carro, olho para trás, porém, ela não está mais lá. Deve estar cansada… assim como eu.

*Agradavelmente cansada.*

Esta deve ter sido a conversa de "limites brandos" mais prazerosa que já tive.

*Droga, essa mulher é surpreendente.* Fechando os olhos, visualizo-a montando em mim, a cabeça inclinada para trás em êxtase. Ana não faz as coisas com frieza. Ela se entrega. E pensar que transou pela primeira vez semana passada.

*Comigo. E mais ninguém.*

Sorrio ao olhar pela janela do carro, mas tudo o que vejo é o meu rosto fantasmagórico refletido no vidro. Então fecho os olhos e me permito devanear.

Vai ser divertido treiná-la.

TAYLOR ME ACORDA DO cochilo.

— Chegamos, Sr. Grey.

— Obrigado — resmungo. — Tenho uma reunião de manhã.

— No hotel?

— Sim. Videoconferência. Não preciso do carro para ir a lugar nenhum. Mas gostaria de ir embora antes do almoço.

— A que horas gostaria que eu fizesse as malas?

— Às dez e meia.

— Está bem, senhor. O BlackBerry que o senhor pediu será entregue à Srta. Steele amanhã.

— Ótimo. A propósito, pode buscar o fusca velho dela amanhã e se livrar dele? Não quero a Srta. Steele dirigindo aquele carro.

— Claro. Tenho um amigo que restaura carros antigos. Pode ser que ele se interesse. Vou cuidar disso. Algo mais?

— Não, obrigado. Boa noite.

— Boa noite.

Deixo Taylor estacionar o SUV e subo para minha suíte.

Abro uma garrafa de água com gás do frigobar, sento-me à mesa e ligo o laptop.

Nenhum e-mail urgente.

Mas meu objetivo principal é dar boa noite a Ana.

---

**De:** Christian Grey
**Assunto:** Você
**Data:** 26 de maio de 2011 23:14
**Para:** Anastasia Steele

Cara Srta. Steele,
Você é simplesmente perfeita. A mulher mais linda, inteligente, espirituosa e corajosa que já conheci. Tome um Advil — isso não é uma exigência. E não dirija mais seu fusca. Eu ficarei sabendo.

Christian Grey
CEO, Grey Enterprises Holdings, Inc.

Ela deve estar dormindo, mas deixo o laptop aberto por via das dúvidas e verifico meus e-mails. Pouco depois, chega sua resposta.

---

**De:** Anastasia Steele
**Assunto:** Lisonjas
**Data:** 26 de maio de 2011 23:20
**Para:** Christian Grey

Caro Sr. Grey,

Lisonjas não vão levá-lo a lugar algum, mas, já que o senhor está *em toda parte*, não adianta discutir.

Precisarei levar meu fusca a uma oficina para vendê-lo — portanto não aceitarei seus disparates sobre esse assunto.

Vinho tinto é sempre preferível a Advil.

Ana

P.S.: Surra de vara é um limite RÍGIDO para mim.

Sua frase inicial me faz morrer de rir. *Ah, baby, não estive em todos os lugares que quero ir com você.* Vinho tinto depois de beber champanhe? Não é uma mistura inteligente, e surra de vara está fora da lista. Ao escrever minha resposta, me pergunto a que mais ela vai fazer objeção.

---

**De:** Christian Grey
**Assunto:** Mulheres frustrantes que não conseguem aceitar elogios
**Data:** 26 de maio de 2011 23:26
**Para:** Anastasia Steele

Cara Srta. Steele,

Não a estou lisonjeando. Você devia ir se deitar.

Aceito seu acréscimo aos limites rígidos.

Não beba demais.

Taylor venderá seu carro e conseguirá um bom preço por ele, também.

Christian Grey
CEO, Grey Enterprises Holdings, Inc.

Espero que ela já tenha ido se deitar.

---

**De:** Anastasia Steele
**Assunto:** Taylor — Ele é o homem certo para a função?
**Data:** 26 de maio de 2011 23:40
**Para:** Christian Grey

Prezado Senhor,

Estou intrigada com o fato de que esteja disposto a correr o risco de deixar seu braço direito, mas não a mulher com quem você fode de vez em quando, dirigir meu carro. Como posso ter certeza de que Taylor é o homem que vai conseguir o melhor preço pelo referido carro? No passado, provavelmente antes de conhecê-lo, eu era famosa por conseguir me dar bem nos negócios.

Ana

*Que porra é essa? A mulher com quem eu fodo de vez em quando?*

Tenho que respirar fundo. A resposta dela me irrita... não, me enfurece. Como se *atreve* a falar dela mesma desse jeito? Como minha submissa, ela será muito mais do que isso. Eu serei dedicado a ela. Não se deu conta disso?

E ela foi dura na negociação. *Nossa!* Olhe todas as concessões que já fiz no contrato.

Conto até dez e, para me acalmar, visualizo-me a bordo do *The Grace*, meu catamarã, velejando pelo Estreito.

Flynn ficaria orgulhoso.

Respondo.

---

**De:** Christian Grey

**Assunto:** Cuidado!

**Data:** 26 de maio de 2011 23:44

**Para:** Anastasia Steele

Cara Srta. Steele,

Estou presumindo que esta conversa seja efeito do VINHO TINTO, e que tenha tido um dia muito longo.

Mas estou tentado a voltar aí para garantir que passe a semana sem conseguir se sentar.

Taylor é ex-militar e sabe dirigir qualquer veículo, desde uma motocicleta até um tanque Sherman. Seu carro não oferece risco para ele.

Agora, por favor, não se refira à sua pessoa como "a mulher com quem eu fodo de vez em quando", porque, com muita franqueza, isso me deixa LOUCO, e você realmente não iria gostar de mim quando estou zangado.

Christian Grey

CEO, Grey Enterprises Holdings, Inc.

Expiro lentamente, regulando meus batimentos cardíacos. Quem mais no mundo tem a habilidade de me irritar desse jeito?

Ela não escreve imediatamente. Talvez esteja intimidada com minha resposta. Pego meu livro, mas logo me dou conta de que já li o mesmo parágrafo três vezes enquanto aguardo o e-mail dela. Ergo os olhos pela enésima vez.

---

**De:** Anastasia Steele
**Assunto:** Cuidado você
**Data:** 26 de maio de 2011 23:57
**Para:** Christian Grey

Prezado Sr. Grey,
Não sei ao certo se gosto do senhor, sobretudo no presente momento.

Srta. Steele

Fico olhando fixo para a resposta dela, e toda a minha raiva se esvai, sendo substituída por uma crise de ansiedade.

*Merda.*

Ela está dizendo que está tudo acabado entre nós?

## SEXTA-FEIRA, 27 DE MAIO DE 2011

---

**De:** Christian Grey
**Assunto:** Cuidado você
**Data:** 27 de maio de 2011 00:03
**Para:** Anastasia Steele

Por que não gosta de mim?

Christian Grey
CEO, Grey Enterprises Holdings, Inc.

Levanto-me e abro outra garrafa de água com gás.
E espero.

---

**De:** Anastasia Steele
**Assunto:** Cuidado você
**Data:** 27 de maio de 2011 00:09
**Para:** Christian Grey

Porque o senhor nunca fica comigo.

Seis palavras.
Seis palavrinhas que fazem meu couro cabeludo coçar.
Eu disse a ela que não dormia com ninguém.
Mas hoje foi um dia e tanto.

Ana se formou na faculdade.

Ela aceitou.

Percorremos todos aqueles limites brandos que ela não conhecia. Trepamos. Eu lhe dei palmadas. Trepamos de novo.

*Merda.*

E, antes que eu consiga me conter, pego o ticket da garagem para o meu carro, um blazer e saio pela porta.

As ruas estão vazias, então chego à casa dela em vinte e três minutos.

Bato de leve na porta e Kavanagh abre.

— O que você acha que está fazendo aqui, porra? — grita ela, os olhos cheios de raiva.

*Nossa. Não é a recepção que eu esperava.*

— Vim ver Ana.

— Bem, você não pode!

Kavanagh está de pé com os braços cruzados e as pernas escoradas na soleira da porta, feito uma gárgula.

Tento argumentar com ela.

— Mas preciso vê-la. Ela me mandou um e-mail.

*Saia da minha frente!*

— O que você fez com ela agora, porra?

— É isso que preciso descobrir.

Cerro os dentes.

— Desde que conheceu você, ela vive chorando.

— O quê?

Não consigo mais lidar com as merdas de Kavanagh, então passo por ela, entrando de uma vez.

— Você não pode entrar aqui!

Ela me segue, gritando feito uma harpia, enquanto sigo apressado pelo apartamento em direção ao quarto de Ana.

Abro a porta e acendo a luz. Ela está encolhida na cama, envolta no edredom. Seu nariz e seus olhos estão vermelhos e inchados, e ela mal os abre por causa da luz.

Já vi muitas vezes mulheres nesse estado, sobretudo depois de puni-las. Mas fico surpreso com o incômodo que sinto.

— Nossa, Ana.

Apago a luz do teto para que ela não tenha que estreitar os olhos e me sento na cama ao seu lado.

— O que você está fazendo aqui?

Ela está fungando. Acendo a luz da cabeceira.

— Quer que eu ponha esse babaca para fora? — grita Kate na soleira da porta.

*Vá se foder, Kavanagh.* Erguendo uma sobrancelha, finjo ignorá-la.

Ana nega com a cabeça, mas fixa os olhos chorosos em mim.

— Se precisar de mim, é só gritar — diz Kate para a amiga, como se Ana fosse uma criança. — Grey — continua, irritada, de forma que sou obrigado a olhar para ela. — Você está na minha lista negra e estou de olho em você.

Sua voz sai aguda e seus olhos brilham de fúria, mas não estou nem aí, porra.

Felizmente, ela vai embora, puxando a porta sem fechá-la. Verifico meu bolso interno e, mais uma vez, a Sra. Jones superou minhas expectativas. Tiro um lenço e o entrego a Ana.

— O que está acontecendo?

— Por que você está aqui? — Sua voz sai trêmula.

*Não sei.*

*Você disse que não gostava de mim.*

— Parte do meu papel é cuidar das suas necessidades. Você disse que queria que eu ficasse, portanto, estou aqui. — *Boa desculpa, Grey.* — E, no entanto, encontro você neste estado. — *Você não estava assim quando eu saí.* — Tenho certeza de que sou responsável por isso, mas não faço ideia do motivo. Foi porque bati em você?

Ela se senta com dificuldade e faz uma careta.

— Você tomou o Advil? — Como mandei?

Ela nega com a cabeça.

*Quando vai começar a obedecer?*

Vou atrás de Kavanagh, que está no sofá, irada.

— Ana está com dor de cabeça. Você tem Advil?

Ela ergue as sobrancelhas, surpresa, acho, pela minha preocupação com sua amiga. Lançando um olhar furioso para mim, ela se levanta e anda pesadamente até a cozinha. Após vasculhar algumas caixas, me entrega dois comprimidos e uma xícara com água.

De volta ao quarto, ofereço-os a Ana e me sento na cama.

— Tome esses comprimidos.

Ela obedece com um olhar apreensivo.

— Fale comigo. Você me disse que estava bem. Eu nunca teria ido embora se achasse que você estivesse desse jeito.

Distraída, ela brinca com um fio solto da colcha.

— Suponho que, quando disse que estava bem, você não estava.

— Achei que estivesse — admite ela.

— Anastasia, você não pode me dizer o que acha que eu quero ouvir. Isso não é muito honesto. Como posso acreditar em qualquer coisa que você já me disse?

Isso nunca vai funcionar se ela não for sincera comigo.

Esse pensamento me deprime.

*Fale comigo, Ana.*

— Como você se sentiu enquanto eu batia em você e depois de eu ter batido?

— Não gostei. Eu preferiria que você não fizesse isso de novo.

— Você não deveria gostar.

— Por que você gosta disso? — pergunta ela, com mais veemência na voz.

*Merda.* Não posso contar a ela.

— Quer mesmo saber?

— Ah, pode acreditar, estou muito interessada. — Agora está sendo sarcástica.

— Cuidado — aviso.

Ela fica pálida ao ver minha expressão.

— Vai me bater de novo?

— Não, hoje não.

*Acho que você já teve o suficiente.*

— Então?

Ela ainda quer uma resposta.

— Gosto do controle que isso me dá, Anastasia. Quero que você se comporte de um determinado jeito, e se você não se comportar, punirei você, e então aprenderá a se comportar do jeito que eu quero. Gosto de castigar. Quis dar uma surra em você desde que me perguntou se eu era gay.

*E não quero que revire os olhos para mim, nem que seja sarcástica.*

— Então você não gosta do jeito como eu sou — diz ela baixinho.

— Acho você encantadora do jeito que é.

— Então por que está tentando me mudar?

— Não quero mudar você. — *Deus me livre. Você é maravilhosa.* — Eu gostaria que você fosse gentil e seguisse as regras que lhe dei e não me desafiasse. Simples assim.

*Quero você segura.*

— Mas você quer me castigar?

— Quero.

— É isso que eu não entendo.

Suspiro.

— Eu sou assim, Anastasia. Preciso estar no controle. Preciso que você se comporte de determinada maneira, e, se você não fizer isso... — Minha mente se distrai. *Acho excitante, Ana. Você também achou. Não pode aceitar isso? Colocar você deitada nos meus joelhos... sentir sua bunda sob a palma da minha mão.* —

Adoro ver sua linda pele de alabastro ficar cor-de-rosa debaixo das minhas mãos. Isso me excita.

Só pensar nisso incita meu corpo.

— Então não é a dor que você me faz passar?

*Que droga.*

— Um pouco, para ver o que você aguenta. — Na verdade, tem muito a ver com isso, mas não quero mencionar agora. Se eu contar, ela vai me colocar para fora. — Mas não é só isso. É também pelo fato de você ser minha para eu fazer o que achar conveniente. Controle máximo sobre outra pessoa. E isso me excita. Muito, Anastasia.

Preciso lhe emprestar alguns livros sobre o que é ser submissa.

— Olha, não estou me explicando muito bem... Nunca tive que me explicar antes. Ainda não pensei nisso muito a fundo. Sempre estive com pessoas com a mesma mentalidade. — Faço uma pausa para verificar se ela ainda está me acompanhando. — E você ainda não respondeu à minha pergunta: como se sentiu depois?

Ela pisca.

— Confusa.

— Você ficou sexualmente muito excitada com isso, Anastasia.

*Tem uma aberração dentro de você, Ana. Sei disso.*

Fechando os olhos, lembro-me dela molhada e cheia de desejo em volta dos meus dedos depois das palmadas. Quando os abro, ela está olhando fixamente para mim, as pupilas dilatadas, a boca entreaberta... sua língua umedecendo o lábio superior. Ela também quer isso.

*Merda. De novo, não, Grey. Não quando ela está desse jeito.*

— Não me olhe assim — aviso, a voz áspera.

Ela ergue as sobrancelhas em resposta.

*Você sabe o que eu quis dizer, Ana.*

— Não tenho camisinha, Anastasia, e você está transtornada. Ao contrário do que sua amiga pensa, não sou um monstro. Então, você ficou confusa?

Ela permanece em silêncio.

*Caramba.*

— Você não tem problema em ser sincera comigo por escrito. Seus e-mails sempre me dizem exatamente como se sente. Por que não pode fazer isso quando conversamos pessoalmente? Será que eu a intimido tanto assim?

Ela remexe os dedos na colcha.

— Você me engana, Christian. Me perturba completamente. Sinto-me como Ícaro se aproximando muito do sol. — Sua voz sai baixa, mas transborda emoção.

Sua confissão me derruba, como se tivessem me dado um chute na cabeça.

— Bem, acho que é o contrário — sussurro.

— O quê?

— Ah, Anastasia, você me enfeitiçou. Não é óbvio?

*É por isso que estou aqui.*

Ela não está convencida.

*Ana. Acredite em mim.*

— Você ainda não respondeu à minha pergunta. Me escreva um e-mail, por favor. Mas, no momento, eu realmente gostaria de dormir. Posso ficar aqui?

— Quer ficar?

— Você me quis aqui.

— Você não respondeu à minha pergunta — insiste ela.

*Esta mulher é impossível.* Dirigi feito um louco para vir até aqui depois da porra da mensagem dela. Aí está sua resposta.

Resmungo que vou responder por e-mail. Não quero falar sobre isso. A conversa está encerrada.

Antes que eu possa mudar de ideia e voltar para o Heathman, fico de pé, esvazio os bolsos e tiro os sapatos, as meias e a calça. Pendurando o blazer na cadeira dela, subo na cama.

— Deite-se — ordeno.

Ela obedece e me apoio em um cotovelo, observando-a.

— Se vai chorar, chore na minha frente. Preciso saber.

— Quer que eu chore?

— Não especialmente. Só quero saber como você se sente. Não a quero escorregando por entre meus dedos. Apague a luz. Já é tarde, e nós dois temos que trabalhar amanhã.

Ela obedece.

— Deite-se de lado, de costas para mim.

*Não quero que você me toque.*

A cama afunda quando ela se mexe, e passo um braço em volta dela, puxando-a delicadamente na direção do meu corpo.

— Durma, baby — murmuro, sentindo o cheiro do seu cabelo.

*Caramba, como ela é cheirosa.*

Lelliot está correndo pela grama.

Está rindo. Alto.

Estou correndo atrás dele. Sorrindo.

Vou alcançá-lo.

Há pequenas árvores à nossa volta.

Árvores em miniatura repletas de maçãs.

Mamãe me deixa catar as maçãs.
Mamãe me deixa comer as maçãs.
Coloco as maçãs nos bolsos. Em todos os bolsos.
Escondo-as em meu casaco.
Maçãs têm um gosto bom.
Maçãs têm um cheiro bom.
Mamãe faz torta de maçã.
Torta de maçã e sorvete.
Fazem minha barriga feliz.
Escondo as maçãs nos sapatos. Escondo-as debaixo do meu travesseiro.
Há um homem. Vovô Trev-Trev-yan.
O nome dele é difícil. Difícil de dizer na minha cabeça.
Ele tem outro nome. Thi-o-dor.
Theodore é um nome engraçado.
As árvores em miniatura são dele.
Na casa dele. Onde ele mora.
Ele é o papai da mamãe.
Tem uma risada alta. E ombros largos.
E olhos alegres.
Ele corre para pegar Lelliot e eu.
*Você não consegue me pegar.*
Lelliot corre. Ele ri.
Eu corro. Pego ele.
E caímos na grama.
Ele está rindo.
As maçãs brilham ao sol.
E têm um gosto tão bom.
Hummm.
E têm um cheiro tão bom.
Tão, tão bom.
As maçãs caem.
Caem em cima de mim.
Eu me viro e elas atingem minhas costas, me machucando.
*Ai.*

Mas o aroma ainda está ali, doce e fresco.
*Ana.*

Quando abro os olhos, estou enroscado nela, nossos membros entrelaçados. Ela me olha com um sorriso meigo. Seu rosto não está mais vermelho nem inchado. Ana está radiante. Meu pau concorda e se enrijece para saudá-la.

— Bom dia. — Estou desorientado. — Nossa, você me atrai mesmo quando estou dormindo.

Espreguiçando-me, eu me desvencilho de Ana e olho ao redor. Estamos no quarto dela, claro. Seus olhos brilham com uma curiosidade ávida enquanto meu pau pressiona seu corpo.

— Humm... isso seria bom, mas acho que devíamos esperar até domingo.

Enfio a cabeça logo abaixo de sua orelha e me apoio no cotovelo.

Seu rosto está corado. Morno.

— Você está muito quente — adverte ela.

— Você também não está nada mal.

Sorrio e ergo o quadril, provocando-a com minha parte do corpo preferida. Ela tenta fazer uma expressão de reprovação, mas falha totalmente... está achando graça. Inclinando-me, dou-lhe um beijo.

— Dormiu bem? — pergunto. Ela assente. — Eu também.

Fico surpreso. Dormi realmente bem. Digo isso a ela. Nenhum pesadelo. Só sonhos...

— Que horas são? — pergunto.

— São sete e meia.

— Sete e meia... Merda!

Pulo da cama e começo a colocar minha calça jeans. Ela observa enquanto me visto, tentando reprimir uma risada.

— Você é uma péssima influência para mim — reclamo. — Tenho uma reunião. Preciso ir embora. Tenho que estar em Portland às oito. Está rindo de mim?

— Estou — admite ela.

— Estou atrasado, e nunca me atraso. Mais uma primeira vez, Srta. Steele.

Pego meu blazer, estico os braços e seguro sua cabeça com ambas as mãos.

— Domingo — sussurro, e a beijo.

Pego meu relógio, minha carteira e meu dinheiro na mesa de cabeceira. Em seguida, cato meus sapatos e vou em direção à porta.

— Taylor virá resolver o caso do seu fusca. Eu estava falando sério. Não saia nele. Vejo você no domingo. Aviso o horário por e-mail.

Deixo-a um pouco zonza e saio correndo do apartamento até o carro.

Calço os sapatos enquanto dirijo. Depois disso, piso no acelerador e evito o trânsito em direção a Portland. Vou ter que me reunir com os sócios da Eamon Kavanagh de calça jeans. Felizmente, a reunião é por videoconferência.

Entro apressado no meu quarto no Heathman e ligo o laptop: são oito e dois. *Merda.* Não fiz a barba, mas ajeito meu cabelo e aliso o blazer, e espero que não percebam que estou só com uma camiseta por baixo.

*Afinal, quem se importa, porra?*

Abro o aplicativo e Andrea está on-line, esperando por mim.

— Bom dia, Sr. Grey. O Sr. Kavanagh está atrasado, mas estão prontos para o senhor em Nova York e aqui em Seattle.

— Fred e Barney?

*Meus Flintstones.* Sorrio com esse pensamento.

— Sim, senhor. E Ros também.

— Ótimo. Obrigado.

Estou sem fôlego. Noto um breve olhar intrigado de Andrea e decido ignorá-lo.

— Pode pedir um bagel torrado com cream cheese e salmão defumado e um café preto para mim, por favor? Mande entregarem na minha suíte assim que possível.

— Sim, Sr. Grey. — Ela envia o link da conferência. — Aí vai, senhor — diz.

Clico no link... e entro.

— Bom dia.

Há dois executivos sentados a uma mesa de reunião em Nova York, ambos olhando com expectativa para a câmera. Ros, Barney e Fred estão em janelas diferentes.

Ao trabalho. Kavanagh diz que quer modernizar sua mídia digital em rede com conexões de fibra óptica de alta velocidade. A GEH pode fazer isso para eles, mas estão falando sério sobre a compra? É um grande investimento de uma só vez, mas tem um ótimo retorno a longo prazo.

Enquanto falamos, uma notificação de e-mail com um título impressionante surge no canto superior direito da tela. É de Ana. Da forma mais silenciosa possível, clico para abrir.

---

**De:** Anastasia Steele
**Assunto:** Ataque e agressão: As consequências
**Data:** 27 de maio de 2011 08:05
**Para:** Christian Grey

Caro Sr. Grey,

O senhor quis saber por que fiquei tão confusa depois que me — que eufemismo devemos usar? — espancou, puniu, bateu, atacou.

*Um pouco dramático demais, Srta. Steele. Você poderia ter dito não.*

Bem, durante todo o processo assustador, senti-me diminuída, degradada e abusada.

*Se você se sentiu assim, por que não me interrompeu? Temos as palavras de segurança.*

E, para minha aflição, o senhor estava certo, fiquei excitada, e isso foi inesperado.

*Eu sei. Ótimo. Finalmente você reconheceu.*

Como bem sabe, tudo que se relaciona a sexo é novidade para mim — eu gostaria de ser mais experiente e, portanto, mais preparada. Fiquei chocada por ter ficado excitada.

O que realmente me preocupou foi como me senti depois. E isso é mais difícil de expressar. Fiquei satisfeita por tê-lo deixado feliz, e aliviada pelo fato de não ter sido tão doloroso quanto achei que seria. E, depois, deitada em seus braços, senti-me saciada.

*Eu também, Ana, eu também...*

Mas fico muito incomodada, culpada até, por me sentir assim. Isso não combina comigo, e, portanto, estou confusa. Isso responde à sua pergunta?

Espero que o mundo das Fusões e Aquisições esteja mais estimulante que nunca... e que não tenha chegado muito atrasado.

Obrigada por ter ficado comigo.

Ana

Kavanagh se junta à conversa, se desculpando pelo atraso. Enquanto as apresentações são feitas, e Fred fala sobre o que a GEH pode oferecer, digito minha resposta para Ana. Espero que as pessoas do outro lado da tela achem que estou fazendo anotações.

---

**De:** Christian Grey
**Assunto:** Liberte seu espírito
**Data:** 27 de maio de 2011 08:24
**Para:** Anastasia Steele

Descrição interessante no assunto do e-mail... ainda que exagerada, Srta. Steele.

Respondendo às suas questões:

- Continuarei com as surras — essa é a palavra.
- Então, sentiu-se diminuída, degradada, abusada e atacada — isso é muito Tess Durbeyfield de sua parte. Creio que foi você que optou pela degradação, se bem me lembro. Você se sente realmente assim ou acha que deveria se sentir? Duas coisas muito diferentes. Se é assim que se sente, acha que poderia se limitar a tentar aproveitar esses sentimentos, enfrentá-los, por mim? É o que uma submissa faria.
- Estou agradecido pela sua inexperiência. Dou valor a ela, e ainda estou começando a entender o que significa. Simplificando... significa que você é minha em todos os aspectos.
- Sim, você ficou excitada, o que, por sua vez, foi muito excitante, não há nada de errado com isso.
- Feliz está longe de começar a dar a ideia de como eu me senti. Êxtase arrebatador chega perto.
- Uma surra de castigo dói mais do que uma surra sensual — portanto não vai ser muito mais forte que isso, a menos, claro, que você cometa uma transgressão importante, e, nesse caso, usarei algum implemento para puni-la. Minha mão ficou muito dolorida. Mas gosto disso.
- Eu também me senti saciado — mais do que você jamais poderia imaginar.
- Não gaste sua energia com culpa, remorso etc. Somos maiores de idade e o que fazemos entre quatro paredes fica entre nós. Você precisa libertar seu espírito e ouvir seu corpo.
- O mundo das F&A não é nem de longe tão estimulante quanto você, Srta. Steele.

Christian Grey
CEO, Grey Enterprises Holdings, Inc.

Sua resposta é quase imediata.

---

**De:** Anastasia Steele
**Assunto:** Maiores de idade!
**Data:** 27 de maio de 2011 08:26
**Para:** Christian Grey

Não está em reunião?
Muito bem feito que tenha ficado com a mão doendo.
E, se eu ouvisse meu corpo, agora eu estaria no Alasca.

Ana
P.S.: Vou pensar em aproveitar esses sentimentos.

*Alasca! Por favor, Srta. Steele.* Rio comigo mesmo e finjo estar absorto na conversa on-line. Há uma batida na porta e peço desculpas por interromper a conferência para deixar o serviço de quarto entrar com meu café da manhã. A Srta. Olhos Muito Escuros me recompensa com um sorriso sedutor quando assino a conta.

Voltando para a videoconferência, encontro Fred explicando a Kavanagh e a seus sócios como essa tecnologia vem sendo bem-sucedida com outra empresa que temos como cliente, a qual está tendo que lidar com opções.

— A tecnologia vai me ajudar com o mercado de capitais? — pergunta Kavanagh com um sorriso irônico.

Quando digo que Barney está trabalhando com afinco para desenvolver uma bola de cristal capaz de prever os preços, todos fazem a gentileza de rir.

Enquanto Fred discute um cronograma teórico para implementação e integração técnica, mando um e-mail para Ana.

---

**De:** Christian Grey
**Assunto:** Você não chamou a polícia
**Data:** 27 de maio de 2011 08:35
**Para:** Anastasia Steele

Srta. Steele,

Estou numa reunião discutindo o mercado futuro, se está mesmo interessada.

Para que fique registrado, você ficou ao meu lado sabendo o que eu ia fazer.

Em nenhum momento me pediu para parar — não usou nenhum dos códigos.

Você é maior de idade — tem opções.

Com muita franqueza, estou ansioso para ficar de novo com a mão ardendo.

Você obviamente não está ouvindo a parte certa do seu corpo.

O Alasca é muito frio, e não é lugar para fugir. Eu encontraria você.

Posso rastrear seu celular — lembra?

Vá para o trabalho.

Christian Grey
CEO, Grey Enterprises Holdings, Inc.

Fred está no meio de um discurso quando recebo a resposta de Ana.

---

**De:** Anastasia Steele
**Assunto:** Perseguidor
**Data:** 27 de maio de 2011 08:36
**Para:** Christian Grey

Já procurou terapia para sua propensão a perseguir os outros?

Ana

Contenho o riso. Ela é engraçada.

---

**De:** Christian Grey
**Assunto:** Perseguidor? Eu?
**Data:** 27 de maio de 2011 08:38
**Para:** Anastasia Steele

Pago ao eminente Dr. Flynn uma pequena fortuna por minha propensão a perseguição e outras tendências.
Vá para o trabalho.

Christian Grey
CEO, Grey Enterprises Holdings, Inc.

Por que ela ainda não foi para o trabalho? Vai chegar atrasada.

---

**De:** Anastasia Steele
**Assunto:** Charlatães caros
**Data:** 27 de maio de 2011 08:40
**Para:** Christian Grey

Permita-me humildemente sugerir que busque uma segunda opinião. Não sei ao certo se o Dr. Flynn é muito eficiente.

Srta. Steele

Putz, essa mulher é muito engraçada… e intuitiva. Flynn me cobra uma pequena fortuna por seus conselhos. Discretamente, digito uma resposta.

---

**De:** Christian Grey
**Assunto:** Segundas opiniões
**Data:** 27 de maio de 2011 08:43
**Para:** Anastasia Steele

Não que isso seja da sua conta, mas o Dr. Flynn é a segunda opinião.

Você terá que correr, no carro novo, arriscando-se desnecessariamente — acho que isso é contra as regras.

VÁ PARA O TRABALHO.

Christian Grey
CEO, Grey Enterprises Holdings, Inc.

Kavanagh me faz uma pergunta sobre garantia das opções. Informo a ele que compramos recentemente uma empresa que lida de maneira inovadora e dinâmica com fibras ópticas. Não digo que tenho dúvidas sobre o gerente, Lucas Woods. Ele vai embora, de qualquer forma. Com certeza vou demitir aquele imbecil, não importa o que Ros diz.

---

**De:** Anastasia Steele
**Assunto:** MAIÚSCULAS GRITANTES
**Data:** 27 de maio de 2011 08:47
**Para:** Christian Grey

Na qualidade de objeto de suas tendências perseguidoras, considero isso da minha conta, na verdade.

Ainda não assinei. Portanto, que se danem as regras! E só entro às 9h30.

Srta. Steele

MAIÚSCULAS GRITANTES. Adorei.
Respondo.

---

**De:** Christian Grey
**Assunto:** Linguística descritiva
**Data:** 27 de maio de 2011 08:49
**Para:** Anastasia Steele

"Que se danem?" Não é uma expressão muito educada.

Christian Grey
CEO, Grey Enterprises Holdings, Inc.

— Podemos continuar essa conversa ao vivo — diz Ros a Kavanagh. — Agora que temos uma ideia de suas necessidades e expectativas, vamos preparar uma proposta detalhada para você e nos reunir novamente na semana que vem para discuti-la.

— Ótimo — digo, tentando parecer envolvido.

Todos assentem, depois se despedem.

— Obrigado por ter nos dado a oportunidade de propor um orçamento, Eamon — dirijo-me a Kavanagh.

— Parece que vocês sabem do que precisamos — diz ele. — Foi ótimo ver você ontem. Tchau.

Todos desligam, menos Ros, que me olha fixamente como se eu tivesse duas cabeças.

O computador faz um barulho para avisar que chegou um e-mail de Ana na minha caixa de entrada.

— Espere aí, Ros. Preciso de uns minutinhos.

Tiro o volume dela.

Leio.

E caio na gargalhada.

---

**De:** Anastasia Steele
**Assunto:** Linguística descritiva
**Data:** 27 de maio de 2011 08:52
**Para:** Christian Grey

Para maníacos por controle e perseguidores, está ótimo.
E linguística descritiva é um limite rígido para mim.

Quer parar de me aborrecer agora?

Eu gostaria de ir para o trabalho no carro novo.

Ana

Digito uma resposta rápida.

---

**De:** Christian Grey
**Assunto:** Moças difíceis mas divertidas
**Data:** 27 de maio de 2011 08:56
**Para:** Anastasia Steele

Minha mão está começando a coçar.
Dirija com cuidado, Srta. Steele.

Christian Grey
CEO, Grey Enterprises Holdings, Inc.

Ros está com os olhos fixos em mim quando aumento o volume.

— O que foi isso, Christian?

— O quê? — digo, fingindo inocência.

— Você sabe o quê. Não marque uma maldita reunião quando obviamente não está interessado.

— Ficou tão óbvio assim?

— Ficou.

— Merda.

— É. Merda. Esse pode ser um contrato muito importante para nós.

— Eu sei. Eu sei. Desculpe. — Sorrio.

— Não sei o que tem dado em você ultimamente.

Ela balança a cabeça, mas percebo que está tentando esconder seu divertimento com exasperação.

— É o ar de Portland.

— Bem, quanto antes você voltar para cá, melhor.

— Vou voltar mais ou menos na hora do almoço. Enquanto isso, peça para Marco investigar todas as editoras de Seattle e ver se tem alguma pronta para aquisição.

— Você quer entrar no mercado editorial? — balbucia Ros. — Não é um setor com grande potencial de crescimento.

Ela provavelmente tem razão.

— Quero investigar. Só isso.

Ros suspira.

— Se você insiste... Vai passar no escritório essa tarde? Podemos conversar direito.

— Depende do trânsito.

— Vou pedir para Andrea marcar uma reunião, por via das dúvidas.

— Ótimo. Tchau por enquanto.

Fecho a videoconferência, depois ligo para Andrea.

— Sr. Grey.

— Ligue para o Dr. Baxter e peça para ele ir ao meu apartamento domingo, por volta de meio-dia. Se não estiver disponível, encontre um bom ginecologista. O melhor.

— Pode deixar, senhor — diz. — Mais alguma coisa?

— Sim. Qual é o nome daquela personal shopper que uso na Neiman Marcus do centro comercial Bravern?

— Caroline Acton.

— Pode me mandar o telefone dela por mensagem.

— Está bem.

— Vejo você à tarde.

— Sim, senhor.

Desligo.

Até o momento, a manhã foi bem interessante. Não consigo me lembrar de já ter tido uma troca de e-mails tão divertida assim. Olho para o laptop, mas não há nada novo. Ana deve estar no trabalho.

Passo as mãos pelo cabelo.

Ros percebeu como eu estava distraído durante aquela conversa.

*Merda, Grey. Controle-se.*

Engulo meu café da manhã de uma vez, bebo um pouco de café frio e vou até o quarto tomar banho e trocar de roupa. Até enquanto lavo o cabelo não consigo tirar aquela mulher da cabeça. Ana.

A *incrível* Ana.

A imagem dela quicando para cima e para baixo em cima de mim vem à tona. Ela deitada sobre meus joelhos, sua bunda cor-de-rosa, ela amarrada à cama, boquiaberta em êxtase. Caramba, como ela é gostosa. E hoje de manhã não foi tão ruim acordar ao lado dela, e eu dormi bem... muito bem.

*Maiúsculas gritantes.* Os e-mails dela me fazem rir. São divertidos. Ela é engraçada. Nunca soube que eu gostava disso em uma mulher. Vou ter que pensar no que vamos fazer domingo no meu quarto de jogos... algo divertido, alguma coisa nova para ela.

Enquanto faço a barba, tenho uma ideia e logo após me vestir volto para o laptop com a intenção de fazer uma busca na minha loja de brinquedos preferida. Preciso de um chicote de montaria de couro trançado marrom. Sorrio. Vou transformar os sonhos de Ana em realidade.

Após fazer a encomenda, volto aos e-mails de trabalho, energizado e produtivo, até que Taylor me interrompe.

— Bom dia, Taylor.

— Sr. Grey.

Ele faz um gesto com a cabeça e me olha com uma expressão intrigada. Então percebo que estou sorrindo porque voltei a pensar nos e-mails dela.

*Linguística descritiva é um limite rígido para mim.*

— Tive uma boa manhã — explico.

— Fico feliz em saber, senhor. Estou com a roupa da Srta. Steele da semana passada.

— Coloque com as minhas coisas.

— Sim, senhor.

— Obrigado.

Observo Taylor entrar no meu quarto. Até ele está percebendo o efeito Anastasia Steele. Meu telefone toca. É uma mensagem de Elliot.

Ainda está em Portland?

Sim. Mas vou embora daqui a pouco.

Estarei aí mais tarde. Vou ajudar as garotas com a mudança.
Pena que você não pode ficar.
Seria nosso primeiro ENCONTRO DUPLO desde que Ana tirou sua virgindade.

Vá se foder. Vou buscar Mia.

Preciso de detalhes, irmão. Kate não me conta nada.

Ótimo. Vá se foder. De novo.

— Sr. Grey — interrompe Taylor mais uma vez, com minha mala em mãos. — A entrega do BlackBerry foi feita.

— Obrigado.

Ele acena com a cabeça, e, quando vai embora, escrevo outro e-mail para a Srta. Steele.

---

**De:** Christian Grey
**Assunto:** BlackBerry EMPRESTADO
**Data:** 27 de maio de 2011 11:15
**Para:** Anastasia Steele

Preciso ter a possibilidade de entrar em contato com você a qualquer hora, e, uma vez que esta é sua forma de comunicação mais honesta, calculei que você precisava de um BlackBerry.

Christian Grey
CEO, Grey Enterprises Holdings, Inc.

*Quem sabe assim você vai atender esse celular quando eu ligar.*

Às onze e meia tenho outra conferência por telefone, com nosso diretor financeiro, para discutir as doações de caridade da GEH para o próximo trimestre. Isso leva quase uma hora e, quando termina, faço uma refeição leve no almoço e leio o resto da revista *Forbes*.

Quando dou a última garfada na salada, percebo que não tenho mais motivo algum para ficar no hotel. Está na hora de ir embora, mas estou relutante. No fundo, sei que é porque não verei Ana até domingo, a menos que ela mude de ideia.

*Porra. Espero que não.*

Afastando esse pensamento desagradável, começo a guardar minha papelada na bolsa a tiracolo e, indo pegar meu laptop, vejo que há um e-mail de Ana.

---

**De:** Anastasia Steele
**Assunto:** Consumismo levado à loucura
**Data:** 27 de maio de 2011 13:22
**Para:** Christian Grey

Acho que precisa ligar já para o Dr. Flynn.
Sua propensão à perseguição está desenfreada.

Estou no trabalho. Escreverei quando chegar em casa.

Obrigada por mais um aparelho.

Eu não estava errada quando disse que você era o consumidor supremo.

Por que faz isso?

Ana

Ela está me repreendendo! Respondo imediatamente.

---

**De:** Christian Grey
**Assunto:** Sagacidade de alguém tão jovem
**Data:** 27 de maio de 2011 13:24
**Para:** Anastasia Steele

Bom argumento, como sempre, Srta. Steele.
O Dr. Flynn está de férias.

E faço isso porque posso.

Christian Grey
CEO, Grey Enterprises Holdings, Inc.

Ela não responde de imediato, então guardo o laptop. Pegando a bolsa, desço até a recepção e faço o check-out. Enquanto aguardo meu carro, Andrea me liga para dizer que encontrou uma ginecologista que pode ir ao Escala no domingo.

— O nome dela é Dra. Greene e foi muito bem recomendada pelo seu médico, senhor.

— Ótimo.

— Ela tem a própria clínica em Northwest.

— Ok.

Aonde Andrea quer chegar com isso?

— Só tem uma coisa, senhor... ela cobra caro.

Dispenso sua preocupação.

— Andrea, quanto ela quiser está ótimo.

— Nesse caso, ela pode estar no seu apartamento à uma e meia no domingo.

— Ótimo. Pode confirmar.

— Pode deixar, Sr. Grey.

Desligo e fico tentado a telefonar para minha mãe e verificar as credenciais da Dra. Greene, já que as duas trabalham no mesmo hospital. Mas isso pode provocar muitas perguntas da parte de Grace.

Quando entro no carro, mando um e-mail para Ana dando detalhes sobre domingo.

---

**De:** Christian Grey
**Assunto:** Domingo
**Data:** 27 de maio de 2011 13:40
**Para:** Anastasia Steele

Vejo você às 13h no domingo?
A consulta médica está agendada para as 13h30 no Escala.

Estou indo agora para Seattle.

Espero que sua mudança corra bem, e estou ansioso para domingo chegar.

Christian Grey
CEO, Grey Enterprises Holdings, Inc.

*Certo*. Tudo pronto. Sigo pela estrada com o R8 e acelero em direção à I-5. Quando passo pela saída para Vancouver, fico inspirado. Decido ligar para Andrea no viva voz e peço que ela arranje um belo presente de boas-vindas para Ana e Kate.

— O que gostaria de mandar?

— Bollinger La Grande Année Rosé, 1999 vintage.

— Sim, senhor. Mais alguma coisa?

— Como assim, mais alguma coisa?

— Flores? Chocolates? Um balão?

— Balão?

— É.

— Que tipo de balão?

— Bem... eles têm de tudo.

— Ok. Boa ideia. Veja se consegue um balão em forma de helicóptero.

— Sim, senhor. E a mensagem no cartão?

— Senhoritas, boa sorte no novo lar. Christian Grey. Anotou?

— Sim. Qual é o endereço?

*Merda*. Não sei.

— Mando por mensagem hoje mais tarde ou amanhã. Está bem?

— Sim, senhor. Posso mandar entregar amanhã.

— Obrigado, Andrea.

— De nada.

Ela parece surpresa.

Desligo e piso no acelerador do R8.

CHEGO EM CASA ÀS seis e meia e meu humor, antes entusiasmado, piorou. Ainda não tive notícias de Ana. Escolho um par de abotoaduras na gaveta do armário e, enquanto dou o nó na gravata para o evento dessa noite, me pergunto se ela está bem. Disse que me avisaria quando chegasse em casa. Já liguei duas vezes, mas não tive resposta, e isso está começando a me irritar. Tento ligar novamente e desta vez deixo um recado.

— Acho que você precisa aprender a lidar com minha expectativa. Não sou um homem paciente. Se diz que vai entrar em contato comigo quando sair do trabalho, você deveria ter a decência de fazer isso. Do contrário, fico preocupado, e preocupação não é uma emoção que me seja familiar, e não a tolero muito bem. Ligue para mim.

Se ela não ligar, vou explodir daqui a pouco.

ESTOU SENTADO A UMA mesa com Whelan, meu banqueiro. Sou seu convidado em um evento beneficente para uma organização sem fins lucrativos que tem como objetivo sensibilizar o público sobre a pobreza global.

— Que bom que veio — diz Whelan.

— É por uma boa causa.

— E obrigado por sua contribuição generosa, Sr. Grey.

A esposa dele é entediante e fica empurrando na minha direção seus seios perfeitos e cirurgicamente aprimorados.

— Como eu disse, é por uma boa causa. — Dou-lhe um sorriso condescendente.

*Por que Ana ainda não retornou minhas ligações?*

Confiro o celular outra vez.

Nada.

Olho em torno da mesa para todos aqueles homens de meia-idade com suas segundas ou terceiras esposas-troféu. Deus me livre de ser assim algum dia.

Estou entediado. Seriamente entediado e seriamente puto.

*O que ela está fazendo?*

Será que eu poderia tê-la trazido aqui? Acho que ficaria muito entediada também. Quando a conversa na mesa aborda a atual situação econômica, decido que já ouvi demais. Pedindo licença, saio do salão e do hotel. O manobrista foi buscar meu carro e volto a ligar para Ana.

Nenhuma resposta.

Talvez agora que não estou lá ela não queira mais nada comigo.

Quando chego em casa, vou direto para o escritório e ligo o iMac.

---

**De:** Christian Grey
**Assunto:** Cadê você?
**Data:** 27 de maio de 2011 22:14
**Para:** Anastasia Steele

"*Estou no trabalho. Escreverei quando chegar em casa.*"
Você ainda está no trabalho ou já colocou o telefone, o BlackBerry e o MacBook na mala?

Ligue para mim, ou serei obrigado a ligar para Elliot.

Christian Grey
CEO, Grey Enterprises Holdings, Inc.

Olho pela janela e observo as águas escuras do Estuário. Por que me ofereci para buscar Mia? Eu poderia estar com Ana, ajudando-a a arrumar todas as suas tralhas, depois saindo para comer pizza com ela, Kate e Elliot… ou seja lá o que as pessoas normais fazem.

*Pelo amor de Deus, Grey.*

Esse não é você. *Controle-se.*

Ando a esmo pelo apartamento, meus passos ecoando na sala de estar, e o local parece dolorosamente vazio desde a última vez que estive aqui. Desfaço o nó da gravata-borboleta. Talvez quem esteja vazio seja eu. Sirvo um pouco de Armagnac para mim mesmo e olho de novo para a paisagem de Seattle em direção ao Estuário.

Está pensando em mim, Anastasia Steele? As luzes piscando em Seattle não me respondem.

Meu telefone toca.

Porra. Ainda bem. *Finalmente.* É ela.

— Oi.

Fico aliviado por Ana ter ligado.

— Oi — diz.

— Eu estava preocupado com você.

— Eu sei. Me desculpe por não ter respondido, mas estou bem.

*Bem? Eu gostaria de estar…*

— Sua noite foi agradável? — pergunto, controlando meu mau humor.

— Foi. Terminamos de embalar tudo e Kate e eu jantamos comida chinesa com José.

*Ah, isso está ficando cada vez melhor. Aquele fotógrafo de novo, porra.* Foi por isso que ela não ligou.

— E você? — indaga ela quando não respondo, e há um pingo de desespero em sua voz.

*Por quê? O que ela está escondendo?*

*Ah, pare de pensar demais, Grey!*

Suspiro.

— Fui a um jantar beneficente. Foi mortalmente chato. Saí assim que pude.

— Eu queria que você estivesse aqui — sussurra ela.

— Queria?

— Queria — diz ela com fervor.

*Ah.* Talvez tenha sentido minha falta.

— Então até domingo? — confirmo, tentando não revelar minha esperança na voz.

— É, até domingo — afirma ela, e acho que está sorrindo.

— Boa noite.

— Boa noite, senhor. — Sua voz sai rouca e me deixa sem ar.

— Boa sorte com sua mudança amanhã, Anastasia.

Ela fica na linha, respirando com suavidade. Por que não desliga? Não quer?

— Desliga você — sussurra.

Ela não quer desligar e meu humor melhora imediatamente. Sorrio para a vista de Seattle.

— Não, desliga você.

— Não quero.

— Nem eu.

— Você ficou muito zangado comigo? — pergunta ela.

— Fiquei.

— Ainda está?

— Não.

*Agora sei que você está em segurança.*

— Então não vai me castigar?

— Não. Sou de reagir na hora.

— Já notei — provoca ela, me fazendo sorrir.

— Pode desligar agora, Srta. Steele.

— Quer que eu faça isso mesmo, senhor?

— Vá se deitar, Anastasia.

— Sim, senhor.

Ela não desliga, e sei que está sorrindo. Meu humor melhora ainda mais.

— Algum dia acha que conseguirá fazer o que lhe mandam? — pergunto.

— Pode ser. Vamos ver depois de domingo — diz, sedutora que só ela, e a linha fica muda.

*Anastasia Steele, o que vou fazer com você?*

Na verdade, tenho uma ideia do que fazer, contanto que o chicote de montaria chegue a tempo. E com esse pensamento atraente, viro o resto do Armagnac e vou me deitar.

## SÁBADO, 28 DE MAIO DE 2011

— Christian! — grita Mia alegremente, correndo na minha direção e largando o carrinho com as malas.

Jogando os braços em torno do meu pescoço, ela me dá um forte abraço.

— Senti sua falta — diz ela.

— Também senti a sua.

Aperto seu braço em resposta. Ela se inclina para trás e me observa com olhos intensos e escuros.

— Você parece ótimo — comenta. — Me conte sobre essa garota!

— Vamos levar você e sua bagagem para casa primeiro.

Pego seu carrinho, que pesa uma tonelada, e saímos juntos do terminal do aeroporto em direção ao estacionamento.

— Então, como foi Paris? Pelo visto trouxe a maior parte para casa com você.

— *C'est incroyable!* — exclama ela. — Floubert, em compensação, era um cretino. *Nossa*. Que homem horrível. Uma porcaria de professor, mas um bom *chef*.

— Isso quer dizer que você vai cozinhar hoje à noite?

— Ah, eu estava torcendo para mamãe cozinhar.

Mia continua falando sem parar sobre Paris: seu quarto minúsculo, o encanamento, Sacré-Coeur, Montmartre, os parisienses, café, vinho tinto, queijo, moda, compras. Mas principalmente sobre moda e compras. E eu achei que Mia tinha ido a Paris para aprender a cozinhar.

Senti falta da sua tagarelice. É tranquilizadora e bem-vinda. Ela é a única pessoa que conheço que não me faz sentir... diferente.

— *Essa é sua irmãzinha, Christian. O nome dela é Mia.*

*Mamãe me deixa segurá-la. Ela é bem pequena. Tem um cabelo muito preto.*

*Ela sorri. Não tem dentes. Coloco a língua para fora. Ela tem uma risada animada.*
*Mamãe me deixa segurar o bebê de novo. O nome dela é Mia.*
*Eu a faço rir. Eu a seguro durante muito tempo. Ela está a salvo quando a seguro.*
*Elliot não está interessado em Mia. Ela baba e chora.*
*E ele franze o nariz quando ela faz cocô.*
*Quando Mia chora, Elliot a ignora. Eu a seguro durante muito tempo e ela para. Adormece no meu colo.*
*— Mi-a — sussurro.*
*— O que você disse? — pergunta mamãe, e seu rosto está branco feito giz.*
*— Mi-a.*
*— Sim. Sim. Meu menino querido. Mia. O nome dela é Mia.*
*E mamãe começa a derramar lágrimas de tanta felicidade.*

VIRO NA ENTRADA PARA carros, estaciono diante da porta da casa dos nossos pais, tiro a bagagem de Mia do porta-malas e carrego-a até o hall de entrada.

— Cadê todo mundo?

Mia está emburrada. A única pessoa presente é a empregada dos meus pais, uma estudante de intercâmbio, de quem não consigo lembrar o nome.

— Bem-vinda de volta — diz para Mia com seu inglês afetado, embora esteja me encarando com olhos arregalados.

*Ai, meu Deus. É só um rosto bonito, querida.*

Ignorando a empregada, respondo à pergunta de Mia.

— Acho que mamãe está de plantão e papai foi para um congresso. Afinal de contas, você voltou para casa uma semana antes.

— Eu não conseguia suportar Floubert por nem mais um minuto. Tinha que ir embora enquanto podia. Ah, comprei um presente para você.

Ela pega uma de suas malas, abre-a no corredor e começa a vasculhá-la.

— Ah!

Mia me entrega uma caixa quadrada pesada.

— Abra! — pede com um grande sorriso.

Ela é uma força irrefreável.

Abro cuidadosamente a caixa e lá dentro encontro um globo de neve com um piano de cauda preto coberto de purpurina. É a coisa mais *kitsch* que já vi na vida.

— É uma caixinha de música. Me dê aqui...

Ela pega a caixa da minha mão, dá uma boa sacudida e dá corda em uma pequena chave na parte debaixo. Uma versão cintilante de "La Marseillaise" começa a tocar em uma nuvem de purpurina multicolorida.

O que vou fazer com isso? Dou risada, porque isso é tão Mia.

— Que ótimo, Mia. Obrigado.

Eu a abraço e ela retribui.

— Eu sabia que ia fazer você rir.

Tem razão. Ela me conhece bem.

— Então, me conte sobre essa garota — pede.

Mas nós dois nos distraímos quando Grace entra correndo pela porta, me permitindo adiar o assunto enquanto mãe e filha se abraçam.

— Desculpe por não ter estado aqui para receber você, querida — diz Grace. — Eu estava de plantão. Você está tão adulta. Christian, pode levar as malas de Mia lá para cima? Gretchen vai lhe dar uma mãozinha.

*Sério? Virei bagageiro agora?*

— Está bem, mãe.

Reviro os olhos. Não preciso de Gretchen toda encantada comigo.

Depois de fazer o que me pedem, digo a elas que tenho horário marcado com meu personal trainer.

— Voltarei à noite.

Dou um beijo rápido nas duas e vou embora antes que me importunem com mais perguntas sobre Ana.

BASTILLE, MEU PERSONAL TRAINER, me faz dar duro. Hoje estamos praticando *kickboxing* na academia dele.

— Você ficou fraco em Portland, rapaz — zomba ele quando caio no tapete com seu chute circular.

Bastille é de uma escola de treinamento físico barra-pesada, o que me convém.

Fico de pé. Quero derrubá-lo. Mas ele tem razão, prevê todos os meus movimentos e não tenho progresso algum.

Quando terminamos, ele pergunta:

— Qual foi? Está distraído, cara.

— A vida, você sabe — respondo com certa indiferença.

— Sei. Você vai ficar em Seattle esta semana?

— Sim.

— Ótimo. Vamos dar um jeito em você.

DURANTE MINHA CORRIDA DE volta para o apartamento, me lembro do presente de boas-vindas para Ana. Então envio uma mensagem a Elliot.

Qual é o endereço de Ana e Kate?
Quero surpreendê-las com um presente.

Ele me responde com um endereço e o encaminho para Andrea. Enquanto estou no elevador, subindo até a cobertura, Andrea me manda uma mensagem.

Champanhe e balão enviados. A.

Taylor me entrega um pacote quando entro no apartamento.

— Isso chegou para o senhor, Sr. Grey.

*Ah, sim.* Reconheço o embrulho anônimo: é o chicote de montaria.

— Obrigado.

— A Sra. Jones disse que estaria de volta amanhã no fim da tarde.

— Ok. Acho que isso é tudo por hoje, Taylor.

— Está bem, senhor — diz ele com um sorriso educado, e volta para seu escritório.

Pego o chicote e vou até meu quarto. Essa será a introdução perfeita ao meu mundo: a própria Ana admitiu que não tem qualquer referência no que diz respeito a punição corporal, a não ser pelas palmadas que lhe dei naquela noite. O que a deixou excitada. Com o chicote, vou ter que ir com calma e fazer com que seja muito prazeroso.

*Muito prazeroso.* O chicote de montaria é perfeito. Vou provar a ela que o medo está em sua cabeça. Quando ela estiver à vontade com isso, poderemos seguir em frente.

*Espero que possamos...*

Vamos com calma. E só faremos o que ela conseguir suportar. Para isso funcionar temos que seguir o ritmo dela. Não o meu.

Dou mais uma olhada no chicote e o guardo no armário para o dia seguinte.

QUANDO ABRO MEU LAPTOP, o telefone toca. Espero que seja Ana, mas fico decepcionado ao ver que é Elena.

*Fiquei de ligar para ela?*

— Olá, Christian. Como você está?

— Bem, obrigado.

— Voltou de Portland?

— Voltei.

— Tem algum jantar chique essa noite?

— Hoje, não. Mia acabou de voltar de Paris e fui convocado para a casa dos meus pais.

— Ah. Por Mama Grey. Como ela está?

— Mama Grey? Está bem. Acho. Por quê? O que você sabe que eu não sei?

— Estava só perguntando, Christian. Não seja tão sensível.

— Ligo para você semana que vem. Quem sabe podemos jantar juntos.

— Ótimo. Faz tempo que você está sumido. E conheci uma mulher que acho que pode atender às suas necessidades.

*Eu também.*

Ignoro o comentário dela.

— Vejo você semana que vem. Tchau.

No banho, me pergunto se ter que correr atrás de Ana a deixou mais interessante... ou se a própria Ana já é assim.

O JANTAR FOI DIVERTIDO. Minha irmã está de volta, a princesa que sempre foi, tendo o resto da família apenas como seus criados, fazendo todas as suas vontades. Com todos os filhos em casa, Grace está muito feliz e até preparou a comida preferida de Mia: frango à milanesa com purê de batata e molho.

Para falar a verdade, é uma das minhas preferidas também.

— Conte sobre Anastasia — exige Mia quando nos sentamos à mesa da cozinha.

Elliot se recosta na cadeira e coloca as mãos atrás da cabeça.

— Preciso ouvir isso. Você sabia que ela desvirginou ele?

— Elliot! — repreende Grace, batendo nele com um pano de prato.

— Ai! — defende-se ele.

Reviro os olhos para todo mundo.

— Conheci uma garota. — Dou de ombros. — Fim da história.

— Você não pode dizer só isso! — retruca Mia, fazendo bico.

— Mia, acho que ele pode, sim. E acabou de fazer.

Carrick lança para ela um olhar de reprovação paternal por cima dos óculos.

— Vocês vão conhecê-la no jantar amanhã, não é, Christian? — diz Grace com um sorriso significativo.

*Ai, porra.*

— Kate vem — instiga Elliot.

*Seu agitador de merda.* Eu o fuzilo com o olhar.

— Mal posso esperar para conhecê-la. Ela parece ser o máximo!

Mia dá pulinhos na cadeira.

— É, é — resmungo, me perguntando se tem algum jeito de conseguir me livrar do jantar do dia seguinte.

— Elena andou perguntando por você, querido — diz Grace.

— Ah, é? — digo em um tom desinteressado, desenvolvido ao longo de anos de treino.

— Sim. Disse que não vê você há um tempo.

— Eu estava em Portland a trabalho. Falando nisso, eu devia ir... tenho uma reunião importante amanhã e preciso me preparar.

— Mas você não comeu a sobremesa. E é torta de maçã.

*Humm... tentador.* Mas se eu ficar vão me fazer inúmeras perguntas sobre Ana.

— Preciso ir. Tenho que trabalhar.

— Querido, você trabalha demais — comenta Grace, levantando-se da cadeira.

— Não se levante, mãe. Tenho certeza de que Elliot vai ajudar com a louça depois do jantar.

— O quê? — Elliot faz uma careta.

Dou uma piscadela para ele, me despeço e me viro para sair.

— Mas veremos você amanhã? — pergunta Grace, a voz cheia de esperança.

— Vamos ver.

*Merda.* Parece que Anastasia Steele vai conhecer minha família.

Não sei como me sinto em relação a isso.

# DOMINGO, 29 DE MAIO DE 2011

Com "Shake Your Hips", dos Rolling Stones, no volume máximo em meus ouvidos, corro pela Quarta Avenida e viro à direita na rua Vine. São seis e quarenta e cinco da manhã, e é uma grande descida até... o apartamento dela. Sou atraído para lá. Só quero ver onde ela mora.

*Para maníacos por controle e perseguidores, está ótimo.*

Dou um risinho para mim mesmo. Estou só correndo. É um país livre.

O prédio é de tijolo vermelho comum, com caixilhos de janelas verde-escuros típicos daquela área. Fica bem localizado, perto da interseção entre as ruas Vine e Western. Imagino Ana encolhida na cama debaixo do edredom e da colcha azul e creme.

Corro por vários quarteirões e viro no mercado, onde os vendedores estão se preparando para o trabalho. Desvio dos caminhões de frutas e legumes e também das vans refrigeradas que vieram entregar a pesca do dia. Esse é o coração da cidade: vibrante mesmo a esta hora de uma manhã fria e cinzenta. A água do Estuário tem um aspecto vítreo e cor de chumbo, combinando com o céu. Mas isso não tem nenhum efeito negativo no meu humor.

*Hoje é o dia.*

Depois do banho, visto minha calça jeans e uma camisa de linho e pego um elástico de cabelo na gaveta da cômoda. Coloco-o no bolso e sigo até o escritório para mandar um e-mail a Ana.

---

**De:** Christian Grey
**Assunto:** Minha vida em números
**Data:** 29 de maio de 2011 08:04
**Para:** Anastasia Steele

Se vier de carro, você precisará deste código de acesso à garagem subterrânea do Escala: 146963.
Estacione na vaga 5 — é uma das minhas.

Código do elevador: 1880

Christian Grey
CEO, Grey Enterprises Holdings, Inc.

Um instante depois, recebo uma resposta.

---

**De:** Anastasia Steele
**Assunto:** Uma safra excelente
**Data:** 29 de maio de 2011 08:08
**Para:** Christian Grey

Sim, senhor. Entendido.
Obrigada pelo champanhe e pelo Charlie Tango inflável, que está agora amarrado na minha cama.

Ana

Uma imagem de Ana amarrada à cama com minha gravata me vem à mente. Remexo-me na cadeira. Espero que ela tenha trazido aquela cama para Seattle.

---

**De:** Christian Grey
**Assunto:** Inveja
**Data:** 29 de maio de 2011 08:11
**Para:** Anastasia Steele

De nada.
Não se atrase.

Charlie Tango sortudo.

Christian Grey
CEO, Grey Enterprises Holdings, Inc.

Ela não responde, então vasculho a geladeira em busca de café da manhã. Gail deixou alguns croissants e, para o almoço, salada caesar com frango, o suficiente para duas pessoas. Espero que Ana coma isso. Não me importo em repetir a refeição dois dias seguidos.

Taylor aparece quando estou tomando café da manhã.

— Bom dia, Sr. Grey. Aqui estão os jornais de domingo.

— Obrigado. Anastasia vem para cá a uma da tarde hoje, e uma tal de Dra. Greene a uma e meia.

— Está bem, senhor. Mais alguma coisa na programação de hoje?

— Sim. Ana e eu vamos jantar na casa dos meus pais.

Taylor inclina a cabeça, parecendo momentaneamente surpreso, mas se contém e sai do cômodo. Volto para o meu croissant com geleia de damasco.

*É. Vou levá-la para conhecer meus pais. E daí?*

Não consigo me acalmar. Estou inquieto. É meio-dia e quinze. O tempo está se arrastando hoje. Desisto de trabalhar, então pego os jornais de domingo e volto para a sala, onde ponho uma música e começo a ler.

Para minha surpresa, há uma foto minha e de Ana na página de notícias locais, que foi tirada durante a cerimônia de formatura da WSU. Ela está adorável, ainda que pareça um pouco assustada.

Ouço as portas duplas se abrindo e lá está ela... Com o cabelo solto, um pouco rebelde e sexy, e com o mesmo vestido roxo que usou no jantar no Heathman. Está maravilhosa.

*Bravo, Srta. Steele.*

— Humm... esse vestido. — Minha voz está cheia de admiração enquanto sigo na direção dela. — Seja bem-vinda mais uma vez, Srta. Steele — murmuro e, segurando seu queixo, dou um beijo delicado em seus lábios.

— Oi — diz ela, as bochechas levemente coradas.

— Você chegou na hora. Gosto de pontualidade. Venha. — Pegando sua mão, levo-a até o sofá. — Queria mostrar uma coisa para você.

Nós nos sentamos e eu lhe entrego o *Seattle Times*. A foto a faz rir. Não é exatamente a reação que eu esperava.

— Então agora sou sua "amiga" — provoca ela.

— É o que parece. E está no jornal, portanto deve ser verdade.

Estou mais calmo agora que ela está aqui... provavelmente *porque* ela está aqui. Ana não fugiu. Coloco seu cabelo macio e sedoso atrás da orelha. Meus dedos coçam de vontade de trançá-los.

— Então, Anastasia, você tem uma ideia muito melhor das minhas intenções desde a última vez que esteve aqui.

— Sim.

Seu olhar é intenso, astuto.

— E, no entanto, voltou.

Ela assente, dando um sorriso tímido.

Mal posso acreditar na minha sorte.

*Eu sabia que você era uma aberração, Ana.*

— Já comeu?

— Não.

*Não comeu nada?* Ok. Vamos ter que dar um jeito nisso. Passo a mão pelo cabelo e, no tom mais calmo que consigo, pergunto:

— Está com fome?

— Não de comida — provoca ela.

*Uau.* Parece que está falando diretamente com a minha virilha.

Inclinando-me para a frente, encosto os lábios em sua orelha e sinto seu cheiro inebriante.

— Você está mais ansiosa que nunca, Srta. Steele, e só para deixá-la a par de um segredinho, eu também. Mas a Dra. Greene deve chegar daqui a pouco.

Eu me recosto no sofá.

— Eu gostaria que você comesse. — É um apelo.

— O que pode me dizer sobre a Dra. Greene? — Ana muda de assunto com destreza.

— Ela é a melhor ginecologista e obstetra de Seattle. O que mais posso dizer?

*Ao menos, foi o que meu médico disse à minha assistente.*

— Pensei que fosse me consultar com o *seu* médico, e não me diga que você na verdade é uma mulher, porque eu não acreditaria.

Contenho uma risada.

— Acho que é mais apropriado você se consultar com um especialista. Não concorda?

Ela me lança um olhar perplexo, mas assente com a cabeça.

*Mais um tópico que tenho que abordar.*

— Anastasia, minha mãe gostaria que você jantasse com ela hoje. Acho que Elliot vai convidar a Kate, também. Não sei como se sente em relação a isso. Vai ser estranho para mim apresentar você à minha família.

Ela leva um segundo para processar a informação, depois joga o cabelo por cima do ombro, como sempre faz antes de uma briga. Mas dá a impressão de estar magoada, e não contestadora.

— Você tem vergonha de mim? — Parece chocada.

*Ah, pelo amor de Deus.*

— Claro que não.

*De todas as coisas ridículas que ela poderia dizer!* Eu a fuzilo com o olhar, ofendido. Como pode achar isso de si mesma?

— Por que é estranho? — pergunta.

— Porque nunca fiz isso antes. — Pareço irritado.

— Por que você pode revirar os olhos, e eu não?

— Eu não percebi que estava fazendo isso.

*Ela está chamando minha atenção. De novo.*

— Eu também não percebo, em geral — retruca ela.

*Merda. Estamos discutindo?*

Taylor pigarreia.

— A Dra. Greene está aqui, senhor — diz.

— Acompanhe-a até o quarto da Srta. Steele.

Ana vira o rosto para mim e estendo a mão para ela.

— Você não vem também, não é?

Está horrorizada e achando graça ao mesmo tempo.

Dou risada e meu corpo fica excitado.

— Eu pagaria um bom dinheiro para olhar, pode acreditar, Anastasia, mas acho que a médica não aprovaria.

Ela segura minha mão e a puxo para os meus braços, dando-lhe um beijo. Sua boca é macia, quente e convidativa. Minhas mãos deslizam pelo seu cabelo e intensifico o beijo. Quando me afasto, ela parece zonza. Apoio a testa na dela.

— Estou muito feliz que você esteja aqui. Mal posso esperar para deixá-la nua.

*Não consigo acreditar em como senti sua falta.*

— Vamos. Também quero conhecer a Dra. Greene.

— Você não a conhece?

— Não.

Pego a mão de Ana e subimos a escada até o cômodo que será seu quarto.

A Dra. Greene tem um daqueles olhares míopes. É penetrante e me deixa pouco à vontade.

— Sr. Grey — diz ela, apertando minha mão estendida com firmeza, sem hesitar.

— Obrigado por atender a este chamado tão em cima da hora. — Dou meu sorriso mais inofensivo.

— Obrigada por fazer com que ele valha a pena para mim, Sr. Grey. Srta. Steele — diz educadamente para Ana, e sei que está avaliando nossa relação.

Tenho certeza de que ela pensa que eu deveria estar torcendo um bigodinho feito o vilão de um filme mudo. Ela se vira e me lança um olhar intenso como se dissesse "saia agora".

*Ok.*

— Vou estar lá embaixo — concordo.

Embora eu fosse gostar de assistir. Tenho certeza de que a reação da médica seria impagável se eu fizesse esse pedido. Sorrio ao pensar nisso e desço a escada até a sala.

Como Ana não está mais comigo, fico inquieto outra vez. Para me distrair, coloco dois descansos de prato na bancada. É a segunda vez que faço isso, e a primeira também foi para Ana.

*Você está amolecendo, Grey.*

Escolho um Chablis para tomar com o almoço, um dos poucos Chardonnay de que gosto, e quando termino, sento-me no sofá para folhear a seção de esportes do jornal. Aumentando o volume do meu iPod pelo controle remoto, espero que a música me ajude a me concentrar nas estatísticas do jogo de ontem à noite entre os Mariners e os Yankees, e não no que está acontecendo lá em cima entre Ana e a Dra. Greene.

Finalmente, os passos delas ecoam pelo corredor, e ergo os olhos quando as duas aparecem.

— Terminaram? — pergunto, e aperto o controle remoto do iPod para silenciar a ária.

— Sim, Sr. Grey. Tome conta dela. É uma mulher linda e inteligente.

*O que Ana disse a ela?*

— Pretendo fazer isso — digo, lançando para Ana um breve olhar que quer dizer "que porra foi essa?".

Ela pisca, sem entender. Ótimo. Não foi nada que ela tenha dito, então.

— Vou lhe mandar a conta — diz a Dra. Greene. — Bom dia e boa sorte para você, Ana.

Os cantos dos seus olhos se enrugam com um sorriso caloroso quando damos um aperto de mão.

Taylor a acompanha em direção ao elevador e, sabiamente, fecha as portas duplas do hall.

— Como foi? — pergunto, um pouco confuso com as palavras da Dra. Greene.

— Bem, obrigada — responde Ana. — Ela disse que eu tinha que me abster completamente de atividades sexuais por quatro semanas.

*O quê?* Olho para ela, chocado.

A expressão séria de Ana se transforma em uma de triunfo provocador.

— Peguei você!

*Boa jogada, Srta. Steele.*

Meus olhos se estreitam e seu sorriso desaparece.

— Peguei você!

Não contenho um sorriso. Passando o braço pela sua cintura, puxo-a para mim, meu corpo ávido por ela.

— Você é incorrigível, Srta. Steele.

Passo as mãos em seu cabelo e a beijo com força, me perguntando se deveria fodê-la na bancada da cozinha para lhe ensinar uma lição.

*Tudo em seu tempo, Grey.*

— Por mais que eu queira comer você aqui e agora, precisamos nos alimentar. Não quero você desmaiada em cima de mim depois — sussurro.

— Isso é tudo que você quer de mim: meu corpo? — pergunta ela.

— Seu corpo e essa sua boca rápida.

Eu a beijo novamente, pensando no que está por vir... Meu beijo fica mais intenso e o desejo enrijece meu corpo. Quero essa mulher. Antes que eu trepe com ela ali no chão, eu a solto, e nós dois estamos sem fôlego.

— Que música é essa? — questiona ela, com a voz rouca.

— Villa-Lobos, uma ária das *Bachianas Brasileiras*. Ótima, não é?

— É — diz ela olhando para a bancada do café da manhã.

Pego a salada caesar com frango na geladeira e coloco em cima da mesa, entre os descansos de prato. Depois pergunto a ela o que acha de uma salada.

— Sim, está ótimo, obrigada.

Ela sorri.

Pego o Chablis na adega, sentindo o olhar dela em mim. Não sabia que eu podia ser tão doméstico.

— Em que está pensando? — pergunto.

— Eu só estava olhando seu jeito de andar.

— E? — digo, momentaneamente surpreso.

— Você é muito elegante — responde ela baixinho, com as bochechas coradas.

— Ora, obrigado, Srta. Steele.

Sento-me ao seu lado, sem saber ao certo como responder ao seu elogio tão meigo. Ninguém nunca tinha me dito isso.

— Chablis?

— Por favor.

— Pode se servir de salada. Agora me diga, por qual método você optou?

— Pílula — diz.

— E vai se lembrar de tomar regularmente, na hora certa, todos os dias?

Um rubor surge em sua expressão de surpresa.

— Tenho certeza de que você vai me lembrar — afirma ela com certo sarcasmo na voz, que decido ignorar.

*Você deveria ter optado por tomar injeção.*

— Vou colocar um alarme em meu celular. Coma.

Ela dá uma garfada, depois outra... e mais outra. Está comendo!

— Então posso colocar salada caesar com frango na lista para a Sra. Jones? — pergunto.

— Achei que eu fosse cozinhar.

— É. Você vai.

Ela termina antes de mim. Devia estar faminta.

— Mais ansiosa que nunca, Srta. Steele?

— Sim — responde ela, me lançando um olhar recatado.

*Porra. Aí está.*

A atração.

Como se estivesse enfeitiçado por ela, me levanto e a puxo para os meus braços.

— Quer fazer isso? — sussurro, implorando internamente para que ela diga sim.

— Ainda não assinei nada.

— Eu sei... mas estou quebrando todas as regras ultimamente.

— Vai me bater?

— Vou, mas não vai ser para machucar. Neste momento, não quero punir você. Se tivesse me encontrado ontem à noite, bem, aí seria outra história.

Uma expressão de choque surge em seu rosto.

*Ah, baby.*

— Não deixe ninguém tentar convencê-la do contrário, Anastasia. Uma das razões pelas quais pessoas como eu entram nessa é o fato de gostarmos de sofrer ou de causar sofrimento. É muito simples. Você não gosta, então passei um bom tempo ontem pensando sobre isso.

Passo os braços em volta dela, encostando-a na minha ereção cada vez maior.

— Chegou a alguma conclusão? — murmura ela.

— Não, e, neste momento, só quero amarrar e foder você até que perca os sentidos. Está preparada para isso?

Sua expressão fica sombria, sensual e cheia de curiosidade carnal.

— Estou — responde ela, a palavra tão suave quanto um suspiro.

*Porra, ainda bem.*

— Ótimo. Venha.

Conduzo-a pela escada e entro no quarto de jogos. Meu lugar seguro. Onde posso fazer o que quiser com ela. Fecho os olhos, curtindo a euforia só por um instante.

*Será que já fiquei tão animado assim?*

Fechando a porta atrás de nós, solto sua mão e a observo. Seus lábios estão entreabertos quando ela inspira. Sua respiração é acelerada e curta. Os olhos estão arregalados. Prontos. Esperando.

— Quando está aqui dentro, você é totalmente minha. Para fazer o que eu quiser. Entendeu?

Ela passa depressa a língua no lábio superior e assente.

*Boa garota.*

— Tire os sapatos.

Ela engole em seco e começa a tirar as sandálias de salto alto. Pego o par e o deixo perto da porta.

— Ótimo. Não hesite quando eu pedir para fazer algo. Agora vou tirar seu vestido. Ando querendo fazer isso há alguns dias. — Faço uma pausa, verificando se ela ainda está me acompanhando. — Quero que você se sinta confortável com seu corpo, Anastasia. Você tem um corpo lindo, e gosto de olhar para ele. É um prazer observá-lo. Na verdade, eu poderia passar o dia inteiro olhando para você, e não quero que fique constrangida e envergonhada com sua nudez. Entendeu?

— Sim.

— Sim o quê? — Meu tom de voz fica mais ríspido.

— Sim, senhor.

— Está falando sério?

*Quero você sem vergonha, Ana.*

— Sim, senhor.

— Ótimo. Levante os braços acima da cabeça.

Ela ergue lentamente os braços no ar. Pego a barra do vestido e o puxo com delicadeza para cima, revelando centímetro por centímetro do seu corpo apenas para os meus olhos. Quando ela fica nua, me afasto para absorver a visão.

Pernas, coxas, barriga, bunda, seios, ombros, rosto, boca... ela é perfeita. Dobrando o vestido, eu o coloco em cima da cômoda de brinquedos. Estico o braço para puxar seu queixo.

— Você está mordendo o lábio. Sabe o que isso faz comigo — repreendo-a. — Vire-se de costas.

Ela obedece e se vira de frente para a porta. Abro seu sutiã e puxo as alças pelos seus braços, roçando sua pele com as pontas dos dedos e sentindo-a tremer sob meu toque. Tiro seu sutiã e o jogo em cima do vestido. Fico de pé perto dela, sem chegar a tocá-la, ouvindo sua respiração acelerada e sentindo o calor que irradia de sua pele. Está excitada, e não é a única. Seguro seu cabelo com ambas as mãos e o faço cair por suas costas. É muito sedoso ao toque. Enrolo-o na mão e puxo, virando sua cabeça para o lado e expondo seu pescoço à minha boca.

Passo o nariz por sua orelha até os ombros e volto, sentindo seu aroma sublime.

*Porra, o cheiro dela é muito bom.*

— Seu cheiro está divino como sempre, Anastasia.

Dou um beijo logo abaixo de sua orelha, acima de onde pulsa a jugular.

Ela geme.

— Quieta. Não faça nenhum ruído.

Pego o elástico no bolso da calça jeans e, segurando seu cabelo, faço lentamente uma trança, apreciando os puxões e as torções contra suas costas lindas e perfeitas. Com habilidade, prendo a ponta com o elástico e puxo depressa, forçando-a a dar um passo para trás e pressionar o corpo no meu.

— Gosto do seu cabelo trançado — sussurro. — Vire-se.

Ela obedece imediatamente.

— Quando eu disser para vir aqui, é assim que você vai se vestir. Só de calcinha. Entendeu?

— Sim.

— Sim, o quê?

— Sim, senhor.

— Boa garota.

Ela está aprendendo rápido. Seus braços estão ao lado do corpo, os olhos fixos em mim. Esperando.

— Quando eu disser para vir aqui, quero que você se ajoelhe ali. — Aponto para um canto do quarto perto da porta. — Faça isso agora.

Ela pisca algumas vezes, mas, antes que eu precise repetir a ordem, vira-se e ajoelha-se, ficando de frente para mim e para o quarto.

Dou-lhe permissão para sentar-se sobre os calcanhares e ela faz isso.

— Pouse as mãos e os antebraços nas coxas. Ótimo. Agora afaste os joelhos. Mais. — *Quero ver você, baby.* — Mais um pouco. — *Ver seu sexo.* — Perfeito. Olhe para o chão.

*Não olhe para mim nem para o quarto. Pode ficar sentada aí e deixar seus pensamentos voarem livremente enquanto imagina o que vou fazer com você.*

Vou até ela e fico satisfeito ao ver que manteve a cabeça baixa. Estendendo o braço, puxo sua trança, inclinando sua cabeça de forma que nossos olhares se encontrem.

— Vai se lembrar dessa posição, Anastasia?

— Sim, senhor.

— Ótimo. Fique aí, não se mexa.

Passando por ela, abro a porta e, por um instante, volto a olhar em sua direção. Sua cabeça está baixa, os olhos fixos no chão.

Que visão bem-vinda. *Boa garota.*

Quero correr, mas controlo minha ansiedade e caminho decididamente até o meu quarto no andar de baixo.

*Porra, mantenha alguma dignidade, Grey.*

Dentro do meu closet, tiro toda a roupa e pego minha calça jeans favorita na gaveta. Meu JD. Jeans de Dominador.

Visto-a e fecho todos os botões, exceto o primeiro. Na mesma gaveta, pego o chicote de montaria e um roupão cinza. Ao sair, pego algumas camisinhas e as enfio no bolso.

*Aí vamos nós.*

*Hora do show, Grey.*

Quando volto, ela está na mesma posição: a cabeça baixa, a trança pendendo nas costas, as mãos nos joelhos. Fecho a porta e penduro o roupão no gancho. Passo por ela.

— Boa garota, Anastasia. Você está adorável assim. Ótimo. Levante-se.

Ela fica de pé, mantendo a cabeça baixa.

— Pode olhar para mim.

Seus olhos azuis ardentes se erguem.

— Vou acorrentá-la agora, Anastasia. Me dê a mão direita.

Estendo minha mão e ela põe a sua por cima. Sem desviar os olhos dos dela, viro sua palma para cima e tiro o chicote de montaria de detrás das costas. Bato rapidamente com a ponta dele na sua palma. Ela leva um susto e fecha a mão, piscando para mim, surpresa.

— Que tal isto? — pergunto.

Sua respiração se acelera e ela me encara antes de voltar os olhos para a palma da mão.

— Responda.

— Ok.

Ela ergue as sobrancelhas.

— Não franza a testa — aviso. — Doeu?

— Não.

— Isso não vai machucar. Entendeu?

— Entendi. — Sua voz sai um pouco trêmula.

— Estou falando sério — insisto, e mostro o chicote.

*Couro marrom trançado. Está vendo? Eu presto atenção.* Seus olhos encontram os meus, perplexos. Meus lábios se contorcem com divertimento.

— Nosso objetivo é satisfazer, Srta. Steele. Venha.

Levo-a até o meio do quarto, debaixo do sistema de retenção.

— Esta grade é desenhada para que as algemas possam correr por ela.

Ela observa o sistema complexo, depois olha para mim.

— Vamos começar aqui, mas quero foder você em pé. Então vamos acabar perto daquela parede. — Aponto para a cruz de Santo André. — Ponha as mãos acima da cabeça.

Ela obedece imediatamente. Pegando as algemas de couro que estão penduradas na grade, fecho cada lado em torno de um de seus pulsos. Sou metódico, mas ela me dispersa. Estar assim tão perto dela, sentindo sua excitação, sua ansiedade, tocando-a... Tenho dificuldade para me concentrar. Quando está algemada, dou um passo para trás e respiro fundo, aliviado.

*Finalmente tenho você onde quero, Ana Steele.*

Dou a volta nela lentamente, admirando a vista. Tem como ser mais gostosa?

— Você fica maravilhosa atada assim, Srta. Steele. E com essa boca rápida calada por ora. Gosto disso.

Paro diante dela, engancho os dedos em sua calcinha e muito lentamente a arrasto por suas pernas compridas, até que fico ajoelhado a seus pés.

Venerando-a. Ela é gloriosa.

Com os olhos fixos nos dela, pego sua calcinha, levo-a ao nariz e inspiro profundamente. Sua boca se abre e seus olhos se arregalam, divertidamente chocados.

*Isso.* Sorrio. *Reação perfeita.*

Enfio a calcinha no bolso de trás da minha calça jeans e fico de pé, pensando no meu próximo passo. Estendendo o chicote, deslizo-o pela barriga dela e delicadamente descrevo círculos em torno do seu umbigo com a ponta... a língua de couro. Ela arqueja e estremece com o toque.

*Isso vai ser bom, Ana. Confie em mim.*

Lentamente, começo a rodeá-la, passando o chicote por sua pele, pela barriga, a lateral, as costas. Na minha segunda volta, bato a ponta na base do seu traseiro, fazendo um contato brusco com sua vulva.

— Ai — grita ela, e puxa as algemas.

— Quieta — aviso, e ando ao seu redor mais uma vez.

Estalo o chicote no mesmo doce local e ela geme com o toque, os olhos fechados enquanto absorve a sensação. Com mais um movimento do meu pulso, o chicote atinge seu mamilo. Ela joga a cabeça para trás e geme. Miro novamente e o chicote passa por seu outro mamilo, e eu o observo se enrijecer e intumescer sob o impacto da ponta de couro.

— Isso é gostoso?

— Sim — responde ela, os olhos fechados, a cabeça para trás.

Atinjo o traseiro dela, com mais força desta vez.

— Sim o quê?

— Sim, senhor — berra.

Devagar e com cuidado, desfiro golpes, chicotadas e petelecos em sua barriga, por seu abdome, e mais abaixo, seguindo para o meu objetivo. Com um movimento, a língua de couro atinge seu clitóris e ela dá um grito que vem lá do fundo da garganta.

— Ah... por favor!

— Quieta — ordeno, repreendendo-a com um golpe mais forte na bunda.

Faço a língua de couro roçar seus pelos pubianos, mais embaixo, em sua vulva, até chegar à vagina. Quando o puxo de volta, o couro marrom está brilhando com a excitação dela.

— Está vendo como você fica molhada com isso, Anastasia? Abra os olhos e a boca.

Ela está respirando com força, mas abre os lábios e me encara, o olhar confuso e perdido na carnalidade do momento. Deslizo a ponta do chicote em sua boca.

— Sinta seu gosto. Chupe. Chupe com força.

Seus lábios se fecham em torno da ponta e é como se estivessem em volta do meu pau.

*Porra.*

Ela é gostosa para caralho e não consigo resistir.

Tirando o chicote de sua boca, passo os braços em volta dela. Ana abre a boca para mim enquanto a beijo, minha língua explorando-a, deliciando-se com o gosto do seu desejo.

— Ah, Anastasia, você é muito gostosa — sussurro. — Faço você gozar?

— Por favor — implora ela.

Quando mexo o pulso, o chicote atinge seu traseiro.

— Por favor o quê?

— Por favor, senhor — choraminga.

*Boa garota.* Dou um passo para trás.

— Com isso? — pergunto, erguendo o chicote para que ela o veja.

— Sim, senhor — diz ela, me surpreendendo.

— Tem certeza?

Mal posso acreditar na minha sorte.

— Sim, senhor, por favor.

*Ah, Ana. Porra, sua deusa.*

— Feche os olhos.

Ela faz o que eu mando. Com um cuidado infinito e muita gratidão, passo mais uma vez a língua veloz e ardente por sua barriga. Logo, ela está arfando novamente, ainda mais excitada. Movendo-me para baixo, bato com delicadeza o couro em seu clitóris. De novo. E de novo. E de novo.

Ela puxa as algemas, gemendo sem parar. Então fica em silêncio e sei que está chegando lá. De repente, joga a cabeça para trás, abre a boca e grita com o orgasmo que faz seu corpo inteiro tremer. Instantaneamente, solto o chicote e a agarro, segurando-a enquanto seu corpo se dissolve. Ela relaxa debaixo de mim.

*Ah. Não acabamos, Ana.*

Com as mãos embaixo de suas coxas, ergo seu corpo trêmulo e a carrego, ainda presa à grade, em direção à cruz de Santo André. Ali, eu a solto, mantendo-a de pé, entre a cruz e meus ombros. Puxo a calça jeans, abrindo todos os botões para libertar meu pau. Pegando uma camisinha no bolso, rasgo a embalagem de alumínio com os dentes e, usando uma das mãos, desenrolo-a na minha ereção.

Delicadamente, pego-a no colo outra vez e sussurro:

— Levante as pernas e enrosque-se em mim.

Sustentando suas costas na madeira, ajudo-a a passar as pernas em volta do meu quadril, deixando os cotovelos apoiados nos meus ombros.

*Você é minha, baby.*

Em um tranco, estou dentro dela.

*Porra. Ela é extraordinária.*

Saboreio-a por um instante. Então começo a me mover, me deliciando com cada impulso. Sinto-a cada vez mais, e fica difícil respirar, então acabo sem fôlego ao me perder nessa linda mulher. Passo os lábios em seu pescoço, provando-a. Seu aroma invade minhas narinas, me preenchendo. *Ana. Ana. Ana.* Não quero parar.

De repente, ela se tenciona e seu corpo estremece no meu.

*Isso. De novo.* E eu me alivio. Preenchendo-a. Segurando-a. Reverenciando-a.

*Ah, isso mesmo.*

Ela é tão linda. E, nossa, foi avassalador.

Saio de dentro dela e, quando Ana desaba em cima de mim, liberto rapidamente seus pulsos e a seguro enquanto nós dois escorregamos até o chão. Eu a coloco entre minhas pernas, passando os braços ao seu redor, e ela se aconchega em mim, os olhos fechados, arfando.

— Muito bem. Doeu?

— Não. — Sua voz é quase inaudível.

— Esperava que doesse? — questiono, e afasto mechas de cabelo do seu rosto para vê-la melhor.

— Sim.

— Está vendo? O medo está na sua cabeça, Anastasia. — Acaricio seu rosto. — Você faria isso de novo? — pergunto.

Ela não responde imediatamente, e acho que pegou no sono.

— Sim — sussurra um instante depois.

*Obrigado, meu Deus.*

Eu a envolvo em meus braços.

— Ótimo. Eu também.

*De novo e de novo.* Beijo carinhosamente o topo de sua cabeça e respiro fundo. Ela tem cheiro de Ana, de suor e de sexo.

— E ainda não acabei com você — afirmo.

Estou muito orgulhoso de Ana. Ela conseguiu. Fez tudo o que eu queria.

Ela é tudo o que eu quero.

E, de repente, sou tomado por uma emoção desconhecida, que rasga meus nervos e ossos, me deixando inquieto e com medo.

Ela vira a cabeça e começa a se aconchegar em meu peito.

Aquela escuridão assustadora e familiar se intensifica, substituindo o incômodo por uma sensação de pavor. Todos os músculos do meu corpo se tencionam. Ana pisca para mim com olhos límpidos e intrépidos enquanto me forço a controlar o medo.

— Não — murmuro.

*Por favor.*

Ela se inclina para trás e observa meu peitoral.

*Assuma o controle, Grey.*

— Ajoelhe-se ao lado da porta — ordeno, soltando-a.

*Vá. Não me toque.*

Ela se levanta, trêmula, e cambaleia até a porta, onde fica de joelhos.

Respiro fundo para me acalmar.

*O que está fazendo comigo, Ana Steele?*

Fico de pé e me alongo, mais tranquilo agora.

Ajoelhada perto da porta, ela parece a submissa ideal. Seus olhos estão vidrados. Ela está cansada, provavelmente saindo do pico de adrenalina. Suas pálpebras estão caídas.

*Ah, assim não vai dar. Você quer que ela seja submissa, Grey. Mostre a ela o que isso significa.*

Pego na gaveta de brinquedos uma das braçadeiras que comprei na Clayton's e uma tesoura.

— Eu a estou aborrecendo, Srta. Steele? — pergunto, escondendo minha compaixão.

Ela acorda assustada e me olha com culpa.

— Levante-se — ordeno.

Ela fica de pé lentamente.

— Você está um caco, não é?

Ela concorda com um sorriso tímido.

*Ah, baby, você se saiu tão bem.*

— Força, Srta. Steele. Ainda não estou satisfeito. Fique de mãos postas como se estivesse rezando.

Uma ruga surge em sua testa num instante, mas ela junta as palmas das mãos e as ergue. Passo a braçadeira em torno de seus pulsos. Seus olhos se voltam para os meus.

— Está reconhecendo?

Dou um sorriso e passo o dedo pelo plástico, verificando que há espaço suficiente e não está muito apertado.

— Tenho uma tesoura aqui. — Mostro a ela. — Posso cortar a braçadeira e soltá-la imediatamente.

Ela parece mais tranquila.

— Venha.

Pegando suas mãos unidas, levo-a até o canto distante da cama de dossel.

— Quero mais. Muito mais — sussurro em seu ouvido enquanto ela olha fixamente para a cama. — Mas vou ser rápido. Você está cansada. Segure a coluna.

Hesitando, ela segura a coluna de madeira.

— Mais embaixo — ordeno.

Ela baixa as mãos para a base, até ficar curvada.

— Ótimo. Não solte. Se soltar, apanha. Entendeu?

— Sim, senhor — diz ela.

— Ótimo.

Seguro seu quadril e levanto-a na minha direção para que fique na posição correta, seu lindo traseiro no ar e à minha disposição.

— Não solte, Anastasia — aviso. — Vou foder você com força por trás. Segure a coluna para se apoiar. Entendeu?

— Sim.

Dou uma palmada forte na sua bunda.

— Sim, senhor — diz ela depressa.

— Abra as pernas.

Enfio o pé direito perto do dela, afastando suas pernas.

— Assim é melhor. Depois disso, deixo você dormir.

Suas costas têm uma curva perfeita, cada vértebra delineada entre sua nuca e sua bunda incrível. Percorro o contorno com os dedos.

— Você tem uma pele linda, Anastasia — digo para mim mesmo.

Inclinando-me sobre ela, percorro o mesmo caminho dos meus dedos com beijos suaves ao longo de sua coluna. Ao fazer isso, seguro seus seios, prendendo os mamilos entre os dedos e puxando-os. Ela se contorce sob mim. Beijo com delicadeza sua cintura, então chupo e mordisco de leve sua pele enquanto continuo acariciando seus mamilos.

Ela geme. Paro e dou um passo para trás a fim de admirar a vista, ficando ainda mais duro só de olhar para ela. Pego outra camisinha no bolso, tiro depressa a calça jeans e abro a embalagem de alumínio. Com ambas as mãos, coloco a camisinha no meu pau.

Eu gostaria de reivindicar sua bunda. Agora. Mas é muito cedo para isso.

— Você tem uma bunda muito atraente e sensual, Anastasia Steele. O que eu gostaria de fazer com ela?

Passo as mãos em cada nádega, apalpando-a. Em seguida, enfio dois dedos dentro dela, alargando-a.

Ela geme outra vez.

Está pronta.

— Tão molhadinha. Você nunca me decepciona, Srta. Steele. Se segure bem... vai ser rápido, baby.

Agarrando seu quadril, me posiciono na entrada da sua vagina, então estico o braço e seguro sua trança, enrolando-a no pulso e segurando com força. Com uma mão no pau e a outra no cabelo dela, eu a penetro.

*Ela. É. Tão. Deliciosa.*

Lentamente saio de dentro dela, depois agarro seu quadril com minha mão livre e seguro seu cabelo com mais força.

*Submissa.*

Meto nela, empurrando-a para a frente com um grito.

— Segure-se, Anastasia! — lembro a ela.

Se não me obedecer, ela pode se machucar.

Sem fôlego, ela pressiona o corpo contra o meu, firmando as pernas.

*Boa garota.*

Então começo a meter, fazendo-a dar gritinhos abafados enquanto se segura na coluna da cama. Mas ela não recua. Pressiona de volta.

*Muito bem, Ana.*

Então eu sinto. Lentamente. Seu interior se contraindo em torno de mim. Perdendo o controle, enfio mais uma vez e paro.

— Vamos, Ana, goze para mim — digo com um grunhido e gozo intensamente, seu orgasmo prolongando o meu enquanto a seguro.

Pegando-a nos braços, coloco-a no chão, em cima de mim, nós dois olhando para o teto. Ela está totalmente relaxada, exausta, sem dúvida, e seu peso é um consolo bem-vindo. Olho para os mosquetões lá em cima, me perguntando se algum dia ela vai me deixar suspendê-la.

Provavelmente não.

E não me importo.

Foi nossa primeira vez juntos aqui dentro, e ela foi um sonho. Beijo sua orelha.

— Levante as mãos. — Minha voz sai rouca.

Ela as ergue devagar como se estivessem cobertas de concreto, e passo a tesoura por baixo da braçadeira.

— Eu a declaro inaugurada — murmuro, e corto, libertando-a.

Ela dá um risinho, seu corpo tremendo encostado no meu. É uma sensação estranha e bem-vinda que me faz sorrir.

— Que som encantador — sussurro enquanto ela esfrega os pulsos.

Sento-me ereto para que ela fique em meu colo.

*Adoro fazê-la rir. Ela não ri o bastante.*

— A culpa é minha — admito para mim mesmo enquanto massageio seus ombros e braços. Ela vira o rosto na minha direção com um olhar desconfiado e questionador. — Por você não rir com mais frequência — explico.

— Não sou de ficar rindo à toa — diz ela, bocejando.

— Ah, mas, quando isso acontece, Srta. Steele, é um deleite para os sentidos.

— Muito lisonjeiro, Sr. Grey — comenta ela, me provocando.

Sorrio.

— Eu diria que você está muito fodida e precisa dormir.

— Isso não foi nada lisonjeiro — resmunga ela, me repreendendo.

Tirando-a do colo para poder ficar de pé, pego minha calça jeans e a visto.

— Não quero assustar o Taylor, nem a Sra. Jones quanto a isso.

*Não seria a primeira vez.*

Ana fica sentada no chão num torpor sonolento. Seguro seus braços, ajudando-a a ficar de pé, e a levo até a porta. Pego o roupão cinza no gancho atrás da porta e a visto. Ela não ajuda, está mesmo exausta.

— Para a cama — anuncio, beijando-a rapidamente.

Uma expressão alarmada surge em seu rosto sonolento.

— Para dormir — tranquilizo-a.

E, me abaixando, pego-a no colo, acomodando-a no meu peito, e a carrego até o quarto da submissa. Ali, puxo o edredom e a coloco deitada na cama, e, em um momento de fraqueza, me deito ao seu lado. Cobrindo-nos com o edredom, eu a abraço.

*Só vou ficar assim até que ela adormeça.*

— Agora durma, linda menina.

Beijo seu cabelo me sentindo profundamente saciado… e agradecido. Conseguimos. Essa mulher meiga e inocente deixou que eu me perdesse nela. E acho que gostou. Sei que eu gostei… mais do que nunca.

Mamãe está sentada olhando para mim diante do espelho com a
rachadura grande.
Escovo seu cabelo. É macio e tem cheiro de mamãe e de flores.
Ela pega a escova e enrola o cabelo.
Fica parecendo que tem uma cobra estranha nas suas costas.
Pronto, diz ela.
Então se vira para mim e sorri.

Hoje, ela está feliz.
Gosto quando mamãe está feliz.
Gosto quando ela sorri para mim.
Ela fica bonita quando sorri.
*Vamos fazer uma torta, seu verme.*
Torta de maçã.
Gosto quando mamãe cozinha.

Acordo de repente com um aroma doce invadindo minha mente. É Ana. Ela está dormindo profundamente ao meu lado. Volto a me deitar e olho para o teto.

Já dormi neste quarto alguma vez?

*Nunca.*

O pensamento é preocupante e, por alguma razão incompreensível, me deixa incomodado.

*O que está havendo, Grey?*

Sento-me cuidadosamente, sem querer atrapalhar o sono dela, e observo seu corpo adormecido. Sei o que é: me sinto inquieto porque estou aqui com ela. Saio da cama, deixando-a dormir, e volto para o quarto de jogos. Ali, cato a braçadeira e as camisinhas usadas e as coloco no bolso, onde encontro a calcinha de Ana. Com o chicote, as roupas e os sapatos dela em mãos, saio e tranco a porta. Ao voltar para o seu quarto, penduro o vestido na porta do armário, coloco os sapatos embaixo da cadeira e o sutiã em cima. Pego sua calcinha no bolso e tenho uma ideia perversa.

Sigo para o meu banheiro. Preciso tomar um banho antes de ir jantar com a minha família. Vou deixar Ana dormir mais um pouco.

A água fervente cai em mim, lavando toda a ansiedade e o incômodo que senti mais cedo. Considerando que foi uma primeira vez, não foi nada má, para nenhum de nós dois. E eu achava que um relacionamento com Ana seria impossível, mas agora o futuro parece repleto de possibilidades. Faço a anotação mental de ligar para Caroline Acton de manhã para que ela vista a minha garota.

Depois de uma hora produtiva no escritório, pondo em dia o que eu tinha que ler para o trabalho, decido que Ana já dormiu o suficiente. Está anoitecendo lá fora, e temos que sair em quarenta e cinco minutos para jantar na casa dos meus pais. Foi mais fácil me concentrar no trabalho sabendo que ela está lá em cima, no quarto.

*Estranho.*

Bem, sei que está segura ali.

Pego uma garrafa de suco de cranberry e outra de água com gás na geladeira. Misturo os dois em um copo e subo a escada.

Ela continua dormindo profundamente, encolhida onde a deixei. Acho que não se moveu nem um centímetro. Seus lábios estão entreabertos e ela respira suavemente. Seu cabelo está bagunçado e mechas escapam da trança. Sento-me na beira da cama ao seu lado, me abaixo e beijo sua têmpora. Ela resmunga, protestando em seu sono.

— Anastasia, acorde. — Minha voz é delicada enquanto tento despertá-la.

— Não — balbucia ela, abraçando o travesseiro.

— Temos que sair em meia hora para jantar na casa dos meus pais.

Ela pisca até abrir os olhos e focaliza em mim.

— Vamos, dorminhoca. Levante-se. — Dou outro beijo em sua têmpora. — Trouxe algo para você beber. Estarei lá embaixo. Não volte a dormir ou vai estar encrencada — aviso enquanto ela se espreguiça.

Eu a beijo mais uma vez e, lançando um olhar para a cadeira onde ela não vai encontrar sua calcinha, sigo de volta para a escada, sem conseguir conter um sorriso.

*Hora de brincar, Grey.*

Enquanto espero a Srta. Steele, aperto o botão do controle remoto do iPod e a música começa a tocar numa ordem aleatória. Inquieto, vou até as portas da varanda e olho para o céu anoitecendo lá fora, ouvindo "And She Was", do Talking Heads.

Taylor entra.

— Sr. Grey. Posso trazer o carro?

— Nos dê cinco minutos.

— Sim, senhor — diz ele, e desaparece em direção ao elevador de serviço.

Ana surge alguns minutos depois na entrada da sala. Está magnífica, deslumbrante, até… e bem-humorada. O que vai dizer sobre sua calcinha desaparecida?

— Oi — cumprimenta ela com um sorriso enigmático.

— Oi. Como se sente?

Seu sorriso aumenta.

— Bem, obrigada. E você?

Ela finge estar despreocupada.

— Me sinto superbem, Srta. Steele.

O suspense é torturante e espero que minha expectativa não esteja estampada em meu rosto.

— Sinatra. Nunca imaginei que fosse fã dele — comenta ela, inclinando a cabeça com um olhar curioso, enquanto as batidas de "Witchcraft" preenchem a sala.

— Gosto eclético, Srta. Steele.

Ando em sua direção até parar bem diante dela. *Será que vai abrir o jogo?* Estou procurando uma resposta em seus brilhantes olhos azuis.

*Peça-me sua calcinha, baby.*

Acaricio sua bochecha com as pontas dos dedos. Ela inclina o rosto para o meu toque e sou completamente seduzido pelo seu gesto meigo, por sua expressão provocante e pela música. Quero-a em meus braços.

— Dance comigo — sussurro, tirando o controle remoto do bolso e aumentando o volume até a cantoria de Sinatra nos envolver.

Ela me dá a mão. Passo o braço por sua cintura e puxo seu lindo corpo para o meu, então começamos um lento e simples foxtrote. Ela agarra meu ombro, mas estou preparado para seu toque, e juntos rodopiamos pelo chão, seu rosto radiante iluminando a sala... e a mim. Ela acompanha meu ritmo e, quando a música termina, está zonza e sem fôlego.

*E eu também.*

— Não há feiticeira mais bela que você. — Dou um beijo casto em seus lábios. — Bem, dançar deu uma corzinha ao seu rosto, Srta. Steele. Obrigado pela dança. Pronta para conhecer meus pais?

— Não há de quê, e sim, mal posso esperar para conhecê-los — responde ela, o rosto corado e lindo.

— Tem tudo de que precisa?

— Ah, sim — diz com naturalidade e segurança.

— Tem certeza?

Ela assente, os lábios formando um sorriso.

*Nossa, ela é corajosa.*

Abro um grande sorriso.

— Tudo bem. — Não consigo esconder meu encanto. — Se é este o jogo que quer fazer, Srta. Steele.

Pego meu blazer e seguimos até o elevador.

Ela nunca para de me surpreender, impressionar e desarmar. Agora vou ter que jantar com meus pais sabendo que minha garota está sem calcinha. Na verdade, estou descendo no elevador neste exato momento sabendo que ela está nua por debaixo da saia.

*Ela virou o jogo, Grey.*

ANA FICA EM SILÊNCIO enquanto Taylor dirige em direção ao norte na I-5. Avisto o lago Union. A lua desaparece atrás de uma nuvem e a água escurece, assim como meu humor. Por que estou levando Ana para ver meus pais? Se a conhecerem, criarão certas expectativas. E ela também. Não sei ao certo se a relação que quero com Ana estará à altura dessas expectativas. E, para piorar as coisas, comecei tudo isso quando insisti que ela conhecesse Grace. Sou o único culpado. Eu, e o fato de Elliot estar trepando com a amiga dela.

Quem estou tentando enganar? Se eu não quisesse que ela conhecesse meus pais, Ana não estaria aqui. Só queria não ficar tão nervoso com isso.

*É. Esse é o problema.*

— Onde aprendeu a dançar? — pergunta ela, interrompendo minha linha de raciocínio.

*Ah, Ana.* Não vai querer que eu toque nesse assunto.

— *Christian, segure-se em mim. Aí. Direito. Isso. Um passo. Dois. Ótimo. Siga o ritmo da música. Sinatra é perfeito para foxtrote.*

*Elena está em sua zona de conforto.*

— *Sim, senhora.*

— Quer saber mesmo? — questiono.

— Quero — responde ela, mas seu tom de voz indica o contrário.

*Foi você quem perguntou.* Suspiro imerso na escuridão ao seu lado.

— Mrs. Robinson gostava de dançar.

— Ela deve ter sido uma boa professora. — Há bastante arrependimento e certa admiração relutante em seu sussurro.

— Ela foi.

— *Isso mesmo. De novo. Um. Dois. Três. Quatro. Você aprendeu, baby.*

*Elena e eu deslizamos pelo seu porão.*

— *De novo.*

*Ela ri, a cabeça inclinada para trás, e parece uma mulher com metade de sua idade.*

Ana assente e observa a paisagem, sem dúvida criando alguma teoria sobre Elena. Ou talvez imaginando como vai ser conhecer meus pais. Eu gostaria de saber. Pode ser que esteja nervosa. Como eu. Nunca levei uma garota para a casa deles.

Quando Ana começa a se remexer, sinto que tem algo deixando-a preocupada. Será que foi o que fizemos hoje?

— Não — digo, o tom de voz saindo mais suave do que eu pretendia.

Ela se vira para me olhar, a expressão indecifrável no escuro.

— Não o quê?

— Não pense demais, Anastasia.

O que quer que esteja pensando. Estico o braço, pego sua mão e beijo os nós de seus dedos.

— Tive uma tarde maravilhosa. Obrigado.

Ganho um breve vislumbre de dentes brancos e um sorriso tímido.

— Por que você usa braçadeira de plástico? — pergunta ela.

*Perguntas sobre a tarde de hoje… isso é bom.*

— É rápido, fácil, e é algo que deixa você experimentar uma sensação diferente. Sei que essas braçadeiras são um pouco brutas e gosto disso nos dispositivos de contenção. — Minha voz sai seca, pois tento inserir um pouco de humor à nossa conversa. — Muito eficientes para botar você em seu lugar.

Seus olhos se voltam para Taylor, no banco da frente.

*Querida, não se preocupe com Taylor.* Ele sabe exatamente o que está acontecendo e faz isso há quatro anos.

— Faz parte do meu mundo, Anastasia.

Aperto sua mão de maneira tranquilizadora e depois a solto. Ana olha de novo pela janela. Estamos cercados de água enquanto atravessamos o lago Washington sobre a ponte 520, minha parte preferida do trajeto. Ela recolhe os pés e, retraída no banco, passa os braços em torno das pernas.

Há algo errado.

Quando olha para mim, digo:

— Dou um doce para saber o que você tem na cabeça.

Ela suspira.

*Merda.*

— É ruim assim?

— Eu queria saber o que você estava pensando — diz ela.

Sorrio, aliviado em ouvir isso e satisfeito por ela não saber o que de fato se passa na minha cabeça.

— Idem — respondo.

Taylor estaciona em frente à entrada da casa dos meus pais.

— Está preparada? — pergunto.

Ana confirma com a cabeça e aperto sua mão.

— Primeira vez para mim também — sussurro.

Quando Taylor sai do carro, dou um sorriso perverso e lascivo.

— Aposto que você queria estar de calcinha agora.

Sua respiração sai entrecortada e ela faz uma careta, mas saio do carro para cumprimentar meus pais, que estão esperando na porta. Ana parece contida e calma ao dar a volta no veículo e vir até nós.

— Anastasia, você já conheceu minha mãe, Grace. Este é meu pai, Carrick.

— Sr. Grey, muito prazer em conhecê-lo.

Ela sorri e aperta sua mão estendida.

— O prazer é meu, Anastasia.

— Me chame de Ana, por favor.

— Ana, que bom ver você de novo. — Grace a abraça. — Entre, querida.

Pegando o braço de Ana, ela a conduz para dentro e sigo seu traseiro sem calcinha.

— Ela está aí? — grita Mia de algum lugar de dentro da casa.

Ana me olha assustada.

— Deve ser Mia, minha irmã caçula.

Nós dois nos viramos na direção dos saltos altos ressoando no corredor. E lá está ela.

— Anastasia! Já ouvi falar muito de você.

Mia lhe dá um abraço apertado. Embora seja mais alta que Ana, lembro que elas têm quase a mesma idade.

Minha irmã pega sua mão e a leva até o vestíbulo, enquanto meus pais e eu as seguimos.

— Ele nunca trouxe nenhuma garota aqui em casa — diz Mia a Ana com uma voz estridente.

— Calma, Mia — repreende Grace.

*É, porra, por favor, Mia. Pare de fazer escândalo.*

Ana me flagra revirando os olhos e me fuzila com o olhar.

Grace me cumprimenta com um beijo em cada bochecha.

— Olá, querido.

Ela está radiante, feliz por todos os filhos em casa. Carrick estende a mão para mim.

— Olá, filho. Há quanto tempo.

Damos um aperto de mão e seguimos as mulheres até a sala.

— Pai, você me viu ontem — resmungo. "Piadas de pai"... O meu é especialista nisso.

Kavanagh e Elliot estão agarrados em um dos sofás. Mas ela se levanta para dar um abraço em Ana quando entramos.

— Christian. — Ela faz um aceno educado com a cabeça.

— Kate.

E agora Elliot está com suas grandes patas em cima de Ana.

*Porra*, quem diria que minha família tinha se tornado tão sentimental e carinhosa de repente? *Solte ela.* Lanço um olhar penetrante para Elliot e ele sorri com uma expressão que diz só-estou-mostrando-a-você-como-se-faz. Passo um braço em torno da cintura de Ana e a puxo para o meu lado. Todos nos olham.

*Merda.* Isso está parecendo um show de horrores.

— O que querem beber? Prosecco? — oferece papai.

— Por favor — respondemos juntos.

Mia dá um pulinho e bate palmas.

— Vocês estão até falando a mesma coisa. Eu pego.

Ela sai depressa da sala.

*O que diabo está acontecendo com minha família?*

Ana franze o cenho. Provavelmente está achando todo mundo esquisito também.

— O jantar está quase pronto — avisa Grace, ao seguir Mia para fora da sala.

— Sente-se — digo a Ana e a levo até um dos sofás.

Ela obedece e sento-me ao seu lado, tomando cuidado para não tocá-la. Preciso dar o exemplo à minha família exageradamente expressiva em suas demonstrações de afeto.

*Será que sempre foram assim?*

Meu pai me distrai.

— Estávamos falando sobre férias, Ana. Elliot resolveu ir passar uma semana com Kate e a família dela em Barbados.

*Cara!* Olho fixamente para meu irmão. *Que porra aconteceu com o Sr. Ame-as e Deixe-as?* Kavanagh deve ser boa de cama. Sem dúvida parece convencida o suficiente.

— Vai descansar um pouco agora que se formou? — pergunta Carrick a Ana.

— Estou pensando em passar uns dias na Geórgia — responde ela.

— Geórgia? — exclamo, sem conseguir disfarçar minha surpresa.

— Minha mãe mora lá — diz ela com uma voz hesitante —, e não a vejo faz tempo.

— Quando pretende ir? — pergunto, irritado.

— Amanhã, no fim da tarde.

*Amanhã! Puta merda! E só estou descobrindo isso agora?*

Mia volta com prosecco rosé para mim e Ana.

— À nossa saúde! — exclama papai, erguendo a taça.

— Por quanto tempo? — insisto, tentando manter a voz calma.

— Não sei ainda. Vai depender das entrevistas de amanhã.

*Entrevistas? Amanhã?*

— Ana merece um descanso — interrompe Kavanagh, me olhando fixamente com um antagonismo ostensivo.

Quero dizer para ela cuidar da própria vida, porra, mas, pelo bem de Ana, me contenho.

— Você tem entrevistas? — pergunta papai a Ana.

— Sim, amanhã, para estágio em duas editoras.

Quando ela ia me contar isso? Faz dois minutos que estou aqui ao seu lado e descubro detalhes da vida dela que eu deveria saber!

— Desejo-lhe muito boa sorte — diz Carrick com um sorriso gentil.

— O jantar está servido — avisa Grace na outra extremidade do corredor.

Deixo os outros saírem da sala e agarro o cotovelo de Ana antes que ela possa ir atrás deles.

— Quando ia me contar da viagem? — Meu temperamento começa rapidamente a sair de controle.

— Não vou viajar. Vou visitar minha mãe, e ainda estava planejando ir.

Ana me dispensa como se eu fosse uma criança.

— E nosso acordo?

— Ainda não temos um acordo.

*Mas...*

Eu nos guio pela porta da sala até o corredor.

— Esta conversa ainda não terminou — aviso, quando entramos na sala de jantar.

Mamãe se esforçou: melhor louça, melhor cristal, por causa de Ana e Kavanagh. Puxo uma cadeira para Ana, que se senta, e eu ocupo meu lugar ao seu lado. Mia dá um grande sorriso para nós dois do outro lado da mesa.

— Onde conheceu a Ana? — pergunta ela.

— Ela me entrevistou para o jornal da WSU.

— Editado pela Kate — acrescenta Ana.

— Quero ser jornalista — conta Kate.

Meu pai oferece vinho a Ana enquanto Mia e Kate conversam sobre jornalismo. Kavanagh vai fazer estágio no *Seattle Times*. Com certeza deve ter sido o pai que arranjou para ela.

Pelo canto do olho, percebo que Ana está me observando.

— O quê? — pergunto.

— Por favor, não fique zangado comigo — diz ela, tão baixo que só eu consigo ouvir.

— Não estou zangado com você — minto.

Ela semicerra os olhos, e é óbvio que não acredita em mim.

— Estou zangado com você, sim — confesso, mas tenho a sensação de estar exagerando. Fecho os olhos.

*Controle-se, Grey.*

— Muito zangado? — sussurra ela.

— Sobre o que vocês dois estão cochichando? — interrompe Kavanagh.

*Nossa! Ela é sempre assim? Tão intrometida? Como é que Elliot aguenta?* Eu a fuzilo com o olhar e ela tem o bom senso de ficar quieta.

— Sobre minha viagem à Geórgia — diz Ana, com doçura e charme.

Kate dá um sorriso malicioso.

— Como estava o José na sexta-feira quando você foi com ele ao bar? — pergunta ela, me lançando um olhar audacioso.

*Que. Porra. É. Essa?*

Ana fica tensa ao meu lado.

— Estava bem — murmura.

— Muito zangado — sussurro para ela. — Especialmente agora.

Então ela foi a um bar com o sujeito que estava tentando enfiar a língua na sua boca da última vez que o vi. *E* já havia concordado em ser minha. Ir escondida a um bar com outro homem? E sem minha permissão…

Ela merece ser punida.

À minha volta, o jantar está sendo servido.

Concordei em não pegar muito pesado com ela… Talvez eu deva usar um açoitador. Ou quem sabe lhe dar umas boas palmadas, mais fortes que as últimas. Aqui, esta noite.

Sim. Isso abre possibilidades.

Ana está de cabeça baixa, olhando para os próprios dedos. Kate, Elliot e Mia conversam sobre culinária francesa, e papai volta para a mesa. Onde ele estava?

— É para você, querida. Do hospital — informa ele a Grace.

— Por favor, comecem todos — diz mamãe, entregando uma travessa de comida para Ana.

O cheiro é bom.

Ana passa a língua nos lábios, e o gesto ecoa entre as minhas pernas. Ela deve estar faminta. *Ótimo*. Já é alguma coisa.

Mamãe se superou: chouriço, vieiras, pimentões. Legal. E me dou conta de que também estou com fome. Isso não deve estar ajudando meu humor. Mas me alegro vendo Ana comer.

Grace volta, parecendo preocupada.

— Tudo bem? — pergunta papai, e todos olham para ela.

— Mais um caso de sarampo. — Grace suspira fundo.

— Ah, não — diz papai.

— É, uma criança. O quarto caso este mês. Se ao menos as pessoas vacinassem os filhos. — Ela balança a cabeça. — Ainda bem que nossos filhos nunca passaram por isso. Nunca pegaram nada pior que catapora, graças a Deus. Coitado do Elliot.

Todos nós olhamos para ele, que para de mastigar, a boca ainda cheia, feito um animal bovino. Ele não fica à vontade no centro das atenções.

Kavanagh lança um olhar questionador para Grace.

— Christian e Mia tiveram sorte. Pegaram uma catapora muito branda, cada um só teve meia feridinha.

*Ah, pare com isso, mãe.*

— Então, pegou o jogo dos Mariners, pai? — Obviamente Elliot está querendo mudar o rumo da conversa, assim como eu.

— Não acredito que eles ganharam dos Yankees — diz Carrick.

— Você assistiu ao jogo, bonitão? — pergunta Elliot para mim.

— Não. Mas li a coluna de esportes.

— Os Mariners têm futuro. Ganharam nove dos últimos onze jogos, o que me dá esperança. — Papai parece animado.

— Com certeza estão tendo uma temporada melhor do que a de 2010 — acrescento.

— Gutierrez no meio de campo foi sensacional. Aquela pegada! Uau.

Elliot joga os braços para cima. Kavanagh se derrete por ele feito uma boba apaixonada.

— Está se adaptando ao apartamento novo, querida? — pergunta Grace a Ana.

— Só passamos uma noite lá, e ainda tenho que desempacotar tudo, mas adoro que seja tão central, dá para ir a pé até o Pike Place, e fica perto do lago.

— Ah, você está pertinho de Christian, então — comenta Grace.

A ajudante de mamãe começa a tirar a mesa. Ainda não consigo lembrar o nome dela. É suíça, austríaca ou algo assim, e não para de dar sorrisinhos e piscadelas para mim.

— Você conhece Paris, Ana? — pergunta Mia.

— Não, mas adoraria conhecer.

— Passamos a lua de mel em Paris — revela mamãe.

Ela e papai trocam um olhar, que, francamente, eu preferiria não ver. Fica óbvio que foi uma boa viagem.

— É uma cidade linda, apesar dos parisienses. Christian, você devia levar Ana a Paris! — exclama Mia.

— Acho que a Anastasia iria preferir Londres — respondo à sugestão ridícula da minha irmã.

Colocando a mão no joelho de Ana, exploro lentamente sua coxa e seu vestido vai subindo enquanto meus dedos avançam. Quero tocá-la, acariciá-la onde deveria estar sua calcinha. Quando meu pau desperta com expectativa, contenho um gemido e me remexo na cadeira.

Ela se afasta de mim como que para cruzar as pernas, e fecho a mão em torno de sua coxa.

*Não se atreva!*

Ana toma um gole de vinho, sem tirar os olhos da empregada da minha mãe, que está servindo os pratos principais.

— Então, qual é o problema dos parisienses? Eles não gostaram do seu jeito encantador? — provoca Elliot.

— Não gostaram, não. E o Monsieur Floubert, o ogro para quem eu trabalhava, era um tirano dominador.

Ana engasga com o vinho.

— Anastasia, você está bem? — pergunto, e solto sua coxa.

Ela assente, com as bochechas vermelhas. Dou tapinhas em suas costas e acaricio delicadamente seu pescoço. Um tirano dominador? Eu? A ideia me diverte. Mia me lança um olhar aprovando minha demonstração pública de afeto.

Mamãe preparou seu prato característico: filé à Wellington, uma receita que aprendeu em Londres. Devo admitir que é quase tão saboroso quanto o frango à milanesa de ontem. Apesar de ter engasgado, Ana come com prazer e é muito bom ver isso. Provavelmente está faminta após nossa tarde animada. Tomo um gole de vinho e reflito sobre outras maneiras de deixá-la esfomeada.

Mia e Kavanagh conversam sobre os méritos relativos de St. Bart's versus Barbados, onde a família Kavanagh vai se hospedar.

— Lembra-se do Elliot com a água-viva? — Os olhos de Mia brilham com deboche enquanto olha de Elliot para mim.

Dou risada.

— Gritando que nem uma menina? Lembro.

— Ei, aquilo poderia ser uma caravela-portuguesa! Odeio águas-vivas. Elas estragam tudo. — Elliot é enfático.

Mia e Kate caem na gargalhada, concordando com a cabeça.

Ana come cheia de apetite enquanto ouve a brincadeira. Todos se acalmaram e minha família está agindo de forma menos esquisita. Por que estou tão tenso? Isso acontece todos os dias no país inteiro, famílias se reúnem para desfrutar de uma boa refeição e da companhia uns dos outros. Será que estou tenso com a presença de Ana? Estou preocupado com a possibilidade de que não gostem dela ou de que ela não goste deles? Ou será porque ela vai para a Geórgia amanhã, e eu não sabia nada sobre isso, porra?

É confuso.

Mia está no centro das atenções, como de costume. Suas histórias sobre a vida e a culinária francesas são interessantes.

— Ah, mãe, *les pâtisseries sont tout simplement fabuleuses. La tarte aux pommes de M. Floubert est incroyable* — diz.

— *Mia, chérie, tu parles français* — interrompo. — *Nous parlons anglais ici. Eh bien, à l'exception bien sûr d'Elliot. Il parle idiote, couramment.*

Mia joga a cabeça para trás dando uma gargalhada estridente, e é impossível não acompanhá-la.

Ao fim do jantar, a tensão está realmente me cansando. Quero ficar sozinho com a minha garota. Tenho certa tolerância para conversa fiada, mesmo com a minha família, e cheguei ao limite. Baixo os olhos para Ana, então estico o braço e puxo um pouco seu queixo.

— Não morda o lábio. Eu quero fazer isso.

Também preciso estabelecer algumas regras básicas. Temos que conversar sobre sua viagem improvisada para a Geórgia e sobre sair para beber com homens que são apaixonados por ela. Além disso, ela deve aceitar meu toque, sempre que eu quiser tocá-la. Observo sua reação enquanto meus dedos deslizam por sua coxa em direção à área sem calcinha, incitando sua pele. Ela prende a respiração e junta as pernas com força, bloqueando meus dedos, me detendo.

*Chega.*

Tenho que pedir licença para sair da mesa de jantar.

— Quer que eu a leve para conhecer a casa? — pergunto a Ana, mas não lhe dou oportunidade de responder.

Seus olhos estão brilhantes e sérios quando segura minha mão.

— Com licença — diz ela a Carrick, e eu a conduzo para fora do cômodo.

Mamãe e Mia estão arrumando as coisas na cozinha.

— Vou mostrar o jardim a Anastasia — aviso para minha mãe, fingindo estar animado.

Lá fora, meu humor desaba quando minha raiva vem à tona.

*Calcinha. O fotógrafo. Geórgia.*

Atravessamos o pátio e subimos os degraus até o gramado. Ana para um instante para admirar a vista.

*É, é. Seattle. Luzes. Lua. Água.*

Continuo percorrendo o amplo gramado em direção ao ancoradouro dos meus pais.

— Pare, por favor — pede Ana.

Paro e a olho fixamente.

— Meu salto. Preciso tirar os sapatos.

— Não se incomode — rosno, e rapidamente a coloco em cima do meu ombro.

Ela dá um gritinho de surpresa.

*Ei.* Dou uma palmada, com força, na sua bunda.

— Não levante a voz — repreendo-a, e sigo pelo gramado.

— Aonde vamos? — choraminga ela, quicando em meu ombro.

— Ao ancoradouro.

— Por quê?

— Preciso ficar sozinho com você.

— Para quê?

— Porque vou te dar uma surra e depois te foder.

— Por quê? — resmunga ela.

— Você sabe por quê — respondo.

— Pensei que você fosse o tipo que reage na hora.

— Anastasia, a hora é agora, confie em mim.

Abrindo de uma vez a porta do ancoradouro, entro e acendo a luz. Enquanto as lâmpadas fluorescentes ganham vida, subo os degraus que levam até o quartinho. Ali dentro, acendo outro interruptor e lâmpadas alógenas iluminam o cômodo.

Deslizo o corpo de Ana pelo meu, me deleitando ao senti-la, e coloco-a de pé. Seu cabelo está escuro e indomado, os olhos brilhantes sob a luz das lâmpadas, e sei que está sem calcinha. Eu a quero. Agora.

— Por favor, não me bata — sussurra ela.

Não entendo. Olho para ela embasbacado.

— Não quero apanhar de você, aqui, agora. Por favor, não me bata.

*Mas...* Eu a observo boquiaberto, paralisado. *É para isso que estamos aqui.* Ela ergue a mão, e, por um instante, fico sem saber o que vai fazer. A escuridão se agita e se retorce na minha garganta, ameaçando me sufocar se Ana tocar em mim. Mas ela coloca os dedos na minha bochecha e delicadamente os desliza até meu queixo. A escuridão derrete e é esquecida. Fecho os olhos, sentindo seus dedos delicados em mim. Com a outra mão, ela mexe no meu cabelo, passando os dedos por ele.

— Ah — gemo, e não sei se é de medo ou desejo.

Estou sem fôlego, de pé na beira de um precipício. Quando abro os olhos, ela dá um passo à frente para que seu corpo fique colado ao meu. Agarra meu cabelo e o puxa de leve, unindo os lábios aos meus. Eu a observo fazer isso, como um espectador fora do meu corpo. Nossos lábios se tocam e fecho os olhos enquanto ela enfia a língua na minha boca. É o som do meu gemido que quebra o feitiço que ela lançou.

*Ana.*

Passo os braços em volta dela, retribuindo seu beijo, colocando duas horas de ansiedade e tensão no nosso beijo, minha língua possuindo-a, reconectando-se com ela. Minhas mãos agarram seu cabelo e sinto seu gosto, sua língua, seu corpo no meu enquanto inflamo feito gasolina.

*Porra.*

Quando me afasto, nós dois estamos sem ar e suas mãos agarram meus braços. Estou confuso. Eu queria lhe dar umas palmadas. Mas ela disse não. Assim como na mesa de jantar.

— O que está fazendo comigo? — pergunto.

— Beijando você.

— Você disse não.

— O quê?

Ela fica sem entender, ou talvez tenha se esquecido do que aconteceu.

— Na mesa de jantar, com suas pernas.

— Mas estávamos na mesa de jantar dos seus pais.

— Ninguém jamais me disse não antes. E isso é muito... excitante.

E diferente. Coloco a mão em seu traseiro e a puxo para mim, tentando recuperar o controle da situação.

— Você ficou zangado e excitado porque eu disse não? — Sua voz sai rouca.

— Estou zangado porque você nunca me falou da Geórgia. Estou zangado porque você foi beber com aquele cara que tentou seduzi-la quando estava bêbada e a largou com uma pessoa praticamente desconhecida quando você estava passando mal. Que tipo de amigo faz isso? E estou zangado e excitado porque você fechou as pernas para mim.

*E porque está sem calcinha.*

Meus dedos levantam um pouco seu vestido.

— Eu quero você, e quero agora. E se não vai me deixar bater em você, que é o que merece, vou trepar com você nesse sofá agora mesmo, para o meu prazer, não o seu.

Segurando-a perto de mim, noto que ela está arfando enquanto deslizo minha mão por seus pelos pubianos e enfio o dedo médio dentro dela. Ouço um gemido baixo e sensual de apreciação vindo do fundo de sua garganta. Ela está tão pronta...

— Isso é meu. Todo meu. Entendeu?

Deslizo o dedo para dentro e para fora dela, segurando-a, enquanto seus lábios se abrem com choque e desejo.

— Sim, seu — sussurra ela.

*Sim. Meu. E não vou deixar você se esquecer disso, Ana.*

Eu a empurro para o sofá, abro a braguilha e me deito em cima dela, prendendo-a debaixo de mim.

— Mãos na cabeça — rosno entre os dentes.

Eu me ajoelho e afasto as pernas, forçando as suas a se abrirem mais. Pego uma camisinha no bolso de dentro do blazer e depois jogo-o no chão. Com os olhos fixos nos dela, abro a embalagem e desenrolo a camisinha por meu pau ávido. Ana coloca as mãos na cabeça, me observando, os olhos brilhando de desejo. Quando me aproximo, ela se contorce, erguendo o quadril para me saudar e provocar.

— Não temos muito tempo. Isso vai ser rápido, e é para mim, não para você. Entendeu? Não goze, ou vai apanhar — ordeno, focando em seus olhos arregalados e confusos, e, com um movimento brusco e ágil, eu a penetro.

Ana dá aquele gritinho bem-vindo e familiar de prazer. Eu a contenho para que ela não consiga se mover, e começo a fodê-la, devorando-a. Mas ela flexiona a pélvis avidamente, vindo ao meu encontro cada vez que eu meto, me estimulando.

*Ah, Ana. Isso, baby.*

Ela retribui, igualando meu ritmo ardente, repetidas vezes.

*Ah, a sensação de estar dentro dela.*

E eu me perco. Nela. Nisso. Em seu cheiro. E não sei se é porque estou zangado, tenso ou...

*Iiiiisso.* Gozo rapidamente, perdendo todo o bom senso quando explodo dentro dela. Fico parado. Preenchendo-a. Dominando-a. Lembrando a ela que é minha.

*Porra.*

Isso foi...

Saio de dentro dela e me ajoelho.

— Não se masturbe. — Minha voz sai rouca e ofegante. — Quero você frustrada. É isso que você me provoca ao não falar comigo, ao me negar o que é meu.

Ela assente, estirada abaixo de mim, o vestido embolado na cintura de forma que consigo ver que está dilatada, molhada e cheia de desejo, com a aparência da deusa que é. Fico de pé, tiro a camisinha usada e dou um nó, depois me visto, pegando meu blazer no chão.

Respiro fundo. Estou mais calmo agora. Bem mais.

*Porra, isso foi muito bom.*

— É melhor a gente voltar para lá.

Ela se senta, me encarando com olhos sombrios e inescrutáveis.

Nossa, como é bonita.

— Tome. Pode vestir isso.

Pego sua calcinha de renda no bolso do blazer e entrego a ela. Acho que está tentando não rir.

*É, é. Ganhou o jogo, Srta. Steele.*

— *Christian!* — grita Mia do andar de baixo.

*Merda.*

— Bem na hora. Nossa, às vezes ela é muito irritante.

Mas minha irmãzinha é assim. Alarmado, olho para Ana enquanto ela veste a calcinha. Ficando de pé para ajeitar o vestido e arrumar o cabelo com os dedos, ela faz uma careta para mim.

— Aqui em cima, Mia — chamo. — Bem, Srta. Steele, sinto-me melhor por isso, mas ainda quero espancar você.

— Acho que não mereço isso, Sr. Grey, especialmente depois de tolerar seu ataque a troco de nada. — Ela é articulada e formal.

— A troco de nada? Você me beijou.

— Foi um ataque como a melhor forma de defesa.

— Defesa contra o quê?

— Você e sua mão descontrolada. — Ela tenta conter um sorriso.

Os saltos de Mia estalam quando ela sobe a escada.

— Mas foi tolerável? — pergunto.

Ana dá um sorriso malicioso.

— Muito pouco.

— Ah, vocês estão aí! — exclama Mia, dando um grande sorriso para nós.

Dois minutos antes e essa poderia ter sido uma situação muito constrangedora.

— Eu estava mostrando a propriedade a Anastasia.

Estendo a mão para Ana e ela a segura. Quero beijar os nós dos seus dedos, mas me contento com um leve aperto.

— Kate e Elliot já vão embora. Aqueles dois não são incríveis? Não conseguem ficar sem se tocar. — Mia franze o nariz com nojo. — O que andaram fazendo aqui?

— Estava mostrando a Anastasia meus troféus de remo. — Com minha mão livre, faço um gesto para as estatuetas de falso metal precioso, da época que eu era remador em Harvard, organizadas nas prateleiras na extremidade do quarto. — Vamos nos despedir de Kate e Elliot.

Mia se vira para sair e deixo Ana passar na minha frente, mas antes de chegarmos à escada, dou um tapa em seu traseiro.

Ela reprime um gritinho.

— Vou fazer isso de novo, Anastasia, e logo — sussurro em seu ouvido, e a abraço, beijando seu cabelo.

Atravessamos de mãos dadas o gramado em direção à casa enquanto Mia fica tagarelando ao nosso lado. A noite está linda, foi um dia lindo. Fico feliz que Ana tenha conhecido minha família.

Por que eu nunca tinha feito isso?

*Porque nunca quis.*

Aperto a mão de Ana, ela me lança um olhar tímido e dá um sorriso muito meigo. Levo suas sandálias na outra mão e quando chegamos aos degraus de pedra, eu me abaixo para calçá-las em seus pés.

— Pronto — anuncio ao terminar.

— Ora, obrigada, Sr. Grey — diz ela.

— O prazer é, e foi, todo meu.

— Estou ciente disso, senhor — provoca ela.

— Ah, vocês dois são uma graça! — comenta Mia ao entrarmos na cozinha.

Ana me olha de esguelha.

Quando voltamos para o corredor, Kavanagh e Elliot estão prestes a ir embora. Ana dá um abraço em Kate, mas então a puxa para um canto para ter uma conversa fervorosa em particular. *Sobre o que é isso aí, porra?* Elliot segura Kavanagh pelo braço e meus pais acenam quando os dois sobem na picape dele.

— A gente devia ir embora também. Você tem entrevistas amanhã.

Precisamos dirigir até o novo apartamento dela e já são quase onze horas.

— Nunca pensamos que ele encontraria alguém! — confessa Mia ao dar um abraço forte em Ana.

*Ah, puta merda...*

— Cuide-se, Ana, querida — diz Grace, sorrindo calorosamente para a minha garota.

Puxo Ana para o meu lado.

— Não vamos assustá-la nem estragá-la com excesso de carinho.

— Christian, pare de provocar — repreende Grace à sua maneira habitual.

— Mãe. — Dou-lhe um beijo.

Obrigado por convidar Ana. Foi uma revelação.

Ana se despede do meu pai e vamos em direção ao Audi, onde Taylor nos espera, segurando a porta de trás aberta para ela.

— Bem, parece que minha família também gosta de você — comento quando me junto a Ana no banco de trás.

Seus olhos refletem a luz da varanda dos meus pais, mas não tenho como saber o que ela está pensando. Seu rosto está coberto de sombras enquanto Taylor nos conduz suavemente até a estrada.

Flagro-a me observando sob a centelha de luz de um poste. Está nervosa. Há algo errado.

— O que foi? — pergunto.

De início, ela fica em silêncio, e quando fala há certo vazio em sua voz.

— Acho que você acabou se sentindo obrigado a me trazer para conhecer seus pais. Se o Elliot não tivesse convidado a Kate, você nunca teria me convidado.

*Droga.* Ela não entende. Foi uma primeira vez para mim. Eu estava nervoso. Com certeza, a esta altura, Ana deve saber que, se eu não a quisesse aqui, ela não estaria aqui. Ao passarmos da luz para a escuridão dos postes na rua, ela parece distante e chateada.

*Grey, assim não vai dar.*

— Anastasia, estou satisfeito que você tenha conhecido meus pais. Por que é tão insegura? Isso sempre me espanta. Você é uma mulher muito forte e independente, mas tem ideias muito negativas sobre si mesma. Se eu não quisesse apresentá-la a eles, você não estaria aqui. Foi assim que se sentiu o tempo todo enquanto esteve lá?

Balanço a cabeça, pego sua mão e aperto-a mais uma vez para tranquilizá-la. Ela olha nervosa para Taylor.

— Não se preocupe com o Taylor. Fale comigo.

— Sim. Pensei isso. E outra coisa, eu só mencionei a Geórgia porque Kate estava falando em Barbados. Ainda não me decidi.

— Você quer ir ver sua mãe?

— Quero.

Minha ansiedade vem à tona. Ela quer me deixar? Se for para a Geórgia, é possível que a mãe a convença a encontrar alguém mais... apropriado, alguém que, como sua mãe, acredite em romance.

Tenho uma ideia. Ela conheceu meus pais, eu conheci Ray, então talvez eu devesse conhecer sua mãe, a romântica incurável. Jogar meu charme para cima dela.

— Posso ir com você? — pergunto, sabendo que ela vai dizer não.

— Hã... Acho que não é uma boa ideia — responde ela, surpresa com a minha pergunta.

— Por quê?

— Eu estava esperando uma trégua dessa... intensidade toda, para colocar meus pensamentos em ordem.

*Merda. Ela quer mesmo me deixar.*

— Eu sou muito intenso?

Ela ri.

— Bota intenso nisso!

Nossa, adoro fazê-la rir, mesmo que seja às minhas custas, e fico aliviado que ela não tenha perdido o senso de humor. Talvez não queira me deixar, no fim das contas.

— Está rindo de mim, Srta. Steele? — provoco.

— Eu não me atreveria, Sr. Grey.

— Acho que se atreveria, e acho que ri de mim com frequência.

— Você é bem engraçado.

— Engraçado?

— Ah, é.

Ela está zombando de mim. É novidade.

— Engraçado estranho ou engraçado rá-rá-rá?

— Ah... muito de um e um pouco do outro.

— O que predomina?

— Deixo para você decidir isso.

Suspiro.

— Não sei se consigo decidir alguma coisa perto de você. — Meu tom de voz é seco. — Sobre o que você precisa pensar na Geórgia?

— Sobre nós.

*Porra.*

— Você disse que tentaria — lembro a ela delicadamente.

— Eu sei.

— Está reconsiderando?

— Talvez.

É pior do que eu temia.

— Por quê?

Ela me encara em silêncio.

— Por quê, Anastasia? — insisto.

Ela dá de ombros, a boca curvada para baixo, e espero que se sinta reconfortada com a minha mão tocando a dela.

— Fale comigo. Não quero perder você. Essa última semana...

*Foi a melhor da minha vida.*

— Eu ainda quero mais — fala ela baixinho.

*Ah, não, isso de novo, não. O que ela precisa que eu diga?*

— Eu sei. Vou tentar. — Seguro seu queixo. — Por você, Anastasia, eu vou tentar.

*Acabei de levar você para conhecer meus pais, pelo amor de Deus.*

De repente, ela tira o cinto de segurança e, antes que eu me dê conta, está no meu colo.

*Que isso?*

Fico sentado, imóvel, enquanto seus braços envolvem minha cabeça e seus lábios encontram os meus, me arrancando um beijo antes que a escuridão comece a surgir. Minhas mãos sobem por suas costas até que seguro sua cabeça e retribuo seu fervor, explorando sua boca tão doce, tentando encontrar respostas... Sua afeição inesperada é profundamente desconcertante. Nova. E desnorteante. Achei que ela queria me deixar, e agora está no meu colo me excitando, de novo.

Eu nunca... nunca... *Não vá, Ana.*

— Fique comigo esta noite. Se for embora, vou passar a semana toda sem ver você. Por favor — sussurro.

— Sim — murmura ela. — E também vou tentar. Vou assinar seu contrato.

*Ah, baby.*

— Assine depois da Geórgia. Pense sobre isso. Pense bem, baby.

Quero que ela faça isso por vontade própria. Não quero forçá-la. Bem, parte de mim não quer. A parte racional.

— Vou pensar — diz ela, e se aconchega ao meu corpo.

Essa mulher me prende a ela.

*Que irônico, Grey.*

Sinto vontade de rir, porque estou aliviado e feliz, mas a abraço, sentindo seu cheiro agradável e reconfortante.

— Você realmente devia colocar o cinto de segurança — repreendo-a, mas não quero que ela se mova.

Ela continua envolta em meu abraço, o corpo relaxando lentamente encostado no meu. A escuridão dentro de mim está quieta, contida, e fico confuso com minhas emoções conflitantes. O que quero dela? De que preciso?

Não é assim que as coisas deveriam estar progredindo, mas gosto de tê-la em meus braços, gosto de niná-la assim. Beijo seu cabelo, me recosto e aprecio o trajeto até Seattle.

Taylor para o carro em frente ao Escala.

— Chegamos em casa — sussurro para Ana.

Não quero soltá-la, mas a coloco sentada no banco. Taylor abre a porta do carro e ela se junta a mim na entrada do prédio.

Ana estremece.

— Por que você não trouxe um casaco? — pergunto ao tirar meu blazer e colocá-lo sobre seus ombros.

— Deixei no carro novo — diz ela, bocejando.

— Cansada, Srta. Steele?

— Sim, Sr. Grey. Hoje fui solicitada de formas que eu nunca tinha considerado possíveis.

— Bem, se você realmente estiver sem sorte, posso solicitar um pouco mais.

*Se eu me der bem.*

Ela se apoia na parede do elevador quando subimos até a cobertura. Parece magra, pequena e sexy com o meu blazer. Se estivesse sem calcinha eu poderia possuí-la aqui mesmo... Estico o braço e solto seu lábio dos dentes.

— Um dia, vou foder você neste elevador, Anastasia, mas agora você está cansada, então acho que devíamos nos ater a uma cama.

Eu me abaixo e agarro delicadamente seu lábio inferior com os dentes. Ela prende a respiração e devolve o gesto cravando os próprios dentes no meu lábio superior.

Sinto isso entre as minhas pernas.

Quero levá-la para a cama e me perder dentro dela. Depois da conversa que tivemos no carro, só desejo me assegurar de que ela é minha. Quando saímos do elevador, ofereço-lhe uma bebida, mas ela recusa.

— Ótimo. Vamos para a cama.

Ela parece surpresa.

— Vai se conformar com o simples e velho sexo baunilha?

— Baunilha não tem nada de simples e velho. É um sabor muito intrigante.

— Desde quando?

— Desde sábado passado. Por quê? Estava torcendo por algo mais exótico?

— Ah, não. Para mim, já chega de exotismo por hoje.

— Tem certeza? Temos todos os sabores aqui, ou pelo menos trinta e um.

Lanço-lhe um olhar lascivo.

— Já reparei. — Ela ergue uma bela sobrancelha.

— Vamos, Srta. Steele, você tem um grande dia amanhã. Quanto antes for para a cama, mais cedo vou te foder, e mais cedo poderá dormir.

— Sr. Grey, você é muito romântico.

— Srta. Steele, você é uma piadista. Talvez eu tenha que controlar esse seu lado de alguma forma. Venha.

*É. Conheço uma maneira.*

Fechando a porta do meu quarto, sinto-me mais leve do que no carro. Ela ainda está aqui.

— Mãos para cima — ordeno, e ela obedece.

Pego a barra do seu vestido e puxando-o com agilidade, tiro-o de seu corpo, revelando a linda mulher ali embaixo.

— Ta-rã!

Sou um mágico. Ana dá um risinho e me aplaude. Eu me curvo para agradecer, apreciando a brincadeira, antes de deixar seu vestido na cadeira.

— Qual seu próximo truque? — pergunta ela com olhos brilhantes.

— Ah, minha cara Srta. Steele. Vá para minha cama e eu mostro.

— Acha que pela primeira vez eu devo bancar a difícil? — provoca ela, e inclina a cabeça para o lado, fazendo o cabelo cair sobre o ombro.

Uma brincadeira nova. Isso é interessante.

— Bem... a porta está fechada. Não sei como você vai me evitar. Acho que não tem saída.

— Mas sou boa negociadora — diz ela, a voz suave, mas determinada.

— Eu também.

Bem, o que está havendo aqui? Ela está relutante? Cansada demais? O quê?

— Não quer foder? — pergunto, confuso.

— Não — murmura ela.

— Ah.

Que decepção.

Ela engole em seco e depois diz, baixinho:

— Quero que você faça amor comigo.

Encaro Ana, perplexo.

O que ela quer dizer, exatamente?

Fazer amor? Nós fazemos. Já fizemos. É só outro termo para foder.

Ela me observa com uma expressão séria. *Droga.* Será essa a ideia dela de querer mais? Toda a ladainha romântica, será que é isso o que ela quer dizer? Mas é só uma questão de semântica, não é? Isso é semântica.

— Ana, eu… — O que ela quer de mim? — Pensei que a gente tivesse feito.

— Quero tocar em você.

*Porra.* Não. Dou um passo para trás quando a escuridão envolve minhas costelas.

— Por favor — sussurra ela.

Não. *Não.* Já não deixei isso claro?

Não suporto ser tocado. Não consigo.

Nunca.

— Ah, não, Srta. Steele, você já teve muitas concessões da minha parte por hoje. Então não.

— Não? — indaga ela.

— Não.

Por um instante, quero mandá-la para casa, ou para o andar de cima, qualquer lugar longe de mim. Não aqui.

*Não toque em mim.*

Ela me observa com cautela e penso no fato de que vai viajar amanhã e vou ficar sem vê-la por um tempo. Suspiro. Não tenho energia para isso.

— Olha, você está cansada e eu também. Vamos só nos deitar.

— Então o toque é um limite rígido para você?

— É. Isso não é novidade. — Não consigo esconder a exasperação na minha voz.

— Por favor, então me diga por quê.

Não quero tocar nesse assunto. Não é uma conversa que quero ter. Nunca.

— Ah, Anastasia, por favor. Deixe isso para lá por enquanto.

Seu rosto assume uma expressão de desânimo.

— É importante para mim — diz ela, com um apelo hesitante na voz.

— Puta merda — murmuro para mim mesmo.

Vou até a cômoda, pego uma camiseta e a jogo para ela.

— Vista isso e vá para a cama.

Por que estou deixando que ela durma comigo? Mas é uma pergunta retórica, pois, no fundo, sei a resposta. É porque durmo melhor com ela.

Ela é minha apanhadora de sonhos.

Afasta meus pesadelos.

Ana se vira de costas para mim, tira o sutiã e veste a camiseta.

O que eu disse a ela no quarto de jogos essa tarde? Ela não deve esconder o corpo de mim.

— Preciso ir ao banheiro — diz ela.

— Agora você está pedindo licença?

— Hã... não.

— Anastasia, você sabe onde é o banheiro. Hoje, a essa altura desse nosso acordo estranho, você não precisa da minha permissão para usá-lo.

Desabotoo e tiro minha camisa e Ana passa apressada por mim, saindo do quarto, enquanto tento não perder a cabeça.

O que deu nela?

Uma noite na casa dos meus pais e ela quer serenatas, pores do sol e caminhadas debaixo de chuva, porra. Isso não tem nada a ver comigo. Já disse a ela. Não curto romance. Suspiro fundo ao tirar a calça.

Mas ela quer mais. Quer toda essa merda romântica.

*Porra.*

Jogo a calça no cesto de roupa suja do closet e visto uma calça de pijama, depois volto para o quarto.

*Isso não vai dar certo, Grey.*

Mas eu quero que dê.

*Você deveria abrir mão dela.*

*Não.* Posso fazer dar certo. De alguma forma.

O relógio marca onze e quarenta e seis. Hora de ir para a cama. Checo meu celular para ver se recebi algum e-mail urgente. Não há nada. Bato na porta do banheiro.

— Pode entrar — diz Ana, fazendo um gargarejo.

Ela está escovando os dentes, a boca literalmente espumando... com a minha escova. Ela cospe na pia quando fico ao seu lado e nos entreolhamos no espelho. Seus olhos brilham, travessos e bem-humorados. Ana enxágua a escova de dentes e, sem dizer nada, a entrega para mim. Eu a coloco na boca, e ela parece satisfeita consigo mesma.

E, de repente, toda a tensão da conversa que tivemos mais cedo se evapora.

— Fique à vontade para usar minha escova de dentes — digo com sarcasmo.

— Obrigada, senhor.

Ela abre um grande sorriso e, por um instante, acho que vai fazer uma reverência, mas me deixa sozinho para escovar os dentes.

Quando volto para o quarto, ela está deitada debaixo das cobertas. Deveria estar deitada debaixo de mim.

— Você sabe que não foi assim que imaginei que essa noite acabaria. — Soo aborrecido.

— Imagine se eu dissesse que você não podia tocar em mim — diz ela, argumentativa como sempre.

Ela não vai deixar isso para lá. Sento-me na cama.

— Anastasia, eu já disse. Cinquenta tons. Tive um começo de vida difícil... e você não vai querer saber dessa merda. Por que iria?

*Ninguém deveria ter que saber dessa merda!*

— Porque quero conhecer você melhor.

— Você já me conhece o suficiente.

— Como pode dizer isso?

Ela se senta e então fica de joelhos de frente para mim, séria e ansiosa.

*Ana. Ana. Ana. Deixe isso para lá. Por favor, porra.*

— Você está revirando os olhos — diz ela. — Da última vez que fiz isso, acabei no seu colo levando umas palmadas.

— Ah, eu gostaria de botar você de novo nessa posição.

Agora.

Seu rosto se ilumina.

— Conte, e pode botar.

— O quê?

— Você me ouviu.

— Está barganhando comigo? — Minha voz entrega minha incredulidade.

Ela assente.

— Negociando.

Franzo a testa.

— Isso não funciona assim, Anastasia.

— Tudo bem. Conte, e eu reviro os olhos para você.

Eu rio. Agora ela está sendo ridícula... e fofa com a minha camiseta. Seu rosto brilha de ansiedade.

— Sempre tão ávida por informações — comento, impressionado.

E um pensamento me ocorre: eu poderia dar umas palmadas nela. Quero fazer isso desde o jantar, mas pode ser de um jeito divertido.

Desço da cama.

— Não vá embora — aviso, saindo dali.

Busco a chave do quarto de jogos no meu escritório e subo a escada. Lá, pego os brinquedos que quero na cômoda e considero levar lubrificante também, mas, pensando bem, e a julgar pela minha experiência recente, acho que Ana não vai precisar.

Ao voltar, encontro-a sentada na cama, a expressão repleta de curiosidade.

— A que horas é sua primeira entrevista amanhã? — pergunto.

— Às duas.

Excelente. Nada de manhã cedo.

— Ótimo. Saia da cama. Venha até aqui.

Aponto para um lugar à minha frente.

Ana sai da cama sem hesitar, ansiosa como sempre. Está esperando.

— Confia em mim?

Ela faz que sim e eu estendo a mão, mostrando duas bolas de prata para pompoarismo. Ela franze a testa e olha primeiro para as bolas, depois para mim.

— São novas. Vou botar isso dentro de você, e depois vou bater em você, não para castigá-la, mas para o seu prazer e o meu.

## SEGUNDA-FEIRA, 30 DE MAIO DE 2011

Sua respiração forte é como música para o meu pau.

— Depois, a gente fode — sussurro —, e, se você ainda estiver acordada, darei algumas informações sobre meus anos pregressos. De acordo?

Ela concorda. Sua respiração acelerou, suas pupilas dilataram e ficaram mais escuras com seu desejo e sua sede de conhecimento.

— Boa garota. Abra a boca.

Ela hesita por um instante, confusa. Mas faz o que mando antes que eu possa repreendê-la.

— Abra mais.

Insiro as duas bolas em sua boca. São um pouco grandes e pesadas, mas vão manter sua boca atrevida ocupada por um ou dois minutos.

— Elas precisam de lubrificação. Chupe.

Ana pisca e tenta chupar. Sua postura muda subitamente conforme ela aperta as coxas e se contorce.

*Ah, sim.*

— Não se mexa, Anastasia — advirto, mas estou gostando do espetáculo. *Chega.* — Pare — ordeno, e tiro as bolas de sua boca. Na cama, jogo o edredom para o lado e me sento. — Venha até aqui.

Ela se aproxima de mim, lasciva e sexy.

*Ah, Ana, minha esquisitinha.*

— Agora vire-se, abaixe-se e segure os tornozelos. — Sua expressão me diz que não é o que ela esperava ouvir. — Não hesite — repreendo.

Depois enfio as bolas na boca. Ela se vira e sem esforço se inclina, mostrando as longas pernas e a bunda linda para mim, minha camiseta escorregando pelas costas até sua cabeça e seu cabelo comprido.

Bem, eu poderia passar um tempo observando esse espetáculo glorioso e imaginando o que eu gostaria de fazer com ela. Mas agora quero lhe dar palmadas e foder. Coloco a mão no seu traseiro, apreciando seu calor sob a palma enquanto a acaricio por dentro da calcinha.

*Ah, essa bunda é minha, só minha. E vai ficar ainda mais quente.*

Deslizo a calcinha para um lado, expondo seus lábios, e a mantenho ali com uma das mãos. Resisto ao desejo de correr a língua para cima e para baixo em seu sexo. Além do mais, minha boca está ocupada. Em vez disso, traço uma linha do períneo até seu clitóris e para cima novamente, antes de enfiar meu dedo nela.

Lá do fundo da garganta, solto um gemido de aprovação e, devagar, descrevo círculos com o dedo, alargando-a. Ela geme e fico duro. Instantaneamente.

A Srta. Steele aprova. Ela quer isso.

Mais uma vez, faço movimentos circulares dentro dela, em seguida tiro o dedo, ao mesmo tempo em que removo as bolas da minha boca. Delicadamente, insiro a primeira bola dentro dela, depois a segunda, deixando a etiqueta do lado de fora, envolvendo seu clitóris. Beijo sua bunda nua e coloco a calcinha de volta no lugar.

— Levante-se — ordeno, e seguro seu quadril até ter certeza de que ela está firme em pé. — Você está bem?

— Estou. — A voz dela sai rouca.

— Vire-se.

Ela obedece imediatamente.

— Como se sente? — pergunto.

— Estranha.

— No bom ou no mau sentido?

— No bom — responde.

— Ótimo.

Ela vai precisar se acostumar com as bolas. Que maneira melhor do que se esticar para pegar alguma coisa?

— Quero um copo d'água. Vá pegar para mim, por favor. E, quando você voltar, vou lhe dar umas palmadas. Pense nisso, Anastasia.

Ela fica confusa, mas se vira e anda com cuidado, dando passos hesitantes, saindo do quarto. Enquanto ela está lá fora, pego uma camisinha na gaveta. Estou ficando sem, então vou ter que repor o estoque até a pílula começar a fazer efeito. Sentado de costas na cama, aguardo com impaciência.

Quando volta para o quarto, ela anda com mais confiança, trazendo minha água.

— Obrigado — digo, tomando um gole rápido e colocando o copo na mesa de cabeceira.

Quando ergo os olhos, ela está me observando com um desejo evidente.

O desejo lhe cai bem.

— Venha. Fique em pé ao meu lado. Como da última vez.

Ela obedece, e sua respiração sai irregular... pesada. Cara, ela está muito excitada. Tão diferente da última vez em que bati nela.

*Vamos irritá-la mais um pouco, Grey.*

— Peça. — Minha voz é firme.

Uma expressão de perplexidade surge em seu rosto.

— Peça.

*Vamos, Ana.*

Ela franze o cenho.

— Peça, Anastasia. Não vou repetir. — Minha voz é ríspida.

Finalmente, ela percebe o que estou pedindo e cora.

— Me bata, por favor... senhor — diz ela baixinho.

Essas palavras... Fecho os olhos e as deixo ecoar pela minha cabeça. Pegando sua mão, puxo-a com força para cima dos meus joelhos de maneira que seu torso fique em cima da cama. Enquanto acaricio sua bunda com uma das mãos, afasto seu cabelo do rosto com a outra, colocando-o atrás da orelha. Então agarro seu cabelo na altura da nuca para mantê-la firme no lugar.

— Quero ver seu rosto enquanto bato em você, Anastasia.

Afago sua bunda, empurrando sua vulva, pois sei que isso vai aprofundar ainda mais as bolas dentro dela.

Ela geme em aprovação.

— Isso é para nosso prazer, Anastasia.

Levanto a mão e dou uma palmada nela.

— Ai! — diz Ana, contraindo o rosto, e esfrego seu lindo traseiro, enquanto ela se ajusta à sensação.

Quando ela relaxa, dou outra palmada. Ana geme, e reprimo minha reação. Começo a seguir um padrão: lado direito, lado esquerdo, depois na junção das coxas com a bunda. Entre cada palmada, acaricio e massageio seu traseiro, observando sua pele ganhar um delicado tom cor-de-rosa sob a calcinha de renda.

Ela geme, absorvendo o prazer, apreciando a experiência.

Paro. Quero ver sua bunda com aquele tom rosado glorioso. Sem pressa, atiçando-a, abaixo sua calcinha, deslizando as pontas dos dedos por suas coxas, passando por trás dos seus joelhos e das panturrilhas. Ela levanta os pés e joga a calcinha no chão. Ana se contorce, mas para quando coloco a mão espalmada em sua pele rosada e brilhante. Agarrando de novo seu cabelo, recomeço. Suave de início, depois retomando o padrão.

Ela está molhada. Sua excitação está na palma da minha mão.

Agarro mais forte seu cabelo e ela geme, os olhos fechados, a boca aberta e relaxada.

*Porra, ela é gostosa.*

— Boa garota. — Minha voz está rouca, minha respiração, irregular.

Dou mais algumas palmadas até que não consigo mais aguentar.

Eu a quero.

Agora.

Enrolo os dedos em volta da etiqueta presa às bolas e puxo-as de dentro dela.

Ana grita de prazer. Virando-a, me detenho para arrancar minha calça e colocar uma maldita camisinha, depois me deito ao lado dela. Agarro suas mãos, levantando-as sobre a cabeça e vagarosamente relaxo por cima e para dentro dela enquanto Ana mia como um gato.

— Ah, baby. — Ela está incrível.

*"Quero que você faça amor comigo."* Suas palavras ecoam na minha cabeça.

E delicadamente, ah, tão delicadamente, começo a me mexer, sentindo cada centímetro precioso dela embaixo e em volta de mim. Eu a beijo, saboreando sua boca e seu corpo de uma só vez. Ela enrosca as pernas nas minhas, indo ao encontro de cada penetração sutil, se remexendo até que acelera sem parar e se liberta.

O orgasmo dela me faz perder o controle.

— Ana! — grito, jorrando dentro dela. Deixando sair. Uma liberação bem-vinda que me deixa... querendo mais. Precisando de mais.

Conforme recupero o equilíbrio, afasto a estranha onda de emoções que me invade. Não é como a escuridão, mas é algo que devo temer. Algo que não compreendo.

Ela dobra os dedos sobre os meus e abro os olhos, encontrando seu olhar sonolento e saciado.

— Gostei disso — sussurro e lhe dou um beijo demorado.

Ana me recompensa com um sorriso cheio de sono. Eu me levanto, cubro-a com o edredom, pego minha calça de pijama e vou até o banheiro, onde retiro a camisinha e a jogo no lixo. Visto a calça e pego o creme de arnica.

De volta à cama, ela me recebe com um grande sorriso.

— Vire de bruços — ordeno, e por um instante acho que ela vai revirar os olhos, mas desiste e se mexe. — A cor da sua bunda está maravilhosa — comento, satisfeito com o resultado.

Coloco um pouco do creme na palma da mão e massageio vagarosamente suas nádegas.

— Desembucha, Grey — diz ela no meio de um bocejo.

— Srta. Steele, você sabe como acabar com um clima.

— A gente fez um acordo — insiste.

— Como está se sentindo?

— Enganada.

Suspirando alto, deixo o creme de arnica na mesa de cabeceira e deslizo para a cama, puxando Ana para os meus braços. Beijo sua orelha.

— A mulher que me botou no mundo era uma prostituta viciada em crack, Anastasia. Agora durma.

Sinto-a ficar tensa nos meus braços.

Não me mexo. Não quero sua piedade nem solidariedade.

— Era? — murmura.

— Ela morreu.

— Há quanto tempo?

— Ela morreu quando eu tinha quatro anos. Não me lembro muito dela. Carrick me deu alguns detalhes. Só me lembro de algumas coisas. Por favor, agora durma.

Depois de um tempo, ela também relaxa.

— Boa noite, Christian. — Sua voz está cheia de sono.

— Boa noite, Ana.

Eu a beijo mais uma vez, sentindo sua fragrância suave e lutando contra minhas recordações.

— Não pegue as maçãs e jogue fora, seu babaca!

— Foda-se, seu idiota certinho.

Elliot pega uma maçã, dá uma mordida e a joga em mim.

— Seu verme — zomba ele.

*Não! Não me chame assim.*

Parto para cima dele. Socando sua cara.

— Seu babaca de merda. Isso aí é comida. Você está desperdiçando.
Vovô vende isso. Seu babaca. Babaca. Babaca.

— ELLIOT. CHRISTIAN.

Papai me tira de cima do Elliot, que está encolhido no chão.

— O que está acontecendo aqui?

— Ele é louco.

— Elliot!

— Ele está estragando as maçãs. — A raiva cresce em meu peito,
subindo para minha garganta. Acho que vou explodir. — Ele está
dando uma mordida e depois jogando fora. Jogando em mim.

— Elliot, isso é verdade?

Ele fica vermelho com o olhar severo do nosso pai.

— Acho que é melhor você vir comigo. Christian, pegue as maçãs.
Você pode ajudar a mamãe a fazer uma torta.

Ela está dormindo profundamente quando acordo, meu nariz encostado em seu cabelo cheiroso, meus braços prendendo-a em conchinha. Sonhei com o pomar de maçãs do meu avô, Elliot e eu zombando um do outro. Foram dias alegres e raivosos.

Já são quase sete da manhã... e passei outra noite com a Srta. Steele. É esquisito acordar ao lado dela, mas de uma forma boa. Considero acordá-la com uma trepada matinal. Meu corpo está muito a fim, mas ela está completamente inerte e deve estar dolorida. Eu deveria deixá-la dormir. Saio da cama, tomando cuidado para não despertá-la, pego uma camiseta, recolho suas roupas espalhadas pelo chão e sigo para a sala.

— Bom dia, Sr. Grey. — A Sra. Jones está ocupada na cozinha.

— Bom dia, Gail.

Espreguiçando-me, observo pela janela a aurora vívida remanescente.

— Tem alguma roupa para lavar? — pergunta a Sra. Jones.

— Tem, sim, são da Anastasia.

— O senhor quer que eu lave e passe?

— Você tem tempo?

— Vou colocar no ciclo curto.

— Excelente. Obrigado. — Entrego-lhe as roupas de Ana. — Como vai sua irmã?

— Muito bem, obrigada. As crianças estão crescendo. Os meninos às vezes dão trabalho.

— Sei disso.

Ela sorri e se oferece para fazer café.

— Por favor. Estarei no escritório.

Enquanto me observa, seu sorriso se transforma, de agradável para cúmplice... de uma forma feminina e reservada. Depois sai apressada da cozinha, provavelmente indo para a lavanderia.

*Qual é o problema dela?*

Tudo bem, esta é a primeira segunda-feira — a primeira vez — nos quatro anos em que ela trabalha para mim que há uma mulher dormindo na minha cama. Mas isso não é nada demais. *Café da manhã para dois, Sra. Jones. Acho que você dá conta disso.*

Balanço a cabeça e vou para o escritório trabalhar. Tomarei banho mais tarde... com Ana, talvez.

Verifico meus e-mails e mando um para Andrea e Ros, avisando que chegarei à tarde na empresa, não de manhã. Depois dou uma olhada no último projeto de Barney.

GAIL BATE NA PORTA e me traz uma segunda xícara de café, me informando que já são oito e quinze.

*Tão tarde assim?*

— Não vou para o escritório esta manhã.

— Taylor estava perguntando.

— Irei à tarde.

— Vou avisá-lo. Pendurei as roupas da Srta. Steele no closet do senhor.

— Obrigado. Foi rápido. Ela ainda está dormindo?

— Acho que sim.

E aquele sorrisinho surge outra vez em seu rosto. Ergo as sobrancelhas e o sorriso dela está ainda maior ao sair do escritório. Deixo o trabalho de lado e, com a xícara na mão, vou para o banheiro tomar banho e fazer a barba.

Ana ainda está apagada quando termino de me vestir.

*Você a deixou exausta, Grey.* E foi prazeroso, mais do que prazeroso. Ela parece serena, como se não tivesse nenhuma preocupação no mundo.

*Ótimo.*

Tiro o relógio da cômoda e, num impulso, abro a gaveta de cima e coloco minha última camisinha no bolso.

*Nunca se sabe.*

Passo devagar pela sala e volto para o escritório.

— O senhor quer tomar café da manhã agora?

— Vou tomar com Ana. Obrigado.

Pego o telefone e ligo para Andrea. Depois de uma breve conversa, ela me passa para Ros.

— Então, quando podemos encontrar você? — Seu tom de voz é sarcástico.

— Bom dia, Ros. Como vai? — digo gentilmente.

— Chateada.

— Comigo?

— Sim, com você e sua ética de não intervir.

— Chegarei aí mais tarde. Estou ligando porque decidi liquidar a empresa de Woods.

Já tinha lhe dito isso, mas ela e Marco estão demorando demais. Quero que seja resolvido imediatamente. Lembro a ela que isso iria ocorrer se o Demonstrativo de Lucros e Perdas da empresa não melhorasse. E foi o que aconteceu.

— Ele precisa de mais tempo.

— Não me interessa, Ros. Não vamos carregar peso morto.

— Tem certeza disso?

— Não preciso de mais desculpas esfarrapadas.

Chega. Já tomei a decisão.

— Christian…

— Mande o Marco me ligar, é dá ou desce.

— Tudo bem, tudo bem. Se é o que você realmente quer. Mais alguma coisa?

— Sim, diga ao Barney que o protótipo está com uma cara boa, mas não tenho certeza quanto à interface.

— Achei que a interface funcionou bem, depois que a entendi. Não que eu seja especialista.

— Não, simplesmente falta alguma coisa.

— Fale com Barney.

— Quero me reunir com ele hoje à tarde para discutir.

— Pessoalmente?

O sarcasmo dela é irritante. Mas ignoro seu tom de voz e aviso que quero toda a equipe de Barney na reunião para um *brainstorm*.

— Ele vai gostar. Então, vejo você hoje à tarde? — Ela parece esperançosa.

— Tudo bem — tranquilizo-a. — Transfira-me para a Andrea.

Enquanto aguardo Andrea atender a ligação, observo o céu lá fora, totalmente sem nuvens. Tem o mesmo tom dos olhos de Ana.

*Que piegas, Grey.*

— Andrea...

Um movimento me distrai. Ergo os olhos e fico contente ao encontrar Ana parada na porta, vestindo nada além da minha camiseta. Suas pernas longas e bem-torneadas estão à disposição apenas dos meus olhos. Ela tem pernas lindas.

— Sr. Grey. — Andrea está na linha.

Meus olhos se fixam nos de Ana. São *realmente* da cor de um céu de verão e têm o mesmo calor. Nossa, eu poderia me aquecer nesse calor o dia inteiro... todo dia.

*Não seja ridículo, Grey.*

— Cancele minha agenda de hoje de manhã, mas mande o Bill me ligar. Estarei no escritório às duas. Preciso falar com o Marco hoje à tarde, isso vai levar pelo menos meia hora.

Um sorriso terno surge nos lábios de Ana, e percebo que estou fazendo o mesmo.

— Sim, senhor — responde Andrea.

— Marque o Barney e a equipe dele depois do Marco, ou talvez amanhã, e arranje tempo para eu estar com Claude todos os dias dessa semana.

— Sam quer falar com o senhor hoje de manhã.

— Diga a ele para esperar.

— É sobre Darfur.

— Ah...

— Aparentemente, ele considera o comboio de auxílio uma grande oportunidade para fortalecer as relações públicas.

*Ai, meu Deus. É claro que ele ia achar isso, não é?*

— Não, não quero publicidade por Darfur. — Minha voz fica áspera de irritação.

— Ele diz que um jornalista da *Forbes* quer falar com o senhor sobre o assunto.

*Como é que eles sabem, porra?*

— Diga ao Sam para tratar disso — digo rispidamente. É para isso que ele é pago.

— O senhor quer falar diretamente com ele? — pergunta Andrea.

— Não.

— Eu falo, então. Ele também precisa saber se o senhor vai ao evento de sábado.

— Que evento?

— O Baile de Gala da Câmara de Comércio.

— Isso é sábado que vem? — pergunto, ao ter uma ideia.

— Sim, senhor.

— Um momento. — Eu me viro para Ana, que está balançando o pé esquerdo, mas sem desviar de mim os olhos azuis da cor do céu. — Quando você volta da Geórgia?

— Sexta-feira — responde ela.

— Vou precisar de mais uma passagem porque tenho uma namorada — informo a Andrea.

— Uma namorada? — questiona ela, cuja voz esganiçada reflete sua incredulidade.

Suspiro.

— Sim, Andrea, foi o que eu disse, uma namorada, a Srta. Anastasia Steele vai me acompanhar.

— Sim, Sr. Grey. — Parece que ela ganhou o dia com isso.

*Porra*. O que está acontecendo com a minha equipe?

— É só isso. — Desligo. — Bom dia, Srta. Steele.

— Sr. Grey — diz Ana, me cumprimentando.

Contorno a mesa até ficar diante dela e acaricio seu rosto.

— Eu não quis acordá-la, você estava com uma expressão muito tranquila. Dormiu bem?

— Estou bem descansada, obrigada. Só vim dar bom-dia antes de tomar um banho.

Ela está sorrindo e seus olhos brilham de satisfação. É um prazer vê-la assim. Antes de voltar ao trabalho, eu me inclino e lhe dou um beijo suave. De repente, ela passa os braços em volta do meu pescoço, agarra meu cabelo e pressiona o corpo no meu.

*Uau.*

Seus lábios são insistentes, então reajo beijando-a também, surpreso pela intensidade do seu ardor. Agarro sua cabeça com uma das mãos, e com a outra, sua bunda recém-espancada, enquanto meu corpo se incendeia como lenha seca.

— Parece que dormir lhe faz bem. — Minha voz sai marcada por meu súbito desejo. — Sugiro que vá tomar seu banho, ou será que devo deitá-la na minha mesa agora?

— Escolho a mesa — murmura ela com o canto da boca, pressionando seu sexo na minha ereção.

*Ora, isso é uma surpresa.*

Seus olhos estão sombrios e ávidos de desejo.

— Você realmente está tomando gosto por isso, não é, Srta. Steele? Está ficando insaciável.

— Só estou tomando gosto por você.

— É isso mesmo, *só por mim*!

As palavras dela são como o canto de uma sereia para minha libido. Perdendo o autocontrole, tiro tudo de cima da mesa; meus papéis, o telefone e algumas canetas voam e fazem um grande barulho ao caírem no chão, mas não dou a mínima. Levanto Ana e a coloco deitada na escrivaninha de modo que seu cabelo cai pela beirada da mesa em cima da minha cadeira.

— Se você quer, você vai ter — rosno, pegando rapidamente a camisinha e abrindo o zíper da calça. Após cobrir meu pau com agilidade, encaro a insaciável Srta. Steele. — Espero que esteja pronta — aviso, agarrando seus pulsos e mantendo-os ao lado do seu corpo. De uma só vez, eu a penetro. — Nossa, Ana. Você está prontíssima.

Dou-lhe um nanossegundo para se ajustar à minha presença. Depois começo a meter. Para a frente e para trás. Sem parar. Cada vez mais forte. Ela inclina a cabeça para trás, a boca aberta em uma súplica sem palavras, enquanto seus seios sobem e descem acompanhando o ritmo de cada golpe contra o seu corpo. De pé, enquanto a penetro, ela enrosca as pernas em mim.

*É isso o que você quer, baby?*

Ela acompanha cada estocada, se remexendo e gemendo enquanto a possuo. Tomando-a — cada vez mais forte — até sentir seu corpo se tensionar.

— Goze, baby, goze para mim — falo rangendo os dentes, e ela goza de uma forma espetacular, gritando e me fazendo chegar ao orgasmo.

*Porra.* Gozo de modo tão espetacular quanto Ana e desabo em cima dela enquanto seu corpo se retesa contra o meu com os tremores após o orgasmo.

*Caramba. Isso foi inesperado.*

— Que diabo você está fazendo comigo? — Estou sem fôlego, roçando os lábios por seu pescoço. — Você me seduz completamente, Ana. Você faz uma mágica poderosa.

*E foi você que partiu para cima de mim!*

Solto os pulsos de Ana e faço um movimento para ficar de pé, mas ela aperta as pernas ao meu redor, enroscando os dedos no meu cabelo.

— Eu é que estou sendo seduzida — murmura ela.

Nossos olhos estão fixos uns nos outros, e ela me observa intensamente, como se enxergasse dentro de mim. Vendo a escuridão em minha alma.

*Merda.* Deixe-me sair. Isso é demais para mim.

Seguro seu rosto com as mãos em concha para beijá-la rapidamente, mas, ao fazer isso, algo indesejado surge em minha mente: imagino ela nesta posição com outra pessoa. *Não. Ela não vai fazer isso com mais ninguém. Nunca.*

— Você. É. Minha. — As palavras estalam entre nós dois. — Entendeu?

— Sim, sua — diz ela, com uma expressão sincera, as palavras cheias de convicção, e meu ciúme irracional passa.

— Tem certeza de que tem que ir à Geórgia? — pergunto, alisando o cabelo em torno do seu rosto.

Ela assente.

*Merda.*

Eu me afasto, e ela estremece.

— Está dolorida?

— Um pouco — diz ela com um sorriso tímido.

— Gosto de você dolorida. Me faz lembrar onde eu estive, e só eu.

Eu a beijo de forma brusca, possessiva.

Porque não quero que ela vá para a Geórgia.

*E ninguém parte para cima de mim desde... desde Elena.*

E, mesmo com ela, era sempre calculado, parte de uma cena.

De pé, estendo a mão e a puxo para se sentar. Quando tiro a camisinha, ela murmura:

— Sempre preparado.

Eu a olho desconcertado enquanto puxo o zíper da calça. Ela segura a embalagem vazia para justificar o que disse.

— Um homem pode ter esperança, Anastasia, até sonhar, e às vezes nossos sonhos se realizam.

*Eu não fazia ideia de que ia usá-la tão cedo, e nos seus termos, não nos meus. Srta. Steele, para uma mocinha tão inocente, você é, como sempre, surpreendente.*

— Então, na sua mesa, isso foi um sonho? — pergunta.

*Querida.* Já fiz sexo nesta mesa muitas, muitas vezes, mas sempre por iniciativa minha, nunca de uma submissa.

*Não é assim que funciona.*

Seu resto assume uma expressão de desânimo ao ler meus pensamentos.

*Merda. O que posso dizer?* Ana, diferente de você, eu tenho um passado.

Frustrado, passo a mão no cabelo. Esta manhã não está saindo de acordo com meus planos.

— Seria melhor eu ir tomar um banho — diz, esmorecida.

Ela se levanta e dá alguns passos em direção à porta.

— Tenho que dar mais uns telefonemas. Vou tomar café com você quando sair do banho. — Olho fixo para ela, pensando no que dizer para consertar as coisas. — Acho que a Sra. Jones lavou suas roupas de ontem. Elas estão no armário.

Ana parece surpresa e impressionada.

— Obrigada.

— Não há de quê.

Seu cenho se franze enquanto ela me examina, confusa.

— O que foi? — indago.

— Qual é o problema?

— Como assim?

— Bem... você está mais estranho do que o normal.

— Você me acha estranho?

Ana, baby, "estranho" é meu segundo nome.

— Às vezes.

*Diga a ela.* Conte que faz muito tempo que ninguém se joga em cima de você.

— Como sempre, estou surpreso com você, Srta. Steele.

— Surpreso, como?

— Vamos nos limitar a dizer que isso foi um presente inesperado?

— Nosso objetivo é satisfazer, Sr. Grey — provoca ela, ainda me observando.

— E você satisfaz, você me satisfaz — confesso. *Mas você me desarma também.* — Pensei que estivesse indo tomar banho.

Sua boca se contrai.

*Merda.*

— Sim... hã, até já.

Ela dá meia-volta e sai apressada do meu escritório, me deixando paralisado em meio a um labirinto de confusão. Balanço a cabeça para clarear as ideias, depois começo a recolher meus pertences espalhados pelo chão, organizando-os de volta em cima da mesa.

Quem lhe deu a porra do direito de simplesmente entrar no meu escritório e me seduzir? Eu é que deveria estar no controle deste relacionamento. Era sobre isso que eu estava pensando na noite passada: sua afeição e seu entusiasmo desenfreados. Como devo lidar com isso? Não é algo que eu saiba fazer. Antes de pegar meu celular, faço uma pausa.

*Mas é legal.*

*Sim.*

*Mais do que legal.*

Rio ao me lembrar do e-mail em que ela diz que foi "legal". Merda, há uma chamada perdida de Bill. Ele deve ter telefonado durante meu embate amoroso com a Srta. Steele. Sentado à minha mesa, sou novamente senhor do meu próprio universo — agora que ela está no banho — e retorno a ligação. Preciso que Bill me conte sobre Detroit... e tenho que voltar ao jogo.

Bill não atende, então ligo para Andrea.

— Sr. Grey.

— O jato vai estar livre hoje e amanhã?

— Só há previsão para ser usado na quinta-feira, senhor.

— Ótimo. Pode tentar encontrar o Bill para mim?

— Claro.

Minha conversa com Bill é demorada. Ruth fez um trabalho excelente ao examinar todos os espaços disponíveis onde dá para montar uma indústria em Detroit. Dois deles são viáveis para estabelecer a empresa de tecnologia que queremos, e Bill tem certeza de que em Detroit há disponibilidade da mão de obra qualificada de que vamos precisar.

Fico desanimado.

*Precisa ser em Detroit?*

Tenho vagas recordações do lugar: bêbados, mendigos e viciados em crack gritando com a gente nas ruas; aquele buraco sórdido que chamávamos de casa; e uma mulher jovem e acabada, a prostituta drogada a quem eu chamava de mamãe, com o olhar perdido, sentada em um cômodo imundo, sombrio, com cheiro de mofo e todo empoeirado.

*E ele.*

Estremeço. *Não pense nele... nem nela.*

Mas não consigo evitar. Ana não comentou nada sobre minha confissão noturna. Nunca mencionei a prostituta drogada para ninguém. Talvez seja por isso que Ana partiu para cima de mim hoje de manhã: ela acha que preciso de um pouco de afeto, amor e carinho.

*Foda-se.*

*Baby. Vou tomar seu corpo se você oferecê-lo.* Estou muito bem. Mas, mesmo com esse pensamento ecoando em minha cabeça, fico imaginando se estou "muito bem". Ignoro meu desconforto. Isso é algo para discutir com Flynn quando ele voltar.

Agora estou fome. Espero que ela tenha tirado aquela bunda gostosa do banho, porque preciso comer.

ANA ESTÁ DE PÉ perto do balcão da cozinha conversando com a Sra. Jones, que colocou a mesa para o café.

— Gostaria de comer alguma coisa? — pergunta a Sra. Jones.

— Não, obrigada — responde Ana.

*Ah, de novo*, não.

— Claro que você vai comer alguma coisa — digo asperamente, me dirigindo às duas. — Ela gosta de panqueca, ovos e bacon, Sra. Jones.

— Sim, Sr. Grey. E o que o senhor vai querer? — pergunta a Sra. Jones, sem se alterar.

— Uma omelete, por favor, e frutas. Sente-se — digo a Ana, apontando para um dos bancos. Ela obedece, e me sento ao seu lado enquanto a Sra. Jones prepara nosso café da manhã. — Já comprou sua passagem aérea? — indago.

— Não, vou comprar quando chegar em casa, pela internet.

— Tem dinheiro?

— Tenho — responde ela, como se eu tivesse cinco anos, e joga o cabelo sobre o ombro, comprimindo os lábios, aborrecida, acho.

Ergo uma sobrancelha para censurá-la. *Eu poderia lhe dar umas palmadas outra vez, querida.*

— Tenho, sim, obrigada — acrescenta ela na mesma hora, em um tom mais humilde.

*Assim está melhor.*

— Eu tenho um jato. Não está programado para ser usado nos próximos três dias. Está à sua disposição.

Sua resposta vai ser "não". Mas não custa oferecer.

Ela fica boquiaberta, chocada, e sua expressão muda, de surpresa para igualmente impressionada e irritada.

— Já abusamos seriamente da frota aérea da sua companhia. Eu não gostaria de fazer isso de novo — fala, parecendo indiferente.

— É minha companhia, é meu jato.

Ana balança a cabeça.

— Obrigada pela oferta. Mas eu ficaria mais feliz pegando um voo regular.

Sem dúvida a maioria das mulheres iria agarrar com unhas e dentes a oportunidade de andar em um jato particular, mas parece que a riqueza material realmente não impressiona esta garota, ou ela não gosta de ficar em dívida comigo. Não sei ao certo qual das duas hipóteses é a correta. De qualquer modo, ela é uma criatura teimosa.

— Como quiser. — Suspiro. — Tem que se preparar muito para sua entrevista?

— Não.

— Ótimo.

Pergunto quais editoras vai visitar, mas ela não quer me contar. Em vez disso, dá um sorriso enigmático. Não há maneira de fazê-la contar esse segredo.

— Sou um homem de posses, Srta. Steele.

— Estou perfeitamente ciente disso, Sr. Grey. Vai grampear meu telefone?

Só ela mesma para se lembrar disso.

— Na verdade, como estarei bastante ocupado hoje à tarde, mandarei outra pessoa fazer isso — respondo, com um sorriso irônico.

— Se tem uma pessoa sobrando para fazer isso, obviamente tem excesso de funcionários.

*Ah, ela está atrevida hoje.*

— Vou mandar um e-mail para a chefe de recursos humanos e mandá-la fazer a contagem dos funcionários.

É disso que eu gosto: nossa brincadeira. É estimulante, divertida e diferente de tudo o que já vivenciei.

A Sra. Jones serve nossos pratos e fico contente ao ver Ana saboreando a comida. Quando a Sra. Jones sai da cozinha, Ana me observa atentamente.

— O que foi, Anastasia?

— Sabe, você nunca me contou por que não gosta de ser tocado.

*Isso de novo, não!*

— Já contei mais coisas a você do que a qualquer outra pessoa. — Meu tom de voz sai baixo para esconder minha frustração.

Por que insiste nessas perguntas? Ela come mais algumas garfadas das panquecas.

— Vai pensar em nosso acordo enquanto estiver fora? — pergunto.

— Vou. — Há sinceridade em sua voz.

— Vai sentir minha falta?

*Grey!*

Ela se vira para me encarar, tão surpresa quanto eu com a pergunta.

— Vou — diz, após um instante, com uma expressão franca.

Eu esperava um comentário espirituoso e, no entanto, recebo a verdade. Por mais estranho que pareça, considero reconfortante sua confissão.

— Também vou sentir sua falta — murmuro. — Mais do que você imagina.

Meu apartamento vai ficar um pouco mais silencioso sem ela e um pouco mais vazio. Acaricio sua bochecha e a beijo. Ela dá um sorriso doce antes de voltar a comer seu café da manhã.

— Vou escovar os dentes e depois tenho que sair — avisa, ao acabar.

— Tão cedo. Achei que você fosse ficar mais tempo.

Ela fica perplexa. Será que achou que eu ia expulsá-la?

— Já o ocupei e tomei demais o seu tempo, Sr. Grey. Além disso, você não tem um império para gerenciar?

— Posso não comparecer.

A esperança cresce no meu peito e na minha voz. E acabei de me liberar dos compromissos da manhã.

— Tenho que me preparar para as entrevistas. E trocar de roupa.

Ela me olha com cautela.

— Você está linda.

— Ah, obrigada, senhor — diz, graciosa.

Mas suas bochechas estão ganhando aquele tom rosado familiar, como sua bunda ontem à noite. Ela está envergonhada. Quando será que vai aprender a receber um elogio?

Levantando-se, ela leva o prato até a pia.

— Deixe aí. A Sra. Jones vai cuidar disso.

— Está bem. Só vou escovar os dentes.

— Por favor, sinta-se à vontade para usar minha escova de dentes — ofereço, com sarcasmo.

— Já pretendia usar mesmo — diz, e sai rebolando da cozinha.

Essa mulher tem resposta para tudo.

Ela retorna alguns minutos depois com sua bolsa.

— Não se esqueça de levar o BlackBerry, o Mac e os carregadores para a Geórgia.

— Sim, senhor — fala, obediente.

*Boa garota.*

— Venha.

Eu a acompanho até o elevador e entro com ela.

— Você não precisa descer. Posso encontrar meu carro sozinha.

— Faz tudo parte do serviço — digo, com um gracejo irônico. — Além do mais, posso beijar você durante todo o caminho.

Eu a envolvo nos braços e faço exatamente isso, desfrutando do seu gosto e de sua língua e me despedindo da forma apropriada.

Nós dois estamos excitados e sem fôlego quando as portas se abrem no andar da garagem. Mas ela está indo embora. Eu a levo até o carro e abro a porta do motorista, ignorando meu desejo.

— Até logo, por enquanto, senhor — sussurra ela, e me beija mais uma vez.

— Dirija com cuidado, Anastasia. E tenha uma boa viagem.

Fecho a porta, me afasto e a observo ir. Em seguida, volto para o meu apartamento.

Bato na porta de Taylor e aviso que gostaria de ir para o escritório em dez minutos.

— O carro estará pronto, senhor.

LIGO PARA WELCH DE dentro do veículo.

— Sr. Grey — atende ele com uma voz áspera.

— Welch. Anastasia Steele vai comprar uma passagem aérea hoje, saindo à noite de Seattle com destino a Savannah. Gostaria de saber em qual voo ela estará.

— Ela tem preferência por alguma companhia aérea?

— Não sei dizer.

— Vou ver o que posso fazer.

Desligo. Meu plano ardiloso está entrando em ação.

— SR. GREY!

Andrea fica perplexa quando apareço várias horas antes do combinado. Tenho vontade de lhe dizer que, afinal, trabalho aqui, porra, mas decido me comportar.

— Pensei que iria surpreender você.

— Café? — oferece ela com uma voz esganiçada.

— Por favor.

— Com ou sem leite?

*Boa garota.*

— Com. Espuma de leite.

— Sim, Sr. Grey.

— Tente entrar em contato com Caroline Acton. Gostaria de falar com ela imediatamente.

— Pode deixar.

— E marque para mim uma consulta com o Flynn, para semana que vem.

Ela assente e se senta para providenciar tudo. Na minha mesa, ligo o computador.

O primeiro e-mail na caixa de entrada é de Elena.

---

**De:** Elena Lincoln
**Assunto:** O Fim de Semana
**Data:** 30 de maio de 2011 10:15
**Para:** Christian Grey

Christian, o que aconteceu?
Sua mãe me disse que você levou uma jovem ao jantar ontem.
Estou intrigada. Isso não faz nem um pouco o seu estilo.
Encontrou uma nova submissa?
Me ligue.
Bjs
E

ELENA LINCOLN
ESCLAVA
*Para a Beleza que Há Em Você™*

Era tudo de que eu precisava. Fecho o e-mail dela, decidindo ignorá-lo por enquanto. Olivia bate na porta e entra com meu café com leite no mesmo instante em que Andrea me liga.

— Estou com Welch na linha para o senhor e deixei uma mensagem para a Srta. Acton — informa Andrea.

— Ótimo. Pode me passar o Welch.

Olivia coloca o café com leite na mesa e sai esbaforida. Faço o que posso para ignorá-la.

— Welch.

— Nenhuma passagem de avião comprada até agora, Sr. Grey. Mas vou monitorar a situação e deixar o senhor informado, caso haja alguma alteração.

— Por favor, faça isso.

Ele desliga. Tomo um gole do café e ligo para Ros.

UM POUCO ANTES DO almoço, Andrea me passa a ligação de Caroline Acton.

— Sr. Grey, que prazer falar com o senhor. Em que posso ser útil?

— Olá, Srta. Acton. Eu queria o de sempre.

— Um guarda-roupa básico? Tem alguma paleta de cor em mente?

— Tons de azul e verde. Prata, talvez, para um evento formal. — Penso no jantar da Câmara de Comércio. — Cores fortes, acho.

— Ótimo — responde a Srta. Acton com seu entusiasmo usual.

— E pijama e lingerie de seda e cetim. Algo glamouroso.

— Sim, senhor. Tem algum orçamento previsto?

— Nenhum. Faça o melhor. Quero tudo de alta qualidade.

— Sapatos também?

— Por favor.

— Ótimo. Tamanhos?

— Vou lhe mandar por e-mail. Tenho seu endereço por causa da última vez.

— Quando o senhor quer que entregue?

— Nesta sexta-feira.

— Com certeza providenciarei. O senhor gostaria de ver fotos das minhas opções?

— Por favor.

— Excelente. Vou começar imediatamente.

— Obrigado.

Desligo e Andrea coloca Welch na linha.

— Welch.

— A Srta. Steele vai pegar o voo DL2610 para Atlanta, que sai hoje à noite às dez e vinte cinco.

Anoto todos os detalhes do voo e a conexão para Savannah. Chamo Andrea, que entra minutos depois, carregando seu bloco de anotação.

— Andrea, Anastasia Steele vai pegar esses voos. Providencie para ela um *upgrade* para a primeira classe, faça o check-in e pague para que ela fique na sala VIP da primeira classe. Compre também o assento ao lado dela em todos os voos, de ida e de volta. Use meu cartão de crédito pessoal.

O olhar confuso de Andrea me diz que ela acha que perdi a noção, mas se recompõe rapidamente e pega o papel onde anotei as informações.

— Farei isso, Sr. Grey.

Ela se esforça para se manter o mais profissional possível, mas noto seu sorriso. *Ela não tem nada a ver com isso.*

PASSO A TARDE EM reuniões. Marco preparou relatórios preliminares de quatro editoras sediadas em Seattle. Separo para ler mais tarde. Ele também concorda comigo sobre Woods e a empresa dele. Isso vai ser difícil, mas, tendo examinado as sinergias, o único meio de progressão é absorver a divisão de tecnologia de Woods e liquidar o restante da companhia. Vai ser caro, mas é o melhor para a GEH.

No final da tarde dou um jeito de malhar de forma rápida e vigorosa com Bastille. Assim, estou calmo e relaxado quando vou para casa.

Depois de um jantar leve, eu me acomodo em minha escrivaninha para ler. A primeira tarefa da noite é responder Elena. Porém, quando abro meus e-mails, encontro um de Ana. Ela ficou nos meus pensamentos o dia todo.

---

**De:** Anastasia Steele
**Assunto:** Entrevistas
**Data:** 30 de maio de 2011 18:49
**Para:** Christian Grey

Prezado Senhor,
Minhas entrevistas de hoje correram bem.

Pensei que poderia se interessar.

Como foi o seu dia?

Ana

Digito a resposta imediatamente.

---

**De:** Christian Grey
**Assunto:** Meu dia
**Data:** 30 de maio de 2011 19:03
**Para:** Anastasia Steele

Prezada Srta. Steele,
Tudo o que você faz me interessa. Você é a mulher mais fascinante que conheço.

Gostei de saber que suas entrevistas correram bem.

Minha manhã superou todas as expectativas.

Em comparação, minha tarde foi muito aborrecida.

Christian Grey
CEO, Grey Enterprises Holdings, Inc.

Encosto na cadeira e esfrego o queixo, aguardando.

---

**De:** Anastasia Steele
**Assunto:** Manhã ótima
**Data:** 30 de maio de 2011 19:05
**Para:** Christian Grey

Prezado Senhor,
A manhã foi exemplar para mim, também, embora eu tenha me assustado com sua atitude depois do impecável sexo na mesa. Não pense que não reparei.

Agradeço pelo café da manhã. Ao senhor ou à Sra. Jones.

Eu gostaria de lhe fazer umas perguntas sobre ela — sem que o senhor volte a ficar esquisitérrimo.

Ana

*Esquisitérrimo?* O que ela quer dizer com isso? Está dizendo que sou esquisito? Bem, sou mesmo, acho que sim. Talvez. Pode ser que ela tenha percebido como fiquei surpreso quando ela partiu para cima de mim... e ninguém faz isso há muito tempo.

— Impecável... — Vou me ater a isso.

---

**De:** Christian Grey
**Assunto:** O mercado editorial e você?
**Data:** 30 de maio de 2011 19:10
**Para:** Anastasia Steele

Anastasia,
"Esquisitérrimo" não é uma expressão que deva ser usada por alguém que queira entrar no mercado editorial. Impecável? Comparado a quê? Esclareça, por favor? E o que precisa perguntar sobre a Sra. Jones? Estou intrigado.

Christian Grey
CEO, Grey Enterprises Holdings, Inc.

---

**De:** Anastasia Steele
**Assunto:** Você e a Sra. Jones
**Data:** 30 de maio de 2011 19:17
**Para:** Christian Grey

Prezado Senhor,
A língua é dinâmica e evolui. Trata-se de uma coisa orgânica. Não está presa em uma torre de marfim com um heliporto no teto e dominando quase toda Seattle, cheia de obras de arte caras penduradas nas paredes.

Impecável em comparação com as outras vezes em que... qual é a sua palavra... ah, sim... fodemos. Na verdade a foda foi impecável, ponto, em minha humilde opinião. Mas, como sabe, minha experiência é muito limitada.

A Sra. Jones é uma ex-sub sua?

Ana

A resposta dela me faz rir alto, e depois me deixa chocado.

A *Sra. Jones! Submissa?*

De jeito nenhum.

A*na. Está com ciúmes?* E, falando em língua... tome cuidado com a sua!

---

**De:** Christian Grey
**Assunto:** Língua. Cuidado com o que fala!
**Data:** 30 de maio de 2011 19:22
**Para:** Anastasia Steele

Anastasia,
A Sra. Jones é uma funcionária valiosa. Nunca tive qualquer relação com ela além da profissional. Não emprego ninguém com quem eu tenha tido relações sexuais. Fico chocado que você pense isso. A única pessoa para quem eu abriria uma exceção é você — porque é uma moça inteligente com extraordinárias habilidades de negociação. Contudo, se continuar a usar tal palavreado, posso reconsiderar admiti-la aqui. Ainda bem que tem experiência limitada. Sua experiência continuará sendo limitada — só para mim. Considerarei impecável um elogio, embora, com você, eu nunca tenha certeza se isso é o que quer dizer ou se sua ironia levou a melhor — como sempre.

Christian Grey
CEO, Grey Enterprises Holdings, Inc., de sua Torre de Marfim.

Embora talvez não seja uma boa ideia Ana trabalhar para mim.

---

**De:** Anastasia Steele
**Assunto:** Nem por todo o chá da China
**Data:** 30 de maio de 2011 19:27
**Para:** Christian Grey

Prezado Sr. Grey,

Acho que já manifestei minhas reservas quanto a trabalhar em sua empresa. Minha opinião em relação a isso não mudou, não está mudando nem mudará nunca. Tenho que deixá-lo, pois Kate já voltou com a comida. Minha ironia e eu lhe desejamos uma boa noite.

Entrarei em contato com o senhor quando chegar à Geórgia.

Ana

Por algum motivo, fico bastante aborrecido por ouvir que ela não trabalharia para mim. Ela tem um histórico escolar impressionante. É inteligente, cativante, engraçada. Seria um ativo para qualquer empresa. Mas também é sábia ao dizer não.

---

**De:** Christian Grey
**Assunto:** Nem o chá Twinings English Breakfast?
**Data:** 30 de maio de 2011 19:29
**Para:** Anastasia Steele

Boa noite, Anastasia,
Espero que você e sua ironia façam uma boa viagem.

Christian Grey
CEO, Grey Enterprises Holdings, Inc.

Deixo todos os pensamentos sobre a Srta. Steele de lado e começo a responder Elena.

---

**De:** Christian Grey
**Assunto:** O Fim de Semana
**Data:** 30 de maio de 2011 19:47
**Para:** Elena Lincoln

Olá, Elena.
Minha mãe fala muito. O que posso dizer?
Conheci uma garota. Levei para o jantar.
Nada demais.
Como vão as coisas?

Abraço,
Christian

Christian Grey
CEO, Grey Enterprises Holdings, Inc.

---

**De:** Elena Lincoln
**Assunto:** O Fim de Semana
**Data:** 30 de maio de 2011 19:50
**Para:** Christian Grey

Christian, tudo o que você me falou é besteira.
Vamos jantar?
Amanhã?
Bjs
E

ELENA LINCOLN
ESCLAVA
*Para a Beleza que Há Em Você*™

*Merda!*

---

**De:** Christian Grey
**Assunto:** O Fim de Semana
**Data:** 30 de maio de 2011 20:01
**Para:** Elena Lincoln

Claro.

Abraço,
Christian

Christian Grey
CEO, Grey Enterprises Holdings, Inc.

---

**De:** Elena Lincoln
**Assunto:** O Fim de Semana
**Data:** 30 de maio de 2011 20:05
**Para:** Christian Grey

Quer conhecer a garota que mencionei?

Bjs

E

ELENA LINCOLN
ESCLAVA
*Para a Beleza que Há Em Você™*

No momento, não.

---

**De:** Christian Grey
**Assunto:** O Fim de Semana
**Data:** 30 de maio de 2011 20:11
**Para:** Elena Lincoln

Acho que vou deixar o acordo que eu tenho tomar seu curso.
Vejo você amanhã.

C.

Christian Grey
CEO, Grey Enterprises Holdings, Inc.

Eu me acomodo para ler a minuta da proposta de Fred sobre Eamon Kavanagh, e depois passo para o resumo de Marco sobre as editoras de Seattle.

POUCO ANTES DAS DEZ horas, ouço um barulho vindo do meu computador. Já está tarde. Suponho que seja uma mensagem da Ana.

---

**De:** Anastasia Steele
**Assunto:** Gestos excessivamente extravagantes

**Data:** 30 de maio de 2011 21:53
**Para:** Christian Grey

Prezado Sr. Grey,
O que realmente me deixa alarmada é como soube em que voo eu estava.

Sua perseguição não conhece limites. Esperemos que o Dr. Flynn já tenha voltado das férias.

Fiz as unhas, uma massagem nas costas e tomei duas taças de champanhe — uma forma muito agradável de começar minha viagem.

Obrigada.

Ana

Ela recebeu o *upgrade*. Bom trabalho, Andrea.

---

**De:** Christian Grey
**Assunto:** Não há de quê
**Data:** 30 de maio de 2011 21:59
**Para:** Anastasia Steele

Cara Srta. Steele,
O Dr. Flynn já voltou, e tenho uma consulta esta semana.

Quem fez a massagem nas suas costas?

Christian Grey
CEO com amigos nos lugares certos,
Grey Enterprises Holdings, Inc.

Verifico a hora do e-mail de Ana. Ela já deve ter embarcado, se o voo estiver na hora. Rapidamente abro o Google e checo as partidas do aeroporto de Seattle--Tacoma. O voo dela está no horário previsto.

---

**De:** Anastasia Steele
**Assunto:** Mãos fortes e competentes
**Data:** 30 de maio de 2011 22:22

**Para:** Christian Grey

Prezado Senhor,

Um rapaz muito agradável massageou minhas costas. Sim. Muito agradável mesmo. Eu não teria conhecido Jean-Paul na sala de embarque normal — portanto, obrigada mais uma vez por este presente.

*Que porra é essa?*

Não sei se é permitido enviar e-mails depois da decolagem, e preciso do meu sono de beleza, já que não ando dormindo muito bem ultimamente.

Durma bem, Sr. Grey.

Pensando no senhor,

Ana

Será que ela está tentando me deixar com ciúme? Será que faz alguma ideia de como posso ficar furioso? Faz poucas horas que ela se foi e está deliberadamente me deixando zangado. Por que ela faz isso comigo?

---

**De:** Christian Grey

**Assunto:** Aproveite enquanto pode

**Data:** 30 de maio de 2011 22:25

**Para:** Anastasia Steele

Cara Srta. Steele,

Sei o que está tentando fazer — e pode acreditar, conseguiu. Da próxima vez, você estará no porão de carga, amarrada e amordaçada dentro de um caixote. Acredite em mim quando digo que tê-la nesse estado me dará muito mais prazer do que simplesmente fazer um *upgrade* na sua passagem.

Aguardo ansioso a sua volta.

Christian Grey

CEO Com Coceira na Mão

Grey Enterprises Holdings, Inc.

A resposta dela é quase imediata.

---

**De:** Anastasia Steele
**Assunto:** Brincadeira?
**Data:** 30 de maio de 2011 22:30
**Para:** Christian Grey

Não sei se está brincando — e, se não estiver, acho que ficarei na Geórgia. Caixotes são limites rígidos para mim. Desculpe por tê-lo irritado. Diga que me perdoa.
A

É evidente que estou brincando... mais ou menos. Pelo menos ela sabe que estou bravo. O avião já devia ter decolado. Como é que ela ainda está mandando e-mail?

---

**De:** Christian Grey
**Assunto:** Brincadeira
**Data:** 30 de maio de 2011 22:31
**Para:** Anastasia Steele

Como pode estar mandando e-mail? Está colocando em risco a vida de todo mundo a bordo, inclusive a sua, usando o BlackBerry? Acho que isso infringe uma das regras.

Christian Grey
CEO Com Coceira nas Duas Mãos
Grey Enterprises Holdings, Inc.

E sabemos o que acontece quando você infringe as regras, Srta. Steele. Verifico as partidas dos voos no site do aeroporto e vejo que o dela decolou. Vou ficar sem notícias suas por um tempo. Esse pensamento, assim como seu breve e-mail provocador, me deixou de mau humor. Deixo o trabalho de lado, vou até a cozinha e resolvo preparar um drinque, um Armagnac.

Taylor enfia a cabeça na entrada para a sala.

— Agora, não — falo asperamente.

— Está bem, senhor — diz ele e volta para onde saiu.

*Não desconte nos funcionários, Grey.*

Aborrecido comigo mesmo, vou até a janela e observo a paisagem de Seattle. Fico pensando no quanto ela me irritou e por que nosso relacionamento não progride na direção que eu gostaria. Espero que, tendo a oportunidade de refletir na Geórgia, ela tome a decisão certa. Será que não?

A ansiedade explode em meu peito. Dou outro grande gole em meu drinque e me sento ao piano para tocar.

## TERÇA-FEIRA, 31 DE MAIO DE 2011

Mamãe saiu. Não sei aonde foi.
Ele está aqui. Estou ouvindo as botas dele. As botas fazem um barulho alto.
Têm fivela prateada. Batem no chão. Alto.
Ele pisoteia o chão. E grita.
Estou no armário da mamãe.
Escondido.
Ele não vai me ouvir.
Consigo ficar quieto. Muito quieto.
Quieto porque não estou aqui.
"Sua puta de merda!", grita ele.
Ele grita à beça.
"Sua puta de merda!"
Ele grita com mamãe.
Grita comigo.
Ele bate na mamãe.
Bate em mim.
Ouço a porta se fechar. Ele não está mais aqui.
E mamãe também saiu.
Fico dentro do armário. No escuro. Estou muito calado.
Fico aqui sentado por muito tempo. Muito, muito, muito tempo.
Cadê a mamãe?

A aurora desponta no céu quando abro os olhos. O despertador do relógio mostra cinco horas e vinte e três minutos. Não dormi bem, fui atormentado por sonhos desagradáveis e estou exausto, mas resolvo ir correr para despertar. Depois de vestir a roupa de corrida, pego meu celular. Há uma mensagem de Ana.

Cheguei bem em Savannah. A :)

Ótimo. Ela está lá, sã e salva. Pensar nisso me agrada e dou uma olhada rápida no meu e-mail. O assunto das duas últimas mensagens de Ana saltam à vista: "Você gosta de me assustar?"

*De jeito nenhum, porra.*

Meu couro cabeludo começa a pinicar e me sento na cama, rolando a tela para ler suas palavras. Ela deve ter mandado enquanto fazia conexão em Atlanta, antes de me enviar a mensagem de texto.

---

**De:** Anastasia Steele
**Assunto:** Você gosta de me assustar?
**Data:** 31 de maio de 2011 06:52 LESTE
**Para:** Christian Grey

Você sabe o quanto eu não gosto que você gaste dinheiro comigo. Sim, você é muito rico, mas mesmo assim isso me deixa constrangida, como se você estivesse me pagando pelo sexo. No entanto, gosto de viajar de primeira classe, é muito mais civilizado do que de econômica. Então, obrigada. Estou sendo sincera — e gostei, sim, da massagem do Jean-Paul. Ele era muito gay. Omiti isso no meu e-mail para provocá-lo, porque estava irritada com você, e sinto muito por isso.

Mas, como sempre, sua reação é exagerada. Você não pode escrever coisas assim para mim — amarrada e amordaçada dentro de um caixote. (Você falou sério ou era brincadeira?) Isso me assusta... você me assusta... estou completamente envolvida por seu encanto, considerando um estilo de vida com você que eu nem sabia que existia até a semana passada, e aí você escreve uma coisa assim e quero fugir aos gritos para as montanhas. Não vou fazer isso, claro, porque sentiria sua falta. Sentiria mesmo. Quero que a gente dê certo, mas estou apavorada com a profundidade do sentimento que tenho por você e com o caminho escuro para onde você está me levando. O que está oferecendo é erótico e sensual, e tenho curiosidade, mas também tenho medo de que você me machuque — física e emocionalmente. Depois de três meses, você poderia dizer adeus, e como é que vou ficar se você fizer isso? Embora tenha de admitir que esse risco existe em qualquer relacionamento. Este não é o tipo de relação que algum dia imaginei ter, especialmente para a primeira. Isso é um enorme passo para mim.

Você tinha razão ao dizer que eu não possuía um único osso submisso no corpo... e concordo com você agora. Tendo dito isso, quero estar com você, e se isso for o que tenho que fazer, eu gostaria de tentar, mas acho que não vai dar certo e vou acabar toda roxa — não fico nem um pouco entusiasmada com essa ideia.

Gostei muito de você ter dito que se esforçará mais. Só preciso pensar no que "mais" significa para mim, e essa é uma das razões pelas quais eu queria um pouco de distância. Você me deslumbra tanto que tenho dificuldade de pensar com clareza quando estamos juntos.

Estão chamando meu voo. Tenho que ir.

Depois continuo.

Sua Ana

Ela está me repreendendo. De novo. Mas me surpreendeu com sua franqueza. É esclarecedor. Leio o e-mail várias vezes, e sempre faço uma pausa no "Sua Ana".

*Minha Ana.*

Ela quer que a gente dê certo.

Ela quer estar comigo.

*Há esperança, Grey.*

Coloco o telefone na mesa de cabeceira e resolvo sair para correr, para clarear a mente e poder pensar melhor na resposta.

Sigo meu trajeto habitual subindo a Stewart até a avenida Westlake, depois dou algumas voltas no Parque Denny, a música "She Just Likes to Fight", dos Four Tet, tocando no volume máximo em meus ouvidos.

Ana me deu muita coisa para processar.

*Pagar a ela pelo sexo?*

*Como uma prostituta.*

Nunca pensei nela desse jeito. Só a ideia já me deixa bravo. Bravo para cacete. Dou mais uma volta acelerada no parque, a raiva me consumindo. Por que faz isso com ela mesma? Sou rico, e daí? Ela só precisa se acostumar. Lembro-me de nossa conversa de ontem sobre o jato da GEH. Ela não aceitaria a oferta.

Pelo menos ela não me quer por causa do meu dinheiro.

Mas será que ela me quer mesmo, no fim das contas?

Ela diz que eu a deslumbro. Mas, cara, acho que ela entendeu o contrário. Ana me fascina de um jeito como jamais experimentei, no entanto, atravessou o país para ficar longe de mim.

Como eu deveria me sentir em relação a isso?

Ela tem razão. Estou levando-a para o mau caminho, porém, incrivelmente mais íntimo do que qualquer relacionamento baunilha — pelo que já vi, pelo menos.

Basta olhar para Elliot e sua abordagem escandalosamente casual em relação a namoros para perceber a diferença.

E eu nunca a machucaria, seja física ou emocionalmente. Como ela pode pensar isso? Quero apenas estender seus limites, ver o que ela vai, ou não, fazer. Castigá-la quando ela cometer deslizes…

Sim, isso poderia machucar, mas não além do que ela é capaz de aguentar. Podemos aquecer até chegar ao ponto que eu gostaria. Podemos ir devagar.

E então surge o obstáculo.

Se ela vai fazer o que eu quero, preciso tranquilizá-la e lhe dar "mais". O que "mais" poderia representar… ainda não sei. Eu a levei para conhecer meus pais. Isso foi "mais", sem dúvida. E não foi tão difícil assim.

Corro devagar em torno do parque para pensar sobre o que me perturba mais no e-mail dela. Não é o medo que ela tem, e sim o fato de que está apavorada com a intensidade do que sente por mim.

O que isso significa?

Aquela sensação desconhecida surge em meu peito enquanto meus pulmões ardem em busca de ar. Tenho medo. Tanto medo que intensifico o exercício para só sentir a dor do esforço nas pernas e no peito, além do suor frio que escorre por minhas costas.

*Sim. Não siga por este caminho, Grey.*

Mantenha o controle.

Ao voltar para casa, tomo um banho rápido, faço a barba e então me visto. Gail está na cozinha quando passo por lá para ir ao escritório.

— Bom dia, Sr. Grey. Café?

— Por favor — digo, sem parar de andar. Estou no meio de uma missão.

Já à mesa, ligo meu iMac e escrevo minha resposta para Ana.

---

**De:** Christian Grey
**Assunto:** Finalmente!
**Data:** 31 de maio de 2011 07:30
**Para:** Anastasia Steele

Anastasia,

Estou aborrecido porque, assim que a gente se afasta um pouco, você se comunica aberta e honestamente comigo. Por que não pode fazer isso quando estamos juntos?

Sim, eu sou rico. Vá se acostumando com isso. Por que eu não deveria gastar dinheiro com você? Já contamos a seu pai que sou seu namorado, pelo amor de Deus. Não é o que os namorados fazem? Como seu Dominador, eu esperaria que você aceitasse sem discutir o que quer que eu gaste com você. Por falar nisso, conte a sua mãe, também.

Não sei como responder a seu comentário sobre se sentir uma puta. Sei que não foi isso que escreveu, mas é o que sugere. Não sei o que posso dizer ou fazer para erradicar esses sentimentos. Eu gostaria que você tivesse tudo do melhor. Dou um duro extraordinário para poder gastar meu dinheiro como achar melhor. Eu poderia lhe comprar o que você quisesse, Anastasia, e quero comprar. Chame isso de redistribuição de riqueza, se quiser. Ou saiba simplesmente que eu não pensaria, nem jamais poderia pensar em você do jeito que você descreveu, e fico furioso por ser esta a maneira como você se vê. Para uma moça tão inteligente, espirituosa e bonita, você tem alguns autênticos problemas de autoestima, e me dá vontade de marcar uma consulta para você com o Dr. Flynn.

Peço desculpas por tê-la assustado. Acho abominável a ideia de lhe causar medo. Acha mesmo que eu iria deixá-la viajar no porão? Ofereci-lhe meu jato particular, por favor. Sim, foi uma brincadeira, de mau gosto, é óbvio. No entanto, o fato é que pensar em você amarrada e amordaçada me excita (isso não é brincadeira — é verdade). Posso ficar sem o caixote: não ligo para caixotes. Sei que você tem problemas com amordaçamento, já falamos sobre isso, e se quando eu amordaçá-la, vamos discutir antes. O que acho que você não percebe é que, em relações Dom/sub, é a sub que tem todo o poder. Ou seja, você. Repito: você é quem tem todo o poder. Não eu. No ancoradouro você disse não. Não posso tocar em você se você disser não; por isso temos um contrato — o que você fará e o que não fará. Se experimentarmos coisas e você não gostar, podemos rever o contrato. Isso é com você, não comigo. E se você não quiser ser amarrada e amordaçada dentro de um caixote, então isso não vai acontecer.

Quero compartilhar meu estilo de vida com você. Eu nunca quis tanto uma coisa. Francamente, estou assombrado com você, com o fato de uma pessoa tão inocente estar disposta a tentar. Isso me diz mais do que você jamais poderia imaginar. Você não consegue ver que estou envolvido pelo seu encanto, também, embora eu já tenha lhe dito isso inúmeras vezes. Não quero perdê-la. Estou aflito por você ter viajado quase cinco mil quilômetros para se afastar de mim por uns dias, porque não consegue pensar com clareza perto de mim. É a mesma coisa comigo, Anastasia. Perco o juízo quanto estamos juntos — esta é a profundidade do meu sentimento por você.

Entendo seu nervosismo. Tentei, sim, ficar longe de você. Eu sabia que você não tinha experiência, embora eu jamais a tivesse perseguido se soubesse exatamente quão inocente você era — e no entanto você ainda consegue me desarmar completamente de um jeito que ninguém conseguiu antes. Seu e-mail, por exemplo: li-o e reli-o inúmeras vezes tentando entender seu ponto de vista. Três meses é uma quantidade de tempo arbitrária. Poderíamos estabelecer seis meses, um ano? Quanto tempo quer que seja? O que a deixaria confortável? Diga.

Entendo que se trata de um grande passo para você. Tenho que ganhar sua confiança, mas, do mesmo modo, você tem que me avisar quando eu não estiver conseguindo fazer isso. Você parece muito forte e independente, e aí eu leio o que você escreveu aqui e vejo outro lado seu. Temos que guiar um ao outro, Anastasia, e só você pode me dar as deixas. Você tem que ser honesta comigo, e temos que encontrar um jeito de fazer este acordo funcionar.

Você se preocupa em não ser submissa. Bem, talvez isso seja verdade. Dito isso, você só assume a atitude correta de uma sub no quarto de jogos. Parece que é o único lugar em que me deixa exercer um controle adequado sobre você e é o único lugar em que você obedece. "Exemplar" é o termo que me ocorre. E eu nunca bateria em você para deixá-la roxa, meu objetivo é o cor-de-rosa. Fora do quarto de jogos, gosto que você me desafie. Trata-se de uma experiência muito nova e revigorante, e eu não iria querer mudar isso. Portanto, sim, me diga o que quer em termos de mais. Vou me esforçar para conservar a mente aberta e tentarei lhe dar o espaço de que precisa e ficar longe de você enquanto estiver na Geórgia. Aguardo com ansiedade seu próximo e-mail.

Enquanto isso, divirta-se. Mas não exagere.

Christian Grey
CEO, Grey Enterprises Holdings, Inc.

Aperto enviar e tomo um gole do meu café frio.

Agora você tem que esperar, Grey. Ver o que ela vai dizer.

Entro decidido na cozinha para descobrir o que Gail preparou para o café da manhã.

Taylor está esperando no carro para me levar logo para o trabalho.

— O que você queria ontem à noite? — pergunto a ele.

— Não era nada importante, senhor.

— Ótimo — respondo, e fixo o olhar no lado de fora da janela, tentando tirar Ana e a Geórgia da cabeça. Falho miseravelmente, mas uma ideia começa a tomar forma.

Ligo para Andrea.

— Bom dia.

— Bom dia, Sr. Grey.

— Estou a caminho, mas pode me colocar em contato com Bill?

— Sim, senhor.

Alguns minutos depois recebo a chamada de Bill.

— Sr. Grey.

— Será que o seu pessoal considerou a Geórgia como opção para instalar a empresa de tecnologia? Savannah, para ser mais específico?

— Acredito que sim, senhor. Mas vou ter que verificar.

— Verifique e me dê um retorno.

— Imediatamente. É só isso?

— Por enquanto, sim. Obrigado.

Meu dia é cheio de reuniões. Dou uma olhada na minha caixa de entrada esporadicamente, mas não recebi nada de Ana. Fico imaginando se ela ficou intimidada com o tom do meu e-mail, ou se está ocupada com outras coisas.

*Que outras coisas?*

É impossível não pensar nela. Durante todo o dia, troco mensagens com Caroline Acton, aprovando e vetando as roupas que ela está escolhendo para Ana. Espero que ela goste: vai ficar estonteante em qualquer uma dessas peças.

Bill me retornou com um lugar em potencial perto de Savannah para instalar nossa empresa. Ruth está coletando informações.

Pelo menos não é Detroit.

Elena me liga e decidimos jantar na Columbia Tower.

— Christian, você está reservado demais em relação a essa garota — repreende ela.

— Vou lhe contar tudo hoje à noite. Mas agora estou ocupado.

— Você está sempre ocupado. — Ela ri. — Vejo você às oito.

— Até lá.

Por que as mulheres presentes na minha vida são tão enxeridas? Elena. Minha mãe. Ana... Fico me perguntando pela centésima vez o que será que ela está fazendo. E eis que surge uma resposta dela, finalmente.

---

**De:** Anastasia Steele
**Assunto:** Loquaz?
**Data:** 31 de maio de 2011 19:08 LESTE
**Para:** Christian Grey

Senhor, o senhor é um escritor muito prolixo. Tenho que ir jantar no clube de golfe de Bob, e, só para sua informação, estou revirando os olhos para a ideia. Mas como sua pessoa e sua mão coçando estão muito longe de mim, meu traseiro está seguro, por ora. Adorei seu e-mail. Responderei quando puder. Já sinto sua falta.
Aproveite a tarde.

Sua Ana

Não é um "não", e ela sente minha falta. Estou aliviado e me divirto com seu tom. Respondo.

---

**De:** Christian Grey
**Assunto:** Seu traseiro
**Data:** 31 de maio de 2011 16:10
**Para:** Anastasia Steele

Prezada Srta. Steele,

O título deste e-mail está me distraindo. Não é preciso dizer que ele *está* seguro — por ora.

Aproveite o jantar, e eu também sinto sua falta, especialmente do seu traseiro e das suas gracinhas.

Minha tarde será monótona, animada apenas pelos meus pensamentos em você e em seu hábito de revirar os olhos. Acho que foi você que tão acertadamente me mostrou que eu também tenho esse costume desagradável.

Christian Grey
CEO e Revirador de Olhos
Grey Enterprises Holdings, Inc.

Alguns minutos depois, um barulho avisa que a resposta dela chegou na minha caixa de entrada.

---

**De:** Anastasia Steele
**Assunto:** Revirar os olhos
**Data:** 31 de maio de 2011 19:14 LESTE
**Para:** Christian Grey

Caro Sr. Grey,
Pare de me enviar e-mails. Estou tentando me aprontar para o jantar. Você me distrai muito, mesmo quando está do outro lado do país. E, sim — quem bate em você quando revira os olhos?

Sua Ana

*Ah, Ana, você bate.*
*O tempo todo.*
Eu me lembro de quando ela me mandou ficar imóvel e puxou meus pelos pubianos enquanto estava montada em mim, nua. Pensar nisso me deixa excitado.

---

**De:** Christian Grey
**Assunto:** Seu traseiro
**Data:** 31 de maio de 2011 16:18
**Para:** Anastasia Steele

Cara Srta. Steele,
Ainda prefiro meu título ao seu, em vários aspectos. Ainda bem que sou o mestre do meu próprio destino e ninguém me castiga. A não ser minha mãe, às vezes, e o Dr. Flynn, claro. E você.

Christian Grey
CEO, Grey Enterprises Holdings, Inc.

Eu me pego tamborilando os dedos, esperando pela resposta dela.

---

**De:** Anastasia Steele
**Assunto:** Castigar... Eu?
**Data:** 31 de maio de 2011 19:22 LESTE
**Para:** Christian Grey

Prezado senhor,
Quando já tive coragem de castigá-lo? Acho que está me confundindo com outra pessoa... o que é muito preocupante. Realmente tenho que me apronta r.

Sua Ana

*Você.* Você me castiga por e-mail em toda oportunidade que tem. E como eu poderia algum dia confundi-la com qualquer outra pessoa?

---

**De:** Christian Grey
**Assunto:** Seu traseiro
**Data:** 31 de maio de 2011 16:25
**Para:** Anastasia Steele

Cara Srta. Steele,
Você faz isso o tempo todo por escrito. Posso fechar o zíper do seu vestido?

Christian Grey
CEO, Grey Enterprises Holdings, Inc.

---

**De:** Anastasia Steele
**Assunto:** Conteúdo adulto
**Data:** 31 de maio de 2011 19:28 LESTE
**Para:** Christian Grey

Eu preferiria que você o abrisse.

As palavras dela atingem diretamente o meu pau, queimando etapas no caminho.

*Porra.*

Isso pede... como foi mesmo que ela chamou? MAIÚSCULAS GRITANTES.

---

**De:** Christian Grey
**Assunto:** Cuidado com o que deseja...
**Data:** 31 de maio de 2011 16:31
**Para:** Anastasia Steele

EU TAMBÉM.

Christian Grey
CEO, Grey Enterprises Holdings, Inc.

---

**De:** Anastasia Steele
**Assunto:** Arfando
**Data:** 31 de maio de 2011 19:33 LESTE
**Para:** Christian Grey

Devagarinho...

---

**De:** Christian Grey
**Assunto:** Gemendo...
**Data:** 31 de maio de 2011 16:35
**Para:** Anastasia Steele

Eu queria estar aí.

Christian Grey
CEO, Grey Enterprises Holdings, Inc.

---

**De:** Anastasia Steele
**Assunto:** Gemendo
**Data:** 31 de maio de 2011 19:37 LESTE
**Para:** Christian Grey

EU TAMBÉM...

Quem mais consegue me excitar por e-mail?

---

**De:** Anastasia Steele
**Assunto:** Gemendo
**Data:** 31 de maio de 2011 19:39 LESTE
**Para:** Christian Grey

Tenho que ir.

Até mais, baby.

Dou um riso debochado com as palavras dela.

---

**De:** Christian Grey
**Assunto:** Plágio
**Data:** 31 de maio de 2011 16:41
**Para:** Anastasia Steele

Você roubou minha fala.
E me deixou louco.

Bom jantar.

Christian Grey
CEO, Grey Enterprises Holdings, Inc.

Andrea bate na porta com o novo plano esquemático de Barney para o tablet que estamos desenvolvendo para funcionar com energia solar. Ela se surpreende ao perceber que fico feliz ao vê-la.

— Obrigado, Andrea.

— Não há de quê, Sr. Grey. — Ela me dá um sorriso cheio de curiosidade. — O senhor gostaria de um café?

— Por favor.

— Leite?

— Não, obrigado.

Meu dia melhorou consideravelmente. Nocauteei Bastille duas vezes durante nossos dois rounds de *kickboxing*. Isso nunca acontece. Quando visto o paletó depois do banho, me sinto pronto para encarar Elena e todas as suas perguntas.

Taylor aparece.

— Gostaria que eu dirigisse, senhor?

— Não. Vou pegar o R8.

— Está bem, senhor.

Antes de sair, dou uma olhada no meu e-mail.

---

**De:** Anastasia Steele

**Assunto:** Quem é você para gritar pega ladrão?

**Data:** 31 de maio de 2011 22:18 LESTE

**Para:** Christian Grey

Senhor, creio que vai descobrir que a fala originalmente era de Elliot.

Louco?

Sua Ana

Será que ela está flertando comigo? De novo?

E ela é a minha Ana. De novo.

---

**De:** Christian Grey

**Assunto:** Assunto inacabado

**Data:** 31 de maio de 2011 19:22

**Para:** Anastasia Steele

Srta. Steele,

Você voltou. Saiu tão de repente — logo na hora em que as coisas estavam ficando interessantes.

Elliot não é muito original. Deve ter roubado essa fala de alguém.

Como foi o jantar?

Christian Grey

CEO, Grey Enterprises Holdings, Inc.

Aperto o botão de enviar.

---

**De:** Anastasia Steele
**Assunto:** Assunto inacabado?
**Data:** 31 de maio de 2011 22:26 LESTE
**Para:** Christian Grey

O jantar foi farto — você vai gostar de saber que comi demais.
Ficando interessante? Como?

Fico contente por ela estar comendo…

---

**De:** Christian Grey
**Assunto:** Assunto inacabado — Definitivamente
**Data:** 31 de maio de 2011 19:30
**Para:** Anastasia Steele

Está sendo deliberadamente obtusa? Pensei que tivesse simplesmente me pedindo para abrir seu zíper.

E estava ansioso para fazer exatamente isso. Também gostei de saber que você comeu bem.

Christian Grey
CEO, Grey Enterprises Holdings, Inc.

---

**De:** Anastasia Steele
**Assunto:** Bem… Sempre há o fim de semana
**Data:** 31 de maio de 2011 22:36 LESTE
**Para:** Christian Grey

Claro que comi… É só a insegurança que sinto a seu lado que me tira o apetite.

E eu nunca seria obtusa sem querer, Sr. Grey.

Com certeza já deve ter entendido isso. ;)

Ela perde o apetite quando está comigo? Isso não é nada bom. E ela está debochando de mim. *De novo.*

---

**De:** Christian Grey
**Assunto:** Não posso esperar
**Data:** 31 de maio de 2011 19:40
**Para:** Anastasia Steele

Vou me lembrar disso, Srta. Steele, e, sem dúvida, usar essa informação a meu favor.

Lamento saber que lhe tiro o apetite. Julguei provocar um efeito mais concupiscente em você. É o efeito que ando experimentando, e é muito prazeroso, também.

Aguardo com muita ansiedade a próxima vez.

Christian Grey
CEO, Grey Enterprises Holdings, Inc.

---

**De:** Anastasia Steele
**Assunto:** Linguística ginasta
**Data:** 31 de maio de 2011 22:36 LESTE
**Para:** Christian Grey

Anda brincando com o dicionário de novo?

Caio na gargalhada.

---

**De:** Christian Grey
**Assunto:** No flagra
**Data:** 31 de maio de 2011 19:40
**Para:** Anastasia Steele

Você me conhece muito bem, Srta. Steele.

Vou sair para jantar com uma velha amiga agora, portanto estarei dirigindo.

Até mais, baby©.

Christian Grey
CEO, Grey Enterprises Holdings, Inc.

Por mais que eu quisesse continuar meu embate com Ana, não gostaria de chegar atrasado ao jantar. Se isso acontecer, Elena não vai ficar nada contente. Desligo o computador, pego a carteira e o celular e desço de elevador para a garagem.

O Mile High Club fica no último andar da Columbia Tower. O sol está se pondo nos picos das montanhas do Parque Nacional Olympic, colorindo o céu com uma fusão impressionante de tons de laranja, rosa e opala. É deslumbrante. Ana iria adorar esta vista. Eu deveria trazê-la aqui.

Elena está sentada em uma mesa de canto. Ela me dá um ligeiro aceno e um largo sorriso. O maître me conduz até a mesa, e ela se levanta, virando a bochecha para eu beijar.

— Olá, Christian — ronrona.

— Boa noite, Elena. Você está linda, como sempre.

Beijo seu rosto. Ela joga o cabelo liso platinado para um lado, o que faz quando se sente brincalhona.

— Sente-se — diz. — O que gostaria de beber?

Seus dedos e suas unhas vermelhas, sua marca registrada, envolvem uma taça de champanhe.

— Estou vendo que começou com uma Cristal.

— Bem, acho que temos algo para comemorar, não é?

— Temos?

— Christian. Essa garota. Conte tudo.

— Quero uma taça do Mendocino sauvignon blanc — digo ao garçom, que estava rondando nossa mesa.

Ele aquiesce e se afasta rapidamente.

— Então, esse não é um motivo para comemoração?

Elena toma um gole do champanhe, com as sobrancelhas erguidas.

— Não sei por que você está tratando isso como se fosse grande coisa.

— Não estou fazendo disso um acontecimento. Estou curiosa. Quantos anos ela tem? O que ela faz?

— Ela acabou de se formar.

— Ah. Um pouco jovem para você, não?

Ergo uma sobrancelha.

— Sério? Você realmente quer falar sobre idade?

Elena ri.

— Como vai o Isaac? — pergunto com um sorriso irônico.

Ela ri novamente.

— Comportando-se bem.

Seus olhos brilham de malícia.

— Deve ser cansativo para você. — Minha voz é seca.

Ela sorri, resignada.

— Ele é um bom animal de estimação. Vamos pedir os pratos?

APÓS DEGUSTAR METADE DA sopa cremosa de mariscos, mato a curiosidade de Elena.

— O nome dela é Anastasia, ela estudou literatura na WSU, e a conheci quando ela foi me entrevistar para o jornal da faculdade. Fiz o discurso de formatura este ano.

— Ela tem nosso estilo de vida?

— Ainda não. Mas estou esperançoso.

— Uau.

— É. Ela fugiu para a Geórgia para pensar no assunto.

— Então está longe de aceitar.

— Eu sei.

Olho para minha sopa, imaginando como Ana está e o que está fazendo. Dormindo, espero… sozinha. Quando ergo a cabeça, Elena está me observando. Atentamente.

— Nunca vi você desse jeito — diz.

— Como assim?

— Você está distraído. Não é do seu feitio.

— Está tão óbvio?

Ela assente, suavizando o olhar.

— Óbvio para mim. Acho que ela virou seu mundo de cabeça para baixo.

Respiro fundo, mas escondo minha reação ao levar a taça aos lábios.

*Perspicaz, Sra. Lincoln.*

— Você acha? — murmuro, depois de tomar um gole.

— Acho — responde Elena, tentando encontrar meu olhar.

— Ela é encantadora.

— Tenho certeza de que é uma novidade. E aposto que você está preocupado com o que ela anda fazendo na Geórgia e o que anda pensando. Conheço você.

— Sim. Quero que ela tome a decisão certa.

— Você deveria ir se encontrar com ela.

— O quê?

— Pegue um avião.

— Sério?

— Se ela está indecisa… Vá lá e use seu charme irresistível.

Resmungo de forma sarcástica.

— Christian — diz ela, me censurando —, quando você quer uma coisa mais do que tudo, simplesmente vai atrás e consegue. Sabe disso. Você é muito pessimista com relação a si mesmo. Isso me deixa furiosa.

Suspiro.

— Não sei, não.

— A coitada da garota provavelmente está lá morrendo de tédio. Vá. Você terá sua resposta. Se for não, vai poder seguir em frente, se for sim, pode aproveitar e ser você mesmo com ela.

— Ela volta sexta-feira.

— Não deixe para amanhã o que pode fazer hoje, querido.

— Ela até disse que sentia minha falta.

— Viu só?

Os olhos dela brilham de certeza.

— Vou pensar. Mais champanhe?

— Por favor — responde ela com um sorriso charmoso.

DIRIGINDO DE VOLTA PARA O Escala, fico pensando no conselho de Elena. Eu *poderia* ir atrás de Ana. Ela disse que sentia minha falta... o jato está disponível.

Já em casa, leio seu último e-mail.

---

**De:** Anastasia Steele
**Assunto:** Companhias apropriadas para um jantar
**Data:** 31 de maio de 2011 23:58 LESTE
**Para:** Christian Grey

Espero que você e sua amiga tenham tido um jantar muito agradável.

Ana

PS.: Era a Mrs. Robinson?

*Merda.*

É o pretexto perfeito. Isso vai ter que ser respondido pessoalmente.

Interfono para Taylor e digo que vou precisar do Stephan e da Gulfstream amanhã de manhã.

— Muito bem, Sr. Grey. Para onde o senhor vai?

— *Nós* vamos para Savannah.

— Sim, senhor. — E há um pingo de diversão em sua voz.

## QUARTA-FEIRA, 1º DE JUNHO DE 2011

Foi uma manhã interessante. Deixamos o Boeing Field às onze e meia, horário do Pacífico. Stephen está voando com seu primeiro piloto, Jill Beighley, e nossa chegada à Geórgia está prevista para as sete e meia da noite, horário da Costa Leste.

Bill conseguiu marcar uma reunião com a Savannah Brownfield Redevelopment Authority para amanhã, e talvez eu me encontre com eles para tomar um drinque hoje à noite. Então, se Anastasia tiver outro compromisso, ou não quiser me ver, a viagem não será uma perda de tempo completa.

*Sim, sim. Me engana que eu gosto, Grey.*

Taylor se encontrou comigo para um almoço leve, agora está organizando a papelada e eu tenho muita coisa para ler.

A única parte da equação que ainda preciso resolver é dar um jeito de estar com Ana. Vou ver como será isso quando chegar a Savannah. Espero ter alguma inspiração durante o voo.

Passo a mão no cabelo e, pela primeira vez em muito tempo, me deito e cochilo enquanto o G550 voa a uma altitude de trinta mil pés com destino ao aeroporto internacional Savannah/Hilton Head. O zumbido das turbinas é reconfortante, e me sinto cansado. Muito cansado.

*Devem ser os pesadelos, Grey.*

Não sei por que estão piores agora. Fecho os olhos.

— É assim que você será comigo. Entendeu?

— Sim, madame.

Ela passa uma unha vermelha pelo meu peito.

Estremeço e puxo as correias enquanto a escuridão vem à tona,
queimando minha pele com o toque dela. Mas não dou um pio.
Não me atrevo.

— Caso se comporte, deixo você gozar. Na minha boca.

*Porra.*

— Mas ainda não. Temos um longo caminho a percorrer até lá.

Sua unha queima minha pele, do esterno ao umbigo.

Quero gritar.

Ela agarra meu rosto, apertando até abrir minha boca e me beija.

Sua língua é exigente e úmida.

Ela brande o açoite de couro.

E sei que vai ser difícil de aguentar isso.

Mas estou de olho na recompensa. A porra da sua boca.

Quando vem a primeira chicotada, formando bolhas na minha pele,

a dor e a liberação de endorfina me parecem bem-vindas.

— Sr. Grey, pousaremos em vinte minutos — informa Taylor, me acordando com um sobressalto. — O senhor está bem?

— Sim. Claro. Obrigado.

— Gostaria de um pouco d'água?

— Por favor.

Respiro profundamente para acalmar meus batimentos cardíacos, e Taylor me passa um copo de água gelada. Tomo um belo gole, agradecendo por só ter Taylor a bordo. Não é sempre que sonho com os dias excitantes que vivi com a Sra. Lincoln.

Pela janela, o céu está azul, as nuvens esparsas adquirindo um tom cor-de-rosa com o sol do fim de tarde. A luz aqui em cima é linda. Dourada. Tranquila. O sol poente refletindo nas nuvens brancas. Por um momento, sinto vontade de estar no planador. Aposto que as térmicas são fantásticas aqui em cima.

*Sim!*

É isso que devo fazer: levar Ana para planar. Isso seria *mais*, não é?

— Taylor.

— Sim, senhor.

— Eu gostaria de levar Anastasia para planar na Geórgia, amanhã no nascer do sol, se pudermos encontrar um lugar para fazer isso. Mais tarde também serviria.

Porém, se for mais tarde, terei que remarcar minha reunião.

— Cuidarei disso.

— Não se preocupe com o custo.

— Ok, senhor.

— Obrigado.

Agora só preciso contar a Ana.

Há dois carros à nossa espera quando o G550 para na pista perto do terminal da Signature Flight Support no aeroporto. Taylor e eu colocamos o pé para fora do avião, saindo naquele calor sufocante.

*Que droga,* dá para suar mesmo a esta hora.

O representante entrega as chaves de ambos os carros a Taylor. Ergo uma sobrancelha para ele.

— Ford Mustang?

— Foi o que consegui encontrar em Savannah em cima da hora — diz Taylor, parecendo envergonhado.

— Pelo menos é um conversível vermelho. Mas, com esse calor, espero que tenha ar-condicionado.

— Deveria ter tudo, senhor.

— Ótimo. Obrigado.

Pego as chaves com ele, apanho minha bolsa e o deixo ali para transferir o restante da bagagem para seu Suburban.

Troco um aperto de mão com Stephan e Beighley e agradeço o voo tranquilo. No Mustang, deixo o aeroporto em direção ao centro de Savannah, ouvindo Bruce no iPod através do sistema de som do carro.

Andrea reservou para mim uma suíte no Bohemian Hotel, com vista para o rio Savannah. Está anoitecendo e a vista da varanda é incrível: o rio está luminoso, refletindo as cores graduadas do céu, além das luzes da ponte suspensa e do cais. O céu está incandescente, e as tonalidades vão do roxo ao cor-de-rosa.

É quase tão impressionante quanto um crepúsculo no Estreito.

Mas não tenho tempo de ficar aqui parado admirando a paisagem. Abro o laptop, deixo o ar-condicionado no máximo e ligo para Ros a fim de me inteirar das novidades.

— Por que o súbito interesse na Geórgia, Christian?

— É pessoal.

Ela bufa no telefone.

— Desde quando você deixa seus interesses pessoais interferirem nos negócios?

*Desde que conheci Anastasia Steele.*

— Não gosto de Detroit — digo secamente.

— Tudo bem. — Ela para de insistir.

— Talvez eu vá tomar um drinque com o pessoal da Savannah Brownfield mais tarde — acrescento, tentando acalmá-la.

— Tudo bem, Christian. Há mais algumas coisas sobre as quais precisamos conversar. O carregamento acabou de chegar a Roterdã. Você ainda quer seguir com isso?

— Sim. Vamos terminar o serviço. Assumi um compromisso no lançamento do Mate a Fome Global. Isso precisa ser feito antes que eu tenha que encarar aquele comitê de novo.

— Tudo bem. Mais alguma ideia sobre a aquisição editorial?

— Ainda estou indeciso.

— Acho que a SIP tem algum potencial.

— É. Talvez. Me dê um pouco mais de tempo para pensar no assunto.

— Estou indo falar com Marco para discutir a situação de Lucas Wood.

— Tudo bem, me mantenha informado sobre isso. Me ligue mais tarde.

— Ligarei. Até logo.

Estou evitando o inevitável. Sei disso. Mas decido que será melhor enfrentar a Srta. Steele — por e-mail ou telefone, ainda tenho que resolver qual das opções — de barriga cheia, então peço o jantar. Enquanto aguardo, chega uma mensagem de Andrea me avisando que o compromisso com o pessoal da Savannah Brownfield foi desmarcado. Não tem importância. Estarei com eles amanhã de manhã, a menos que eu vá planar com Ana.

Antes que o serviço de quarto traga o jantar, Taylor liga.

— Sr. Grey.

— Taylor. Você já chegou?

— Sim, senhor. Sua bagagem vai subir num instante.

— Ótimo.

— A Associação de Planadores de Brunswick tem um planador livre. Pedi que Andrea enviasse suas credenciais de voo por fax para eles. Depois de assinar a papelada, estará tudo certo.

— Ótimo.

— Pode ser a qualquer hora a partir das seis da manhã.

— Melhor ainda. Mande ficarem prontos para mim. Me envie o endereço.

— Pode deixar.

Ouço baterem à porta. Minha bagagem e o jantar chegaram juntos. A comida está com um cheiro delicioso: tomates verdes fritos e camarão com canjiquinha. Bem, estou no Sul.

Enquanto como, penso em minha estratégia com Ana. Eu poderia fazer uma visita à mãe dela no dia seguinte na hora do café da manhã. Levar bagels. Depois, ir planar com ela. Esse talvez seja o melhor plano. Ana passou o dia inteiro sem entrar em contato, então acho que está furiosa comigo. Releio sua última mensagem depois de terminar o jantar.

O que ela tem contra Elena, afinal? Não sabe nada sobre nossa relação. O que tivemos aconteceu há muito tempo e agora somos só amigos. Que direito Ana tem de estar brava?

E, se não fosse por Elena, vai saber o que teria acontecido comigo.

Batem à porta. É Taylor.

— Boa noite, senhor. Gostou do quarto?

— Sim, é ótimo.

— Estou com a papelada da Associação de Planadores de Brunswick aqui.

Analiso o contrato de aluguel. Parece correto. Assino e devolvo a Taylor.

— Eu mesmo vou dirigindo amanhã. Vejo você lá?

— Sim, senhor. Estarei lá a partir das seis.

— Aviso se houver alguma mudança.

— Devo desfazer a mala para o senhor?

— Por favor. Obrigado.

Ele assente e leva minha mala para o quarto.

Estou inquieto e preciso ter uma ideia do que vou dizer a Ana. Confiro o relógio. São nove e vinte. Acabei deixando isso para muito tarde. Talvez eu devesse tomar um drinque rápido primeiro. Deixo Taylor desfazendo a mala e resolvo dar uma olhada no bar do hotel antes de falar de novo com Ros e escrever para Ana.

O bar da cobertura está lotado, mas encontro um lugar para me sentar na ponta do balcão e peço uma cerveja. É um local descolado, contemporâneo, com iluminação fraca e uma vibe tranquila. Observo atentamente o bar, evitando contato visual com as duas mulheres sentadas ao meu lado, e um movimento chama minha atenção: o reflexo de um cabelo brilhante cor de mogno refletindo a luz.

*É Ana. Porra.*

Ela está de costas para mim, sentada diante de uma mulher que só pode ser sua mãe. A semelhança é impressionante.

Porra, que coincidência.

Logo nesse bar... *Caramba.*

Observo-as, paralisado. Estão bebendo coquetéis. Cosmopolitans, pelo que parece. A mãe é deslumbrante: parecida com Ana, só que mais velha. Aparenta trinta e tantos anos, tem cabelo escuro comprido e olhos do mesmo tom azul de Ana. Tem uma vibe boêmia... não de alguém que eu associaria imediatamente ao clube do golfe. Talvez esteja vestida assim porque saiu com a filha linda e jovem.

Isso não tem preço.

*Aproveite, Grey.*

Pego o celular no bolso. Está na hora de mandar um e-mail para Ana. Isso poderia ser interessante. Testarei seu estado de espírito... e ficarei observando.

---

**De:** Christian Grey
**Assunto:** Companhias para jantar
**Data:** 1 de junho de 2011 21:40 LESTE
**Para:** Anastasia Steele

Sim, jantei com Mrs. Robinson. Ela é apenas uma velha amiga, Anastasia.

Estou ansioso para tornar a vê-la. Sinto sua falta.

Christian Grey
CEO, Grey Enterprises Holdings, Inc.

A mãe dela parece séria. Talvez esteja preocupada com a filha, ou quem sabe esteja tentando arrancar informações dela.

*Boa sorte, Sra. Adams.*

E, por um instante, me pergunto se elas estão falando de mim. A mãe se levanta. Parece que está indo ao toalete. Ana pega o BlackBerry na bolsa.

*Lá vamos nós...*

Ela começa a ler, os ombros curvados, dobrando e tamborilando os dedos na mesa. Então tecla furiosamente. Não consigo ver seu rosto, o que é frustrante, mas não acho que ela tenha ficado impressionada com o que acabou de ler. Um segundo depois, larga o celular na mesa com repugnância, pelo que parece.

Isso não é bom.

A mãe volta e faz sinal para um dos garçons pedindo mais uma rodada de drinques. Pergunto-me quantas já tomaram.

Olho para o meu telefone, e, claro, há uma resposta.

---

**De:** Anastasia Steele
**Assunto:** VELHAS companhias para jantar
**Data:** 1 de junho de 2011 21:42 LESTE
**Para:** Christian Grey

Ela não é só uma velha amiga.

Ela já encontrou outro adolescente para comer?

Será que você ficou muito velho para ela?

Foi por isso que a relação de vocês terminou?

*Que porra é essa?* Quase perco a calma enquanto leio.

Isaac tem vinte e tantos anos.

*Assim como eu.*

Como ela se atreve?

Será que é a bebida falando?

*Está na hora de se afirmar, Grey.*

---

**De:** Christian Grey
**Assunto:** Cuidado...
**Data:** 1 de junho de 2011 21:45 LESTE
**Para:** Anastasia Steele

Isso não é um assunto que eu queira discutir por e-mail.

Quantos Cosmopolitans mais você vai beber?

Christian Grey
CEO, Grey Enterprises Holdings, Inc.

Ela observa o celular, se endireita de repente e olha ao redor.

*Hora do show, Grey.*

Deixo dez dólares no balcão e ando despreocupadamente até elas.

Nossos olhares se encontram. Ana fica pálida — chocada, acho — e não sei como me receberá, ou como me controlarei se disser mais alguma coisa sobre Elena. Ela coloca o cabelo atrás da orelha com seus dedos inquietos. Um sinal de que está nervosa.

— Oi — diz ela, a voz tensa e estridente.

— Oi.

Abaixo-me e lhe dou um beijo na bochecha. Seu cheiro é incrível, ainda que tenha ficado tensa quando meus lábios tocaram sua pele. Está linda. Pegou sol e não está usando sutiã. Seus seios pressionam o tecido macio da blusa, mas estão escondidos sob o cabelo comprido.

Só para os meus olhos, espero.

E, embora esteja furiosa, fico feliz em vê-la. Senti falta dela.

— Christian, essa é minha mãe, Carla.

Ana faz um gesto indicando a mãe.

— Sra. Adams, muito prazer em conhecê-la.

A mãe me olha da cabeça aos pés.

*Merda!* Ela está me analisando. *Melhor não se incomodar com isso, Grey.*

Após uma pausa mais longa do que o necessário, ela estende a mão para me cumprimentar.

— Christian.

— O que está fazendo aqui? — pergunta Ana, em tom de censura.

— Vim para ver você, claro. Estou hospedado neste hotel.

— Está hospedado aqui? — diz ela num tom estridente.

*Sim. Também quase não consigo acreditar.*

— Bem, ontem você disse que queria que eu estivesse aqui. — Estou tentando analisar sua reação. Até o momento foi: agitação de nervosismo, tensão, tom de censura e voz estridente. Isso não está indo bem. — Nosso objetivo é satisfazer, Srta. Steele — acrescento, em tom neutro, esperando deixá-la de bom humor.

— Não quer beber alguma coisa conosco, Christian? — pergunta a Sra. Adams com elegância, fazendo o garçom olhar para ela.

— Vou tomar um gim-tônica — digo ao garçom. — Hendrick's, se tiver, ou Bombay Saphire. Pepino com o Hendrick's, limão com o Bombay.

— E mais dois Cosmopolitans, por favor — acrescenta Ana, com um olhar ansioso para mim.

Ela tem razão de estar ansiosa. Acho que já bebeu demais.

— Puxe uma cadeira, Christian.

— Obrigado, Sra. Adams.

Obedeço e me sento ao lado de Ana.

— Então coincidiu de você estar hospedado no hotel onde viemos tomar um drinque? — O tom de voz de Ana é tenso.

— Ou coincidiu de vocês terem vindo tomar um drinque no hotel em que estou hospedado. Eu tinha acabado de jantar, entrei aqui e vi vocês. Estava distraído, pensando no seu último e-mail — lanço um olhar penetrante para ela —, de repente olho e vejo você. Uma coincidência e tanto, não é?

Ana parece nervosa.

— Minha mãe e eu saímos para fazer compras de manhã e fomos à praia à tarde. À noite, decidimos vir tomar um drinque — diz depressa, como se tivesse que justificar o fato de estar bebendo num bar com a mãe.

— Você comprou esta blusa? — pergunto. Ela está realmente estonteante. Sua blusa é verde-esmeralda. Escolhi bem. As roupas que Caroline Acton selecionou para ela tinham cores de pedras preciosas. — Você fica bem com essa cor. E pegou sol. Está linda. — Suas bochechas coram e seus lábios se erguem formando um sorriso com meu elogio. — Bem, eu ia lhe fazer uma visita amanhã. Mas cá está você. — Pego a mão dela, porque quero tocá-la, e aperto-a delicadamente.

Devagarinho, acaricio os nós de seus dedos com o polegar, e sua respiração se altera.

*Sim, Ana. Sinta isso.*

*Não fique brava comigo.*

O olhar dela encontra o meu, e sou recompensado com seu sorriso tímido.

— Achei que fosse surpreendê-la. Mas, como sempre, Anastasia, você me surpreende estando aqui. Não quero interromper os momentos que você tem com sua mãe. Vou tomar um drinque rápido e me retirar. Tenho que trabalhar.

Resisto a beijar sua mão. Não sei o que ela disse à mãe sobre nós, se é que falou alguma coisa.

— Christian, adorei conhecê-lo. Ana fala de você com muito carinho — diz a Sra. Adams, com um sorriso encantador.

— É mesmo?

Olho para Ana, que está corando.

*Com muito carinho, hein?*

Bom saber.

O garçom deixa o gim-tônica na minha frente.

— Hendrick's, senhor.

Depois ele serve Cosmopolitans recém-preparados a Ana e à mãe.

— Quanto tempo vai ficar na Geórgia, Christian? — pergunta a mãe.

— Até sexta-feira, Sra. Adams.

— Quer jantar conosco amanhã? E me chame de Carla, por favor.

— Seria um prazer, Carla.

— Ótimo — diz ela. — Se vocês me dão licença, preciso ir ao toalete.

Ela não acabou de ir ao toalete?

Levanto-me quando a mãe de Ana sai, depois torno a me sentar para enfrentar a ira da Srta. Steele. Seguro sua mão de novo.

— Então, você está zangada comigo porque jantei com uma velha amiga.

Beijo cada um dos nós de seus dedos.

— Estou. — Ela é seca.

*Está com ciúmes?*

— Nosso caso terminou há muito tempo, Anastasia. Não quero ninguém a não ser você. Ainda não entendeu isso?

— Penso nela como uma molestadora de crianças, Christian.

Meu couro cabeludo coça. Estou chocado.

— Essa ideia é muito sentenciosa. Não foi assim.

Solto a mão dela, frustrado.

— Ah, então como foi? — pergunta ela rispidamente, empinando seu queixinho teimoso.

Será a bebida falando?

E continua:

— Ela se aproveitou de um garoto vulnerável de quinze anos. Se você fosse uma garota de quinze anos e a Mrs. Robinson fosse um homem, aliciando você para um estilo de vida BDSM, isso seria correto? Se fosse com a Mia, por exemplo?

Ah, agora ela está sendo ridícula.

— Ana, não foi assim.

Os olhos dela brilham. Ela está mesmo zangada. Por quê? Isso não tem nada a ver com ela. Mas não quero uma discussão acalorada aqui no bar. Modero o tom de voz.

— Tudo bem, para mim, não dava impressão de ser assim. Ela era uma força do bem. Aquilo de que eu precisava.

Nossa, provavelmente eu estaria morto se não fosse por Elena. Estou me esforçando para controlar minha raiva.

Ela franze o cenho.

— Não entendo.

*Faça ela calar a boca, Grey.*

— Anastasia, sua mãe já vai voltar. Não me sinto bem de falar nisso com você agora. Depois, talvez. Se não me quiser, eu tenho um avião à minha espera em Hilton Head. Posso ir embora.

Ela faz uma expressão apavorada.

— Não, não vá. Por favor. Estou muito feliz por você estar aqui — acrescenta depressa.

*Muito feliz?* Você quase me enganou.

— Só estou tentando fazer com que entenda — continua ela. — Estou zangada porque, assim que viajei, você foi jantar com ela. Pense em como você fica quando eu chego perto do José. José é um grande amigo. Nunca tive um caso com ele. Ao passo que você e ela…

— Está com ciúmes?

Como posso fazê-la entender que Elena e eu somos amigos? Ela não tem motivo para sentir ciúmes.

Fica claro que a Srta. Steele é possessiva. Levo um instante para me dar conta disso.

— Estou, e com raiva do que ela fez com você — prossegue.

— Anastasia, ela me ajudou. É só o que vou dizer sobre isso. E, quanto ao seu ciúme, ponha-se no meu lugar. Eu não tive que justificar meus atos para ninguém nos últimos sete anos. Ninguém. Faço o que quero, Anastasia. Gosto da minha autonomia. Não saí com a Mrs. Robinson para irritar você. Saí porque jantamos juntos de vez em quando. Ela é minha amiga e minha sócia.

Ela arregala os olhos.

*Ah. Não tinha contado isso?*

Por que eu contaria? Não tem nada a ver com ela.

— Sim, somos sócios. Nosso caso já terminou. Há muitos anos.

— Por que o caso de vocês terminou?

— O marido dela descobriu. Será que a gente pode falar sobre isso outra hora, num local mais reservado?

— Acho que você nunca vai conseguir me convencer de que ela não é uma espécie de pedófila.

*Puta merda, Ana! Já chega!*

— Eu não penso nela assim. Nunca pensei. Agora chega! — rosno.

— Você a amava?

*O quê?*

— Como vocês vão indo?

Carla voltou. Ana dá um sorriso forçado e fico com um nó no estômago.

— Bem, mãe.

*Será que eu amava Elena?*

Tomo um gole da minha bebida. Eu a idolatrava, porra... Mas será que a amava? Que pergunta ridícula. Não sei nada sobre amor romântico. Essa é a merda de flores e bombons que ela quer. Os romances do século XIX que ela leu encheram sua cabeça de bobagens.

Para mim, chega.

— Bem, senhoras, vou deixar vocês. Por favor, ponham essas bebidas na minha conta, quarto 612. Eu telefono pela manhã, Anastasia. Até amanhã, Carla.

— Ah, é muito bom ouvir alguém chamar a gente pelo nome.

— Belo nome para uma bela mulher.

Aperto a mão de Carla, sendo sincero quanto ao elogio, apesar do meu sorriso não ser verdadeiro.

Ana está quieta, me implorando com um olhar que finjo não perceber. Dou-lhe um beijo na bochecha.

— Até mais, baby — digo baixinho no ouvido dela, depois me viro, atravesso o bar e desço para o meu quarto.

Aquela garota me provoca como ninguém jamais fez.

E está puta comigo. Talvez esteja com TPM. Disse que sua menstruação viria esta semana.

Entro no quarto, bato a porta e vou direto para a varanda. Está quente lá fora, e respiro fundo, inspirando o pungente odor salgado do rio. Já escureceu, e o rio está negro, como o céu... como meu estado de espírito. Nem cheguei a discutir o passeio de planador de amanhã. Coloco as mãos no parapeito da varanda. As luzes da praia e a ponte melhoram a vista... mas não meu temperamento.

Por que estou defendendo uma relação que começou quando Ana ainda estava no quarto ano? Isso não é da conta dela. Sim, era pouco convencional. Mas só isso.

Passo as mãos pelo cabelo. Essa viagem não está saindo como eu esperava, de jeito nenhum. Talvez tenha sido um erro vir até aqui. E pensar que foi Elena quem me encorajou a fazer essa viagem.

Meu telefone toca, e torço para ser Ana. É Ros.

— Sim — digo rispidamente.

— Nossa, Christian. Estou interrompendo alguma coisa?

— Não. Me desculpe. O que foi?

*Acalme-se, Grey.*

— Pensei em colocar você a par da minha conversa com Marco. Mas, se agora for uma hora ruim, ligo amanhã de manhã.

— Não. Tudo bem

Ouço baterem à porta.

— Só um instante, Ros.

Abro a porta, esperando que seja Taylor ou uma camareira que veio arrumar a cama, mas é Ana, parada no corredor, tímida e linda.

*Ela está aqui.*

Abrindo mais a porta, faço sinal para ela entrar.

— Todas as indenizações concluídas? — pergunto a Ros, sem tirar os olhos de Ana.

— Sim.

Ana entra no quarto, observando-me com cautela, os lábios entreabertos e úmidos, os olhos escurecendo. *O que é isso? Mudou de ideia?* Conheço esse olhar. É desejo. Ela me quer. E eu a quero também, ainda mais depois da nossa pequena discussão no bar.

*Por que outro motivo ela estaria aqui?*

— E o custo? — pergunto a Ros.

— Aproximadamente dois milhões.

Assovio entre os dentes.

— Esse foi um erro caro.

— A GEH tem a oportunidade de explorar a divisão de fibra óptica.

Ela tem razão. Esse era um dos nossos objetivos.

— E o Lucas? — pergunto.

— Ele reagiu mal.

Abro o frigobar e faço um gesto para Ana se servir. Deixando-a ali, entro no quarto.

— O que ele fez?

— Deu um ataque.

No banheiro, abro a torneira para encher a enorme banheira de mármore rebaixada e adiciono óleo de banho perfumado na água. Cabem seis pessoas ali dentro.

— A maior parte desse dinheiro é para ele — lembro a Ros, enquanto verifico a temperatura da água. — E ele tem o preço de venda da empresa. Sempre pode começar de novo.

Viro-me para sair, mas tenho a ideia de acender as inúmeras velas que foram habilmente arrumadas sobre o banco de pedra. *Velas acesas contam como "mais", não é?*

— Bem, ele está ameaçando com advogados, embora eu não entenda por quê. Somos blindados em relação a isso. Estou ouvindo um barulho de água? — pergunta Ros.

— Sim, estou enchendo a banheira.

— Ah. Quer que eu desligue?

— Não. Mais alguma coisa?

— Sim. Fred quer falar com você.

— É mesmo?

— Ele analisou o design novo de Barney.

Enquanto volto para a sala, agradeço a solução de Barney para o tablet e peço para que ela mande Andrea me enviar os esquemas revistos. Ana pegou uma garrafa de suco de laranja.

— Esse é o seu novo estilo de administração: não estar aqui? — pergunta Ros.

Rio alto, mas sobretudo da escolha de bebida de Ana. *Mulher sensata.* E digo a Ros que não voltarei ao escritório antes de sexta-feira.

— Vai mudar mesmo de ideia em relação a Detroit?

— Tem um terreno aqui que me interessa.

— Bill está sabendo disso? — Ros está irritada.

— Está, mande ele ligar.

— Mandarei. Você tomou um drinque com o pessoal de Savannah esta noite?

Digo que vou vê-los no dia seguinte. Estou mais conciliador e consciente do meu tom, pois essa é uma questão importante para Ros.

— Quero ver o que a Geórgia vai oferecer se viermos para cá. — Pego um copo na prateleira, entrego-o a Ana e aponto para o balde de gelo. — Se os incentivos deles forem suficientemente atraentes... acho que devíamos considerar, embora eu não tenha certeza quanto ao maldito calor daqui...

Ana serve o suco.

— É tarde para mudar sua opinião sobre essa questão, Christian, mas isso poderia aumentar nossa influência em Detroit — reflete Ros.

— Concordo, Detroit tem suas vantagens, também, e é mais fresco...

*Mas lá tem fantasmas demais para mim.*

— Mande o Bill ligar. Amanhã. — Já está tarde, e tenho uma visita. — Não muito cedo — aviso.

Ros se despede e eu desligo.

Ana me olha com reserva enquanto a admiro. Seu cabelo exuberante cai sobre os ombros pequenos, emoldurando seu lindo rosto pensativo.

— Você não respondeu à minha pergunta — murmura ela.

— Não.

— Não, você não respondeu à minha pergunta, ou não, você não a amava?

Ela não vai deixar esse assunto para lá. Encosto na parede e cruzo os braços para não puxá-la e envolvê-la com eles.

— O que está fazendo aqui, Anastasia?

— Acabei de dizer.

*Termine com o sofrimento dela, Grey.*

— Não. Eu não a amava.

Seus ombros relaxam e seu rosto se suaviza. É o que ela queria ouvir.

— Você é uma deusa sexy, Anastasia. Quem diria?

*Mas você é a* minha *deusa sexy?*

— Está debochando de mim, Sr. Grey?

— Eu não me atreveria — retruco.

— Acho que se atreveria e acho que se atreve, quase sempre.

Ela dá uma risadinha e afunda os dentes perfeitos no lábio.

Está fazendo isso de propósito.

— Por favor, pare de morder o lábio. Você está no meu quarto, não estamos juntos há quase três dias e vim de longe para encontrá-la.

Preciso saber que estamos bem, do único jeito que conheço. Quero fodê-la com força.

Meu celular toca, mas desligo sem ver quem é. Quem quer que seja pode esperar.

Dou um passo em direção a ela.

— Eu quero você, Anastasia. Agora. E você me quer. Por isso está aqui.

— Eu realmente queria saber — diz ela.

— Bem, agora que sabe, você vem ou não? — pergunto, parando na frente dela.

— Vou — responde, com os olhos fixos nos meus.

— Ah, espero que sim.

Olho para ela, encantado por notar suas íris escurecerendo.

Ela me quer.

— Você ficou muito zangada comigo — murmuro.

Ainda é uma coisa nova ter que lidar com a raiva dela, levar em conta seus sentimentos.

— Sim.

— Não me lembro de ninguém já ter ficado zangado comigo a não ser meus familiares. Gosto disso.

Toco seu rosto de leve, com a ponta dos dedos, e vou descendo. Quando alcanço o queixo, ela fecha os olhos e inclina a cabeça na minha mão. Abaixo-me e, com o nariz, vou percorrendo do ombro nu até a orelha dela, inspirando seu perfume enquanto o desejo invade meu corpo. Meus dedos chegam à sua nuca e agarram seu cabelo.

— A gente devia conversar — murmura ela.

— Depois.

— Tem muita coisa que eu quero falar.

— Eu também. — Dou-lhe um beijo logo abaixo da orelha e puxo seu cabelo, trazendo sua cabeça para trás a fim de deixar seu pescoço exposto. Meus dentes e lábios roçam seu queixo e seu pescoço enquanto meu corpo estremece de desejo. — Quero você — murmuro, beijando onde sua pulsação lateja sob a pele. Ela geme e segura meus braços. Fico tenso por um instante, mas a escuridão permanece latente. — Você está menstruada? — pergunto entre um beijo e outro.

Ela fica imóvel.

— Estou — diz.

— Tem cólicas?

— Não.

A voz dela é tranquila, mas deixa transparecer seu constrangimento.

Paro de beijá-la e fixo os olhos nos seus. Por que está constrangida? É o corpo dela.

— Tomou a pílula?

— Sim — responde ela.

Ótimo.

— Vamos tomar um banho.

No banheiro luxuoso, solto a mão de Ana. O local está quente e úmido, o vapor subindo devagarinho da espuma. Estou agasalhado demais para esse calor, de forma que a camisa de linho e a calça grudam no corpo.

Ana me observa, a pele suada com a umidade.

— Você tem um prendedor de cabelo? — pergunto. Seu cabelo vai começar a grudar no rosto. Ela pega um no bolso da calça jeans. — Prenda o cabelo no alto — ordeno, e fico observando ela me obedecer com uma elegância rápida e eficiente.

*Boa garota. Chega de discussão.*

Algumas mechas escapam do rabo de cavalo, mas ela está linda. Fecho a torneira, dou-lhe a mão e a levo para a outra parte do banheiro, onde há um grande espelho com moldura dourada pendurado sobre duas pias de mármore. Fixando meus olhos no dela pelo espelho, fico parado atrás de Ana e peço que tire as sandálias. Ela as descalça apressadamente e as deixa cair no chão.

— Levante os braços — sussurro.

Agarro a barra de sua linda blusa e a retiro pela cabeça, liberando seus seios. Estico o braço, abro o botão do cós e puxo o zíper da calça.

— Vou comer você no banheiro, Anastasia.

Os olhos dela desviam para minha boca e ela umedece os lábios. Sob a luz suave, suas pupilas brilham de excitação. Eu me inclino e dou beijos carinhosos em seu pescoço, engancho os polegares no cós da sua calça e a puxo devagarinho para baixo, por aquela bela bunda, trazendo junto a calcinha. Ajoelho atrás dela e arrio a calça jeans até os pés.

— Tire a calça — ordeno.

Segurando a beira da pia, ela obedece. Agora está nua e fico diante da sua bunda. Jogo a calça, a calcinha e a blusa num banco embaixo da pia e imagino todas as coisas que eu poderia fazer com aquela bunda. Noto um cordão azul entre suas pernas. Seu absorvente continua no lugar, então resolvo beijar e mordiscar seu traseiro com delicadeza antes de me levantar. Nossos olhos se conectam no espelho mais uma vez, e ponho a mão aberta em sua barriga lisa e chapada.

— Olha só. Você é muito bonita. Veja como fica.

A respiração dela acelera quando pego suas mãos e abro seus dedos apoiados na barriga sob minhas mãos esticadas.

— Sinta como sua pele é macia — murmuro. Delicadamente, guio as mãos dela pelo torso com um movimento circular amplo, depois eu as levo até o peito. — Sinta a fartura dos seus seios.

Seguro suas mãos em concha embaixo dos seios e ela os sustenta. Delicadamente, esfrego os polegares em seus mamilos. Ela geme e arqueia as costas, pressionando os seios em nossas mãos unidas. Pego os mamilos entre nossos polegares e puxo com delicadeza algumas vezes, deliciando-me ao vê-los endurecer e intumescer em resposta.

*Como certa parte da minha anatomia.*

Ela fecha os olhos e se contorce encostada em mim, roçando o traseiro na minha ereção. Ela geme, a cabeça apoiada no meu ombro.

— Isso mesmo, baby — balbucio no seu pescoço, curtindo o corpo dela se animando com seu toque.

Guio suas mãos até a parte da frente do quadril, depois em direção aos pelos pubianos. Enfio a perna entre as dela e, com o pé direito, afasto-as mais enquanto guio suas mãos pela vagina, uma de cada vez, mais e mais, pressionando repetidamente seus dedos no clitóris.

Ela geme e, pelo espelho, observo-a se contorcer.

*Nossa, ela é uma deusa.*

— Como você está quente, Anastasia. — Beijo e mordo seu pescoço e seu ombro, depois solto, deixando-a na expectativa, e ela abre os olhos quando dou um passo para trás. — Continue — digo, me perguntando o que ela fará.

Ela hesita um instante, depois esfrega uma das mãos nela mesma, mas nem de longe com tanto entusiasmo.

*Ah, assim não vai dar.*

Rapidamente, tiro a camisa, a calça e a cueca suadas, liberando minha ereção.

— Prefere que eu faça isso? — pergunto, os olhos dela ardendo para os meus pelo espelho.

— Sim… por favor — diz ela, um tom desesperado, sedento na voz.

Passo os braços em volta dela, com a barriga em suas costas, o pau apoiado entre as nádegas de sua bunda escultural. Seguro suas mãos de novo, guiando-as pelo clitóris, uma de cada vez, repetidamente, pressionando, afagando e excitando-a. Ela geme enquanto chupo e mordo sua nuca. Suas pernas começam a tremer. Bruscamente, giro-a para colocá-la de frente para mim. Seguro seus pulsos com uma das mãos, prendendo-os atrás de suas costas, e puxo seu rabo de cavalo com a outra, trazendo seus lábios para os meus. Eu a beijo, consumindo sua boca, sentindo seu gosto: suco de laranja e a doce, doce Ana. Sua respiração sai rouca, como a minha.

— Quando começou sua menstruação, Anastasia?

*Quero foder você sem camisinha.*

— Hã… ontem — sussurra ela.

— Ótimo. — Recuo e a viro. — Segure-se na pia — ordeno.

Agarro seu quadril, levanto-a e a puxo para trás obrigando-a a se debruçar. Minha mão desce deslizando por sua bunda até o fio azul, e puxo o absorvente, que jogo na privada. Ela suprime um grito, chocada, acho, mas pego meu pau e meto nela depressa.

Minha respiração passa assoviando entre os dentes.

*Porra. Ela é gostosa. Muito gostosa. Pele contra pele.*

Chego para trás, depois a penetro mais uma vez, devagar, sentindo cada precioso centímetro escorregadio dela. Ela geme e empurra o corpo contra o meu.

*Ah, sim, Ana.*

Ela se segura com mais força no mármore quando acelero, e agarro o quadril dela, crescendo... crescendo, depois golpeando dentro dela. Exigindo-a. Possuindo-a.

*Não sinta ciúmes, Ana. Só quero você.*

*Você.*

*Você.*

Meus dedos encontram seu clitóris, e provoco, acaricio-a e estimulo-a, fazendo suas pernas começarem a tremer de novo.

— Isso mesmo, baby — murmuro, a voz rouca, enquanto meto nela com um ritmo possessivo e punitivo.

*Não discuta comigo. Não brigue comigo.*

As pernas dela se contraem enquanto a penetro e seu corpo começa a tremer. De repente, ela grita ao atingir o orgasmo, levando-me com ela.

— Ah, Ana!

Suspiro ao atingir o ápice, o mundo ficando embaçado, e gozo dentro dela.

*Porra.*

— Ah, será que algum dia vou me fartar de você? — murmuro enquanto deixo meu corpo cair em cima dela.

Lentamente, desço até o chão, trazendo-a comigo e enroscando as pernas nela. Ana se senta, a cabeça apoiada em meu ombro, ainda arfando.

*Minha nossa.*

Sempre foi assim?

Beijo seu cabelo e ela relaxa, os olhos fechados, a respiração lentamente voltando ao normal enquanto a seguro. Nós dois estamos suados e com calor dentro de um banheiro úmido, mas não quero estar em nenhum outro lugar.

Ela se mexe.

— Estou menstruada — diz.

— Isso não me incomoda. — Não quero soltá-la.

— Eu reparei. — Seu tom é seco.

— Você se incomoda?

*Não deveria. Isso é natural.* Só conheci uma mulher que era enjoada em relação a sexo durante a menstruação, mas eu não estava nem aí para a frescura dela.

— Não, de modo algum.

Ana olha para mim com límpidos olhos azuis.

— Bom. Vamos tomar banho. — Solto-a, e ela franze o cenho por um instante, olhando para o meu peito. Seu rosto corado perde um pouco de cor, e seu olhar confuso encontra o meu. — O que é? — pergunto, assustado com sua expressão.

— Suas cicatrizes. Não são de catapora.

— Não, não são. — Meu tom é glacial.

*Não quero falar sobre isso.*

Erguendo-me, estendo a mão para ela e a ajudo a se levantar. Seus olhos estão arregalados com uma expressão de horror.

Será de pena em seguida.

— Não me olhe assim — aviso, e solto sua mão.

*Não quero a porra da sua piedade, Ana. Não vá por aí.*

Ela olha para a própria mão, devidamente repreendida, espero.

— Ela fez isso? — Sua voz é quase inaudível.

Fecho a cara para Ana, sem dizer nada, tentando conter a raiva repentina. Meu silêncio a força a olhar para mim.

— Ela? — rosno. — A Mrs. Robinson? — Ana empalidece com o meu tom. — Ela não é um bicho, Anastasia. Claro que não fez. Não entendo por que você tem que demonizá-la.

Ela abaixa a cabeça para evitar contato visual, passa bruscamente por mim e entra no banho, afundando na espuma, e não vejo mais seu corpo. Erguendo os olhos para mim, com uma expressão arrependida e sincera, ela diz:

— Fico só me perguntando como você seria se não a tivesse conhecido. Se ela não tivesse apresentado você ao seu... hã, estilo de vida.

*Droga.* Voltamos a Elena.

Vou para a banheira, entro na água e me sento longe dela. Ana me observa, aguardando uma resposta. O silêncio entre nós aumenta até só dar para ouvir o sangue latejando em meus ouvidos.

*Porra.*

Ela não desvia os olhos dos meus.

*Desista, Ana!*

Não, isso não vai acontecer.

Balanço a cabeça. *Mulher impossível.*

— Eu provavelmente teria ido pelo mesmo caminho da minha mãe biológica se não fosse a Mrs. Robinson.

Ela coloca uma mecha molhada atrás da orelha, permanecendo em silêncio.

*O que posso dizer sobre Elena?* Penso em nosso relacionamento: Elena e eu. Aqueles dias excitantes. O segredo. Os coitos furtivos. A dor. O prazer. A liberação... A ordem e a calma que ela trouxe para o meu mundo.

— Ela me amou de um jeito que achei... aceitável — reflito, quase que para mim mesmo.

— Aceitável? — diz Ana incrédula.

— Sim.

A expressão dela é de expectativa.

Ela quer mais.

*Merda.*

— Ela me desviou do caminho destrutivo que eu estava seguindo. — Minha voz sai baixa. — É muito difícil crescer numa família perfeita quando você não é perfeito.

Ela inspira com força.

*Porra. Odeio falar sobre isso.*

— Ela ainda ama você?

*Não!*

— Acho que não, não desse jeito. Continuo dizendo que isso foi há muito tempo. Já é passado. Eu não poderia mudar o que aconteceu nem se quisesse, e não quero. Ela me salvou de mim mesmo. Eu nunca discuti isso com ninguém. A não ser o Dr. Flynn, claro. E é só por causa dele que estou tocando nesse assunto com você agora, porque quero que você confie em mim.

— Eu confio em você — diz ela —, mas quero, sim, conhecê-lo melhor, e sempre que tento conversar, você me desvia. Tem muita coisa que quero saber.

— Ah, pelo amor de Deus, Anastasia. O que você quer saber? O que tenho que fazer?

Ela olha para as próprias mãos embaixo da água.

— Só estou tentando entender. Você é um enigma. Diferente de qualquer pessoa que já conheci. Ainda bem que está me contando o que eu quero saber.

Bruscamente decidida, ela se move pela água para se sentar ao meu lado, apoiando-se em mim, de forma que minha pele roça na dela.

— Por favor, não fique zangado comigo — diz ela.

— Não estou zangado com você, Anastasia. Só não estou acostumado com esse tipo de conversa, esse interrogatório. Só falo disso com o Dr. Flynn e com...

*Droga.*

— Com ela. Mrs. Robinson. Você conversa com ela? — diz Ana, a voz ofegante e baixa.

— Sim.

— Sobre o quê?

Viro-me de frente para ela tão repentinamente que a água transborda para o chão.

— Persistente, não é? A vida, o universo, negócios. Anastasia, a Mrs. R. e eu nos conhecemos há muito tempo. Podemos discutir qualquer coisa.

— A meu respeito? — pergunta ela.

— Sim.

— Por que você fala de mim? — indaga ela, parecendo zangada.

— Eu nunca conheci ninguém como você, Anastasia.

— O que significa isso? Alguém que não assinou sua papelada sem fazer perguntas?

Nego com a cabeça. *Não.*

— Preciso de conselhos.

— E você se aconselha com a Sra. Pedófila? — diz ela rispidamente.

— Anastasia, chega — reajo, quase gritando. — Ou vou lhe dar umas palmadas. Não tenho nenhum interesse sexual ou romântico por ela. Ela é uma grande amiga que prezo muito e minha sócia. Só isso. Temos um passado, uma história em comum, que foi enormemente proveitosa para mim, embora tenha fodido com o casamento dela, mas esse lado da nossa relação acabou.

Ela endireita os ombros.

— E seus pais nunca descobriram?

— Não — resmungo —, eu já disse.

Ela me olha com cautela, e acho que sabe que me fez chegar ao limite.

— Terminou? — pergunto.

— Por enquanto.

Ainda bem. Ela não estava mentindo quando avisou que queria me dizer muita coisa. Mas não estamos falando sobre o que eu quero. Preciso saber qual é a minha posição. Se nosso acordo tem alguma chance.

*Aproveite a oportunidade, Grey.*

— Certo, minha vez. Você não respondeu ao meu e-mail.

Ela coloca o cabelo atrás da orelha, depois balança a cabeça.

— Eu ia responder. Mas agora você está aqui.

— Preferiria que eu não estivesse? — Prendo a respiração.

— Não, estou contente — diz ela.

— Ótimo. Estou contente de estar aqui, também, apesar do seu interrogatório. Então, embora seja aceitável me encher de perguntas, acha que pode reivindicar um tipo de imunidade diplomática só porque eu vim até aqui para ver você? Não caio nessa, Srta. Steele. Quero saber como se sente.

Ela franze o cenho.

— Já disse. Estou contente por você estar aqui. Obrigada por ter vindo. — Ela parece sincera.

— Não há de quê. — Abaixo-me e a beijo, e ela se abre como uma flor, oferecendo e querendo mais. Recuo. — Não. Acho que quero algumas respostas antes de fazermos algo mais.

Ela suspira, outra vez com uma expressão de cautela.

— O que quer saber?

— Bem, como você se sente em relação ao nosso pretenso acordo, para começar.

Ela faz beicinho, como se sua resposta fosse inaceitável.

*Ai, minha nossa.*

— Acho que não consigo fazer isso por um período de tempo muito longo. Um fim de semana inteiro fingindo ser uma pessoa que eu não sou.

Ela baixa os olhos, desviando-os dos meus.

*Isso é um "não"*. Além do mais, acho que ela está certa.

Segurando seu queixo, inclino sua cabeça para poder ver seus olhos.

— Não, também acho que não consegue.

— Está debochando de mim?

— Sim, mas de uma forma positiva. — Beijo-a de novo. — Você não é uma grande submissa.

Ela fica boquiaberta. Será que está se fazendo de ofendida? E então dá uma risada doce, contagiosa, e sei que não está ofendida.

— Talvez eu não tenha tido um bom professor.

*Boa argumentação, Srta. Steele.*

Rio também.

— Talvez. Vai ver que eu devo ser mais rígido com você. — Examino seu rosto. — Foi tão ruim quando bati em você da primeira vez?

— Não, não muito — diz ela, as bochechas corando um pouco.

— É mais a ideia da coisa? — pergunto, pressionando-a a dizer mais.

— Acho que sim. Sentir prazer, quando se supõe que não é para sentir.

— Lembro-me de ter a mesma sensação. Leva um tempo para entendermos isso.

Finalmente estamos tendo essa conversa.

— Você sempre pode usar a palavra de segurança, Anastasia. Não se esqueça disso. E, desde que siga as regras, que suprem uma profunda necessidade que tenho de controle e de preservá-la, talvez a gente consiga achar um caminho.

— Por que precisa me controlar?

— Porque isso satisfaz uma necessidade minha que não foi satisfeita em meus anos de formação.

— Então é uma forma de terapia?

— Nunca pensei nisso dessa maneira, mas sim, acho que sim.

Ela assente.

— Mas tem aquilo. Você diz "não me desafie", e, no minuto seguinte, diz que gosta de ser desafiado. É muito complicado.

— Eu enxergo isso. Mas parece que você está se dando bem até agora.

— Mas a que preço? Estou toda tensa.

— Gosto de você toda tensa.

— Não foi isso que eu quis dizer!

Ela passa a mão na água, me molhando.

— Será que você acabou de jogar água em mim?

— Sim — confirma ela.

— Ah, Srta. Steele. — Agarro-a pela cintura e puxo-a para o meu colo, jogando água no chão mais uma vez. — Acho que já falei muito por ora.

Seguro sua cabeça com as mãos e a beijo, minha língua abrindo seus lábios, investigando sua boca em seguida, dominando-a. Ela passa os dedos pelo meu cabelo, retribuindo meu beijo, enroscando a língua na minha. Inclino sua cabeça com uma das mãos, movo-a com a outra, deixando-a montada em mim.

Recuo para tomar fôlego. Seus olhos estão escuros e sensuais, seu desejo é visível. Puxo seus punhos para trás de suas costas, depois eu os agarro com uma das mãos.

— Vou comer você agora — declaro, e levanto-a para posicioná-la em cima da minha ereção. — Pronta?

— Sim — sussurra ela, e eu a abaixo devagarinho em mim, observando sua expressão ao preenchê-la.

Ela geme e fecha os olhos, empinando os seios para o meu rosto.

*Ah, nossa.*

Flexiono o quadril, erguendo-a, penetrando-a mais fundo, e me inclino à frente até nossas testas se tocarem.

Ela é muito gostosa.

— Por favor, solte minhas mãos — sussurra ela.

Abro os olhos e vejo-a abrir a boca ao puxar ar para os pulmões.

— Não me toque — peço, soltando suas mãos e agarrando seu quadril.

Ela segura a borda da banheira e lentamente começa a me receber. Para cima. Depois para baixo. Ah, muito devagarinho. Ela abre os olhos e encontra os meus fixos em seu rosto. Observando-a. Montada em mim. Abaixando-se, ela me beija, a língua invadindo minha boca. Fecho os olhos, deliciando-me com a sensação.

*Isso, Ana.*

Seus dedos agarram meu cabelo, puxando-o enquanto ela me dá um beijo molhado, mexendo o corpo com a língua enroscada na minha. Seguro seu quadril e começo a levantá-la mais alto e mais depressa, vagamente consciente de que a água está transbordando da banheira.

Mas não ligo. Eu a quero. Desse jeito.

Essa bela mulher gemendo na minha boca.

Para cima. Para baixo. Para cima. Para baixo. Sem parar.

Entregando-se a mim. Recebendo-me.

— Ah. — Ela engasga de prazer.

— Isso mesmo, baby — sussurro, enquanto ela acelera, depois grita ao explodir em um orgasmo.

Envolvo-a nos braços, apertando-a bem enquanto perco os sentidos e gozo dentro dela.

— Ana! — grito, e sei que não quero deixá-la ir embora nunca.

Ela beija minha orelha.

— Essa foi... — Ela suspira.

— É.

Segurando seus braços, faço-a chegar para trás de forma que eu possa observá-la. Ela parece com sono e saciada, e imagino que eu deva estar igual.

— Obrigado — sussurro. Ela parece confusa. — Por não me tocar — esclareço.

Seu rosto relaxa e ela ergue a mão. Fico tenso. Mas ela balança a cabeça e passa os dedos nos meus lábios.

— Você disse que isso é um limite rígido. Eu entendo.

Ela se inclina e me beija. O sentimento estranho vem à tona, crescendo em meu peito, desconhecido e perigoso.

— Vamos botá-la na cama. A menos que você tenha que ir para casa.

Estou assustado com o rumo das minhas emoções.

— Não. Eu não tenho que ir embora.

— Ótimo. Fique.

Levanto-me e saio da banheira para pegar toalhas para nós dois e afasto meus pensamentos perturbadores.

Enrolo-a numa toalha, coloco outra na minha cintura e jogo uma terceira no chão, numa vã tentativa de secar o piso alagado. Ana vai até a pia enquanto esvazio a banheira.

Bem. Esta foi uma noite interessante.

E ela estava certo. Foi bom falar, embora eu não tenha certeza se resolvemos alguma coisa.

Ana está escovando os dentes com a minha escova quando saio do banheiro e sigo para o quarto. Isso me faz sorrir. Pego o celular e vejo que a ligação perdida era de Taylor.

Mando uma mensagem de texto para ele.

Tudo bem?
Vou sair para planar às 6h.

Ele responde imediatamente.

Por isso eu estava ligando.
O tempo está bom.
Vejo-o lá.
Boa noite, senhor.

Vou levar a Srta. Steele para planar! Minha felicidade extravasa num sorriso que se alarga quando ela sai do banheiro enrolada na toalha.

— Preciso da minha bolsa — diz ela, um pouco tímida.

— Acho que você deixou na sala.

Ela vai saltitando buscá-la, e escovo os dentes, sabendo que a escova acabou de passar por sua boca.

No quarto, deixo a toalha de lado, puxo as cobertas e me deito, esperando por Ana. Ela entrou de novo no banheiro e fechou a porta.

Pouco depois, volta. Deixa a toalha cair e se deita ao meu lado, nua, com um sorriso tímido. Ficamos deitados de frente um para o outro, abraçando nossos travesseiros.

— Quer dormir? — pergunto.

Sei que temos que acordar cedo, e são quase onze horas.

— Não. Não estou cansada — diz ela, os olhos brilhando.

— O que quer fazer? — *Mais sexo?*

— Conversar.

*Mais conversa. Meu Deus.* Sorrio, resignado.

— Sobre o quê?

— Coisas.

— Que coisas?

— Você.

— O que exatamente?

— Qual é seu filme preferido?

Gosto de suas perguntas à queima-roupa.

— Hoje é *O Piano.*

Ela ri para mim.

— Claro. Sou boba. Uma trilha sonora tão triste e envolvente, que, sem dúvida, você aprendeu a tocar. Tem muitas conquistas, Sr. Grey.

— E a maior delas é você, Srta. Steele.

O sorriso dela aumenta.

— Então sou a número dezessete.

— Dezessete?

— O número de mulheres com quem você, hum… fez sexo.

*Ai, merda.*

— Não exatamente.

O sorriso dela desaparece.

— Você disse quinze.

— Eu estava me referindo ao número de mulheres no meu quarto de jogos. Achei que você estivesse se referindo a isso. Você não me perguntou com quantas mulheres eu já tinha feito sexo.

— Ah. — Ela arregala os olhos. — Sexo baunilha? — pergunta.

— Não. Você é minha única conquista nessa modalidade. — E, por alguma razão estranha, sinto-me loucamente satisfeito comigo mesmo. — Não posso estimar um número. Não fiz marcas na parede nem nada.

— De que estamos falando? Dezenas, centenas… milhares?

— Dezenas. Estamos nas dezenas, pelo amor de Deus. — Finjo indignação.

— Todas submissas?

— Sim.

— Pare de rir de mim — diz ela, com altivez, tentando em vão fazer uma expressão séria.

— Não consigo. Você é engraçada.

E me sinto um pouco tonto ao sorrirmos um para o outro.

— Engraçada estranha ou engraçada rá-rá-rá?

— Um pouco dos dois, acho eu.

— Isso é um atrevimento danado, partindo de você — diz ela.

Beijo seu nariz para prepará-la.

— Isso vai chocar você, Anastasia. Está pronta?

Seus olhos estão arregalados e ansiosos, cheios de prazer.

*Conte a ela.*

— Todas submissas em treinamento, quando eu estava treinando. Há lugares em Seattle e nos arredores da cidade onde se pode praticar. Aprender a fazer o que eu faço.

— Ah — diz ela.

— Sim. Já paguei para fazer sexo, Anastasia.

— Isso não é nenhum motivo de orgulho — censura ela. — E tem razão… estou profundamente chocada. E irritada por não poder chocar você.

— Você usou minha cueca.

— Isso chocou você?

— Chocou. Você foi sem calcinha conhecer meus pais.

Ela recupera o entusiasmo.

— Isso chocou você?

— Chocou.

— Parece que só consigo chocar você no departamento de lingerie.

— Você me disse que era virgem. Esse foi o maior choque que já tive.

— Sim, a sua cara foi inesquecível. — Ela ri, e seu rosto se ilumina.

— Você deixou que eu lhe desse uma surra de chicote de montaria.

Estou sorrindo tanto quanto o Gato de Cheshire da Alice, porra. Quando é que eu já me deitei nu ao lado de uma mulher e fiquei só conversando?

— Isso chocou você?

— Sim.

— Bem, talvez eu deixe você fazer isso de novo.

— Ah, estou torcendo muito para isso, Srta. Steele. Este fim de semana?

— Tudo bem — diz ela.

— Tudo bem?

— É. Vou voltar ao Quarto Vermelho da Dor.

— Você diz meu nome.

— Isso choca você?

— O fato de eu gostar me choca.

— Christian — murmura ela, e o som do meu nome saindo de seus lábios aquece todo o meu corpo.

*Ana.*

— Quero fazer uma coisa amanhã.

— O quê?

— Uma surpresa. Para você.

Ela boceja.

Chega. Está cansada.

— Eu a entedio, Srta. Steele?

— Nunca — confessa ela.

Estico o corpo e dou-lhe um beijo rápido.

— Durma — ordeno, e apago a luz da cabeceira.

Instantes depois, ouço sua respiração. Ela está dormindo profundamente. Cubro-a com um lençol, me deito de costas e observo o ventilador de teto zumbindo.

*Bem, falar não é tão ruim.*

*Hoje funcionou, afinal.*

*Obrigado, Elena...*

E com um sorriso satisfeito, fecho os olhos.

## QUINTA-FEIRA, 2 DE JUNHO DE 2011

— Não. Não me deixe.

As palavras sussurradas invadem meu sono, eu me remexo e acordo.

*O que foi isso?*

Olho em volta do quarto. Onde estou?

Ah, sim, Savannah.

— Não. Por favor. Não me deixe.

*O quê?* É Ana.

— Não vou a lugar algum — murmuro, confuso.

Viro-me e me apoio no cotovelo. Encolhida ao meu lado, ela parece estar dormindo.

— Não vou deixar você — balbucia ela.

Meu couro cabeludo coça.

— Bom saber disso.

Ela suspira.

— Ana? — chamo baixinho.

Mas ela não reage. Está de olhos fechados. Dormindo profundamente. Deve estar sonhando… Com o quê?

— Christian — diz ela.

— Sim — respondo no automático.

Mas ela não diz nada. Definitivamente está dormindo, mas nunca a ouvi falar dormindo.

Observo-a, fascinado. Seu rosto está iluminado pela luz ambiente que vem da sala de estar. Seu cenho franze por um instante, como se um pensamento desagradável a atormentasse, depois se suaviza. Com os lábios entreabertos enquanto respira, o rosto relaxado durante o sono, ela é linda. E não quer que eu vá embora, não vai me deixar. A franqueza de sua confissão inconsciente é como uma brisa de verão me acariciando, me aquecendo e me dando esperança.

Ela não vai me deixar.

*Bem, você tem sua resposta, Grey.*

Rio para ela, que parece ter sossegado e parado de falar. Olho a hora no despertador: quatro e cinquenta e sete.

É hora de levantar, afinal, e estou eufórico. Vou planar. *Com Ana.* Amo planar. Dou um beijo rápido em sua têmpora, fico de pé e vou para a sala de estar da suíte, onde peço café da manhã e confiro a previsão do tempo local.

Mais um dia quente com umidade elevada. Nada de chuva.

Tomo uma ducha rápida, me seco, depois recolho as roupas de Ana no banheiro e as estendo numa cadeira ao lado da cama. Quando pego a calcinha, lembro-me de como meu plano maquiavélico de confiscar aquela peça saiu pela culatra.

Ah, Srta. Steele.

E depois da nossa primeira noite juntos...

— *Ah... a propósito, estou usando sua cueca.*

*Quando ela puxa o elástico, dá para ver as palavras "Polo" e "Ralph" saindo da calça jeans.*

Balanço a cabeça, pego no armário uma cueca e a coloco em cima da cadeira. Gosto quando ela usa minhas roupas.

Ela balbucia de novo, e acho que diz "gaiola", mas não tenho certeza.

*Do que diabo ela está falando?*

Ela continua dormindo tranquilamente, sem se mexer, enquanto me visto. Quando ponho a camiseta, ouço baterem à porta. O café da manhã chegou: pãezinhos, um café para mim e chá Twinings English Breakfast para Ana. Felizmente eles têm no hotel a marca favorita dela.

É hora de acordar a Srta. Steele.

— Morango — murmura ela, quando me sento na cama ao seu lado.

*O que tem essa fruta?*

— Anastasia — chamo com delicadeza.

— Quero mais.

*Sei que quer, e eu também.*

— Vamos, baby. — Continuo tentando acordá-la.

Ela resmunga.

— Não. Quero tocar em você.

*Merda.*

— Acorde.

Abaixo-me e puxo delicadamente o lóbulo da sua orelha com os dentes.

— Não.

Ela fecha com força os olhos.

— Acorde.

— Ah... não — protesta ela.

— Hora de levantar, baby. Vou acender a luz.

Estico o braço para acender, inundando-a num facho de luz tênue. Ela semicerra os olhos.

— Não — geme.

Sua relutância em acordar é divertida e diferente. Em minhas relações anteriores, eu poderia esperar que uma submissa sonolenta fosse disciplinada.

Esfrego o nariz em sua orelha e murmuro:

— Quero acordar com você.

Beijo sua bochecha, uma pálpebra de cada vez, a ponta do nariz e os lábios. Seus olhos tremulam até se abrir.

— Bom dia, bela adormecida.

E fecham de novo. Ela resmunga, e sorrio para ela.

— Você não é uma pessoa matinal.

Ela abre um olho desfocado, me analisando.

— Pensei que você quisesse sexo — diz, visivelmente aliviada.

Contenho uma risada.

— Anastasia, sempre quero sexo com você. É reconfortante saber que você sente a mesma coisa.

— Claro que quero, só não quando é tão tarde.

Ela abraça o travesseiro.

— Não é tarde, é cedo. Vamos, levante. Vamos sair. Vou aceitar um vale para o sexo.

— Eu estava tendo um sonho muito bom.

Ela suspira, olhando para mim.

— Sonhava com o quê?

— Com você. — Ela faz uma expressão afetuosa.

— O que eu estava fazendo dessa vez?

— Tentando me dar morangos para comer — diz ela baixinho.

Isso explica seus balbucios.

— O Dr. Flynn adoraria saber disso. Levante, vista-se. Não precisa tomar banho, podemos fazer isso depois.

Ela protesta, mas se senta, ignorando o lençol que escorrega até sua cintura, expondo seu corpo. Meu pau tem um espasmo. Com o cabelo bagunçado, caindo nos seus ombros e formando cachos em volta dos seios nus, ela está deslumbrante. Ignorando meu tesão, me levanto para deixá-la à vontade.

— Que horas são? — pergunta ela com uma voz sonolenta.

— Cinco e meia da manhã.

— Parece três da madrugada.

— Não temos muito tempo. Deixei você dormir o máximo possível. Venha.

Quero arrastá-la para fora da cama e eu mesmo vesti-la. Mal posso esperar para estar voando com ela.

— Não posso tomar uma chuveirada?

— Se você tomar, vou querer tomar com você, e você e eu sabemos o que vai acontecer. Vamos perder a hora. Venha.

Ela me olha com paciência.

— O que vamos fazer?

— É surpresa. Eu avisei.

Ela balança a cabeça negativamente e sorri, achando muita graça.

— Tudo bem.

Levanta-se da cama, alheia à própria nudez, e encontra suas roupas em cima da cadeira. Fico encantado por ela não estar tímida como sempre. Talvez seja porque está com sono. Ela veste minha cueca e me dá um grande sorriso.

— Vou deixá-la à vontade agora que você se levantou.

Deixando-a se vestir, volto para a sala, me sento à pequena mesa de jantar e me sirvo de café.

Ela se junta a mim alguns minutos depois.

— Coma — ordeno, fazendo um gesto para que Ana se sente. Ela me olha, paralisada, os olhos vidrados. — Anastasia — digo, interrompendo seu devaneio.

Ela pisca ao voltar de onde quer que estivesse.

— Vou tomar um chá. Posso pegar um croissant para mais tarde? — pergunta esperançosa.

Ela não vai comer.

— Não estrague minha festa, Anastasia.

— Vou comer mais tarde, quando meu estômago acordar. Lá pelas sete e meia... tudo bem?

— Tudo bem. — Não posso forçá-la.

Ela está com uma expressão desafiadora e teimosa.

— Quero revirar os olhos para você.

*Ah, Ana, vai fundo.*

— Claro, faça isso, e vou ganhar o dia.

Ela olha para o sprinkler de incêndio no teto.

— Bem, uma surra me acordaria, eu acho — diz ela, avaliando a opção.

*Ela está considerando isso? Não é assim que funciona, Anastasia!*

— Por outro lado, não quero deixar você nem esquentado nem preocupado. De quente, já basta o clima daqui.

Ela dá um sorriso meloso para mim.

— Você é implicante, como sempre, Srta. Steele. — Minha voz sai engraçada. — Tome seu chá.

Ela se senta e dá pequenos goles no chá.

— Beba tudo. Temos que ir.

Estou louco para chegar à estrada, e há bastante chão pela frente.

— Aonde vamos?

— Você vai ver.

*Pare de sorrir, Grey.*

Ela faz beicinho, frustrada. A Srta. Steele, como sempre, está curiosa. Mas só está vestindo aquela blusa de alcinha e calça jeans. Vai sentir frio quando estivermos voando.

— Termine o seu chá — ordeno, e saio da mesa.

No quarto, vasculho o armário e pego um moletom. Isso deve servir. Ligo para o manobrista e peço para trazer o carro até a porta.

— Estou pronta — diz ela quando volto para a sala.

— Vai precisar disso. — Jogo o moletom para ela enquanto me olha perplexa. — Pode confiar em mim.

Dou-lhe um beijo rápido nos lábios. Pego-a pela mão, abro a porta da suíte e seguimos para os elevadores. Há um funcionário do hotel parado ali, Brian, segundo o crachá, também esperando o elevador.

— Bom dia — diz ele, saudando-nos alegremente quando as portas se abrem.

Olho para Ana e dou uma risada assim que entramos.

*Nada de safadeza no elevador hoje de manhã.*

Ela disfarça o sorriso e olha para o chão, as bochechas corando. Sabe exatamente o que está passando pela minha cabeça. Brian nos deseja um bom-dia quando saímos.

Na rua, o manobrista nos aguarda com o Mustang. Ana ergue uma sobrancelha, impressionada com o GT500. Sim, é um carro gostoso de dirigir, embora seja só um Mustang.

— Sabe, às vezes é ótimo ser eu — brinco com ela, e, fazendo uma mesura educada, abro a porta para ela.

— Aonde vamos?

— Você vai ver.

Começo a dirigir e acelero. Parado no sinal, rapidamente coloco o endereço do campo de aviação no GPS. O aparelho nos guia na saída de Savannah rumo à I-95. Ligo o iPod pelo volante, e o carro é invadido por uma melodia suave.

— O que é isso? — pergunta Ana.

— É de *La Traviata*. Uma ópera de Verdi.

— *La Traviata*? Já ouvi falar. Não lembro onde. O que significa?

Lanço-lhe um olhar cúmplice.

— Bem, literalmente, "a mulher perdida". É baseada no livro de Alexandre Dumas, A *dama das camélias.*

— Ah. Já li.

— Achei que talvez já tivesse lido.

— A cortesã condenada — diz ela, com um tom de voz melancólico. — Humm, é uma história deprimente — comenta.

— Muito deprimente? — Não podemos ter isso, Srta. Steele, ainda mais quando estou de tão bom humor. — Quer escolher alguma música? Estão no meu iPod.

Toco na tela para exibir a lista de músicas.

— Pode escolher — ofereço, me perguntando se ela vai gostar de alguma coisa que eu tenha no iTunes.

Ela analisa a lista, rolando-a para baixo, muito concentrada. Seleciona uma música, e os melodiosos acordes de Verdi são substituídos por uma batida cadenciada e Britney Spears.

— "Toxic", hein? — observo com um humor irônico.

*Será que ela está tentando me dizer alguma coisa?*

*Está se referindo a mim?*

— Não sei o que você quer dizer — fala ela com inocência.

*Será que acha que eu deveria carregar um aviso?*

A Srta. Steele está a fim de brincar.

*Que assim seja.*

Abaixo um pouco a música. É muito cedo para esse som remixado e para um lembrete.

*— Senhor, esta submissa respeitosamente solicita o iPod do Mestre.*

*Tiro os olhos da planilha que estou lendo e observo-a se ajoelhar ao meu lado, os olhos baixos.*

*Ela foi excepcional esse fim de semana. Como posso recusar?*

*— Claro, Leila, pode pegar. Acho que está no dock station.*

*— Obrigada, Mestre — diz ela, levantando-se com aquela graça habitual, sem olhar para mim.*

*Boa menina.*

*E usando apenas sapatos vermelhos de salto alto, vai cambaleando até o dock station do iPod e pega sua recompensa.*

— Eu não botei essa música no meu iPod — digo despreocupadamente, e piso no acelerador, jogando nós dois para trás nos bancos, mas consigo ouvir o breve suspiro exasperado de Ana acima do ronco do motor.

Enquanto Britney continua sensualizando, Ana tamborila os dedos na coxa, irradiando agitação ao olhar pela janela do carro. O Mustang percorre rapidamente os quilômetros na estrada. Não há trânsito, e o alvor da aurora nos persegue na I-95.

Ana suspira e Damien Rice começa.

*Acabe com o sofrimento dela, Grey.*

E não sei se é o meu bom humor, a nossa conversa de ontem à noite ou o fato de eu estar prestes a planar, mas quero lhe contar quem colocou a música no iPod.

— Foi a Leila.

— Leila?

— Uma ex, que botou a música no meu iPod.

— Uma das quinze?

Ela volta toda a sua atenção para mim, ávida por informações.

— O que aconteceu com ela?

— Terminamos.

— Por quê?

— Ela queria mais.

— E você não?

Olho para ela e balanço a cabeça.

— Eu nunca quis mais até conhecer você.

Ela me recompensa com aquele sorriso tímido.

*Sim, Ana. Não é só você que quer mais.*

— O que aconteceu com as outras quatorze? — pergunta.

— Quer uma lista? Divorciadas, decapitadas, mortas?

— Você não é Henrique VIII — censura ela.

— Tudo bem. Sem nenhuma ordem especial, só tive relações longas com quatro mulheres, à parte Elena.

— Elena?

— Mrs. Robinson para você.

Ela faz uma pausa por um instante, e sei que está me observando. Mantenho os olhos fixos na estrada.

— O que aconteceu com as quatro? — quer saber.

— Muito perguntadora, muito ansiosa por informações, Srta. Steele — provoco.

— Acha mesmo, Sr. Quando Deve Ficar Menstruada?

— Anastasia, um homem precisa saber dessas coisas.

— Precisa?

— Eu preciso.

— Por quê?

— Porque não quero que você engravide.

— Nem eu! Bem, só daqui a alguns anos — diz ela meio pensativa.

*Claro, e seria de outro sujeito... A ideia é perturbadora... Ela é minha.*

— Então as outras quatro, o que houve? — insiste ela.

— Uma conheceu outra pessoa. As outras três queriam mais. Eu não estava a fim de mais na época.

*Por que abri essa caixa de Pandora?*

— E as outras?

— Simplesmente não deu certo.

Ela balança a cabeça positivamente e olha pela janela enquanto Aaron Neville canta "Tell It Like It Is".

— Para onde estamos indo? — torna a perguntar.

Estamos chegando.

— Um campo de aviação.

— Não estamos voltando para Seattle, estamos? — Ela parece em pânico.

— Não, Anastasia. — Rio da reação dela. — Vamos nos distrair com meu segundo passatempo favorito.

— Segundo?

— É. Contei do meu favorito hoje de manhã. — Sua expressão me diz que ela está totalmente perplexa. — É me distrair com você, Srta. Steele. Isso está no topo da minha lista. Do jeito que for.

Ela olha para baixo, retorcendo os lábios.

— Bem, isso também ocupa um dos primeiros lugares na minha lista de prioridades divertidas e bizarras — diz.

— Gostei de ouvir isso.

— Então, campo de aviação?

Sorrio para ela.

— Planar. Vamos atrás da aurora, Anastasia.

Entro à esquerda no campo de aviação e sigo para o hangar da Associação de Planadores de Brunswick, onde estaciono o carro.

— Você topa? — pergunto.

— Você vai voar?

— Vou.

O rosto dela brilha de empolgação.

— Sim, por favor!

Adoro ver o ímpeto e o entusiasmo com que ela se joga em qualquer experiência nova. Abaixando-me, dou-lhe um beijo rápido.

— Outra primeira, Srta. Steele.

Do lado de fora está fresco, mas não frio, e o céu está mais claro agora, perolado e luminoso no horizonte. Dou a volta no carro, abro a porta de Ana e a conduzo pela mão para a frente do hangar.

Taylor está esperando ali com um jovem barbudo de bermuda e chinelo.

— Sr. Grey, este é seu piloto rebocador, Sr. Mark Benson — diz Taylor.

Solto Ana para poder trocar um aperto de mão com Benson, que tem um brilho selvagem no olhar.

— O senhor escolheu uma manhã maravilhosa para isso, Sr. Grey — diz Benson. — O vento está a dez nós do nordeste, o que significa que a convergência ao longo da costa deverá mantê-lo lá em cima por um tempinho.

Benson é britânico e tem um aperto de mão firme.

— Que maravilha — respondo, e observo Ana fazer uma piada particular com Taylor. — Anastasia. Venha.

— Até logo — diz ela a Taylor.

Ignorando a familiaridade dela com meu funcionário, apresento-a a Benson.

— Sr. Benson, esta é minha namorada, Anastasia Steele.

— Muito prazer — diz ela, e Benson lhe dá um sorriso radiante quando trocam um aperto de mão.

— O prazer é meu — responde ele. — Por favor, queiram me acompanhar.

— Vá na frente.

Dou a mão a Ana ao seguirmos ao lado de Benson.

— Tenho um Blaník L23 a postos. É antigo. Mas voa bem.

— Ótimo. Aprendi a voar num Blaník. Um L13 — digo a Benson.

— Blaník não tem erro. Sou um grande fã. — Ele me faz um sinal de positivo. — Embora eu prefira o L23 para as acrobacias.

Concordo com a cabeça.

— O senhor está engatado no meu Piper Pawnee — continua ele. — Vou subir a três mil pés com ele, depois largo vocês. Isso deve lhe dar algum tempo de voo.

— Tomara. A cobertura de nuvens está parecendo promissora.

— Ainda é um pouco cedo para subir muito. Mas nunca se sabe. Dave, meu colega, vai tomar conta da asa. Ele está na patente.

— Ok. — Acho que "patente" significa toalete. — Você voa há muito tempo?

— Desde os meus tempos na RAF. Mas já voo com essas aeronaves de trem de pouso convencional há cinco anos. Estamos na CTAF 122.3, para seu conhecimento.

— Entendi.

O L23 parece em ótima forma, e gravo seu registro da FAA: Novembro. Papa. Três. Alfa.

— Primeiro precisamos colocar seu paraquedas.

Benson pega um paraquedas dentro do cockpit para Ana.

— Eu faço isso — ofereço, segurando a mochila de Benson antes que ele tenha a chance de encostar a mão em Ana.

— Vou buscar um lastro — diz Benson com um sorriso jovial, e segue até o avião.

— Você gosta de me amarrar — diz Ana erguendo uma sobrancelha.

— Srta. Steele, você não tem ideia. Venha, coloque os tirantes.

Abro as perneiras para ela. Abaixando-se, ela se apoia em meu ombro. Contraio o corpo no mesmo instante, esperando a escuridão surgir e me sufocar, mas isso não acontece. É esquisito. Não sei como vou reagir ao toque dela. Ana me solta depois de estar com os tirantes presos nas coxas, coloco os dos ombros em seus braços e prendo o paraquedas.

*Cara, ela fica linda com equipamento.*

Por um instante, imagino como ela ficaria pendurada pelos mosquetões no quarto de jogos, de braços e pernas abertos, a boca e o sexo à minha disposição. Mas, infelizmente, ela estabeleceu a suspensão como limite rígido.

— Bom, está bem assim — murmuro, tentando tirar a imagem da mente. — Você tem o prendedor de cabelo de ontem?

— Quer que eu prenda o cabelo? — pergunta ela.

— Quero.

Ela obedece. Para variar.

— Vá entrando.

Escoro-a com a mão, e ela sobe para o assento de trás.

— Não, na frente. O piloto fica atrás.

— Mas você não vai conseguir ver!

— Vou ver muito.

Vou vê-la se divertindo, espero.

Ela entra e eu me debruço para dentro do cockpit a fim de prendê-la no assento, fechando o colete e ajustando os tirantes.

— Hum, duas vezes em uma manhã, sou um homem de sorte — murmuro e lhe dou um beijo. Ela sorri para mim, e sua ansiedade é notável. — Isso não vai demorar, vinte, trinta minutos no máximo. A essa hora da manhã, as térmicas não são lá essas coisas, mas é muito impressionante lá em cima. Espero que você não esteja nervosa.

— Empolgada — diz ela, ainda sorrindo.

— Ótimo.

Acaricio seu rosto com o indicador, depois coloco o paraquedas e me sento no banco do piloto.

Benson volta carregando lastro para Ana e confere os tirantes dela.

— É, está seguro. É a primeira vez? — pergunta.

— É.

— Vai adorar.

— Obrigada, Sr. Benson — diz Ana.

— Pode me chamar de Mark — retruca ele, *piscando para ela, porra*. Fecho a cara para ele. — Tudo bem? — pergunta.

— Sim. Vamos — digo, impaciente para voar e afastá-lo da minha namorada.

Benson faz que sim com a cabeça, fecha o canopi do cockpit e vai andando para o Piper.

À direita, vejo que Dave, colega de Benson, apareceu, escorando a ponta da asa. Rapidamente, testo o equipamento: pedais (ouço o leme se mover atrás de mim); manche, para um lado e para outro (dando uma olhada nas asas, noto os ailerons se mexendo); e manche, para trás e para a frente (ouço o profundor responder).

Certo. Estamos prontos.

Benson entra no Piper, e quase imediatamente a única hélice dá a partida, roncando forte no silêncio da manhã. Minutos depois, o avião dele está seguindo para a frente, afastando o slack do cabo de reboque, e partimos. Equilibro os ailerons e o leme conforme o Piper ganha velocidade, depois puxo o manche um pouquinho para trás, e levantamos voo antes de Benson.

— Lá vamos nós! — grito para Ana quando ganhamos altitude.

— Torre Brunswick, Delta Victor, rumando dois-sete-zero. — É Benson no rádio.

Ignoro-o enquanto subimos cada vez mais alto. O L23 é bom de manejar, e observo Ana. Sua cabeça balança de um lado para outro enquanto ela tenta absorver a paisagem. Eu queria poder ver o sorriso dela.

Seguimos para oeste, o sol nascendo atrás de nós, e noto que estamos passando pela I-95. Amo a serenidade aqui em cima, longe de tudo e de todos, só eu e o planador com o objetivo de subir... e pensar que eu nunca tinha compartilhado essa experiência com ninguém. A luz está linda, suave, tudo que eu esperara que estivesse... para Ana e para mim.

Quando checo o altímetro, estamos nos aproximando dos três mil pés e voando a cento e cinco nós. A voz de Benson chia no rádio, me informando que já estamos a três mil pés e podemos soltar.

— Afirmativo. Largue — respondo, e puxo o desligador.

O Piper desaparece e faço uma curva num mergulho lento, até seguir para sudoeste acompanhando o vento. Ana ri alto. Estimulado pela reação dela, continuo girando a térmica, torcendo para encontrarmos ascensão de convergência perto da linha costeira ou térmicas embaixo das nuvens rosadas. Os cúmulos rasos poderiam nos fazer ascender, mesmo tão cedo.

De repente, com uma combinação empolgante de alegria e travessura, grito para Ana:

— Segure firme!

E faço um tunô completo. Ela grita, levantando as mãos e se apoiando no canopi do cockpit. Quando volto a nivelar a aeronave, ela está rindo. É a reação mais gratificante que um homem poderia querer e também me faz rir.

— Foi bom eu não ter tomado café! — berra ela.

— É, foi bom, porque vamos fazer isso de novo.

Desta vez, ela se segura no cinto paraquedista e olha direto para o solo, suspensa acima dele. Ela ri e o barulho se mistura ao assovio do vento.

— Lindo, não é? — grito.

— É.

Sei que não temos muito tempo, pois não há bastante ascensão aqui, mas não me importo. Ana está se divertindo... e eu também.

— Está vendo o controle na sua frente? Pegue.

Ela tenta virar a cabeça, mas o cinto de segurança está muito apertado.

— Vai, Anastasia, pegue — insisto.

O controle se move na minha mão, e sei que ela está segurando o dela.

— Segure firme... não deixe mexer. Está vendo o mostrador do meio na frente? Mantenha a agulha no centro.

Continuamos voando em linha reta, o barbante permanece perpendicular ao canopi do cockpit.

— Muito bem.

*Minha Ana.* Nunca recua diante de um desafio. E, por alguma razão bizarra, fico muito orgulhoso dela.

— Estou impressionada que você me deixe assumir o controle — grita ela.

— Você ficaria espantada com o que posso deixar você fazer, Srta. Steele. Agora é comigo de novo.

No comando mais uma vez, viro o planador para o campo de aviação ao começarmos a perder altitude. Acho que posso pousar ali. Chamo no rádio para avisar a Benson e a quem quer que esteja na escuta que vamos pousar e depois faço mais uma curva a fim de me aproximar do solo.

— Segure-se. Às vezes isso sacode.

Mergulho de novo e alinho o L23 com a pista ao descermos em direção à grama. Pousamos com um tranco, e consigo manter as asas elevadas até a parada aflitiva perto do fim da pista. Destravo o canopi, abro-o, solto o cinto paraquedista e desço do avião.

Estico pernas e braços, tiro o paraquedas e sorrio para a corada Srta. Steele.

— Como foi? — pergunto, esticando o braço para soltá-la do assento e do paraquedas.

— Foi sensacional. Obrigada — diz ela, os olhos fervilhando alegria.

— Isso é mais? — Espero que ela não note meu tom esperançoso.

— Muito mais.

Ela sorri, e eu me sinto o cara mais feliz do mundo.

— Venha.

Estendo a mão e a ajudo a sair do cockpit. Quando dá um pulo, pego-a nos braços, puxando-a para mim. Cheio de adrenalina, meu corpo responde imediatamente ao toque suave dela. Em uma fração de segundo, estou segurando seu cabelo, inclinando sua cabeça para trás de forma que possa beijá-la. Minha mão desliza para a base das suas costas, pressionando-a na minha ereção crescente, e minha boca toma a sua num longo e possessivo beijo.

Eu a quero.

Aqui.

Agora.

Na grama.

Ela reage de forma calorosa, enroscando os dedos no meu cabelo, puxando, implorando por mais, enquanto se abre para mim como uma flor.

Afasto-me em busca de ar e querendo raciocinar.

*Não num campo!*

Benson e Taylor estão por perto.

Seus olhos estão brilhantes, pedindo mais.

*Não me olhe assim, Ana.*

— Café — sussurro, antes que eu faça alguma coisa de que vá me arrepender.

Virando-me, dou-lhe a mão e volto para o carro.

— E o planador? — pergunta ela tentando acompanhar meu passo.

— Alguém vai cuidar disso. — É por esse motivo que pago Taylor. — Vamos comer agora. Venha.

Ela vai saltitando ao meu lado, transbordando felicidade. Não sei se já a vi tão animada. Seu estado de espírito é contagiante, e também não me lembro de já ter me sentido tão alegre assim. Não consigo parar de sorrir feito um bobo quando abro a porta do carro para ela.

Com Kings of Leon no volume máximo, saio com o Mustang do campo de aviação e vou para a I-95.

Enquanto seguimos tranquilamente pela estrada, o BlackBerry de Ana começa a tocar.

— O que é isso? — pergunto.

— O alarme para a pílula — murmura ela.

— Ótimo, muito bem. Odeio camisinha.

Olho de rabo de olho para ela e acho que está revirando os olhos, mas não tenho certeza.

— Gostei de você ter me apresentado ao Mark como sua namorada — diz ela, mudando de assunto.

— Não é o que você é?

— Sou? Pensei que você quisesse uma submissa.

— Eu também, Anastasia, e quero. Mas já disse. Eu também quero mais.

— Estou muito feliz por você querer mais — murmura ela.

— Nosso objetivo é satisfazer, Srta. Steele — brinco enquanto entro na International House of Pancakes, que meu pai adora, apesar de ser um prazer que lhe deixa culpado.

— IHOP? — diz ela incrédula.

O Mustang para com um rugido.

— Espero que você esteja com fome.

— Eu nunca teria imaginado você aqui.

— Meu pai nos trazia a um desses restaurantes sempre que minha mãe viajava para um congresso de medicina. — Nós nos sentamos a uma mesa, um de frente para o outro. — Era nosso segredo.

Pego um cardápio, observando Ana colocar o cabelo atrás das orelhas e examinar o que a IHOP tem a oferecer para o café da manhã. Ela passa a língua nos lábios ansiosa. E sou forçado a conter minha reação física.

— Sei o que eu quero — sussurro, e me pergunto o que ela acharia de ir ao toalete comigo.

Seus olhos encontram os meus, e suas pupilas se dilatam.

— Eu quero o que você quiser — murmura ela.

Como sempre, a Srta. Steele não recua diante de um desafio.

— Aqui? — *Tem certeza, Ana?* Ela observa o restaurante sossegado, depois fixa os olhos em mim, que escurecem e ficam cheios de promessas carnais. — Não morda o lábio — ordeno. Por mais que eu queira, não vou fodê-la no banheiro da IHOP. Ela merece coisa melhor que isso, e, francamente, eu também. — Aqui, não, agora, não. Se não posso comer você aqui, não me tente.

Somos interrompidos.

— Oi, meu nome é Leandra. O que vocês vão querer… hã… gente… hoje…?

*Ai, meu Deus.* Ignoro a atendente ruiva.

— Anastasia? — pergunto.

— Eu já disse, quero o que você quiser.

*Droga.* Ela também poderia estar se referindo ao assunto anterior.

— Será que dou mais um tempinho para vocês decidirem? — pergunta a garçonete.

— Não. Já sabemos o que queremos. — Não consigo tirar os olhos dos de Ana. — Vamos querer duas porções da panqueca tradicional de leite com *maple syrup* e bacon à parte, dois copos de suco de laranja, um café preto com leite desnatado e um chá preto, se você tiver.

Ana sorri.

— Obrigada, senhor. Mais alguma coisa? — pergunta a garçonete toda ofegante e sem jeito.

Com relutância, desvio minha atenção de Ana e com um olhar dispenso a garçonete, que sai apressada.

— Sabe, isso realmente não é justo — diz Ana, a voz calma enquanto seu dedo desenha um oito na mesa.

— O que não é justo?

— Como você desarma as pessoas. As mulheres. A mim.

— Desarmo você? — Estou perplexo.

— O tempo todo.

— É só impressão, Anastasia.

— Não, Christian, é muito mais que isso.

Ela está interpretando errado as coisas, e mais uma vez lhe digo quão desarmado ela me deixa.

Ela franze o cenho.

— Foi por isso que você mudou de ideia?

— Mudei de ideia?

— É… sobre… hã… a gente?

Será que mudei de ideia? Acho que apenas abrandei meus limites um pouquinho, só isso.

— Acho que não mudei de ideia propriamente. Só precisamos redefinir nossos parâmetros, redesenhar nossas linhas de batalha, se quiser. Podemos fazer isso dar certo, tenho certeza. Quero você submissa no meu quarto de jogos. Vou punir você quando desobedecer às regras. Estas são as minhas exigências, Srta. Steele. O que diz disso?

— Então eu vou dormir com você? Na sua cama?

— É o que você quer?

— É.

— Então concordo. Além do mais, durmo muito bem quando você está na minha cama. Eu não sabia.

— Achei que você me deixaria se eu não concordasse com tudo isso — diz ela, o rosto um pouco pálido.

— Eu não vou a lugar nenhum, Anastasia. Além do mais... — *Como ela pode pensar isso?* Preciso tranquilizá-la. — Estamos seguindo o seu conselho, a sua definição: compromisso. Você me mandou essa definição num e-mail. E, até agora, está dando certo para mim.

— Adoro que você queira mais.

— Eu sei. — Meu tom é carinhoso.

— Como sabe?

— Pode confiar em mim. Eu simplesmente sei.

*Você me disse dormindo.*

A garçonete volta com a nossa comida, e observo Ana devorá-la. "Mais" parece estar funcionando para ela.

— Isso está uma delícia — diz.

— Gosto que você esteja com fome.

— Deve ter sido o exercício todo de ontem à noite e a emoção de hoje de manhã.

— Foi uma emoção, não foi?

— Foi muito bom, Sr. Grey — diz ela ao pôr na boca o último pedaço de panqueca. — Posso fazer um convite? — acrescenta.

— Um convite?

— Para esse café da manhã. Deixe que seja por minha conta.

Bufo.

— Acho que não.

— Por favor. Eu quero.

— Está tentando me emascular completamente?

Ergo uma sobrancelha em sinal de advertência.

— Este talvez seja o único restaurante que vou poder pagar.

— Anastasia, agradeço a intenção. Mesmo. Mas não.

Ela contrai os lábios com irritação quando peço a conta para a ruiva.

— Não fique emburrada — aviso, e olho a hora: são oito e meia.

Tenho uma reunião às onze e quinze com a Savannah Brownfield Redevelopment Authority, então, infelizmente temos que voltar para a cidade. Cogito cancelar a reunião, porque gostaria de passar o dia com Ana, mas não, seria demais. Estou correndo atrás dessa garota quando deveria estar me concentrando nos meus negócios.

*Prioridades, Grey.*

De mãos dadas, seguimos para o carro parecendo um casal qualquer. Ana está vestindo meu moletom que fica enorme nela, deixando-a com uma aparência informal, relaxada, linda e, sim, ela está comigo. Três sujeitos que entram na IHOP olham para ela. Ana está alheia mesmo quando passo o braço em volta dela para reivindicar o que é meu. Realmente ela não tem ideia de quão linda é. Abro a porta do carro e ela me dá um sorriso radiante.

Eu poderia me acostumar com isso.

Coloco o endereço da mãe dela no GPS e pegamos a I-95 sentido norte, escutando Foo Fighters. Ana bate os pés no mesmo ritmo. Esse é o tipo de música de que ela gosta: rock americano. O trânsito na estrada está mais pesado, pois os moradores da região metropolitana estão entrando na cidade. Mas não me importo: gosto de estar aqui com ela, passando o tempo. Segurando sua mão, tocando em seu joelho, vendo-a sorrir. Ela me conta sobre visitas anteriores a Savannah. Também não gosta do calor, mas seus olhos se iluminam quando fala da mãe. Será interessante vê-la interagindo com a Sra. Adams e o padrasto hoje à noite.

Paro em frente à casa de sua mãe com certo pesar. Eu queria poder ficar de bobeira com ela o dia inteiro. As últimas doze horas foram... boas.

*Mais que boas, Grey.* Sublimes.

— Quer entrar? — pergunta ela.

— Preciso trabalhar, Anastasia, mas estarei de volta à noite. A que horas?

Ela sugere sete, depois olha das mãos para mim, os olhos brilhantes e alegres.

— Obrigada... pelo mais.

— De nada, Anastasia.

Inclino-me para beijá-la, inspirando seu perfume doce.

— Até logo.

— Tente me deter — murmuro.

Ela sai do carro, ainda vestindo meu moletom, e se despede. Sigo para o hotel, me sentindo um pouquinho mais vazio agora que ela não está comigo.

No quarto, ligo para Taylor.

— Sr. Grey.

— Sim... Obrigado por organizar a manhã de hoje.

— Não há de quê, senhor. — Ele parece surpreso.

— Estarei pronto para sair às dez e quarenta e cinco para a reunião.

— Aguardarei com o Suburban em frente à portaria.

— Obrigado.

Troco a calça jeans pelo terno, mas deixo minha gravata preferida ao lado do laptop quando peço um café pelo serviço de quarto.

Verifico meus e-mails, tomo o café e cogito ligar para Ros, mas está muito cedo para ela. Leio toda a papelada que Bill mandou. Savannah oferece boas razões para instalarmos a fábrica aqui. Confiro minha caixa de entrada, e há uma mensagem nova de Ana.

---

**De:** Anastasia Steele
**Assunto:** Planar, e não pagar
**Data:** 2 de junho de 2011 10:20 LESTE
**Para:** Christian Grey

Às vezes você sabe fazer uma moça se divertir.

Obrigada.

Bj,
Ana

O título me faz rir, e fico muito feliz com o beijo que ela manda. Digito uma resposta.

---

**De:** Christian Grey
**Assunto:** Planar versus pagar
**Data:** 2 de junho de 2011 10:24 LESTE
**Para:** Anastasia Steele

Prefiro fazer as duas coisas a ouvir seu ronco. Também me diverti muito.

Eu sempre me divirto com você.

Christian Grey
CEO, Grey Enterprises Holdings, Inc.

A resposta dela é quase imediata.

---

**De:** Anastasia Steele
**Assunto:** Roncar
**Data:** 2 de junho de 2011 10:26 LESTE
**Para:** Christian Grey

EU NÃO RONCO. E se roncasse, seria muito grosseiro de sua parte assinalar isso.

Você não é nada cavalheiro, Sr. Grey! E está no Extremo Sul, também!

Ana

Dou uma risada.

---

**De:** Christian Grey
**Assunto:** Solilóquio
**Data:** 2 de junho de 2011 10:28 LESTE
**Para:** Anastasia Steele

Nunca pretendi ser cavalheiro, Anastasia, e acho que já lhe demonstrei este ponto em várias ocasiões. Não me intimido com suas maiúsculas GRITANTES. Mas confesso uma mentirinha: não, você não ronca, mas fala. E isso é fascinante.

O que aconteceu com meu beijo?

Christian Grey
CEO, Grey Enterprises Holdings, Inc.

Isso vai deixá-la louca.

---

**De:** Anastasia Steele
**Assunto:** Entregar o ouro
**Data:** 2 de junho de 2011 10:32 LESTE
**Para:** Christian Grey

Você é um calhorda e um patife — definitivamente não um cavalheiro.

Então, o que eu disse?

Nada de beijos até você falar!

Ah, isso poderia continuar indefinidamente…

---

**De:** Christian Grey
**Assunto:** Bela adormecida falante
**Data:** 2 de junho de 2011 10:35 LESTE
**Para:** Anastasia Steele

Seria muito grosseiro de minha parte dizer, e já fui castigado por isso.

Mas se você se comportar, talvez eu lhe conte hoje à noite. Preciso entrar em reunião agora.

Até mais, baby.

Christian Grey
CEO, Calhorda e Patife, Grey Enterprises Holdings, Inc.

Com um sorriso largo, visto a gravata, pego o paletó e desço para encontrar Taylor.

Após pouco mais de uma hora, estou finalizando a reunião com a Savannah Brownfield Redevelopment Authority. A Geórgia tem muito a oferecer e a equipe prometeu à GEH grandes incentivos fiscais. Ouço baterem à porta e Taylor entra na pequena sala de reunião. Está com uma expressão séria, porém, o mais preocupante é que ele nunca interrompe minhas reuniões. Meu couro cabeludo coça.

*Ana? Ela está bem?*

— Com licença, senhoras e senhores — diz ele a todos nós.

— Sim, Taylor — falo, e ele se aproxima e sussurra discretamente no meu ouvido.

— Temos um problema em casa com a Srta. Leila Williams.

*Leila?* Que porra é essa? Mas parte de mim está aliviada por não ser Ana.

— Vocês me dão licença, por favor? — digo aos dois homens e às duas mulheres da SBRA.

No corredor, o tom de Taylor é sério quando ele se desculpa mais uma vez por interromper minha reunião.

— Não se preocupe. Conte o que houve.

— A Srta. Williams está numa ambulância a caminho da emergência do Seattle Free Hope.

— Ambulância?

— Sim, senhor. Ela invadiu o apartamento e tentou cometer suicídio na frente da Sra. Jones.

*Porra.*

— Suicídio?

*Leila? No meu apartamento?*

— Ela cortou o pulso. Gail a acompanhou na ambulância. Ela me informou que os paramédicos chegaram a tempo e a Srta. Williams não está correndo nenhum perigo.

— Por que o Escala? Por que na frente de Gail?

Estou chocado. Taylor balança a cabeça.

— Não sei, senhor. Nem Gail. Ela não conseguiu fazer a Srta. Williams dizer nada sensato. Aparentemente, ela só queria falar com o senhor.

— Porra.

— Exatamente, senhor — diz Taylor sem pensar.

Passo as mãos no cabelo, tentando compreender a magnitude do que Leila fez. Que diabo eu devo fazer? Por que ela foi até mim? Esperava me ver? Onde está seu marido? O que aconteceu com ele?

— Como está Gail?

— Um pouco abalada.

— Não me admira.

— Achei que o senhor deveria saber.

— Sim. Claro. Obrigado — murmuro, distraído. Não consigo acreditar nisso. Leila parecia feliz no último e-mail que me mandou, há, o quê?, seis ou sete meses. Mas não há nenhuma resposta para mim aqui na Geórgia. Tenho que voltar e falar com ela. Descobrir o porquê. — Diga para Stephen preparar o jatinho. Preciso ir para casa.

— Direi.

— Vamos sair o mais depressa possível.

— Estarei no carro.

— Obrigado.

Taylor se encaminha para a saída, levando o telefone ao ouvido.

Estou atordoado.

*Leila. Que porra foi essa?*

Ela já está fora da minha vida há alguns anos. Trocamos um e-mail ou outro. Ela se casou. Parecia feliz. O que aconteceu?

Volto à sala de reunião e peço desculpas antes de sair no calor sufocante, onde Taylor me aguarda no Suburban.

— O avião estará pronto em quarenta e cinco minutos. Podemos voltar para o hotel, fazer as malas e ir — informa ele.

— Ótimo — respondo, feliz com o ar-condicionado do carro. — Eu deveria ligar para Gail.

— Já tentei, mas o telefone dela cai na caixa postal. Acho que ainda está no hospital.

— Ok. Ligarei para ela mais tarde. — Isso não é do que Gail precisa numa quinta-feira de manhã. — Como Leila entrou no apartamento?

— Não sei, senhor. — Taylor faz contato visual comigo pelo retrovisor, com uma expressão pesarosa e sisuda ao mesmo tempo. — Farei o possível para descobrir.

Nossas malas estão feitas e seguimos a caminho do aeroporto internacional Savannah/Hilton Head quando ligo para Ana, mas, para minha frustração, ela não atende. Fico pensativo, olhando pela janela enquanto seguimos para o aeroporto. Não tenho que esperar muito até ela retornar minha ligação.

— Anastasia.

— Oi — diz ela com a voz ofegante, e é um enorme prazer ouvi-la.

— Tenho que voltar a Seattle. Aconteceu um imprevisto. Estou indo para o Hilton Head agora. Por favor, peça desculpas a sua mãe, não vai dar para eu ir ao jantar.

— Nada sério, espero.

— Estou com um problema que preciso resolver. Vejo você amanhã. Mando o Taylor buscá-la no aeroporto se eu não puder ir.

— Tudo bem. — Ela suspira. — Espero que resolva seu problema. Boa viagem.

*Quem me dera não ter que ir.*

— Para você também, baby — murmuro, e desligo antes de mudar de ideia e ficar.

Ligo para Ros enquanto taxiamos pela pista.

— Christian, como vai Savannah?

— Estou no avião voltando para Seattle. Tenho um problema para resolver.

— Alguma coisa na GEH? — pergunta Ros, assustada.

— Não. É pessoal.

— Tem algo que eu possa fazer?

— Não. Verei você amanhã.

— Como foi a reunião?

— Positiva. Mas tive que interrompê-la. Vamos ver o que eles põem no papel. Pode ser que eu prefira Detroit só porque é mais fresco.

— Aí faz tanto calor assim?

— Sufocante. Tenho que desligar. Ligo mais tarde para saber das novidades.

— Boa viagem, Christian.

Durante o voo, me concentro no trabalho para não pensar no problema que me aguarda em Seattle. Quando pousamos, já li três relatórios e escrevi quinze e-mails. Nosso carro está esperando e Taylor dirige debaixo da chuva torrencial direto para o Seattle Free Hope. Preciso ver Leila e descobrir o que está acontecendo. Ao nos aproximarmos do hospital, minha raiva vem à tona.

*Por que ela faria isso comigo?*

Chove forte quando saio do carro. O dia está lúgubre como meu estado de espírito. Respiro fundo para controlar minha fúria e entro no prédio. Na recepção, pergunto por Leila Reed.

— O senhor é da família?

A enfermeira de plantão me olha furiosa, a boca contraída com amargura.

— Não.

Suspiro. Isso vai ser difícil.

— Bem. Sinto muito. Não posso ajudá-lo.

— Ela tentou cortar uma veia dentro do meu apartamento. Acho que tenho o direito de saber onde ela está, droga — sibilo entre os dentes.

— Não fale comigo nesse tom! — diz ela rispidamente.

Fuzilo-a com os olhos. Não vou chegar a lugar algum com essa mulher.

— Onde é a emergência?

— Senhor, não podemos fazer nada se não for da família.

— Não se preocupe, acho sozinho — rosno, e sigo apressado até as portas duplas.

Sei que eu poderia ligar para minha mãe, que agilizaria isso para mim, mas aí eu teria que explicar o que aconteceu.

A emergência está lotada de médicos e enfermeiras e a triagem está cheia de pacientes. Abordo uma enfermeira jovem e lhe dou meu melhor sorriso.

— Olá. Estou procurando Leila Reed. Ela deu entrada hoje mais cedo. Pode me dizer onde ela poderia estar?

— E o senhor é? — pergunta, enrubescendo.

— Sou irmão dela — minto de uma vez, ignorando sua reação.

— Por aqui, Sr. Reed. — Segue toda diligente para o posto de enfermagem e checa no computador. — Ela está no segundo andar. Ala de Saúde Comportamental. Pegue os elevadores no fim do corredor.

— Obrigado.

Recompenso-a com uma piscadela, e ela coloca um cacho desgarrado atrás da orelha, dando um sorriso sedutor que me faz lembrar de certa garota que deixei na Geórgia.

Quando ponho o pé fora do elevador no segundo andar, sei que há algo errado. Do outro lado do que parecem portas trancadas, há dois seguranças e uma enfermeira vasculhando o corredor, checando cada quarto. Meu couro cabeludo coça, mas ando até a recepção, fingindo não notar o alvoroço.

— Posso ajudá-lo? — pergunta um jovem com uma argola no nariz.

— Estou procurando Leila Reed. Sou irmão dela.

Ele fica pálido.

— Ah, Sr. Reed. Pode vir comigo?

Acompanho-o até uma sala de espera e me sento na cadeira de plástico que ele me indica. Reparo que está aparafusada ao chão.

— O médico já vem falar com o senhor.

— Por que não posso vê-la? — pergunto.

— O médico vai explicar — diz ele com uma expressão cautelosa, e sai antes que eu possa fazer mais perguntas.

*Merda*. Talvez eu tenha chegado tarde demais.

Esse pensamento me enjoa. Levanto-me e fico andando de um lado para outro na salinha, cogitando ligar para Gail, mas acabo não tendo que esperar muito. Um jovem com um rastafári curto e olhos escuros e inteligentes entra. Será que é o médico dela?

— Sr. Reed? — pergunta.

— Cadê a Leila?

Ele me avalia por um instante, depois suspira e toma coragem.

— Sinto muito, mas não sei — diz. — Ela conseguiu escapar.

— O quê?

— Ela desapareceu. Como saiu, eu não sei.

— Saiu? — exclamo, incrédulo, e desabo numa das cadeiras. Ele se senta diante de mim.

— Sim. Desapareceu. Estamos procurando por ela.

— Ela ainda está aqui?

— Não sabemos.

— E quem é o senhor? — pergunto.

— Sou o Dr. Azikiwe, o psiquiatra de plantão.

Ele parece muito jovem para ser psiquiatra.

— O que pode me dizer sobre Leila? — questiono.

— Bem, ela deu entrada após uma tentativa de suicídio malsucedida. Tentou cortar um dos pulsos na casa de um ex-namorado. A governanta dele a trouxe aqui.

Sinto o sangue fugindo do meu rosto.

— E? — pergunto. Preciso de mais informações.

— Isso é mais ou menos tudo o que sabemos. Ela disse que foi um erro de julgamento, que estava bem, mas queríamos mantê-la aqui em observação e lhe fazer mais perguntas.

— O senhor falou com ela?

— Falei.

— Por que ela fez isso?

— Disse que foi um pedido de socorro. Nada mais. E, como chamou muita atenção para si, estava envergonhada e queria ir para casa. Falou que não queria se matar. Acreditei nela. Desconfio que tenha sido apenas uma ideação suicida da parte dela.

— Como pôde deixá-la fugir?

Passo a mão pelo cabelo, tentando conter minha frustração.

— Não sei como conseguiu escapar. Haverá uma sindicância interna. Se ela entrar em contato com o senhor, sugiro que insista para ela voltar. Precisa de ajuda. Posso lhe fazer algumas perguntas?

— Claro — concordo, distraído.

— Há algum caso de doença mental na família?

Franzo o cenho, depois me lembro de que ele está falando da família de Leila.

— Não sei. Minha família é muito discreta sobre esses assuntos.

O médico parece preocupado.

— Sabe de alguma coisa sobre esse ex-namorado?

— Não — respondo, um pouco depressa demais. — Já entrou em contato com o marido dela?

O médico arregala os olhos.

— Ela é casada?

— É.

— Não foi o que nos disse.

— Ah. Bem, ligarei para ele. Não vou mais tomar seu tempo.

— Tenho mais perguntas para o senhor...

— Prefiro gastar meu tempo procurando por ela. É óbvio que está doente.

Levanto-me.

— Mas esse marido...

— Entrarei em contato com ele.

Isso não está me levando a lugar algum.

— Mas nós deveríamos fazer isso... — afirma o Dr. Azikiwe.

— Não posso ajudá-lo. Preciso encontrá-la.

Dirijo-me para a porta.

— Sr. Reed...

— Até logo — murmuro, saindo depressa da sala de espera e não me dando o trabalho de aguardar o elevador.

Vou pela escada de incêndio e desço de dois em dois degraus. Odeio hospitais. Uma lembrança da minha infância vem à tona: sou pequeno, assustado e mudo, e o cheiro de antisséptico e sangue invade minhas narinas.

Estremeço.

Quando ponho o pé fora do hospital, paro um instante e deixo a chuva torrencial levar embora essa recordação. Foi uma tarde estressante, mas pelo menos a chuva é um alívio refrescante do calor de Savannah. Taylor dá a volta e me busca no SUV.

— Para casa — ordeno, ao entrar no carro.

Depois de ter colocado o cinto de segurança, ligo para Welch do celular.

— Sr. Grey — murmura ele.

— Welch, estou com um problema. Preciso que localize Leila Reed. Williams era seu nome de solteira.

Gail está pálida e quieta ao me observar com preocupação.

— Não vai terminar, senhor? — pergunta.

Nego com a cabeça.

— A comida estava boa?

— Estava, claro. — Dou um pequeno sorriso. — Depois dos acontecimentos de hoje, não estou com fome. Como você está?

— Estou bem, Sr. Grey. Foi um tremendo choque. Só quero me manter ocupada.

— Entendo. Obrigado por preparar o jantar. Caso se lembre de alguma coisa, me avise.

— Claro. Mas, como eu disse, ela só queria falar com o senhor.

*Por quê?* O que ela esperava que eu fizesse?

— Obrigado por não envolver a polícia.

— Não é da polícia que aquela moça precisa. É de ajuda.

— É mesmo. Quem me dera saber onde ela está.

— O senhor vai encontrá-la — diz Gail com convicção e tranquilidade, surpreendendo-me.

— Precisa de alguma coisa? — pergunto.

— Não, Sr. Grey. Estou bem.

Ela leva para a pia o prato com a comida que deixei.

A notícia de Welch sobre Leila é frustrante. A pista esfriou. Ela não está no hospital, e lá continuam desconcertados com sua fuga. Uma pequena parte de mim admira isso. Ela sempre foi engenhosa. Mas o que poderia tê-la deixado tão infeliz? Apoio a cabeça nas mãos. Que dia... do sublime ao ridículo. Planar com Ana, e agora tendo que lidar com essa confusão. Taylor não sabe dizer como Leila invadiu o apartamento, e Gail também não faz ideia. Aparentemente, ela entrou na cozinha exigindo saber onde eu estava. E quando Gail disse que eu não me encontrava em casa, Leila gritou: "Ele foi embora." Depois cortou o pulso com um estilete. Felizmente, o corte não foi profundo.

Olho para Gail, que está limpando a cozinha. Meu sangue gela. Leila poderia tê-la ferido. Talvez o objetivo de Leila fosse me machucar. *Mas por quê?* Semicerro os olhos, tentando lembrar se alguma coisa em nossa última correspondência poderia me dar uma pista do motivo de ela ter surtado. Me dá um branco, suspiro exasperado e vou para o meu escritório.

Quando me sento, meu celular apita com uma mensagem de texto.

*Ana?*

É Elliot.

Oi, espertalhão. Quer jogar sinuca?

Jogar sinuca com Elliot significa que ele vem até aqui e bebe toda a minha cerveja. Francamente, não estou a fim.

Trabalhando. Semana que vem?

Claro, antes que eu viaje para a praia.
Vou massacrar você.
Até mais.

Jogo o celular na mesa e analiso a pasta com as informações de Leila, procurando algo que possa me dar uma pista de onde ela esteja. Encontro o endereço e o telefone de seus pais, mas nada do marido. Onde esse cara está? Por que ela não está com ele?

Não quero telefonar para seus pais e assustá-los. Ligo para Welch e lhe dou o número de telefone deles. Ele pode descobrir se ela andou mantendo contato com os pais.

Quando ligo meu iMac, vejo que há um e-mail de Ana.

---

**De:** Anastasia Steele
**Assunto:** Chegou bem?
**Data:** 2 de junho de 2011 22:32 LESTE
**Para:** Christian Grey

Prezado Senhor,
Queira me informar se chegou bem. Começo a ficar preocupada. Pensando em você.

Bj,
Sua Ana

Antes que eu me dê conta do que estou fazendo, meu dedo já está tocando o beijo que ela me mandou.

*Ana.*

*Piegas, Grey. Piegas. Controle-se.*

---

**De:** Christian Grey
**Assunto:** Perdão
**Data:** 2 de junho de 2011 19:36
**Para:** Anastasia Steele

Prezada Srta. Steele,
Cheguei bem, e queira aceitar minhas desculpas por não informá-la disso. Não quero lhe causar nenhuma preocupação. É reconfortante saber que me quer bem. Estou pensando em você, e, como sempre, ansioso para vê-la amanhã.

Christian Grey
CEO, Grey Enterprises Holdings, Inc.

Aperto "enviar". Queria que ela estivesse aqui comigo. Ela alegra a minha casa, a minha vida... a mim. Balanço a cabeça, reprovando meus pensamentos fantasiosos, e leio os outros e-mails.

Um sinal sonoro me avisa que chegou uma nova mensagem de Ana.

---

**De:** Anastasia Steele
**Assunto:** O problema
**Data:** 2 de junho de 2011 22:40 LESTE
**Para:** Christian Grey

Prezado Sr. Grey,
Acho que está muito claro que lhe quero muito bem. Como poderia duvidar disso?

Espero que seu "problema" esteja sob controle.

Bjs,
Sua Ana

P.S.: Vai contar o que eu disse dormindo?

Ela me quer muito bem? Isso é ótimo. De repente, aquele sentimento estranho, que tinha ficado ausente o dia todo, desperta e se expande em meu peito. Debaixo disso há uma grande dor, cuja existência não quero admitir e com a qual não desejo lidar. Isso revive uma lembrança perdida de uma jovem escovando o cabelo escuro comprido.

*Porra.*

*Não vá por aí, Grey.*

Respondo ao e-mail de Ana e, para me distrair, decido implicar com ela.

---

**De:** Christian Grey
**Assunto:** Direito de permanecer calado
**Data:** 2 de junho de 2011 19:45
**Para:** Anastasia Steele

Prezada Srta. Steele,
Fico muito feliz por você me querer bem. O "problema" ainda não foi resolvido.

Quanto ao seu P.S., a resposta é não.

Christian Grey
CEO, Grey Enterprises Holdings, Inc.

---

**De:** Anastasia Steele
**Assunto:** Alegação de insanidade
**Data:** 2 de junho de 2011 22:48 LESTE
**Para:** Christian Grey

Espero que tenha sido divertido. Mas você tem que saber que não me responsabilizo por nada que saia da minha boca quando estou inconsciente. Na verdade, você provavelmente me ouviu mal.

Um homem com sua idade avançada com certeza é um pouco surdo.

Pela primeira vez desde que voltei a Seattle, dou uma risada. Ela é uma distração agradável.

---

**De:** Christian Grey
**Assunto:** Declaro-me culpado
**Data:** 2 de junho de 2011 19:52
**Para:** Anastasia Steele

Prezada Srta. Steele,

Perdão, poderia falar mais alto? Não consigo ouvi-la.

Christian Grey

CEO, Grey Enterprises Holdings, Inc.

A resposta dela é rápida.

---

**De:** Anastasia Steele

**Assunto:** Alegação de insanidade de novo

**Data:** 2 de junho de 2011 22:54 LESTE

**Para:** Christian Grey

Você está me enlouquecendo.

---

**De:** Christian Grey

**Assunto:** Espero que sim...

**Data:** 2 de junho de 2011 19:59

**Para:** Anastasia Steele

Prezada Srta. Steele,

É exatamente o que pretendo fazer sexta-feira à noite. Aguardo este momento com ansiedade.

;)

Christian Grey

CEO, Grey Enterprises Holdings, Inc.

Terei que pensar em alguma coisa superespecial para a minha aberraçãozinha.

---

**De:** Anastasia Steele

**Assunto:** Grrrrr

**Data:** 2 de junho de 2011 23:02 LESTE

**Para:** Christian Grey

Estou oficialmente puta com você.

Boa noite.

Srta. A. R. Steele

*Uau.* Será que eu toleraria isso de qualquer outra pessoa?

---

**De:** Christian Grey
**Assunto:** Gata selvagem
**Data:** 2 de junho de 2011 20:05
**Para:** Anastasia Steele

Está rosnando para mim, Srta. Steele?
Tenho o meu gato para rosnar.

Christian Grey
CEO, Grey Enterprises Holdings, Inc.

Ela não responde. Cinco minutos se passam e nada. Seis… Sete.

*Droga.* Ela está falando sério. Como posso lhe contar que, enquanto dormia, ela disse que não me ia me deixar? Vai achar que sou louco.

---

**De:** Christian Grey
**Assunto:** O que você disse dormindo
**Data:** 2 de junho de 2011 20:20
**Para:** Anastasia Steele

Anastasia,
Eu preferiria ouvir você dizer as palavras que disse dormindo quando está consciente, por isso não vou lhe contar. Vá dormir. Com o que tenho em mente para você amanhã, precisará estar descansada.

Christian Grey
CEO, Grey Enterprises Holdings, Inc.

Ela não responde. Espero que desta vez tenha obedecido e esteja dormindo. Por um instante, penso no que poderíamos fazer amanhã, mas como isso é excitante demais, deixo a ideia de lado e me concentro nos e-mails.

Mas tenho que confessar que me sinto um pouco mais leve depois das brincadeiras durante a troca de e-mails com a Srta. Steele. Ela faz bem à minha alma obscura.

## SEXTA-FEIRA, 3 DE JUNHO DE 2011

Não consigo dormir. Já passa das duas da manhã e estou olhando para o teto há uma hora. Esta noite não acordei com algum pesadelo. Estou vivendo um pesadelo acordado.

*Leila Williams.*

O detector de fumaça no teto está piscando, a luz verde intermitente zombando de mim.

*Que inferno!*

Fecho os olhos e deixo meus pensamentos correrem livres.

Por que Leila tentou suicídio? O que deu nela? Sua infelicidade desesperada ressoa com uma versão mais jovem e miserável de mim mesmo. Tento reprimir minhas lembranças, mas a raiva e a devastação de minha adolescência solitária ressurgem e não vão embora. Elas me lembram da minha dor e de como eu agredia todo mundo durante a adolescência. Considerei algumas vezes a possibilidade de suicídio, mas sempre me segurei. Resisti por causa da Grace. Eu sabia que ela ficaria inconsolável. Sabia que ela se culparia se eu tirasse minha vida, e ela havia feito tanto por mim... como eu poderia magoá-la desse jeito? E depois que conheci Elena... tudo mudou.

Levanto-me da cama e afasto esses pensamentos inquietantes para o fundo da minha mente. Preciso do piano.

*Preciso da Ana.*

Se ela tivesse assinado o contrato e tudo houvesse caminhado de acordo com o previsto, ela estaria comigo, no andar de cima, dormindo. Eu poderia acordá-la e me perder nela... ou, conforme nossa nova combinação, ela estaria ao meu lado, e eu poderia fodê-la e depois observá-la dormir.

O que ela faria em relação a Leila?

Ao me sentar no banco do piano, me dou conta de que Ana nunca vai conhecer Leila, o que é bom. Sei como ela se sente sobre Elena. Vai saber como ela se sentiria a respeito de uma ex... uma ex instável.

É com isso que não consigo me conformar: Leila era alegre, brincalhona e radiante quando a conheci. Foi uma excelente submissa. Pensei que estivesse sossegada e feliz no casamento. Os e-mails dela nunca indicaram que houvesse algum problema. O que deu errado?

Começo a tocar… e meus pensamentos problemáticos recuam até que só reste a música e eu.

Leila está se encarregando do meu pau com sua boca.

Sua boca habilidosa.

As mãos estão amarradas atrás das costas.

Seu cabelo está trançado.

Ela está ajoelhada.

Olhos baixos. Modesta. Atraente.

Sem me ver.

E de repente ela vira Ana.

Ana está ajoelhada diante de mim. Nua. Linda.

Meu pau em sua boca.

Mas os olhos de Ana estão fixos nos meus.

Seus olhos azuis faiscantes veem tudo.

Veem a mim. Veem minha alma.

Ela enxerga a escuridão e o monstro que há dentro de mim.

Seus olhos se arregalam de horror e subitamente ela desaparece.

*Merda!* Acordo com um sobressalto e uma ereção dolorida que míngua assim que me recordo do olhar magoado de Ana em meu sonho.

*Que diabo foi isso?*

Raramente tenho sonhos eróticos. *Por que agora?* Olho a hora no despertador, mas eu o adiantei alguns minutos. A luz do sol matutino passa lentamente entre os prédios enquanto me levanto. Já estou inquieto, sem dúvida foi consequência do meu sonho perturbador, então, decido sair para correr a fim de gastar energia. Não há qualquer e-mail, nenhuma mensagem nem atualizações sobre a situação de Leila. O apartamento está silencioso quando saio. Nenhum sinal de Gail ainda. Espero que ela tenha se recuperado do contratempo de ontem.

Abro as portas de vidro do saguão, dou um passo para fora, saindo em uma manhã agradável, ensolarada, e cuidadosamente examino a rua. Assim que começo a correr, verifico os becos e as entradas dos prédios pelos quais eu passo, e também dou uma olhada atrás dos carros estacionados, para conferir se Leila está lá.

*Onde está você, Leila Williams?*

Aumento o volume do Foo Fighters e piso forte na calçada.

Olivia está excepcionalmente irritante hoje. Entornou meu café, depois deixou cair uma ligação importante e ainda fica me espreitando com seus grandes olhos castanhos.

— Ponha Ros de novo na linha — rosno para ela. — Melhor ainda, chame-a até aqui.

Fecho a porta do meu escritório e volto para a mesa. Preciso tentar não descontar meu mau humor nos funcionários.

Welch não tem nenhuma notícia, a não ser que os pais de Leila acham que a filha ainda está em Portland com o marido. Alguém bate na porta.

— Entre.

Torço para não ser Olivia. Ros enfia a cabeça dentro da minha sala.

— Queria me ver?

— Sim. Claro. Entre. Como está o caso Woods?

Ros sai pouco antes das dez. Tudo está encaminhado: Woods decidiu aceitar a proposta, e o auxílio para Darfur em breve estará seguindo para Munique de forma que possa ser preparado para o transporte aéreo. Ainda não há notícias de Savannah sobre a oferta deles.

Verifico a caixa de entrada e encontro um e-mail de boas-vindas de Ana.

---

**De:** Anastasia Steele

**Assunto:** Indo para casa

**Data:** 3 de junho de 2011 12:53 LESTE

**Para:** Christian Grey

Prezado Sr. Grey,

Mais uma vez, estou acomodada na primeira classe, e lhe agradeço por isso. Estou contando os minutos para vê-lo hoje à noite e talvez conseguir extrair de você sob tortura as minhas confissões noturnas.

Bj,

Sua Ana

Sob tortura? *Ah, Srta. Steele, acho que vai ser exatamente o contrário.* Como tenho muita coisa para fazer, escrevo uma resposta curta.

---

**De:** Christian Grey
**Assunto:** Indo para casa
**Data:** 3 de junho de 2011 09:58
**Para:** Anastasia Steele

Anastasia, estou ansioso para ver você.

Christian Grey
CEO, Grey Enterprises Holdings, Inc.

Ana, porém, não se dá por satisfeita.

---

**De:** Anastasia Steele
**Assunto:** Indo para casa
**Data:** 3 de junho de 2011 13:01 LESTE
**Para:** Christian Grey

Caríssimo Sr. Grey,
Espero que tudo esteja bem em relação ao "problema". O tom de seu e-mail é preocupante.

Bj,
Ana

Pelo menos ainda ganhei um beijo. Mas ela não deveria estar no avião agora?

---

**De:** Christian Grey
**Assunto:** Indo para casa
**Data:** 3 de junho de 2011 10:04
**Para:** Anastasia Steele

Anastasia,
O problema poderia estar mais bem encaminhado. Já decolou? Nesse caso, não devia enviar e-mails. Está se arriscando, infringindo a regra que diz respeito à sua segurança pessoal. Falei sério quanto aos castigos.

Christian Grey
CEO, Grey Enterprises Holdings, Inc.

Estou prestes a ligar para Welch a fim de saber as últimas notícias, mas ouço um barulho. É Ana novamente.

---

**De:** Anastasia Steele
**Assunto:** Reação exagerada
**Data:** 3 de junho de 2011 13:06 LESTE
**Para:** Christian Grey

Caro Sr. Resmungão,
As portas da aeronave ainda estão abertas. O voo está atrasado, mas apenas dez minutos. Meu bem-estar e o dos passageiros à minha volta estão assegurados. Talvez, por ora, você queira recolher a mão que coça.

Srta. Steele

Um sorriso relutante surge em meus lábios. *Sr. Resmungão, hein?* E nenhum beijo. *Ah, droga.*

---

**De:** Christian Grey
**Assunto:** Desculpas — recolhida a mão que coça
**Data:** 3 de junho de 2011 10:08
**Para:** Anastasia Steele

Sinto sua falta e das suas gracinhas, Srta. Steele.

Quero você em segurança em casa.

Christian Grey
CEO, Grey Enterprises Holdings, Inc.

---

**De:** Anastasia Steele
**Assunto:** Desculpas aceitas
**Data:** 3 de junho de 2011 13:10 LESTE
**Para:** Christian Grey

Estão fechando as portas. Você não vai ouvir mais nenhum pio meu, especialmente se considerarmos sua surdez.

Tchau.

Bj,
Ana

Meu beijo está de volta. *Bem, é um alívio.* De má vontade, me arrasto para longe da tela do computador e pego o telefone para falar com Welch.

É UMA HORA DA tarde e recuso a oferta de Andrea trazer o almoço até a minha mesa. Preciso sair. As paredes do escritório estão se fechando ao meu redor, e acho que é porque não recebi nenhuma notícia de Leila.

Estou preocupado com ela. *Porra, ela me procurou.* Resolveu usar minha casa como palco. Como eu poderia não considerar que foi algo pessoal? Por que ela não me telefonou ou mandou e-mail? Se estava com problemas, eu poderia ter ajudado. Eu teria ajudado. Já fiz isso.

Preciso de um pouco de ar fresco. Caminho rápido e passo direto por Olivia e Andrea, que parecem ocupadas, mas noto o olhar intrigado de Andrea quando entro no elevador.

Lá fora, a tarde está luminosa e agitada. Respiro fundo e sinto o odor forte e tranquilizante de água salgada vindo do Estuário. Talvez eu devesse tirar o resto do dia de folga. Mas não posso. Tenho uma reunião com o prefeito à tarde. É irritante. Vou vê-lo amanhã no Baile de Gala da Câmara de Comércio.

*O baile!*

De repente tenho uma ideia, e com o objetivo renovado vou até uma pequena loja que conheço.

APÓS A REUNIÃO NO escritório do prefeito, caminho aproximadamente dez quarteirões até o Escala. Taylor foi buscar Ana no aeroporto. Gail está na cozinha quando entro na sala de estar.

— Boa noite, Sr. Grey.

— Oi, Gail. Como foi o seu dia?

— Bem, obrigada, senhor.

— Está se sentindo melhor?

— Sim, senhor. Chegaram as roupas para a Srta. Steele. Tirei dos embrulhos e pendurei no armário do quarto dela.

— Maravilha. Nenhum sinal da Leila?

Que pergunta idiota. Gail teria me ligado se fosse o caso.

— Não, senhor. Também chegou isso.

Ela está com uma pequena sacola vermelha nas mãos.

— Ótimo.

Pego a sacola, ignorando o brilho de prazer nos olhos dela.

— Quantas pessoas no jantar de hoje?

— Duas, obrigado. E, Gail…

— Senhor?

— Será que poderia colocar os lençóis de cetim na cama do quarto de jogos?

Realmente tenho esperança de levar Ana para lá em algum momento durante o fim de semana.

— Sim, Sr. Grey — diz, com um tom ligeiramente surpreso.

Ela se volta para seja lá o que esteja tramando na cozinha, me deixando um pouco perplexo com seu comportamento.

*Talvez Gail não aprove, mas é o que eu quero da Ana.*

No escritório, tiro a caixa da Cartier da sacola. É um presente para Ana, que vou dar amanhã a tempo de ser usado no baile: brincos. Simples. Elegantes. Lindos. Assim como ela. Sorrio. Mesmo de tênis All Star e calça jeans ela tem certo encanto de moleca.

Espero que aceite meu presente. Como minha submissa, não teria escolha, mas com nosso acordo alternativo, não sei qual vai ser sua reação. Qualquer que seja o resultado, será interessante. Ela sempre me surpreende. Enquanto coloco a caixa na gaveta da escrivaninha, um barulho em meu computador me distrai. Os últimos designs do tablet de Barney chegaram a minha caixa de entrada, e estou ansioso para vê-los.

Cinco minutos depois, Welch liga.

— Sr. Grey — diz, ofegante.

— Sim. Quais as novidades?

— Falei com Russell Reed, o marido da Sra. Reed.

— E então?

Fico imediatamente inquieto. Saio correndo do escritório e cruzo a sala até chegar às janelas.

— Ele disse que sua esposa está viajando, foi visitar os pais — relata Welch.

— O quê?

— Exatamente. — Welch parece tão irritado quanto eu.

Vejo Seattle a meus pés e sei que a Sra. Reed, também conhecida como Leila Williams, está lá em algum lugar, e isso só me deixa mais irritado. Passo os dedos no cabelo.

— Talvez tenha sido isso que ela disse a ele.

— Talvez — concorda Welch. — Mas até agora não descobrimos nada.

— Nenhum vestígio?

Não consigo acreditar que ela pudesse simplesmente desaparecer.

— Nada. Mas, se ela usar um caixa eletrônico, descontar um cheque ou acessar alguma rede social, nós a encontraremos.

— Ok.

— Gostaríamos de dar uma olhada nas filmagens das câmeras de vigilância que ficam em torno do hospital. Vai custar caro e demorar um pouco. O senhor concorda?

— Sim.

Uma sensação de formigamento atinge meu couro cabeludo, e não por causa do telefonema. Por algum motivo desconhecido, sinto que estou sendo vigiado. Dou meia-volta e vejo Ana de pé na entrada da sala, me examinando, a testa franzida e parecendo pensativa. Ela está vestindo uma saia muito, muito curta. Seus olhos e suas pernas estão em destaque... principalmente as pernas. Eu as imagino enroscadas ao redor da minha cintura.

O desejo, cru e real, incendeia meu sangue enquanto a encaro.

— Vamos providenciar imediatamente — diz Welch.

Encerro a conversa com ele, os olhos fixos nos de Ana, e ando até ela como se fosse minha presa, tiro o paletó e a gravata e os deixo no sofá.

*Ana.*

Envolvo-a em meus braços e puxo seu rabo de cavalo, erguendo, portanto, seus lábios ansiosos para os meus. Ela tem gosto de paraíso, lar, outono e Ana. Sua fragrância invade minhas narinas enquanto aproveito tudo o que sua boca cálida e doce tem a oferecer. Meu corpo se retesa com expectativa e avidez quando nossas línguas se enroscam. Quero me perder nela, esquecer que minha semana terminou uma merda, esquecer tudo que não seja ela.

Meus lábios ficam febris encostados nos dela, então puxo o prendedor do seu rabo de cavalo, e seus dedos se fecham nos meus. De repente, me vejo arrebatado por minha necessidade de Ana, desesperado para tê-la. Eu a afasto e encaro seu rosto atordoado de paixão.

Também me sinto assim. *O que ela está fazendo comigo?*

— O que foi? — sussurra Ana.

E a resposta é clara e ecoa em minha cabeça.

*Estava com saudades.*

— Estou muito feliz por você ter voltado. Venha tomar uma ducha comigo... agora.

— Sim — responde ela, com a voz rouca.

Pego sua mão e seguimos para o banheiro. Abro o chuveiro e depois a encaro. Ela está maravilhosa, me observando com seus olhos brilhantes e luminosos de ansiedade. Meu olhar explora seu corpo até chegar às pernas nuas. Nunca a vi usando uma saia tão curta, com tanta pele à mostra, e não tenho certeza se aprovo. *Somente meus olhos deveriam ter essa visão de Ana.*

— Gostei da sua saia. É curta. — *Curta demais.* — Você tem pernas maravilhosas.

Dou um passo para descalçar meus sapatos, tiro as meias e, sem romper o contato visual, ela também se livra dos sapatos.

Foda-se o banho. Eu a quero agora.

Ando até ela, agarro sua cabeça e recuamos até ela encostar na parede de azulejos, os lábios se abrindo cada vez que ela inspira. Segurando seu rosto e entrelaçando meus dedos em seu cabelo, eu a beijo: sua bochecha, seu pescoço, sua boca. Ela é um néctar, com o qual nunca me sinto saciado. Ela fica sem ar e agarra meus braços, mas seu toque não faz a escuridão protestar dentro de mim. Só existe Ana, em toda sua beleza e inocência, retribuindo meu beijo com uma paixão semelhante à que sinto.

Meu sangue está espesso com o desejo, minha ereção, dolorosa.

— Quero você agora. Aqui... depressa, com força — murmuro, enquanto minha mão desliza por sua coxa embaixo da saia. — Ainda está menstruada?

— Não.

— Ótimo.

Levanto a saia dela até o quadril, enfio ambos os polegares na sua calcinha de algodão e me abaixo, ficando de joelhos e deslizando a calcinha por suas pernas.

Ela suspira quando agarro seu quadril e beijo a doce junção sob seus pelos pubianos. Levando as mãos até a parte de trás de suas coxas, afasto as pernas dela, expondo seu clitóris para a minha língua. Quando começo meu ataque sensual, seus dedos agarram meu cabelo. Minha língua a atormenta, fazendo-a gemer e jogar a cabeça para trás, na parede.

Seu perfume é delicado. Seu sabor é ainda melhor.

Gemendo, ela empurra a pélvis na direção da minha língua invasora, insistente, e suas pernas começam a tremer.

*Chega*. Quero gozar dentro dela.

Vai ser minha pele contra a pele dela novamente, como em Savannah. Soltando-a, fico de pé e agarro seu rosto, capturando sua boca surpresa e desapontada com a minha, beijando-a com força. Abro o zíper da minha braguilha e levanto Ana, sustentando-a por debaixo das coxas.

— Enrosque as pernas em mim. — Minha voz soa áspera e urgente.

Assim que ela faz isso, jogo meu corpo para a frente, deslizando para dentro dela.

*Ela é minha. Ela é o paraíso.*

Agarrada em mim, ela geme cada vez que a penetro, lentamente no início, depois aumentando o ritmo, à medida que meu corpo toma o controle, me empurrando para a frente, me empurrando para dentro dela, cada vez mais rápido, cada vez mais forte, meu rosto encostado em seu pescoço. Ela continua gemendo, e a sinto ficar excitada ao redor de mim, e me perco nela, em nós, quando Ana chega ao clímax, gritando ao gozar. Senti-la contrair-se em volta de mim me faz chegar ao limite, e gozo com força e intensidade dentro dela, urrando uma versão deturpada do seu nome.

Beijo seu pescoço, sem querer me afastar, esperando que ela se acalme. Estamos no meio de uma nuvem de vapor que vem do chuveiro, e a camisa e a calça estão grudadas no meu corpo, mas não me importo. A respiração de Ana desacelera, e ela parece mais pesada em meus braços enquanto relaxa. Sua expressão é lasciva e perplexa quando saio de dentro dela, então a seguro depressa ao tentar se equilibrar. Os lábios dela se abrem em um sorriso cativante.

— Você parece satisfeito em me ver — fala.

— Sim, Srta. Steele. Acho que meu prazer é bastante óbvio. Venha, deixe eu botar você no chuveiro.

Tiro rapidamente a roupa e, quando já estou nu, começo a desabotoar a blusa de Ana. Os olhos dela desviam dos meus dedos e se fixam no meu rosto.

— Como foi a viagem? — pergunto.

— Ótima, obrigada — responde ela, com a voz um pouco rouca. — Obrigada mais uma vez pela primeira classe. É mesmo uma maneira muito mais agradável de viajar. — Sua respiração acelera, como se estivesse tomando coragem. — Tenho uma novidade.

— Ah?

O que será agora? Tiro a blusa dela e a coloco em cima das minhas roupas.

— Arranjei um emprego. — Ela parece reticente.

*Por quê?* Será que pensou que eu ficaria zangado? É claro que ela arranjou um emprego. Fico todo orgulhoso.

— Parabéns, Srta. Steele. Agora vai me dizer onde? — indago com um sorriso.

— Você não sabe?

— Por que eu saberia?

— Com as suas habilidades persecutórias, achei que talvez pudesse saber… — Ela faz uma pausa para examinar meu rosto.

— Anastasia, eu nem sonharia em interferir em sua carreira, a menos que me pedisse, claro.

— Então você não tem ideia de qual é a empresa?

— Não. Sei que há quatro editoras em Seattle, então imagino que seja uma delas.

— A SIP — conta.

— Ah, a pequena, ótimo. Muito bem.

É a empresa que Ros identificou como pronta para ser adquirida. Vai ser fácil. Beijo a testa de Ana.

— Moça inteligente. Quando começa?

— Segunda-feira.

— Tão cedo, hein? É melhor eu aproveitar você enquanto posso. Vire-se de costas.

Ela obedece imediatamente. Tiro seu sutiã e a saia, depois agarro sua bunda com as mãos em concha e beijo seu ombro. Inclino-me sobre ela e acaricio seu cabelo. Seu cheiro invade minhas narinas, reconfortante, familiar e exclusivo. A sensação de seu corpo no meu é ao mesmo tempo tranquilizante e sedutora. Ela realmente tem o pacote completo.

— Você me embriaga, Srta. Steele, e me acalma. Que combinação emocionante!

Grato por ela estar aqui, beijo seu cabelo e depois pego sua mão e a coloco debaixo do chuveiro quente.

— Ai — grita Ana, fechando os olhos e se contraindo sob a cascata de água fumegante.

— É só água quente.

Dou um sorriso malicioso. Abrindo um olho, ela ergue o queixo e lentamente se rende ao calor.

— Vire de costas — ordeno. — Quero lavar você.

Ela obedece, e então coloco um pouco de sabonete líquido na mão, faço espuma e começo a massagear seus ombros.

— Tenho mais uma coisa para contar — diz ela, com os ombros tensos.

— Ah, é? — Mantenho a voz suave.

*Por que ela está tensa?* Minhas mãos deslizam por seu tórax e seus lindos seios.

— A exposição de fotografias do meu amigo José começa na quinta-feira em Portland.

— Sim, o que é que tem?

O fotógrafo de novo?

— Eu disse que iria. Quer vir comigo? — Suas palavras saem aceleradas, como se ela estivesse ansiosa para dizê-las de uma vez.

*Um convite?* Estou perplexo. Recebo convites apenas da família, do trabalho e de Elena.

— A que horas?

— Começa às sete e meia.

Isso vai contar como *mais*, sem dúvida. Beijo sua orelha e sussurro:

— Tudo bem.

Seus ombros relaxam quando ela apoia as costas em mim. Ana parece aliviada, e não sei se devo achar divertido ou ficar bravo. Será que sou assim tão inacessível?

— O fato de você me convidar a deixou nervosa?

— Sim. Como sabe?

— Anastasia, seu corpo todo simplesmente relaxou.

Disfarço minha irritação.

— Bem, parece que você é mais para, hã... ciumento.

*Sim. Sou ciumento.* Pensar em Ana com qualquer outra pessoa é... desconcertante. Muito desconcertante.

— Sim, sou. E você faz bem em lembrar disso. Mas obrigado pelo convite. Vamos no Charlie Tango.

Ela me concede um grande e breve sorriso quando minhas mãos deslizam por seu corpo, o qual ela deu para mim e mais ninguém.

— Posso lavar você? — pergunta Ana, me distraindo.

— Acho que não.

Beijo seu pescoço enquanto enxáguo suas costas.

— Vai deixar eu tocar em você algum dia? — A voz dela é uma doce súplica, mas não impede a escuridão de emergir repentinamente de lugar algum e me sufocar.

*Não.*

Afasto a escuridão, segurando e me concentrando na bunda de Ana, aquela bunda linda para cacete. Meu corpo reage em um nível primitivo, lutando com a escuridão. Preciso dela. Preciso dela para afugentar meu medo.

— Ponha as mãos na parede, Anastasia. Vou comer você de novo — murmuro, e, com um olhar perplexo, ela espalma as mãos nos azulejos. Agarro seu quadril, puxando-a da parede. — Segure firme, Anastasia — aviso, enquanto a água corre por suas costas.

Ela baixa a cabeça e se segura quando minhas mãos percorrem seus pelos pubianos. Ela se contorce, esfregando o traseiro na minha ereção.

*Porra!* E, do nada, o que restava do meu medo desaparece.

— Você quer isso? — pergunto, provocando-a com os dedos. Como resposta, ela remexe a bunda sobre a minha ereção, me fazendo sorrir. — Me diga — ordeno, com a voz tensa.

— Quero.

Seu consentimento é tão poderoso que afasta minha escuridão.

*Ah, baby.*

Ela ainda está molhada com o gozo da trepada anterior — o meu, o dela, não sei. No momento, agradeço em silêncio a Dra. Greene: nada mais de camisinhas. Penetro Ana, e lenta e deliberadamente a possuo outra vez.

Eu a envolvo em um roupão e a beijo ardorosamente.

— Seque o cabelo — ordeno, entregando-lhe um secador que nunca uso. — Está com fome?

— Morrendo de fome — admite ela, e não sei se é verdade ou se falou isso apenas para me agradar. Bem, ela me agradou.

— Ótimo. Eu também. Vamos ver em que ponto a Sra. Jones está na preparação do jantar. Você tem dez minutos. Não se vista.

Eu a beijo mais uma vez e vou até a cozinha.

Gail está lavando alguma coisa na pia. Ela ergue os olhos quando espreito por cima do seu ombro.

— Vôngole, Sr. Grey — diz.

Delicioso. Pasta alle Vongole, um dos meus pratos preferidos.

— Dez minutos? — pergunto.

— Doze.

— Ótimo.

Ela me observa enquanto me afasto em direção ao escritório. Ignoro seu olhar. Ela já me viu com menos do que um roupão. Qual será o problema dela, afinal?

Verifico meu e-mail e o celular para ver se há alguma novidade sobre Leila. Nada. Mas, desde que Ana chegou, não me sinto mais tão desamparado quanto antes.

Ana entra na cozinha ao mesmo tempo que eu, sem dúvida atraída pelo aroma tentador do nosso jantar. Quando vê a Sra. Jones, fecha a gola do roupão.

— Bem na hora — diz Gail, servindo nosso jantar em duas grandes tigelas nos lugares postos no balcão.

— Sente-se.

Aponto para um dos bancos. Os olhos ansiosos de Ana passam de mim para a Sra. Jones.

Ela está pouco à vontade.

*Baby, tenho empregados. Não ligue para isso.*

— Vinho? — ofereço, para distrair sua atenção.

— Por favor — aceita ela, parecendo retraída ao se acomodar no banco.

Abro uma garrafa de Sancerre e sirvo um pouco em duas taças.

— Tem queijo na geladeira se quiserem, senhor — avisa Gail.

Assinto, e ela sai da cozinha, para alívio de Ana. Eu me sento.

— Saúde. — Ergo a taça.

— Saúde — responde Ana, e as taças de cristal tilintam quando brindamos.

Ela dá uma garfada na comida e, do fundo da garganta, emite um som de apreciação. Talvez esteja *mesmo* morrendo de fome.

— Você vai me contar? — pergunta.

— Contar o quê?

A Sra. Jones se superou. A massa está deliciosa.

— O que eu disse dormindo.

Balanço a cabeça.

— Coma. Sabe que eu gosto de ver você comendo.

Ela faz um beicinho fingindo estar irritada.

— Você é tão pervertido — afirma entre os dentes.

*Ah, baby, você nem imagina*. E tenho uma ideia: talvez pudéssemos explorar alguma coisa diferente no quarto de jogos hoje à noite. Algo divertido.

— Me conte sobre esse seu amigo — falo.

— Amigo?

— O fotógrafo. — Mantenho a voz suave, mas ela me olha e franze o cenho quase que imperceptivelmente.

— Bom, nós nos conhecemos no primeiro dia de aula na faculdade. Ele está cursando engenharia, mas sua paixão é a fotografia.

— E?

— Só isso.

Suas respostas evasivas são irritantes.

— Nada mais?

Ela joga o cabelo sobre o ombro.

— Nós nos tornamos bons amigos. Descobrimos que meu pai e o pai do José serviram o exército juntos, antes de eu nascer. Eles voltaram a manter contato, e agora são melhores amigos.

*Ah*.

— Seu pai e o pai dele?

— É.

Ela enrola mais espaguete no garfo.

— Entendo.

— Isso está delicioso.

Ela me dá um sorriso satisfeito, e o roupão se abre um pouco, deixando entrever seu seio. A visão mexe com meu pau.

— Como está se sentindo? — pergunto.

— Bem — responde ela.

— Pronta para mais?

— Mais?

— Mais vinho?

*Mais sexo? No quarto de jogos?*

— Um pouco, por favor.

Eu lhe sirvo mais Sancerre. Não quero que nenhum de nós dois beba demais se vamos nos divertir.

— Como vai o, hã... problema que trouxe você a Seattle?

*Leila. Merda.* Não é uma coisa sobre a qual eu queira conversar.

— Fora de controle. Mas nada com que você tenha que se preocupar, Anastasia. Tenho planos para você esta noite.

Quero ver se podemos concretizar esse suposto acordo entre nós em ambos os sentidos.

— Sim. Quero você pronta me esperando no quarto de jogos em quinze minutos. — Eu me levanto, observando-a atentamente para avaliar sua reação. Ela toma um breve gole de vinho, as pupilas dilatando. — Pode se preparar no seu quarto. Por falar nisso, o closet agora está cheio de roupas para você. Não quero nenhuma discussão a respeito.

A boca de Ana se abre em um *o* de surpresa. E lanço um olhar severo, para que ela não ouse discutir comigo. Por incrível que pareça, ela não diz nada, e sigo até o escritório para enviar um e-mail rápido para Ros avisando que quero começar o processo de aquisição da SIP o mais depressa possível.

Dou uma olhada em alguns e-mails de trabalho, mas não encontro nada na caixa de entrada relacionado à Sra. Reed. Tiro Leila da cabeça. Ela já me deixou preocupado nas últimas vinte e quatro horas, agora quero me concentrar em Ana. E me divertir um pouco.

Quando volto para a cozinha, Ana desapareceu. Presumo que esteja se arrumando no andar de cima.

Pego o roupão em meu closet e coloco minha calça jeans favorita. Ao fazer isso, imagens de Ana debaixo do chuveiro surgem em minha mente: suas costas perfeitas, e depois suas mãos espalmadas nos azulejos enquanto eu a possuía.

*Cara, essa mulher tem energia.*

Vamos ver quanta.

Com uma sensação de euforia, pego meu iPod na sala e corro para cima, para o quarto de jogos.

Quando encontro Ana ajoelhada perto da porta do quarto exatamente como deve ser — olhando para baixo, as pernas afastadas e vestindo apenas a calcinha —, meu primeiro sentimento é de alívio.

Ela ainda está aqui, participando do jogo.

Meu segundo sentimento é de orgulho: ela seguiu minhas instruções ao pé da letra. É difícil disfarçar o sorriso.

*A Srta. Steele não foge de um desafio.*

Fechando a porta ao entrar, reparo que o roupão dela está pendurado no gancho. Passo pelo seu pé descalço e deixo o iPod na cômoda. Decidi que vou destituí-la de todos os sentidos, exceto o tato, e ver como ela lida com isso. Arrumaram a cama com lençóis de cetim.

E as algemas de couro estão no lugar.

Pego na cômoda um elástico de cabelo, uma venda, uma luva de pelo, fones de ouvido e um transmissor portátil que Barney projetou para o meu iPod. Organizo os objetos em fila, acoplando o transmissor no alto do iPod, e deixo Ana esperando. A expectativa é metade da construção de um cenário. Quando me dou por satisfeito, vou até ela. Ana está de cabeça baixa, o cabelo brilhando com a luz ambiente. Ela tem uma aparência bonita e recatada, o epítome de uma submissa.

— Você está linda. — Seguro seu rosto com as mãos em concha e ergo sua cabeça até que os olhos azuis encontrem os cinzentos. — Você é uma mulher linda, Anastasia. E é toda minha — sussurro. — Levante-se.

Ela está um pouco tensa quando fica de pé.

— Olhe para mim — ordeno e, quando encontro seus olhos, sei que eu poderia mergulhar em sua expressão séria, extasiada. Toda a sua atenção está voltada para mim. — Não temos um contrato assinado, Anastasia. Mas já discutimos limites. E quero reiterar que temos palavras de segurança, tudo bem?

Ela pisca algumas vezes, mas permanece calada.

— Quais são? — pergunto em tom autoritário.

Ela hesita.

*Ah, isso nunca vai dar certo.*

— Quais são as palavras de segurança, Anastasia?

— Amarelo.

— E?

— Vermelho.

— Lembre-se delas.

Ela ergue uma sobrancelha no que obviamente é uma atitude de escárnio e está prestes a dizer algo.

*Ah, não. Não no meu quarto de jogos.*

— Não comece com suas gracinhas aqui, Srta. Steele. Senão vou te foder ajoelhada. Entendeu?

Por mais agradável que essa ideia seja, o que quero no momento é sua obediência.

Ela engole em seco.

— E então?

— Sim, senhor — responde ela rapidamente.

— Muito bem. Minha intenção não é você usar a palavra de segurança por estar em sofrimento. O que pretendo fazer com você vai ser intenso. Muito intenso, e você tem que me orientar. Entendeu?

O rosto dela permanece impassível, sem deixar nada transparecer.

— Envolverá tato, Anastasia. Você não poderá me ver nem me ouvir. Mas poderá sentir meu toque.

Ignorando seu olhar intrigado, ligo o iPod em cima da cômoda, colocando-o no modo auxiliar.

Só tenho que escolher uma música, e neste momento me lembro de nossa conversa no carro, depois que ela dormiu na minha cama no Heathman. Vamos ver se ela gosta de um pouco de música de coral da época dos Tudor.

— Vou amarrar você àquela cama, Anastasia. Mas primeiro vou vendar seus olhos e — mostro o iPod — você não vai poder me ouvir. Só vai ouvir a música que vou tocar para você.

Acho que sua expressão é de surpresa, mas não tenho certeza.

— Venha. — Levo-a até o pé da cama. — Fique em pé aqui. — Abaixando-me, sinto seu aroma doce e sussurro em seu ouvido: — Espere aí. Mantenha os olhos na cama. Imagine que está deitada aí, amarrada e totalmente à minha mercê.

Ela engole em seco.

*Sim, baby. Pense nisso.* Resisto à tentação de beijar suavemente seu ombro. Primeiro preciso trançar seu cabelo e pegar um açoite. Tiro da cômoda o elástico de cabelo e na prateleira escolho meu açoite preferido, que enfio no bolso de trás da calça.

Quando volto para perto dela, me posiciono de pé atrás do seu corpo e delicadamente seguro seu cabelo e faço uma trança.

— Apesar de gostar das suas marias-chiquinhas, Anastasia, estou impaciente para comer você agora mesmo. Então uma trança só vai ter que servir.

Aperto e puxo a trança de modo a forçá-la a dar um passo para trás na minha direção. Enrolando a trança ao redor do meu pulso, puxo para direita, inclinando a cabeça dela para expor sua nuca. Passo meu nariz do lóbulo da sua orelha até o ombro, chupando e mordiscando delicadamente.

Hum... Ela tem um cheiro tão bom.

Ana estremece e geme do fundo da garganta.

— Silêncio, agora — advirto, e, tirando o açoite do bolso, dou a volta em torno dela, meus braços roçando nos seus, e lhe mostro.

Ouço-a prender a respiração e reparo que seus dedos se retorcem.

— Toque nisso — murmuro, sabendo que é o que ela quer. Ana ergue a mão, para um instante, e depois passa os dedos pelas tiras macias de camurça. É excitante. — Vou usar isto. Não vai doer, mas vai fazer o sangue aflorar à pele e deixar você muito sensível. Quais são as palavras de segurança, Anastasia?

— Hum... "amarelo" e "vermelho", senhor — sussurra ela, paralisada por causa do açoite.

— Boa garota. Lembre-se, o medo está na sua cabeça. — Largo o açoite em cima da cama e passo os dedos pelas laterais do corpo de Ana, pela curva suave de seu quadril, e deslizo-os para dentro de sua calcinha. — Você não vai precisar disso.

Desço a calcinha por suas pernas e me ajoelho atrás dela. Ana agarra a coluna da cama para se livrar, desajeitadamente, de sua lingerie.

— Fique parada — ordeno, e beijo sua bunda, delicadamente beliscando cada uma das nádegas. — Agora deite-se, de frente.

Dou-lhe uma palmada, e ela se sobressalta, surpresa, e corre para a cama. Ana se deita de frente para mim, os olhos fixos nos meus, reluzindo de excitação... e um pouco de receio, acho.

— Mãos acima da cabeça.

Ela faz o que eu mando. Pego os fones de ouvido, a venda, o iPod e o controle remoto em cima da cômoda. Sento-me ao lado dela na cama e mostro o iPod com o transmissor. Ela olha do meu rosto para os dispositivos e novamente para mim.

— Isso transmite o que está tocando no iPod para o sistema de som do quarto. Posso ouvir o que você está ouvindo e tenho um controle remoto para isso.

Depois que ela vê tudo, coloco os fones em seus ouvidos e deixo o iPod em cima do travesseiro.

— Levante a cabeça.

Ela obedece e ponho a venda em seus olhos. Ficando de pé, pego sua mão esquerda e prendo seu pulso na algema de couro no canto superior da cama. Deixo meus dedos percorrerem seu braço estendido e ela reage se contorcendo. Enquanto ando vagarosamente em torno da cama, a cabeça dela acompanha o som dos meus passos. Repito o processo com a mão direita, algemando seu pulso.

A respiração de Ana fica alterada, saindo irregular e acelerada por seus lábios entreabertos. Uma onda de excitação cresce em seu peito, e ela se contorce e ergue o quadril em expectativa.

*Ótimo.*

Na base da cama, agarro seus dois tornozelos.

— Levante a cabeça de novo — ordeno.

Ela atende ao meu pedido de imediato, e eu a puxo para baixo na cama, de forma que seus braços fiquem completamente esticados.

Ela geme baixinho e ergue o quadril mais uma vez.

Algemo seus tornozelos ao canto correspondente da cama, deixando-a com braços e pernas arreganhados diante de mim e recuo para admirar a vista.

*Porra.*

Será que já ficou tão sensual assim?

Ana está completa e deliberadamente à minha mercê. Pensar nisso é inebriante, e fico paralisado por um momento, admirando sua generosidade e coragem.

Eu me arrasto para longe dessa visão fascinante e pego a luva de pelo de coelho na cômoda. Antes de enfiá-la, aperto play no controle remoto e ouço um breve chiado. Em seguida, se inicia o moteto a quarenta vozes, com a angelical cantora ressoando pelo quarto de jogos e sobre a deliciosa Srta. Steele.

Ana se aquieta quando ouve a música.

Ando ao redor da cama, absorvendo-a.

Estico a mão e acaricio seu pescoço com a luva. Ela respira fundo e puxa as algemas, mas não grita nem pede para eu parar. Lentamente, vou descendo minha mão enluvada por seu pescoço, pelo seu esterno, depois pelos seios, desfrutando sua contida vontade de se mexer. Descrevo círculos em torno dos seios e delicadamente puxo cada um dos mamilos, e seu gemido de satisfação me encoraja a continuar descendo. Em um ritmo descontraído e deliberado, exploro o corpo de Ana: a barriga, o quadril, o vértice entre as coxas e prossigo para as pernas. A música fica mais intensa, outras vozes se juntam ao coro em um contraponto perfeito para os movimentos da minha mão. Observo sua boca para avaliar como ela está se sentindo. Ora está ofegante de prazer, ora morde o lábio. Quando deslizo a mão sobre seu sexo, ela contrai a bunda, erguendo o corpo na direção da minha mão.

Embora normalmente eu prefira que ela fique imóvel, sua movimentação me agrada.

A Srta. Steele está gostando disso. Ela é voraz.

Quando passo a mão novamente em seus seios, os mamilos se endurecem com o contato da luva.

*Isso.*

Agora que sua pele está sensibilizada, retiro a luva e pego o açoite. Tomando extremo cuidado, deslizo as extremidades com contas sobre sua pele, traçando o mesmo percurso: peito, seios, barriga, pelos pubianos até chegar às pernas. À medida que mais cantores emprestam suas vozes ao moteto, ergo o cabo do açoite e bato levemente com as franjas em sua barriga. Ela grita, de surpresa, acho, mas não diz nenhuma palavra de segurança. Dou um tempo para que absorva a sensação, e repito, desta vez, um pouco mais forte.

Ela puxa as algemas e grita mais uma vez, um berro confuso, mas também não é uma palavra de segurança. Chicoteio seus seios com o açoite, e ela joga a cabeça para trás e solta um grito silencioso, a boca aberta, enquanto se contorce sobre o lençol de cetim vermelho.

Ainda nenhuma palavra de segurança. Ana está aceitando a aberração que existe dentro dela.

Fico tonto de prazer ao movimentar as franjas do açoite para cima e para baixo pelo corpo dela, observando sua pele aquecer com a dor. Quando o coro faz uma pausa, acompanho.

*Nossa. Ela está deslumbrante.*

Recomeço acompanhando o crescendo da música, com todas as vozes cantando juntas. Bato nela repetidas vezes com o açoite, e ela se contorce com cada golpe.

Quando a última nota toca no quarto, eu paro, jogando o açoite no chão. Estou sem ar, ofegante de desejo e necessidade.

*Porra.*

Ana jaz na cama, indefesa, sua linda pele com tons rosados, e ela também está ofegante.

*Ah, baby.*

Subo na cama entre suas pernas e me rastejo em sua direção, ficando por cima dela. Quando a música recomeça, a voz solitária canta uma delicada e etérea melodia, e eu sigo o mesmo padrão de antes, com a luva e o açoite, mas desta vez uso a boca, beijando, chupando e admirando cada centímetro do seu corpo. Provoco seus mamilos até que eles endureçam e fiquem brilhando com a minha saliva. Ela se contorce o máximo que pode com as amarras e geme debaixo de mim. Minha língua percorre uma linha até sua barriga, contornando o umbigo, lambendo por onde passa. Saboreando-a. Venerando-a. Chego mais para baixo, alcançando seus pelos pubianos e seu doce clitóris exposto e ansioso pelo toque da minha língua. Faço círculos, girando sem parar, absorvendo seu aroma, absorvendo sua reação, até senti-la estremecer embaixo de mim.

*Ah, não. Ainda não, Ana. Ainda não.*

Paro, e ela abafa sua decepção silenciosa.

Eu me ajoelho entre suas pernas e abro a braguilha, liberando minha ereção. Depois me inclino e gentilmente solto a algema em torno do seu tornozelo esquerdo. Ela enrosca a perna ao meu redor em uma carícia ao mesmo tempo em que liberto o outro tornozelo. Quando suas pernas ficam livres, massageio-as, desde as panturrilhas até as coxas, trazendo-as de volta à vida. Ela se contorce, erguendo o quadril em ritmo perfeitamente sincronizado com o moteto de Tallis, enquanto meus polegares sobem pela parte interna de suas coxas, que estão úmidas de excitação.

Faço um som rouco e abafado e agarro o quadril de Ana, erguendo-a da cama. Com um movimento rápido e brusco, me enterro dentro dela.

*Porra.*

Ela está escorregadia, quente e molhada, e seu corpo se contrai em volta do meu, prestes a atingir o clímax.

*Não. Cedo demais. Cedo demais mesmo.*

Paro, me mantendo imóvel em cima e dentro dela, enquanto gotas de suor brotam em minha testa.

— Por favor! — grita Ana, e agarro mais forte seu corpo enquanto controlo a vontade de me movimentar e me perder dentro dela.

Fecho os olhos para não vê-la embaixo de mim em toda a sua magnitude, e me concentro na música. Assim que recupero o controle, lentamente começo a me mexer. À medida que a intensidade do coral aumenta, vou acelerando o movimento aos poucos, acompanhando a potência e o ritmo da música, aproveitando cada centímetro apertado dentro dela.

Ela cerra os punhos, joga a cabeça para trás e geme.

*Isso.*

— Por favor — suplica, entre os dentes.

*Estou ouvindo, baby.*

Coloco as costas dela na cama e me estendo por cima. Apoio meu peso nos cotovelos, e sigo o ritmo, metendo e me perdendo nela e na música.

A corajosa e doce Ana.

O suor escorre pelas minhas costas.

*Vamos, baby.*

*Por favor.*

E finalmente ela explode em volta de mim, gritando ao gozar e me levando a um clímax intenso, avassalador, que me faz perder todo o controle. Caio em cima dela enquanto meu mundo desaba e se realinha, deixando aquela emoção desconhecida surgir em meu peito, me consumindo.

Balanço a cabeça, tentando me livrar da sensação confusa e sinistra. Estendo o braço para pegar o controle remoto e desligar o som.

Chega de Tallis.

A música definitivamente contribuiu para o que quase foi uma experiência religiosa. Franzo o cenho, tentando em vão lidar com meus sentimentos. Deslizo para fora de Ana e me estico para libertá-la das algemas.

Ela suspira ao flexionar os dedos das mãos, e delicadamente retiro a venda e os fones de ouvido.

Grandes olhos azuis piscam para mim.

— Oi — sussurro.

— Oi — responde ela, a expressão tímida e brincalhona.

Sua resposta é encantadora, e me abaixo para dar um beijo carinhoso em seus lábios.

— Muito bem. — Minha voz está cheia de orgulho.

Ela conseguiu. Aceitou. Foi até o fim.

— Vire-se de bruços.

Os olhos de Ana se arregalam em sinal de alarme.

— Só vou esfregar seus ombros.

— Ah… tudo bem.

Ela se vira e cai na cama com os olhos fechados. Sento montado nela e massageio seus ombros.

Um ronronar de satisfação ressoa do fundo de sua garganta.

— Que música era aquela? — indaga.

— Chama-se "Spem in Alium", um moteto para quarenta vozes de Thomas Tallis.

— Foi… um assombro.

— Eu sempre quis foder ao som dessa música.

— Outra primeira vez, Sr. Grey?

Sorrio.

— Com certeza, Srta. Steele.

— Bem, também é a primeira vez que fodo ao som dessa música — diz Ana, com uma voz sonolenta.

— Humm… você e eu estamos sempre tendo primeiras vezes juntos.

— O que eu disse dormindo, Chris, hã, senhor?

Isso de novo não. *Acabe com a agonia da garota, Grey.*

— Você disse um monte de coisas, Anastasia. Falou em jaulas e morangos… que queria mais… e que sentia minha falta.

— Só? — Ela parece aliviada.

Por que se sentiria aliviada?

Eu me deito de lado para poder ver seu rosto.

— O que achou que tivesse dito?

Ela abre os olhos por um breve instante, e logo os fecha de volta.

— Que eu achava você feio, presunçoso, e que era um caso perdido na cama.

Um olho azul se abre e me observa com cautela.

*Ah… ela está mentindo.*

— Bem, naturalmente, sou isso tudo, e agora você me deixou muito intrigado. O que está escondendo de mim, Srta. Steele?

— Não estou escondendo nada.

— Anastasia, você é uma negação para mentir.

— Pensei que você fosse me fazer rir depois do sexo. Isso não está funcionando.

A resposta dela é inesperada, e, mesmo relutante, dou um sorriso.

— Não sei contar piada — confesso.

— Sr. Grey! Uma coisa que você não sabe fazer?

Ela me presenteia com um sorriso largo e contagiante.

— Não, sou uma negação para contar piada — digo, como se fosse alguma coisa da qual eu devesse me orgulhar.

Ela ri.

— Eu também sou uma negação para contar piada.

— Como é bom ouvir isso — murmuro, e a beijo. Mas ainda quero saber por que ficou aliviada. — Está me escondendo alguma coisa, Anastasia. Talvez eu tenha que arrancar isso de você sob tortura.

— Rá! — O espaço entre nós é preenchido com a sua risada. — Acho que você já me torturou o suficiente.

Sua resposta tira o sorriso do meu rosto, e a expressão dela se suaviza imediatamente.

— Talvez eu deixe você me torturar desse jeito de novo — diz, tímida.

O alívio me invade.

— Gostaria muito disso, Srta. Steele.

— Nosso objetivo é satisfazer, Sr. Grey.

— Você está bem? — pergunto, modesto e ansioso ao mesmo tempo.

— Mais do que bem. — Ela dá um sorriso recatado.

— Você é fantástica.

Beijo-a na testa, depois saio da cama, pois aquele sentimento sinistro me invade mais uma vez. Afastando-o, abotoo a braguilha e estendo a mão para ajudá-la a descer da cama. Quando ela fica de pé, eu a puxo para os braços e a beijo, me deliciando com seu sabor.

— Cama — murmuro, e a levo até a porta.

Lá, eu a envolvo no roupão que ela deixou pendurado no gancho e, antes que possa protestar, eu a pego no colo e a carrego para o meu quarto no andar de baixo.

— Estou tão cansada — resmunga ela, já deitada na minha cama.

— Agora durma — sussurro e a envolvo em meus braços.

Fecho os olhos, lutando com a sensação inquietante que cresce e enche meu peito novamente. É como estar com saudade de casa e já ter voltado para lá, tudo ao mesmo tempo… e é apavorante.

## SÁBADO, 4 DE JUNHO DE 2011

A brisa do verão balança meu cabelo, sua carícia é como os dedos ágeis de uma amante.

Minha amante.

*Ana.*

Acordo de repente, confuso. Meu quarto está envolto na escuridão, e Ana dorme ao meu lado, sua respiração suave e regular. Eu me apoio em um dos cotovelos e passo a mão em meu cabelo, com a sensação de que alguém acabou de fazer exatamente o mesmo. Dou uma olhada no quarto, perscrutando os cantos sombreados, mas Ana e eu estamos sozinhos.

Estranho. Eu podia jurar que havia alguém aqui. Alguém me tocou.

*Foi só um sonho.*

Afasto esse pensamento perturbador e verifico a hora. Já passou das quatro e meia da manhã. Quando me jogo de volta no travesseiro, Ana murmura uma palavra incompreensível e vira o rosto para mim, ainda imersa em um sono profundo. Ela está serena e bonita.

Fico encarando o teto, a luz do alarme de incêndio piscando zomba de mim novamente. Não temos nenhum contrato. No entanto, Ana está aqui. Ao meu lado. O *que isso significa?* Como devo lidar com ela? Será que vai seguir minhas regras? Preciso saber que está segura. Esfrego o rosto. Esse é um território inexplorado para mim, está fora do meu controle e é desconcertante.

Leila surge em minha mente.

*Merda.*

Minha cabeça está a mil: Leila, trabalho, Ana… e sei que não vou conseguir pegar no sono de novo. Eu me levanto, visto a calça do pijama, fecho a porta do quarto e vou para a sala, até o meu piano.

Chopin me conforta. As notas sombrias combinam com meu humor e toco repetidas vezes. Um breve movimento que percebo com o canto dos olhos atrai minha atenção e, ao olhar para cima, noto Ana se aproximando com passos hesitantes.

— Você devia estar dormindo — murmuro, sem parar de tocar.

— Você também — retruca.

A expressão dela está firme e decidida, porém, ela parece pequena e vulnerável vestindo apenas meu roupão, que fica grande demais nela. Disfarço um sorriso.

— Está me repreendendo, Srta. Steele?

— Estou, sim, Sr. Grey.

— Bem, não consigo dormir.

Estou com muita coisa na cabeça e preferiria que ela voltasse para a cama e dormisse. Ela deve estar cansada de ontem. Ana ignora meu humor e se senta ao meu lado na banqueta do piano, apoiando a cabeça no meu ombro.

É um gesto tão carinhoso e íntimo que por um momento perco o compasso do prelúdio, mas continuo tocando, sentindo-me mais em paz por ela estar comigo.

— O que estava tocando? — pergunta, quando termino.

— Chopin. "Prelúdio opus vinte e oito, número quatro em mi menor", se lhe interessar.

— Sempre me interesso pelo que você faz.

*Doce Ana*. Beijo seu cabelo.

— Eu não tinha intenção de acordá-la.

— Não acordou — diz ela, sem mexer a cabeça. — Toque aquela outra.

— Outra?

— A peça de Bach que tocou na primeira noite em que estive aqui.

— Ah, "Marcello".

Nem me lembro da última vez que toquei a pedido de alguém. Para mim, o piano é um instrumento solitário, apenas para os meus ouvidos. Minha família não me ouve tocar há anos. No entanto, como ela pediu, vou tocar para minha doce Ana. Meus dedos acariciam as teclas e a melodia perturbadora ecoa por toda a sala.

— Por que só toca essas músicas tristes? — pergunta.

*É triste?*

— Então você só tinha seis anos quando começou a tocar? — Ela continua com as perguntas, levantando a cabeça e me observando.

Sua expressão é sincera e ávida por informações, como sempre. E, após a noite passada, quem sou eu para negar qualquer coisa a ela?

— Eu me dediquei a aprender para agradar minha mãe.

— Para se encaixar na família perfeita? — Minhas palavras de nossa conversa sincera em Savannah ecoam em sua voz doce.

— Sim, por assim dizer. — Não quero falar disso e fico surpreso ao me dar conta de como ela guardou informações pessoais minhas para si. — Por que está acordada? Não precisa se recuperar dos esforços de ontem?

— São oito da manhã para mim. E preciso tomar a pílula.

— Bem lembrado — falo, pensativo. — Só você começaria a usar uma pílula que tenha hora certa para ser tomada numa região de fuso horário diferente. Talvez deva esperar meia hora e depois mais meia hora amanhã de manhã. Aí acabará chegando a um horário razoável.

— Ótimo plano — diz. — Então o que faremos em meia hora?

*Bem, eu podia foder você em cima deste piano.*

— Posso pensar em algumas coisas. — Minha voz é sedutora.

— Poderíamos conversar.

Ela sorri, provocante.

Não estou a fim de conversar.

— Prefiro o que tenho em mente.

Passo o braço em volta da cintura dela, puxo-a para o meu colo e encosto o nariz no seu cabelo.

— Você sempre prefere fazer sexo a conversar. — Ela ri.

— É verdade. Especialmente com você. — As mãos dela agarram meus bíceps, mas a escuridão permanece quieta e tranquila. Deixo um rastro de beijos da base de sua orelha até o pescoço. — Talvez no piano — murmuro, enquanto meu corpo reage ao imaginar Ana esparramada e nua em cima do piano, o cabelo caindo para o lado.

— Quero esclarecer uma coisa — diz Ana baixinho em meu ouvido.

— Sempre muito ansiosa por informações, Srta. Steele. O que precisa de esclarecimento?

Sinto sua pele macia e quente nos meus lábios enquanto afasto o roupão do ombro dela com o nariz.

— Nós — responde ela, e a mera palavra parece uma oração.

— Hum. O que tem nós? — Faço uma pausa. *Para onde ela está indo com isso?*

— O contrato.

Paro e olho para baixo, encontrando seu olhar perspicaz. *Por que ela está fazendo isso agora?* Meus dedos deslizam por sua bochecha.

— Bem, acho que o contrato é irrelevante, você não acha?

— Irrelevante? — repete ela, e seus lábios se suavizam com o vestígio de um sorriso.

— Irrelevante. — Estou com a mesma expressão que ela.

— Mas você estava tão entusiasmado.

A incerteza obscurece os olhos de Ana.

— Bem, isso foi antes. Enfim, as Regras não são irrelevantes, ainda estão de pé. Preciso saber que você está segura.

— Antes? Antes de quê?

— Antes do... — Antes de tudo isso. Antes de você virar meu mundo de cabeça para baixo, antes de dormir comigo. Antes de você apoiar a cabeça no meu ombro ao piano. É tudo... — Mais — murmuro, afastando a sensação, agora familiar, de desconforto.

— Ah — diz ela, e acho que está satisfeita.

— Além disso, já estivemos duas vezes no quarto de jogos, e você não fugiu gritando.

— Esperava que eu fugisse?

— Nada do que você faz é esperado, Anastasia.

O *v* entre suas sobrancelhas reaparece.

— Então vou ser clara. Você só quer que eu siga a parte das Regras do contrato o tempo todo, mas não o restante do contrato?

— Menos no quarto de jogos. Quero que siga o espírito do contrato no quarto de jogos, e sim, quero que você siga as Regras, o tempo todo. Então saberei que estará segura, e eu poderei ter você sempre que quiser — acrescento, petulante.

— E se eu infringir uma das Regras? — indaga ela.

— Aí eu vou puni-la.

— Mas não vai precisar da minha permissão?

— Vou, sim.

— E se eu não der? — insiste ela.

*Por que ela está sendo tão voluntariosa?*

— Se você não der, vou ter que encontrar um jeito de persuadi-la.

Ana devia saber disso. Não deixou que eu batesse nela no ancoradouro, e eu queria. Porém, consegui fazer isso mais tarde naquela mesma noite... com a aprovação dela.

Ela se levanta e anda até a porta da sala. Por um instante acho que vai sair emburrada, mas dá meia-volta, com uma expressão perplexa.

— Então o lado da punição permanece.

— Sim, mas só se você infringir as Regras.

Isso está claro para mim. Por que não está para ela?

— Vou precisar relê-las — admite ela, subitamente toda profissional.

*Ela quer fazer isso agora?*

— Vou buscá-las para você.

No meu escritório, ligo o computador e imprimo as regras, me perguntando por que estamos discutindo isso às cinco da manhã.

Ela está na pia, bebendo um copo d'água, quando volto com a folha impressa. Eu me sento em um banco e aguardo, observando-a. Suas costas estão eretas e tensas, o que não parece um bom sinal. Quando ela se vira, deslizo a folha em sua direção na bancada da cozinha.

— Aqui está.

Ela olha rapidamente as regras.

— Então o negócio da obediência continua de pé.

— Sim.

Ela balança a cabeça, e um sorriso irônico surge no canto de sua boca quando ela revira os olhos.

*Ah, que alegria.*

Repentinamente fico animado.

— Você revirou os olhos para mim, Anastasia?

— É possível, depende de qual seja sua reação.

Ela parece cautelosa e achando graça ao mesmo tempo.

— A mesma de sempre. — Se ela me deixar...

Ela engole em seco, e seus olhos se arregalam de ansiedade.

— Então...

— Sim?

— Quer me bater agora?

— Quero. E vou.

— Ah, é mesmo, Sr. Grey?

Ela cruza os braços, com o queixo erguido e uma expressão desafiadora.

— Vai me impedir?

— Primeiro você vai ter que me pegar.

Ela dá um sorriso sedutor, que tem um efeito imediato no meu pau.

*Ela quer brincar.*

Eu me acomodo melhor no banco, observando-a atentamente.

— Ah, é mesmo, Srta. Steele?

O ar entre nós dois quase estala.

*Para qual lado ela vai correr?*

Os olhos dela estão fixos nos meus, transbordando de entusiasmo. Seus dentes estão cravados no lábio inferior.

— E você está mordendo o lábio.

*Será que está fazendo de propósito?* Chego lentamente para a esquerda.

— Você não faria isso — desafia ela. — Afinal, você revira os olhos.

Com o olhar fixo no meu, ela também chega para o lado esquerdo.

— Sim, mas você acaba de estabelecer um padrão de excitação mais alto com esse jogo.

— Sou muito ágil, você sabe — provoca.

— Eu também.

Como ela consegue fazer tudo ficar tão emocionante?

— Você vem caladinha?

— Vou?

Ela dá um grande sorriso, mordendo a isca.

— Srta. Steele, como assim? — Eu a persigo ao redor do balcão da cozinha. — Vai ser pior para você se eu tiver que pegá-la.

— Só se você me pegar, Christian. E, no momento, não pretendo deixar você fazer isso.

*Será que ela está falando sério?*

— Anastasia, você pode cair e se machucar. E com isso vai estar infringindo a regra número sete, agora, seis.

— Ando em perigo desde que conheci você, Sr. Grey, com ou sem regras.

— Sim, é verdade.

Talvez não seja um jogo. Será que ela está tentando me dizer alguma coisa? Ana hesita, e faço um movimento repentino para agarrá-la. Ela dá um gritinho e corre em volta do balcão, para a relativa segurança do lado oposto da mesa de jantar. Com os lábios entreabertos, a expressão simultaneamente cautelosa e ousada, o roupão escorrega um pouco de um dos ombros. Ela está sensual. Sensual para caralho.

Devagar, vou andando até ela, que recua.

— Você sabe mesmo distrair um homem, Anastasia.

— Nosso objetivo é satisfazer, Sr. Grey. Distraí-lo de quê?

— Da vida. Do universo.

*De ex-subs desaparecidas. Do trabalho. Do nosso acordo. De tudo.*

— Você pareceu, sim, muito preocupado quando estava brincando.

Ela não vai ceder. Paro e cruzo os braços, reavaliando minha estratégia.

— Podemos passar o dia inteiro fazendo isso, baby, mas eu vou pegá-la, e simplesmente vai ser pior para você quando isso acontecer.

— Você não me pega, não — fala com certeza absoluta.

Franzo o cenho.

— Qualquer pessoa acharia que você não quer que eu te pegue.

— Eu não quero. A questão é essa. Sinto-me em relação à punição do mesmo jeito que se sente ao ser tocado por mim.

E, do nada, a escuridão se apodera de mim, encobrindo minha pele, deixando um rastro gélido de desespero.

*Não. Não. Não suporto ser tocado. Jamais.*

— É esse o seu sentimento?

É como se ela tivesse me tocado, as unhas deixando vestígios brancos no meu peito.

Ela pisca diversas vezes, avaliando minha reação, e, quando fala, sua voz é suave.

— Não. Isso não me afeta tanto, mas dá uma ideia. — A expressão dela é ansiosa.

*Mas que droga!* Isso muda totalmente nosso relacionamento.

— Ah — balbucio, porque não consigo pensar em nada mais para dizer.

Ela respira fundo e se aproxima de mim. Quando fica de frente para mim, olha para cima e noto que seus olhos estão apreensivos.

— Você odeia tanto isso? — murmuro.

É hora da verdade. Somos mesmo incompatíveis.

*Não. Não quero acreditar nisso.*

— Bem… não — diz ela, e o alívio percorre meu corpo. — Não — continua. — Tenho um sentimento ambivalente em relação a isso. Não gosto, mas não odeio.

— Mas ontem à noite, no quarto de jogos, você…

— Faço isso por você, Christian, porque você precisa. Eu não. Você não me machucou ontem à noite. Aquilo foi num contexto diferente, e consigo racionalizar isso internamente e confio em você. Mas, quando você quer me punir, fico com medo de que me machuque.

*Porra. Conte para ela.*

*É agora ou nunca, Grey.*

— Quero machucar você. Mas não além do que você é capaz de aguentar.

Eu nunca iria tão longe.

— Por quê?

— Eu simplesmente preciso disso — murmuro. — Não sei dizer.

— Não sabe ou não quer?

— Não quero.

— Então sabe por quê.

— Sei.

— Mas não quer me dizer.

— Se eu disser, você vai sair correndo dessa sala para nunca mais voltar. Não posso correr esse risco, Anastasia.

— Quer que eu fique?

— Mais do que você pensa. Eu não suportaria perdê-la.

Não consigo mais suportar a distância entre nós. Eu a agarro para impedi-la de fugir e a aperto em meus braços, meus lábios buscando os dela. Ana responde ao meu anseio, sua boca se moldando à minha, correspondendo ao meu beijo com a mesma paixão, esperança e vontade. A escuridão que estava à espreita retrocede, e encontro meu consolo.

— Não me deixe — sussurro com os lábios grudados nos dela. — Dormindo, você disse que não me deixaria e me implorou para que eu não a deixasse.

— Eu não quero ir embora — diz ela, mas seus olhos estão procurando os meus, querendo respostas. E estou exposto, com minha alma feia e dilacerada à mostra. — Mostre — pede ela

E não entendo o que quis dizer.

— Mostrar?

— Mostre o quanto isso pode doer.

— O quê?

Eu me inclino e a encaro, incrédulo.

— A punição. Quero saber até que ponto pode ser doloroso.

*Ah, não.* Eu a solto e dou um passo para trás, ficando fora do seu alcance.

Ela me encara: aberta, honesta, séria. Está se oferecendo a mim mais uma vez. Minha, ao meu dispor, para que eu faça o que quiser.

Fico atordoado. Ela preencheria essa necessidade por mim? Não consigo acreditar.

— Você experimentaria?

— Sim. Eu disse que experimentaria. — A expressão dela deixa transparecer sua decisão.

— Ana, você é muito confusa.

— Eu estou confusa. Estou tentando entender. E você vai saber, de uma vez por todas, se eu consigo fazer isso. Se eu conseguir lidar com isso, então talvez você...

Ela para, e recuo mais um passo. Ela quer me tocar.

*Não.*

Mas, se fizermos isso, então vou saber. Ela vai saber.

Chegamos a este ponto muito antes do que eu imaginava.

*Será que consigo fazer isso?*

E, neste momento, percebo que não há nada que eu queira mais... Não há nada que satisfará mais o monstro que habita dentro de mim.

Antes que eu possa mudar de ideia, agarro o braço dela e a levo para o andar de cima, até o quarto de jogos. Paro diante da porta.

— Vou mostrar o quanto pode machucar e você pode tomar sua decisão. Está preparada?

Ela assente, seu rosto mantém a determinação persistente que acabei conhecendo tão bem.

*Então, vamos em frente.*

Abro a porta, vou logo pegando um cinto do gancho antes que ela mude de ideia e a levo até o banco no canto do quarto.

— Debruce no banco — ordeno com calma.

Ela obedece, sem dizer uma palavra.

— Estamos aqui porque você disse sim, Anastasia. E fugiu de mim. Vou bater seis vezes, e você vai contar comigo.

Ela continua calada.

Dobro a bainha do seu roupão para cima, revelando sua linda bunda nua. Passo a palma da mão em cada uma das nádegas, chegando até o alto de suas coxas, e um frisson percorre meu corpo.

*Chegou a hora. Aquilo que eu quero. Aquilo pelo qual venho me esforçando.*

— Estou fazendo isso para você se lembrar de não fugir de mim, e, por mais excitante que isso seja, eu não quero nunca que você fuja de mim. E você revirou os olhos para mim. Você sabe o que eu acho disso.

Respiro fundo, desfrutando o momento, tentando estabilizar meu coração martelando no peito.

*Preciso disso. É o que eu faço. E finalmente chegamos a esse ponto.*

Ela consegue.

Não me decepcionou até agora.

Mantenho-a no lugar com uma das mãos na base de suas costas e balanço o cinto. Respiro fundo mais uma vez e me concentro na tarefa a ser feita.

Ela não vai fugir. Foi ela quem pediu.

Então, baixo o cinto, golpeando suas nádegas com força.

Ela grita, em choque.

Ela não contou... mas também não disse a palavra de segurança.

— Conte, Anastasia — ordeno.

— Um! — grita ela.

*Tudo bem... nada de palavra de segurança.*

Eu a golpeio novamente.

— Dois! — berra ela.

*Isso mesmo, bote para fora, baby.*

Eu a atinjo mais uma vez.

— Três!

Ela se retrai.

Há três vergões ao longo do seu traseiro.

Bato pela quarta vez.

Ela grita o número em alto e bom som.

*Não há ninguém para ouvi-la, baby. Grite o quanto precisar.*

Bato novamente.

— Cinco.

Ela soluça e faço uma pausa, esperando ouvir a palavra de segurança.

Ela não a pronuncia.

*E mais uma, para dar sorte.*

— Seis — murmura Ana, a voz saindo forçada e rouca.

Deixo o cinto cair, saboreando meu alívio doce e eufórico. Estou tonto, ofegante e finalmente me sinto pleno. Ah, esta garota linda, minha garota linda. Quero beijar cada centímetro do seu corpo. Chegamos a esse ponto. Aonde eu queria. Estendo a mão para ela, puxando-a para os meus braços.

— Solte-me… não… — Ela luta para se desvencilhar do meu abraço, empurrando, se afastando e, por fim, se virando para mim feito uma gata selvagem raivosa. — Não me toque! — sibila.

Seu rosto está inchado e molhado de lágrimas, o nariz escorrendo, e seu cabelo escuro está bagunçado, mas ela nunca me pareceu tão magnífica… e tão brava ao mesmo tempo.

Sua raiva me atinge como um tsunami.

*Ela está furiosa. De verdade.*

Ok, eu não esperava essa raiva toda.

*Dê um tempo a ela. Espere as endorfinas agirem.*

Ela enxuga as lágrimas com as costas das mãos.

— É disso que você realmente gosta? De mim, assim?

Ela limpa o nariz com a manga do roupão.

Minha euforia desaparece. Estou atordoado, completamente impotente e paralisado pela raiva dela. Conheço e compreendo o choro, mas essa fúria… algo no fundo de mim desperta e não quero pensar nisso.

*Não vá por este caminho, Grey.*

Por que ela não me pediu que parasse? Não disse a palavra de segurança. Merecia ser punida. Ela fugiu de mim. Revirou os olhos. *Isso é o que acontece quando você me desafia, baby.*

Ela me olha zangada. Os olhos azuis arregalados e brilhantes, cheios de mágoa e raiva repentina. É uma visão arrepiante.

*Merda. O que foi que eu fiz?*

É decepcionante.

Perco o equilíbrio, como se estivesse hesitante na beira de um precipício perigoso e procuro desesperadamente as palavras para resolver a situação, mas me dá um branco.

— Bem, você é um filho da puta — fala Ana com rispidez.

Solto o ar, e é como se ela tivesse *me* chicoteado com um cinto… *Porra!*

Ela me reconheceu pelo que sou.

*Ela viu o monstro.*

— Ana — murmuro, suplicando.

Quero que ela pare. Quero abraçá-la e acabar com sua dor. Quero que ela chore nos meus braços.

— Não se atreva a apelar para mim! Você precisa se resolver, Grey! — diz asperamente, e sai do quarto de jogos, fechando a porta atrás de si sem fazer barulho.

Chocado, encaro a porta fechada, suas palavras ecoando em meus ouvidos.

*Você é um filho da puta.*

Ninguém nunca virou as costas para mim assim. *Que porra foi essa?* De forma mecânica, passo a mão no cabelo tentando racionalizar a reação de Ana e a minha. Eu simplesmente a deixei ir embora. Não estou zangado... *Estou... o quê?* Eu me abaixo para pegar o cinto, vou até a parede e o penduro no gancho. Este foi, sem dúvida, um dos momentos mais gratificantes de toda a minha vida. Um minuto atrás eu estava mais leve, sem o peso da incerteza entre nós.

Está feito. Chegamos a esse ponto.

Agora que ela sabe o que isso envolve, podemos seguir adiante.

Avisei a ela. Pessoas como eu gostam de infligir dor.

*Mas só em mulheres que gostam disso.*

Minha sensação de desconforto aumenta.

A reação de Ana. Relembro, mesmo sem querer, seu olhar magoado e assustado. É perturbador. Estou acostumado a fazer as mulheres chorarem... é parte do que faço.

*Mas Ana?*

Desabo no chão e apoio a cabeça na parede, os braços em meus joelhos dobrados. Deixe-a chorar. Ela vai se sentir melhor depois de chorar. Acontece com as mulheres, de acordo com a minha experiência. Dê-lhe um tempo, depois vá até lá e ofereça um remédio para a dor. Ela não falou a palavra de segurança. Ela me pediu. Queria saber, curiosa como sempre. Foi apenas um despertar abrupto, só isso.

*Você é um filho da puta.*

Fecho os olhos e sorrio sem achar graça. *Sim, Ana, eu sou, e agora você sabe.* Então podemos seguir adiante com nosso relacionamento... acordo. Seja lá o que for.

Meus pensamentos não me confortam e minha sensação de desconforto aumenta. Os olhos magoados de Ana me encarando, ofendidos, acusatórios, penalizados... Ela pode me ver pelo que sou. *Um monstro.*

Flynn surge em minha mente: *Não foque no lado negativo, Christian.*

Fecho os olhos mais uma vez e visualizo o rosto angustiado de Ana.

*Como sou idiota.*

Foi cedo demais.

Muito, muito cedo.

*Porra.*

Vou tranquilizá-la.

Sim, deixá-la chorar, depois tranquilizá-la.

Fiquei zangado por ter fugido de mim. *Por que ela fez aquilo?*

*Droga.* Ela é tão diferente de todas as outras mulheres que conheci. É claro que não reagiria da mesma maneira.

Preciso encará-la, abraçá-la. Vamos superar isso. Fico imaginando onde ela está.

*Merda!*

O pânico toma conta de mim. E se ela tiver ido embora? Não, ela não faria isso. Não sem se despedir. Fico de pé, saio apressado do quarto e desço correndo a escada. Ela não está na sala, então deve ter ido para a cama. Disparo até o quarto.

A cama está vazia.

Uma ansiedade gigantesca irrompe no fundo do meu estômago. Não, ela não pode ter ido embora! No andar de cima... Ana deve estar no quarto dela. Subo a escada de três em três degraus e paro, sem fôlego, do lado de fora do quarto dela. Ana está lá, chorando.

*Ah, graças a Deus.*

Encosto a cabeça na porta, impressionado com o alívio que sinto.

*Não vá embora.* Imaginar isso é terrível.

É claro que ela só precisa chorar.

Respiro com mais calma e, para me recompor, vou até o banheiro ao lado do quarto de jogos e pego o creme de arnica, Advil e um copo d'água, depois volto para o quarto dela.

Dentro do quarto ainda está escuro, apesar da pálida faixa da aurora despontando no horizonte, e levo um instante para encontrar minha linda garota. Ela está encolhida no meio da cama, pequena e vulnerável, chorando baixinho. O som de sua tristeza me dilacera, deixando-me exaurido. Minhas subs nunca me afetaram assim, nem quando estavam berrando. Não consigo entender. Por que me sinto tão perdido? Deixando de lado a arnica, a água e os comprimidos, levanto o edredom, deslizo para o lado dela na cama e estendo a mão para tocá-la. Ela se retesa, o corpo inteiro gritando: *Não me toque!* A ironia disso não passou despercebida por mim.

— Quieta — sussurro, tentando em vão fazer suas lágrimas cessarem e acalmá-la. Ela permanece paralisada, tensa. — Não brigue comigo, Ana, por favor.

Ela relaxa um pouco, permitindo que eu a puxe para os meus braços, e enterro o nariz em seu cabelo maravilhosamente perfumado. Seu cheiro é doce como sempre, seu odor é um bálsamo suave para meus nervos. E beijo carinhosamente seu pescoço.

— Não me odeie — murmuro, pressionando os lábios em seu pescoço, saboreando-a.

Ela não fala nada, mas aos poucos seu choro dá lugar a suaves soluços e fungadas. Afinal, ela se aquieta. Acho que pode ter pegado no sono, mas não tenho coragem de checar, para não arriscar perturbá-la. Pelo menos está mais calma.

A aurora surge e vai embora, e a luz ambiente fica mais brilhante, invadindo o quarto à medida que a manhã segue seu rumo. E continuamos deitados em silêncio. Divago enquanto seguro minha garota nos braços, e observo a mudança na característica da luz. Não consigo me lembrar de outra ocasião em que apenas fiquei deitado vendo o tempo passar e meus pensamentos viajarem. É relaxante imaginar o que poderíamos fazer no resto do dia. Talvez eu devesse levá-la para conhecer *The Grace.*

Sim. Podíamos sair para velejar à tarde.

*Se ela ainda estiver falando com você, Grey.*

Ela se remexe, um ligeiro movimento do pé, e sei que está acordada.

— Trouxe um Advil e um creme de arnica para você.

Finalmente ela reage, se virando devagar em meus braços para me encarar. Olhos dilacerados pela dor se fixam nos meus, um olhar intenso e questionador. Ela fica bastante tempo me observando, como se estivesse me vendo pela primeira vez. É uma sensação enervante porque, como de costume, não faço a menor ideia do que ela está pensando, do que está vendo. Porém, definitivamente está mais tranquila, e isso me dá uma pequena centelha de alívio. No final das contas, talvez hoje seja um bom dia.

Ela acaricia minha bochecha e passa os dedos pela minha mandíbula, fazendo cócegas em meu rosto com barba por fazer. Fecho os olhos, aproveitando seu toque. Ainda é tão nova essa sensação de ser tocado e apreciar seus dedos inocentes delicadamente afagando meu rosto, sem que a escuridão se manifeste. Não me importo que ela toque meu rosto... ou mexa em meu cabelo.

— Eu sinto muito — diz.

Suas palavras, pronunciadas com tanta doçura, me surpreendem. Ela está se desculpando comigo?

— Por quê?

— Pelo que eu disse.

O alívio percorre livremente todo o meu corpo. Ela me perdoou. Além do mais, do que ela me chamou no calor do momento estava correto. Sou mesmo um filho da puta.

— Você não me disse nada que eu não soubesse. — E, pela primeira vez em tantos anos, peço desculpas. — Sinto muito por ter machucado você.

Seus ombros se erguem de leve e ela me dá um sorriso discreto. Ganhei o perdão. Estamos salvos. Estamos bem. Eu me sinto aliviado.

— Eu pedi — diz ela.

*Pediu mesmo, baby.*

Ela engole em seco, nervosa.

— Acho que não posso ser tudo que você quer que eu seja — reconhece ela, os olhos bem abertos com uma sinceridade cordial.

O mundo para.

*Porra.*

Não estamos nada salvos.

*Grey, conserte isso.*

— Você é tudo que eu quero que seja.

Ana franze o cenho. Seus olhos estão vermelhos de tanto chorar, e ela está pálida, o tom mais pálido que já vi nela. É estranhamente excitante.

— Não entendo — diz Ana. — Eu não sou obediente e você pode ter certeza de que não vou deixar você fazer *aquilo* comigo de novo. E é disso que você precisa, você disse.

E lá veio o golpe de misericórdia. Forcei demais a barra. Agora ela sabe, e relembro toda a discussão que tive comigo mesmo antes de começar a correr atrás desta garota. Ela não tem esse estilo de vida. Como posso corrompê-la desse jeito? É jovem demais, inocente demais... *Ana* demais.

Meus sonhos não passam de... sonhos. Isso não vai dar certo.

Fecho os olhos. Não aguento olhar para ela. É verdade que ficaria melhor sem mim. Agora que viu o monstro, ela sabe que não pode competir com ele. Tenho que libertá-la... deixá-la seguir o próprio caminho. Não vai dar certo entre a gente.

*Foco, Grey.*

— Tem razão. Eu devo deixar você ir embora. Não sirvo para você.

Seus olhos se arregalam.

— Não quero ir — murmura.

Lágrimas brotam em seus olhos, reluzindo nos longos cílios escuros.

— Também não quero que vá — respondo, porque é verdade, e aquela sensação, a sensação sinistra e apavorante, está de volta, me oprimindo. As lágrimas escorrem por suas bochechas mais uma vez. Gentilmente limpo uma gota de lágrima com o polegar, e, antes que me dê conta, as palavras saem atropeladas: — Fiquei cheio de vida desde que conheci você.

Passo o polegar pelo contorno do seu lábio inferior. Quero beijá-la, com vigor. Fazê-la esquecer. Fasciná-la. Excitá-la. Sei que consigo. Mas algo me detém: seu olhar preocupado e magoado. Por que ela gostaria de ser beijada por um monstro? Ela pode me afastar, e não sei se consigo lidar com mais uma rejeição. Suas palavras me assombram, tocando uma parte sombria e reprimida da minha memória.

*Você é um filho da puta.*

— Eu também — sussurra Ana. — Eu me apaixonei por você, Christian.

Eu me lembro de Carrick me ensinando a mergulhar. Os dedos dos meus pés agarrando a beira da piscina enquanto eu arqueava o corpo antes de cair na água. E agora estou caindo mais uma vez, mas no fundo de um abismo, em câmera lenta.

Sem chance de ela se sentir assim em relação a mim.

A mim, não. *Não!*

Fico sem ar, estrangulado por suas palavras, que pressionam seu peso momentâneo em meu peito. Eu me afundo cada vez mais, a escuridão me acolhendo. Não consigo ouvi-las. Não consigo lidar com elas. Ana não sabe o que está dizendo, com quem está se envolvendo... com *o quê* está se envolvendo.

— Não. — Minha voz está rouca com penosa incredulidade. — Você não pode me amar, Ana. Não... é um erro.

Tenho que deixar as coisas bem esclarecidas aqui. Ela não pode amar um monstro. Ela não pode amar um filho da puta. Precisa ir embora. Precisa sair daqui. E, em um instante, tudo fica absolutamente claro. Minha ficha caiu. Não sou capaz de fazê-la feliz. Não consigo ser o que ela precisa. Não posso deixar isso ir adiante. Tem que terminar. Jamais deveria ter começado.

— Errado? Errado por quê?

— Bem, olha só pra você. Não posso fazer você feliz. — A angústia fica evidente em minha voz à medida em que afundo cada vez mais no abismo, tomado pelo desespero.

*Ninguém pode me amar.*

— Mas você me faz feliz — diz ela, sem entender.

*Anastasia Steele, olhe para si mesma.* Tenho que ser honesto com ela.

— Não no momento, não fazendo o que quero fazer.

Ela pisca, as pálpebras trêmulas sobre os olhos grandes e magoados, me observando intensamente enquanto busca a verdade.

— A gente nunca vai superar isso, não é?

Balanço a cabeça, porque não consigo pensar em mais nada para falar. Resume-se a incompatibilidade, novamente. Ela fecha os olhos, como se sentisse dor, e, quando os abre, estão mais claros, muito determinados. As lágrimas cessaram. E o sangue começa a bombear em minha cabeça acompanhando o ritmo do meu coração martelando no peito. Sei o que ela vai dizer. Fico apavorado com o que ela vai dizer.

— Bem... é melhor eu ir, então.

Ela contrai o rosto ao se sentar.

*Agora?* Ela não pode ir embora agora.

— Não, não vá.

Estou em queda livre, indo cada vez mais para o fundo. O fato de ela ir embora me parece um erro monumental. Um erro meu. Mas ela não pode ficar se tem esses sentimentos por mim. Simplesmente não pode.

— Não adianta eu ficar — argumenta.

Com cautela, sai da cama ainda vestindo o roupão. Ela vai mesmo embora. Não consigo acreditar. Saio desajeitado da cama para detê-la, mas seu olhar me paralisa — uma expressão tão desanimada, tão fria, tão distante —, nem de longe é a minha Ana.

— Vou me vestir. Gostaria de um pouco de privacidade — diz ela. Sua voz soa vazia e inexpressiva quando se vira e sai, fechando a porta atrás de si.

Fico olhando fixamente para a porta fechada.

Esta é a segunda vez num único dia que ela me abandona.

Eu me sento ereto e apoio a cabeça nas mãos, tentando me acalmar, tentando racionalizar meus sentimentos.

*Ela me ama?*

*Como isso foi acontecer? Como?*

*Grey, seu idiota de merda.*

Esse risco sempre existiu com alguém como ela, não? Uma pessoa boa, inocente e corajosa. O risco de que ela não visse quem realmente sou até ser tarde demais. De que eu a faria sofrer desse jeito.

Por que isso é tão doloroso? Sinto como se tivesse perfurado um pulmão. Sigo-a para fora do quarto. Ela pode precisar de privacidade, mas, se está me deixando, preciso me vestir.

Quando entro no meu quarto, ela está tomando banho, então me visto depressa, colocando uma calça jeans e uma camiseta preta. Escolho essa cor por se adequar ao meu estado de espírito. Pego meu celular e fico vagando pelo apartamento, tentado a me sentar no piano e tocar algum lamento melancólico. Porém, em vez disso, fico parado no meio da sala, sem sentir nada.

Vazio.

*Foco, Grey!* Essa foi a decisão certa. Deixe-a ir.

Meu telefone vibra. É Welch. Será que encontrou Leila?

— Welch.

— Sr. Grey, tenho novidades. — A voz dele soa áspera do outro lado da linha. Esse cara deveria parar de fumar. Ele parece o Garganta Profunda.

— Já a encontrou? — Meu ânimo melhora um pouquinho.

— Não, senhor.

— Então, o que é?

*Por que diabo me ligou?*

— Leila largou o marido. Ele finalmente admitiu para mim. O cara lavou as mãos em relação a ela.

Isso de fato é uma novidade.

— Entendo.

— Ele tem uma ideia de onde ela possa estar, mas quer que molhem a mão dele. Quer saber quem está tão interessado na sua esposa. Apesar de não ter se referido a ela assim.

Luto contra minha raiva crescente.

— Quanto ele quer?

— Ele disse dois mil.

— Ele disse o quê? — grito, perdendo o controle. Por que não admitiu antes que Leila tinha lhe abandonado? — Bem, ele poderia ter nos dito a verdade, porra. Qual é o telefone dele? Preciso ligar para ele... Welch, isso é uma verdadeira cagada.

Ergo os olhos e Ana está de pé na entrada da sala, de um modo estranho, vestindo calça jeans e uma camisa horrorosa. Seus olhos enormes e seu rosto pesaroso e aflito se destacam. Há uma mala ao seu lado.

— Encontre-a — digo bruscamente e desligo. Lidarei com Welch mais tarde.

Ana anda até o sofá e retira da mochila o Mac, o celular e a chave do carro. Ela respira fundo, caminha resoluta até a cozinha e coloca os três itens em cima do balcão.

*Que porra é essa? Ela está devolvendo suas coisas?*

Ela se vira para mim, com uma clara determinação em seu pequeno rosto pálido. Há teimosia em seu olhar, o qual conheço tão bem.

— Preciso do dinheiro que o Taylor conseguiu com meu fusca. — A voz dela é calma, mas monótona.

— Ana, eu não quero essas coisas, elas são suas. — Ela não pode fazer isso comigo. — Leve-as com você.

— Não, Christian. Eu só aceitei como empréstimo e não as quero mais.

— Ana, seja sensata!

— Não quero nada que me lembre de você. Só preciso do dinheiro que Taylor conseguiu com meu carro. — A voz dela sai destituída de qualquer emoção.

*Ela quer se esquecer de mim.*

— Está realmente tentando me magoar?

— Não. Não estou. Estou tentando me proteger.

É óbvio. Ela está tentando se proteger do monstro.

— Por favor, Ana, leve essas coisas.

Os lábios dela perderam a cor.

— Christian, eu não quero brigar. Só preciso do dinheiro.

*Dinheiro. Tudo se resume ao maldito dinheiro.*

— Aceita cheque? — pergunto, rispidamente.

— Aceito. Acho que você tem crédito para isso.

Ela quer dinheiro, então vou lhe dar dinheiro. Entro correndo no escritório, mal contendo minha raiva. Sentado na mesa, ligo para Taylor.

— Bom dia, Sr. Grey.

Ignoro o cumprimento.

— Quanto você conseguiu pelo fusca da Ana?

— Doze mil dólares, senhor.

— Tudo isso?

Apesar do meu humor sombrio, fico surpreso.

— É um clássico — diz, tentando se explicar.

— Obrigado. Pode levar a Srta. Steele para casa agora?

— Claro. Vou descer imediatamente.

Desligo e pego o talão de cheques na gaveta da escrivaninha. Enquanto faço isso, me lembro da conversa que tive com Welch sobre o calhorda babaca do marido da Leila.

*É tudo sempre sobre o maldito dinheiro, porra!*

Furioso, dobro a quantia que Taylor conseguiu por aquela lata velha e coloco o cheque em um envelope.

Quando retorno, ela ainda está de pé ao lado do balcão da cozinha, perdida, quase de um jeito infantil. Entrego o envelope a ela, minha raiva se dissipando ao vê-la.

— Taylor conseguiu um bom preço. É um carro clássico — murmuro, me justificando. — Pode perguntar para ele. Ele leva você para casa.

Faço um gesto com a cabeça na direção de Taylor, que está esperando na entrada da sala.

— Não precisa. Posso ir sozinha para casa, obrigada.

*Não! Aceite a carona, Ana. Por que ela faz isso?*

— Vai me desafiar a cada vez?

— Por que mudar um hábito da vida inteira?

Ela me olha inexpressiva.

Eis o resumo da história toda, de por que nosso acordo estava fadado ao fracasso desde o início. Ela simplesmente não nasceu para isso, e lá no fundo eu sempre soube. Fecho os olhos.

*Sou tão idiota.*

Tento uma abordagem mais suave, implorando a ela.

— Por favor, Ana, deixe o Taylor levar você em casa.

— Vou buscar o carro, Srta. Steele — anuncia Taylor, revelando uma calma autoridade, e se retira.

Talvez ela o escute. Ana olha ao redor, mas ele já foi até a garagem pegar o carro. Ela se vira para mim, os olhos ficando arregalados de repente. E prendo a respiração. Não consigo realmente acreditar que ela está indo embora. Esta é a última vez que vou vê-la, e ela parece tão triste. Ainda me corta o coração saber que sou o responsável por isso. Dou um passo hesitante para a frente. Quero abraçá-la mais uma vez e implorar para ela ficar.

Ana recua, e este movimento assinala claramente que ela não me quer. Eu a afastei de mim.

Fico paralisado.

— Não quero que você vá.

— Não posso ficar. Sei o que quero e você não pode me dar isso, e não posso dar o que você precisa.

*Ah, por favor, Ana.* Deixe-me abraçá-la mais uma vez. Sentir seu cheiro tão doce. Sentir você em meus braços. Dou mais um passo em sua direção, mas ela ergue as mãos, me detendo.

— Não, por favor. — Ela recua, o pânico estampado em seu rosto. — Não posso fazer isso.

Pega a mala e a mochila e se encaminha para o hall. Eu a sigo, humilde e indefeso, os olhos fixos em sua pequena figura.

No hall, chamo o elevador. Não consigo tirar os olhos dela... de seu rosto fino e delicado, daqueles lábios, de como seus cílios escuros piscam e fazem sombra em suas bochechas extremamente pálidas. Fico sem palavras ao tentar memorizar cada detalhe. Não encontro nenhuma frase cativante, nenhum comentário espirituoso, nenhuma ordem arrogante. Não tenho nada... nada a não ser um vazio escancarado no peito.

As portas do elevador se abrem, e Ana entra de uma vez. Ela olha ao meu redor e, por um momento, seu disfarce cai, e lá está: minha dor refletida em seu lindo rosto.

*Não... Ana. Não vá embora.*

— Adeus, Christian.

— Ana, adeus.

As portas se fecham, e ela se foi.

Desabo lentamente no chão e apoio a cabeça entre as mãos. O vazio me oprimindo é doloroso e imensurável.

*Grey, o que você fez, porra?*

Quando ergo os olhos outra vez, as pinturas no meu hall, minhas Madonnas, me fazem dar um sorriso melancólico. A idealização da maternidade. Todas elas observando seus filhos ou olhando para mim de modo nefasto.

Elas têm razão em me olharem desse jeito. Ana foi embora. De verdade. A melhor coisa que já aconteceu na minha vida. Depois de ter dito que nunca me deixaria. Ela prometeu que nunca me deixaria. Fecho os olhos, ocultando aqueles olhares inertes, cheios de piedade, e encosto a cabeça na parede. Tudo bem, ela disse aquilo dormindo, e, feito um idiota, acreditei. Lá no fundo eu sempre soube que não era bom o suficiente para ela, e ela era boa demais para mim. É assim que deve ser.

*Então por que me sinto um bosta?* Por que é tão doloroso?

O apito anunciando a chegada do elevador me força a abrir os olhos, e meu coração vai parar na boca. Ela voltou. Continuo sentado, imóvel, aguardando. As portas se abrem... e Taylor sai do elevador e por um instante fica paralisado.

*Droga. Há quanto tempo estou aqui?*

— A Srta. Steele está em casa, Sr. Grey — diz, como se estivesse acostumado a se dirigir a mim prostrado no chão todo dia.

— Como ela estava? — pergunto, o mais friamente que consigo, apesar de querer muito saber.

— Chateada, senhor — responde, sem demonstrar absolutamente nenhuma emoção.

Assinto e faço um sinal para dispensá-lo. Mas ele não se mexe.

— Precisa de alguma coisa, senhor? — indaga, de forma gentil demais para o meu gosto.

— Não.

*Saia. Deixe-me sozinho.*

— Senhor — fala, e sai, me deixando jogado no chão do hall.

Por mais que eu quisesse ficar sentado aqui o dia inteiro, me chafurdando em desespero, não posso. Quero que Welch me atualize dos fatos e preciso telefonar para aquele marido desprezível que Leila arranjou.

E tenho que tomar um banho. Talvez esta agonia seja lavada pela água do chuveiro.

Quando me levanto, toco a mesa de madeira que domina o hall, os dedos distraidamente percorrendo sua delicada marchetaria. Eu teria gostado de foder a Srta. Steele em cima desta mesa. Fecho os olhos, imaginando-a esparramada na mesa, a cabeça jogada para trás, o queixo erguido, a boca aberta em êxtase, e seu cabelo viçoso caindo pela beirada. Merda, fico de pau duro só de pensar.

*Porra.*

A dor se intensifica dentro de mim.

*Ela foi embora, Grey. Acostume-se com isso.*

E, valendo-me de anos de autocontrole, me recomponho.

A água do chuveiro está escaldante, a temperatura um pouco abaixo do limite da dor, como eu gosto. Fico sob a água, tentando esquecê-la, esperando que esse calor dissipe a imagem dela da minha cabeça e tire seu cheiro do meu corpo.

Se ela me deixou, não há volta.

*Nunca.*

Esfrego o cabelo com rígida determinação.

*Já vai tarde.*

E prendo a respiração.

*Não. Não vai tarde.*

Levanto o rosto para a água corrente. Não vai tarde de jeito nenhum. Vou sentir saudades dela. Encosto a testa no azulejo. Ainda na noite passada ela estava aqui comigo. Observo minhas mãos, meus dedos acariciando a linha da argamassa nos azulejos onde ainda ontem as mãos dela se apoiavam na parede.

*Foda-se.*

Desligo a água e saio do boxe. Quando enrolo uma toalha ao redor da cintura, cai a ficha: cada dia será mais sombrio e vazio porque ela não faz mais parte dele.

Nada mais de e-mails espirituosos e brincalhões.

Nada mais da sua boca atrevida.

Nada mais de mais curiosidade.

Seus olhos azuis brilhantes não vão mais me examinar com um ar levemente velado de diversão… ou choque… ou desejo. Encaro o babaca rabugento e deplorável que me fita no espelho do banheiro.

— Que porra você fez, seu imbecil? — digo com escárnio.

Ele retribui as palavras com terrível desprezo. E o filho da mãe pisca para mim, seus grandes olhos cinzentos marcados pelo desespero.

— Ela está melhor sem você. Você não pode ser o que ela quer. Não pode dar o que ela precisa. Ela quer romance. Merece coisa melhor, seu babaca fodido.

Enojado com o reflexo, me afasto do espelho.

Nada de fazer a barba hoje, porra.

Eu me seco perto da cômoda e pego uma cueca e uma camiseta limpa. Ao me virar, noto uma caixinha em cima do travesseiro. Sinto que puxaram o tapete embaixo dos meus pés novamente, revelando mais uma vez o abismo ali presente, esperando por mim, pronto para me devorar, e minha raiva se transforma em medo.

É algo que ela deixou. O que ela poderia me dar? Largo minhas roupas, respiro fundo, sento-me na cama e pego a caixa.

É um planador. Um kit para montar um Blaník L23. O bilhete escrito à mão que estava em cima da caixa cai na cama.

*Isso me faz lembrar uma época feliz.*
*Obrigada.*

*Ana.*

É o presente perfeito dado pela garota perfeita.

A dor me dilacera por dentro.

Por que é tão doloroso? *Por quê?*

Uma lembrança terrível, há muito esquecida, ressurge, tentando fincar-se no presente. Não. Não quero que minha mente retorne para lá. Eu me levanto, jogando a caixa na cama, e me visto depressa. Quando termino, pego a caixa e o bilhete e vou até o escritório. Lidarei com isso melhor se estiver no meu trono de poder.

MINHA CONVERSA COM WELCH é breve. Minha conversa com Russell Reed — o miserável filho da puta mentiroso que se casou com Leila — é mais breve ainda. Eu não sabia que eles tinham se casado durante um fim de semana de bebedeira em Las Vegas. Portanto, não surpreende que o casamento deles tenha fracassado depois de apenas dezoito meses. Ela o abandonou há doze semanas. *Então, onde você está, Leila Williams? O que anda fazendo?*

Concentro minha atenção em Leila, tentando pensar em alguma pista de nosso passado que possa me indicar onde ela está. Preciso saber. Preciso saber que ela está segura. E por que veio aqui. Por que eu?

Ela queria mais, e eu não, mas isso aconteceu há muito tempo. Foi fácil quando ela partiu. Nosso acordo terminou com consentimento mútuo. Na verdade, todo nosso acordo tinha sido exemplar: exatamente como devia ser. Ela era deliberadamente maliciosa quando estava comigo, e não a criatura desamparada descrita por Gail.

Eu me lembro de como ela gostava das nossas sessões no quarto de jogos. Leila adorava sexo excêntrico. Uma recordação me vem à mente: estou amarrando seus dedos dos pés juntos, de modo que, com os pés virados para dentro, ela não consiga contrair as nádegas e evitar a dor. Sim, ela adorava toda essa merda, assim como eu. Ela foi uma submissa incrível. Mas nunca me cativou como Anastasia Steele.

Nunca me levou à loucura como Ana.

Olho para o kit do planador em minha mesa e acompanho com o dedo os contornos da caixa, sabendo que os dedos de Ana a tocaram.

*Minha doce Anastasia.*

Você contrasta muito com todas as mulheres que já conheci. A única mulher que corri atrás, e a única que não pode me dar o que eu quero.

Não compreendo.

Eu me sinto cheio de vida desde que a conheci. Essas últimas semanas foram as mais excitantes, as mais imprevisíveis e fascinantes da minha vida. Fui instigado a sair do meu mundo monocromático para um mundo rico em cores. E, ainda assim, ela não pode ser o que preciso.

Apoio a cabeça nas mãos. Ela nunca vai gostar do que eu faço. Tentei me convencer de que nós poderíamos trabalhar até chegarmos à coisa mais bruta, porém, isso não vai acontecer, jamais. Ela está melhor sem mim. O que iria querer com um monstro fodido que não suporta ser tocado?

No entanto, ela comprou para mim esse presente tão atencioso. Quem faz isso por mim, exceto minha família? Examino a caixa mais uma vez e a abro. Todas as peças de plástico da aeronave estão presas em uma grade, embrulhada em papel celofane. Lembranças de Ana gritando alto no planador durante a manobra wingover vêm à minha mente. Suas mãos para cima, pressionando a capota de acrílico. Não consigo conter um sorriso.

Nossa, foi tão divertido... O equivalente a puxar suas marias-chiquinhas no quarto de jogos. Ana de marias-chiquinhas... afasto esse pensamento imediatamente. Não quero me lembrar disso, do nosso primeiro banho. E tudo o que me resta é o pensamento de que não vou vê-la de novo.

A abertura do abismo aumenta.

*Não. De novo*, não.

Tenho que montar este avião. Será uma distração. Rasgo o celofane e verifico as instruções. Preciso de cola, cola para modelar. Procuro nas gavetas da minha mesa.

*Merda.* No fundo de uma gaveta encontro a caixa vermelha de couro com os brincos Cartier. Nunca tive a oportunidade de dar para ela... e nunca mais terei.

Ligo para Andrea e deixo uma mensagem na sua caixa postal, pedindo para cancelar minha presença no baile de gala de hoje à noite. Não consigo aturar o baile, não sem minha acompanhante.

Abro a caixa vermelha de couro e observo os brincos. São lindos: simples, mas elegantes, exatamente como a encantadora Srta. Steele... que me abandonou hoje de manhã porque eu a castiguei... porque exigi demais dela. Agarro minha cabeça de novo. Mas ela me deixou castigá-la. Não me interrompeu. Ela me deixou fazer isso porque me *ama*. Esse pensamento é apavorante, e o afasto imediatamente. Ela não pode me amar. É simples: ninguém pode sentir isso por mim. Não se me conhece.

*Supere, Grey. Foco.*

*Onde está a droga da cola?* Enfio os brincos de volta no fundo da gaveta e continuo minha pesquisa. Nada.

Chamo Taylor pelo interfone.

— Sr. Grey.

— Preciso de cola para modelar.

Ele faz uma pausa.

— Para que tipo de modelo, senhor?

— Um planador.

— Madeira balsa ou plástico?

— Plástico.

— Tenho um pouco. Vou levar aí embaixo agora, senhor.

Agradeço, um pouco surpreso por saber que ele tem cola para modelar. Minutos depois, ele bate na porta.

— Entre.

Taylor entra no meu escritório e deixa o pequeno frasco de plástico na minha mesa. Como não vai embora em seguida, tenho que perguntar:

— Por que você tem isso?

— Montei um avião. — O rosto dele fica vermelho.

— Ah é?

Minha curiosidade é despertada.

— Voar foi minha primeira paixão, senhor.

Não entendo.

— Sem preconceitos — explica de forma neutra.

— E depois você virou fuzileiro naval?

— Sim, senhor.

— Obrigado por isso.

— Sem problemas, Sr. Grey. O senhor já comeu?

A pergunta dele me pega de surpresa.

— Não estou com fome, Taylor. Por favor, vá, aproveite a tarde com sua filha. Vejo você amanhã. Não vou incomodá-lo mais hoje.

Ele faz uma breve pausa, e minha irritação aumenta. *Saia.*

— Estou bem. — *Droga*, minha voz está embargada.

— Sim, senhor. — Ele assente. — Volto amanhã à noite.

Faço um gesto breve para ele, indicando que não preciso de mais nada, e Taylor sai.

Quando foi a última vez que ele me ofereceu alguma coisa para comer? Devo estar com uma aparência mais fodida do que pensava. De mau humor, pego a cola.

O planador está na palma da minha mão. Fico maravilhado ao apreciá-lo, me sentindo realizado. Lembranças daquele voo atiçam minha consciência. Foi quase impossível acordar Anastasia — sorrio ao me lembrar disso —, mas, uma vez acordada, foi difícil lidar com ela, que estava encantadora, linda e engraçada.

Nossa, aquilo foi divertido: sua excitação infantil durante o voo, os gritos agudos, e, depois, nosso beijo.

Foi minha primeira tentativa de fazer *mais*. É extraordinário que, em tão pouco tempo, eu tenha colecionado tantas memórias felizes.

A dor ressurge... importuna, dolorosa, me fazendo lembrar de tudo o que perdi.

*Foco no planador, Grey.*

Agora tenho que colar os adesivos no lugar. Dão um trabalho danado.

Por fim, colei o último, que está secando. Meu planador tem registro da FAA. Novembro. Nove. Cinco. Dois. Echo. Charlie.

*Echo Charlie.*

Ergo os olhos para a luz desvanecendo. Já é tarde. A primeira coisa que penso é mostrar isso para Ana.

*Não há mais Ana.*

Cerro os dentes e estico meus ombros tensos. Levantando-me devagar, me dou conta de que não comi o dia todo nem bebi nada, e minha cabeça está latejando.

Eu me sinto péssimo.

Verifico meu celular na esperança de que ela tenha ligado, mas há apenas uma mensagem de texto de Andrea.

> Baile de Gala CC cancelado.
> Espero que esteja tudo bem.
> A

Enquanto leio a mensagem de Andrea, meu telefone vibra. Meu coração dispara no mesmo instante e depois desacelera quando reconheço a voz de Elena.

— Alô.

Não me dou o trabalho de disfarçar minha decepção.

— Christian, isso é maneira de dizer oi? Que bicho mordeu você? — repreende ela, mas sua voz está bem-humorada.

Olho pela janela. O crepúsculo cai sobre Seattle. Por um tempo, fico imaginando o que Ana deve estar fazendo. Não quero contar a Elena o que aconteceu, não quero falar as palavras em voz alta para não torná-las reais.

— Christian? O que aconteceu? Me conte. — Seu tom de voz se torna brusco e irritado.

— Ela me deixou — balbucio, consternado.

— Ah. — Elena parece surpresa. — Quer que eu vá até aí?

— Não.

Ela respira fundo.

— Esta vida não é para qualquer um.

— Eu sei.

— Droga, Christian, você está com uma voz péssima. Quer sair para jantar?

— Não.

— Vou até aí.

— Não, Elena. Não sou uma boa companhia. Estou cansado e quero ficar sozinho. Ligo para você durante a semana.

— Christian… é melhor assim.

— Eu sei. Tchau.

Desligo. Não quero falar com Elena. Ela me encorajou a ir até Savannah. Talvez ela soubesse que esse dia chegaria. Olho feio para o telefone, jogo-o em cima da mesa e vou em busca de algo para comer e beber.

Analiso o conteúdo da geladeira.

Nada me agrada.

Na despensa encontro um pacote de pretzels. Abro o pacote e como um após o outro enquanto vou andando até a janela. Do lado de fora, já anoiteceu. As luzes piscam e reluzem em meio a chuva que cai. O mundo está seguindo em frente.

*Siga em frente, Grey.*

*Siga em frente.*

## DOMINGO, 5 DE JUNHO DE 2011

Olho para o teto do quarto. Não consigo dormir. Estou sendo atormentado pelo cheiro de Ana, que ainda está presente em meus lençóis. Puxo o travesseiro dela para junto do rosto a fim de inalar seu aroma. É uma tortura, é o paraíso, e por um instante considero a morte por asfixia.

*Controle-se, Grey.*

Repasso em minha mente os acontecimentos da manhã. Será que poderiam ter se desenrolado de outra forma? Tenho como regra nunca fazer isso, porque é um desperdício de energia, mas hoje estou procurando pistas de onde errei. E, independentemente do que eu possa imaginar, no fundo sei que teríamos chegado a esse impasse, fosse esta manhã ou daqui a uma semana, um mês ou um ano. Melhor que tenha acontecido logo, antes que eu fizesse Anastasia sofrer mais.

Penso nela encolhida em sua pequena cama branca. Não consigo imaginá-la em seu novo apartamento, pois nunca fui lá, mas a imagino no quarto em Vancouver onde dormi com ela uma vez. Balanço a cabeça. Aquela foi a melhor noite de sono que tive em anos. O relógio marca duas da manhã. Estou deitado aqui há duas horas, com muita coisa na cabeça. Respiro fundo, inalando seu aroma outra vez, e fecho os olhos.

Mamãe não me vê. Estou na frente dela. Ela não consegue
me ver. Está dormindo de olhos abertos. Ou está doente.
Ouço um chacoalhar. As chaves dele. Ele voltou.
Corro para me esconder, me encolhendo embaixo da mesa
da cozinha. Meus carros estão aqui comigo.
*Bam.* A porta se fecha com um barulho, me fazendo pular.
Consigo ver mamãe por entre os dedos. Ela vira a cabeça
para encarar ele. Depois fica dormindo no sofá. Ele está usando
as botas grandes de fivelas brilhantes e está em pé perto da mamãe

gritando. Ele bate na mamãe com um cinto. *Levante-se! Levante-se! Você é uma filha da puta. Você é uma filha da puta.* Mamãe faz um barulho. Um barulho de choro.
*Pare. Pare de bater na mamãe. Pare de bater na mamãe.*
Corro até ele e bato nele, bato e bato e bato nele.
Mas ele ri e me dá um tapa na cara.
Não!, grita mamãe.
*Você é uma filha da puta.*
Mamãe se encolhe. Ficando pequena que nem eu.
E depois fica quieta.
*Você é uma filha da puta.*
*Você é uma filha da puta.*
*Você é uma filha da puta.*
Estou debaixo da mesa. Tapo os ouvidos com os dedos e fecho os olhos. O barulho para. Ele se vira e consigo ver suas botas entrarem na cozinha. Está segurando o cinto, batendo-o na perna. Está me procurando. Ele se abaixa e sorri. Tem um cheiro horrível. De cigarro, bebida e fedor. *Aí está você, seu merdinha.*

Um lamento arrepiante me acorda. Estou todo suado e meu coração bate acelerado. Sento-me muito ereto na cama.

*Porra.*

O barulho horripilante veio de mim.

Respiro fundo para me acalmar, tentando tirar da memória o cheiro de odor corporal, uísque barato e cigarros Camel velhos.

*Você é um filho da puta.*

As palavras de Ana ecoam na minha mente.

Como as dele.

*Porra.*

Não consegui ajudar a prostituta drogada.

Eu tentei. E como tentei, meu Deus.

*Aí está você, seu merdinha.*

Mas eu podia ajudar Ana.

Eu a deixei ir embora.

Tinha que deixá-la ir.

Ela não precisava dessa merda toda.

Olho para o relógio: são três e meia. Entro na cozinha e, depois de tomar um grande copo d'água, vou até o piano.

ACORDO NOVAMENTE COM UM sobressalto e já é dia: o sol da manhã ilumina meu quarto. Eu estava sonhando com Ana: ela me beijando, sua língua na minha boca, meus dedos em seu cabelo, pressionando seu corpo delicioso no meu, as mãos amarradas acima da cabeça.

*Onde ela está?*

Por um doce instante esqueço o que aconteceu ontem... depois tudo volta de uma só vez.

*Ela foi embora.*

*Porra.*

A evidência do meu desejo pressiona o colchão, mas a lembrança de seus olhos claros, cheios de mágoa e humilhação ao sair, logo resolve esse problema.

Sentindo-me péssimo, deito-me de costas e olho para o teto com os braços atrás da cabeça. O dia se estende diante de mim, e, pela primeira vez em anos, não sei o que fazer. Olho a hora novamente: cinco e cinquenta e oito.

Bem, por que não dar uma corrida?

"ARRIVAL OF THE MONTAGUES and Capulets", de Prokofiev, toca em alto volume nos meus ouvidos enquanto corro pela calçada no silêncio matinal da Quarta Avenida. Estou todo dolorido: meus pulmões estão queimando, minha cabeça lateja, e a dor profunda e insistente da perda me corrói por dentro. Não posso fugir correndo dessa dor, embora eu esteja tentando. Paro para mudar a música e inspirar um ar precioso para os pulmões. Quero algo... violento. "Pump It", do Black Eyed Peas. Isso. Aperto o passo.

Acabo correndo em direção à rua Vine e sei que é loucura, mas espero vê-la. Ao me aproximar da rua dela, meu coração dispara ainda mais e minha ansiedade aumenta. Não estou desesperado para vê-la, só quero conferir se ela está bem. Não, não é verdade. Quero vê-la. Quando chego finalmente à rua, passo andando diante do seu prédio.

Tudo está em silêncio. Um carro Oldsmobile sobe a rua, dois passeadores de cachorro passam, mas não há sinal de vida dentro do apartamento dela. Atravessando a rua, paro na calçada oposta e depois me escondo na entrada de um prédio para recuperar o fôlego.

As cortinas de um dos quartos estão fechadas, as outras foram deixadas abertas. Talvez seja o quarto dela. Talvez ela ainda esteja dormindo... se é que está em casa. O enredo de um pesadelo surge em minha mente: ela saiu ontem à noite, se embebedou, conheceu alguém...

*Não.*

Sinto a bile subir até minha garganta. Imagino outra pessoa tocando seu corpo, algum babaca aproveitando o calor de seu sorriso, fazendo-a rir, gargalhar...

fazendo-a gozar. Preciso usar todo meu autocontrole para não sair entrando de uma vez no apartamento e verificar se ela está ali e se está sozinha.

*Você mesmo provocou isso, Grey.*

*Esqueça-a. Ela não é para você.*

Puxo meu boné dos Seahawks para baixo, tapando o rosto, e volto a correr em direção à avenida Western.

Meu ciúme é bruto e raivoso e preenche meu vazio. Eu o odeio… ele toca algo no fundo de minha psique, algo em que realmente não quero mexer. Corro mais rápido, fugindo da lembrança, fugindo da dor, fugindo de Anastasia Steele.

Anoitece em Seattle. Fico de pé e me alongo. Passei o dia todo no escritório trabalhando, e foi produtivo. Ros também trabalhou muito. Ela preparou e me mandou o primeiro esboço de um plano de negócios e de uma carta de intenção para a SIP.

*Pelo menos vou poder ficar de olho em Ana.*

O pensamento me dói e me atrai na mesma medida.

Li e comentei dois pedidos de patente, alguns contratos e novas especificações de design, e enquanto focava nesses detalhes, não pensei nela. O pequeno planador ainda está em cima da minha mesa, me provocando, me lembrando de uma época feliz, como ela disse. Eu a imagino de pé na porta do meu escritório, prestes a me seduzir, vestindo uma camisa minha, que deixa suas pernas longas e os olhos azuis em destaque.

Mais uma primeira vez.

*Sinto saudade dela.*

Pronto, admito. Verifico meu celular, com uma vã esperança, e há uma mensagem de Elliot.

Cerveja, espertalhão?

Respondo:

Não. Estou ocupado.

A resposta de Elliot é imediata:

Vá se foder, então.

*É. Vou me foder.*

Nenhum sinal de Ana. Nenhum telefonema. Nenhum e-mail. Meu sofrimento só aumenta. Ela não vai ligar. Ela queria dar o fora. Queria se afastar de mim, e não posso culpá-la.

*É melhor assim.*

Vou até a cozinha para mudar de ares.

Gail está de volta. A cozinha está limpa e há uma panela fervilhando no fogão. O cheiro é bom... mas não estou com fome. Ela entra enquanto dou uma olhada no que está no fogo.

— Boa noite, senhor.

— Gail.

Ela faz uma pausa, se surpreendendo com algo. Comigo? *Merda, devo estar com uma aparência horrível.*

— Frango Chasseur? — pergunta ela, com a voz hesitante.

— Pode ser — murmuro.

— Para duas pessoas? — indaga.

Eu a encaro, e ela parece constrangida.

— Para uma.

— Dez minutos? — diz, com a voz trêmula.

— Ótimo. — Meu tom é frio.

Viro-me de costas para sair.

— Sr. Grey? — Ela me interrompe.

— O que foi, Gail?

— Nada. Desculpe incomodá-lo.

Ela se vira para o fogão a fim de mexer no frango e saio para tomar outro banho.

*Caramba*, até meus empregados repararam que há algo de podre no reino da Dinamarca.

## SEGUNDA-FEIRA, 6 DE JUNHO DE 2011

Estou com receio de ir para a cama. Já passa da meia-noite, e me sinto cansado, mas sento-me ao piano, tocando repetidamente a peça de Bach-Marcello. Lembro-me de quando Ana apoiou a cabeça em meu ombro e quase consigo sentir seu cheiro.

*Puta merda, ela disse que ia tentar!*

Paro de tocar e seguro a cabeça com as mãos, os cotovelos tocando dois acordes dissonantes quando encosto nas teclas. Ela disse que ia tentar, mas desistiu assim que surgiu o primeiro obstáculo.

Então foi embora.

*Por que bati nela com tanta força?*

No fundo, sei a resposta: porque ela me pediu, e fui muito impetuoso e egoísta para resistir à tentação. Seduzido pelo desafio, aproveitei a oportunidade para nos fazer chegar aonde eu gostaria que estivéssemos. Ela não usou a palavra de segurança, e a machuquei mais do que ela podia suportar... sendo que prometi nunca fazer isso.

*Como sou idiota, porra.*

Como ela poderia confiar em mim depois disso? Fez certo em ir embora.

Por que diabo ela iria querer ficar comigo, afinal?

Penso em me embebedar. Não fico bêbado desde os quinze anos... Bem, teve uma vez, aos vinte e um. Abomino a perda de controle: sei o que o álcool pode fazer com um homem. Estremeço e fecho minha mente para essas lembranças, decidindo encerrar a noite.

Deitado na cama, torço para ter um sono sem sonhos... Mas, se eu for sonhar, quero que seja com ela.

Mamãe está bonita hoje. Ela se senta e me deixa escovar
seu cabelo. Olha para mim no espelho e dá seu

sorriso especial. Seu sorriso especial para mim. Ouço um
barulho alto. Um estrondo. Ele voltou. Não! *Cadê você, sua puta?*
*Estou com um amigo necessitado aqui. Um amigo com grana.* Mamãe
se levanta, segura minha mão e me empurra para dentro do armário. Eu
me sento em cima dos seus sapatos e tento ficar quieto, tampando os ouvidos
e fechando os olhos com força. As roupas têm o cheiro da mamãe.
Gosto do cheiro. Gosto de ficar aqui. Longe dele. Ele está gritando.
*Cadê a merda daquele tampinha?* Ele agarra meu cabelo e me puxa
para fora do armário. *Não quero que você estrague a festa, seu*
*merdinha.* Dá um tapa com força no rosto da mamãe. *Dê prazer pro*
*meu amigo e vai ganhar sua cota, puta.* Mamãe olha para
mim com lágrimas. Não chore, mamãe. Outro homem
entra. Um homem grande com cabelo sujo. O homem
grande sorri para mamãe. Sou levado para outro quarto.
Ele me empurra no chão e ralo os joelhos. *Agora,*
*o que vou fazer com você, seu merdinha?* Ele fede. Tem cheiro
de cerveja e está fumando cigarro.

Acordo. Meu coração está disparado como se eu tivesse corrido quarenta quarteirões por estar sendo perseguido por cães do inferno. Pulo da cama, empurrando o pesadelo de volta para os recantos da minha consciência, e ando depressa até a cozinha para pegar um copo d'água.

Preciso ver Flynn. Os pesadelos estão piores do que nunca. Eu não tinha pesadelos quando Ana dormia ao meu lado.

*Merda.*

Nunca pensei em dormir com alguma das minhas submissas. Bem, nunca senti vontade. Será que eu tinha medo de que elas me tocassem durante a noite? Não sei. Precisei que uma inocente inebriante me mostrasse como podia ser agradável.

Eu já assistira a minhas submissas dormindo, mas sempre como prelúdio, antes de acordá-las para ter algum alívio sexual.

Lembro-me de ter observado Ana durante horas quando ela dormiu no Heathman. Quanto mais eu olhava, mais linda ela ficava: sua pele impecável e luminosa sob a luz suave, seu cabelo escuro cobrindo o travesseiro branco, e seus cílios tremulando enquanto ela dormia. Sua boca estava entreaberta, e dava para ver seus dentes e a língua quando ela lambia os lábios. Só o fato de observá-la foi uma experiência muito excitante. E quando finalmente adormeci ao lado dela, ouvindo sua respiração regular, vendo seus seios subindo e descendo, dormi bem… muito bem.

Vou até o escritório e pego o planador. Vê-lo me faz abrir um sorriso carinhoso e me conforta. Ao mesmo tempo sinto-me orgulhoso de tê-lo montado e ridículo pelo que estou prestes a fazer. Foi o último presente que ela me deu. Sendo que o primeiro foi… o quê?

É claro. *Ela própria.*

Ela se sacrificou pelas minhas necessidades. Minha ganância. Minha volúpia. Meu ego… a porra do meu ego problemático.

*Droga, será que essa dor nunca vai passar?*

Sentindo-me um pouco idiota, levo o planador para a cama.

— O QUE O senhor gostaria de comer no café da manhã?

— Quero só café, Gail.

Ela hesita.

— Mas o senhor não jantou.

— E…?

— Talvez esteja ficando doente.

— Gail, só café. Por favor — repreendo-a, pois isso não é da conta dela.

Seus lábios se contraem, mas ela assente e volta para a máquina de café. Vou até o escritório juntar meus papéis para o trabalho e procuro um envelope revestido com plástico bolha.

TELEFONO PARA ROS DE dentro do carro.

— Ótimo trabalho com o material da SIP, mas o plano de negócios precisa ser revisto. Vamos fazer a oferta.

— Christian, isso está indo rápido demais.

— Quero agir depressa. Mandei minhas sugestões sobre o preço de oferta para você por e-mail. Estarei no escritório a partir das sete e meia. Vamos nos encontrar.

— Se você tem certeza do que está dizendo…

— Tenho certeza.

— Ok. Vou ligar para Andrea marcar. Tenho as estatísticas de Detroit versus Savannah.

— Resumindo?

— Detroit.

— Entendi.

*Merda*… não é Savannah.

— Nos falamos mais tarde.

Desligo.

Fico pensativo no banco de trás do Audi, enquanto Taylor dirige. Pergunto-me como Anastasia vai para o trabalho esta manhã. Talvez tenha comprado um carro ontem, mas duvido. Pergunto-me se ela está se sentindo tão infeliz quanto eu... Espero que não. Talvez tenha se dado conta de que não passei de uma paixonite ridícula.

*Ela não pode me amar.*

E certamente não agora, não depois de tudo o que fiz com ela. Ninguém nunca disse que me amava, a não ser minha mãe e meu pai, é claro, mas mesmo assim foi só por um senso de dever. Lembro-me das palavras irritantes de Flynn sobre o amor incondicional dos pais, até mesmo por crianças adotadas. Mas nunca me convenci disso. Sempre fui uma decepção para eles.

— Sr. Grey?

— Desculpe, o que é?

Taylor me pega de surpresa. Está segurando a porta do carro aberta, me esperando, preocupado.

— Chegamos, senhor.

*Merda...* há quanto tempo estamos aqui?

— Obrigado. Aviso o horário para esta noite.

*Concentre-se, Grey.*

ANDREA E OLIVIA ERGUEM os olhos quando saio do elevador. Olivia pisca e coloca uma mecha de cabelo atrás da orelha. *Nossa, cansei dessa garota boba.* Preciso que o RH a transfira para outro departamento.

— Café, por favor, Olivia... e quero um croissant também.

Ela se levanta com um pulo para seguir minhas ordens.

— Andrea, ligue para Welch, Barney, depois para Flynn e Claude Bastille. Não quero ser incomodado por ninguém, nem por minha mãe... a não ser... a não ser que Anastasia Steele ligue. Ok?

— Sim, senhor. Quer rever sua agenda agora?

— Não. Preciso tomar café e comer alguma coisa antes.

Faço uma careta para Olivia, que segue feito uma lesma em direção ao elevador.

— Sim, Sr. Grey — diz Andrea quando abro a porta da minha sala.

Pego na pasta o envelope revestido que contém meu bem mais precioso: o planador. Coloco-o sobre a escrivaninha, e penso na Srta. Steele.

Ela começa no novo emprego esta manhã, vai conhecer pessoas novas... homens novos. Essa ideia me deprime. Ela vai me esquecer.

Não, não vai me esquecer. As mulheres sempre se lembram do primeiro homem com quem treparam, não? Sempre vou ter um lugar na sua memória, mesmo que seja só por isso. Mas não quero ser uma lembrança: quero que ela continue pensando em mim. Preciso que ela pense em mim. O que posso fazer?

Alguém bate na porta e Andrea aparece.

— Café e croissants para o senhor.

— Entre.

Quando ela vem depressa até a minha mesa, seus olhos se desviam para o planador, mas sabiamente ela não comenta nada. Coloca o café da manhã em cima da mesa.

Café preto. *Muito bem, Andrea.*

— Obrigado.

— Deixei recado para Welch, Barney e Bastille. Flynn vai retornar em cinco minutos.

— Ótimo. Quero que você cancele todos os meus compromissos sociais desta semana. Nenhum almoço, nada à noite. Ligue para Barney e me dê o número de uma boa florista.

Ela anota tudo furiosamente em seu bloco.

— Usamos a Arcadia's Roses, senhor. Quer que eu mande flores pelo senhor?

— Não, me dê o número. Eu mesmo vou mandar. Isso é tudo.

Ela aquiesce e sai imediatamente, como se mal pudesse esperar para estar fora da minha sala. Alguns instantes depois, o telefone toca. É Barney.

— Barney, preciso que você faça uma base para um planador em miniatura.

Entre as reuniões, telefono para a florista e encomendo duas dúzias de rosas brancas para Ana, a serem entregues na casa dela esta noite. Dessa forma, ela não ficará constrangida nem incomodada no trabalho.

*E não vai conseguir me esquecer.*

— Quer mandar uma mensagem com as flores, senhor? — pergunta a florista.

Uma mensagem para Ana?

O que dizer?

*Volte. Me desculpe. Não vou bater em você de novo.*

As palavras surgem inesperadamente na minha cabeça, me fazendo franzir a testa.

— Hã… algo como: Parabéns pelo primeiro dia no novo trabalho. Espero que tudo tenha corrido bem. — Olho para o planador na minha mesa. — E obrigado pelo planador. Foi muito gentil da sua parte. Reservei um lugar especial para ele em minha mesa. Christian.

A florista relê a mensagem para mim.

Droga, não expressa o que quero dizer a ela.

— É só isso, Sr. Grey?

— É. Obrigado.

— Não há de quê, senhor, e tenha um bom dia.

Fuzilo o telefone com o olhar. *Um bom dia é o cacete.*

— Ei, cara, o que deu em você? — Claude se ergue do chão, onde acabei de derrubá-lo, acertando seu traseiro magro. — Você está com energia essa tarde, Grey.

Ele se levanta devagar, com a elegância de um grande felino reavaliando sua presa. Estamos treinando sozinhos na academia do subsolo da Grey House.

— Estou puto da vida — digo entre os dentes.

Sua expressão é tranquila enquanto nos circundamos.

— Não é uma boa ideia entrar no ringue se seus pensamentos estão em outro lugar — diz Claude em tom de brincadeira, sem desviar os olhos de mim.

— Estou achando que ajuda.

— Mais para a esquerda. Proteja sua direita. Erga as mãos, Grey.

Ele dá uma investida e me bate no ombro, quase me fazendo perder o equilíbrio.

— Concentre-se, Grey. Não quero nenhum dos seus assuntos de escritório aqui. Ou é uma garota? Alguma gostosa tirando sua paz.

Ele sorri, me provocando.

Funciona: dou um chute médio na lateral do seu corpo, depois dou um, dois socos, e ele cambaleia para trás, os *dreadlocks* no ar.

— Porra, não se meta, Bastille.

— Nossa, encontramos a origem da dor — vangloria-se Claude, triunfante.

Ele faz uma investida repentina, mas prevejo seu movimento e o bloqueio, desferindo um soco e um chute ágil. Ele pula para trás desta vez, impressionado.

— Qualquer que seja a merda que está acontecendo no seu mundinho privilegiado, Grey, está funcionando. Manda ver.

Ah, ele vai se dar mal. Avanço em sua direção.

O trânsito está livre no caminho para casa.

— Taylor, podemos fazer um desvio?

— Para onde, senhor?

— Pode passar na frente do apartamento da Srta. Steele?

— Sim, senhor.

Eu me acostumei com a dor. Parece estar sempre presente, feito um zumbido no ouvido. Durante as reuniões, é silenciada e fica menos incômoda. Só quando estou sozinho com meus pensamentos é que se intensifica e enfurece dentro de mim. Quanto tempo será que isso dura?

Quando nos aproximamos do apartamento dela, meus batimentos cardíacos se aceleram.

Talvez eu a veja.

A possibilidade é estimulante e perturbadora. E me dou conta de que não pensei em nada além dela desde que foi embora. Sua ausência é minha companheira constante.

— Dirija devagar — instruo Taylor quando chegamos perto do prédio.

As luzes estão acesas.

*Ela está em casa!*

Espero que esteja sozinha, sentindo minha falta.

Será que recebeu as flores?

Quero dar uma olhada no celular para verificar se ela me mandou uma mensagem, mas não consigo tirar os olhos do seu apartamento. Não quero que ela apareça sem que eu veja. Será que está bem? Está pensando em mim? Pergunto-me como foi seu primeiro dia de trabalho.

— De novo, senhor? — pergunta Taylor quando passamos e o apartamento some de vista.

— Não.

Solto o ar. Não tinha percebido que prendera a respiração. Enquanto voltamos ao Escala, dou uma olhada em meus e-mails e minhas mensagens, esperando encontrar algo dela... mas não há nada. Só uma mensagem de Elena.

**Você está bem?**

Eu a ignoro.

MEU APARTAMENTO É SILENCIOSO. Eu não havia percebido isso. A ausência de Anastasia acentuou o silêncio.

Tomando um gole de conhaque, vou distraidamente até a biblioteca. É irônico que eu nunca tenha mostrado esse cômodo a ela, considerando sua paixão por literatura. Espero encontrar algum alívio aqui porque não tenho lembranças de nós dois na biblioteca. Observo meus livros, perfeitamente organizados e catalogados, e meus olhos se desviam para a mesa de sinuca. Ela joga sinuca? Imagino que não.

Uma imagem dela de braços e pernas abertos sobre o feltro verde surge em minha cabeça. Mesmo não tendo lembranças dela aqui na biblioteca, minha mente é bem capaz e está mais do que disposta a criar imagens vívidas e eróticas da adorável Srta. Steele.

Não consigo suportar.

Tomo outro gole de conhaque e saio dali.

# TERÇA-FEIRA, 7 DE JUNHO DE 2011

Estamos fodendo. Fodendo com força. Apoiados na porta do banheiro. Ela é minha. Eu me enterro nela repetidas vezes. Deliciando-me com ela: a sensação, o cheiro, o gosto dela. Agarrando seu cabelo, mantenho-a no lugar. Seguro sua bunda. Suas pernas estão em torno da minha cintura. Ela não consegue se mover, está presa por mim. Enrolada em mim feito seda. Suas mãos puxam meu cabelo. Ah, isso. Estou em casa, ela está em casa. É aqui que quero estar... dentro dela...

Ela. É. Minha. Seus músculos se retesam quando ela goza, se contraindo em volta de mim, a cabeça jogada para trás. Goze para mim! Ela grita e eu acompanho...

Ah, isso, minha doce, doce Anastasia.

Ela sorri, sonolenta, saciada... e tão sexy.

Ela fica de pé e me olha, com aquele sorriso brincalhão nos lábios, então me empurra e recua, sem dizer nada. Eu a agarro e estamos no quarto de jogos. Eu a coloco em cima do banco. Levanto o braço para puni-la, o cinto em mãos... e ela desaparece. Está perto da porta. O rosto pálido, chocado e triste, e ela vai se afastando em silêncio... A porta sumiu, e ela não para. Estende as mãos em súplica. *Venha comigo,* sussurra ela, mas está indo para trás, ficando menos visível... desaparecendo diante dos meus olhos... sumindo... ela se foi. *Não!*, grito. *Não!* Mas não tenho voz. Não tenho nada. Estou mudo.

Mudo... outra vez.

Acordo, confuso.

Merda... é um sonho. Outro sonho vívido.

Mas esse foi diferente.

*Cacete!* Estou todo grudento. Tenho brevemente aquela sensação familiar, porém há muito esquecida, de medo e euforia... mas não pertenço mais a Elena.

*Nossa,* gozei dormindo. Isso não acontece desde que tenho o quê? Quinze, dezesseis anos?

Volto a me deitar no escuro, enojado comigo mesmo. Tiro a camiseta e me limpo. Há sêmen por toda parte. Percebo que estou sorrindo na escuridão, apesar da dor latente de perda. O sonho erótico valeu a pena. O resto... puta merda. Eu me viro de lado e volto a dormir.

Ele foi embora. Mamãe está sentada no sofá. Quieta.
Ela olha para a parede e pisca algumas vezes. Fico de pé
diante dela, mas ela não me vê. Aceno e ela me nota,
mas me dispensa com um gesto. Não, seu verme, agora não. Ele
machuca mamãe. Ele me machuca. Odeio ele. Ele me deixa
muito zangado. É melhor quando fica só mamãe e eu. Ela é minha,
então. Minha mamãe. Minha barriga dói. Fome de novo.
Estou na cozinha, procurando algum biscoito. Puxo a cadeira
até o armário e subo. Encontro um pacote de biscoito salgado. É
a única coisa que tem no armário. Eu me sento na cadeira
e abro o pacote. Sobraram dois. Eu como. Têm
gosto bom. Eu o ouço. Ele voltou. Pulo da cadeira, corro
para o meu quarto e subo na cama. Finjo que estou dormindo.
Ele me cutuca com o dedo. *Fique aqui, seu merdinha. Vou
trepar com a puta da sua mãe. Não quero ver sua
cara feia para cacete pelo resto da noite. Entendeu?* Ele
me dá um tapa na cara quando não respondo. *Ou então vou queimar você,
seu babaquinha.* Não. Não. Não gosto disso. Não gosto da queimadura.
Dói. *Entendeu, retardado?* Sei que ele quer me fazer chorar.
Mas é difícil.
Nem consigo choramingar. Ele me dá um soco...

Acordo assustado outra vez e fico deitado, ofegante, sob a luz fraca do amanhecer, esperando meus batimentos cardíacos desacelerarem, tentando me livrar do gosto amargo do medo na boca.

*Ela salvou você dessa merda, Grey.*

Você não revivia a dor dessas lembranças quando estava com ela. Por que a deixou ir embora?

Olho para o relógio: cinco e quinze. Hora de ir correr.

O prédio dela tem uma aparência triste. Ainda está na sombra, intocado pelo sol da manhã. Apropriado. Ele reflete meu humor. As luzes estão apagadas em seu apartamento, e as cortinas do quarto que observei antes estão fechadas dessa vez. Deve ser o quarto dela.

Espero muito que ela esteja dormindo sozinha ali. Eu a imagino encolhida em sua cama de ferro branco, uma bolinha de Ana. Será que está sonhando comigo? Será que a faço ter pesadelos? Ela me esqueceu?

Nunca me senti tão infeliz, nem quando era adolescente. Talvez antes de me tornar um Grey... Puxo na memória. Não, não... acordado também, não. É demais. Colocando o capuz e me apoiando na parede de granito, fico escondido na entrada do prédio da frente. Tenho o terrível pensamento de que talvez eu esteja nesse mesmo lugar daqui a uma semana, um mês... um ano. Observando, esperando, só para ter um vislumbre da garota que já foi minha. É doloroso. Eu me tornei o que ela sempre me acusou de ser: um perseguidor.

Não posso continuar desse jeito. Preciso vê-la. Saber se está bem. Preciso apagar a última imagem que tenho dela: magoada, humilhada, derrotada... e me deixando.

Preciso pensar em um jeito.

De volta ao Escala, Gail me observa, impassível.

— Eu não pedi isso.

Olho para a omelete que ela colocou na minha frente.

— Vou jogar fora, então, Sr. Grey — diz ela, e estica o braço para pegar o prato.

Ela sabe que odeio desperdício, mas não se intimida quando a encaro severamente.

— Você fez isso de propósito, Sra. Jones.

Mulher intrometida.

E ela dá um pequeno sorriso vitorioso. Franzo o cenho, mas ela não se abala, e, ao me lembrar do pesadelo da noite anterior, devoro meu café da manhã.

Será que eu poderia simplesmente ligar para Ana e dizer oi? Será que ela atenderia? Meus olhos se fixam no planador em minha escrivaninha. Ela deixou claro que tudo terminou. Eu deveria respeitar isso e deixá-la em paz. Mas quero escutar sua voz. Por um instante, cogito telefonar para ela e desligar em seguida, só para ouvi-la falar.

— Christian? Christian, você está bem?

— Desculpe, Ros, o que disse?

— Está muito distraído. Nunca vi você assim.

— Estou bem — respondo.

*Merda... concentre-se, Grey.*

— O que você estava dizendo?

Ros olha para mim, desconfiada.

— Eu estava dizendo que a SIP está com mais dificuldade financeira do que imaginávamos. Tem certeza de que quer seguir com isso?

— Sim. — Meu tom de voz é veemente. — Tenho.

— A equipe deles virá aqui hoje à tarde para assinar o acordo.

— Ótimo. Agora, em que ponto estamos em nossa proposta para Eamon Kavanagh?

Fico de pé, pensativo, olhando pelas persianas de madeira para Taylor lá embaixo, que estacionou diante do consultório de Flynn. A tarde já está chegando ao fim e continuo pensando em Ana.

— Christian, fico muito feliz em ganhar dinheiro para observar você olhando pela janela, mas não acho que a vista seja o motivo que o trouxe aqui — diz Flynn.

Quando me viro para encará-lo, ele me olha parecendo educadamente ansioso. Suspiro e vou até o sofá.

— Os pesadelos voltaram. Piores do que nunca.

Flynn ergue uma sobrancelha.

— Os mesmos?

— É.

— O que mudou?

Ele inclina a cabeça para o lado, esperando minha resposta. Como continuo calado, ele acrescenta:

— Christian, você parece muito infeliz. Alguma coisa aconteceu.

Sinto-me que nem com Elena. Parte de mim não quer contar, porque assim vai se tornar real.

— Conheci uma garota.

— E?

— Ela me deixou.

Ele parece surpreso.

— Outras mulheres já deixaram você. Por que desta vez foi diferente?

Olho inexpressivo para ele.

Por que foi diferente? *Porque Ana era diferente.*

Meus pensamentos se confundem como se formassem uma tapeçaria colorida e emaranhada: ela não era submissa. Não tínhamos contrato. Ela era sexualmente inexperiente. Foi a primeira mulher com quem eu quis mais do que só sexo. Nossa... todas as primeiras vezes que tive com ela: a primeira garota com quem dormi, a primeira virgem, a primeira a conhecer minha família, a primeira a andar no Charlie Tango, a primeira que levei para voar de planador.

*É... Diferente.*

Flynn interrompe meus pensamentos.

— É uma pergunta simples, Christian.

— Sinto saudade dela.

Sua expressão permanece gentil e preocupada, mas ele não revela nada.

— Você nunca sentiu saudade de nenhuma das mulheres com quem se envolveu antes?

— Não.

— Então havia algo diferente nela — sugere ele.

Dou de ombros, mas ele insiste:

— Você tinha uma relação contratual com ela? Era sua submissa?

— Eu queria que fosse. Mas não funcionou para ela.

Flynn franze a testa.

— Não estou entendendo.

— Quebrei uma das minhas regras. Corri atrás dessa garota achando que ficaria interessada, mas acabou que não deu certo para ela.

— Me conte o que aconteceu.

As comportas se abrem e conto o que ocorreu no último mês, do instante em que Ana entrou no meu escritório até quando foi embora sábado passado de manhã.

— Sei. Você com certeza passou por muita coisa desde que nos falamos pela última vez. — Ele coça o queixo e me observa. — Há muitas questões aqui, Christian. Mas agora quero me concentrar em como você se sentiu quando ela disse que o amava.

Respiro com força, sentindo meu corpo se contrair de medo.

— Fiquei apavorado — sussurro.

— É claro que ficou. — Ele balança a cabeça. — Você não é o monstro que acha que é. É mais do que merecedor de afeto, Christian. Sabe disso. Já falei muitas vezes. Só na sua cabeça que você não é.

Eu lhe lanço um olhar impassível, ignorando seu comentário banal.

— E como se sente agora? — pergunta ele.

*Perdido. Sinto-me perdido.*

— Estou com saudade dela. Quero vê-la.

Parece que estou no confessionário mais uma vez, revelando meus pecados: a necessidade muito sombria que tenho dela, como se ela fosse um vício.

— Então, apesar do fato de, como você interpreta, ela não ter sido capaz de satisfazer suas necessidades, você está com saudade dela?

— É. Não é só minha interpretação, John. Ela não pode ser o que quero que seja, e não posso ser o que ela quer que eu seja.

— Tem certeza?

— Ela foi embora.

— Foi embora porque você bateu nela com um cinto. Pode culpá-la se ela não tem os mesmos gostos que você?

— Não.

— Pensou em tentar uma relação do jeito dela?

*O quê?* Eu o encaro, chocado.

Ele continua:

— Você achou as relações sexuais que teve com ela prazerosas?

— Achei, claro — respondo, irritado.

Ele ignora meu tom de voz.

— Achou prazeroso bater nela?

— Muito.

— Gostaria de fazer isso de novo?

*Fazer aquilo com ela de novo? E vê-la ir embora... outra vez?*

— Não.

— E por que não?

— Porque não é a dela. Eu a machuquei. Machuquei de verdade... e ela não consegue... não quer... — Faço uma pausa. — Ela não gosta. Ficou muito brava. Brava para cacete.

Sua expressão e seu olhar magoado vão me assombrar por muito tempo... e nunca mais quero ser a causa daquele olhar.

— Está surpreso?

Balanço a cabeça.

— Ela ficou furiosa — sussurro. — Eu nunca a tinha visto tão furiosa.

— E como isso fez você se sentir?

— Desamparado.

— E esse é um sentimento que você conhece bem — comenta ele.

— Conheço bem? Como?

*O que ele quer dizer?*

— Você não se reconhece nem um pouco? Seu passado?

A pergunta me surpreende.

*Porra, já falamos disso tantas vezes.*

— Não, não reconheço. É diferente. A relação que eu tinha com a Sra. Lincoln era totalmente diferente.

— Eu não estava me referindo à Sra. Lincoln.

— A que estava se referindo? — Minha voz sai tão baixa quanto o barulho de um alfinete caindo, porque de repente sei aonde ele quer chegar com isso.

— Você sabe.

Engulo em seco, tomado pela impotência e raiva de uma criança indefesa. Sim. A raiva. A profunda e exasperante raiva... e o medo. A escuridão se remexe furiosamente dentro de mim.

— Não é a mesma coisa — sibilo entre os dentes, tentando controlar minha irritação.

— Não, não é — reconhece Flynn.

Mas a indesejável imagem da fúria dela surge em minha mente.

*É disso que você realmente gosta? De mim, assim?*

Isso faz minha raiva arrefecer.

— Sei o que você está tentando fazer aqui, doutor, mas é uma comparação injusta. Ela me pediu para lhe mostrar. É maior de idade e estava fazendo aquilo por vontade própria, porra. Podia ter usado a palavra de segurança. Podia ter me mandado parar. Mas não fez isso.

— Eu sei, eu sei. — Ele ergue a mão. — Estou só demonstrando uma coisa de maneira insensível, Christian. Você é um homem raivoso e tem todos os motivos para ser. Não vou discutir isso tudo de novo agora... Você obviamente está sofrendo, e o interesse principal dessas sessões é lhe deixar com um estado de espírito mais aberto e à vontade consigo mesmo. — Ele faz uma pausa. — Essa garota...

— Anastasia — resmungo com petulância.

— Anastasia. É óbvio que teve um impacto profundo em você. O fato de ela ter ido embora despertou seus problemas com abandono e seu estresse pós-traumático. Você evidentemente se importa mais com ela do que está disposto a admitir para si mesmo.

Respiro com força. *É por isso que tudo é tão doloroso? Porque me importo mais com ela, muito mais?*

— Você precisa se concentrar em onde quer estar — continua Flynn. — E me parece que quer ficar com essa garota. Está com saudade dela. Você quer ficar com ela?

*Com Ana?*

— Sim — sussurro.

— Então precisa focar nesse objetivo. Isso tem a ver com o que eu vinha dizendo nas nossas últimas sessões... a Terapia Breve com Foco em Resolução. Se ela está apaixonada por você, como disse que está, deve estar sofrendo também. Então vou repetir minha pergunta: já pensou em ter uma relação mais convencional com essa garota?

— Não, não pensei.

— Por que não?

— Porque nunca achei que fosse capaz.

— Bem, se ela não está disposta a ser sua submissa, você não pode desempenhar o papel de dominador.

Eu o fuzilo com o olhar. Não é um papel... é quem eu sou. E, do nada, lembro-me de um e-mail que mandei para Anastasia. Minhas palavras: *O que acho que você não percebe é que, em relações Dom/sub, é a sub que tem todo o poder. Ou seja, você. Repito: você é quem tem todo o poder. Não eu.* Se ela não quer fazer isso... então também não posso.

A esperança aumenta dentro de mim.

*Posso?*

*Posso ter um relacionamento baunilha com Anastasia?*

Meu couro cabeludo coça.

*Porra.* Possivelmente.

*Se eu pudesse, será que ela iria me querer de volta?*

— Christian, você já demonstrou ser uma pessoa extremamente capaz, apesar dos seus problemas. Você é um sujeito singular. Quando foca em um objetivo, vai em frente e o alcança, geralmente superando as próprias expectativas. Depois de ouvir você falar hoje, fica claro que estava focado em conseguir colocar Anastasia onde queria que ela estivesse, mas não levou em consideração a inexperiência nem os sentimentos dela. Me parece que você estava tão focado em alcançar seu objetivo que não prestou atenção no caminho que estavam percorrendo juntos.

Repasso o último mês na minha mente em um piscar de olhos: ela tropeçando ao entrar no meu escritório, seu enorme constrangimento na Clayton's, seus e-mails inteligentes e sarcásticos, sua boca atrevida... sua risada... sua firmeza e rebeldia silenciosas, sua coragem... E me dou conta de repente de que apreciei cada minuto. Cada segundo exasperante, divertido, engraçado, sensual e carnal dela... Sim, apreciei. Percorremos um caminho extraordinário, nós dois... bem, eu, com certeza.

Meus pensamentos ficam mais sombrios.

Ela não conhece a profundidade da minha depravação, a escuridão da minha alma, o monstro dentro de mim... talvez eu devesse deixá-la em paz.

*Não a mereço. Ela não pode me amar.*

Mas, mesmo ao pensar nessas palavras, sei que não tenho forças para ficar longe dela... se ela me aceitar.

Flynn chama minha atenção.

— Christian, reflita sobre isso. Nosso tempo acabou. Quero ver você daqui a alguns dias para falar sobre outras questões que mencionou. Vou pedir para Janet ligar para Andrea e marcar um horário.

Ele se levanta, e sei que está na hora de ir embora.

— Você me deu muito em que pensar — digo.

— Eu não estaria fazendo meu trabalho se não desse. Só alguns dias, Christian. Temos muito mais o que conversar.

Ele aperta minha mão e me dá um sorriso reconfortante. Saio dali com uma pontinha de esperança.

DE PÉ NA VARANDA, observo Seattle à noite. Daqui de cima, estou distante, longe de tudo. Como foi que ela chamou?

*Minha torre de marfim.*

Em geral, acho que aqui é um local bem tranquilo… mas, ultimamente, minha paz de espírito tem sido estilhaçada por certa jovem de olhos azuis.

"*Pensou em tentar uma relação do jeito dela?*" As palavras de Flynn me afrontam, abrindo inúmeras possibilidades.

*Será que posso reconquistá-la?* A ideia me apavora.

Tomo um gole de conhaque. Por que ela iria me querer de volta? Será que algum dia poderei ser o que ela quer que eu seja? Não vou perder a esperança. Preciso encontrar um jeito.

Preciso dela.

Algo me assusta: um movimento, uma sombra em minha visão periférica. Franzo a testa. O quê…? Eu me viro para a sombra, mas não encontro nada. Agora passei a ver coisas. Bebo o conhaque e volto para a sala.

## QUARTA-FEIRA, 8 DE JUNHO DE 2011

Mamãe! Mamãe! Mamãe está dormindo no chão. Ela está
dormindo há muito tempo. Balanço ela. Mamãe não acorda.
Eu a chamo. Ela não acorda. Ele não está aqui e mesmo assim
mamãe não acorda.
Estou com sede. Na cozinha, puxo uma cadeira até a pia e
bebo água. A água molha meu casaco. Meu casaco
está sujo. Mamãe ainda está dormindo. Mamãe, acorda! Ela fica
parada. Está fria. Pego meu cobertorzinho, cubro mamãe
e me deito no tapete verde grudento ao seu lado.
Minha barriga dói. É fome, mas mamãe ainda está dormindo.
Tenho dois carrinhos de brinquedo. Um vermelho. Outro amarelo.
Meu carrinho verde sumiu. Eles disputam corrida no chão
enquanto mamãe dorme. Acho que mamãe está doente.
Procuro alguma coisa para comer. Encontro
ervilhas no congelador. Estão frias. Como devagar. Fazem minha barriga doer.
Durmo ao lado da mamãe. As ervilhas
acabaram. Tem alguma coisa no congelador. O cheiro é estranho. Lambo
e minha língua gruda. Como devagar. O gosto é horrível. Bebo
um pouco de água. Brinco com meus carrinhos e durmo ao lado da mamãe.
Mamãe está muito fria e não acorda. A porta se abre com um
estrondo. Cubro mamãe com meu cobertorzinho. *Porra. Que merda
aconteceu aqui? Ah, essa puta fodida. Merda. Porra.
Saia do meu caminho, seu merdinha.* Ele me chuta e eu
bato a cabeça no chão. Minha cabeça dói. Ele liga para alguém
e sai. Tranca a porta. Eu me deito ao lado da mamãe. Minha cabeça
dói. A mulher policial está aqui. Não. Não. Não. Não encoste em mim.
Não encoste em mim. Não encoste em mim. Fico ao lado da mamãe. Não.

Fique longe de mim. A mulher policial está com meu cobertorzinho e me agarra. Eu grito. *Mamãe. Mamãe.* As palavras sumiram. Não consigo dizer nada. Mamãe não é capaz de me ouvir. Não tenho palavras.

Acordo respirando com dificuldade, inspirando com força, olhando em volta. Ah, graças a Deus, estou na minha cama. Lentamente, o medo recua. Tenho vinte e sete anos, não quatro. Essa merda tem que parar.

Eu costumava ter meus pesadelos sob controle. Talvez um a cada duas semanas, mas não desse jeito... toda noite.

*Desde que ela foi embora.*

Eu me viro e fico deitado de costas, olhando para o teto. Quando ela estava ao meu lado, eu dormia bem. Preciso dela na minha vida, na minha cama. Ela iluminava meus dias. Vou conquistá-la de volta.

Como?

*"Pensou em tentar uma relação do jeito dela?"*

Ela quer flores e bombons. Posso dar isso a ela? Franzo a testa, tentando relembrar os momentos românticos da minha vida... E não há nada... a não ser com Ana. O "mais". O planador, a IHOP e levá-la para voar no Charlie Tango.

Talvez eu *possa* fazer isso. Pego no sono novamente com o mantra em minha cabeça: *Ela é minha. Ela é minha...* e sinto seu cheiro, sua pele macia, provo seus lábios e ouço seus gemidos. Exausto, tenho um sonho erótico com Ana.

Acordo abruptamente. Meu couro cabeludo está formigando, e, por um instante, acho que foi alguma coisa externa que me perturbou. Eu me sento e esfrego a cabeça, observando lentamente todo o quarto.

Apesar do sonho carnal, meu corpo se comportou. Elena ficaria satisfeita. Ela me mandou uma mensagem ontem, mas é a última pessoa com quem quero falar... Só tem uma coisa que desejo fazer agora. Eu me levanto e visto meu traje de corrida.

Vou dar uma espiada em Ana.

A RUA DELA ESTÁ sossegada, exceto pelo ruído de um caminhão de entrega e pelo assovio desafinado de um solitário passeador de cães. Seu apartamento está com as luzes apagadas e as cortinas do seu quarto foram fechadas. Vigio silenciosamente do meu esconderijo de perseguidor, olhando para suas janelas lá em cima e pensando. Preciso bolar um plano, um plano para reconquistá-la.

Enquanto a aurora ilumina sua janela, aumento o volume do meu iPod, e, ao som de Moby, corro de volto para o Escala.

— VOU COMER UM croissant, Sra. Jones.

Ela para, surpresa, e ergo uma sobrancelha.

— Damascos em conserva? — pergunta ela, se recompondo.

— Por favor.

— Vou esquentar alguns para o senhor, Sr. Grey. Aqui está seu café.

— Obrigado, Gail.

Ela sorri. Será que foi só porque vou comer croissants? Se a deixa tão feliz, eu deveria comer isso com mais frequência.

NO BANCO DE TRÁS do Audi, começo a bolar um plano. Preciso ter um encontro íntimo e pessoal com Ana Steele, dando início à minha campanha para reconquistá-la. Ligo para Andrea, sabendo que às sete e quinze ela não vai estar em sua mesa, e deixo um recado:

— Andrea, assim que você chegar, quero dar uma olhada na minha agenda para os próximos dias.

Pronto, o primeiro passo na minha ofensiva é arrumar tempo para Ana. O que diabo tenho que fazer esta semana? Não faço ideia. Costumo estar a par dessas merdas todas, mas de uns tempos para cá ando totalmente perdido. Agora tenho uma missão na qual focar. *Você consegue, Grey.*

Mas, no fundo, gostaria de ter a coragem das minhas convicções. Uma ansiedade me invade. Será que consigo convencer Ana a me aceitar de volta? Ela vai me ouvir? Espero que sim. Isso tem que funcionar. Estou com saudade dela.

— SR. GREY, CANCELEI todos os seus compromissos sociais desta semana, menos o de amanhã, porque não sei qual é a ocasião. Sua agenda diz Portland, e só.

*Isso! O fotógrafo, porra!*

Abro um grande sorriso para Andrea e suas sobrancelhas se erguem em surpresa.

— Obrigado, Andrea. É só isso por enquanto. Mande Sam entrar.

— Claro, Sr. Grey. Gostaria de mais café?

— Por favor.

— Com leite?

— Sim. Café com leite. Obrigado.

Ela sorri educadamente e sai.

*É isso! Minha oportunidade! O fotógrafo! Agora… o que fazer?*

MINHA MANHÃ FOI CHEIA de reuniões, e minha equipe me observa com nervosismo, esperando o momento em que vou estourar. Certo, esse foi meu *modus operandi* nos últimos dias, mas hoje estou mais lúcido, calmo e presente, capaz de lidar com tudo.

Está na hora do almoço. Meu treino com Claude correu bem. O único inconveniente é que não há mais notícias sobre Leila. Tudo o que sabemos é que ela se separou do marido e pode estar em qualquer lugar. Se aparecer, Welch vai encontrá-la.

Estou faminto. Olivia coloca um prato na minha mesa.

— Seu sanduíche, Sr. Grey.

— Frango e maionese?

— Hã…

Olho fixamente para ela. Essa menina simplesmente não consegue entender as coisas.

Olivia pede desculpas desajeitadas.

— Eu disse frango *com maionese*, Olivia. Não é tão difícil.

— Sinto muito, Sr. Grey.

— Está bem. Pode ir.

Ela parece aliviada, mas se atrapalha ao sair da minha sala.

Ligo para Andrea.

— Senhor?

— Entre aqui.

Andrea surge na porta, parecendo calma e eficiente.

— Livre-se daquela garota.

Andrea endireita a postura.

— Senhor, Olivia é filha do senador Blandino.

— Não estou nem aí se ela é filha da rainha da Inglaterra, porra. Tire-a do meu escritório.

— Sim, senhor.

Andrea fica corada.

— Arranje outra pessoa para ajudar você — sugiro, com um tom mais calmo. Não quero indispor Andrea.

— Sim, Sr. Grey.

— Obrigado. É só isso.

Ela sorri, e sei que está do meu lado novamente. É uma boa assistente. Não quero que peça demissão porque estou sendo babaca. Ela sai, me deixando com meu sanduíche de frango… sem maionese… e meu plano.

*Portland.*

Conheço o padrão dos endereços de e-mail dos funcionários da SIP. Acho que Anastasia vai reagir melhor por escrito, da forma que sempre faz. Como começar?

~~Cara Ana~~

Não.

~~Cara Anastasia~~

Não.

~~Cara Srta. Steele~~

*Merda!*

MEIA HORA DEPOIS, AINDA estou encarando uma tela de computador em branco. O que diabo devo dizer?

*Volte... por favor?*

~~Me perdoe.~~

~~Estou com saudade.~~

~~Vamos tentar do seu jeito.~~

Apoio a cabeça nas mãos. Por que isso é tão difícil?

*Prefira a simplicidade, Grey. Sem ladainha.*

Respiro fundo e digito um e-mail. *Isso... assim está bom.* Andrea me liga.

— A Srta. Bailey está aqui para vê-lo, senhor.

— Peça para ela esperar.

Desligo e aguardo um instante. Depois, com o coração acelerado, clico em enviar.

---

**De:** Christian Grey
**Assunto:** Amanhã
**Data:** 8 de junho de 2011 14:05
**Para:** Anastasia Steele

Querida Anastasia,

Desculpe essa intromissão em seu trabalho. Espero que ele esteja correndo bem. Você recebeu minhas flores?

Queria lembrar que amanhã é a noite de estreia da exposição do seu amigo. Tenho certeza de que você não teve tempo de comprar um carro, e a viagem é longa. Eu ficaria mais que feliz em levá-la — se você quiser.

Avise-me.

Christian Grey
CEO, Grey Enterprises Holdings, Inc.

Fico olhando para minha caixa de entrada.

E olhando.

E olhando... Minha ansiedade aumenta a cada segundo que se arrasta.

Eu me levanto e ando pela sala, mas isso me afasta do computador. De volta à mesa, verifico meu e-mail mais uma vez.

Nada.

Para me distrair, passo o dedo pelas asas do meu planador.

*Puta merda, Grey, controle-se.*

Vamos lá, Anastasia, me responda. Ela sempre foi tão rápida. Verifico meu relógio de pulso... São duas e nove.

*Quatro minutos!*

Ainda nada.

Eu me levanto e ando pela sala mais uma vez, conferindo meu relógio a cada três segundos, ou pelo menos é a impressão que tenho.

Às duas e vinte, estou desesperado. Ela não vai responder. Realmente me odeia... e quem pode culpá-la?

Então ouço o barulho anunciando a chegada de um e-mail. Meu coração vai parar na garganta.

*Merda!* É de Ros, dizendo que voltou para a sua sala.

Então, ali está, na minha caixa de entrada, a linha mágica:

*De: Anastasia Steele.*

---

**De:** Anastasia Steele
**Assunto:** Amanhã
**Data:** 8 de junho de 2011 14:25
**Para:** Christian Grey

Oi, Christian,

Obrigada pelas flores; elas são lindas.

Sim, eu gostaria de uma carona.

Obrigada.

Anastasia Steele
Assistente de Jack Hyde, Editor, Seattle Independent Publishing

Sinto um imenso alívio e fecho os olhos, aproveitando a sensação.

*SIM!*

Releio seu e-mail à procura de pistas, mas, como de costume, não tenho ideia de quais são os pensamentos por trás de suas palavras. O tom é bastante amigável, mas só isso. Amigável.

*Carpe Diem, Grey.*

---

**De:** Christian Grey
**Assunto:** Amanhã
**Data:** 8 de junho de 2011 14:27
**Para:** Anastasia Steele

Querida Anastasia,

A que horas devo buscá-la?

Christian Grey
CEO, Grey Enterprises Holdings, Inc.

Não preciso esperar tanto tempo desta vez.

---

**De:** Anastasia Steele
**Assunto:** Amanhã
**Data:** 8 de junho de 2011 14:32
**Para:** Christian Grey

A exposição abre às 19h30. Que horas você sugere?

Anastasia Steele
Assistente de Jack Hyde, Editor, Seattle Independent Publishing

Podemos ir no Charlie Tango.

---

**De:** Christian Grey
**Assunto:** Amanhã
**Data:** 8 de junho de 2011 14:34
**Para:** Anastasia Steele

Querida Anastasia,

Portland fica a certa distância. Devo buscá-la às 17h45.

Estou ansioso para vê-la.

Christian Grey
CEO, Grey Enterprises Holdings, Inc.

---

**De:** Anastasia Steele
**Assunto:** Amanhã
**Data:** 8 de junho de 2011 14:38
**Para:** Christian Grey

Vejo você amanhã.

Anastasia Steele
Assistente de Jack Hyde, Editor, Seattle Independent Publishing

Meu plano de reconquistá-la foi posto em prática. Sinto-me exultante. A pontinha de esperança aumentou muito.

Ligo para Andrea.

— A Srta. Bailey voltou para a sala dela, Sr. Grey.

— Eu sei, ela me mandou um e-mail. Preciso de Taylor daqui a uma hora.

— Sim, senhor.

Desligo. Anastasia está trabalhando para um sujeito chamado Jack Hyde. Quero saber mais sobre ele. Ligo para Ros.

— Christian. — Ela parece zangada.

*Problema dela.*

— Temos acesso aos arquivos dos funcionários da SIP?

— Ainda não. Mas posso conseguir isso.

— Por favor. Hoje, se puder. Quero tudo que eles têm sobre Jack Hyde e quem já trabalhou para ele.

— Posso perguntar por quê?

— Não.

Ela fica em silêncio por um instante.

— Christian, não sei o que tem dado em você ultimamente.

— Ros, só faça o que eu pedi, ok?

Ela suspira.

— Ok. Agora podemos ter nossa reunião sobre o projeto do estaleiro em Taiwan?

— Podemos. Tive que dar um telefonema importante. Demorou mais do que eu pensava.

— Estou subindo aí.

QUANDO ROS SAI, EU a acompanho para fora da sala.

— WSU sexta-feira que vem — digo a Andrea, que faz uma anotação em seu bloco.

— E vou poder usar o jatinho da empresa? — pergunta Ros, toda entusiasmada.

— Helicóptero — corrijo.

— Tanto faz, Christian.

Ela revira os olhos ao entrar no elevador, o que me faz sorrir.

Andrea observa Ros ir embora e em seguida me lança um olhar cheio de expectativa.

— Ligue para Stephan. Vou usar o Charlie Tango para ir a Portland amanhã à noite e preciso que ele pilote de volta até o Boeing Field — digo a Andrea.

— Sim, Sr. Grey.

Não vejo nenhum sinal de Olivia.

— Ela foi embora?

— Olivia? — pergunta Andrea.

Assinto.

— Foi.

Ela parece aliviada.

— Para onde?

— Setor de finanças.

— Boa ideia. Assim o senador Blandino não vai me importunar.

Andrea parece contente com o elogio.

— Você vai arrumar alguém para ajudá-la aqui? — pergunto.

— Sim, senhor. Vou entrevistar três candidatas amanhã de manhã.

— Ótimo. Taylor já chegou?

— Sim, senhor.

— Cancele as reuniões que tenho hoje. Vou sair.

— Sair? — repete ela, surpresa.

— É. — Sorrio. — Sair.

— PARA ONDE VAMOS, senhor? — pergunta Taylor enquanto me acomodo no banco de trás do carro.

— Para a loja da Mac.

— Ao nordeste da rua Quadragésima Quinta?

— Isso.

Vou comprar um iPad para Ana. Recostando-me no banco, fecho os olhos e penso em quais aplicativos e músicas vou baixar e instalar para ela. Eu poderia escolher "Toxic". A ideia me faz sorrir. Não, acho que ela não veria muita graça. Ficaria brava... E, pela primeira vez em algum tempo, imaginá-la zangada me faz sorrir. Zangada como ficou na Geórgia, não como no sábado passado. Eu me remexo no banco. Não quero pensar nisso. Volto a considerar as opções de músicas, me sentindo mais animado do que estive nesses últimos dias. Meu telefone vibra e meus batimentos cardíacos aceleram.

*Será que me atrevo a ter esperanças?*

Oi. Babaca. Cerveja?

*Droga.* Uma mensagem do meu irmão.

Não. Ocupado.

Você está sempre ocupado.
Vou para Barbados amanhã.
Sabe, para RELAXAR.
Vejo você na volta.
E vamos tomar essa cerveja!!!

Até mais, Lelliot. Boa viagem.

TIVE UMA NOITE DIVERTIDA, repleta de música, uma inspeção nostálgica pelo meu iTunes, criando uma lista para Anastasia. Lembro-me dela dançando na cozinha. Gostaria de saber o que estava ouvindo. Ela ficou totalmente ridícula e absolutamente adorável. Isso foi depois que trepei com ela pela primeira vez.

*Não.* Depois que fiz amor com ela pela primeira vez.

Nenhum dos dois me parece correto.

Recordo seu pedido encarecido na noite em que a apresentei aos meus pais. *Quero que você faça amor comigo.* Fiquei muito chocado com essa simples declaração, e, no entanto, tudo o que ela queria era tocar em mim. Estremeço com a ideia. Preciso fazê-la entender que isso é um limite rígido para mim: não suporto ser tocado.

Balanço a cabeça. *Você está se precipitando, Grey.* Precisa fechar esse acordo primeiro. Verifico a inscrição no iPad.

Anastasia, isto é para você.
Eu sei o que você quer ouvir.
A música gravada aqui fala por mim.
Christian

Talvez funcione. Ela quer flores e bombons, então quem sabe isso chegue perto. Mas balanço a cabeça, porque não faço ideia. Há tantas coisas que quero dizer a ela, se estiver disposta a me ouvir. E, caso contrário, as músicas vão dizer por mim. Só espero que ela me dê a oportunidade de lhe entregar o iPad.

Mas e se ela não gostar da minha proposta, e se não quiser ficar comigo... O que vou fazer? Talvez eu seja só uma carona conveniente para Portland. Esse pensamento me deprime, e vou até meu quarto para ter uma noite de sono muito necessária.

Será que me atrevo sentir esperanças?

*Droga. Me atrevo, sim.*

## QUINTA-FEIRA, 9 DE JUNHO DE 2011

A médica ergue as mãos. *Não vou machucar você. Preciso examinar sua barriga. Aqui.* Ela me entrega uma coisa redonda e fria e me deixa brincar com aquilo. *É só você colocar na barriga, não vou tocar em você e vou poder ouvir.*
A médica é boa... a médica é mamãe.
Minha nova mamãe é bonita. Parece um anjo.
Uma médica-anjo.
Ela faz carinho no meu cabelo.
Gosto quando ela faz carinho no meu cabelo.
Ela me deixa comer bolo e sorvete. Não grita quando acha pães e maçãs escondidos nos meus sapatos.
Ou debaixo da minha cama. Ou debaixo do travesseiro.
*Querido, a comida fica na cozinha.*
*É só você ir atrás de mim ou do papai quando estiver com fome.*
*E apontar. Consegue fazer isso?* Tem outro menino. Lelliot.
Ele é malvado. Então bato nele.
Mas minha nova mamãe não gosta de briga. Tem um piano. Gosto do som.
Fico em pé na frente do piano e aperto o branco e o preto.
O barulho do preto é estranho.
A Srta. Kathie senta-se ao piano comigo.
Ela ensina as notas brancas e pretas.
Ela tem cabelo castanho comprido e parece alguém que eu conheço.
Tem cheiro de flores e torta de maçã no forno. É um cheiro bom. Ela toca bem o piano.
É boa para mim. Ela sorri e eu toco. Ela sorri e eu fico feliz. Ela sorri e é Ana. Linda Ana, sentada comigo enquanto

toco uma fuga, um prelúdio, um adágio, uma sonata. Ela suspira, apoiando a cabeça no meu ombro, e sorri. *Adoro ouvir você tocar, Christian. Amo você, Christian.*
Ana. Fique comigo. Você é minha. Eu também te amo.

Acordo com um sobressalto.
*Hoje, vou reconquistá-la.*

# TRILOGIA *CINQUENTA TONS DE CINZA*, DE E L JAMES

*Cinquenta tons de cinza*

*Cinquenta tons mais escuros*

*Cinquenta tons de liberdade*

intrinseca.com.br

@intrinseca

editoraintrinseca

@intrinseca

| | |
|---|---|
| *1ª edição* | SETEMBRO DE 2015 |
| *reimpressão* | OUTUBRO DE 2020 |
| *impressão* | IMPRENSA DA FÉ |
| *papel de miolo* | PÓLEN SOFT 70G/M² |
| *papel de capa* | CARTÃO SUPREMO ALTA ALVURA 250G/M² |
| *tipografia* | ELECTRA LT STD |